复旦大学
古代文学研究书系

陈尚君 主编

陈广宏 著

閩詩傳統的生成

明代福建地域文学的一种历史省察

目　录

序论 1

第一章　严羽诗学如何成为宗本 27
第一节　严羽的时代及其诗论意图 27
第二节　严羽诗论在宋元之际的传播 43
第三节　介入主流：黄清老的诗法承传及杨士弘《唐音》 60
第四节　高棅与唐诗系谱的建构 77
小结 100

第二章　宗唐复古风习之流布 102
第一节　闽籍馆臣 102
第二节　崇安"二蓝" 139
第三节　"闽中十子"诗派 170
小结 197

第三章　道艺之间：地域性格的瓦解与重建 200
第一节　走向馆阁的闽派诗人 200
第二节　闽籍台阁作家、理学家与国家意识形态 226
第三节　郑善夫与闽诗中兴 258
第四节　王慎中与闽学传统 286
小结 313

第四章　自我确认：闽中诗统的构建　315
第一节　万历前期的闽中诗坛　317
第二节　万历中期闽中社集活动与地方总集编纂　338
第三节　曹学佺、徐𤊹、谢肇淛的时代　376
小结　423

参考文献　425

后记　443

序 论

本书从性质上说，仍属一种断代的区域文学史研究，主要想探讨的是，明代福建地区的文人如何构建本地域的诗歌传统，这样的诉求何以会在这个时代表现得强烈起来，它对于本地域文学具有怎样的意义，对于整个明代乃至清代诗歌格局及走向又具有怎样的作用。

何为"闽诗传统"

顾名思义，所谓"闽诗传统"自然指的是福建地域文学中的诗歌传统。然而，当这个概念与在明代是否存在一个值得特别表出的"闽诗传统"，以及为什么要探讨这个"闽诗传统"相联系时，问题就不那么简单。

首先应该辨明的，恐怕是对于文学传统的理解。在一般意义上，文学传统指文学演变过程中那些相对稳定而又具有特点的质素所构成的世代传承与积累，由此可体现文学发展的历史连续性，故现代西方学者在对文学传统进行定义时，多将之看作是具有一定内容和风格的文学作品的连续体①。不过，问题的关键在于，这种传统是由处身其中的各个现时的创作主体所结构的，艾略特（T. S. Eliot）因而强调文学传统的有机整体性，恰恰表现在不是某些人作品的总和，而是个别作品、作家与之发生联系才

---

① ［英］罗吉·福勒主编《现代批评术语词典》释"传统"曰："在长期的历史进程中，为数甚众的文学作品往往在形式、风格和思想内容方面形成了共同的特征，而由这些特征所组成的体系就是传统。"袁德成译，四川人民出版社1987年版，第286页。［美］爱德华·希尔斯《论传统》亦认为："文学传统是带有某种内容和风格的文学作品的连续体。这些内容和风格体现了沉淀在作者的想象力和风格中的那些作品之特征。"傅铿、吕乐译，上海人民出版社2009年版，第157页。

有意义的那种体系,是一种超时间的和有时间性的东西的结合①,这个传统也因而是一个具有不断进行自我调整功能的开放体系。对艾略特深表敬意又受其观点启发的希尔斯(Edward Shils),亦在传统既是历史性的、又是共时性的认识基础上进行阐发,在将之界定为人们在过去创造、践行或信仰的某种事物的同时,特别关注其在价值观层面所具有的指导范型的意义,认为"正是这种规范性的延传,将逝去的一代与活着的一代联结在社会的根本结构之中"②。因此,当我们将文学传统的考察运用于地域文学研究时,一方面当然意味着该地域文学之所以区别于他地域文学的殊异性,在很大程度上可由其相对稳定而又具有特点的质素所构成的世代传承与积累反映出来,而该地域特定的时代、环境等文化要素,亦唯有通过集合于这个文学传统才得以显现;而在另一方面,诚如伽达默尔(Hans-Georg Gadamer)所说的:"传统并不只是我们继承得来的一宗现成事物,而是我们自己把它生产出来的,因为我们理解着传统的进展,并且参与在传统的进展之中,从而也就靠我们自己进一步地规定了传统。"③据此我们更可以观察相关文学传统构建主体的价值取向及其作为。

清代福州谢章铤回顾闽诗的发展历程,曾概括曰:"闽诗萌芽于唐,名家于宋,成派于明。"④所谓"成派于明",用他在《论诗绝句三十首序》的解释:

> 明则林子羽倡其首,诸子为羽翼。高廷礼《唐诗品汇》一书,其所分初盛中晚,举世胥奉为圭臬,而闽派成焉。继则郑少谷振杜陵之绪,曹石仓有盛唐之音,不绌于王、李,不染于钟、谭,风气屡变,而闽

---

① 可参看其《传统与个人才能》中的相关论述,《艾略特文学论文集》,李赋宁译,百花洲文艺出版社1994年版,第2—3页。
② 《论传统》,第25页。
③ [德]汉斯-格奥尔格·伽达默尔《诠释学:真理与方法》,洪汉鼎译,商务印书馆2007年版,第403页。
④ 《自怡山馆偶存诗序》,《赌棋山庄集》文续二,清光绪刻本。

诗弗更。①

似乎这一本地域诗歌史的叙述,已指明闽诗递演至明代,产生了一种相对自觉的传统构建,不仅有标举盛唐的价值范导,而且有一代一代作者守持不变的创作实践相维系。尽管在他及同时代人看来,此所谓"闽派""磨砻声律,千潭一水","故派成而闽诗盛,亦派成而闽诗转衰"②,然毕竟对于整个闽诗的面貌,有着举足轻重的影响。

需要指出的是,这种对于"闽派"的认定,其实并非于谢章铤的时代才出现。我们知道,对于某地域文学的有意识体认、标举,一般须在跨地域的条件下,有"他者"的观照才可能实现。在地域社会重又发达的中晚明阶段,文学思潮之争以其共时性的特点,往往带有某种地域色彩,从七子一派到公安、竟陵的宗尚递变,在万历以来常被视为吴、楚之间的角力③,处于这种形势下的福建文学,即已被注意到其独特的存在。据闽人徐𤊹自述:

> 至于今日楚派聿兴,竞新斗巧,体不必汉魏六朝,句不必高、岑、王、孟,一篇之中,则"之""乎""也""者"字眼已居其半,牛鬼蛇神,令人见之缩项咋舌,诗道如此,世风可知。今吴人从风而靡,皆效新体,反嗤历下、琅琊为陈腐,总之学识不高,便为之蛊惑,独敝郡人稍稍立定脚根,毕竟以唐人为法。近亦有后进习新体者,众摒斥之,所以去诗道不远矣。④

而在钱谦益看来:

---

① 《赌棋山庄集》诗五。
② 《自怡山馆偶存诗序》,《赌棋山庄集》文续二。
③ 如范景文《葛震甫诗叙》:"往者代生数人,相继以起,其议如波……今则各在户庭,同时并角,其议如讼。拟古造新,入途非一;尊吴右楚,我法坚持。彼此纷嚣,莫辨谁是。"(《文忠集》卷五,《文渊阁四库全书》本)
④ 《复彭次嘉》,《徐兴公尺牍》,钞本。

余观闽中诗,国初林子羽、高廷礼以声律圆稳为宗,厥后风气沿袭,遂成闽派。大抵诗必今体,今体必七言,磨砻娑荡,如出一手。①

即便当时有蔡复一、林古度、商家梅等闽中诗人,被公认为"变闽而之楚,变王、李而之钟、谭"②,但如谢肇淛等所谓"闽派眉目"却被钱氏视为坚守此闽派传统者。朱彝尊反省整个明代文坛,自洪、永诸家至竟陵,诗凡八变,认为变至最后,每况愈下,不如"闽粤风气,始终不易","若曹能始、谢在杭、徐惟和辈,犹然十才子调也"③,亦论证了一个闽诗传统的存在。徐𤊹与钱谦益的著论,立场与评价几乎对立,所描述"闽诗传统"的内涵却显然一致,这个传统,简而言之,正是以明初"闽中十子"为宗主,具有坚持效法盛唐诗、讲求格调声律的特点,清代对闽派诗的认识亦大抵如此。故从某种意义上说,谢章铤亦不过是拾前人牙慧而已。不过,因为他闽中后学的身份,这样的叙述就成为了他们的一种自我确认而变得强固起来。

这种对闽诗传统特点的把握是否合乎事实,鉴于有各自主观意图及所见角度、史料等方面的局限,是一个仁者见仁、智者见智的问题,但因为是在当时诸地域文学比较当中得出,仍值得我们重视。对于今天的研究来说,历史上复杂多样的闽诗自在的演化,与其间人们对于闽诗传统有目的性的构建,是既相联系、又相区别的存在。当我们认识到一个地域文学诸多特征的形成,在很大程度上就是处身其中的各个现时的创作主体参与构建的产物,那么,关注后者,或许对于深入探究该地域文学的"个性"更为重要,而这反而是目前对地域文学展开文化研究的解析有所忽视的。有鉴于此,本书尝试对闽诗传统在明代形成与展开的过程作进一步的梳理、考察,以之作为观照明代福建文学演变的一个视角。

---

① 《列朝诗集小传》丁集下《谢布政肇淛》,上海古籍出版社1983年版,第648页。
② 同上,第649页。
③ 《静志居诗话》卷二一"曹学佺"条,人民文学出版社1990年版,第636页。

地域文学研究的背景与意义

在中国学界,地域文学研究是在20世纪80年代以来日趋兴盛的,它与一般文学史研究的不同之处,主要不在于是否以某地域的文学历史作为研究对象,而在于以成熟的区域史研究理论与方法来重新审视文学的空间构成及其演变。文学史知识体系自初创以来,受当时科学精神的影响所形成的某种进化论的历史观念,作为一种深层基因至今还不时地在困扰我们。原来仅以时间演进为线索的文学史叙述,忽略了在空间层面上不同区域板块之间的运动,而这种运动及其相互间关系的研究,给我们带来了考察文学文化演变的另一种维度。同时,基于进化论思维的求因明变,讲求一种必然的逻辑联系,受到"新史学"的解构,也会给我们的研究带来一种新的路径,如何将历史事件在其存在的空间内还原。这种区域史的研究模式,对于从综合的社会文化结构考察包括大、小传统在内的诸多文学现象及其背后的日常生活与深层心态,无疑有很大的助益,而某地域文学自身的特质及其在总体文学历史整合过程中的作用,亦唯有在区域间的差异与互动中,才能看得更加清楚。

因为思维方式不同,在传统的文学研究中,谈不上有严格意义上的地域文学研究。与之相关的,大致有两个方面的内容:一是在文学批评中表现出来的有关地域风格的认识。如早在《左传·襄公二十九年》中记载的吴公子季札观周乐,就已经注意到各地区由于政教及民俗的差异而呈现出来的不同的艺术风格。虽然作者所要说明的是文艺作为教化工具的作用,然而,它却已经触及一定地域的社会生活对文学作品风格的影响问题。鉴于中国古代社会在政治、经济、文化发展上独特的时空轨迹,自唐初《隋书·文学传序》中首次明晰地比较南北朝文学的不同——所谓"江左宫商发越,贵于清绮;河朔词义贞刚,重乎气质"[1],有关南北地域文学风尚的差异及成因一直为历代研究者所关注。然而,且不说古今中西用

---

[1] 《隋书》卷七六,中华书局1973年版,第1730页。

于研究的理论框架和手段有质的区别,其着眼点亦仅囿于说明作家个性与作品风格形成之"江山之助"或"声以俗移",与旨在解释一定地域文学本身的独特性、丰富性以及该区域相对整体而言的意义毕竟不可同日而语。二是作为地方志附庸的"地方艺文"。它被视作地方人文风俗的一项资料而加以编纂保存,内容从本地区作家小传,到与文学活动有关的事迹、言论、谱系,再到诸体作品本身。四库馆臣将之溯源至宋乐史所编之《太平寰宇记》:"后来方志必列人物、艺文者,其体皆始于(乐)史。"[①]有的则单刊成一种总集,所谓"仿《文选》、《文苑》之体而作文征"[②],或为记咏一地山水名胜的历代诗文选粹,或为保存乡邦文献、表彰乡邦文学的诗文汇纂。这类文献固然对复原特定地域丰富的文学形态有很大帮助,但其自身或只能算作是地域文学研究的史料,况且编纂者的着眼点亦往往限于局部,而不及整体。

地域文学研究在我国成为可能,是近现代人文学术建立以来的事。20世纪初,西方有关史学理论尤其是文化理论的输入,曾令地域文化的相关研究结出硕果,如陈寅恪先生在30年代发表的《天师道与滨海地域之关系》,即是这方面成功的范例。地域文学方面,从刘师培《南北文学不同论》到汪辟疆《近代诗派与地域》等,也各有其建树。不过,我们注意到,尽管这个时代已有许多部以新的文学史思想撰成的中国文学史,有的也在部分篇章涉及地域与文学的关系探讨,然相比较而言,独立的特定地域文学的研究著作却显得凤毛麟角,1949年以前问世的有关地域文学的专著,仅有蒋瑞珍《吴江诗史》(1937)、徐嘉瑞《云南农村戏曲史》(云南大学西南文化研究室,1943年)和赵图南《台湾诗史》(自刊,1947年)等数部地方专体文学史,且由于出版发行等方面的原因,并未产生多大影响。建国以来,除原福建师范学院中文系57级学生编撰过《福建文学史》(油印本),尚有1960年出版的《江西苏区文学史初稿》(江西师范大学中文系编著)、《内蒙古自治区文学史》(内蒙古大学中文系编著)等集

---

① 清永瑢等撰《四库全书总目》卷六八《太平寰宇记》条,中华书局1965年版,第595页。
② 章学诚《文史通义》卷六《方志立三书议》,叶瑛校注《文史通义校注》,中华书局1985年版,第571页。

体编撰的著作,亦是一时风气所致。"文革"期间,由于特殊的政治气候,学术陷入萧条期,地域文学研究更是难以从容开展。确实,这样的状况若不加改变,文学史研究很难进入精深的层面。

就在80年代初我国学术界掀起"文化热"并推动重写文学史提上议事日程之际,业师章培恒先生已经一再强调中国文学的复杂性与地域间的差异,告诫我们不能把中国文学看成是铁板一块,正如在其他社会文化领域中一样;中国文学史并非简单地是在一种大一统的价值观念中所陶铸的诸多文体此消彼长的发展历史①。趁古籍所承担古委会重点科研项目——《全明诗》的整理与编纂之际,他从明代文学入手,有计划地指导历届博士生展开不同地域文学的综合研究。师兄陈建华的博士学位论文《中国江浙地区十四至十七世纪社会意识与文学》(1992年由学林出版社出版)便是其中最早完成的一部,在具体体现章先生提出的以地域文化的视角研究文学史的思想方面为我们提供了样板。我的学位论文则为《明代福建地区城市生活与文学》,现在看来,研究成果固然令自己感到汗颜,却因此开发了我对明代福建文学研究相当持久的兴趣,并因此积累了不少该地域文学的个案研究经验。

应该说,诸如此类的地域文学研究并无现成的模式可资利用。在这里不能不提到至少有两种著作给予当时的我相当大的影响,为我们的研究提供了某种方法论上的指导。一是美国学者施坚雅(G. William Skinner)的《晚期中华帝国的城市化运动》(当时还只是看到相关动态介绍,全译要至2000年才由中华书局出版)。作为美国现代中国学的一种区域史理论研究,简言之,施氏从德国地理学家克里斯托勒(Walter Christaller)的中地理论出发,以近现代中国的城市活体为分析对象,构建起自己的区域系统分析理论,将该时期中国划分为分别处于不同发展阶

---

① 后章先生在为李浩教授《唐代三大地域文学士族研究》所撰"序"中,有如下表述:"文学的地域研究,是文学研究中一个十分重要的领域,在中国这样各地区的经济、政治、文化发展很不平衡的大国里,尤其如此。这是因为:不仅各地区的文学各有自己的特点,彼此的差别有时十分巨大;而且,不同地区之间的力量的消长,也常常会导致文学发展的总体趋势的变化。所以,如果没有关于文学的深入的地域研究,就既难以具体说明我国各个时期的文学的面貌,也不易说清我国文学演变的确切原因。"(中华书局2002年版,第1页)

段的九个地区,用诸如城市化、市场拓展、管理官僚化和教育水准等社会指标而非抽象的观念来衡量不同区域的社会变化与发展。它给予我们的启示,除了改变长期以来在历史、文化研究中忽略地方差异性而强调整体同一性的定势思维之外,还让我们领略了史学研究综合社会科学诸种理论、方法、手段的新鲜感。记得为了理解所谓中地理论,我还特地找来仅能觅得的台湾学者所撰《城市地理学》作为参考。另一种则是陈正祥的《中国文化地理》(生活·读书·新知三联书店1983年版),让我在历史地理之外,于文化地理有了特别的感性认识。其中尤以"中国文化中心的迁移"一章印象最为深刻,而诸多反映历代人口迁移、城市发展以及说明科举考试制度和人才分布状况等的图例,也都成为之后相关研究的必备参考。

在西方,区域史的理论与方法可以说是由法国年鉴学派引发的,无论是"长时段"还是"总体史"的主张,皆将历史视作是多元系列或结构的复合体,各系列或结构不仅有其自身内在的聚合力,而且相互间构成某种层级关系。随着该派学者的代际递变,其关注的重心愈来愈由社会经济现象向长期被忽视的人的群体心态拓进,以之作为社会的"深层结构"予以析论。毫无疑问,这对地域文学研究尤有借鉴意义。

与此同时,二战后在美国发展起来的区域研究蔚为大国,东亚研究甚或像哈佛大学费正清中国研究中心创设的中国经济和政治研究项目,以其特定的研究对象,给予当代中国学界直接的刺激与影响。在这方面,除了上举之施坚雅,又如郝若贝(Robert Hartwell),他于1982年在《哈佛亚洲研究》上发表《750—1550年中国人口、政治与社会的转型》,"把唐宋到明中叶的中国历史研究重心,从原来整体而笼统的中国,转移到各个不同的区域,把原来同一的文人士大夫阶层,分解为国家精英(founding elite)、职业精英(professional elite)和地方精英或士绅(local elite or gentry),他特别强调地方精英这一新阶层在宋代的意义。这一重视区域差异的研究思路,适应了流行于现在的区域研究,并刺激和影响了宋代中国研究"①。

---

① 葛兆光《重建关于"中国"的历史论述——从民族国家中拯救历史,还是在历史中理解民族国家?》,《宅兹中国——重建有关"中国"的历史论述》绪说,中华书局2015年版,第6页。

一直到包弼德(Peter K. Bol)这一代学者,提出超越行政区划,重视宗教信仰、市场流通、家族以及婚姻三种"关系"构成的空间网络,这种超区域的区域研究,被认为更吻合当时社会实际情况①。应该说,包氏的上述构想,在中国学界已经产生诸多影响,其所著述,在将思想史与政治史、社会史以及文学价值观研究等相结合方面,显示了某种方法论的意义,其效应至今仍在不断释放,并早已跨越文史的边界,而对文学史研究有所助益。

需要特别指出的是,从郝若贝到韩明士(Robert Hymes)、包弼德等的美国宋史研究的进展,又引发了对于中国史长时段连续性发展的新认识,那就是史乐民(Paul Jakov Smith)与万志英(Richard von Glahn)主编的《中国历史上的宋元明变迁》(哈佛大学出版社,2003),该论文集主张将12世纪初至15世纪末这一历史阶段视作一个研究段落,作为"唐宋变革期"与"帝制晚期"之间的历史过渡。这意味着宋代尤其南宋被视作一系列新发展的开端,包弼德在一篇对己作书评的回应中则如此叙说:"基本上,宋代社会史家已经把焦点从宋代是否现代的这个问题抽离,转而关注在宋代出现并延续到后世的新的菁英社会构成。"②"地方精英"阶层在地方文化、社会和政治中的作用,成为重新解释文化转型的关键。他在承认自己受到郝若贝、韩明士宋代社会史研究影响的同时,指出他们两位则是受到明清史学者的影响,"我们可以把他们的研究视为把明清社会史的研究边界推到宋代的成果"③。这一点很重要,我们看在日本的学者挑战"唐宋变革论",史学如王瑞来,运用地域切割理论,倡言"宋元变革论",通过对时(南宋)、地(江南)、人(士人)三要素的考察,描述中国史从近世走向近代的轨迹④;文学如内山精也,藉对江湖派诗人及至元初诗人个案的多方位考察,将南宋嘉定年间以后诗歌创作通俗化的现象,视作是诗学

① 葛兆光《重建关于"中国"的历史论述——从民族国家中拯救历史,还是在历史中理解民族国家?》,《宅兹中国——重建有关"中国"的历史论述》绪说,中华书局2015年版,第7页。
② 包弼德《对〈评包弼德《历史上的理学》——兼论北美学界近五十年的宋明理学研究〉的回应》,《新史学》21卷2期,2010年6月。
③ 同上。
④ 参详王瑞来《从近世走向近代——宋元变革论述要》,《史学集刊》2015年第4期。

"近世"化的发端①,其实皆是向后看——即将宋代与元明清乃至近现代联系起来观照的结果。

也就在20世纪80年代中后期,包括西方汉学界以及台湾与大陆学术界在内,相继开始引入以哈贝马斯(Jürgen Habermas)"公共领域"概念建构起来的市民社会的理念。引入者的动机或在以此"市民社会"模式替代此前的"西方冲击——中国回应"模式,而其对于我国史学界的影响,则令原来单纯的基层社会研究,转变为以之为基点,关注国家与社会之间复杂关系的整体社会史视野。这类研究往往与区域史研究结合在一起,通过区域社会建构过程的梳理,展示传统中国社会深层结构如何变动,并为解释中国现代化进程提供各种分析模型。

因此,当我们聚焦于"地方精英"阶层在地方文化、社会和政治中的作用,地域文学研究便亦格外显示出其意义。毕竟在这些"地方精英"身上,呈现出社会结构的某种变动,而他们又是当地文艺活动的担当者。就中国文学自身的发展而言,随着传统社会在社会结构上发生某种变易,如城市经济的增长对农业社会的侵蚀,出现"国家"与"社会"之间错综复杂的互动格局,地方文艺才因而骤盛并显得重要起来。

如果我们把帝王—中央至地方各级官僚—科举制度下后备官僚阶层这样一种垂直的金字塔体制视作国家机器的基本结构,那么,随着城市商品经济的发达,行业、会社、其他自治组织等构成横向的社会关系,不再与那种国家机器胶合,社会闲暇消费的产生,引起人们生活方式的变化,印刷出版成为新的传播手段,文学担当者向更为广大的市民阶层扩展,并呈现地方性、集团性与市场化等特点,这些因素都给文学文化在各地域相对自由生长带来契机,人的自我意识及其文学表现自然出现新的特点。

正因为地域文学自觉是近世文学发展的显著标志,那么,地域文学研究之于近世文学,其方法论意义不言而喻。运用地域文学研究,从文学在

---

① 参详内山精也《古今體詩における近世の萌芽——南宋江湖派研究事始》,《江湖派研究》第一辑,江湖派研究会,2009年2月。

某一特定时空生成、演进的实态着手,既注意该地域文学的特性,又进而探讨整个中国文学的历史整合过程,就能够为近世文学的重构拓展出纵深空间,从而为文学史研究提供新的解释框架。

福建作为文化区域的形成及其基本型态

在中国这块古老的大陆上,位处东南沿海的福建地区,就其文化发展而言,是一个十分独特的单元。如果我们把早熟的华夏文明看成是典型的大陆内核文化,那么,福建地区的文化显然可以算作是一种沿海外缘文化,它除了具备一切外缘文化的基本特点之外,诸如它的晚进,它极大的受容性,它的非自生根形态,以及随之而来的复合性、发育不充分性等,还因为整个汉文化圈重心的移入和世界大航海格局的波涉而产生更为复杂的文化个性。

福建之地古称"闽"。《史记索隐》引《说文》云:"闽,东越蛇种也。"《周礼·夏官·职方氏》有所谓"八蛮七闽",郑玄注:"闽,蛮之别也。"至于"七",郑玄谓"周之所服国数也"。贾公彦疏:"叔熊居濮如蛮,后子从分为七种,故谓之七闽。"是"闽"最早当为南方民族中若干部落之称名[①]。其分布的区域,包括今天的福建全部及广东潮、梅一带,还可能包括浙江旧温、台、处三府属[②]。尽管据记载,早在秦始皇二十五年(前222),中央政权已在此地设置闽中郡;汉高帝五年(前202),立无诸为闽越王,王闽中故地,都东冶;十二年(前195)立织为南海王;惠帝三年(前192),立摇为东海王,都东瓯;武帝建元六年(前195),立无诸孙丑为越繇王,又立馀善为东越王;然而实际上,该地区"自秦时弃弗属"[③],仍长期处于汉文化圈的势力影响范围之外,淮南王刘安在谏武帝派兵诛伐闽越的上书中,谓"越,方外之地,劗发文身之民也。不可以冠带之国法度理也。……不牧

[①] 至于所谓"八闽",无论源于中原八姓入闽,还是宋元行政区划的八州、军与八路,皆属后起之说。
[②] 参见朱维幹《福建史稿》上册,福建教育出版社1985年版,第16页。
[③] 《史记·东越列传》田蚡语,中华书局1982年版,第2980页。

之民,不足以烦中国也"①,显然代表了当时人们普遍的看法。直到公元2世纪末的东汉末年,这里依然被人视作未蒙汉化的蛮荒之地,当孙策东渡江,许靖等人从会稽出奔,并未以就近的东冶为目标,而是远走交州,因为他认为所经历的"东瓯、闽越之国"不是"汉地",到了交州才是汉地②。

这一地区之所以在中国早期历史上长期处于"化外",主要当归因于在自然地理环境上的隔绝机制。因为它不仅僻处中国这块古老大陆的东南沿海边缘,这意味着远离依黄河文明建立起来的中原王朝;并且亘带西北的武夷山脉等高山丘陵以及境内全部东注入海的河流,构成了与内地及浙、赣、粤等邻近地区交通的天然屏障,刘安所谓"限以高山,人迹所绝,车道不通,天地所以隔外内也"③。在生产力相对低下的情况下,这样的障碍已足以阻绝黄河谷地具有强大生命力的华夏文明开发这一边地并拓展海上门户的设想,"丝绸之路"始终是唐以前中外文化交流唯一重要的通道。

当然,至据江东立国的孙吴政权,这一地区就不再是可弃弗属的"方外之地",而是必须拓展的腹地,它在该地区的国防与海运事业,与其国家的稳固与发展有着至关重要的关系。因此,从建安元年(196)至太平二年(257),孙吴政权曾五次用兵,经营闽中,在建安(196—220)中增置了侯官、建安等五县,并至迟在永安三年(260)设立了建安郡。与之同时,闽中沿海区域也发展起吴国重要的港口,其时典船校尉与温麻船屯的设立,便是东汉末以来海运事业有所发展的一个显著标志。西晋统一全国后,于闽中行政区划所作的大的变动,是在太康三年(282)从建安郡又析出晋安郡,皆隶属于扬州,前者所辖七县都在闽北,后者所辖八县则在闽西南与沿海一带,显示了当地居民向沿海区域的拓张。不过,与周围地区相比,福建地区在这一时期获得的开发仍相当有限,正因为如此,这里常常成为孙吴政权处置获罪官吏的谪徙之地,虽说与相对先进的长江中下游地区建立了某种联系,但是其自身社会经济的发展并不明显,更谈不上

---

① 《汉书·严助传》,中华书局1962年版,第2777页。
② 参见葛剑雄《福建早期移民史实辨正》,《复旦学报》1995年第3期。
③ 《汉书·严助传》,第2781页。

有什么文化上的发展了。

真正打破福建地区与广大内陆相隔绝之孤立状态、改变当地人民自然形成的生活方式的动因,是东晋以来北方游牧民族愈演愈烈的南侵所造成的生态压力,整个汉文化圈不得不有选择地向大陆东南部层累地推进,由此产生中国历史上社会政治、经济、文化的比重随地理上由北向南的变迁而发生演化的独特现象。首当其冲的就是人口的迁徙问题。据谭其骧先生统计,自永嘉至元嘉年间(313—450),北方南渡人口共约九十万,相当于北方总人口的七分之一[1]。这还不算当时南方世族隐匿的部曲、佃客数。尽管在这次大规模的人口南迁运动中,尚不见有中原移民直接避乱入闽的记载,但为数如此巨大的南渡人口以及战乱的态势,自不能排除会有来自北方的移民深入"天地所以隔外内"的福建地区以求自保的可能;更何况在此前后际,亦已有来自北部浙与西部赣的移民会合于闽西北高地。一百年之后的侯景之乱,南渡人口之聚集地三吴沦为战场,当有更多移民入闽,陈文帝于天嘉六年(565)"诏侯景以来遭乱移在建安、晋安、义安郡者,并许还本土,其被略为奴婢者,释为良民"[2],可为印证。虽然,此诏一出,结果确会导致一些移民返回本乡,但自侯景之乱至此,毕竟已有近二十年的时间,就地安居乐业、蕃衍生息的人家一定不在少数[3]。从行政区划的建制来看,从梁天监间(502—519)析建安郡之地置南安郡,至陈永定间(557—559)设闽州(不久改称丰州,州治在晋安郡),在这一地区建立起相当于省一级的行政单位,多少能反映随着南朝政权在长江中下游地区统治的巩固,福建地区得到相应的辐射而有较大的发展,中国南方诸省中这一块最晚得到开发的处女地,自此终于纳入了汉文化体制的一体化进程。

史学界所关注的焦点,主要在于所谓中州士族"四姓"或"八姓"入闽是否属实,因为这一问题关系到中世福建文化生成的溯源。大约自唐代

---

[1] 《晋永嘉丧乱后之民族迁徙》,《燕京学报》第15期。
[2] 《陈书·世祖本纪》,中华书局1972年版,第58页。
[3] 如《书林余氏重修宗谱》卷首《增修余氏宗谱总序》,即载远祖余青"避侯景之乱,在闽落籍"。清余振豪等重修,传抄清光绪二十二年新安堂刊本。

以来,"诸姓入闽,自永嘉始也"①的说法已开始出现,至宋代则相当流行,如陈振孙《直斋书录解题》卷八引林谞《闽中记》所言,谓"永嘉之乱,中原仕族林、黄、陈、郑四姓先后入闽";《太平御览》卷一七〇引《十道志》"泉州清原郡下"云:"东晋南渡,衣冠士族多萃其地,以求安堵。"《淳熙三山志》卷二六载:"爰自永嘉之末,南渡率入闽,陈、郑、林、黄、詹、何、丘、胡,昔实先之。"这表明,这里的后代都乐意将永嘉南渡这段历史看作是这一地区获得文化影响源的一个契机,代表华夏文明的中原士族被奉为其文明传承的根系之所在。考辨其事实,正如不少学者已经指出的,所谓"四姓"或"八姓"皆中原士族后裔的说法根据不足,而最初之所以会出现这种说法的原由,在很大程度上与唐代重门第、重郡望的社会风气有密切的关系。不过,从这一现象我们也可以看到,以永嘉之乱为开端所发生的中原文明在政治、经济、文化诸多方面重心的逐步南移,确实为南方广大地区的开发、发展注入了相当持久的活力,与南朝历代政治中心所在的长江中下游地区相比,福建地区虽然尚未因世族大家的集聚而在文化上产生类似雅斯贝尔斯(Karl Jaspers)所谓"轴心期"的巨变,但其本来处于自然状态,或者说比较落后的经济、文化,因移民直接或间接带来中原文明影响的外在动力而开始发生比较显著的阶段性变化,这一点是无可置疑的,它为此后这一地区在更大规模上吸纳接踵而至的移民文化而获得新一轮发展奠定了基础。如果我们从某种象征的意味出发,来理解这一地区的后代将永嘉以来不断南移的中原士族文化标榜为加入汉文化体制一体化进程的福建文化生成之源,则亦不是没有意义的。

中原移民真正大规模地进入福建地区,是在唐中叶以后②。首先是安

---

① 林蕴《林氏族谱序》,《林氏两湘支谱》卷一"闽序"。
② 初唐高宗总章二年(669),在泉潮间曾发生所谓的"蛮獠啸乱",陈政奉命率将士自粤入闽镇压,结果陈氏子弟及部下皆定居漳州一带,其子陈元光对漳州的开发卓有贡献。福建旧志据陈氏私谱,多以为元光出自颍川陈氏,家居光州固始,他一家乃自固始"万里提兵"入闽。其实,这只是出于晚近陈氏族谱编纂者的说法。据《朝野佥载》、《元和姓纂》所载,结合《广东通志》、《潮州志》的记述,元光先世为河东(今山西省地),祖父陈洪任职义安(今广东潮安县治)郡丞,秩满留居潮州。故陈氏家族实为岭南土豪酋帅。参见谢重光《"开漳圣王"陈元光论略》(载《海峡两岸文化交流史料》第一辑,华艺出版社1990年版),谢氏另有《〈龙湖集〉的真伪与陈元光的家世和生平》(载《福建论坛》1989年第5期)详考其事。

史之乱至唐末持续不断的社会大动乱,令中原人民纷纷避难徙居于此。如徐彦伯之子徐务,为徐寅六世祖,即于天宝末避乱入闽,而在莆田定居下来①;为莆田筑木兰陂的李宏之先祖,亦于天宝末入闽②。又如贞元四年(788),"奔闽之僧尼士庶",一次便达五千人之众③。《福建新通志·鲍防传》谓"是时中原多故,贤士大夫以三江五湖为家,登会稽者如鳞介之集渊薮"④,所传递的也是这个时代有众多家族自中原迁入闽中的信息,尽管为表彰鲍氏之功,它所使用的是文学性的描述语言。至唐末,如翁彦约的祖先即自京兆避地闽中,"子孙散居七闽"⑤;而王审知兄弟在光启(885—887)中携诸姓入闽,更令其后的闽人又普遍声称自己为光州固始之裔⑥。在这种背景下,福建地区的人口迅速增长。唐玄宗开元后期,整个福建所属的州数,已由原来福、泉、建三州增漳、汀而成五。据统计,北宋初,福建的户数较唐开元增加三倍多,以唐天宝福建各州辖境为单位,计算自唐开元至北宋太平兴国年间各州户数增长的百分比,则以西部建州为最高,达837%,依次向汀州、福州、泉州递减⑦。这对于福建各地社会经济、文化的发展,无疑具有十分重要的意义。

自唐代以来,随着大规模沿海围垦的开展,福建沿海区域的开发有了进一步的进展,特别是海运事业的发展要求,又给像福州、泉州这样的海上门户带来新的生机。我们知道,安史之乱后藩镇割据的局面,导致了陆上"丝绸之路"的壅闭,中外交通遂转而以海道为主。这一重大转变,使得南方沿海不少港口因而崛起,开港历史比福州短的泉州尤显突出。元和六年(811),泉州已升为上州。泉州港由泉州湾、深沪湾、围头湾构成,

---

① 参见刘克庄《跋徐氏二诰》,《后村先生大全集》卷一一一;又详《闽书》,郑方坤《五代诗话》卷六引。
② 见(弘治)《大明兴化府志》卷四八《李宏传》,明弘治十六年刻本。
③ 参见黄滔《福州雪峰山故真觉大师碑铭》,《全唐文》卷八二六,上海古籍出版社1990年影印版。
④ 鲍防佐福建观察使薛兼训在大历时。据朱维幹先生说,这里所谓的"登会稽者",就是避乱入闽的意思。福建在汉代为冶县,属会稽郡。参见《福建史稿》上册,第131页。
⑤ 杨时《翁行简墓志铭》,《龟山集》卷三二,《文渊阁四库全书》本。
⑥ 宋人方大琮已有辨说,见其《跋方诗境叙长官迁莆事始》,《宋宝章阁直学士忠惠铁庵方公文集》卷三七,明正德八年方良节刻本。
⑦ 见葛剑雄、曹树基、吴松弟《简明中国移民史》,福建人民出版社1993年12月版,第249页。

它在地理位置上的优越条件本来就有良好的发展潜力；至唐末，黄巢起义队伍攻占广州造成相当程度的破坏，又等于为泉州在当时几大国际贸易港中地位的上升提供了某种际遇。唐代的泉州是否已有阿拉伯商船入口？关于这个问题，尽管一些严谨的学者认为尚无确据①，然而根据阿拉伯在8世纪后期兴起的阿拔斯王朝注重海上贸易，以及唐时已有伊斯兰教传入的事实，他们也都并不排除其可能性。至少从朱维幹举证的包何（天宝时登第，大历间任起居舍人）《送李使君赴泉州诗》②可以看到，盛中唐时代的泉州，已经是"市井十洲人"杂处并与相关国家与地区进行朝贡贸易的港口。王审知治闽，推行劝农兴学、奖励工商政策，造就了五代闽国短暂的辉煌，这时的泉州已居于比福州更为重要的位置，"至是利涉益远，且招徕番舶"③，自福州与泉州港，北可与渤海、新罗交通，南则与占城、三佛齐（苏门答腊岛的巴邻旁）往来，中外海上贸易益盛，还因此带动了织造业、陶瓷业、冶炼业等的发展。不仅如此，如果说早些时候州县行政单位的设置大都是出于政治、军事的目的或维持交通线的需要，那么，闽国时如罗源、闽清、宁德、德化、同安、永春、长泰等县的设立，都是由唐代的一些墟市场镇升格而成的，显示了经济因素在社会发展中逐渐开始占有举足轻重的地位。

其次是崛起于东北的女真统治集团与宋室的对峙，他们数度南侵之深入以及劫掠之酷烈，又一次迫使整个汉文化圈的重心向南转移，大批中原士庶亦不得不随之掀起新的移民高潮。靖康之乱后，金兵跨江相击，铁蹄所至，如两湖、江之东西及两浙地区，概不能幸免，惟独福建、两广和四川，因地理位置的相对僻远及地理环境的屏障作用，稍恃安宁。而福建又以与都城之所在相近，成为中原移民乐意择取的徙居地，所谓"南渡钱塘后，建为外辅；而中原丧乱，士大夫率多携家避难，遂族处而斯"④，实为当时该地区不少州府中比较普遍的情况，如紧邻浙、赣的建宁、邵武、汀州及

---

① 参见朱维幹引岑仲勉、桑原骘藏之说，《福建史稿》上册，第110页。
② 《全唐诗》卷二〇八。
③ （道光）《重纂福建通志·历代守御篇》，同治十年正谊书院刻本。
④ （康熙）《瓯宁县志》卷二，清康熙三十二年刻本。

地处沿海平原的福州、泉州,作为移民入闽路线的分布点而吸纳了尤为众多的外来人口,福州和泉州这两大港口城市还成为宋室宗人的主要择居地。中原移民的迁入,令福建路的人口有了极为显著的增长,若以嘉定十六年(1223)的户数为统计基准,其时户数为1,599,214,比之宋初的467,815,增长了1,131,399户,增幅为241.8%;比之崇宁元年(1102)的1,061,759,增长了537,455户,增幅为50.6%①。特别是绍兴三十二年(1162)以后,两浙、江西的户数皆曾有过下降,唯福建有增无减,呈持续增长之势②。这一次中原移民随宋代政权的被迫南迁,在中国经济、文化发展史上引起的效应是十分巨大的。由于政治重心移至浙江沿海的临安,相应地,其时汉民族的经济、文化重心亦在长江中下游地区原已发达的基础上,继续向其下绵长的海岸线推进,于是,"七闽、二浙与江之西东,冠带诗书,翕然大肆,人才之盛,遂甲于天下"③,原本僻处东南沿海边缘的福建地区,正是在这样的进程中骤然跃入整个汉文化圈经济、文化发展的中心区域,以致张守感叹:"惟昔瓯越险远之地,为今东西全盛之邦"④。

与东南沿海区域由边缘转为中心的发展互为因果的,是在新经济因素催生下新的人文景观——作为一种社会体系的城市化运动的出现,美国学者施坚雅(G. W. Skinner)在他主编的《中华帝国的晚期城市》一书中称之为"中世纪革命"。相当于全国四分之三的人口分布在约占全国八分之一的空间区域内,使得整个东南地区迅速稠密的人口骤然超过了自然的最高限度,如此巨大的生态压力,在客观上促成了已经聚集于该地区的人口"自杭州湾至雷州半岛和海南岛一带中国沿海高地向低地的迁移"⑤,而对于沿海平原的占领,意味着带动国内外更大区域的产品分工

---

① 参见朱维幹据《文献通考》、《太平寰宇记》、《宋史·地理志》等所列的数据表,《福建史稿》上册,第237页。
② 见葛剑雄、曹树基、吴松弟《简明中国移民史》,第299页。
③ 洪迈引吴孝宗《馀干县学记》语,《容斋四笔》卷五"饶州风俗"条。《容斋随笔》,孔凡礼点校,中华书局2005年版,第682页。
④ 张守《谢除知福州到任表》,《毗陵集》卷三,《文渊阁四库全书》补配《文津阁四库全书》本。
⑤ [美]郝若贝《750—1550年期间中国的人口、政治和社会变迁》,见《中国史研究动态》1986年第9期。

和远程商品流通的中心集散地———一种新型结构与职能的大城市圈的诞生成为可能。在福建地区,具体来说,就是在经济开发上完成了由闽西北山地上四郡向东南沿海平原下四郡的转移,在这个过程中,不仅陆上交通赣、浙与内地的闽北走廊之两侧盆地,如建安、建阳、崇安、浦城等地发展起工商业发达的城镇,而且由于人们对闽南福州、兴化、泉州、漳州四大平原之河谷线及海岸线的进一步拓展与利用,使得自大运河开通以来,一个纵结海河、黄河、淮河、长江、钱塘江五大水系的通畅廉价的全国立体水运网又与海道接通。南宋朝廷偏安东南一隅,陆上对外交通的必经之地为金所占据,迫使其对外贸易(如中印商旅)完全改为海道,于是,作为南宋都城强大经济腹地的福建地区,其沿海区域如泉州、福州等港口城市,因在唐五代已有巨大发展的海运业基础,益发突显其中外贸易重要门户的作用而繁盛起来。北宋前期,泉州港的外贸保持着相当可观的规模,"有蕃舶之饶,杂货山积"①。哲宗元祐二年(1087),中央政府正式在泉州设置了市舶司,此后屡有废兴,至高宗绍兴十二年(1142),才成为较为固定的税收机构②,泉州因可直接对外贸易而进入发展的黄金时代,所获税收则成为南宋财赋收入的重要来源,所谓"东南之利,舶商居其一"③。据《岭外代答》、《诸蕃志》等书记载,当时进入泉州与宋廷通商的共有五十多个国家和地区,而宋廷泛海前往贸易的,也有二十多个国家和地区④。它在海外交通方面的地位,已超过明州,并迅速赶上广州,"况今闽、粤,莫盛于泉州"⑤,成为名副其实的国际性商贸大都会。理宗淳祐年间(1241—1252),泉州的户数增至25.57万馀户,人口高达132.99万,而在其城东南,还逐渐形成了外国商人和水手集中居住的区域。作为当时全国造船业中心的福州,同样因海外贸易的兴盛而持续发展成为相当繁华的都市,温益《咏福州》诗曰:"潮回画楫三千只,春满红楼十万家。"⑥是

---

① 《宋史·杜纯传》,中华书局1985年版,第10632页。
② 《舆地纪胜》卷一三〇《泉州沿革》,清影宋钞本。
③ 《宋史·食货志》,第4560页。
④ 参见陈正祥《中国文化地理》第一篇,生活·读书·新知三联书店1986年版。
⑤ 《舆地纪胜》卷一三〇《福建路·泉州府》。
⑥ 见《舆地纪胜》卷一二八。

其写照。自建炎(1127—1130)以来,福州的户数已增至22.22万馀户,而至淳熙九年(1182),"比建炎户加五之一,口加三之一"①,它与泉州一并跻入全国屈指可数的大城市之列。

以武力征服南宋政权的蒙元统治集团,虽然在政治上推行民族歧视政策,经济上以民族掠夺为目的,但并没有改变中国这块古老的大陆已经加入西太平洋与印度洋航海贸易区的格局,它在东欧、西亚建立三大藩,更加迫切地需要大力发展海运事业来维系庞大帝国的经济利益与交通命脉。对于"海上丝绸之路"起点的泉州来说,尽管在元代因连年战乱及自然灾害,户口数大量减少,然而,由于其在对外贸易的重要战略位置,城市经济的发展势头却有增无减。元初,世祖忽必烈即委任弃宋投元的蒲寿庚招徕蕃舶,并复立市舶司,鼓励舶商与外番互市。此后,蒲氏后裔及亲信又屡次受命招谕南海诸国蕃商。在这种重商主义国策的支持下,泉州的海上对外贸易仍持续高速增长而至于鼎盛:

> 泉,七闽之都会也。番货远物、异宝珍玩之所渊薮,殊方别域、富商巨贾之所窟宅,号为天下最。②

不仅完全取代广州成为中国的第一大国际贸易港,而且在当时曾到过泉州的西方旅行家或传教士的眼中,"刺桐"港堪称世界上最大的海港之一,印度船舶载来的宝石、珍珠及香料均经此港输入内地,盛产于东南亚的胡椒百分之九十以上在这里转口,而中国的陶瓷、纺织品等亦由此远销东南亚及东非诸国,一时间大舶高樯林立,蕃商海客云集,可谓盛况空前。又据汪大渊《岛夷志略》记其自泉州随海船出海经商的经历,所涉海外地名有二百馀处之多,包括中南半岛、马来半岛、菲律宾群岛、印尼群岛、印度次大陆及其周围地区、波斯湾和阿拉伯半岛,以及东非和北非近百个国家和地区,显示了这个港口城市强大的经济辐射力以及在与世界建立更为广泛的联系中所扮演的举足轻重的角色。

---

① 《三山志》卷一〇《版籍志·户口》,转引自朱维幹《福建史稿》上册,第236页。
② 吴澄《送姜曼卿赴泉州路录事序》,《吴文正集》卷二八,《文渊阁四库全书》本。

元代的福州也依然是一个政治、经济、文化的中心城市（福建行中书省，或置于福州，或移于泉州），它在对外贸易上的地位虽不及泉州港，进出的海舶却仍相当频繁，来自闽北的货物均经闽江在这里集合再转运出口，我们从闽江入海口北侧定海海底发现的古沉船中打捞出大量宋、元时期陶瓷制品和其他文物，可以证实其时福州海上贸易的兴盛；元末明初的福建诗人蓝智，在他的诗中这样描绘：

> 日出三山烟雾开，梵宫楼阁绕崔嵬。鱼龙大地江涛转，犀象诸蕃海舶来。①

亦从一个侧面反映了福建又一个国际贸易城市在元末的繁荣景象。此外，如莆田的涵江与涞溪附近的华亭，在宋代就是对外贸易的重要商埠，而泉州之安海港则是宋元时期一个著名的自由港。

明代的福建地区就处在这样一个由长期化外的边缘骤然发展成为整个大陆经济、文化重心的基础之上。如上所述，南宋以来由传统上四郡向沿海平原下四郡的经济开发，对一种大城市圈的诞生有着不可估量的意义。同时，海运的繁荣，不仅因其与海外交通而使此地变得重要起来，而且通过海道，又能将闽、浙、粤串联起来，也就意味着能因此接通以大运河为枢纽的全国水运网，从而使自己成为带动国内外更大区域产品分工和商品流通的中心集散地。

在明代前期，承宋以来城市经济、文化发展之盛的主要是福州、兴化两府。泉州在元代的巨大繁荣，因元末亦思法杭人之乱，被毁于一旦，已经成为一片废墟，所谓"三十年来何怆哉，凄凉人物与苍苔。明珠象齿不复惜，海客番船何处回……"②一时根本无法恢复。海外的贡舶，多改泊于福建布政司所在之长乐港。王应山《闽都记》记载了当郑和在长乐的太平港造船时，长乐十洋街的繁盛，云其"贸易如云"。从黄虞稷《千顷堂书目》所列四百馀位福建籍作者来看，自正德以前，长乐的文化人所占的

---

① 《怀三山旧游》其一，《蓝涧集》卷三，明嘉靖间刻本。
② 王恭《送人至温陵》，《草泽狂歌》卷二，《文渊阁四库全书》本。

比例尤高,证实当时的人文之盛。以高棅、王恭、陈亮、郑定及陈仲进家族等为主要成员的一个文人集团,也可以说是此民物蕃昌之产物。福州历代为福建地区的文化、经济及政治中心,文化积累最厚,此时又取代泉州成为全国重要的国际贸易港,在私人海贸发达之前,可谓独占海贸之优势,为它始终在整个明代垄断该地区文化的主体地位奠定了基础。在莆田,长期的经济发展同样给这里的文化带来生机,如王慎中即云:"莆阳文献为岭外最盛处,视中州不啻加之。"[1]而郑岳在历数洪武庚戌(1370)至嘉靖戊子(1528)莆阳科举的盛况后,不无自豪地说:"视宋之盛,殆又过之。"[2]直到嘉靖末因遭倭患,股肱之郡亦成砂砾,"士多糊口四方,人才从此衰焉"[3],人口直到崇祯甲申(1644)才有所苏缓。莆阳文化在明代中后期的中断,使这一地区失去了在私人海贸冲击下进行文化更新的一次良好机会,以致在某种意义上不能不认为,总体上该地区的文化,在闽南沿海四大平原上是最为保守的。

应该说,在福建地区,真正近代意义上的城市商品经济,发源于泉、漳一带政府难以驾驭的深奥港湾和林立岛屿,至嘉靖时,"漳之诏安有梅岭、龙溪、海沧、月港;泉之晋江有安梅;福宁有桐山。各海澳僻远,贼之窠响、船主、喇哈、火头、舵工皆出焉"[4],如果说,唐宋以来在该地区发展起来的海外贸易,尚没有摆脱官方的政治缀饰性质,那么,到了明代中期,愈来愈壮大的私人海上贸易已经实质性地在迫使农村经济和家庭手工业日益依赖市场,并因此刺激纯粹是经济交换点的各级市镇体系的建设。举个例子来说,漳之月港"唐以前则洪荒未辟之境也,在宋则芦荻中一二聚落"[5],"于是饶心计者,视波涛为阡陌,倚帆樯为耒耜;盖富家以财,贫人以躯,输中华之产,驰异域之邦,易其方物,利可十倍。故民乐轻生,鼓枻相续……"[6],对这里的住民来说,日益加剧的人口压力使得富饶的海洋

---

[1] 王慎中《易学纪成序》,《明文海》卷二二〇,清涵芬楼钞本。
[2] 《莆阳文献序》,《郑山斋先生文集》卷九,明万历十九年莆田郑氏家刻本。
[3] 王世懋《闽部疏》,明万历《纪录汇编》本。
[4] 茅元仪《武备志》,明天启刻本。
[5] 王志道《海澄县志序》,(崇祯)《海澄县志》卷首,明崇祯五年刻本。
[6] 《海澄县志》卷一五《风土》。

比紧张的土地具有更大的吸附力,越来越多的人以贩海为生:"闽之福、兴、泉、漳,襟山带海,用不足耕,非市舶无以助衣食,其民恬波涛而轻生死,亦其习使然,而漳为甚。"①于是,自成、弘之际(1465—1505)起,尤其在泉、漳一带政府难以驾驭的深奥港湾和林立岛屿,生成了真正近代意义的城市工商文化,典型如漳之月港、泉之安平港,"孤屿遥屯,前代不啻瘠土,忽而声名文物,成为东南一大都会"②,"山川之所钟,文物衣冠之所都,不特财宝之所聚而已也"③。张燮在《清漳风俗考》中描述他们那里"甲第连云,朱甍画梁,负妍争丽。人无贵贱,多衣绮绣,意气相诡,华采相鲜","若夫行乐公子,闲身少年,斗鸡走马,吹竹鸣丝,连手醉欢,邀神辽旷"④,都反映了与广大内陆地区农业文明不同的生活风尚。

在这过程当中,因为担当文化播迁的历次中原移民运动实际上是伴随着整个汉文化圈的战略转移,或者说是向南方退守,这种播迁,就不同于一般的文化辐射,而是一种寄居性质的全面移植,因此,对于这个时期的福建地区来说,同时又是大陆内核文化硕果仅存的地区之一。前面我们已经说起过该地区独特的地理形势所带来的隔绝机制,那么,当一种成熟而强大的文明体系完全注入它的肌体之后,其相对封闭的自然条件会使得它加倍保持传入文化的纯洁和完整,而比它周围的受容地区更少发生变易。

由上可见,福建文化的生成,是以其加入汉文化体制的一体化进程为标志的,是持续不断的中原移民文化播迁的产物。二十多年前,我曾以"假晶现象"对此加以描述,历次中原移民迫于生态压力强行突入这片相对封闭的地区,就如同矿物学上所说的火山爆发后喷薄而出的熔岩,依次在这里倾泻、覆盖,凝聚成一种内部结构和外表形状颇相矛盾的结晶,该地区滨海的地理位置以及外缘文化特有的受容性,适于其时向东方扩张的西方文明会在最初的碰撞中给予它一定的影响,这也使得这里的文化

---

① 许孚远《疏通海禁疏》,《明经世文编》卷四〇〇,明崇祯平露堂刻本。
② 蓝授世《渎神私议》,(乾隆)《龙溪县志》卷二三《艺文》,清乾隆二十七年刻本。
③ (乾隆)《泉州府志》卷一一,清光绪八年补刻本。
④ 张燮《清漳风俗考》,(乾隆)《龙溪县志》卷二三引。

勃发一些新的因素,并呈现出复杂的走向。但是,这尚无助于瓦解这个已经形成的假晶体,相反,因加剧其内部结构与外表形状的矛盾,而更使这里的文化显示出一种个性分裂的特征,开放与保守、年轻与老成、粗犷与典雅、先进与落后,是如此不和谐地交织在这一复合文化体中。在另一方面,长期处于汉文化圈外的事实,倒多少使这里的文化显示出它的底蕴不足,这始终是这一地区文化人的一种自卑情结,他们普遍缺乏足够的自信,去发展本地区的自我意识,而往往怀着一种文化补偿心理,刻意择借以士大夫为主体的精英文化传统的那种表现形式,结果在很大程度上内耗了市民文化所积聚的巨大活力①。现在看来,这样的解释虽不免稚气,甚至有略嫌生硬的地方,却尚不悖理。它让我们看到一个文化区域如何动态地构成,而所涉及的诸多要素之变化亦因此得以呈现。

有关地域文学研究方法的一点反思

20世纪90年代以来,地域文学研究已成为中国文学史研究的热点之一,相关成果层出不穷。然而,我们也明显感觉到存在不如人意处,甚而感觉研究愈来愈陷入瓶颈。早在十馀年前,即已有学者对地域文学研究中较为普遍出现的问题做出反省,大致概括为如下三个方面:

其一,对于自然地理系统如何影响文学创作问题的探讨,还不够深入和细致。一些关键问题,例如作为人类生存环境的外部条件如何转化为文学创作的内在机制,地理因素在哪些环节、以怎样的方式对作家创作以及文学发展发挥作用等,尚缺乏步步深入、环环相扣的具体分析,探幽察微的工作就更显不够。部分既有成果甚至存在着地理加文学的简单化倾向,把古代文献的相关材料作为"标签"使用的现象也不少见。

其二,对于区域作家群体的研究,往往停留在静止的单一的层面

---

① 以上参见拙作《假晶现象:明代福建地区文化特征漫说》,《中国典籍与文化》1997年第1期。

上,缺乏流动性与整合性。

其三,在阐释地理文化与文学的关系方面还存在诸多空白点,尤其是在人地互动关系上,忽略了人的文化活动对外在地理条件的利用和改造。对古代作家通过文学创作对于人文地理建设所发挥的重要作用,以及古代作家的审美活动将外在的自然地理系统内化为自己创作的心灵空间等问题,也缺少系统研究。①

总之,是围绕人地互动关系这个轴心,就其中地理因素对于作家作品的作用及其机制,人之于外在地理条件的能动性以及内化问题,人群的流动性及区域内外的整合等,做出比较系统的评估,关键在于能否在学理自觉的前提下做到具体而微。而这些不足其实也都是地域文学研究的难点所在,当引起我们足够的警惕。

近年来,有关地域文化与地域文学研究的学理性问题及其具体操作仍未获得妥善解决。如左东岭关注从文学观念研究的角度认识文学的地域特征与主流思潮的关系,他在指出元明清这一历史时段的具体相关研究尚存在两大缺陷的同时,还是将问题归结为学理性思考的不足,并特别提出地域间差异性研究与互动关系研究两个方面,前者"必须有层级的分类概念与比较研究的视野",而后者"往往是许多学者较少关注而且也是难度较大的一个方面"②。曾大兴则从文学地理学的理论建设出发,指出地域文学研究的突出问题在于对"地域文学"概念内涵缺乏准确的理解和研究方法上比较单一③。

这些论者皆以自己的研究经验告诉我们,地域文学的理论建设是长期而艰巨的任务,难以画上句号,理论也总是无法涵括种种实际形相,重要的是我们探索实践中的建构。一方面我们自己要能够把握想要解决什么问题的目标,一方面则应及时总结新的规律与可能性。

----

① 周晓琳《古代文学地域性研究的回顾与前瞻》,《文学遗产》2006年第1期。
② 左东岭《影响中国近古文学观念的三大要素——兼论地域文学研究的理念与方法》,《文艺研究》2015年第6期。
③ 曾大兴《"地域文学"的内涵及其研究方法》,《东北师大学报》2016年第5期。

就本书而言,我们首先要回答的,恐怕是选择明代福建地域文学作为研究对象,意欲何为？如前已分析,福建固然是有着长期历史积淀、具备相当鲜明文化特征的区域文化共同体,然相比较江浙地区,明代福建地区依然算不上是多么举足轻重的先进文化区域；相反,无论历史上的文化积累还是现实中的文化地位,都依靠本地域士人在努力自证。如果说,一种文学传统的建构,实是一种选择与阐释,取决于建构者现实的动机,而这种动机,往往又受制于其现时所体验到的文化或文学处境,那么,我们恰恰可以从该地域文人的这种自证,把握其与他地域文学竞争与交流的过程,其所关联的文学史上的重大事件。这样,在地域文学研究背后,仍是中国文学演变的整合研究问题。

其次,鉴于地域文学采用"总体史"的研究方法,即一种综合的社会文化结构中的文学研究,那么,考察明代福建文学,特别是中晚明的福建文学,必然会涉及所谓"市民社会"问题。除了从社会经济发展的角度来理解外,我们更须关注文学担当者的身份转换及其文化权力的获得,关注由印刷传媒而形成的新的公共空间,在这种条件下发展起国家意识形态所不能覆盖的市民生活自身的价值观念与心态。故上述所谓闽诗传统,乃是该地域新的知识阶层,表现出对本地域自身文化、历史的某种自觉,而进行的一种自我塑造,本身是近世社会的产物。当然,我们要以长时段的视角去观测"地方精英"在文学文化转型中的作用,故甚而上溯至宋元社会,并始终将之置于与国家意识形态的一种张力中。尽管闽地传统看上去有很强的保守性,与同时代其他地域文学比较,世俗化、个性化特征似皆不甚显著。但是,一方面,我们仍可以从中观察到自文学创作至传播方式的话语体系之变；另一方面,文学语言的塑造不是只有大众文化对精英文化审美风尚加以解构这一种途径,还有对精英文化审美风尚的复制以自我提升的途径,这在小说、戏曲领域同样存在。这种复古倾向,仍不能不看作是近世性的要求。

总之,通过具体解剖闽诗传统在明代形成与展开过程及其特点,或可比较清晰地看到,一个地域的文学传统,实在是由该地域特定时期特定的文学个体或群体发挥主体作用构建的,也可以说,是他们从自我的需求与意图出发,通过建立与前辈的某种认同关系塑造的一种本地域文学的想象共同体。而因塑造主体需求与意图的不同,对不同前辈或同类前辈不同的文学经验从不同角度予以确认,其实可以构建各种各样的想象共同体,这便构成了传统自体极为丰富的可能性,如前面描述的福建地区诗人在明代构建的这样一种宗唐复古的诗歌传统,只不过是通过他们所掌握的话语权不断宣示并为时人所认识的一种相对显在的想象共同体。与此同时,一个地域文学传统的构建,不可能是一种孤立的存在,尤其是在近世社会的条件下,即便像福建地区具有相对其他地区更为不便的地理交通环境,仍不可低估它与其他地区信息交换的能量,不仅该地域文人的文学经验往往是与他地域交流、互动的产物,对于本地域文学塑造主体的需求与意图来说,亦往往受到来自他地域文学挑战的刺激或影响,更何况一个地域文学所谓的特质,也是在与他者的比较中显现的。

因此,考察一个地域的文学传统,乃至开展地域文学的全面研究,"自塑"与"互动",或者说,地域间互动中的某地域文学主体的自我塑造,应该成为研究者关注的要因与视角。这样的话,我们就不至于因将考察的焦点仅仅局限于被考察地域本身,而忽略其周围整体处境的复原。根据某种心理测试的经验,当我们面对一种黑白相间的构图时,容易因为只关注其中一种颜色的图形而获得偏颇的结论。另一方面,当我们结合运用文化地理学分析各地域文学的空间分布,分析各地域文学因自然地理环境、社会组织结构以及种种文化生态的复合差异所形成的独特面貌,甚而分析文化传播方式与途径对各地域文学变动的作用时,也不至于最终仍然令文化变成一种独立于人的自律存在,反而忽视或遮蔽了文学主体的能动性。这其实是上世纪80年代以来,美国的文化地理学者检讨德国民族学者所谓"超文化有机体说"已经提出的批判,我们在运用于地域文学研究时,同样应该注意。

第一章　严羽诗学如何成为宗本

探讨闽诗传统,乃或明代诗论大宗,离不开宗唐复古风尚的传播与接受,而恰恰在这个问题上,人们不约而同地溯源至严羽。闽人自不必说,如高棅《唐诗品汇·凡例》(《唐诗品汇》卷首)、林俊《严沧浪诗集序》(《见素集》卷六)、邓原岳《严氏诗话序》(《西楼全集》卷一二)等皆有相关言论。至于像钱谦益,则曰:

> 世之论唐诗者,必曰初盛中晚,老师竖儒,递相传述。揆厥所由,盖创于宋季之严羽,而成于国初之高棅,承伪踵谬,三百年于此矣。[①]

其所指涉,已显示严羽之论对于整个明代文学走向的影响。其实,在这里应该追问的,是为什么严羽诗论会被选择为构建闽诗传统的宗本,扩而言之,为什么是严羽诗论,能够发显其对整个明代文学乃至清代文学格局的影响?不过,这样的问题并不容易回答,不如尝试从严羽诗论产生的语境梳理起,重新审视严氏所处时代,诗歌创作与理论环境发生怎样的新变,而其所论又欲应对怎样的问题与挑战,或许稍可窥知其缘由。

第一节　严羽的时代及其诗论意图

我们讨论严羽所处的时代,是因为它首先对于福建地域文学来说具有某种特殊的意义。其一,宋代正值福建文学有很大的发展。尽管明代

[①]《唐诗英华序》,《牧斋有学集》卷一五,《四部丛刊》本。

福建文人为显示正源,常常将风雅之兴溯至唐代,然所能举称的,恐亦仅薛令之、林藻、欧阳詹等以下不足三十人而已①;而宋代以还,文教大盛,人才辈出,南渡之后,因福建实成为行都临安这一政治、经济、文化中心的奥援,著作尤众。刘晓南于20世纪90年代末出版的《宋代闽音考》,为考察宋代福建人用韵情况,据《全宋词》、《全宋诗》(当时仅见25册)、《全宋文》(当时梓行50册)以及各种单行、丛刻的宋人文集等作穷尽搜集,已得福建诗人372家,词人85家,诗词文作者去其重复,共计421家②。今就已出齐的《全宋诗》初步统计,即可得福建诗人千馀家,约占全部作者的九分之一。这种文人著述数量上的激增,是该地域文化地位呈飞跃上升的见证。

其二,就严羽时代的诗坛而言,恰有所谓"江湖派"之崛起。这个松散的群体主要由处身于士大夫阶层周边或在野的诗人构成,日本学者内山精也在其《宋诗能否表现近世》一文中,曾据张宏生《江湖诗派研究》(中华书局1995年版)统计的138名江湖派诗人的名单,就士大夫阶层(其中又按官位高低再分上、中、下三等)与非士大夫阶层按省份制成一表,颇便省览③。其中福建地区诗人,属士大夫阶层上层的有刘克庄、林希逸,中层有朱复之、刘克逊、黄简,下层有叶绍翁、朱继芳、严粲、陈翊、陈必复、陈鉴之、林同、林昉、赵庚夫、胡仲弓、敖陶孙、徐集孙、曾由基;非士大夫阶层有刘翼、张至龙、林洪、林尚仁、胡仲参、盛世忠、释圆悟。前者上层人士仅见于福建,中下层并次于浙江、江西;后者居浙江、江西、江苏之后,大致反映了各地区江湖诗人的活跃程度。我们知道,所谓"江湖派",其实是杭州书商陈起以编刊一系列诗集的形式,联络起一批身处江湖的

---

① 如陈鸣鹤《东越文苑》(清同治十二年刻本)"唐东越文苑列传第一"所录,计有薛令之、林藻、欧阳詹、邵楚苌、陈通方、陈诩、许稷、周匡物、欧阳衮、王鲁复、林滋(附郑诚、詹雄等)、陈叚、盛均、黄岳、黄璞(附黄滔等)、郑良士、沈崧(附卓云)、徐寅、翁承赞、林谞、王肱及流寓陈黯、韩偓、周朴等。

② 参见该著第二章,岳麓书社1999年版,第21—22页。又上举《东越文苑》,著录全闽唐神龙年间至明代隆、万间共五百四十一人,其中唐五代五十人,宋元三百八十五人,明代一百零六人。

③ 朱刚译,刊载于周裕锴编《第六届宋代文学国际研讨会论文集》,巴蜀书社2011年版,第253页。

"谒客"或布衣诗人而形成的松散群体,并非较为严格意义上的诗派,然其所代表的,是吟唱游谒江湖、幽栖山林这样一种生活情态的声音,此一动向实值得注意。再联系到严羽同时代如编纂《诗人玉屑》的魏庆之,编纂《唐宋诸贤绝妙好词选》、《中兴以来绝妙好词选》以及《玉林诗话》的黄昇,以及他们周围的群体等,亦可发现,这个时代无论文学担当者的阶层还是文学风尚,正在发生巨大的变化。若将这种俗世化背景下的文学演变视作滋生近世文学的土壤,恐怕不是没有理由的吧。

有意思的是,明代福建地区的文人士夫却似乎对本地域文学在宋代的骤然发达视而不见,尽管他们的生活情态在很大程度上与南宋以来的地方诗人相类似。徐𤊹曰:

> 风雅之道,唐代始闻,然诗人不少概见。赵宋尊崇儒术,理学风隆,吾乡多谭性命,稍溺比兴之旨。①

即将赵宋时代本地域的文化成就定位在理学,所谓"稍溺比兴之旨",当然是在宗唐复古的价值标准衡量下,对宋代闽诗的一种总体批评。王穉登在为陈鸣鹤《东越文苑》所撰序中,亦认同当时闽人这种一般认识,所谓"唐世尚风雅,风雅及五季而靡;宋世尚理学,理学及胜国而靡"②,这当中自有明代福建诗人自命接续唐之风雅的立场,然就该地域唐宋文学文化的实际发展情况来看,他们的轩轾唐宋,不能不认为隐伏着一种逻辑上的悖论。据上已分析的他们对自身文化处境的体认,有这样的历史估价亦好理解,其文学价值观的形成又确与严羽有关,故对严羽在何种文学语境下有针对性地提出其诗论的意图及其性质,更有必要作某种还原性的推究。

严羽所处之南宋诗坛,面临的最大问题,不外乎江西诗派与晚唐家的纷争。自吕本中推尊黄庭坚并标出江西一派,一时成为主流宗尚达数十年之久。颇为江湖派诗人所从习的范、杨、尤、陆四大家,其学诗皆可谓由

---

① 《晋安风雅序》,《幔亭集》卷一六,明万历二十九年刻本。
② 《东越文苑》卷首。

江西诗人。然而,自张戒以汉魏以来的风雅传统反省"苏黄习气",并与吕氏相商榷①,人们亦逐渐意识到以江西诗为代表的"宋诗"之弊端,如杨万里晚年即转而学唐人绝句,认为"诗至唐而盛,至晚唐而工"②,故"受业初参且半山,终须投换晚唐间"③,且将"江西"与"唐人"对举④,以唐宋相对待的江西、晚唐诗之争遂而展开。尝游学于叶適门下的"永嘉四灵"即在此际倡作晚唐诗,得叶適推毂阐扬⑤,亦于当时诗坛产生颇为持久的影响,江湖诗派受其沾溉者不在少数。

那么,江西诗派与晚唐家的主要分歧点究竟在哪里?不少研究者皆已注意到南宋江西、"四灵"、江湖三大诗歌流派,虽然其理论主张或标举的对象各不相同——这种人为的各树其帜在很大程度上是出于争夺话语权的需要,其实内中往往同中有异、异中有同,在很多方面甚至是异象而同质⑥,这当然是很有洞察力的见解。在笔者看来,诗歌发展至北宋末南宋初,确实发生了一个比较重要的转变,那就是诗歌已作为一种"外部"存在被关注。这一说法来自日本学者浅见洋二对前辈小川环树教授之说的阐释。小川先生在《宋诗选》(筑摩书房 1967 年版)有关陈与义《春日二首》之一"忽有好诗生眼底,安排句法已难寻"的解说中,将之作为"体现作诗苦心的例子",认为"这可以称得上是诗人将自己客观化了的作品","这就意味着它是'为诗而作的诗'",并将之溯至唐中叶以后,"贾岛等人即为其例";浅见氏则将之总结为"诗或诗句是存在于诗人的外部世

---

① 可参看张戒《岁寒堂诗话》卷上,丁福保辑《历代诗话续编》,中华书局 1983 年版,第 451—452、455、463 页。
② 《诚斋荆溪集序》,《诚斋集》卷八〇,《四部丛刊》本。
③ 《答徐子材谈绝句》,《诚斋集》卷三五。
④ 其《双桂老人诗集后序》曰:"近世此道之盛者,莫盛于江西,然知有江西者,不知有唐人;或者左唐人以右江西,是不惟不知唐人,亦不可谓知江西者。"(《诚斋集》卷七八)
⑤ 赵汝回《瓜庐诗序》曰:"唐风不竞,派沿江西,此道蚀灭尽矣。永嘉徐照、翁卷、徐玑、赵师秀乃始以开元、元和作者自期,冶择淬炼,字字玉响,杂之姚、贾中,人不能辨也。水心先生既啧啧叹赏之,于是四灵之名天下莫不闻。"(《江湖小集》卷七三,《文渊阁四库全书》本)又参见叶適《徐道晖墓志铭》、《徐文渊墓志铭》等。
⑥ 参见王次澄《宋遗民诗歌与江湖诗风》,王水照等编《首届宋代文学国际研讨会论文集》,复旦大学出版社 2001 年版,第 275 页。龚鹏程在其所撰《中国文学史》(下)"陆拾肆、文道的分合"中,亦指出江西诗社宗派在南宋得势后,反对者入室操戈,打着红旗反红旗的现象;并解释复古、尊唐的风气潜滋暗长,与反江西的人捍卫着江西所揭橥的诗法,不好再用江西的名号,于是便说这是古人之法或唐人之法有关。台北里仁书局 2009 年版,第 135 页。

界的、具有意志和实体的对象,这种认识在宋代诗学领域引起了各种各样的反响",并补充了杨万里、陆游的例子①。我们由此种现象拓开去,可以联想到,这种诗人明显将诗歌客体化与自我相对待的意识,首先意味着诗歌被完全独立出来,有关诗歌艺术形式、写作技巧本身才真正有被系统探讨的可能。而如小川先生已指出的:"盛唐以前的诗人,在诗中表达自己强烈的思想感情的时候,是没有这种从容感的。对于当时孜孜不倦地进行诗歌创作的人来说,将写诗这种创作活动与自己分离出来思考是不可能的。"(引同上)这当然是大而言之。黄庭坚以"点铁成金"说和"夺胎""换骨"法为主体的诗学理论之所以被作为江西诗法奉行,正在于其立场已转到诗歌艺术形式、写作技巧本身,而使之成为一门学问,刘克庄论"黄体"所谓"锻炼精而性情远"②,所指认的也有这方面的特点。此外,宋代诗歌批评与理论自此更蔚成风气,或亦当由这种对待诗歌态度的转变考虑。

不过,江西诗派立足于此立场的同时,仍持有北宋前期确立起来的学者、官员、文人三位一体的士大夫传统,这一传统决定了他们于客体化的诗歌在根本上仍视作自我与道俱在的内心世界的呈现,自我的涵养、学问、识趣、人格被认为是诗歌创作成就的重要保证。吕本中在《与曾吉父论诗第二帖》中所说的,"治择工夫已胜,而波澜尚未阔。欲波澜之阔去,须于规模令大、涵养吾气而后可。规模既大,波澜自阔,少加治择,功已倍于古矣"③,看上去与他的"活法"、"悟入"说一样,是欲引入"苏体"原则矫治黄之法度,这也正是陆游所说的"诗外"工夫,然黄庭坚的"点铁成金"本来即志在"陶冶万物","夺胎"、"换骨"亦皆就无穷之"诗意"而言,那皆指主观意识对外物世界的体认,故于诗歌强调"理"、"趣"之表现,其基本路线并未改变。而对于"永嘉四灵"来说,其社会身份、生活情态皆已不同,因而更致力于将"为诗而作的诗"进行到底,选择贾岛辈的刻意

---

① 参见浅见洋二《论"拾得"的诗歌现象以及"诗本"、"诗材"、"诗料"问题》,《距离与想象——中国诗学的唐宋转型》,上海古籍出版社 2005 年版,第 436—439 页。
② 《后村诗话·前集》,中华书局 1983 年版,第 26 页。
③ 《苕溪渔隐丛话·前集》卷四九,清乾隆刻本。

诗律、晚唐异味,对抗江西诗派所谓泛滥粗劲,亦为自然之势。如果之中亦讲才力的话,那仅限于诗艺的探索,诸如笔法上的忌用事、贵白描,结构上的轻意联、重景联,虽被认为境界狭小,乃至有类型化的倾向,却多少是由将诗看作一种有机构成的自足体带来的,于表现幽栖山林之日常生活情趣的抒情型式也还有拓辟之功。

在南宋诗坛的唐宋之争中,值得注意的还有理学家的介入。龚鹏程在所著《中国文学史》中引证分析:一方面山谷以后,江西一脉,均讲治心养气,与道学家的关系其实甚为亲近;而另一方面,道学一路,重点毕竟在道不在文。① 可说是切中肯綮的。故朱熹批评黄庭坚,只在其"费安排"②,按照他取径魏晋以上的诗歌退化论,之所以晋宋间颜、谢以后至唐初为一等,沈、宋以后定著律诗及今日为一等,等而下之,亦在于其"益巧益密"③,反映的是崇古体而黜律体的诗歌价值观;而之所以反对律体一类的巧密,正在于它是末技,于体道无益。今人做不成好诗,缘于他的"不识":"好底将做不好底,不好底将做好底,这个只是心里闹,不虚静之故。不虚不静故不明,不明故不识。若虚静而明,便识好物事。"④总之,治心养气才为根本。由此我们看他论江西诗派的不是:"近时人学山谷诗,然又不学山谷好底,只学得那山谷不好处。"⑤应该可以明了他于山谷好与不好处之所指。而在学术上与朱熹及真德秀有明显分歧的叶適,则通过对"四灵"的标举倡言复兴唐律,这又与他不满程朱理学崇性理、卑艺文的价值观给文学带来的损害有关,所谓"程氏兄弟发明道学,从者十八九,文字遂复沦坏"⑥。他的意图当然是欲弥合道学与文学之分裂,刘克庄则将之直接翻版为"近世贵理学而贱诗"⑦,并由此表彰"四灵"诗的意义:"近世理学兴而诗律坏,惟永嘉四灵复为言,苦吟过于郊、岛,篇帙少而警

---

① 参见氏著《中国文学史》(下)"陆拾肆、文道的分合",第 136、141 页。以下引文亦据其所引证。
② 《清邃阁论诗》,《朱子语类》卷一四〇,明成化九年陈炜刻本。
③ 《答巩仲至书》,《晦庵先生朱文公文集》卷六四,宋咸淳元年建安书院刻宋元明递修本。
④ 《清邃阁论诗》,《朱子语类》卷一四〇。
⑤ 同上。
⑥ 《习学记言》卷四七,《文渊阁四库全书》本。
⑦ 《恕斋诗存稿》,《后村先生大全集》卷一一一,《四部丛刊》本。

策多。"①由此可见,在江西诗派与晚唐家的纷争过程中,理学家亦站在他们的立场,从另外一侧刺激、推助其展开。

与众多江湖派诗人一样,严羽亦在上述诸种势力与主张的挤压中左冲右突,试图提出自己独得的应对、解决方案。在后世享有盛誉的严羽,当时实算不上有影响的主流诗人,尽管其一生游历所至,及于江西、吴越、两湖甚或四川等地,却基本上属声名仅限于闽北的地方性诗人;且因为不像其族弟严粲,诗集为陈起所梓行,对其是否当属江湖诗派,人们亦有不同意见。然而不可否认,严羽是一个在文学上极有个性与抱负的人,戴复古《祝二严》中对他的评价:"持论伤太高,与世或龃龉。长歌激古风,自立一门户。"②常为研究者所引证。他自己在《答出继叔临安吴景仙书》中,于所著《诗辨》亦表现出相当的自负:

> 仆之《诗辨》,乃断千百年公案,诚惊世绝俗之谈,至当归一之论。……以禅喻诗,莫此清切。是自家实证实悟者,是自家闭门凿破此片田地,即非傍人篱壁、拾人涕唾得来者。李、杜复生,不易吾言矣。③

志在自出手眼,对时风及其根源作"析骨还父、析肉还母"式的清算,其中既有鲜明的标异、批判,又有实际的倾向、融合。他的诗学著述中,《诗辨》一篇无疑是纲领,也是《沧浪诗话》的第一篇,这里即作为观察他思想与观念体系的主要依据。鉴于正德本《沧浪诗话》与元刻本《沧浪吟卷》卷首所载严羽诗论五篇,其文字、次第、条目分合基本相同,而郭绍虞先生《沧浪诗话校释》据《诗人玉屑》本更定的文本恐非原貌④,兹据前者展开

---

① 《林子显诗序》,《后村先生大全集》卷九八。
② 《石屏诗集》卷一,《四部丛刊》本。
③ 郭绍虞《沧浪诗话校释》附录,人民文学出版社1961年版,第251页。按:严羽《诗辨》,《沧浪吟卷》作"诗辩",本书各处引述,均随所据文本原貌。
④ 可参看周兴陆、朴英顺、黄霖《还〈沧浪诗话〉以本来面目——〈沧浪诗话校释〉据"玉屑本"校订献疑》(《文学遗产》2001年第3期),以及张健《沧浪诗话校笺》前言中相关考述(上海古籍出版社2012年版)。

分析,即采用以元刻本《沧浪吟卷》为底本的张健《沧浪诗话校笺》文本。

严羽此篇题作"诗辩",与诗话所谓"资闲谈"的性质实有不同,应该算是持严肃写作态度的高级文类,乃关于诗的辩说,如张健解题时已指出,且据徐师曾《文体明辨序说》,其作为一种文体,可溯至韩愈《讳辩》、柳宗元《桐叶封弟辩》①。严羽当然是站在视诗为诗而非其他的立场上,故欲通过对诗歌史的梳理并建立样板,重新明确标准,对诗歌作出界定。

《诗辩》开篇云:

> 禅家者流,乘有小大,宗有南北,道有邪正。学者须从最上乘,具正法眼,悟第一义。……汉、魏、晋与盛唐之诗,则第一义也。大历以还之诗,则小乘禅也,已落第二义矣。晚唐之诗,则声闻、辟支果也。②

劈面便提出一套禅家流品划分,如上所自称之"以禅喻诗,莫此清切",是有其特别考虑的。尽管之前如瓯宁吴可,已有"学诗浑似学参禅"之说③,韩驹亦谓"学诗当如初学禅,未悟且遍参诸方。一朝悟罢正法眼,信手拈出皆成章"④,并且江西派诗人多有持此论调者⑤,似为当时文坛所流行,有研究者甚至将之溯至东坡⑥,但从实质上说,确如郭绍虞先生指出的,那不是沧浪的意思⑦。其用意除了如乾隆已指出的"假禅宗以定诗品"⑧,即通过对禅宗教派价值等第系统的比附,在诗歌史上划分出相应

---

① 张健《沧浪诗话校笺》,第1页。
② 同上,第7页。
③ 魏庆之《诗人玉屑》"吴思道学诗"条,上海古籍出版社1959年版,第8页。包恢于此语,亦有"彼参禅固有顿悟,亦须有渐修得始得"的阐发,见《答傅当可论诗》,《敝帚稿略》卷二,民国《宋人集》本。
④ 《赠赵伯鱼》,《陵阳先生诗》卷二,清宣统刊本。其《陵阳室中语》又谓:"诗道如佛法,当分大乘、小乘,邪魔、外道,惟知者可以语此。"(《诗人玉屑》卷五引,第122页)
⑤ 如曾季《艇斋诗话》曰:"后山论诗说换骨,东湖论诗说中的,东莱论诗说活法,子苍论诗说饱参,入处虽不同,其实皆一关捩,要知非悟入不可。"(《历代诗话续编》,第296页)
⑥ 可参看近藤春雄《支那の詩論》,《斯文》第24卷,8号,第29—34页。船津富彦《沧浪诗话源流考》,《東洋文学研究》第8卷,第34—51页。
⑦ 《沧浪诗话校释》,第19页。
⑧ 《御制题严羽沧浪集》,《沧浪集》卷首,《文渊阁四库全书》本。

的品第,指出向上一路外,更为重要的,在于认定"禅道"与"诗道"内质上的共通点——"妙悟",所谓"大抵禅道惟在妙悟,诗道亦在妙悟"①。由于是以"妙悟"作为价值依据,其真正意旨主要并非落实在学诗的创作过程与学禅的参悟过程之相似性上,那相当于"以禅为诗",如上举严羽之前人们的一般认识;而是进而喻指对诗歌原初本质的理解,属诗学认识上的问题,此即所谓"以禅喻诗"②。而所谓学诗者的"识",亦就指落实于此意义上的诗歌价值观。时人如吴陵,以为"说禅非文人儒者之言"③,当然是一种正统、保守的看法,或许在他眼里,上举朱熹的"若虚静而明,便识好物事"之"识"才是正道;如刘克庄,认为"诗之不可为禅,犹禅之不可为诗也"④,虽立场在诗,反对的是"以禅为诗",然在如何理解禅家"不立文字"及与诗歌质性的关系上,与严羽的看法亦不苟同。美国学者宇文所安通过对《沧浪诗话》文本的细读,得出"《沧浪诗话》最有影响的方面既不在于严羽所使用的概念,也不在于这些概念的谱系,而在于他的批评语气以及他展开概念的方式"这样一种结论⑤,笔者认为有一定道理,特别就其"展开概念的方式"而言,借用禅宗教派流品划分而构建或阐述诗歌史价值序列,确是其诗学论著的特点,既构成《诗辩》的主干结构,又通过《诗体》、《诗评》等具体呈现。

在阐述诗歌史、推荐学习顺序时,严羽提出"先须熟读《楚词》"⑥,而非溯至《诗经》,这亦是有意为之,与他坚持视诗为诗的立场相关,虽不如宇文所安因此定性为"是一种反儒家的诗学"⑦那么严重,却与当时交游的包恢、王埜乃至戴复古试图调和诗学与理学的旨趣有所不同⑧。以汉

---

① 《沧浪诗话校笺》,第 27 页。
② 有关严羽"以禅喻诗"的本意,周裕锴《论〈沧浪诗话〉的隐喻系统和诗学旨趣新论》有精采的辨析,可以参看(《文学遗产》2010 年第 2 期)。
③ 严羽《答出继叔临安吴景仙书》,郭绍虞《沧浪诗话校释》附录,第 251 页。
④ 《题何秀才诗禅方丈》,《后村先生大全集》卷五九。
⑤ 《中国文论:英译与评论》,王柏华、陶庆梅译,上海社会科学院出版社 2003 年版,第 461 页。
⑥ 《沧浪诗话校笺》,第 73 页。
⑦ 《中国文论:英译与评论》,第 435 页。
⑧ 有关这方面的分析、引证,可参看张健《晚宋理学、诗学关系的紧张与融合》,周宪、徐兴无主编《中国文学与文化的传统及变革》,南京大学出版社 2008 年版,第 22—24 页。

魏晋盛唐诗为"第一义",是因为这些时代的诗体现了诗歌的本质,其中汉魏诗以其自然兴发的状态,所以为上,其于"诗道"——诗歌原初本质的认识,"不假悟也";"谢灵运至盛唐诸公"诗,虽已非自然原初状态,而有人工的因素,然其对诗歌本质的认识相当自觉,故谓有"透彻之悟"①。值得注意的是,如上引张健论文中已指出的:"严羽主张取法汉魏晋,这其实是尊古体,另一方面又主张学唐,重律体,只不过他之重律意欲与四灵划清界限,而尊盛唐,其欲包综之意非常明显。"之前张健已说明朱熹的价值取向即尊古体,当时如包恢、刘克庄,在不同程度上都有调停古体与律体价值尺度的意图,刘克庄甚至强调"诗之体格有古律之变,人之性情无今昔之异"②,即从诗歌表现性情之内容一侧,来为律体辩护。由此我们看严羽在后面引述"诗者,吟咏情性也",倒也未必如宇文所安理解的是一种借口、一种遮掩,因为无论他尊古体也好,重律体也好,在立场上毕竟与朱熹等理学家不同,故借用《诗大序》对诗的定义,完全可以从诗歌表现创作主体的兴发感动之原初本质来解说,有"透彻之悟"的盛唐人之所以诗亦入"第一义",恰由于"惟在兴趣,羚羊挂角,无迹可求"。前注中提及周裕锴的论文,将"兴趣"解作"感兴的趣味",我觉得是恰当的,应该也就是严羽在《诗评》中所说的"意兴"。

以"大历以还诗"为"落第二义",应在于他们对于诗歌本质的理解只有"一知半解之悟",与盛唐诗人相比,同样有人工的因素,他们却已不能做到"无迹可求",离汉魏诗那种自然兴发状态渐行渐远。至于晚唐诗更等而下之,与所谓"气象"有关,如严羽在《诗评》中批评孟郊诗"其气局促不伸",周裕锴认为可对应"分限(之悟)",即虽有悟,但最终受限于才分,不能窥见"第一义"。说起来,这也是北宋以来已有的看法,如蔡居厚《诗史》曰:"晚唐诗句尚切对,然气韵甚卑。"③《雪浪斋日记》有"特晚唐气象衰尔"之评④。当"永嘉四灵"重兴晚唐之体并影响诗坛时,人们的态度亦

---

① 《沧浪诗话校笺》,第27页。
② 《宋希仁诗》,《后村先生大全集》卷九七。
③ 郭绍虞《宋诗话辑佚》,中华书局1980年版,第448页。
④ 《苕溪渔隐丛话·前集》卷二引。

颇为复杂。严羽友人王埜为戴复古作《石屏前序》曰:"近世以诗鸣者,多学晚唐,致思婉巧,起人耳目,终乏实用。"①作为真德秀的门人,王氏更多地是从理学的立场责难晚唐家的不切世用;而作为诗人的刘克庄,则多少在维护"四灵"诗律追求的同时有意拓大其格局,所谓"诗自姚合、贾岛达之于李、杜"②。也正因为如此,叶适以其"涉历老练,布置阔远",转而属望于刘氏:"建大将旗鼓,非子孰当?"③然就诗学主张而言,终不如严羽"以汉魏晋盛唐为师,不作开元、天宝以下人物"来得鲜明、彻底,借用严羽对吴陵说诗的批评,是"无的然使人知所趋向处"④。

在通过诗歌史叙述确立所应取法对象后,严羽接着以五法、九品等的标列,正面说明诗歌的标准,其中自有其理路,钱锺书先生谓"必备五法而后可以列品,必列九品而后可以入神"⑤,或可窥其基本构成关系。"五法"是体现诗歌质性的五个方面,这一点应无疑义⑥。其言"诗之法有五,曰体制,曰格力,曰气象,曰兴趣,曰音节",郭绍虞先生引陶明濬之解说,指出此五法"盖以诗章与人身体相为比拟":

> 体制如人之体干,必须佼壮。格力如人之筋骨,必须劲健。气象如人之仪容,必须庄重。兴趣如人之精神,必须活泼。音节如人之言语,必须清朗。⑦

陶氏的联想,亦符合传统文学批评的惯常思维方式。由此,我们很容易想到《文心雕龙》中的"风骨"说。鉴于严羽取法汉魏盛唐,而《诗评》中又曾提及"建安风骨"、"盛唐风骨","风骨"这一概念对他具有影响实可肯定,

---

① 《石屏诗集》卷首。
② 《跋姚镛县尉文稿》,《后村先生大全集》卷九九。
③ 《题刘潜夫南岳诗稿》,《水心集》卷二九,《四部丛刊》本。
④ 《答出继叔临安吴景仙书》,郭绍虞《沧浪诗话校释》附录,第251—252页。
⑤ 《谈艺录》六"神韵",中华书局1986年版,第41页。
⑥ 王运熙先生曾举吴子良《石屏诗后集序》相关论述,指出从气象、兴趣、格力、音节等几个方面来品评诗歌,在当时不是严羽一人的主张(《全面地认识和评价〈沧浪诗话〉》,《古典文学论丛》第二辑,《社会科学战线》编辑部,1981年版,第43页)。
⑦ 《沧浪诗话校释》,第7页。

倘若将此五法视作在"风骨"基础上更为细密的划分与展开,应该也是有据可寻的。

刘勰"风骨"说的要义,在于阐明诗歌于情志、文辞所须具备的表现力,所谓"辞之待骨,如体之树骸;情之含风,犹形之包气"①,强调的是结构之于文辞、意气之于情志的决定性作用,"骨"之于"辞","风"之于"情",皆属形上质素;而在"辞"与"情"之间,虽同样重要,亦非同一层面上的并列关系。故于"风骨"而言,"气"是根本——"是以缀虑裁篇,务盈守气,刚健既实,辉光乃新"②,这由刘勰对于"神思"的阐释可以看得更加清楚:"故思理为妙,神与物游。神居胸臆,而志气统其关键;物沿耳目,而辞令管其枢机。"③在"神与物游"的过程中,"志气"关乎"胸臆","辞令"关乎"耳目"。

严羽的"五法",已经相当全面地考虑到诗歌作为客观对象所具有的内外要素及其相互关系,他之所以一再标举"气象"、"兴趣",是因为在他看来,这种更为内在的本质已全然为今朝诗人所忽视、弃置。后来明代胡应麟从严羽处悟得:"作诗大要不过二端,体格声调、兴象风神而已。体格声调有则可循,兴象风神无方可执。""体格声调,水与镜也;兴象风神,月与花也。必水澄镜朗,然后花月宛然。"④当即基于此"五法",而于其间关系作进一步的解读、申发。

严羽所列"九品":"曰高,曰古,曰深,曰远,曰长,曰雄浑,曰飘逸,曰悲壮,曰凄婉"⑤,应该是从所取法的汉魏晋盛唐诗中归纳而得的诸多风格。每一种风格成立的前提,则当是"五法"俱备,尤其要能体现"气象"、"兴趣"。故陶明濬在对每一种风格作出形容、解说之后,总结说:"古人之诗多矣,要必有如此气象,而后可与言诗。"⑥也算是一种领会。

"九品"以下论"用工",我认为偏于"骨"而言,无论"起结"、"句法"、

---

① 《文心雕龙·风骨》。
② 同上。
③ 《文心雕龙·神思》。
④ 《诗薮》内编卷五,上海古籍出版社 1979 年版,第 100 页。
⑤ 《沧浪诗话校笺》,第 97 页。
⑥ 同上,第 98 页。

"字眼",皆与文辞之结构相关,或与"法"有更多关联;论"大概"则偏于"风"而言,"优游不迫"、"沉着痛快"恰好是从"意气"中抽绎、概括出来的两个基本向度,或与"品"更相关。最终归结为一个"极致",那就是所谓"入神",是在以上所有论述的基础上总括出的最高目标,确应受到从刘勰到唐人有关诗论的影响。

综合这些标准,可以看到严羽在深知汉魏诗那种"不假悟"的状态已无可复还的现实情势下,指点"透彻之悟"门径的意图,即告诉学诗者,如何达成合乎诗歌本质的创作。尽管于他归根结柢所要求的"入神",似乎存在着知其不可言说而为之的困境,后世批评家也正是抓住这一点,或驳难,或申论,各逞其辩①,然我们还是可以透过那些勉力构建起来的具体标准,体会到他假人以灯杖的一片老婆心。后代论诗者正是循此阶梯,开出"格调"、"神韵"等不同面向;而在严羽则始终具有强烈的现实批判动机,即反拨"近代诸公"对于诗歌本质的背离。以下一段著名言论,可看作据已有所立之标准,极具针对性的"破":

> 夫诗有别材,非关书也;诗有别趣,非关理也。然非多读书,多穷理,则不能极其至。所谓不涉理路、不落言筌者上也。②

有关诗之"别材"、"别趣"说,上举周裕锴论文的阐释最得其旨,他认为乃取禅宗"教外别传"之"别"为喻,那意味着由不执着于语言文字、不执着于理性思维,将诗与书、理区别开来,所谓"不涉理路、不落言筌",正是由诗歌"吟咏情性"的功能所决定的,皎然《诗式》即谓:"但见情性,不睹文字,盖诗道之极也。"③因此,这样的"诗道"重在兴发感动之表现,言外之

---

① 如郭绍虞先生所引钱振锽的驳难:"诗之法有五,诗品有九,大概有二,都是呆汉语。诗之千奇百变,安可以呆体例例之。""入神二字诚为非易,然以彼支支节节为之,入魔则有之矣,入神则未也。"(《谪星说诗》)又引陶明濬《诗说杂记》曰:"入神二字之义,心通其道,口不能言。己所专有,他人不得袭取。所谓能与人规矩,不能使人巧。巧者其极为入神。"(《沧浪诗话校释》,第10页)。
② 《沧浪诗话校笺》,第129页。
③ 《诗式》卷一"重意诗例",张伯伟《全唐五代诗格汇考》,江苏古籍出版社2002年版,第233页。

意之传导,且应"无迹可求",如盛唐诗人所为。然而,严羽认为"近代诸公"则不然,"以文字为诗,以才学为诗,以议论为诗"①,这意味着涉理路、落言筌,仅执着于如何使事、用字、押韵,全然不顾诗歌应有的"一唱三叹之音"与"兴致",自苏、黄始,"唐人之风变矣"②。显然,这才是他批判的主要目标,故才会在《答出继叔临安吴景仙书》中自诩说:"其间说江西诗病,真取心肝刽子手。"③

对于江西诗病如此这般的批评,在北宋魏泰的诗论中已可见到,在一一指出黄庭坚好用南朝人语、专求古人未使之事、以一二奇字缀葺而成诗诸弊后,以"句虽新奇而气乏浑厚"概言之④。张戒指责诗"坏于苏、黄",亦专门摘出"苏、黄用事押韵之工","而不知咏物之为工,言志之为本也";"子瞻以议论作诗,鲁直又专以补缀奇字","诗人之意扫地矣"⑤。虽说他们也都是将之置于诗歌史传统,尤其与唐诗的比照中,针砭其对于诗歌本质的背离,但严羽由诗的"别材""别趣"出发,通过他的以禅喻诗,揭其症结在涉理路、落言筌,要显得更为深切,不仅显示更为纯粹的诗艺立场,而且更具体系性。其论及黄庭坚的"山谷用工,尤为深刻"⑥,看上去与朱熹批评"黄费安排"同意,其实立场全然不同。如前已述,朱熹的用意在重体道而黜末技;而严羽仅从诗艺内部探讨,承认其不可谓不工,却"自出己意以为诗"⑦,完全与古人"诗道"背道而驰,滞碍于文字层面而未见情性,又如《诗评》中所言"尚理而病于意兴"⑧,故有"读之反复终篇,不知着到何在"之讥⑨。上述张健的论文提出,在当时理学家论诗作诗皆主理的理论环境中,严羽说"诗有别趣,非关理也",应该不仅是论苏黄或泛论宋诗,也有针对理学家以理衡诗、以理作诗的一面,是值得我们

---

① 《沧浪诗话校笺》,第 173 页。
② 同上,第 181 页。
③ 《沧浪诗话校释》附录,第 251 页。
④ 以上见《临汉隐居诗话》,何文焕《历代诗话》,中华书局 1981 年版,第 327 页。
⑤ 以上见《岁寒堂诗话》卷上,《历代诗话续编》,第 452、455 页。
⑥ 《沧浪诗话校笺》,第 181 页。
⑦ 同上,第 181 页。
⑧ 同上,第 525 页。
⑨ 同上,第 173 页。

重视的。当然,在这里,严羽也顺便对"江湖诗人多效其体"的"四灵"晚唐体进行辩驳,目的在以正视听:国初诗人学大历以还诗已非"正法眼",气局狭小的晚唐家又如何可自命"唐宗"?最后结语标清全篇"定诗之宗旨,且借禅以为喻"的眉目,重申"推原汉、魏以来,而截然谓当以盛唐为法"之旨①。

根据以上分析,严羽《诗辩》全篇可谓述论充分、结构谨严。尽管据张健考证,我们已知在明代以前,并不存在一部《沧浪诗话》,《诗辩》等五篇原来只是单篇著述,故张健称《诗辩》乃论辩体,而非诗话体,意为我们不能将后人汇辑而成的《沧浪诗话》放到诗话体的发展史中来评价②。这无疑是正确的态度,但就整个宋代文学批评而言,出现像《诗辩》这样相对具有体系性的"论辞",仍是一件具有标志性意义的大事。况且,其所论具有很大的挑战性,不仅志在"断千百年公案",而且"虽获罪于世之君子,不辞也"③,这就促使我们去思考:在这样的时代产生这种特异的诗学著述,究竟意味着什么?

中国诗歌发展至南宋,已进入一个可谓是过熟的历史阶段。北宋诗人面对前代诗歌传统尤其是唐诗所产生的"影响的焦虑",已经使得他们在探求各种可能突破的途径,包括题材、风格、语言型式、具体技法等各个方面,而前述诗歌作为一种"外部"存在被关注,正是在这个过程中酝酿发生的。以苏黄以及江西诗派为代表,一方面,诗歌形式、语言技巧正在被当作一种目的性的追求,无论"苦吟"、"觅句"的态度,"点铁成金"、"夺胎换骨"的方法,还是诸如"次韵"、"櫽括"、"集句"等技术性实验,都显示了这样一种追求。若再向前追溯,人们已从中唐杜甫、韩愈以来的诗人身上发现了这种端倪。而在另一方面,随着士大夫传统的建立,同样自中唐以来,士人对于世界以及自我生存方式的认识发生重大转变,原本汉魏六朝以来,主要基于天、地、人文同构之"自然之道"的认识,而形成的

---

① 《沧浪诗话校笺》,第185页。
② 《〈沧浪诗话〉非严羽所编——〈沧浪诗话〉成书问题考辨》,《北京大学学报》1999年第4期。
③ 《沧浪诗话校笺》,第185页。

诗歌抒情方式与语言文字组织构造形式,逐渐被一种高扬的、穿越天人之际的道德主体性所覆盖,内在的德性才是人文,诗歌亦被要求表现这种内省的主体意识,即便是对日常生活的体验。相应的,其语言文字组织亦由原来的注重形文、声文等外在构造形式,向注重意义传达的内在意绪方向转变,严羽概括苏黄及江西诗派"以文字为诗,以才学为诗,以议论为诗"这种"关书"、"关理"的创作特性,正可由此背景加以认识。这些都成为南宋诗人无可摆脱的诗歌创作语境。

对于南宋诗坛来说,还在经历着另外一种变化,那就是尚未获得更高级功名的士人阶层或群体,正在业已形成的市民社会中崛起,形成文学上新的势力,而这其实是地域文学发展的重要因素。他们当然已经敏感到前辈们在诗歌创作上较之从前文学传统发生的变异,他们的身份、处境,也决定了以山林幽栖、江湖游谒为代表的新的生活情态,成为诗歌的主要表现对象。正如龚鹏程在其《中国文学史》中已指出的,江湖游吟,是中晚唐新起的现象,从李商隐到姚合、贾岛、皮日休、陆龟蒙等,都已显示出这样一种生命型态,那会导致在琐碎、平凡的日常生活中经营其诗意美感的追求[1]。所以,如前已述,无论是"永嘉四灵"还是江湖派诗人,从习晚唐体是一种自然而然之势。不过,对于他们自身所开出的这一新的面向,以及与江西诗派为代表之于诗歌传统的变异所构成的内在矛盾张力,恐怕还来不及作从容的反思,故一般会在惯有的复古思维下,以一种调和的姿态,尝试矫治江西末流的"叫噪怒张"与晚唐家的气局狭小。

就严羽的诗论而言,当然亦不能认为他已考虑到这个时代的诗歌开出新的面向对于以后时代的意义,然他如此斩截地要求诗歌创作回到汉魏盛唐为标志的传统,至少体现出要为自己同样处身其间、并已开出新的面向的时代订立诗学规范的意图。联系到此际北方士大夫,或许受到其他民族文学刚健素朴的抒情方式的影响,也在反省江西诗派种种弊端的同时,要求诗歌回到"发乎情性"的本质,如元好问即提倡"情性之外不知有文字"[2],强调诗歌表现"自然"、"真"的品质,并构建以陶渊明、杜甫为

---

[1] 参见《中国文学史》(下)"陆拾肆、文道的分合",第139—141页。
[2] 《新轩乐府引》,《遗山先生文集》卷三六,《四部丛刊》本。

正脉的复古传统,作为其订立诗学规范的依据。可以说,正是这种不约而同的合力,为近世诗歌的发展建立了一种目标,这也就意味着严羽志在超越流俗的诗论,在客观上确实合乎近世诗歌的发展方向与需求,尽管它在当时影响尚不显著,以后发显的影响亦未必全然体现他的意图,但这种面向今后的价值,是我们应该察觉的。

第二节　严羽诗论在宋元之际的传播

严羽所在的诗人群体,明显带有家族宗党的特征。李锐清在何乔远《闽书》所列"盛传宗派"者的基础上,参酌严羽当时交游,考得二十一人[①],大半为宗亲,其馀亦皆乡人。此外,便是绍定间曾一度与知邵武军事的王埜、任邵武军教授的戴复古以及李贾诸人切磋诗艺。其《剑歌行》自述"海内交游四五人",既显示自己择友之严,亦应是知交不广的实况。

据《闽书》卷一三〇所载,传承严羽宗派的除子严肃、孙严若凤、严半山外,尚有同邑上官伟长、吴梦易、朱正中、黄裳等。何乔远的用意显然在表彰乡先贤所传之盛,"殆与黄山谷江西诗派无异",然即便如其所记,那似乎主要也是就诗歌创作而言,黄公绍《沧浪吟卷序》谓"余幼时,见东乡诸儒藏严诗多甚,恨不及传。今南叔李君示余所录《沧浪吟卷》,盖仅有存者",亦仅指诗歌作品,这一点张健上文已有论证,其诗论在宋末家乡的传承情况并不清晰。

不过,因为魏庆之《诗人玉屑》几乎收录了严羽诗论五篇的全部内容,至少表明它在闽北地区有流传。这也是我们目前所能见到的收录严羽诗论最早、最完全也最著名的作品,严羽诗论能够为人所知乃至于在后世取得巨大的声望,与此本是分不开的;尽管我们下文会论及,在此书当时,严羽之论还没有得到足够的重视。

魏庆之,字醇甫,号菊庄,建安人。他与严羽生活时代相近,且有一共同的友人冯取恰,另与魏、冯亦相与为友的黄昇,亦建安人,在其《玉林诗

---

① 参见《〈沧浪诗话〉的诗歌理论研究》,香港中文大学出版社1992年版,第20页。

话》中曾给予严羽《酬友人》一诗好评,表明他们在相距不算太远的区域范围内还是有声气互通,故张健推测魏、黄二人也许与严羽有交往,至少相知①。

作为南宋后期出现的一部诗话或诗法总集,《诗人玉屑》编纂体例实有来历。该著卷首黄昇序提点前例,述及《诗话总龟》"疏驳",《苕溪渔隐丛话》"可取"然"贪多务得"②,虽不免抑人扬友之嫌,然亦可见其渊源所自。《四库全书总目》集部"诗文评类"《诗人玉屑》条因承黄昇序之话头,亦连类举曰:"宋人喜为诗话,裒集成编者至多。传于今者,惟阮阅《诗话总龟》、蔡正孙《诗林广记》、胡仔《苕溪渔隐丛话》及庆之是编,卷帙为富。然《总龟》芜杂,《广记》挂漏,均不及胡、魏两家之书。"③郭绍虞先生则进一步坐实说:是书卷十一以上,分论诗法、诗体、诗格以及学诗宗旨各问题,其体例略同于《诗话总龟》之"琢句"、"艺术"、"用字"、"押韵"、"效法"、"用事"、"诗病"、"苦吟"诸目;卷十二以下品藻古今人物,其分目以人以时为主,又多与《苕溪渔隐丛话》相类④。

吉川幸次郎早已指出,《诗人玉屑》是一种商业出版物⑤。从魏庆之、魏天应父子曾编刊相关书籍的经历来看,他们所从事的工作,与其所在建阳书坊密切相关。故要弄清《诗人玉屑》实际的编刊方法及依据,还须从商业出版的模式去考察。值得注意的是胡玉缙于该著早已有的分析、指谬,至为精当:

> 案是编大致以胡仔《苕溪渔隐丛话》为蓝本,附益十之二三,体例未协,出处有注有不注。凡《丛话》引书后有所折衷者,加"苕溪渔隐曰"五字,今录《丛话》而但标其所引之书,一似原书引渔隐说者,殊足贻误后人。⑥

---

① 参见张健《魏庆之及〈诗人玉屑〉考》,《人文中国学报》2004年5月第十期。
② 魏庆之《诗人玉屑》上"原序",上海古籍出版社1959年版,第2页。
③ 《四库全书总目》卷一九五《诗人玉屑》条,第1788页。
④ 《宋诗话考》,第75—76页。
⑤ 氏著《宋诗概说》曰:"然而在城市诗人辈出的这个世纪里出版的《诗人玉屑》,更是手法奇妙。且这本书为营利而出版刊行的痕迹是明显的。"见《宋元明诗概说》,李庆等译,中州古籍出版社1999年版,第146页。
⑥ 王欣夫辑《四库全书总目提要补正》,卷五九,中华书局1964年版,第1668—1669页。

近年来，袁明青所撰《〈诗人玉屑〉研究》，通过细致统计比对，已证实这样的判断：该著著录的引用书目140馀种，十之七八辑录自胡仔《苕溪渔隐丛话》，并在此基础上予以删并改易。非仅卷十二之后历代人物品评部分，最直观地反映《诗人玉屑》对《苕溪渔隐丛话》的袭取，而且联系前十一卷来看整部书的组成，《苕溪渔隐丛话》亦是其最主要的引用书目。至于其有所增补者，即为南渡之后黄彻、朱熹、杨万里、严羽、黄昇、赵与虤等人的诗论。故可以说《诗人玉屑》就是以《苕溪渔隐丛话》为蓝本，进行编辑扩充而成的①。

应该说，本着效益最大化的原则，在尽可能经济的时间内，围绕一个蓝本进行改头换面的书籍"制作"，向来是商业出版的策略。从体例上说，《诗人玉屑》前十一卷当是编刊者出于版权等问题的考虑，着意变易增扩的重点，故特地按照诗格、诗法内容的门类进行编排②，看上去是诗歌作法初学进阶，可以说是回到胡仔曾有所批评的阮阅《诗话总龟》的分类法，而非《苕溪渔隐丛话》所改用的"以年代人物之先后次第纂集"的方式，其取则再次反转，犹如方回所记叙的阮阅乡人汤岩起，针对胡仔以阮阅分门为未然，著《诗海遗珠》，又以胡仔为不然③，颇富戏剧性，实不过取现成熟习的套路变换手法而已。前举袁明青论及其前十一卷中有些门类的设立明显有生硬拼凑的痕迹，而不少门类下所收辑录材料仅数条，甚至有仅收一条者④，恰是商业出版仓促粗率的证明。

其中首二卷看上去似具纲领性质，尤为重中之重。其引人注目处，当然在极大篇幅载入严羽诗学著述，方回所谓"闽人有非大家数者，亦特书之，似有乡曲之见"⑤，所指目当即以严羽为首，至少包括黄昇、吕炎等人，

---

① 参详袁明青《〈诗人玉屑〉研究》，南京大学2011年研究生毕业论文（指导教授：巩本栋），未刊，第12页、第23—33页。
② 据萧淳铧《探讨〈诗人玉屑〉与诗格的关系》（《台大文史哲学报》第五十一期），其中一些条目直接辑录诗格的内容，如皎然《诗式》、题白居易《金针诗格》、李淑《诗苑类格》、惠洪《天厨禁脔》、《吟窗杂录序》等，又有模仿《风骚旨格》摘句标目，"诡立句律之名"。我怀疑或即据《吟窗杂录》选辑。
③ 方回《渔隐丛话考》，《桐江集》卷七，《宛委别藏》本，江苏古籍出版社1988年版。
④ 《〈诗人玉屑〉研究》，第12页。
⑤ 《诗人玉屑考》，《桐江集》卷七。

其实正是诗学及其传播地方性因素的显示。卷一首列"诗辨",为严羽一家言,可谓"独占鳌头",所据当即其时交游圈中已流传之严氏单篇诗论,而以其篇名标目。不过,亦正如方回对该著编法所提出的批评:

> 往往刊去前贤标题,若己所言者,下乃细注出处,使人读之,如无首然。又或每段立为品目,殊可憎厌,况又不能出《渔隐》度外①。

事实上这也正是商业出版的伎俩,通过改立品目,达到改头换面的效果,从而又使编刊者享有其著作权。在这种情况下,无论是为显示编者主导意见(或仅仅为吸引眼球)而加标目,还是为求与全书体例统一而有意将完整论述拆换成条目状,皆很难保证编者不对作者原作动手术。过去我们比较多地从编者魏庆之之于严羽诗学理论性构成及其重要性的认识出发,来考虑其何以如此编排,如今当然仍不能完全舍弃这方面的因素;不过必须承认,从商业出版物的角度予以观照,有其合理性而不可或缺。从材料上说,既然魏庆之意在通过增补南渡以来诸公诗学论述来给所据蓝本《苕溪渔隐丛话》换血,如黄昇序特地言及"近世之评论",那么,在他同时代,作为闽北有一定声名而识见非凡的严羽之诗学,应该会成为其主打的神秘而新鲜的牌②,而《诗辩》这样论辩性极强的理论之作,设同总论亦是自然而然之事。

卷一次列"诗法",录朱熹、杨万里、赵蕃、吴可、龚相、姜夔及严羽七家,所加标目中唯"赵章泉诗法"、"沧浪诗法"二条有"诗法"字样。其中赵蕃一条,乃以诗答人问诗法,郭绍虞先生比较谨慎地考述曰:

> 魏庆之《诗人玉屑》引其语甚多,但不言有《诗法》,惟蔡正孙《诗林

---

① 《诗人玉屑考》,《桐江集》卷七。
② 一个可互为印证的案例,是明万历间书林泗泉余彰德梓《翰林诗法》,该著十卷,为历代诗法集成,其中卷二至卷九,大抵以一家或一种诗法著作为单位加以汇编,有杨成《诗法》或黄省曾《名家诗法》可据,惟卷一为《翰院诗议》,编著者在弁言中称"因以暇日搜罗宋明两代词臣诗议及前代名家要语,集为法则,以便来学"。故从书名可见,其出版策略是以卷一为广告,打包将其他现成诗法著作一同发售。参见拙作《从〈诗法要标〉看晚明诗法著作的生产与传播》,《文学遗产》2016年第4期。

广记》论王维《南山遣兴》诗中水穷云起一联与杜甫《江亭》诗水流云在一联,谓出赵章泉《诗法》。案章泉有《诗法诗》,见《诗人玉屑》。是否章泉别有《诗法》之著,不可考知,姑置于此。①

即便如此,"诗法"是这个时代常常运用的语汇当无疑问②。严羽之论被置于该门类殿后的位置,是篇究竟是收录前已辑成的文本,还是由魏庆之据"前编辑"存稿辑录,我们放到下文"诗评"、"诗体"类标目一并讨论,它会涉及我们关注的问题,即此类标目究竟是受严羽相关单篇作品之影响,抑或魏庆之设定的架构影响了严著的文本构成。

卷二首列"诗评",录杨万里、敖陶孙与严羽三家,惟后二家作"臞翁诗评"、"沧浪诗评"。"诗评"亦常见语汇,且早有用作书名或篇名者,如《新唐书·艺文志》著录有皎然《诗评》,《直斋书录解题》著录有桂林僧《诗评》、不知名氏《诗评》等。敖陶孙与严羽同时,陈起辑《南宋群贤小集》有《臞翁诗集》二卷,首冠以《诗评》。他如绍定中与戴复古结江湖吟社的曾原一有《苍山曾氏诗评》一卷,吴澄为序,谓"《诗评》一篇乃其同乡之士黎希贤所辑"③;邵武李方子有《公晦诗评》,刘克庄为跋④。何以"诗评"与其下"诗体"并置一卷?除了从体量均衡的角度考虑,或还有其时一般观念上的原因。从皎然的著述可见,自唐以来,"诗评"的概念即与诗格相关⑤,故相对而言,与"诗体"更为靠近。值得关注的还有元代刊行之《严沧浪诗法》,下面还会讲到,或许就是以《诗体》为主体的一种编法,而其最后"总论"部分,基本上属于今传《诗评》的内容。

卷二次列"诗体",其上篇全篇录自严羽,末署"沧浪编"显示出处,其

---

① 《宋诗话考》,第215页。
② 如《苕溪渔隐丛话》前集卷六引《后山诗话》:"黄鲁直言杜之诗法出审言,句法出庾信,但过之耳。"前集卷九《吕氏童蒙训》引徐师川言:"自李杜以来,古人诗法尽废。"前集卷五五《王直方诗话》引刘贡甫言,谓:"旧云,'云里',荆公改作'云气',又云'五见宫花落古槐',此诗法也。"《白石道人诗说》亦曰:"不观诗法,何由知病?"(清刻《历代诗话》本)
③ 吴澄《苍山曾氏诗评序》,《吴文正集》卷二一。
④ 刘克庄《跋李耘子所藏其兄公晦诗评》,《后村先生大全集》卷九九。
⑤ 李淑《诗苑类格序》亦曰:"五七言体起于汉,施于齐梁,始类以声病,前贤著评式,论之详矣。"《新编纂图增类群书类要事林广记》后集卷七"辞章类",中华书局影印元至顺间建安椿庄书院刻本,1963年。

下篇更以之为标准,分别辑录诸多诗话可归属各体分类者。值得注意的是,这与"诗法"、"诗评"并非同一编例,严羽相关论述被安置的位置首尾既不同,题署的方式亦异。这种编例上的差异,或许蕴藏着与严羽诗学著作文本构成相关的信息:唯"诗体"上篇末署"沧浪编",想来是已有成编的表示,而"诗体"下安置按诸诗体类目辑录的其他诸家之论,则衬托严羽在该类目中的领主地位,其设置乃是受严羽所编此篇分体的影响。《沧浪吟卷》所收将之置于《诗辩》之下的第二篇,当亦因为明确为严羽编就。反观"诗法"、"诗评"门类,编者于诸家皆有辑录,他诗家或有其相类标目,严羽相关诗学论述被标以"沧浪诗法"、"沧浪诗评",与他诗家平等分享辑录权利,只不过殿后的位置稍显特殊。据此,我个人比较倾向于"沧浪诗法"、"沧浪诗评"乃魏庆之据严羽存稿或门弟子记录辑录,而置于较为通行的大类目之下。

其实,与此二卷类似的大类目设置,我们可以从南宋初任舟集录的《古今类总诗话》五十卷找到先例。其书虽已佚,方回《古今类总诗话考》记其所见录有绍兴丙寅年(1146)序的婺板:

> 其第一卷曰诗体,二曰诗论,三曰诗评,至第四卷诗仙以下多不涉出处,必不得已曰某人云,他则若出于己所云者。①

很可能亦是一商业出版物,其分门类编及标目本身,或即为魏庆之所借鉴。

至于严著五篇中的"考证",《诗人玉屑》列于卷十一"诗病"、"碍理"后,然却并未有任何署名,《沧浪吟卷》本收录该部分何据,不得而知,估计总有其流传中的说法,我们姑且依据元本,将其视作严羽的作品。值得重视的,是它在《诗人玉屑》全书构成中的位置。如前所述,全书实以卷十一为界分成两大部分,前半部大抵以诗格、诗法为中心,后半部大抵以历代诗人诗作评论为中心,实际上前半部正是编刊者试图变易其所据蓝

---

① 《桐江集》卷七。

本面目的着力所在。萧淳铧已觉察到"考证"处于卷十一末这个位置,证明卷一至卷十一是一个整体,只不过我们或许应在重新考虑二著关系的前提下,究察严羽诗学诸篇分布该著前半部首尾的意味。也就是说,元人汇辑于《沧浪吟卷》卷一的严羽诗学著作之文本构成,实是受到分门类编的《诗人玉屑》的编排方式的影响。这应是一种适应印刷出版而勃兴的文献集成构形。《诗人玉屑》毫无疑问是新的文学生态环境的产物,并且,魏庆之作为通俗诗学读本的编刊者,与出版商陈起的身份、立场类似,利用印刷出版这种新传媒,以生产满足读者需求的产品为职志,又在这诗歌消费市场中起到了积极的作用。正因如此,该著成为元明诸多诗法著作的范型与来源之一,同时又因为收编严羽诗学著作并赋予特殊的位置与构成,开启了严羽诗学之诗法传播时代。

其实,即便在南宋后期,随着印刷出版的进一步发达,文人士大夫于生前将个人诗文编集刊行开始流行,但像严羽、黄昇、吕炎这样在当时并非具有很大声名的地方作家、批评家,方回所谓"闽人有非大家数者",或也未必有条件、有机会实现这样的印本传播。故如郭绍虞先生在讨论《诗人玉屑》同样引用最多的黄昇《玉林中兴诗话补遗》时,推测"或庆之所见乃其稿本,此后并未刊行,流传不广,故不见诸家著录欤"[1],颇在情理之中。同样的情况可能还有吕炎与其《柳溪近录》。如此看来,《诗人玉屑》在录存这些本地"近世之评论"上实大有其功,这恐怕也是钞本向印本转换时代诸多汇辑类文献常常具备的功效。

虽然严羽诗学著作的生成,与同时代魏庆之那本通俗诗学读本的编法及其传播相关,但有必要澄清的是,这种商业出版的传播方式及内容未必符合严羽自身的意旨。严羽归入广义的江湖诗人当然不成问题,从身份上说,恰属于被扩展的新兴的文学担当者阶层。不过,他毕竟是一个在文学上极有个性与抱负的人,自视甚高。戴复古《祝二严》中对他的评价"持论伤太高,与世或龃龉。长歌激古风,自立一门户"[2],常为研究者所引证;他自己于所著《诗辩》中表现出来的极端自负,前亦有述。因此,无

---

[1] 《宋诗话考》,第 160 页。
[2] 《石屏诗集》卷一。

论就其《诗辩》或答吴陵书来看,都是在同道诗友间严肃回应、批判当前文坛最新流行的宗尚。尽管就其旗帜鲜明地抨击江西诗病而言,或有其所在江湖诗人阶层的立场在,但他同样对"永嘉四灵"的晚唐体有尖锐的批评。他的动机与目标,是在诸种势力与主张的挤压中,提出自己独得的解决方案,为当今时代的诗歌寻找出路,并非为这个社会广大初学者教示作诗门径,而是具有相对自觉地规范、提升这个诗歌消费市场的使命感。其相与切磋诗艺的,实际是相当有限的小圈子,也就是王埜、戴复古及李贾诸人,或再加上序其家集的族人吴陵,故无论其交游方式抑或持论,皆显示其骨子里某种较强的精英意识。即便在这有限的诗友中,如吴陵并不赞同他的诗学主张,这从严羽的《答出继叔临安吴景仙书》可以得证,王埜与他的观点亦明显不一致,徐熥《沧浪诗集序》谓"郡太史王子文与先生论诗不合,式之作十绝解之"①。当然,戴复古作为前辈专业诗人,在宗唐复古的倾向上与严羽还是有共鸣的,因而对他有欣赏的一面,黄公绍所谓"石屏戴复古深所推敬"②,当即从戴氏《祝二严》的"二严我所敬,二严亦我与"③而来,然戴复古毕竟亦有"持论伤太高"的隐忧。故严羽生前恐怕是颇为孤独的,这也往往是"有奇气"的思想者常有的境况。

因而,即便如《诗人玉屑》给予严羽诗论极为特殊的地位,亦不能就此认为该著等同于或代表严羽的看法,作为编者的魏庆之毕竟有其自己的宗旨意趣与编纂体例。该著作为通俗诗学读本,无论示法度与辨流变,皆为指点学诗者门径,培植读者的基础鉴赏力。由此考察《诗辩》在《诗人玉屑》中,如魏庆之于首条冠以"沧浪谓当学古人之诗"的标目,开篇的论述与《沧浪吟卷》所收,次第上显示很大的出入,其论述的重心亦因此移至学诗者当如何学古人上,而非《沧浪吟卷》本"假禅宗以定诗品"④,示"禅道"与"诗道"内质上的共通点——"妙悟"这样的深层诗歌理论问题,已经是一种诗法的设计。我们不得不相信,魏庆之在收编严羽诗论

---

① 丁丙《善本书室藏书志》卷三一"《沧浪诗集》四卷"条引,清光绪刻本。
② 《沧浪吟卷序》,郭绍虞《沧浪诗话校释》附辑,第266页。
③ 《石屏诗集》卷一。
④ 《御制题严羽沧浪集》,《沧浪集》卷首。

时,作了迎合一般读者层次及其需求的调整、改编,而开了实用化、通俗化之先。又鉴于《诗人玉屑》诗格、诗法汇编的性质,其采集诗论,一般还是要诸家兼收,作为商业出版,更需标榜所收名家高论之全备。如就"诗法"而言,包括朱熹、杨万里等七家,"诗评"亦及杨万里、敖陶孙等三家,其中就身份而言,或为理学家,或为士大夫文人(且属江西诗派中人),或为江湖诗人及其他,情况各异,主张自然不同。魏庆之在意的主要亦不在各家持论本身及其论证过程,而在广大读者皆能接受的学诗之具体方法。"诗法"中如朱熹基于体制雅俗的古今诗变说,杨万里的翻案法,赵蕃的学诗活用法、养气说等,吴可、龚相的学诗如参禅说,姜夔以气象、体面、血脉、韵度为纲的诗法与四种高妙的风格论等,各标示其法度、路径,且皆经过提取简化,以富读者见闻,便于学习。至于这些主张及概念,各在何种立场与语境下生成,相互间构成怎样的关系,与严羽又有何实质性的差异,并非他在该著中所欲关注的。在"诗评"中,所录杨万里品藻中兴以来诸贤诗、评李杜苏黄诗、评为诗隐蓄发露之异等,范围自《诗经》以下至"近时后进",录敖陶孙诗评,自曹操至吕本中,皆重在如何鉴裁,与严羽推原汉魏以来、轩轾唐宋的明确指向亦显然有别。编纂者这种相容并包的态度并不是说没有倾向性,如黄昇标榜所谓"博观约取",然所重分明在指导诗歌作法的实践层面。以下"诗体"也好,从"句法"到"诗病"更细的分论也好,乃至"古今人物品藻",莫不如此。其所针对的对象,并非如严羽心中设定的是那些关注诗歌创作方向或理想的"世之君子",而是更为广大的基层学诗者,故整个构架服务于"观诗法"、"知诗病"及诸多实用目的。在这种情形下,看似获得特别重视的严羽诗论,其真正用意及锋芒,反倒被淹没于众声间,在某种程度上甚或有被消解的可能。

  处身于这个时代的严羽,实在面临着一种吊诡的境遇。在文学生态环境包括知识阶层以及印刷传媒等呈现巨大变化的关口,一方面他本人或仍向士大夫精英看齐,秉持某种改造社会文学风尚的崇高理想,并且,希望自己的主张能够完全为同道理解、认同,故或仍习惯于知识者小圈子这种人际关系的交流、传播方式,尽管他所在的闽北地区已是新传媒日益扩张其势力的商业出版中心;而在另一方面,这种巨大变化却已经决定了严羽诗学著作通俗化传播的走向,而面临其主张被随意简化、改造的可能,并不以作者的主观意志为转移。如果说,钞本时代的那种传抄仅仅是涉及作者与读者间单向、直捷的传播与接受,那么,当这种传播被纳入更为广大人群的诗歌消费市场,因出现印刷出版的新传媒而变为多边关系,这种变化及其复杂性须得到更为充分的估计。而这不过是整个社会文化下行传播的一种表征。

当然,事实上严羽诗论在宋末的传播与接受并非仅限于闽北地区,研究者多已注意到成书于宋理宗景定三年(1262)前的范晞文《对床夜语》[1],曾引用了严羽《诗辩》中的两段文字。范晞文,字景文,号药庄,钱塘人。鉴于严羽有出游吴越的经历,或即为避端平元年(1234)邵武饥民之乱,曾在临安住了约两年的时间,此前绍定间已与戴复古、王埜、李贾切磋诗艺[2],那么,就意味着他与临安有交通的渠道,之前亦已开始有相对定型的诗论见解。

冯去非序《对床夜语》,认为该著"大类葛常之《韵语阳秋》"。《韵语阳秋》的编法,在分门类编上与《诗人玉屑》大抵相似[3],而《对床夜语》的编法,其分卷亦以类相从,将同类诗歌归置一处,按时代评鉴,又颇与《苕溪渔隐丛话》相近。不过,四库馆臣论《韵语阳秋》,认为:"是编杂评诸家之诗,不甚论句格工拙,而多论意旨之是非。"[4]若观冯去非为褒扬范晞文所著"文甚高",而责之其对立面——"若论诗而遗理,求工于言词而不及气节,予窃惑之"[5],则二著在以事核理胜为要而非句法、格律之工上,有其共通性,这也显示了《对床夜语》与那些面向初学者的诗格、诗法类著作的差异。其卷二起首引严羽"妙悟"说与"别才别趣"说两段,赋予严羽诗学论述相当重要的地位,且可以说是摘取了《诗辩》中最为重要的观点,算是严羽诗论的精髓所在。其与《诗人玉屑》、《沧浪吟卷》本的文字

---

[1] 据《对床夜语》卷首冯去非序"景定三年十月,予友范君景文授以所著书一编"之叙述,《历代诗话续编》上,页406。下同。
[2] 参详陈伯海《严羽身世考略》,《上海师院学报》1984年第3期。
[3] 可参看郭绍虞《宋诗话考》,第77页。
[4] 《四库全书总目》卷一九五《韵语阳秋》条,第1785页。
[5] 《对床夜语》卷首序,《历代诗话续编》上,第406页。

异同,张健已有比对,结论为更接近《诗人玉屑》,但两者亦有差异,推测流传在宋末的严著文本可能就是《诗人玉屑》与《对床夜语》所依据的文本系统①。从范晞文的说诗意旨来看,其宗法倾向确与严羽有相同处,且善究论诗之理,也试图从根本上断当世风气之是非。故其于"妙悟"说,复证之以友人姜夔所论;于"别才别趣"说,亦引于姜夔有知遇之恩的萧德藻、声名甚著的刘克庄的言论为助。至于对"四灵"倡唐诗的看法,范氏虽引证周弼之说,这显示他同时对《三体唐诗》的看重,不过就其申论说"然具眼犹以为未尽者,盖惜其立志未高而止于姚贾也"②,其实与严羽视"四灵"为"分限之悟",意见亦颇为一致,四库馆臣正是据此肯定范氏"其所见实在江湖诸人上,故沿波讨源,颇能探索汉魏六朝唐人旧法,于诗学多所发明云"③。总之,该著引证同道诗论,是为阐述自己的主张服务,严羽《诗辩》在其中居颇为核心的位置(据此仍可见《诗辩》在当时同道知识者圈子的流传情况),显示的是在相对较高的层次上对严羽诗学的传播与接受。

尽管严羽诗论在当时的政治、文化中心所在,同时又是毗邻的浙江有所传播,并且也算是有知音之遇,但与后来元明时期的传播与接受相比,影响毕竟有限,至多不过是南宋众多诗论家中有独到识见的一家,恐怕还谈不上引人瞩目。这种情况,即在元初的闽北之地,亦未见有多大改变。

成书于元世祖至元二十六年(1289)的蔡正孙《诗林广记》,亦因有标明引自严羽《诗辩》、《诗体》的摘句而受到过关注。蔡正孙,字粹然,号蒙斋野逸,建安人。其生平虽颇多不详,然以下的经历值得注意:一是年轻时为应试,至少曾在开庆元年(1259)、景定五年(1264)两度赴杭京,且德祐二年(1276)元兵进入都城前,可能在杭生活了相当长一段时期。二是尝从谢枋得学,谢氏虽为江西弋阳人,并曾隐居家乡讲学,然端宗五月即位改景炎元年(1276)后,即再度招募义兵抗元,兵败逃亡福建,长期流寓建阳一带山野,蔡正孙亦在宋亡后隐居家乡,其师事谢当即在此一时期,

---

① 《〈沧浪诗话〉非严羽所编——〈沧浪诗话〉成书问题考辨》,《北京大学学报》1999年第4期。
② 《对床夜语》卷二,《历代诗话续编》上,第416页。
③ 《四库全书总目》卷一九五《对床夜语》条,第1790页。

同为建安人的诗友魏天应以及张健上文已有考察的王渊济,亦皆从谢枋得学,或可为证。三即与魏天应为四十年交游,尝结醉乡吟社,而天应号梅墅,为魏庆之之子。四是晚年编有《唐宋千家联珠诗格》,乃未曾谋面的江西鄱阳人于默所寄求教,原仅三卷,"杂而未伦,略而未详",故蔡正孙在此基础上,重加排比,并增补至二十卷(参详张健上文)。

　　从这些行迹中,我们首先可以感受到当时诸地域间的往来交流其实颇为活跃,尤其像福建与相邻浙江、江西间的士人,往往构成实体性的社会网络,当初严羽自己又何尝不是如此,因而须充分估计到这些区域间信息交换的能量。其次,鉴于蔡正孙与魏天应之间的特殊关系,我们很自然会与魏庆之在闽北传播与接受严羽诗论著述的状况发生联想,是否《诗人玉屑》所引严羽《诗辨》、《诗法》、《诗评》、《诗体》诸篇,即为蔡正孙《诗林广记》所引沧浪之论的直接来源? 至少通行的《诗人玉屑》即为魏天应案语本。再次,蔡正孙编纂《诗林广记》恰在其隐居家乡后,其师事谢枋得即在此一时期,谢氏于至元二十五年(1888)九月,终于被福建参政魏天佑执入大都,而蔡正孙《诗林广记序》署至元二十六年,意味着此前已成书,则其酝酿编纂此著,乃至晚年重编《唐宋千家联珠诗格》,应该受到谢枋得这位在诗文评点方面身体力行的老师的影响。

　　该著体例在总集、诗话之间,"皆以诗隶人,而以诗话隶诗"①,其用意恰在于证己选诗之不谬,所谓"凡出于诸老之所品题者,必在此选"②。蔡氏所集前贤诗话,朱熹为代表的理学家之论似占据重要位置,郭绍虞先生为此还特意列出汤巾—徐霖—谢枋得—蔡正孙一系的学术系谱,以汤之学"由朱入于陆者",而证"正孙道学气较重,选录杨时、朱熹、真德秀及其师枋得之语亦较多"③,我们不妨将之看作是闽学的传承。同时,我们看到,苏、黄之诗论亦为蔡氏所引重,其直接引用皆在二十条以上,直接引陈师道诗话亦在十条以上,多少体现了江西一脉诗学主张的影响。

　　严羽诗论正是在这样的格局下被采入《诗林广记》,与其他诸家诗论

---

① 《四库全书总目》卷一九五《诗林广记》条,第 1790 页。
② 《新刊名贤丛话诗林广记》卷首蔡正孙自序,明刻本。
③ 《宋诗话考》,第 127 页。

一起,作为编者辨家数的参证。所引共八条。前集有三:一条在卷五"柳子厚"下:"《诗辨》云:子厚深得骚体。"似为补证此前引东坡所论"独韦应物、柳子厚发秾纤于简古",刘克庄所论"子厚才高",并示其渊源,然《沧浪吟卷》所收此条实在《诗评》,作"唐人惟柳子厚深得骚学,退之、李观,皆所不及";魏庆之《诗人玉屑》此条见收于卷十三"楚词"所标之"沧浪论楚词",文字同《沧浪吟卷》本。另二条见卷八,皆出《诗体》,一论"诗有借对字",一论"律诗首尾不对者",然比较《诗人玉屑》、《沧浪吟卷》本,皆有蔡氏发挥说明处。后集共五条:

1. 卷二"王荆公"下:"严沧浪云:荆公绝句最高,得意处高出苏黄,然与唐人尚隔一关。"大抵与前后所引陈师道谓荆公"暮年诗益工而用意益苦",《石林诗话》谓"荆公晚年诗律尤精严,造语用字,间不容发,然意与言会,言随意遣,浑然天成",以及杨万里论五七字绝句"惟晚唐与介甫最工于此"相互发明,评价有近似处,唯严羽定品的参照系最为分明。此条《沧浪吟卷》本为《诗体》"王荆公体"下小字,重要的异文乃"苏黄"下尚有"陈",《诗人玉屑》与《沧浪吟卷》本基本相同。

2. 卷七"梅圣俞"下:"沧浪《诗辨》云:国初诗尚沿袭唐人,梅圣俞是学唐人平淡处。"紧接此条引朱熹说曰:"圣俞诗是枯槁,不是平淡。"下一条引许彦周云:"圣俞诗句句精练。"又下一条引胡仔《苕溪渔隐丛话》:"圣俞诗工于平淡,自成一家。"看来此处是将不同意见并陈,由读者自己去体会、把握。此条与《沧浪吟卷》本、《诗人玉屑》不同,在于节引专论圣俞诗,其前略去"王黄州学白乐天,杨文公、刘中山学李商隐,盛文肃学韦苏州,欧阳公学韩退之古诗"诸句。

3. 卷七"陈简斋"下:"沧浪《诗体》云:简斋自是一体,亦本江西派而小异耳。"此条《诗人玉屑》与《沧浪吟卷》本同,皆于"陈简斋体"下小字曰:"陈去非与义也。亦江西之派而小异。"《诗林广记》将"陈简斋体"述为"简斋自是一体",略去其名字说明,又于后句增一"本"字,严格说来,这样的说法意义已有所变异,倒是与前条引刘克庄曰"元祐后诗人迭起……要之不出苏黄二体而已。及简斋出,始以老杜为师,第其品格,当在诸家之上",评价口径有了微妙趋近。

4. 卷九"王黄州"下:"沧浪《诗辨》云:国初之诗尚沿袭唐人,王黄州学白乐天。"

5. 卷九"杨文公"下:"沧浪《诗辨》云:国初诗尚沿袭唐人,杨文公学李商隐。"这两条皆同上引严羽评梅尧臣条,是节引以专论所论者,示其学诗渊源。这样的评价自然在宋代已为共识,故前者其后引许彦周、蔡宽夫诗话以及王禹偁自己的诗,皆可互证,后者亦述其"未离昆体",只不过严羽本来的用意,更着重在国初学唐尚高于苏黄的"自出己意"。蔡正孙编纂《诗林广记》的初衷,据其自序所说在于"课儿侄",表明此书的性质仍是示初习者以门径,试图通过这样一种有前贤诗论指引的诗歌选集,让学诗者获得辨家数的能力。这与严羽所主张的"作诗正须辨尽诸家体制"看似无甚不同,然事实上总体的诗史观、设置的目标并不一致,在对苏黄及追随者的评价上,亦显示出较大差异。

由《对床夜语》引严羽诗论为《诗辨》,《诗林广记》所引则标《诗辨》、《诗体》(唯其中前集卷五"柳子厚"一条所引篇名实有出入,究竟严羽存稿如何归属,值得进一步探究),我们是否可以从一个侧面推证,宋元之际流传的明确认定严羽著作权而相对完整的诗学著述,很可能就只有严羽自诩的《诗辨》和魏庆之注明"沧浪编"的《诗体》,不管是严羽有稿本留存还是门弟子或家族宗党以钞本传出,其他的很可能仅是零碎存稿。这个文本在传抄的过程中当然有可能被改动,故如《诗辨》,《对床夜语》与《诗人玉屑》所引文字亦有不同(这不仅指一些条目的次第,而且指局部文句本身),说明所据本或不同。至于《诗林广记》,因编者的目标在示初习者以门径,故引证中难免会加入自己的解说,而蔡氏作为建安之编书人,与魏庆之子魏天应"为四十年交游",其于"前贤评话及有所援据模拟者,冥搜旁引"①,通过魏天应获得魏庆之当年编纂《诗人玉屑》所持有的严羽诗学文本底稿,亦不是没有可能。至黄清老搜集刊刻严羽著作,距离《诗人玉屑》的刊行已经有八、九十年时间,从整体上说,现成最全备的严羽诗学著述,反而是《诗人玉屑》所收编,故应即依据该著既定构架,搜辑当时严

---

① 《新刊名贤丛话诗林广记》卷首自序。

羽著述之其他传本，重新编录，刊于《沧浪吟卷》卷一。以《诗辩》为例，其所依据的文本，整体上编排次第理应比《诗人玉屑》据编者意图改编来得客观，然亦不能否认，除此之外，因为时代的关系，与严羽更近的魏庆之所获文本，在局部文句上理应更接近严羽原稿，毕竟越经过辗转传抄（在传抄过程中常有据己意增删改订），文本形态越易有歧异发生。

严羽诗学著作在元代的传播，绝大部分被贴上了"诗法"的标签。怀悦本《诗家一指》、杨成本《诗法》皆收有一种《严沧浪先生诗法》，其题下有一段识语，谓其"亦有印本"，"今摘写于此中"①。故张健据此最早提出，元代存在另外一个严羽论诗著作的刻本，叫《严沧浪先生诗法》，该本当即黄清老"哀严氏诗法"之单刻本，而《诗家一指》与杨成本《诗法》所收入的"严沧浪诗体"，编入了《诗体》、《诗评》部分的内容，已被严重篡改②。这种推定本身合乎情理，确有其可能性，不过，是否也还存在另外一种可能，即此单行之《严沧浪诗法》刻本，是以严羽所编之《诗体》为核心改编成的文本，其构架同《诗家一指》、《诗法》所录，分别为诗体、以人论家数、体制名目、用韵、总论，只不过后来的诗法汇编著作真的只是"摘写"（即前四目所录大体即《诗体》之摘录，"总论"则基本上为《诗人玉屑》与"诗体"编在同一卷的"沧浪诗评"及若干《诗辩》之摘录）？张健注意到《诗家一指》所引《严沧浪先生诗法》文字与《诗人玉屑》、《沧浪吟卷》两个系统的本子不同，而与《唐诗品汇》所引文字更为接近③，那有无可能《唐诗品汇》所引"诗评"文字与《严沧浪先生诗法》"总论"所据文本来源相同？此"总论"文字看上去谈话的痕迹更重，未必不存在传自门弟子编录材料的可能性。

---

① 日本关西大学图书馆藏本。《诗家一指》，《澹生堂藏书目》（清宋氏漫堂钞本）列《四家诗法》四卷二册，分别为《梅花诗评》（当为《梅氏诗评》之误）、《学诗规范》、《诗家一指》、《严沧浪诗论》，显然是将之视为宋人诗话，也正因为这样，才会有杨成《诗法》所注"此篇取其要妙者，盖此公于晚宋诸公石屏辈同时，此公独得见《一指》之说，所以制作非诸人所及也"。但正如张健研究所得，《诗家一指》有单行与汇编两种。此作为汇编著作《诗家一指》，其中"三造三段"因为缺失（可与史潜本《虞侍书诗法》参看），又另外辑录一块前人著述，而这也是典型的商业出版的做法。据笔者初步比对，这一部分辑录，是基本依《诗人玉屑》顺序摘录，略有分类。详情当另文考察。
② 参详《〈沧浪诗话〉非严羽所编——〈沧浪诗话〉成书问题考辨》一文。
③ 参见氏著《关于严羽著作几个问题的再考辨》，《北京大学学报》2001年第4期。

另据赵㧑谦《学范·作范》所录"当看诗评",列诗论著作十二种,其中有一种《李严诗辩》。该著又为杨士奇《文渊阁书目》、钱溥《秘阁书目》著录,不管是否刊本,其在元明之际曾经流传应该没有问题。张健推测此"李严"有可能是李贾与严羽的合称,"诗辩"则为二人诗论著作的合编①。我们看张健举证的严羽《答吴景仙书》自述以及戴复古《昭(邵)武太守王子文日与李贾严羽共观前辈一两家诗及晚唐诗因有论诗十绝》、刘克庄《李贾县尉诗卷跋》等材料,这样的推测也还合乎情理。在那个时代,李贾的声名当在严羽之上,他自己曾编刊过戴复古的诗集《第四稿》。《学范·作范》总论部分所录下注《诗辩》的唯"诗贵三多"、"诗去五俗"两条,其他真正取诸严羽《诗辩》的诸条皆注"严氏",故张健推测前者二条出于《李严诗辩》。"诗去五俗",《诗人玉屑》与《沧浪吟卷》本皆收入严羽《诗法》;而"诗贵三多",最早当来自《玉壶清话》载欧阳修语:"学者当取三多:多读书,多持论,多著述。三多之中,持论为难。"②而据《诗人玉屑》卷五"口诀":"欧公谓为文有三多:看多,做多,商量多。仆于诗亦云。"③因为是诗格、诗法的汇辑之著,此"仆"究竟为谁亦难以考知,我们因《李严诗辩》之名,而疑为李贾的话,应亦不算唐突。不过流传过程中又变成"读多,记多,讲明多"。无独有偶,前已举述蔡正孙《诗林广记》卷五"柳子厚"下引:"《诗辩》云:子厚深得骚体。"在元刻本《沧浪吟卷》实属《诗评》,在《诗人玉屑》则见卷十三"沧浪论楚词"。如非记误,那是否意味着《李严诗辩》所收亦未必仅为二人《诗辩》之作?也就是说,这可能是一种以李贾、严羽《诗辩》为核心而杂收二人其他诗格、诗法、诗评论述编成的文本。毕竟从社会需求来说,这是一个诗法流行的时代。

元代刊行的诗格、诗法著作,不少皆有严羽诗学论述的摘编。多段摘引且标明出处的如上举《学范·作范》,其卷上"总论"部分如五法、九品、诗去五俗、用功有三、大概有二、极致有一等。卷下"气象"部分论汉魏古诗气象混沌及唐宋人气象之不同两段;"家数"部分以体制、时、人论,虽

---

① 参见氏著《关于严羽著作几个问题的再考辨》,《北京大学学报》2001年第4期。
② 祝穆《事文类聚》别集卷五文章部,《文渊阁四库全书》本。
③ 《诗人玉屑》上,第112页。

未标出,实出《诗体》,其中以人论部分标明"沧浪云:学诗者以识为主"一段录自《诗辩》;"音节"部分也有"下字贵响"一段①。更多是不标出处而摘引重组者,如《西江诗法》所载《诗法家数》序文中,诗之为体有六,其中如"雄浑"、"悲壮"、"沉着痛快",分别出自《诗辩》"诗之品有九"与"其大概有二"。诗之忌有四,亦由《诗法》中"五俗"改头换面。另,论学诗进阶亦显然可见严羽的影响②。《西江诗法》所载《诗家模范》,有"诗忌五俗","不可太着题","信手拈来,头头是道矣","律诗难于古诗,绝句难于律诗",出严羽《诗法》;"优柔不迫"、"叫噪怒张"、"识"、"妙悟"等语汇及"诗有别才"一段,出《诗辩》。又如《沙中金集》中所列"扇对格"、"借韵对"、"律诗不对"诸条,皆可见于严羽《诗体》。其他化用、脱换者不胜枚举。

据上述事实,我们观察到,严羽诗学进入元代的传播,在书坊编刊者的主导下,其主要功用显然即在于借助各种商业出版的诗法汇编著作,为相当庞大的民间学诗群体提供服务,其目的止于实用,形态则是典型的一般知识、技法的简化消费,具有严重的口诀化、教条化倾向,便于记诵,可经简单解说而习得。消费者事实上并不关注严羽诗歌主张的先锋性如何体现,其学术立场何在,论证过程又如何实现,而只是作为入门的基础读本,结果必然是作者的真实意图、学术立场及个性被消解,鲜明而有内涵的诗学观点被肢解、抽空,被改造、歪曲。故如明代极其推崇严羽论诗的许学夷,一方面标举胡应麟的看法,以为宋以来评诗,严羽一人而已;一方面则批评此类诗法流行现象:"近编《名家诗法》,止录其《诗体》,而诸论略附数则,其精言美语,删削殆尽,良可深恨。"③不过,这种属于大众流行文化的通俗诗学,于作者而言,也不是一点好处都没有。像严羽诗论最早可能主要限于闽地知识者或家族宗党间的传播,却因为经历了诗法流行

---

① 浙图藏嘉靖二十五年陈垲重刻本,《四库全书存目丛书》子部第121册,第334—340页。
② 这篇文字又见于诗法汇编《诗法源流》中,张健据五山版《诗法源流》刊刻时间,认定元代已编入该著,朝鲜尹春年刊《诗法源流》,这篇文字被作为一篇独立的诗法,题《诗解》。张健据这篇序文与其他诗法著作的关系,怀疑该篇原本是一篇独立的论诗文字,而在流传过程中被整合到《诗法家数》篇首。见氏著《元代诗法校考》,北京大学出版社2001年版,第9页。
③ 《诗源辩体》卷三五,人民文学出版社1987年版,第336页。

传播,而在更广区域的大众中建立起声名,脍炙人口的若干条语录,虽然不免被断章取义之嫌,却日益成为广大学诗者共享的一般知识,而这或许正是其获得经典化的前提或过程。

第三节　介入主流:黄清老的诗法承传及杨士弘《唐音》

如前已述,据张健考证,严羽生前并未将自己相关诗学论著编定为《沧浪诗话》一书,《诗辩》、《诗体》等原只是单篇著作,元人黄清老始汇辑其《诗辩》、《诗体》、《诗法》、《诗评》、《考证》五篇,置于《沧浪严先生吟卷》首卷梓行。①其说理据充分,值得采纳。而这对我们考察严羽学说的传播在此际得以张大,尤有意义。

黄清老(1290—1348),字子肃,号樵水,邵武人。少笃志励学。泰定三年(1326)应浙江乡试,以《春秋》擢第一。次年会试中选,廷对赐同进士出身,授翰林典籍,升检阅,迁应奉文字兼国史院编修。至正元年(1341)出为湖广儒学提举,八年卒于官舍。有《樵水集》,另著有《春秋经旨》、《四书一贯》等。传详苏天爵《元故奉训大夫湖广等处儒学提举黄公墓碑铭》。②

黄清老的经历中,有两段值得我们特别注意。一是少即从"文献之传,性理之学,往往专门名家"的前修硕儒讲求学问;年始逾冠,那应该是在至大三年(1310)后,师事严斗岩,有得于六经、《四书》之旨,而斗岩恰恰自称受学于严沧浪;后入山中读书,直至泰定三年(1326)出应乡试。早年在家乡苦读,当然以究明理学为业,然与此同时,亦会对闽中其他文献传承有特别的关注。一是泰定四年一榜可谓龙虎榜,才士云集,若杨维桢、萨都剌、贡师泰、张以宁等,皆为同年进士。其入翰林院,为尚书曹元用、学士马祖常所举荐,又与王士熙、苏天爵、虞集、欧阳玄、谢端、胡助等

---

①　参详《〈沧浪诗话〉非严羽所编——〈沧浪诗话〉成书问题考辨》,《北京大学学报》1999年第4期。

②　见《滋溪文稿》卷一三,中华书局1997年版,第209—212页。

熟识或共事，同郡林泉生至顺元年（1330）登第后，即尝介黄清老请虞集为其家书隐堂作记，①故已为典型的馆阁中人。其时与同在此交游圈中的闽士陈旅、张以宁，并有诗文名，而与"好逾弟昆"②的以宁在诗歌方面更为自负。其诗文成就，苏天爵有一概括性的评价："文字驯雅，诗飘逸有盛唐风。"③

参与《沧浪严先生吟卷》的编校，当黄氏授官前事。因据元刻本题署"樵川陈士元旸谷编次，进士黄清老子肃校正"，这意味着，张以宁《黄子肃诗集序》中所说的"裒严氏诗法"，即对其诗论五篇的汇辑，是在此前完成的工作。从他的经历来看，至大三年后师事严斗岩，至泰定四年会试中选前这一段时间，确实有较大的可能性，而作为严羽的再传弟子，由其汇辑严氏诗学论著亦在情理之中。陈士元，号旸谷，邵武人。《闽中理学渊源考》卷三九有传。该传谓其"隐居不仕"，④而据弘治《八闽通志》，至顺间任邵武路学录有"陈士元"⑤，疑即其人，若是，则亦可为上述案断添一旁证。士元与名儒黄镇成（1256—1330）以文为友，所著有《武阳志略》一卷，《武阳耆旧诗宗》一卷。可知究心于当地文献，尤以发扬乡先贤诗学为务。黄镇成尝为撰《武阳耆旧宗唐诗集序》，兹录如下：

《宗唐诗》者，武阳耆旧之所作也。诗以唐为宗，诗至唐而备也。盖自唐虞《赓歌》为雅颂之正，至《五子之歌》有风人之旨，《三百篇》源流在是；下至楚骚、汉魏，而流于六朝，至唐复起，开元、天宝之间极盛矣。一本温柔敦厚，雄浑悲壮，而忠臣孝子之情，伤今怀古之意，隐然见于言外，可以讽诵而得之矣。宋诸大家，务自出机轴，而以辨博迫切为诗，去《风》《雅》《颂》反远矣。及其弊也，复有一类衰陋破碎之辞，相尚为奇，岂不为诗之厄哉！吾乡自沧浪严氏奋臂特起，折衷古今，凡所论辨，有前辈所未及者，一时同志之士，更唱迭和，以唐为

---

① 虞集《书隐堂记》，《道园学古录》卷九。
② 张以宁《黄子肃诗集序》，《翠屏集》卷三，明成化刻本。
③ 《滋溪文稿》卷一三，第211页。
④ 李清馥《闽中理学渊源考》卷三九《陈旸谷先生士元》，《文渊阁四库全书》本。
⑤ 黄仲昭编纂《八闽通志》卷三五《秩官》，福建人民出版社1990年版，第742页。

宗，而诗道复昌矣。是时家各有集，惜行世未久，海田换代，六丁取将。旸谷陈君士元，网罗放失，得数十家，大惧湮没，俾镇成芟取十一，刊刻传远，一以见一代诗宗之盛，一以见吾邦文物之懿。陈君是心，可不谓贤者！我朝文治复古，诸名家杰作，齐驱盛唐，是编之行，适其逢也，敢述卷端。①

则所编为严羽以来当地相与倡唐诗者所作。与当初黄公绍、李南叔出于同样的担忧，士元为使本邦文物不至湮没，"网罗放失，得数十家"（重新编刊《沧浪吟卷》，或即此项工作中重要的一项）。然或许是财力方面的原因，无法悉数梓行，只能请黄镇成删选刊作一卷。士元的工作，黄镇成、黄清老的参与其事，首先表明这是闽北地方文学的作为，旨在存传本地学术，《闽中理学渊源考》因此将其列为同一个学派；然从另一方面来看，未尝没有这样一个现实目标，即欲通过对乡先贤的表彰，塑造闽中诗学的先锋形象，在所谓"我朝文治复古，诸名家杰作，齐驱盛唐"的风潮中，为闽中诗坛争取话语权，对黄清老这样在诗学方面有渊源又有抱负的人来说，更是如此。杨维祯尝记曰：

曩余在京师时，与同年黄子肃、俞原明（焯）、张志道（以宁）论闽浙新诗，子肃数闽诗人凡若干辈，而深诋余两浙无诗。②

对于黄氏意气激扬之言，杨维祯自然不服。不过，据此倒可以判断，黄清老在这样的场合"数闽诗人凡若干辈"以为据，而敢于向两浙诗人挑战，应该缘于对严羽以来闽诗新传统底蕴的自信。

张以宁在黄氏卒后为撰《黄子肃诗集序》，虽然没有提到严斗岩这一层关系，但由师承严羽著论，却是相当明确的：

昭武严氏痛矫于论议援据、烂漫支离之馀，亦以禅而谕诗，不堕

---

① 《闽中理学渊源考》卷三九。
② 《两浙作者序》，《东维子文集》卷七，《四部丛刊》本。

言筌,不涉理路,一主于悟矣。……逮于我朝盛际,若樵水黄先生,噫,其志于悟之妙者乎!盖先生之于诗,天禀卓而涵之于静,师授高而益之以超。由李氏而入,变为一家。其论具《答王著作书》及哀严氏诗法。其自得之髓,则必欲蜕出垢氛,融去查滓,玲珑莹彻,缥缈飞动,如水之月,镜之花,如羚羊之挂角,不可以成象见,不可以定迹求,非是莫取也。噫,何其悟之至于是哉!①

认为他的诗歌创作非常充分地实践了严羽所倡之"妙悟"说的境界,评价之高,更在严羽之上。所谓"由李氏而入,变为一家",指其主要宗尚李白之诗歌风格而自铸伟词,因为该序先已论及继《诗经》之后,"莫高于陶,莫盛于李、杜"这样一个诗歌演进序列,谓杜甫"以真情真境、精义入神者",继承"赋多而比兴少"之二《雅》,李白以"真才真趣、浑然天成者",继承"比兴多而赋少"之《国风》。言下之意,当以黄清老更近李白之英特之才与浑完之趣,创作手法上亦绍续"比兴多而赋少"那一路特色。序中提到的《答王著作书》,即其后一再被传刻为《诗法》的著作,②属阐发"妙悟"之说,显示了对严羽诗学观念的应用,其侧重由意而句而字,把握作诗的能力,虽是一种完形的结构法,比起严羽的"意贵透彻"之类,却更落入技巧的探讨。但不管怎么说,通过其至元元年(1335)后在翰苑与秘书监著作佐郎答论,阐扬严羽诗法这一个事例,我们可以看到,先已完成严氏诗学论著辑刊的黄清老,通过本人居官后的经历、地位、交游乃至创作实践,有机会令原本仅在闽北一地传播的严羽诗论(无论魏庆之《诗人玉屑》载录其著述,抑或家族里人传其学),得以突破地域性的局限,而经由中央馆阁文坛辐射开去。

元明间各种诗法诗格著作汇编,现已受到学界的关注,其中题元代诸名家之作者真伪当然是一大难题,不过,这样的著作毕竟可以检测当时社

---

① 《翠屏集》卷三。
② 明史潜刊《新编名贤诗法》中题作《黄子肃答王著作进之论诗法》,朝鲜尹春年刊《木天禁语》中题作《论诗法答王著作进之》。王著作,即王克修,字进之,高唐人。至顺元年(1330)为秘书监校书郎,至元元年(1335)升著作佐郎。参张健《〈沧浪诗话〉非严羽所编——〈沧浪诗话〉成书问题考辨》及《元代诗法校考》黄清老撰《诗法》卷首按语(第335—336页)。

会上普及性的流行宗尚。我们看到,朱权编《西江诗法》,已将摘录的严羽《诗体》(题作《诗体源流》,增补元人诸体)、黄子肃诗法(题作《诗法大意》)与《诗法源流》、《诗宗正法眼藏》、《诗法家数》等稍后被明确题为傅与砺述范德机意、揭曼硕、杨载之作汇编在一起,并在宣德五年(1430)所撰《序》中点题说:"今又得元儒作《诗法》,皆吾西江之闻人也……"①因此著所收诸诗法撰述,原未标撰人,杨载实非江西人,或可由朱权原未认为《诗法家数》为其所著加以解释,②然黄清老亦非江西人(严羽当然也不是,不过《诗体》因增补了元人诸体,而令作者问题变得复杂),那么,朱权何以认定如《诗法大意》为江西元儒之作(其谓与黄裳《诗法》互相取舍,黄裳虽亦江西人,然据《列朝诗集》录其《南阁病中兼寄黄玄之》③,倒有可能亦记述闽人诗法)?或许我们从朝鲜本《木天禁语》、《诗家一指》可看出某种端倪。二著皆在题《木天禁语内篇·清江子范梈述》部分《范德机序》、《六关:篇法、句法、字法、气象、家数、音节》后,收录《严沧浪先生诗法摘抄》(前者并收录黄子肃《论诗法答王著作进之》)。有学者即据前者版心所题,认为《严沧浪先生诗法摘抄》等亦属《木天禁语内篇》。④ 范梈卒于至顺元年(1330),自不可能得见黄子肃诗法,与严羽诗论之关系则无从得证(虽尝出任福建闽海道知事),但至少有人借其或馆阁秘传的名义,将包括严羽诗法摘录在内的流行读物汇编在一起。鉴于明初赵撝谦《学范·作范》中已引《一指》一书,若此书确为一部诗法汇编而与之后怀悦编《诗家一指》属同一传抄系统,⑤则表明不仅在明前期,而且在元末,严羽诗论已被与虞、杨、范、揭等"当代名公"扭结在一起流行(赵撝谦在"当看诗评"中列《木天禁语》虽未标明著者,然在《作范》"总论"引《六关:篇法、句法、字法、气象、家数、音节》则注"范氏",何况还有《当代名

---

① 嘉靖刊本《西江诗法》卷首,张健《元代诗法校考》附录三,第458页。
② 此篇作者亦确存在由杨载论诗文字被整合到卷首作为序,再被认为全篇乃杨氏作的疑点,参张健《元代诗法校考》旧题杨载撰《诗法家数》卷首按语,第8—12页。
③ 钱谦益辑《列朝诗集》乙集卷八,清顺治九年毛氏汲古阁刊本。
④ 参见户仓英美《元代诗法丛书在日本——以介绍大山洁的研究成果为主》,在2006年8月山西陵川"郝经与元代文化国际研讨会"上的发言。
⑤ 参见张健《从怀悦编集本看〈诗家一指〉的版本流传及篡改》一文,《元代诗法校考》,第514—528页。

公雅论》与严著摘抄汇编在一起),这不能不让人与黄清老的传播之功产生某种联系。

有关严羽诗学论著的价值及其理论内涵,论者已多,兹从有关唐诗系谱建构一侧,再作些许申论。严羽这方面的论述,比较集中在《诗辩》、《诗体》两篇,而恰恰前者在其《答出继叔临安吴景仙书》中有所讨论,后者在《诗人玉屑》中注为严羽编,因而是相对完整体现其思想的可靠文本。如前已述,严羽清算江西、"四灵"等诗风,回应时下关注唐宋体之辨的首要任务,在于求其无传已久的"正法眼",即提出可取而代之的正体,以及学习这一正体的"正路"。而这一正体的树立,又须以诗歌史价值重塑为依据,此即其撰作《诗辩》之主旨。为此,严羽在重新省察诗歌性质与表现功能的前提下,以"五法"、"九品"之系统标准,标举格力雄壮、音节浏亮、气象浑厚的汉魏与盛唐诗。这首先显示了他是基于审美的体裁论立场,确立起一种典范意识,而由此立场出发的"推原汉魏以来"之诗歌史价值重塑工作,则令唐诗系谱的建构成为可能,并且,先已为之提供了一种价值基准。其次,他的这种体裁论,更多地是从风格而非诗歌体制入手。尽管在其《诗体》中提到有古诗、近体、绝句、杂言之类的体制之别,《诗评》中也有如五言绝句众唐人是一样,少陵是一样,韩退之又是一样的鉴定,以及对崔颢七言律特别的推尚,但事实上以更为形上的风格作为"辩家数"的指标,包括以人分,以时代分,而尤其这种时代风格论,如其《诗体》中对唐诗五体相当具体的划分,虽与诗歌史分期的性质并不可等而视之,还是为唐诗学的建构奠定了坐标。再次,他的诗歌史价值重塑工作,要在定品以辨高下,如王世贞指出的,"夫以代定格,以格定乘者,严仪氏也",①故所列盛唐、大历以还及晚唐之区别,主要并非着眼于随世次升降的阶段流变,而是基于体裁论的价值品第。有学者因此察觉严羽的这一工作其实并非诗歌史描述的"谱系学",而是"等级制"(上下有别,但其间没有流动),因为它"并不是为了告诉我们是什么导致了诗歌由黄金

---

① 《苍雪先生诗禅序》,《弇州山人续稿》卷四〇,《明人文集丛刊》,台北文海出版社1970年版,1辑22种5册,第2199页。

时代,堕落到了黑铁时代,而只是想告诉我们什么是诗歌的黄金时代",①即与他的正体论目标相一致,我觉得这很有眼光。不过,我们仍须看到,这一正体论目标下的诗歌史价值重塑以及前述那种时代风格论,毕竟已在传统的复古史观下引入一种历史考察,而这亦构成与世变论接引的基础,研究者们普遍认可的严氏于唐诗分期的贡献,或当置于这样的语境中予以认识。

黄清老通过辑刊严羽诗法著作对其诗学的推介,固然主要出于地方文学自塑的动机,然在客观上,确实迎合了这个时代宗唐复古文学思潮的需求。尤其严氏的正体论以及为此而进行的诗歌史价值重塑,是金末元初以来力求拨正的人们迫切需要解决的问题,所谓"汉谣魏什久纷纭,正体无人与细论"②,故无疑是值得援恃的思想武器。戴良《皇元风雅序》曰:"然能得夫风雅之正声,以一扫宋人之积弊,其惟我朝乎!"③亦显示了严羽自诩为"断千百年公案"的清算工作,事实上成为元代主流文学的方向。不过,元人所接受的严羽影响,还是带上了他们自己时代的烙印。我们从上举黄镇成《武阳耆旧宗唐诗集序》可以看到,其宗唐之旨,看似本严氏之论,若细加辨析,至少在溯至《三百篇》源流及一本"温柔敦厚"之诗教内容上,与严羽《诗辩》"楚辞为本"以及在"体裁、格力、气象、兴趣、音节"五个方面建立取法标准上,还是有较为显著的差异。张以宁《黄子肃诗集序》虽亦同严羽竭力标举李、杜的地位,但以孔子、程子之说为援据,从"发之性情之真,寓之赋比兴之正"④阐发诗的功能,特别强调以二《雅》、《国风》至陶渊明再至李杜为标高的诗歌发展脉络,实承自具有儒学色彩的宋人及元好问以来的认知而加以改造,与严羽的诗歌史价值序列亦有微妙的差异,这些正可以看作是在正体论之上引入世变论的结果。至于黄清老在自己的诗法论述中,将严羽的"妙悟"说落实到更为技

---

① 《严羽和"影响的焦虑"——一次古代和现代的比较》二"谱系学和等级制",http://yjrg.net/HTBIG5/bbsanc? path=/groups/GROUP_3/GuoXue/M1052841892/M1056786810&item=/M.1059883362.A

② 元好问《论诗三十首》其一,《遗山先生文集》卷一一。

③ 《九灵山房集》卷二九,《四部丛刊》本。

④ 《翠屏集》卷三。

性的层面,则又显示了这个时代在诗学实践方面的实际需求,这也正是严氏的诗学主张被落实到如《唐音》以及《唐诗品汇》等这类唐诗选本的背景。

我们再来看杨士弘所编《唐音》的情况。据杨氏至正四年(1344)八月朔日所撰序:

> 后客章贡,得刘爱山家诸唐初、盛唐诗,手自抄录,日夕涵泳。于是审其音律之正变,而择其精粹,分为《始音》、《正音》、《遗响》,总名曰《唐音》……始于乙亥,成于甲申。①

知为寓居江西后事,始至元元年(1335),至正四年编成刊行,历时十年之久,则其与此际江西文学的关系,值得我们作进一步的探究。刘爱山,即刘济翁,字云甫,爱山当为其号,(雍正)《江西通志》载列"宝祐三年乙卯解试"榜,庐陵人②。同时王义山(1214—1287)尝撰《章贡刘爱山诗集序》、《章贡刘爱山诗集后序》,有"得于仁者之静"之评与"郁孤高"之况③;后吴澄(1249—1333)又有《题刘爱山诗》,谓"翁诗不专学杜,而与此体合,声情自然,不事雕镌"④,所评或重在表彰其有儒隐之风,然"不专学杜"、"不事雕镌",其实颇耐人寻味。宋元之际,江西诗风已呈其变,本地刘辰翁(1231—1279)即为代表人物⑤。杨士弘由抄录刘爱山家唐初盛唐诗而产生新的诗学宗尚,无论如何,也算是接受某种影响的表现。

士弘在江西所与交游,形成一颇具规模的诗人群体,并有"江西十才子"之名。杨士奇《录杨伯谦乐府》谓杨士弘:"而所与交游讲论诗学者,

---

① 《唐音名氏并序》,《唐音》卷首,元至正四年刻本配补明刻本。
② 《江西通志》卷五一《选举三》,《文渊阁四库全书》本。
③ 《稼村类稿》卷六,《文渊阁四库全书》本。
④ 《吴文正集》卷五六。
⑤ 程钜夫《严元德诗序》曰:"自刘会孟尽发古今诗人之秘,江西诗为之一变,今三十年矣。"(《雪楼程钜夫集》清宣统二年至民国十四年阳湖陶氏涉园影刻明洪武二十八年舆庚堂刻本)刘辰翁自己曾明确批评时风:"趋晚唐者乏气骨,附江西者少意思。"(《宋贞士罗沧州先生诗序》,载《全元文》第8册,江苏古籍出版社1998年版,第572页)

傅若金、辛敬、万石、旷达、练高、周祯、刘永之之徒,皆有诗名。"①《秘阁元龟政要·周浈传》曰:"善作诗,与辛敬、万石、杨伯谦、李克正、查和卿等为江西十才子。"②这个诗人群体的宗尚,据同时刘炳所标榜,多力追汉魏、盛唐,如谓辛敬:"嗜学好古,刻志于诗,追驾盛唐,时号才子。"被认为开明初江西一派的刘崧,亦是"学富才优,识论自许。苦吟锻炼,追驾盛唐,西土之英也",诗中则以"苦力追正音,汉魏深祖述"相概括③。杨士弘持论之倾向及其形成,由此可见一斑。

我们发现,这个群体有不少人与范梈、虞集以及揭傒斯有着不同程度的联系。王礼《钟子温吟稿序》,忆其在全子仁幕下与士弘夜论诗道:"伯谦曰:'予得于范先生者,其要有四:盖诗贵简古明畅,理断含蓄,而大忌俗泛陈腐,粗嫩空佻,知此则思过半矣。'"④则杨士弘亦自谓受教于范梈。至如刘崧《读范太史诗赋长歌一首以识感慕之私》⑤之类,情况当更为普遍。虞集本人还曾在江西与这个群体聚会,共同切磋诗艺,胡俨《写韵轩滕王阁望湖亭诗记》即记述了辛敬等诸才子陪同虞集登眺赋诗的经过⑥;而虞集对士弘的赏识及其交谊,于《谢杨士弘为录居山诗稿二首》即有所显示。诗曰:

  少日词章浪得名,归与朴学补馀生。扬雄执戟能清静,庾信凌云愧老成。游目山川谁妙识,兴怀河洛独高情。残编久弃知无用,为录幽泉绝涧声。

  画戟高门对碧岑,公孙才思在登临。少陵不尽山林吟,季子偏知雅颂音。贞观诗人同制作,太平乐府入沉吟。明年何处听鸣凤,春昼梧桐满院阴。⑦

---

① 《东里文集续编》卷一九,明天顺间刻本。
② 《秘阁元龟政要》卷六,《四库全书存目丛书》史部第 13 册,齐鲁书社 1997 年版,第 384 页。
③ 以上皆引自刘炳《春雨轩集》四,《鄱阳五家集》卷一五,《文渊阁四库全书》本。
④ 《麟原文集》后集卷三,《文渊阁四库全书》本。
⑤ 《槎翁诗集》卷三,《文渊阁四库全书》本。
⑥ 程敏政《皇明文衡》卷五五,《四部丛刊》本。
⑦ 《道园遗稿》卷三,元至正十四年金伯祥刻本。

故其为士弘序《唐音》,亦以同调示推奖之意。由此亦可见,士弘的诗学观念及其实践,固然得益于元代后期江西地域文学共同活动的激发,然此际的江西文学,已经体现了地方与馆阁间的某种互动,不可避免地受到元代主流文学风尚的影响。

关于《唐音》的编纂宗旨,自虞集《唐音序》重在从世变论的角度相阐发,所谓"音也者,声之成文者也,可以观世矣","系于世道之升降也"①,应该说,对其后人们的体认,确产生了某种规定性的影响。即便仍在体裁论范畴之内,士弘"审其音律之正变,而择其精粹"之旨,亦往往被侧重于"音变"之时代辨识而加以理解(当然本身含有价值判断),此即人们普遍关注的析唐为三或为四。如宋讷《唐音缉释序》曰:"唐三百年,诗之音几变矣,文章与时高下,信哉!襄城杨伯谦,诗好唐,集若干卷,以备诸体,仍分盛、中、晚为三。世道升降,声文之成,安得不随之而变也。"②顾璘《题批点唐音前》谓其宗之学唐的储巏:"始取则杨士弘诗选,分别唐代始、正、中、晚之格,指示后进,的有准绳。"③杨士弘自己在《唐音·凡例》中确曾说过"《正音》以五、七言古律绝各分类者,以见世次不同、音律高下"这样的话。然而,细辨其后"虽各成家,然体制声响相类,欲以便于观者"之语④,以及《唐诗正音》卷首所言"专取乎盛唐者,欲以见其音律之纯,系乎世道之盛;附之以中唐、晚唐者,所以幸其遗风之变而仅存也。故自大历以降……体制音律之相近者附焉"⑤,我们发现,其宗旨实在以"音律之纯"的盛唐为典则,于中、晚唐亦不过选取"体制声响相类"而"仅存"者附之。换言之,要以趋同盛唐为指归,"择其精粹",而非别异示变,故凡变风则不录,"虽有卓然成家,或沦于怪,或迫于险,或近于庸俗,或穷于寒苦,或流于靡丽,或过于刻削,皆不及录"。在这一点上,虞集《序》谓"其所录,必也有风雅之遗,骚些之变,汉魏以来乐府之盛;其合作者则录之,

---

① 《道园类稿》卷一七,《元人文集珍本丛刊》本,新文丰出版公司1985年版。
② 《西隐文稿》卷六,《明人文集丛刊》,1辑2种,第304页。
③ 《批点唐音》卷首,明嘉靖二十年洛阳温彦刻本。
④ 《唐音》卷首。
⑤ 同上,《唐诗正音》"本卷篇首"。

不合乎此者,虽多弗取"①,在把握其标示正音之准则上,还是颇为准确的。由此观之,后人的理解,或许体现自己时代的立场与关怀,然与杨氏本旨确有微妙的偏差。

《唐音》的这种编纂宗旨,与严羽《诗辩》"学者须从最上乘,具正法眼,悟第一义"的目标完全一致,是"以盛唐为法"之正典意识在诗歌选本中的执行与体现,《正音》卷一"五言古诗"卷首按语尝引严沧浪《诗评》之语,至少是严氏著为士弘熟悉的一个证明。由杨士弘本人在《唐音序》中逐一检讨前代唐诗选本之失来看:《河岳英灵集》因时代关系,独载盛唐诗,算是个例外,"然详于五言,略于七言,至于律、绝,仅存一二",至少在体制上不够全面;《极玄集》所选止五言律百篇,"除王维、祖咏,亦皆中唐人诗";《中兴间气集》、《又玄集》、《才调集》等,"虽皆唐人所选,然亦多主于晚唐矣";王安石《唐百家诗选》,"除高、岑、王、孟数家之外,亦皆晚唐人诗";《唐诗鼓吹》"以世次为编,于名家颇无遗漏,其所录之诗,则又驳杂简略"②;其他如洪迈、曾原一、赵师秀、周弼、陈德新诸人之选,"非惟所择不精,大抵多略于盛唐而详于晚唐"③。则士弘己之所选,独以树立盛唐诗为正格而与前人诸选划一鸿沟明矣。胡震亨即专此表彰说:"自宋以还,选唐诗者,迄无定论。大抵宋失穿凿,元失猥杂,而其病总在略盛唐、详晚唐。至杨伯谦氏,始揭盛唐为主,得其要领。"④

正是在这样的宗旨下,《唐音》的基本构架是以《正音》为主体,《始音》示其发端,而《遗响》则为盛唐正格的补遗。作为指导学诗的门径,由体制声响的审辨入手而示其可法是一般的方法,《唐音》的特点在于,在元人已普遍形成的唐诗大备众体的认识基础上,于《正音》中开创性地将五、七言古律绝全体分类相从,并根据诸体在唐代各时期实际的发展情

---

① 《道园类稿》卷一七。
② 《唐诗鼓吹》实皆唐人七言律,虽尚高华之制,仍以多选中晚唐诸家、未录李杜一首而遭后人诟病,如李东阳曰:"若《鼓吹》则多以晚唐卑陋者为入格,吾无取焉耳矣。"(《麓堂诗话》,见陈广宏、侯荣川编校《明人诗话要籍汇编》,复旦大学出版社 2017 年版,第 91 页。)孙绪则对"许浑入选最多"不满,又质疑说:"柳子厚《登柳州城楼》诗,置之篇首,此诗果足以压卷欤?"《沙溪集》卷一二《无用闲谈》,《文渊阁四库全书》本。
③ 以上见《唐音名氏并序》,《唐音》卷首。
④ 《唐音癸签》卷三一,上海古籍出版社 1981 年版,第 326 页。

况,标列盛唐正格之所在。如五、七言古体由来已久,五言律、绝的发展,亦相对较七言律、绝发展为早熟,故以上四体仅分上、下卷,上卷收录唐初、盛唐诗,下卷收录中唐"近盛唐者"。七言律、绝,"晚唐来作者愈多,音律愈下",故分为上、中、下三卷,以下卷收录晚唐各二家"有可法者"(参见《唐诗正音》各卷目录),其标准当仍取诸盛唐。后人对杨氏的这种做法颇有持异议者,如明李濂批评说:"《正音》所收李义山、许用晦之作颇多,恐非音之正也。"①其实是对他于中、晚唐不过选取"体制声响相类"而"仅存"者附之的用意未能充分理解。当初严羽在《诗评》中已经提出:"盛唐人诗,亦有一二滥觞晚唐者。晚唐人诗,亦有一二可入盛唐者。要当论其大概耳。"②杨氏的做法盖同此旨,意在显示中晚唐仍有守持盛唐正格者,而在实际更重唐人近体的不少元人眼中,许浑、李商隐之律体,皆臻于精纯。③

在《正音》前专门设列《始音》,也是士弘一项开创性的工作,值得大书一笔。严羽《诗体》已列"唐初体",《诗辩》中亦要求熟参"王杨卢骆陈",然在唐诗选本中首先予以落实的,是《唐音》一选,这也正是他将关注焦点落在初盛唐而与前之诸选详于中晚区别的特异处。其目的当然在于显示盛唐之音形成的来源,尽管其由《始音》至《正音》的流变过程未必真正得到具体的展开,但这种思路对于之后如高棅之选的启迪作用是显著的,在元明之际的唐诗选本中终于出现体现源流正变的意识,实发于此,故胡震亨赞曰:"复出四子为《始音》,以便区分,可称千古伟识。"④士弘在《唐音》序中曾表示,"后之言诗者,皆知李杜之为宗也",这也确是当时的一般认识,意在表明其选诗亦取李杜之标准,故《始音》选杨、王、卢、

---

① 《书唐音后》,《嵩渚文集》卷七一,明嘉靖刻本。
② 《沧浪诗话校笺》,第510页。
③ 如上引《唐诗鼓吹》,七言律以"许浑入选最多";刘埙《律选》曰:"律诗始于唐,盛于唐,然合一代数十家,而选其精纯高渺、首尾无瑕者,殆不满百首,何其难也!刘长卿、杜牧、许浑、刘沧,实为巨擘,极工而全美者,亦自有数。"(《隐居通议》卷八,《文渊阁四库全书》本)。而袁桷《书郑潜庵李商隐诗选》曰:"李商隐诗,号为中唐警丽之作,其源出于杜拾遗。晚自不及,故别为一体,玩其句律,未尝不规规然近之也。"(《清容居士集》卷四八,《四部丛刊》本。故杨士弘在《唐诗正音》相关叙目中云:许、李七律"对偶精密,有可法者",卷四"目录";杜(牧)、李七绝"精思温丽,有可法者",卷六"目录"。
④ 《唐音癸签》卷三一,第327页。

骆四家,是因为"子美所尊许";当然,《正音》之唐初、盛唐诗亦然,如子美"所推重者",薛嗣通、贺知章;"所赞咏者",孟浩然、王维;"所友善者",高适、岑参;"所称道者",王季友;而太白所推效叹服,有崔颢之"杰作",张谓之"逸兴",陈子昂之"拟古之诗",①故皆予入选。就他独以杜甫视野下的四子为"始音"来看,他在《唐诗始音》叙目所说的,"自六朝来,正声流靡,四君子一变而开唐音之端,卓然成家",②固然可以理解为四子乃由六朝返正的始变者,然据杜诗《戏为六绝句》对于四子的评价,认为他们虽不及汉魏之近《风》《骚》,却毕竟富于文采,这体现杜甫对六朝诗风的扬弃持相对客观的态度。那么,士弘这里所说的"变",也因而意味着是一种继承中的变异,而非断裂,盛唐诗在体制音响上与六朝的联系及演变大势,在四子身上得以呈现。因此,按照六朝至唐初诸体尚在演化而未全备并区分之事实,其编于四子诗便不分体类,惟所谓"择其粹者",当指选取那些体现五七言古近诸体形成、分化之迹而相对成熟得体者,以与盛唐相关诸体相观照。尽管其整部诗选,自然是文章轨范的意义大于文学史的意义,但《正音》前《始音》之设置,也算是具有了一种局部的诗史意义。

相比较之下,士弘的《遗响》最为后人所误解。据其自己交代:章怀太子以下二十七人,"盖自唐初至盛唐诸家之诗也,惜其全集不得见焉,间于诸书得其一二,故不入之《正音》,采其精粹者,冠于《遗响》";沈佺期以下八人,"其合作者已录《正音》,其句律参差不齐,而皆可为法者,重列于此云";柳淡(中庸)以下十人,"皆中唐人诗,不得其全以考之,故不入《正音》,而诸书中采其律调精粹者,附于此云";郎士元以下八人,"其合作者已录《正音》,其句律虽未甚纯美,而其意调工致,有不可弃者,再列于此云";李贺以下五人,"中唐以来,虽皆卓然成家,然不能不堕于一偏之失……故不录于《正音》,而择其粹者,附于此云";贾岛以下八人,"皆晚唐以来名家之作也,惜其音律流靡……尚不合乎《正音》,况其下者乎?是以就其所长而采之,附于此云";杜牧以下三人,"晚唐来众作之中,独能奇拔,取其音律近合盛唐者,已附《正音》,再择其可录者,附于此云";

---

① 《唐音名氏并序》,《唐音》卷首。
② 同上书,《始音叙目》。

最后,姚合以下五十一人,"音律渐微,虽当时相竞为五七言律,皆寒陋无足为法,故不及取,今采其近于乐府唐音者,列于《遗响》之末云"。① 综言之,其设置《遗响》总的意图,首先在于进一步扩大范围搜补"正音"或与之近合者,包括不见全集、仅辑得一二,限于体例未能入选《正音》的唐初、盛唐、中唐诸家,已录入《正音》而仍有其他可法、不可弃之作的盛、中、晚唐作者。其次,对于中晚唐名家因堕于偏失而未入选《正音》者,就其所长、择其粹者,以备旁采(此或可作为见"音律之正变"之取资)。再次,于晚唐寒陋无足为法或杂流、无名诗人未得入《正音》者,另采其近于乐府唐音者以为补充,那是因为士弘于乐府颇为看重,在《凡例》中既称将与李杜全集等类编续刊,自己亦工于乐府。② 高棅《唐诗品汇总叙》尝于其以张籍、王建入《正音》有所指瑕,其实士弘所重恰在二人的七言乐府。以上三种情况,皆如其自己所表明,《遗响》的性质为补遗,为附录。③ 然而后之论者,却往往未能明辨此体例,如李濂即又批评说:

> 见诸《遗响》者,如王无功、沈云卿、刘眘虚、章怀太子、张巡、陶翰诸篇,沨沨乎唐之正音,何以入于《遗响》邪?苏平仲尝病其以盛唐、中唐、晚唐并谓《遗响》,盖先得我心之同然耳。④

在这一点上,他确实与上引苏伯衡在《古诗选唐序》中指责《唐音》"以体裁论而不以世变论",出于同样的立场,因而自然有以初唐对应《始音》、盛唐对应《正音》、晚唐对应《遗响》的预设(与苏氏在具体阶段的对应上或尚有差异)。这种认识在整个明代前中期相当普遍,除陈国球已引如钱溥《和唐音序》、万翼《和唐诗正音后序》、张震《唐音辑注后序》外,如叶盛记张洪为张楷所撰《和唐诗正音序》,亦径以为士弘此选"其论次以初唐

---

① 以上分见《唐音遗响》卷一"目录",卷二"目录",卷三"目录"。
② 参见杨士奇《录杨伯谦乐府》,《东里文集续编》卷一九。
③ 陈国球亦已察觉并指出这一特点,参见《明代复古派唐诗论研究》,北京大学出版社2007年版,第178—200页。
④ 《书唐音后》,《嵩渚文集》卷七一。

为《始音》,盛唐为《正音》,晚唐为《遗响》"①。陆深《重刻唐音序》则以一种颇为暧昧的态度指出：

> 独于初唐之诗无正音,而所谓《正音》者,晚唐之诗在焉。又所谓《遗响》者,则唐一代之诗咸在焉。岂亦有深意哉?②

其省察的目光背后,实亦有上述的预设在,这倒恰可作为我们考察《唐音》在明代传播与元明馆阁宗尚承接、演变关系的一个角度。

《唐音》梓行后,确如宋讷在至正甲午(1354)所撰《唐音缉释序》曰："天下学诗而嗜唐者争售而读之,可谓选唐之冠乎！"③这从同时江西士人周霆震的不屑亦可反证,他以不指名的方式论及"或冠以虞邵庵之序而名《唐音》"、"或托范德机之名选《少陵集》"二种著作流行："一唱群和,梓本散行,贤不肖靡然师宗,以为圣人复起,殆不可易。"④友人王沂,则因在士弘身后读到此著而感慨不已,"瓦缶黄钟久弗治,馀音惊见旧编诗"⑤,从追忆友情出发,表示了高度的评价。不过,与之后在明代馆阁相比,这时的传播或许仅有市场效应,虽已有辑注者出现,然无论元末的颜润卿,或已入明的张震,皆无甚名气。

洪武间先后任国子学正、翰林编修的苏伯衡之所以在《古诗选唐序》提到《唐音》,是因为该选编者林与直早岁即受到虞集《唐音序》的激发,那正是《唐音》市场效应的体现。入学国子监后,尝与助教贝琼、刘绍(皆江西人)讨论士弘此选的去取,后遂专选唐古诗,算是补士弘之偏失,苏伯衡则从得虞集的用心予以题拂,这或许是《唐音》得行于中央文坛的一个契机。此后,馆阁中对《唐音》多有标举,如梁潜曰："唐诸家之诗,自襄城杨伯谦所选外,几废不见于世。虽予亦以为伯谦择之精矣,其馀虽不见无

---

① 《水东日记》卷二六,清康熙刻本。
② 《俨山文集》卷三八,明嘉靖二十五年至三十年陆楫刻本。
③ 《西隐文稿》卷六。
④ 《张梅间诗序》,《石初集》卷六《文渊阁四库全书》补配《文津阁四库全书》本。
⑤ 《山中读〈唐音〉怀先友伯谦》,《王征士诗》卷六,《宛委别藏》本,江苏古籍出版社1988年版。

伤也。"①当然,他觉得于名家之作,最好还是观其全。杨士奇则曰:"此编所选,可谓精矣。……苟有志学唐者,能专意于此,足以资益,又何必多也。"②推崇《唐音》的调门更高,有了明显的示范意识(以上二例,亦令我们感到须对江西籍阁臣在此中的作用有充分的估计)。一直到成化、弘治年间,依然如此。如李东阳曰:"选唐诗者,惟杨士弘《唐音》为庶几。"③程敏政曰:"叔世以来,诗愈变而格愈卑,惟唐杜子美力追古作,号为正宗;其次则杨伯谦所辑《唐音》,诠择精审,成一家之言,谈者尚之。"④至徐阶撰于嘉靖四十四年(1565)的《示乙丑庶吉士规条》,在申明"文章贵于经世"之要旨后,明确提出:"故诸士宜讲习《四书》、《六经》,以明义理;博观史传,评骘古今,以识时务;而读《文章正宗》、《唐音》、李杜诗,以法其体制。"⑤《唐音》与李、杜诗及《文章正宗》一起,被当作教习庶吉士的诗文模板,更因此获得官方赋予的合法性地位。所说虽是嘉靖间馆学的情形,但从明前期馆阁如此标举《唐音》来看,不管是否有过诸如此类的提议、规定,其独受重视的程度当一贯传承了下来。

与此同时,正如不少研究者已注意到的,官员士子和《唐音》以作成为前所未有的突出现象。如吾绅,永乐二年(1404)庶吉士,历官礼部右侍郎,尝和《唐音》集为一帙;⑥张楷,永乐二十二年(1424)进士,未登第时,即取《唐音》近体和韵几百首,⑦作品还流传到了朝鲜、日本⑧;陈赞,正统间以教官举为翰林待诏,累官至太常卿,有《和唐音》行于世;⑨万翼,天顺元年(1457)进士,历官南兵部右侍郎,于士弘《正音》历次其韵而和之;⑩杨荣(字时秀),成化八年(1472)进士,试礼闱而南,舟次旬月间,取

---

① 《跋唐诗后》,《泊庵集》卷一六。
② 《唐音》,《东里文集续编》卷一九。
③ 《麓堂诗话》,见《明人诗话要籍汇编》,第 91 页。
④ 《志云先生集序》,《篁墩程先生文集》卷二二,明正德二年何歆刻本。
⑤ 《世经堂集》卷二〇,明万历间徐氏刻本。
⑥ 李时勉《故礼部右侍郎吾公神道碑》,《谥忠文古廉文集》卷一〇,明成化十年李颙刻本。
⑦ 陈循《张御史和唐诗引》,《芳洲文集续编》卷五,《续修四库全书》,1328 册,第 75 页。
⑧ 杨守陈《南京右金都御史张公行状》,《杨文懿公文集》卷七,《四明丛书》本。
⑨ 徐伯龄《蟫精隽》卷一六《陈太常》,《文渊阁四库全书》本。
⑩ 童轩《和杜诗序》,《明文海》卷二六一,中华书局 1987 年影印本。

《唐音》和成一帙。① 当然,也有山林隐逸之士热衷其事,如慈溪钱珏②、丰城李捷③,皆其类也。

将上述这些现象联系起来,我们看到这样一个事实,原本已在社会上流行的《唐音》,因为获得明前期馆阁的认可、推尚,终于被塑造成代表官方文学宗尚的经典唐诗文本,不仅为一般士人当作习诗古文辞的演练及示才学修养之具,而且成为馆阁教习庶吉士的诗歌范本,因而在身价骤贵的同时,获得更大程度的播行。这样的命运,是士弘本人根本无法预料到的。《唐音》之所以能在明代获得如此殊荣,除了其自身在诸多唐诗选本中相对被认定为精审外,更为重要的,在于士弘以初盛唐示正的主旨,以及代表元代馆阁宗尚的虞集,基于世变论对其"审其音律之正变"所作的阐扬,同样合乎明代馆阁文学以官方意识形态为准绳而自我定位的需求。阁臣杨荣谓:

> 夫诗自《三百篇》以来,而声律之作始盛于唐开元、天宝之际,伯谦所选,盖以其有得于风雅之馀、骚些之变。④

其对士弘所选的定性,即据虞集而来。故尽管在选诗体例及诸多技术性问题上还是有不少人提出商榷,但作为现成的"选唐之冠",在上述政治诗学需求的推动下,仍越来越获得被尊尚的地位。当然,接受者会按照自己时代的认知标准对之加以塑造,这也正是前面论述到的,有不少人从他所接受的世变论的视阈,自觉不自觉地径直将士弘"始音"、"正音"、"馀响"之标目与初盛中晚之分期对应起来,甚或据此引申发挥,而这些人当中,如钱溥、张洪、陆深等,亦皆为馆阁中人。如陆深那种在"误读"的基础上又曲为其解的做法,还反映了当一种文本被经典化之后,人们看待经

---

① 吕柟《杨公配潘氏墓志铭》,《泾野先生文集》卷二七,《四库全书存目丛书》集部第61册。
② 徐象梅《两浙名贤录》卷四四《高隐》,《续修四库全书》,543册,第537页。
③ 杨廉《李君好古墓志铭》,《杨文恪公文集》卷五三,《续修四库全书》,1333册,第162页。
④ 《题张御史和唐诗后》,《杨文敏公集》卷一五,明正德十年建安杨氏刻本。

典的微妙心理。即使有人从各自的立场出发,确实意识到《唐音》问题或局限所在,而又不满足仅仅停留在批评层面,一般也只是在士弘此选的基础上"稍加增损",予以调整、改造,如邵天和(弘治十八年庶吉士)《重选唐音大成》、黄绸《唐音集成》之类。相形之下,如高棅在明初,基于对传统诗学较为全面的反省,以及对自己时代需求的理解,受《唐音》启发而又另起炉灶,尤以《唐诗品汇》建构起自己的体系,其价值便突显了出来。

第四节　高棅与唐诗系谱的建构

元明之际唐诗系谱的建构,大抵是在如下历史语境中酝酿、展开的:一方面是南宋以降,随着"永嘉四灵"、江湖派对江西诗风的反拨,所谓"近年永嘉复祖唐律……众复趋之,由是唐与江西相抵轧"①,明确相对待的唐宋诗体之辨,开始成为人们关注的焦点,如戴复古从孙戴昺《有妄论宋唐诗体者答之》,即为置身其间的一种反应;②然此唐诗,实为以姚、贾为宗尚的晚唐诗,叶适虽标举徐照等始言"唐诗",却亦有"不及臻乎开元、元和之盛"之惜叹。③ 严羽《诗辩》更直言:"今既唱其体曰唐诗矣,则学者谓唐诗诚止于是耳,得非诗道之重不幸耶!"④这又促使人们在反省唐宋诗质性差异的同时,进一步追索代表唐诗成就的典范之所在——对于唐诗整体风貌的想象、梳理亦藉此得以在某种程度上开展。严羽即在此情势下,辩白是非,定其宗旨,在彻底清算江西诗病、"四灵"卑格的基础上,"推原汉魏以来,而截然谓当以盛唐为法"。于是,与同样反对江西诗派之北方之学桴鼓相应,一场轰轰烈烈的宗唐复古运动就此拉开帷幕,尽管由于地域局限及创作成就等方面的原因,严羽在当时的实际影响,远不及稍后至元、大德间,先后在杭州活动的戴表元、赵孟頫以及袁桷、杨载

---

① 刘埙《刘玉渊评论》,《隐居通议》卷一○,《文渊阁四库全书》本。
② 《东野农歌集》卷四,并参卷首杨万里序,《文渊阁四库全书》本。
③ 《徐道晖墓志铭》,《叶适集》,中华书局1961年版,第322页。
④ 《沧浪诗话校笺》,第185页。

等人为大。① 值得注意的是,这主要是从诗体格法的体裁论一侧提出宗盛唐要求的,重在得其正体,反映了诗学传统内部新旧秩序的嬗变与审美价值的重塑,也因而构成元明之际唐诗系谱建构的根柢。

在另一方面,蒙元立国,打造"盛世之音"是其所面临的官方意识形态建设的核心问题之一。自元世祖中统、至元以来,作为国家政治文化制度建设的一项重要内容,以翰林、集贤两院为主体(文宗天历二年又设奎章阁学士院)的馆阁文学,被赋予发扬儒学、绍续汉唐以来文学传统的重任,世变论突出地成为他们阐释自我定位的重要依据。就文章而言,无论是吴澄《送虞叔常北上序》②、欧阳玄《潜溪后集序》③,还是林泉生为陈旅《安雅堂集》所作序④,皆构建了一个三代而下,西汉文治称盛,东汉而下,日以衰敝,唐宋盛时,韩、柳、欧、苏、王、曾倡言复古再盛,至本朝又兴斯文的文统叙事,要在证明"文章与世道升降","高下与世运相盛衰",负载社会政治治乱消息的世道被视作文学发展变化的动因;诗歌与文章虽有自身系统的差异,然体现世运的功能则一以贯之。故虞集曰:

> 某尝以为,世道有升降,风气有盛衰,而文采随之。其辞平和而意深长者,大抵皆盛世之音也。⑤

在此标准下,不管是虞氏自己所说的"诗之为学,盛于汉魏者,三曹、七子,至于诸谢备矣;唐人诸体之作,与代终始,而李杜为正宗"⑥,范梈所说的"余尝观于风骚以降,汉魏下至六朝,弊矣。唐初陈子昂辈,乘一时元气之会,卓然起而振之;开元、大历之音,由是丕变"⑦,皆显现了在上述体裁论

---

① 笔者在《元明之际宗唐诗风传播的一个侧面》一文中,曾揭示将赵孟頫、袁桷、杨载、仇远、任士林、杜本等人扭结在一起的杭州宗阳宫文艺圈,在形成并传播宗唐诗风上的重要作用,载《中华文史论丛》总82辑,2007年。
② 《吴文正集》卷二七。
③ 《圭斋文集》卷七,《四部丛刊》本。
④ 《安雅堂集》卷首,《文渊阁四库全书》本。
⑤ 《李仲渊诗稿序》,《道园学古录》卷六,《四部丛刊》本。
⑥ 《傅与砺诗集序》,《傅与砺诗集》卷首,《嘉业堂丛书》本。
⑦ 《杨仲弘诗集序》,《翰林杨仲弘诗集》卷首,《四部丛刊》本。

之上导入世变论的诗史观,并与自己的时代相联结。如戴良所总结的:

> 一时作者,悉皆餐淳茹和,以鸣太平之盛治。其格调固拟诸汉唐,理趣固资诸宋氏,至于陈政之大、施教之远,则能优入乎周德之未衰,盖至是而本朝之盛极矣。①

原本已以近体之新兴特征为人所嗜习的唐诗,又以近《三百篇》雅正之旨的理由,被赋予担负社会政治想象的职能,而进一步获得其合法性权力,由大德、延祐而至天历,日趋其盛。方孝孺诗曰:"天历诸公制作新,力排旧习祖唐人。"②指的就是当时馆阁诗人在创作上对宗唐复古新风尚的推进。有鉴于此,这种世变论对于元明之际唐诗系谱的建构,势必会产生某种导向作用。

体裁论与世变论这一对概念,苏伯衡在明初已提出,他在为平阳林与直《古诗选唐》所撰序中,对虞集《唐音序》因"慨夫声文之成,系于世道之升降",而在篇末以"吾于伯谦《唐音》之录,安得不叹夫知言之难也"一言作结予以借题发挥,以为寓"不能无憾"之意,以此指责士弘之选:

> 盛时之诗不谓之正音,而谓之始音;衰世之诗不谓之变音,而谓之正音;又以盛唐、中唐、晚唐,并谓之遗响;是以体裁论,而不以世变论也,其亦异乎大小《雅》、十三《国风》之所以为正为变者矣。③

他的用意,在于藉汉儒所阐释的《诗经》正变说之权威,申张世变论的立场,虽将《唐音》定性为体裁论而有所贬抑,说起来是为了彰显林选的价值,但确实觉察到了虞集与士弘间的实际持论之差异,而在对唐诗系谱的建构提出贯彻官方文学话语的要求上(这或许又体现了浙东士人集团的某种政治倾向),亦确于虞集有相承之处。这并不奇怪,明初统治者所建

---

① 《皇元风雅序》,《九灵山房集》卷二九。
② 《谈诗五首》之四,《逊志斋集》卷二四,《四部丛刊》本。
③ 《古诗选唐序》,《苏平仲文集》卷四,《四部丛刊》本。

立的高度集权的政治体制与国家意识形态,比起元代来绝对是有过之而无不及,而在其中担当重要角色的馆阁及馆阁文学,其政治权重亦明显增长。在这种形势下,我们在下面将会看到,明初至复古思潮兴盛之前,无论是唐诗系谱建构工作本身,还是对其所执持的评判标准,总体上与自觉担当官方意识形态建设的馆阁宗尚之联系,皆显得愈加紧密。然而,不管这种倾向的程度如何,自元代以来,在人们实际关注的诗歌作法,与高相标持儒学色彩的正变理论目标之间,始终存在着某种张力。明正统间周忱撰《唐诗正声序》,记其与高棅同在翰苑编校秘书,"尝相与论近世选唐诗者,廷礼独推襄城杨伯谦之《唐音》录为尽善。盖谓其专以体裁论,而不拘拘于时世之升降也"①,即显示了高棅从诗学自身审美特性出发,给予《唐音》体裁论肯定的评价。这确实体现了高棅本人选诗的基本立场,当然,这并不妨碍他将世变论的要求进一步贯彻于体裁论中。因此,无论此际人们更多地侧重于政治诗学的立场,抑或审美诗学的立场,其对唐诗系谱建构所提出的要求和建议,其实都不能逸出体裁论与世变论的交涉、互动、冲突、调适之范围,即便至后来被认为是更多地从审美诗学立场出发,完善唐诗系谱建构的复古派,亦复如此。这也就意味着,体裁论与世变论之间的动态关系,为我们考察整个唐诗系谱建构的观念、具体构成及其进程,提供了一个基本视点。

　　作为一种学术,文学系谱的建构,大端不出考究源流正变与分辨体制类别,这其实也是以文章流别为中心的传统文学史形态应有的题中之义。钱锺书先生《中国文学小史序论》尝总结说:"抑吾国文学,横则严分体制,纵则细别品类。体制定其得失,品类辨其尊卑,二事各不相蒙。"②可谓深得"诗家三昧"。就唐诗系谱的建构而言,二者之间又实有关联。杨士弘的《唐音》被指为以体裁论,其来源即属严羽为代表的正体论(这在下面还会细论)。大体上以所尊奉的盛唐典范为标准,建立起一个等第价值序列,此即乾隆《御制题严羽沧浪集》所谓"假禅宗以定诗品",③目的

---

① 《双崖文集》卷二,清光绪四年山前崇恩堂刻本。
② 载《国风》第 3 卷第 8 期,1933 年 10 月。
③ 《沧浪集》卷首。

在于示正,虽不能说没有源流正变的观照,然与所谓诗史意识尚不可同日而语。《唐音》对于严羽诗论的拓展,一在将其所侧重的风格上的"辨体"进一步细化到以诗歌体制为单位,这既是元代以来更广泛阶层日益关注诗格、诗法等技术性层面需求的体现,也是作为诗歌选本发挥其自身在诗学实践方面的特长,从而将"分体制"与"别品类"纵横两个方面初步贯通起来,当然,其重心仍在标示盛唐正音。一是尝试对盛唐正音的源流有所展示,这既表现在开创性地在《正音》前设置《始音》,又表现在于中晚唐选取诸体近盛唐者,多少显示了盛唐正音(而非整个唐诗)在时间流程中的存在。这种对于时间因素的关注,应该受到了其时已成为主流观念的世变论的一定影响。士弘自己在《唐音·凡例》第二条中,标榜《正音》之以体分类,是为了"以见世次不同,音律高下"①,这并非全然是门面话。世变论虽欲将视点重又引向政治的诗歌史批评,然其所侧重的世次之变导致声音之变,却为唐诗系谱建构进一步展开动态的历史流变过程提供了某种支持。如果说,正体论的品第工作为唐诗系谱的建构提供了以盛唐为中心的价值基准,以及由点(诗人)、面(时代)构成的基本坐标,那么,世变论的加入,使得其间演化关系亦得以被关注并在某种程度上予以呈现。

实现这种诗史意识之建构的,是高棅的《唐诗品汇》。鉴于严羽、杨士弘对高棅有着特别重要的影响,他的这一唐诗选本仍以前者由体裁论出发的定品示正为基本立场,而对后者"始有以审其始终正变之音,以备述乎众体之制"②的意识及实有的拓展予以更为彻底的实施。同时我们发现,世变论的影响在其身上愈加显著,这不仅体现于他对该选宗旨的自我表白,所谓"诚使吟咏性情之士,观诗以求其人,因人以知其时,因时以辩其文章之高下、词气之盛衰,本乎始以达其终,审其变而归于正,则优游敦厚之教,未必无小补云"③。且更为重要的是,他在自己的选本中将这种世变论的时间因素比较圆融地贯彻到了正体论中,要在具体展开有唐

---

① 《唐音》卷首。
② 王偁《唐诗品汇序》,《唐诗品汇》卷首,上海古籍出版社1982年影印版,第4页。
③ 《唐诗品汇总叙》,《唐诗品汇》卷首,第10页。

三百年诗众体"兴于始,成于中,流于变,而陊之于终"之过程的基础上,"定其品目"以判识上述点面各自在其间的地位、作用。此即其"四期""九品"的结构方式与体系,当然还是在以盛唐为中心的价值基准下"别其上下、始终、正变",①然诚如陈国球指出的,这一结构方式与体系"使得价值判断由时序的标志显出演化的历程",②因而在唐诗系谱的建构上具有了划时代的意义。

不过,我们还须看到,这种诗史意识的唐诗系谱建构,正因为仍是以作为正体的盛唐诗为价值基准而展开,其审视整个唐诗各阶段的演化历程就难以有一种更为客观、全面的历史批评准则,对盛唐之外各阶段的真正特点也难以发现与把握。后来有一些批评家显然已意识到这样的视阈局限,如桑悦就指出:

> 杨仲(士)弘等所选,俱得其柔熟之一体,唐人诗技要不止此。国朝闽人高廷礼,有《唐诗品汇》,五千馀首,虽分编定目,有正始、正宗、大家、名家、羽翼、接武、正变、馀响、旁流之殊,要其见亦仲(士)弘之见。是诗盛行,学者终身钻研,吐语相协,不过得唐人之一支耳。欲为全唐者,当于三百家全集观之。③

胡震亨指谬说:"而大谬在选中、晚必绳以盛唐格调,概取其肤立仅似之篇,而晚末人真正本色,一无所收。"④许学夷也批评说:"且于元和以后,多失所长,又未可名'品汇'也。"⑤从根本上说,这其实是传统复古文学史观自身带来的困境,在这里,应该也反映了将世变论引入正体论后所存在的一种深层矛盾。

明初东南五大地域诗歌流派中,被认为播迁宗唐诗学观念与诗风并影响台阁文学的有两大重镇,一为刘崧领导的江右诗派,其在元末的基础

---

① 《唐诗品汇总叙》,《唐诗品汇》卷首,第 8 页、第 10 页。
② 《明代复古派唐诗论研究》,第 201 页。
③ 《跋唐诗品汇》,《思玄集》卷一〇,明万历四十四年刻本。
④ 《唐音癸签》卷三一,第 327 页。
⑤ 《诗源辩体》卷三六,人民文学出版社 1998 年版,第 364 页。

及其活动情况,前面在论述杨士弘的诗学观念与实践时已有涉及;一即为林鸿、高棅领导的闽中诗派。而闽中诗派在日后获得比江右诗派更大的声名,很大程度上是由于高棅编选《唐诗品汇》、《唐诗正声》的影响,尤其是前一个诗歌选本,集中体现了该派的诗学理论与批评主张,被认为发端于林鸿,由高棅完成其体系化的工作,故四库馆臣回顾宋末以来百馀年诗派流变,颇肯定其划时代的功绩曰:"明初闽人林鸿,始以规仿盛唐立论,而棅实左右之。是集,其职志也。"①

作为该派传人的林志,这样叙述其来龙去脉:

> 盖诗始汉魏,作者至唐号为极盛。宋失之理趣,元滞于学识,而不知由悟以入。自襄城杨士弘,始编《唐音》《正》、《始》、《遗响》,然知之者尚鲜。闽三山林膳部鸿,独倡鸣唐诗,其徒黄玄、周玄,继之以闻;先生(按,高棅)与皆山王恭起长乐,颉颃齐名,至今闽中推诗人五人,而残膏剩馥,沾溉者多。②

文字虽简短,却很体现他的叙事策略。首先,在大略陈述诗歌史源流得失的引论中,显示了其价值标准承自严羽这位闽中先贤,当然,亦显示了该派倡鸣唐诗在诗史上的地位。其次,言及杨士弘编纂《唐音》的创始之功,然以"知之者尚鲜"消解其影响发生的事实,目的当然是为了突出林鸿独创的意义。前已举证,《唐音》在元末明初已颇流行,林志此论,则未免有为林鸿、高棅粉饰之嫌。再次,说明其倡鸣唐诗的活动,是侨寓闽县的林鸿发起,由其与弟子及来自长乐的高棅、王恭共同推展的集体行为,显示了一个诗派的影响力,此即在后来被标举为"闽中十子"一派,只是在当时并无这样的称名。王褒《朱宗珏行卷诗序》云:"昔予内叔礼部员外郎林鸿子羽与今纪善郑定孟宣、待诏高棅廷礼首取沧浪严羽氏评诗,独师夫唐。"③以另外一种说法,更为明确地证实了树帜者及其理论来源。

---

① 《四库全书总目》卷一八九《唐诗品汇》条,第 1713 页。
② 《漫士高先生墓铭》,《蒿斋集》卷六,明万历间活字本。
③ 《明文海》卷二五七。

有关该派成员的构成,在元末以来发展得相当成熟的地域社会具体活动的开展,以及在诗歌创作中所呈现的某些时代、地域特征,笔者曾撰有《明"闽中十子"诗派论略》一文①,可以参看,此不赘述。惟觉于该地域文学所可能受到其他外来影响上,尚有可补充处,而这关系到该派宗唐诗学理论与批评主张的形成。据林鸿自述:

> 予也夙颖悟,十五知论文。结交皆老苍,稚爪攀修鳞。冥心三十年,寻源颇知津。②

可知从早年起,其即有志于在文学方面搜讨究明,有一个相当长的积累期。具体内容,见诸吴兴倪桓洪武三年(1370)为其诗集所撰《序》:

> 吾友林鸿子羽,早颖悟,猎涉群书,提要钩玄,去其糟粕而掇其英华,悉取资以为诗,自盛唐以上,历晋、魏、汉氏《十九首》、《楚辞》、《三百篇》,皆沉浸醲郁……③

谓林鸿主要关心在诗学,应为事实。所结交前辈,那意味着影响所自,其著者,有吴海、陈谅等。④ 作为当地名儒的吴海尤值得关注,因其以学术上的声名,与中央文坛颇有交往,徐宗起《闻过斋集序》即曰:"如尚书宣城贡公(按,贡师泰)、翰林学士晋安林公(按,林泉生),皆擅文、名当世,不

---

① 载蒋寅、张伯伟主编《中国诗学》第四辑,南京大学出版社 1995 年版,第 163—171 页。
② 《送黄玄之京》,《鸣盛集》卷一,《文渊阁四库全书》本。
③ 《鸣盛集》卷首。
④ 见何乔远《闽书》卷八〇《英旧志·缙绅》"林鸿"条,明崇祯刻本。吴海,字朝宗,闽县人。元季以学行称,入明不仕。与王翰善,教养其子偁。史称为文严整典雅,一归诸理。有《闻过斋集》八卷。见《明史·隐逸传》(中华书局 1974 年版,第 7627 页)。据徐宗起建文三年(1401)春正月所撰《闻过斋集序》,谓"先生没,迨今逾十一年",知其卒洪武二十三年(1390)前后(见吴海《闻过斋集》卷首,《嘉业堂丛书》本)。然《文渊阁四库全书》本该序(撰者作"徐起",误,徐氏名兴祖,字宗起,参见苏伯衡为其父所撰《逸叟处士徐君墓志铭》,《苏平仲文集》卷一三)作"先生没,迨今逾十五年",则吴海卒于洪武十九年(1386)前后,未知孰是,待考。陈谅,当即陈亮,字景明,长乐人。故元儒生,明初累征不出,结草屋沧洲中,与三山耆彦为九老会,有《沧洲储玉斋集》。见《国朝献征录》卷一一五,广陵书社 2013 年影印明万历四十四年徐象枟曼山馆刻本;《明史·文苑传》,第 7337 页。《闽中十子诗·陈征君诗集》卷四后引《竹窗杂录》云:"景明生于元泰定间,至永乐中年已八十矣。"(明万历刻本)

易下人,惟于先生者深加敬畏。"①他与林泉生的关系非同一般,林卒,行状、墓志铭皆吴海一手所制,②诗文集亦其所编。鉴于这样的关系,由林氏所在交游圈,如前已揭示,应该可能获得黄清老等闽籍馆臣的消息,或许这便是最初引发这个福州文学群体接受闽北严羽诗学思想的一个途径。当然,与林氏的文学往来,亦很自然成为实时传递馆阁主流文学宗尚的渠道。我们看吴海为林泉生所作《觉是先生文集叙》曾历数馆阁文脉:

> 国朝自程(钜夫)、吴(澄)诸公以来,凡十馀人,相继擅为文章,或号简古,或推富赡,或称温雅,或宏肆浩汗,或魁垒多奇,或敷腴清润,或恬淡渊永,莫不各得其趣,自成一家。③

显示出于国朝文典极为娴熟与注重。因此,若吴海确对林鸿产生过影响的话,那么,像如此这般在那个时代被看重的馆阁消息不会不加传授;更何况林鸿自己后来在洪武十三年(1380)前后,已擢礼部精膳司员外郎,因太祖亲试诗而名动京师,亦会亲身感受到明代官方文坛的习尚,刘崧是年在京题其集曰"鸣盛",即以显示"国家气运之盛"为基调。以上考察无非是想说明,以林鸿为首倡的闽中诗派及其诗学观念,固然可以说是该地域社会与文学传统的产物,但就其时的社会环境来说,这个传统的形成,在很大程度上本来就应该是开放条件下与他地域碰撞、交流的产物,其与元、明馆阁文学之间已有的种种联系,当然亦不应被忽视。

林鸿的诗论,在他自己的集中并未有留存,倒是高棅在《唐诗品汇·凡例》中,有片段的记述:

> 先辈博陵林鸿尝与余论诗,上自苏、李,下迄六代:汉魏骨气虽雄,而菁华不足,晋祖玄虚,宋尚条畅,齐梁以下,但务春华,殊欠秋

---

① 《闻过斋集》卷首。
② 见《闻过斋集》卷五《故翰林直学士奉议大夫知制诰同修国史林公行状》、《元故翰林直学士林公墓志铭》。
③ 《闻过斋集》卷二。

实;惟李唐作者,可谓大成。然贞观尚习故陋,神龙渐变常调,开元、天宝间神秀声律,粲然大备,故学者当以是楷式。①

我们看到,他的诗歌史叙述是在"时运交移,质文代变"②的框架中展开的,这种立论,虽然说起来亦未脱离儒学传统,但与世变论那种政治诗学的立场尚有所不同,主要还是基于审美诗学的一种考察,因而与严羽站在同一立场,在推原汉魏以来、强调"以盛唐为法"上,自然亦与严羽无异。不过,他也并不像严羽那样,一方面又将汉魏设置成其至连唐人都无法企及的高峰,而坚持认为汉魏之诗是"质过于文",从而为把古典诗歌发展、运动的目标指向盛唐建立一种历史依据。个中原委,很大程度上在于这个时代已经设定了声律纯完这一主要的衡鉴标准。依据此一标准,盛唐诗不仅集古、近众体之大成,而且由此声响体制呈现出一种前所未有的盛世气格,故而成为诗歌艺术理想的归属。同时我们亦可据此看出,林鸿这种"时运交移,质文代变"的诗歌史考察,毕竟已经体现了在审美诗学的体裁论范畴中植入政治诗学的世变论之尝试,因而才会与严羽的价值等第序列有一定的差异。此外,从他对唐初贞观至神龙再至盛唐开元、天宝诗歌发展的描述来看,亦显然已注重演化的关系,在这个过程中,将所谓"文质彬彬"的理想落实于"声律神秀"之标准。

应该说,高棅表示信服的林鸿这一诗史观,确实为《唐诗品汇》提供了指导思想,王偁《唐诗品汇序》又引高棅论诗以表其选主旨曰:

> 诗自《三百篇》以降,汉魏质过于文,六朝华浮于实,得二者之中,备风人之体,惟唐诗为然。然以世次不同,故其所作亦异。初唐声律未纯,晚唐气习卑下,卓卓乎其可尚者,又惟盛唐为然。③

将之与林鸿诗论两相对照,其承继关系一目了然。而从王偁述其所闻,又

---

① 《唐诗品汇》卷首。
② 范文澜《文心雕龙注》卷九,人民文学出版社1958年版,第671页。
③ 《唐诗品汇》卷首。

评价为"此具九方皋目者之论也",似亦可表明,像这样的诗学理论主张,已成为他们这个诗人群体的一种共识。王恭亦是这个群体中宗唐诗学主张的倡导者,然其在理论与批评上的论述,今天同样难以看到,惟林环在永乐九年(1411)为王恭所作《白云樵唱序》中,透露了一鳞半爪:

> 其论五、七言长歌、律、绝句,则一欲追唐开元、天宝、大历诸君子,而五言、五选,则或祖汉魏六朝诸作者而为之,宋元而下不论也。①

这样的表述,当然尚令我们难以细辨他们在共同接受的背景下有多少微妙的差异,但其有明显的辨体意识,并且以盛唐作为声律纯完的标尺,这一点还是清晰的。倒是作为王偁门人、高棅小友的林志,在为四明王莹《律诗类编》所作序中,大大彰显了音律纯完之标准,并据以描述唐律之"四变":

> 近代言诗者,率喜唐律五七言,而唐律之名家者,毋虑数十人。以予观之,大都有四变:其始也,以稍变古体而就声病,宜立于辞焉尔;其次也,则风气渐完而音响亦以之盛,其于辞焉弗论也固宜;又其次也,作者踵继而音响寖微,然犹以其出之兴致也,成之寄寓也,虽不皆如向之所谓盛者,而犹不专于其辞也;又其次也,则辞日趋工而音响日益以下也又宜。况于宋氏徒以学识而声律之,元人徒以意气而韵调之,则失其变愈宜其未已也。然则善言诗者,必于其辞其音而观之焉。②

在这里,"音响"是与"辞"相对、考察诗风演进的一项重要指标,具体当然指声律韵调。不过,若细加辨析,其所谓"风气渐完"则"音响"盛,当寓有"声律神秀"共通之内涵,此亦当即高棅在《唐诗品汇总叙》中所说的"声

---

① 《白云樵唱集》卷首,《文渊阁四库全书》本。
② 叶盛《水东日记》卷二六引。

律兴象",是盛唐之音之所以为学者楷式的价值所在。因为在林志看来,其所实际指目的中唐之所以于"向之所谓盛者"有所不如,恰恰在于"音响寝微"而兴寄尤存。换言之,意味着声律与兴象的分离。至于宋元人之失,在他看来,病根也就在声律韵调未能与兴象结合。因此,无论其以盛唐大备"声律神秀"为纯完,还是注重唐律之"变"的演化关系,都显示了于林鸿、高棅诗论有所传承。

闽中诗派在福州的活动,于洪武中后期已趋消歇,这从黄玄在洪武二十四年(1391)自温陵归来,与周玄、林敏、张友谦及先辈郑定重逢时,慨叹"数年来诸老晨星,遗音逸响,断不复续"的感伤,①可以得到证实。而至永乐初,因为成祖朱棣广召内外儒臣与四方韦布,展开纂修《永乐大典》等一系列文化工程,该诗派的不少成员被征至京师、进入馆阁,在一种高压政治下投入官方意识形态的建设,诗学观念及创作风格皆明显发生变化。高棅本人在馆阁期间,就对《唐诗品汇》重加删选,主要按照所谓"取其声律纯完而得性情之正者"这一新调整的标准,编成《唐诗正声》二十二卷,其"正声"之谓,显然有迎合官方意识形态的意味。亦正因为如此,该编亦终于在日后获得与杨士弘《唐音》同样的殊荣,即与真德秀《文章正宗》一起,被当作馆阁教习庶吉士的诗文范本,具有了某种正统的身份。上述这些包括高棅在内有关闽中诗派在永乐初以来发生蜕变的具体情况及过程,笔者已发表的《明初闽诗派与台阁文学》一文有专门的考察,②此处亦不再展开。我想,关注这一发生重大变化的背景,应该有助于我们更好地理解与把握《唐诗正声》的编纂宗旨与体例以及与《唐诗品汇》之间的差异。

我们先尝试对《唐诗品汇》作一解题。所谓"品汇",是在《易》学著作中常常出现的一个词汇,如《京氏易传》卷中释"泰"卦曰:

泰,乾坤二象,合为一运;天入地交,泰,万物生焉。小往大来,阳长阴危,金土二气交合。《易》云:"泰者,通也。"通于天地,长于品

---

① 《龙津联句序》,周玄《宜秋集》"七言律",清钞本。
② 载《文学遗产》2007年第5期。

汇,阳气内进,阴气升降。升降之道,成于泰象。①

朱熹释周敦颐"无极而太极"曰:

> 上天之载,无声无臭,而实造化之枢纽,品汇之根柢也。故曰无极而太极,非太极之外复有无极也。②

而吴澄阐说朱熹"太极之有动静,是天命之有流行也"曰:

> 朱子以继之者善,为阳之动;成之者性,为阴之静,盖以造化对品汇而言。就二者相对而言,则天命之流行者不息,而物性之禀受者一定,似可分动静。然专以命之流行属阳之动,性之禀受属阴之静,则其言执滞而不通,盖不可也。③

由以上用例可见,"品汇"的基本义项为物类之总名。《说文·品部》:"品,众庶也。"④《周易·泰》之初九爻辞:"拔茅茹,以其汇,征吉。"孔颖达疏:"汇,类也,以类相从。"⑤不过,就语义关系而言,"品汇"与"造化"相对待,即万物之种类,由天地阴阳化育生成;或者按理学家的阐说,物性之禀受,乃天命之流行所致。这样,理解"品汇"一词,实已关涉由事物的起源、化育生成的动态过程来确定或鉴别物性等相当复杂的内涵。此一词汇既为宋元之儒推阐《易学》所习用,在闽学环境下生长的高棅,自然深知其中奥蕴。又,刘知幾尝将这样的概念运用于史学,曰:"史氏自迁、固作《传》,始以品汇相从。"⑥而将辨流别、定科品视为史官之责。对于熟习经史的高棅来说,无疑亦是一很好的示范,何况多数总集的编纂者,皆

---

① 《京氏易传》,《四部丛刊》本。
② 叶采《近思录集解》卷一,元刻明修本。
③ 《答王参政仪伯问》,《吴文正集》卷二。
④ 《说文解字》,中华书局1963年影印本。
⑤ 《周易正义》,北京大学出版社2000年版,第79页。
⑥ 《史通通释》卷七《品藻》,上海古籍出版社1978年版,第185页。

以史家之职志相标榜。因此,高氏以"品汇"命名其唐诗选本,必定有体现其宗旨的用意。

他自己在《凡例》第一条即曰:

> 是编不言选者,以其唐风之盛,采取之广,故不立格,不分门,但以五七言古今体分别类从,各为卷,卷内始立姓氏,因时先后,而次第之,或多而百十篇,或少而一二首,凡不可阙者,悉录之,此"品汇"之本意也。①

我以为已鲜明地体现了他某种程度上诗史的立意。他竭力强调"是编不言选","不立格,不分门",无非是要告诉人们,他所采取的是相对客观的考察态度,注重的是唐诗之全体,不得由晚唐五代以来所常用的"格"、"门"随意支解,而只是按体裁的天然区别构成分类框架,在这个框架中,再以人、以时定品并示其源流正变(《凡例》第二、三条即对此具体说明);其所谓"因时先后,而次第之",正表明对于唐诗动态的演化关系的注重,不管所录作者诗作的多寡,只要是体现唐诗众体源流正变者,即所谓"不可阙者",皆予入选。这样一种通过诗歌体制、诗人、时代经纬交织的演化图景展现唐诗全体分殊(所谓"品汇")的宗旨,显然综合了严羽定品辨其高下与杨士弘"别体制之始终,审音律之正变"②的意图,亦因而仍以盛唐为价值标准。然差异也很明显,严羽有品第而其间不流动,因其诗论性质与选本毕竟不同,或可不议;《唐音》却主要限于盛唐正音之示范,即有《始音》"以便区分",其实际开展的工作,在一般"不能无详略之可议者"③之外,可以认为在"别体制"、"审音律"上有正始而乏变终,因而严格说来,并不呈现动态演化中的唐诗全貌,这也就是为什么高棅一再强调己选"因目别其上下、始终、正变"、"本乎始以达其终,审其变而归于

---

① 《唐诗品汇》卷首,第 14 页。
② 《唐诗品汇总叙》,同上书,第 10 页。
③ 王偁《唐诗品汇序》,同上书,第 4 页。

正"①的道理。我们看到,在"正音"与"品汇"的题旨上,这种差异已经昭然若揭。

高棅的这一宗旨同样体现于《唐诗品汇》的《历代名公叙论》中。该《叙论》引盛唐至元末名家或流行诗论著作计三十四条,应该不是随意所录以充门面,而多有其取舍或解读之用意在,尽管这些论者的立场、倾向并非没有差异。其中如殷璠《河岳英灵集序》谓"编记者能审鉴诸体委详所来,方可定其优劣,论其取舍"②,或即可视作高棅立论之指南(《唐诗品汇》五言古诗卷一七"羽翼下"叙目尝又一次引用):"定其优劣,论其取舍"是选诗者的目标,此即所谓示正,然须是在"审鉴诸体委详所来"的基础上获得,严羽的诗歌史价值重塑或许已进行了那样的工作,他本人在《答出继叔临安吴景仙书》中对"于古今体制,若辨苍素"亦颇为自负,③但毕竟并未将其"委详所来"具体呈现出来。故高棅主要所关注的,一即唐诗声律体制演变的过程,包括文体变易的具体关节及诸阶段之特征,如引殷璠、杜确、元稹、欧阳修、宋祁、蔡宽夫、《雪浪斋日记》乃至严羽及范梈、虞集、《诗法源流》所论片段,皆由此角度,那也大都成为其唐诗分期的依据,要在察其流变,由变而示正。一即诗之质性的确定,包括性情、兴趣、气象、风调等体现唐、宋体制差异的诸多要素,如引严羽、《诗法源流》等所论片段,以此作为定品之标准,这也同样是一种"审鉴诸体委详所来"的工作。

高棅对于唐诗源流正变之历程的一个纲领性的叙述,见其《唐诗品汇总叙》:

> 略而言之,则有初唐、盛唐、中唐、晚唐之不同;详而分之:贞观、永徽之时,虞、魏诸公稍离旧习,王、杨、卢、骆因加美丽,刘希夷有闺帏之作,上官仪有婉媚之体,此初唐之始制也。神龙以还,洎开元初,陈子昂古风雅正,李巨山文章宿老,沈、宋之新声,苏、张之大手笔,此

---

① 《唐诗品汇总叙》,《唐诗品汇》卷首,第10页。
② 《历代名公叙论》,《唐诗品汇》卷首,第11页。
③ 郭绍虞《沧浪诗话校释》,第252页。

初唐之渐盛也。开元、天宝间,则有李翰林之飘逸,杜工部之沉郁,孟襄阳之清雅,王右丞之精致,储光羲之真率,王昌龄之声俊,高适、岑参之悲壮,李颀、常建之超凡,此盛唐之盛者也。大历、贞元中,则有韦苏州之雅澹,刘随州之闲旷,钱郎之清赡,皇甫之冲秀,秦公绪之山林,李从一之台阁,此中唐之再盛也。下暨元和之际,则有柳愚溪之超然复古,韩昌黎之博大其词,张、王乐府得其故实,元、白序事务在分明,与夫李贺、卢仝之鬼怪,孟郊、贾岛之饥寒,此晚唐之变也。降而开成以后,则有杜牧之之豪纵,温飞卿之绮靡,李义山之隐僻,许用晦之偶对,他若刘沧、马戴、李频、李群玉辈,尚能黾勉气格,将迈时流,此晚唐变态之极,而遗风馀韵犹有存者焉。①

这种唐诗系谱的建构,当然仍以盛唐为轴心而展开,不过,与《唐音》明显不同的是,它在某种程度上将流别、异变纳入诗史考察视阈的同时,比较充分地显示了其间的演化关系。初、盛、中、晚四期之分当中,贞观、永徽之际的诗歌扮演了变旧启新的先导角色,所谓"初唐之始制";神龙以还,不仅新声体制已立,而且"品格渐高,颇通远调"(这一采自殷璠的说法,即体现"声律神秀"之标准),故特表为"初唐之渐盛";开元、天宝间,"神秀声律,粲然大备",达到汉魏以来古典诗歌成就的巅峰,且名家辈出,各鸣其所长,此为"盛唐之盛";大历、贞元间,是盛唐气象的继述,虽世运已变,"而气格尤有存者",仍表为"中唐之再盛",不过已开始出现"近体颇繁,古声渐远"的现象;自元和之际,开启晚唐之变格,或"风骨颇逮建安,但新声不类",或"旧曲新声"、"新题古义","有古歌谣之遗风",或"律体屡变",虽已显示"体制始散,正派不传",然仍有体现"正中之变"或"变中之正"者;而开成以下,为"晚唐变极之态","虽兴象不同,而声律亦未远",况尚有"黾勉气格"者,"意义格律,犹有取焉",故"择其声之颇纯者","以见唐音之盛渢渢不绝"。② 因此,相比较《唐音》相当笼统的"唐

---

① 《唐诗品汇》卷首,第8—9页。
② 以上又分别参见《唐诗品汇》五言古诗叙目,第46、47、50、51、52页;七言古诗叙目,第269页;七言绝句叙目,第430页;五言律诗叙目,第508页;七言律诗叙目,第707页。

初盛唐"、"中唐"、"晚唐"三段划分,高棅在前人种种唐诗阶段划分之基础上,不仅将元人或已有的初、盛、中、晚四期说法在自己有意体现唐诗全体分殊的选本中固定、落实下来(时人已运用于诗选中的唐律四变说,或显示了相同的影响源),①而且进一步有了较为详具的六个阶段演变的描述,每个阶段中凡卓然成家者,勉力予以表述。尽管在择取变格上,所表白的原则与《唐音》颇为相似,所录中、晚家数却远为丰富。

在高棅整部选本中,此四期、六个阶段的历时性过程,是在"分体从类"中各自予以具体演绎的,这虽也受到《唐音》的启发,但在条析唐诗"品汇"之层次及演化关系上,显然亦已不可同日而语,其"随类定其品目",用以标领这些层次及演化关系,做到了在始终正变的作用与地位中显示其高下,因而诸体中的四期、六个阶段又与"九品"之目构成有机的组合与对应:

> 大略以初唐为正始,盛唐为正宗、大家、名家、羽翼,中唐为接武,晚唐为正变、馀响,方外、异人等诗为傍流;间有一二成家特立与时异者,则不以世次拘之,如陈子昂与太白列在正宗,刘长卿、钱起、韦、柳与高、岑诸人同在名家者是也。②

这些品目的设立,是在《唐音》基础上的重新整理与扩展,一方面利用《唐音》已立"始音"、"正音"、"遗响"之目作为真正历时性过程的标识,对应初、盛、晚三期,只不过在其间增加"接武"与"正变"同样显示纵向演化关系的品目,以"接武"对应中唐,体现中晚之际启变作用与地位的"正变"纳入晚唐而与"馀响"并立,从而完全调整为唐诗四期划分中展现动态关节的定品;若考虑到《唐诗品汇》中"正始"一目,实包括"初唐之始制"与"初唐之渐盛",一般皆在诸体叙目中加以说明,入选作者或作品数量相

---

① 张健引《诗家模范》已明确提出四唐说,认为高棅或许受到元代诗法的影响,见《元代诗法校考》"前言",第 4 页;陈国球举王行洪武三年(1370)撰《唐律诗选序》中述唐律四变,说明其与高棅有相通之处。《明代复古派唐诗论研究》,第 198 页。
② 《唐诗品汇》卷首《凡例》,第 14 页。

对多的诗体,如五古、五律及五言排律,又可通过上下或上中下析卷的方式以示区分,那么,四期当中的六个阶段演进仍得以清晰呈现。在另一方面,则在最被看重的盛唐扩设"正宗、大家、名家、羽翼"之品目,主要属共时性的构成,显示在盛唐诗风建设中宗主从属的作用与地位。当然,其中亦有"不以世次拘之"者,如其所举述的刘长卿、钱起、韦、柳,与高、岑诸人同在"名家"之例,这样,盛唐诗自身的价值等第亦因而有进一步明确的细分。此外,又从《唐音》作为补遗、附录的《遗响》中析出"傍流"一支加以标目,作为另立于四期划分之外的类例,因作者世次不详或数量稀少,故实事求是,仅按有无姓氏或特殊身份分类相从。虽与显示价值及演化序列的分类标准并不一致,却与展现唐诗全体相关,亦并不影响其整体格局之井然,反而更显其设目之精密。

　　我们看到,这些品目成为绾结体裁、作者与世次的结构主体,在基本体现唐诗众体演变阶段的前提下,同一诗人所在品目,还会因体裁自身的不同发展而变化,所谓因体而异。如陈子昂于七古、五七律绝中皆列为"正始",于五古则列入"正宗"(以特别标示其于此体"始变雅正"、"上遏贞观之微波,下决开元之正派"①的作用与地位);刘长卿、钱起于五古列入"名家",七古、五七绝及五律、五排皆列为"接武",七律则入"羽翼";孟郊五古入"正变",七古入"馀响",五、七绝入"接武"(五、七律未选),一切由其在诸体诗演变进程中的实际作用与地位而定。这当然反映以体裁为中心的内在审美机制对作者、世次鉴定的能动作用,而初、盛、中、晚四期之间的流动性亦因此而得以显现。于是,一个建立在具体分殊基础上错综变化且有内在联系的唐诗系谱相对获得完构,因所有作为"系谱"的要素,诸如探寻宗源,鉴别物性,条析群分,并显示其间演化关系及阶段等,已大体具备。对于《唐诗品汇》精心构撰的这一体系,后人如胡震亨论曰:

　　　　高廷礼巧用杨法,别益己裁,分各体以统类,立九目以驭体,因其

---

① 《唐诗品汇》五言古诗叙目,第47页。

时以得其变,尽其变以收其详,斯则流委既复不紊,条理亦得全该,求大成于唐调,此其克集之者矣。①

我觉得,这是对其开展的工作及价值有非常切当的理解而作的评价,可用来作为以上分析的一个总结。

最后,我们再对高棅的另一部选本《唐诗正声》略作讨论。该著的编纂,据黄镐成化十七年(1481)重刊时所撰序,谓"编成而先生没",知完成于高棅生命的最后阶段,而那意味着应在馆阁期间所为。②《正声》系在《唐诗品汇》基础上拔尤精选而成,这在黄镐序、《唐诗正声·凡例》等皆有明确交代,问题在于,其编选该著的动机,是否真的仅仅是缘于虑《唐诗品汇》之博杂或"编目浩繁",难以得其门? 我总觉得事情并非那么单纯。由前述杨士弘《唐音》在洪、永以来日益受到馆阁的关注、标举之事实,我们可以联想到,高棅由以"品汇"之题旨及体例对《唐音》的突破,重又回归《正音》专以示正的模式,其所针对的目标,在很大程度上应该仍是影响渐盛、地位日隆的《唐音》,而有意在官方文学的范围内取而代之,《正声》亦因而在更大程度上体现了明前期的馆阁宗尚。

首先,就编纂宗旨而言,《唐诗正声·凡例》曰:"题曰《正声》者,取其声律纯完而得性情之正者矣。"③我以为与其在闽中完成的《唐诗品汇》相比,应该反映了价值标准的调整或重新确定。拙作《明初闽诗派与台阁文学》亦曾指出:"不管这段文字是否为高棅所撰,至少此集被解读出这样一种倾向,原来《品汇》所持标尺实际偏重于'声律纯完'一侧,……现在则似乎强调与'得性情之正'并重。"④我们看万历间闽中后学董应举《唐诗风雅序》曰:

如唐诗诸选,国初惟高廷礼为称,约有《正声》,多有《品汇》。当

---

① 《唐音癸签》卷三一,第 326 页。
② 参详拙作《明初闽诗派与台阁文学》中的相关论证,《文学遗产》2007 年第 5 期。
③ 《唐诗正声》卷首,明嘉靖二十四年何成重刻本。
④ 《文学遗产》2007 年第 5 期。

其搜辑之始,不观姓名,即知谁作,可谓善于寻声矣。而但以声调为主,无局外之观,作者亦时病之。……吾夫子选《诗》,在可兴、可观、可群、可怨,可翼彝教、达政学,而不拘于正变,世乃以时代论诗;夫子以"思无邪"一言尽《诗》之义,世乃以声调格之。高其论者曰:"删后无诗。"卑其言者曰:"诗在初盛。"然则一种浑涵深厚和平之气,其果终绝于世矣乎?其亦不广之甚矣。①

所论当然是从更为彻底的政治诗学立场对高棅唐诗选本提出批评,而为黄选"用意必归于忠厚"②张本,毕竟无论《品汇》、《正声》,皆仍以体裁论的"别体制之始终,审音律之正变"为基本立场,故针砭说,"但以声调为主,无局外之观"。而所谓"局外之观"之涵义,由其下论述可见,即在"兴、观、群、怨"诗教内容之体现,在"思无邪"要求之体现,此即所谓"得性情之正",亦即董氏所求"一种浑涵深厚和平之气"。不过,董氏序中于高棅二选乃笼统言之,其意本不在专以《品汇》或《正声》为论,而事实上,由《唐诗正声·凡例》所述表明,《正声》恰恰特别注意到了这种"局外之观"。或者说,比之《唐诗品汇总叙》中的一般叙述有了更为实质性的落实。关于这一点,无论万历中另一闽人邓原岳概述高棅之言曰:"诗者,声之成文者也。情感于物,发而为声。忠厚和平,可以被律吕、中金石,乃谓之正声;一切凭陵、忿詈、跳浪而不本于情,则奸之属也。"③以为对《唐诗正声》之鉴的信服,还是许学夷评论说:"廷礼复于《品汇》中拔其尤者,为《唐诗正声》,既无苍莽之格,亦无纤靡之调,而独得和平之体,于诸选为尤胜。"④皆显示了对《正声》此一倾向的解读。将该选这样一种性质与其成书时代联系起来考虑,应该有官方意识形态影响的色彩。我们再看陈敬宗所撰《唐诗正声序》,赞誉高棅选诗:"其声之春容,有黄钟大吕之音;体之高古,有商敦周彝之制;而其淡泊也,则又有太羹玄酒之味焉。……

---

① 《全唐风雅》卷首,明万历四十六年刻本。
② 黄克缵《刻全唐风雅序》,《全唐风雅》卷首。
③ 《闽诗正声序》,《西楼全集》卷一二,明崇祯元年邓庆寀刻本。
④ 《诗源辩体》卷三六。

名其集曰《唐诗正声》,宜矣哉!"又曰:"夫《三百篇》不可尚矣,今兹获睹是编之出,俾学诗者得以辩论邪正而取则焉,岂曰小补之哉!"①多少显示了一种代表官学身份的阐扬,表明他与高棅所处时代主流文学的关怀,即仍从官方意识形态建设的自我定位需求出发,要求在诗学领域示声律之正与性情之正相表里,盛唐之音的塑造与儒学传统的风雅之正有了更为紧密的联系。

其次,我们来考察《唐诗正声》之选诗体例及其相对于《品汇》及《唐音》的变化。我们发现,凡论及《正声》者,大都会特别提到其与《唐音》之间的一个显著差异,即是否选录李、杜之作。陈敬宗《唐诗正声序》曰:"杨仲(伯)谦所选《唐音》,出于至正之间,言志者多嘉之,独李、杜二大家皆缺焉者,不敢轻也。……前翰林典籍高公廷礼,兼而选之,其才识可谓超出者矣。"②彭曜撰于正统七年(1442)之《唐诗正声后序》亦表之曰:"尝取唐李、杜诸公诗,求其声律之正者,为《唐诗正声》。"③胡缵宗嘉靖三年(1524)撰《刻唐诗正声序》,在指出"夫伯谦所选亦精矣,而廷礼所选加严矣","伯谦其主于调,廷礼其主于格乎"的同时曰:"杨未选李、杜,高李、杜亦入选;杨于晚唐犹有取焉,高于晚唐才数人数首而止,其严哉!"④又胡氏同年进士方鹏《论诗》曰:"《唐诗正音》,于李、杜皆不敢选,而于韩、白则间取之;《唐诗正声》,于韩、白皆无所取,而于李、杜皆选之。其不同如此,盖各有所见也。"⑤其实,《唐音》未选李、杜,原因很简单,杨士弘在《唐音·凡例》中亦已说明:"李、杜、韩诗,世多全集,故不及录。""古诗及乐府及李、杜全集,类编续刊,以便学者。"⑥高棅选李、杜,亦非《正声》才有,其《品汇》早已指摘《唐音》不录李、杜大家之不足而予以补选。那么,人们为何要如此强调为《正声》与《唐音》之别?原因之一,或许是因为《品汇》一选要至弘治六年(1493)又一次刊刻后才开始产生稍

---

① 《淡然先生文集》卷四,《四库全书存目丛书》集部第 29 册。
② 同上。
③ 《唐诗正声》卷末,明正统七年刻本。
④ 《唐诗正声》卷首。
⑤ 方鹏《矫亭存稿》卷一一,《四库全书存目丛书》,集部第 61 册,第 630 页。参见叶晔《明代中央文官制度与文学》,浙江大学出版社 2011 年版,第 159 页。
⑥ 《唐音》卷首。

广的影响,①而《正声》作为高棅在馆阁期间的选著,流传及影响反早于《品汇》。另有一原因,当在于与高棅以《唐音》为《正声》实际针对的目标一样,人们亦以此二选在示盛唐正音的相同模式上具可比性。当然,《唐诗正声·凡例》亦特地对其选李、杜二大家作了辩说。李、杜诗自宗唐复古运动开展以来即被视为风标,至明代,如前引程敏政举杜诗为正宗,其次则《唐音》;徐阶《示乙丑庶吉士规条》在《文章正宗》、《唐音》这样的诗文选本之外,再加上李、杜诗,其实皆已显露出《唐音》这一现成经典选本中李、杜诗缺席的重大缺陷与不便,而高棅的唐诗选本恰恰在这一点上予以了补足。作为重在示盛唐正音的《正声》,在这方面更会引起人们格外的关注,故成为其同样获得"馆阁宗之"的地位甚或取代《唐音》的一个重要缘由。而无论从高棅自我意识,或是后人接受的角度,应该说,还是与馆阁宗尚的需求相关。

与《品汇》相比较,《正声》在体例上的一个重大变化,在于取消"九品"之目(仅五古、七古目录残存"大家""名家"目),而回到了《唐音》之《正音》在分体从类后按世次排列的格局。这很自然,当题旨发生改变,原本"因目别其上下、始终、正变"的过程展示——即以变示正的工作重心,便又转向直接呈现以盛唐为价值基准的唐诗正体,其作为学诗模板的功能得到进一步的强化。不过,这一删除"编目浩繁"的选萃方式,从某种意义上说,亦令体裁论与世变论之间的关系得以更集中聚合,并有利于兼容"声律纯完"与"性情之正"之双重标准,其中确反映了他在诗学理论上的修正。据《唐诗正声·凡例》所述:

> 以《正声》采取者,详乎盛唐也,次初唐、中唐;元和以还,间得一二声律近似者,亦随类收录。若曰以声韵取诗,非以时代高下而弃之,此选之本意也。②

---

① 参见叶晔《明代中央文官制度与文学》的相关论证,第160页。
② 《唐诗正声》卷首。

鉴于《正声》的编选宗旨,盛唐诗自然成为入选的主体,研究者的统计亦证实,不仅所选该时段的诗歌数量占全本入选总数的一半以上,而且七种诗体的盛唐诗比重都较《品汇》有所上升;初唐诗与中唐诗,总体上较之《品汇》比重则皆下降(而中唐诗比重的下降殊为不易);晚唐诗更甚,古体不选,近体中惟五、七绝稍众,然仍可以说"才数人数首而止"。① 据此,我们可以认为,《正声》所取的标准,事实上更鲜明展示一种时代标高,当然,体裁实际成熟发展的情况还是能够兼顾。如果说,其相对于《品汇》,因题旨已改变,体例已改变,选诗标准自当不同;那么,与宗旨、体例相类的《唐音》之《正音》比,其七种诗体中,有五古、七律、五排、七绝四体的盛唐诗入选数高于《正音》,而中唐诗除五排外入选数皆低于《正音》,初唐诗二选所录家数几乎全不相同,然总数上《正声》仍低于《正音》,晚唐诗就可比的七言律、绝二体言,亦是《正声》皆低于《正音》。以上虽说亦只能比较个大概,但应该能作为上述结论的参证。

胡应麟议论《正声》的取舍标准说:

<blockquote>《正声》于初唐不取王、杨四子,于盛唐特取李、杜二公,于中唐不取韩、柳、元、白,于晚唐不取用晦、义山,非凌驾千古胆、超越千古识不能。②</blockquote>

其中于《正声》何以不取四杰,表达了对廷礼鉴裁之妙的领会:"盖王、杨近体,未脱梁、陈;卢、骆长歌,有伤大雅。律之正始,俱未当行。惟照邻、宾王二排律合作,则《正声》亟收之。"(其实《正声》五绝又录王勃五首、杨炯一首、骆宾王二首)由此亦可见,胡氏以为高棅《正声》的选诗标准,即体现"取其声律纯完而得性情之正者"的宗旨,王、杨近体未纯,不仅因为杨士弘所说的"律调初变",而且因为未脱梁、陈绮靡之风;至于卢照邻《长安古意》(《唐音》、《品汇》皆入选)、《行路难》,骆宾王《行路难》(《唐

---

① 参看陈国球《明代复古派唐诗论研究》,第 205—207 页;叶晔《明代中央文官制度与文学》,第 162—163 页相关列表与说明。
② 《诗薮》"外编"卷四,上海古籍出版社 1979 年版,第 191 页。

音》、《品汇》皆入选)、《帝京篇》、《畴昔篇》之类,铺陈丽辞又纵乐悲慨,皆非其所谓"得性情之正者"(《正声》于初唐七古竟无一篇入选)。至于中、晚去取之严,当亦可由此推测,据上举《凡例》,元和以还,成为一道鲜明的分界线,那正是高棅在《品汇》中划定的开启晚唐变格的年代,故即便是韩、元、白(《正声》于柳实有入选,于元亦录五、七绝各一首)或许浑、李商隐(《正声》于二人仅录五绝各一首,亦录李五排一首)这样原被承认"卓然成家"者,毕竟已非正格。士弘《正音》即不录韩、元、白,高棅在《唐诗品汇总叙》中对士弘将许、李律诗载诸《正音》亦早已提出批评。闽中后学陈全之又尝记于《正声》去取之不满曰:"前人选唐诗,以钟离、洞宾二绝句为难得,恨不多见。今之《唐诗正声》并削去,盖以为异端之言也,不取。"①或许这样的指责于高棅属过苛,但我们至少亦得以窥见陈氏心目中《正声》的价值标准。如果我们将"格"理解为包括外在字音与内在诗意(即作者的趣旨)之组合方式,而将"调"仅仅理解为音调,②那么,无论是胡缵宗所说的"伯谦其主于调,廷礼其主于格乎",何良俊所说的"近世选唐诗者,独高棅《唐诗正声》颇重风骨,其格最正",③都显示了《正声》实更强调兼重声律之正与性情之正。

小　　结

　　有关唐诗系谱的建构,并不是元明之际才开始的,然此一时期的作为,对于明中叶以来复古思潮的理路以及整个明清诗学的走向,显然具有举足轻重的影响。朱彝尊曾反省说:"顾正、嘉以后言诗者,本严羽、杨士弘、高棅之说,一主乎唐,而又析唐为四,以初盛为正始、正音,目中晚为接武、遗响,斤斤权格律声调之高下,使出于一。"④尽管是站在批评的立场,以示对这段历史的超越与清算,却明确将有关唐诗系谱建构的根基上溯

---

① 《蓬窗日录》卷七《诗谈一》,《续修四库全书》,1125册,第202页。
② 参见铃木虎雄《中国诗论史》的解释,许总译,广西人民出版社1989年版,第108页。
③ 《四友斋丛说》卷二四《诗一》,《续修四库全书》,1125册,第690页。
④ 《王先生言远诗序》,《曝书亭集》卷三八,《文渊阁四库全书》本。

至严羽、杨士弘、高棅三人之说,并已显示,以宗唐观念为指归,体制音律为衡鉴,时代演变为脉络,乃是他们为唐诗系谱建构奠定的基本框架。

从一个相对长时段的视角去考察,可以认为,严羽的时代恰是中国历史上文学生态环境发生显著变化的关节点,因而严羽的诗论实具有近世性色彩,开启了近世文学企图以恢复古典诗歌理想重建诗歌秩序或规范诗学的进程。而如闽北地区出现的《诗人玉屑》《诗林广记》等诗学著述,显然显示了更为广大的社会性需求。印刷传媒的勃兴,与学诗成为社会普泛性文化教养的追求互为因果,在南宋以来科举考试诗赋与经义之争仍在不断深化的同时,一方面或许仍与一般士子的出路相联系,另一方面则愈来愈拓展出艺文独立的空间,甚而在士大夫阶层及其周边表现为"道"与"文"的分裂。对于更为广大的社会性需求来说,古今诗体作法已形成某种市场效应,在某种意义上推动诗艺的世俗化,元代流行诗法、诗格著作,正可与之接迹。然而,严羽所提出的向上一路的诗歌创作目标,在此际似乎尚未成为这种更为广大的社会性需求的旗帜,虽然他的诗论已被结合进那些指示学诗门径的著作而逐渐为人所认识。倒是黄清老、杨士弘等的身体力行,使得严羽诗学思想的传播开始进入主流,并积聚起另一种势能,当然,其影响的进一步辐射,还有待于下一阶段的风云际会,这便成为明初林鸿、高棅所在的闽中诗派的使命。

第二章　宗唐复古风习之流布

在福建文学文化的历史长河中,元末明初被认为是构建闽诗传统的发端,其中很大的原因即在于以林鸿、高棅为首的"闽中十子"诗派的出现。该诗派明确标举严羽,倡言宗唐复古,在地方与中央文坛皆造成相当的影响,因而作为闽诗派的代表,在明初东南五大地域文学中占得一席。然而,实际情况要复杂得多。南宋以来发展起来的地域社会,自然令这片多山而又有江海交通之利的土地孳生众多各具特色的文学群体与作家,他们在不同程度上表现出复古的姿态,以处在经典化过程中的唐诗为纽带,既有元后期馆阁塑造的影响,又与社会更广大阶层的日用需求相接引,作为专业诗人的创作,尚有时代与个性表现的内容。而就作为中央文坛的馆阁与地方艺文的互动而言,我们又可清晰地看到,闽籍馆臣既是中央文坛主流诗学风尚的传输者,在某种意义上体现中心区域意识形态的扩张,主导边缘文化区域的形势;同时又是本地域的形象代言人,为争夺话语权,有意识地从"我者"的角度,赋予严羽诗论更多重要的意义。

第一节　闽籍馆臣

自金末元初以来,在传统文学样式代表之一的诗歌领域,一直酝酿并发展着一场重大的宗尚变革,那就是对晚宋之习进行反拨,而以宗唐复古为旗帜,特别是要求恢复盛唐诗所代表的古典抒情诗的审美理想。在北方,最初发端于晚年赵秉文,而以一代文宗元好问为代表;在南方,当然可以宋季严羽为首倡,不过,就当时的影响而言,则以稍后聚集杭州的戴表元、赵孟頫、袁桷、仇远等人为大。而至大德、延祐间,随着赵孟頫北上出仕翰林,引领京师文学风气,虞、杨、范、揭四家等"谐鸣于馆阁之上"①,这种宗唐复古的风尚更演为元诗的主流,从而对其后明代乃至清代的诗学及诗歌创作格局产生某种规定性的影响。

因此,要探讨这一可说是贯穿整个近世社会的文学风潮在明代的演进,首先必须追溯至元代的馆阁文学,这不仅因为其官方中心文坛的地位使之具有无可对抗的号召力,更因为整个元代主流文学的建立与成熟的过程是与之息息相关的。自元世祖中统、至元以来,作为国家政治文化制度建设的一项重要内容,包括翰林、集贤两院及后来奎章阁学士院在内的馆阁文学,始终是发扬儒学、绍续汉唐以来文学传统的重镇与典范之所在。其所体现的发展历程大致如陈基所总结的:

  国朝之文凡三变:中统、至元以来,风气开辟,车书混同,缙绅作者,与时更始。其文如云行雨施,雾霈万物,充然其有馀也。延祐初继体之君,虚己右文,学士大夫涵煦乎承平,鼓舞乎雍熙,誓以所长,与世驰骋,黼黻帝载,铺张人文,号极古今之盛。然厉金石以激和平之音,肆雕镂以篆忠厚之璞,而峭刻森严,殆未易以浅近窥也。天历之际,作者中兴,上探诗书礼乐之源,下泳秦汉唐宋之澜,摆落凡近,宪章往哲,缉熙典坟,光并日月,登歌清庙,气凌骚雅,由是和平之音大振,忠厚之璞复还。其用力也,如蔺相如抗身秦庭,全璧归赵,呜呼其难矣!②

与前朝一样,元代馆阁文学的重心当然在文,世祖朝如王盘、王恽、程钜夫、姚燧及稍后的卢挚等,皆称文章大匠,或平易典正,或古奥闳肆,倡明古文,一变宋季弊习。然其时于诗,则尚未大备,所谓"粗豪之习,时所不免"③。大德至延祐年间,赵孟頫、邓文原主持词林,袁桷、贡奎、虞集、范

---

① 《句曲外史贞居先生诗集》卷首徐达左序,《四部丛刊》本。
② 《孟待制文集序》,《夷白斋稿》卷二二,《四部丛刊》本。
③ 顾嗣立《寒厅诗话》,王夫之等撰《清诗话》,上海古籍出版社 2015 年版,第 85 页。

桴、揭傒斯等相继入京,杨载、欧阳玄、马祖常、黄溍等于复科后登延祐二年(1315)首科进士第而入仕,馆阁文章,更臻于大盛。尤为重要的是,由此形成了一个馆阁诗人群体,相互酬唱之暇,复以振兴诗道自任。虞、杨、范、揭四大家,正是在这样的背景下得以崛起,如顾嗣立所谓"赵子昂以宋王孙入仕,风流儒雅,冠绝一时。邓善之(文原)、袁伯长(桷)辈从而和之,而诗学又为之一变。于是,虞、杨、范、揭,一时并起,至治、天历之盛,实开于大德、延祐之间"①,元诗亦因而确立起"盛世之音"的格调,有了划时代的进展。文宗天历间,正是虞、杨、范、揭四家之文学创作及其活动趋于鼎盛时期,其影响亦最盛。方孝孺诗曰:"天历诸公制作新,力排旧习祖唐人。"②应当就是指在他们的倡导下,当时馆阁诗人普遍以宗唐复古为指归的创作新风尚。至于文,则以虞集、柳贯、黄溍、揭傒斯"儒林四杰"为代表,道艺并重,风格更趋醇和典雅。也就从此际开始,他们所共同铸就的元代诗文之主流审美风致,很快地由馆阁向朝野扩散开去,进而辐射到全国各地。其影响甚或关涉元末明初东南诸地域文学的形成,例如黄溍、柳贯之于浙东文学的影响,虞集、范桴、揭傒斯、周伯琦之于江西文学的影响;而闽籍的馆阁翰苑之士,如陈旅、黄清老、林泉生以及张以宁等,也正是在这一阶段,以他们的亲身参与,不同程度地充当了这种馆阁文学风尚的推助者与传播者。

其实,我们从元人的记载中,也很可以看到馆阁文学在整个元代文学中的尊崇地位。元末孔齐有《至正直记》,四库馆臣以为"是书亦陶宗仪《辍耕录》之类"③,其卷一《国朝文典》所列38种"大元国朝文典",包括国史典章18种、诗文总集2种、诗文别集16种、时文2种。其中别集16种,计赵孟頫、邓文原、王恽、袁桷、虞集、揭傒斯、欧阳玄、马祖常、黄溍、元明善、姚燧、卢挚、王盘、徐琰、王构、杨通微16家,除杨通微身份未详外,清一色皆为馆阁文臣。杨镰《元诗史》以为这个目录反映了元人看

---

① 《元诗选初集》丙集《袁学士桷》,中华书局1987年版,第593页。
② 《谈诗五首》之四,《逊志斋集》卷二四。
③ 《四库全书总目》卷一四三《至正直记》条,第1218页。

待本朝诗文精华的标准,对我们的研究具有启示作用,这是很有见地的①。如果说,此目所选于诗文间更倾向于文,那么,杨镰又曾据清康熙间《御选元诗》筛选个人选诗60首以上者51家,以为元代"一线诗人"名单,复核以元明清各代所行12种元诗选集,统计出9种以上皆入选的诗人47家,两相对照,发现其中与上述51家重迭的诗人有刘因、陈孚、赵孟頫、袁桷、马祖常、贡奎、何中、虞集、杨载、范梈、揭傒斯、黄溍、柳贯、王士熙、萨都剌、乃贤、陈旅、傅与砺、黄清老、宋无、李孝光、张翥、贡师泰、杨维祯、倪瓒、张雨共26家②。很显然,这是一个扩大到代表历朝选诗标准的元代诗人名单,而在这个体现长时段滴定因而更显客观一些的名单中,无疑亦以馆阁文臣占绝大多数。由此可见,元代的馆阁文学确实在整个元代文学中具有举足轻重的地位,而正是这种地位,决定了它成为传播由其倡导的宗唐复古之风最为主要的影响源,尤其在元代中后期。

　　福建地区虽僻处沿海边地,然如前所述,自南宋以来,因为政治、经济、文化中心的深入南迁,这里在某种意义上已与浙江地区一同成为"天下之中",它与行都所在及其他地域通过各种渠道的交流其实是很频繁的。举其要者而言,一方面,因元代此地为海道要津,不少名臣皆尝任职于此或以公干入闽,如马祖常曾以御史中丞出使泉南,范梈曾为闽海道知事,萨都剌在至元元年(1335)至三年(1337)亦曾为闽海道廉访司知事,贡师泰于至正二十年(1360)除户部尚书,分部闽中,以闽盐易粮,由海道运京师等等。他们在这里摹写闽中风土③,交接闽中文士,甚而聚徒讲学④,因而很自然会将中央文坛的信息以及他们自己的文学宗尚传输进来,进行即时交流,有的还因此结下深厚的友谊,如马祖常、萨都剌与陈

---

① 参见杨镰《元诗史》,人民文学出版社2003年版,第58页。
② 参上书第34—35页。
③ 如陈旅《寄萨天锡》诗云:"钱塘南去山总好,骑马看山到福州。应似当年马侍御,新诗题遍水边楼。"(《安雅堂集》卷一)
④ 据吴海《思风台诗并序》:"至正间尚书玩斋贡公来闽,寓城西香严寺,荒芜中得凸地为台,构亭其上,以时燕息,与其徒讲学,题曰'鸣凤',且自为文记之,亦一时盛事也。"(《闻过斋集》卷二)

旅,萨都剌与杜本①,贡师泰与吴海②。而在另一方面,宋以来这一地区即以人文繁盛著称,通过科举或其他途径,源源不断地为中央输送各种政治、文化人才,也因而得以与京师文坛始终保持相当密切的联系。在元代后期,上举任职馆阁的陈旅、黄清老、林泉生以及张以宁等,即可谓闽产杰出代表,"不惟中朝重之,四方举重之矣"③,他们对于推进元末明初福建地域文学的繁盛,培养该地域文学的某些基本质素,提升该地域文学在全国的地位,有着不可小觑的作用。

一、陈 旅 黄清老 林泉生

陈旅(1287—1342),字众仲,莆田人。早年笃志于学,尝至泉州从傅定保游④。以荐任闽海儒学官,时为御史中丞的马祖常出使泉南,一见奇之,谓:"子,馆阁器也,胡为留滞于此?"因相勉游京师。既至,翰林侍讲学士虞集叹其文,即延之馆中,朝夕以道义学问相讲习,自谓得旅之助为多,与祖常交口游誉于诸公间。中书平章政事赵世延力荐之,除国子助教。元统二年(1334),出为江浙儒学副提举。至元四年(1338),入为应奉翰林文字。至正元年(1341),迁国子监丞。次年卒。著有《安雅堂集》十三卷。传见《元史》卷一九〇《儒学》二、《国朝献征录》卷七四《太学志传》。

由上述经历可知,陈旅一生由地方学官的沉潜到馆阁名臣的辉煌,主要得益于马祖常与虞集的奖掖提拔。前者慧眼识人,将之引入京师;后者虚怀结纳,常与之切磋道德文章,实有栽培之功。二人又始终交口游誉于名公交游圈,对陈旅仕途的发展起到了十分关键的作用。相比较而言,陈旅至京师后与虞集的过从稍更密切,特别是德业、文章方面的日常讲习训练,对陈氏成就"馆阁器"的影响更大,友人吴克恭因而有"虞陈本同姓,

---

① 有关萨都剌任职闽中及其交游情况,可参详杨光辉《萨都剌生平及著作实证研究》附表 10-1《萨都剌与儒士交往简表》有关内容,第 232—240 页,第八章《萨都剌年谱长编》元统三年至至元三年谱,第 263—269 页,高等教育出版社 2005 年版。
② 吴海在贡师泰身后,又尝为之作《书贡尚书〈闽南集〉后》,见《闻过斋集》卷八。
③ 陈琏《翠屏集序》,张以宁《翠屏集》卷首。
④ 傅定保(1250—1335),字季谟,号古直,南安人。大德初荐受漳州路学正,转福州三山书院山长,三月归,不复仕。其卒,陈旅为作《傅先生墓志铭》(《安雅堂集》卷一二)。传又见《闽中理学渊源考》卷三六、《宋元学案补遗》卷五九。

词源浩沆溁。他山翠琰刻,别殿黄金榜"①之赞誉,他自己亦每感虞集为知己②。陈旅成名后主要以文著称,戴良曾评价说,"元之能文者,虞、揭、黄、柳,继之则莆田陈旅、新安程文、临川危素,后则(陈)基而已"③,则其在当时文坛有相当高的地位。他于文亦主"元气"说,将文之工拙与天地气运之盛衰联系在一起,目的无非在于为建立元代的"盛世之音"张本④,因而于三代以降、汉、唐、宋盛世之文,皆所取法,而不拘于一格,《元史》本传称"旅于文,自先秦以来,至唐、宋诸大家,无所不究,故其文典雅峻洁,必求合于古作者"⑤,即是从博综而求合于古人法度立论,亦算是得其实。至正间任职翰林修撰的张翥序其《安雅堂集》,曾特别指出陈旅之为文,获益于虞集而有所自得,曰:

> 天历、至顺间,学士蜀郡虞公以其文擅四方,学者仰之。其许予君特厚,君亦得与相熏濡,而法度加密焉。故其所铺张,若揖让坛坫,色庄气肃,而辞不泛也;其所援据,若检校书府,理详事核,而序不紊也;其思绵丽藻拔,而杼机内综也;其势飞骞盼睐,而精神外溢也。此君之所自得。⑥

确实,若论文章风格之优裕庄雅,博洽精微,辞藻富丽,气韵天成,陈旅显然更近虞集,而与马祖常取法西汉的崛强古奥有所不同,只是他更讲求"法度之周"⑦而已。作为馆阁之文的根本指归,有一点是大家达成共识

---

① 《寄陈众仲供奉》,顾嗣立《元诗选三集》庚集《寅夫集》,中华书局1987年版,第457页。
② 见《元史》卷一○九《儒学》二"陈旅传",中华书局1976年版,第4347页。
③ 见朱彝尊《陈基传》,《曝书亭集》卷六二。
④ 参详陈旅元统二年(1334)五月作于国子助教任上之《国朝文类序》,苏天爵编《国朝文类》卷首,《四部丛刊》本。又其为马祖常所作《马中丞文集序》亦曰:"文章何与乎天地之运哉?元化之翰流,神气之推荡,凡以之而生者,则亦以之而盛衰焉。……治与运会,文从而生焉。世之为文章者,盖亦有出于此而已矣。汉唐之治,不及三代远甚,而其人之述作,乃或有治古之风者,亦幸而际夫天地之运之盛也;赵宋巨儒载道之书,与欧、曾、王、苏数子之文,君子于是有所征矣。而其运往治弛,则凡以文鸣者,皆靡然若绪风之泛弱卉也。"
⑤ 《元史》卷一○九"陈旅传",第4347页。
⑥ 见陈旅《安雅堂集》卷首。
⑦ 参见林泉生《安雅堂集序》,陈旅《安雅堂集》卷首。

的,即他们都将文章视作实践道德治化理想的工具,身为儒者的陈旅自然亦不例外。他在为已故阁臣王结所作《王文忠公文集序》中,一再强调"夫道之在人也,为事业则著于事业,为文辞则著于文辞,道岂有二哉"①。故论苏天爵《国朝文类》的选录标准,肯定其"然所取者,必其有系于政治,有补于世教,或取其雅制之足以范俗,或取其论述之足以辅翼史氏,凡非此者,虽好弗取也"②,这便是"雅正"的全部内涵,也是馆阁文脉传承之所在③。

陈旅虽不以诗名,然于诗却并非无所用心,从他对马祖常诗"古诗似汉魏,律句入盛唐"④之评定,亦可证之一二。与其论文的标准相一致,陈旅论诗亦赞成"赋诗铺写盛事"的功用⑤,以温柔敦厚之诗教为准则,倡导和平冲淡的"治世之音"。为此,他批评"近世为诗者,言愈工而味愈薄,声愈号而调愈下,日锻月炼,曾不若昔时闾巷刺草之言";表举隐士诗人周权之作"简淡和平,无郁愤放傲之色,非有德者能如是乎","先生可谓有温柔敦厚之德矣"。⑥ 而由其指斥近世为诗之陋习来看⑦,似乎亦应归入天历以还大都诗坛"力排旧习祖唐人"的主旋律中。不过他的立场主要仅限于"以文章而歌咏雍熙之和者"⑧,与元四家精研诗学尚不可同日而语,格力、才气亦有所不逮。就其诗歌创作而言,与大多数馆阁文人一样,集中题画、酬赠、送别一类诗作比例尤高,近体不乏典雅清丽之致,古体亦多简淡平易,却难以看到独特个性与深沉情感。他与虞集多有唱酬(其次便是与苏天爵),在诗歌方面亦同样可以说"得与相熏濡"。试举其《题赵氏人马图》一诗为例:

---

① 《安雅堂集》卷六。
② 《国朝文类序》,《国朝文类》卷首。
③ 四库馆臣尝因此叹曰:"苏天爵辑《元文类》,其时作者林立,而不以序属诸他人,独以属旅,殆亦知其文之足以传信矣。"(《四库全书总目》卷一六七《安雅堂集》条,第1446页。)
④ 《马中丞文集序》,《安雅堂集》卷六。
⑤ 见其为苏天爵等馆阁之士所作之《经筵唱和诗序》,《安雅堂集》卷四。
⑥ 以上皆见《周此山集序》,《安雅堂集》卷四。周此山,即周权,字衡之,号此山,松阳人。工诗,有《此山集》四卷。袁桷、欧阳玄亦尝序其集。
⑦ 欧阳玄《此山集序》曰:"宋、金之季,诗之高者不必论,其众人之作,宋之习近散骫,金之习尚号呼。南北混一之初,犹或守其故习,今则皆自刮劀不为矣。"(《此山集》卷首)可参看。
⑧ 《周此山集序》,《安雅堂集》卷四。

葡萄官前白面马,春日赐与近臣归。主人爱马不换妾,更与小奴裁绿衣。①

诗为题赵孟頫《人马图》所作。虞集亦有《子昂人马图》:

绿衣奴子十七八,面如红玉牵马过。绣帘美人时共看,阶前青草落花多。②

以二诗相对照,虽然对画意的解说并不相同,陈旅是以一种全知的视角将视点集中在画面之外的主人身上,而虞集则以一种限制的视角表现"绣帘美人"的心理活动,相比较而言,虞诗更显精巧含婉,似乎趋向于某种私领域情感的表现,然实际上二诗所呈现的皆为自身闲逸优雅之心态,抒情泛化而中节自不必说,色韵之整丽匀和亦相近,颇可见其习尚。当然,在知交面前,陈旅偶尔也会流露"用世已无伎,高人方据梧。词林忝供奉,客舍候征呼。拓落需微禄,骞腾失壮图"③一类的慨叹,而着力表现对超越尘世的向往,故其《次韵毗陵吴寅夫见寄》曰:

凤昔诒约言,迟莫婴世网。众仙谅逍遥,楼观满方丈。馀霞散文席,斜月生翠幌。芳夕令人思,思之不能往。晨兴即高冈,引睇写孤想。④

此诗之语言及意境,追摹晋宋间人的高情远韵,除了应和吴克恭诗之古淡体格外,多少表露其某种幽潜之志。然而,我们看到,作者在和平简淡的

---

① 《安雅堂集》卷一。
② 《道园学古录》卷四,《四部丛刊》本。
③ 《次韵陈景忠见寄》,见顾嗣立《元诗选初集》戊集《安雅堂集》,第1302页。有意思的是,此诗四库本《安雅堂集》未见收录。据此诗末两句"烦君语宗长,为我谢寅夫",知陈景忠亦与吴克恭相识。据李士瞻《跋福州儒学提举陈景忠所藏东坡公焌太师墨帖》(《经济文集》卷四,《文渊阁四库全书》本),知景忠后为福州儒学提举,称博学宗匠。又,蓝仁、蓝智兄弟集中亦有与陈景忠交游之诗。吴克恭,字寅夫,毗陵人。力意古文,作诗体格古淡,为时所称,翰林老成皆与之交。诗及小传见顾嗣立《元诗选三集》庚集《寅夫集》,第457页。
④ 《安雅堂集》卷三。

追求中，依然缺乏一种执着而激荡的内在情感的移入，诗中的遐想，与陈旅集中其他不少咏游仙或表现山水田园之思的作品一样，至多不过是有时退守自我内心的一种精神自慰，它的表现并没有越出馆阁诗人崇尚雅正的界域，这表明其创作仍然受到这个时代主流诗学主张的制约。毋宁说，在诗歌中表现道家超然物外之趣尚，也是馆阁诗人相当重视的一个主题，它在赋予他们据以自我宽解的心理调节功能、帮助消解可能产生的"郁愤放傲之色"的同时，毕竟也给他们的诗歌带来了某种醇古、自然的气象，而这既不同于金季诗歌的粗豪之习，也改变了宋季诗歌因过熟发展而纠缠于技巧末节的倾向。

黄清老，生平前章已述。其步入中央文坛，自中进士始。如前所述，泰定四年（1327）一榜可谓龙虎榜，才士云集，若杨维桢、萨都剌、贡师泰、张以宁等，皆为同年进士。黄氏入翰林院，为尚书曹元用、学士马祖常所举荐，又与王士熙、虞集、欧阳玄、胡助等熟识或共事。与陈旅不同的是，黄氏在当时更以诗名著，惜其《樵水集》早佚，诗作除多种元诗选本有所辑录外，清咸丰间周揆源《樵川四家诗》尝辑为一卷。其诗文成就，顾嗣立有一概括性的评价："子肃为文驯雅，诗飘逸有盛唐风。"[1]据苏天爵所作墓志铭记载，黄清老为严斗岩门生，斗岩自称受学于严沧浪，则其诗学渊源有自[2]。同年张以宁尝为作《黄子肃诗集序》，即由其师承著论，认为他的诗歌创作非常充分地实践了严羽所倡之"妙悟"说的境界。序中还特别提到黄清老"由李氏入，变为一家"[3]，指其主要宗尚李白之诗歌风格，虽说在元末习李亦算是一种时尚，然由黄氏创作观之，表彰其更近李白之英特之才与浑完之趣，应非敷衍、阿谀之论，因其创作手法确绍续"比兴多而赋少"那一路特色。

先看其《行路难》一诗：

---

[1] 顾嗣立《元诗选二集》己集《樵水集》卷首黄清老小传，中华书局 1987 年版，第 747 页。
[2] 张健据是铭，推断黄清老师事严斗岩的时间，当在逾冠（1310）以后至 1320 年间。又考证《沧浪诗话》并非严羽所编，而实由黄清老将其《诗辩》等单篇的著作汇集在一起。参见其《〈沧浪诗话〉非严羽所编——〈沧浪诗话〉成书问题考辨》一文，载《北京大学学报》1999 年第 4 期。
[3] 《黄子肃诗集序》，《翠屏集》卷三。

奉君七宝凤凰之绣柱,五色麒麟之锦囊。王母九霞觞中之酒,秦女万缕炉中之香。去年红花今日开,昨日红颜今日老。一生三万六千日,欢日颇多愁日少。对吴歌,看楚舞,歌舞匆匆变今古。归去来,莫行路。①

此诗效太白体的痕迹还是相当明显的,在仙境一般的歌舞盛筵面前,诗人抒发的是人生易逝之悲慨,或许还有一丝自伤老大的惆怅。然而,与李白一样,明知造化如此,诗人却并不示人以悲观,而是以及时尽欢、莫行艰险之世路相劝慰,这意味着将人生称意置于大丈夫建功立业的追求之上,因而整首诗不仅在错落恣肆的句式、神异奇特的意象上富有李白的气势与美感,而且在所表达的内在情绪上亦可谓得李白豪纵之实。在黄清老所存诗中,其古体(尤其是七古)确实多"由李氏入",无论是酬赠类的《丁卯及第归和揭经历见贺诗》、《题胡修撰金华杂兴小稿》、《上继学王公》,送别类的《送素庵刘总管归》、《送三山张国宝府掾美归》、《送海东之》,还是纪游类的《登平远台鳌顶峰》、《天马山》等,可以说无一不极尽闳肆夸诞之铺写,而多用比兴之体,想象奇特,气势雄伟,且其所追摹,有不少亦确属于张以宁所说的"皆不胶乎章句之中,而有会于言意之表"②。

试再举其《送素庵刘总管归》一诗为例:

当年绣斧出九天,倏如白云下长川。千峰收雨作秋色,至今梧竹吟寒泉。熙台重来又三载,干将出匣光不改。冰浆尽贮明月秋,风露冥冥接沧海。海空迢迢行玉麟,霜影荡漾龙蛇惊。石田归来紫芝好,策马更入南山青。渔阳歌两岐,何如阳春生物物不知!鲁人颂泮水,何如弦歌一千里!昆也虎渡河,宽也蒲作鞭,何如樵溪九曲落叶静,平铺绿水栽红莲!紫薇殿前列藩辅,华盖苍苍五星聚。夔龙蹩躠天一方,蟋蟀吟秋桂枝暮。蓬莱枫叶昨夜秋,琼楼梦觉题金瓯。银河横

---

① 顾嗣立《元诗选二集》,第753页。
② 《黄子肃诗集序》,《翠屏集》卷三。

空白鸾去,安得追逐钧天游!①

友人归闽之寻常事,被铺展得如此雄肆俊拔、神幻瑰丽,充满奇峭之气。诗中描写想象之实景,和谐地融入天地风云、日月星斗之类神异境界,益发衬托出所表现人物形象的高蹈脱俗;而其对秋天景物的特殊敏感,又多少让人联想到作者上述那种特有的对人生的焦虑。从诗歌的气象来看,无疑是带有李白印记的豪宕飘逸,但其摹写,显然已有迥出于章句之外的神意,甚至在李白的雄才天趣之外,我们还可隐约感觉到有李贺诡诞奇警诗风的糅入。应该说,这一类诗,是颇能显现作者独造之艺术个性的。

需要指出的是,诗学李白,在元代中后期也是颇为常见的一种创作倾向。清宋荦谓"宋诗多沉僿,近少陵;元人多轻扬,近太白"②,固然是就其一般而论,或许说得过于绝对,如张以宁鉴于"近代诸名人类宗杜而学焉,学李者何其甚鲜也"③,而大大表彰庐陵龙云从(子高)学李之意义,则鲜明地表现了其在当时诗坛有意倡导学李并以之反拨宋诗的立场。在当时的馆阁诗人中,摹习李白诗风的其实不乏其人,胡应麟就曾经分析指出:"元五言古,率祖唐人。……杨仲弘、滕玉霄、萨天锡诵法青莲……揭曼硕师李,旁参三谢。"④此外,下文中将要论及的林泉生以及张以宁本人也都可以说由李而入,甚至前举之陈旅,集中如《海谷》、《为萧元泰题龙虎山岩图》诸作⑤,亦富于纵横跌宕、灵异雄奇之气势,可见确为其时的一种风尚。一般说来,其时趋附"诵法青莲"者做到拟之酷肖大概皆不成问题,然正如张以宁指出的:"而间学李者,率喜于飘逸,弊于轻浮,盖知李之杰于材、高于趣,而于学之卓者,犹未悉之识也。"⑥而如黄清老以及其"好逾弟昆"⑦的同年张以宁,从他们诗歌创作的整体面貌来看,在"由李氏人,

---

① 顾嗣立《元诗选二集》,第753页。
② 《元诗选序》,顾嗣立《元诗选初集》,第5页。
③ 《钓鱼轩诗集序》,《翠屏集》卷三。
④ 《诗薮》外编卷六。滕玉霄,名斌,黄冈(或云睢阳)人,至大间任翰林学士,出为江西儒学提举,后弃家入天台为道士。顾嗣立编《元诗选三集》选录其《玉霄集》。
⑤ 见《安雅堂集》卷三。
⑥ 《钓鱼轩诗集序》,《翠屏集》卷三。
⑦ 《黄子肃诗集序》,《翠屏集》卷三。

变为一家"上则应该说还是成功的。

黄清老的近体诗亦以比兴多而见长,重在情思之表达,于兴象、远神的追求中表现幽微深邈之情怀,这一种风流蕴藉又颇近中晚唐人风致。如其《梧桐雨》:

> 曾将秋信报人知,又与西风泣别离。病绿滴残犹有泪,题红流去更无诗。旧巢凤冷朝飞远,古井金寒晓汲迟。待得楚台云散后,却凭琴调寄相思。①

梧桐、栖凤、金井、秋叶,是唐人诗中表现悲秋情怀的常用意象,黄氏此诗可谓兼有李贺之幽艳与李商隐之凄恻,着意渲染了一种对已逝的诸如青春、爱情等美好事物的感伤情绪,寄托深曲而措辞柔婉,从形象地抒发人生之慨这一方面来说,算得上是一篇佳作。又如以下二首七绝:

> 舟泊风林一雁声,白蘋红蓼共思君。月明江水多于海,雨后秋山碧似云。(《钱塘怀友》)②
>
> 春老他乡奈老何,可人红紫渐无多。闲来绿柳坡头路,记得流莺第一歌。(《春老》)③

二诗一写对友人的思念,一写伤春,皆敏感细腻,深情款款。前一首由闻雁而生惆怅,而眼前白蘋红蓼、江上明月、雨后秋山,皆因触景生情,益发显得惨淡、苍凉、空廓、邈远。后一首更是直接借用李商隐《流莺》一诗的伤春意象,表现飘荡他乡、无计留春的强烈感受。这一类诗,表现主观感情的特征相当突出,意蕴深婉,色彩浓郁,在技巧上又表现出一定的纯熟,可以说是做到了以意驭文藻,既以情胜,亦以辞胜,说它们富含义山之情韵,或不为过。而在当时的馆阁诗人中,宗李商隐者亦不稀见,前辈如马

---

① 《元诗选二集》,第759页。
② 同上书,第763页。
③ 同上书,第762页。

祖常,有仿习之《无题》诗抒写绮丽情怀;同年如萨都剌,更被后人评为"善学义山"①,同时虞集则誉其诗"最长于情,流丽清婉,作者皆爱之"②。黄清老厕身其间,亦不多让。

由上可见,黄清老的诗歌创作,在当时的诗坛上算得上是有实绩而独树一帜的。就其经历来看,其创新成就当然首先应归功于其家乡严羽一系诗法的传承,然亦未尝没有京中馆阁诗风的影响;而其获得的实绩与声名,以及身在馆阁的地位,又必定会再对闽中方兴未艾的新一代诗人产生实在的影响。

林泉生(1299—1361),字清源,号觉是,永福人。早年治《春秋》,独得微旨。天历庚午(1330)进士,授福清州同知,转泉州路经历,擢福清州知州,迁行省郎中,仕至翰林直学士、知制诰、同修国史。以疾终于家,谥文敏。有《觉是集》,另著有《春秋论断》、《诗义矜式》等。传详吴海《故翰林直学士奉议大夫知制诰同修国史林公行状》、《元故翰林直学士林公墓志铭》(《闻过斋集》卷五)。

林泉生亦以文词名海内,郡友吴海为作《觉是先生文集叙》评曰:

> 若公之文,宏健雅肆,其叙事明洁类太史公,其运意精深类柳子厚,其遣辞不滞类苏子瞻。其视国朝诸公固不多让,或与并驾而争进也。③

知在当时朝中文章独盛之际,确有其一席之地。他自己于古今文章,有意以东坡自比,吴海所谓"亦其内有所信"(同上),眼界是相当高的。不过,吴海在编集时,原本蓄其前后所作文近二百篇,已因遭乱丧失殆尽,"今公家所存仅若干首,间以公意删其一二"(同上),故集中所录应已无多,倒是诗尚有三百馀篇,黄虞稷《千顷堂书目》卷二九著录是集为二十卷;以后连此本亦不传,其文便更无从论起。

---

① 清顾奎光《元诗选》卷首陶瀚、陶玉禾撰"元诗总论",清乾隆十六年刻本。
② 《元诗选二集》,第438页。
③ 《闻过斋集》卷二。

至于林氏之诗,上引吴海所作《叙》谓"皆豪宕遒逸,其四言益浑厚近古",似以雄浑高古之风格见长。检核顾嗣立《元诗选三集》所录《觉是集》诗十五题,虽未录四言,其他诸体诗则大抵近吴氏所论,特色还是相当鲜明的。观其古体,如《杂言四首》:

> 大朴本淳默,结绳已多端。书契起百伪,千载不复旋。大道日已降,支离竞各言。安得万喙寂,俗厚如古先。仍当废简牒,置我六籍前。(其一)
> 礼乐设空器,诗书无全经。仲尼既已矣,沮溺不耦耕。谁能笑庖牺,今亦无负苓。我欲观马图,黄河清未清?(其二)①

其旨在抒写幽独之志,然却径从远古以来、真朴不反述起,诗的理路及挥斥古今的英特豪迈之气,与李白《古风》"大雅久不作"颇为相仿,惟李白此诗尚志在"希圣""删述"而绍续"大雅",而林氏则发挥道家绝圣弃知、抱朴反真的思想申张"大道",更显无所依傍。又如《白鹤寺听琴楼》:

> 青山如横琴,双瀑为之弦。何人作此曲,一奏(一作"弹")三千年。上有倚天拂云之乔松,下有伏波步月之苍鼋。松今未凋鼋未老,人间此曲何时了。我来十月溪水销,古木万壑风萧萧。飞流向我作宫徵,使我听之心寂寥。临轩再拜问此水,巢由去后谁知己?我今剩有两耳尘,不敢向此溪中洗。山僧煮茗樵父歌,吾亦无如此水何!②

此诗无论从句式结构还是想象力层面,显然都可看作是"诵法青莲"之作。《蜀道难》式的参差句法与高亢奇崛之调式,不仅给整首作品带来了纵横开阖之气势,而且赋予其相当强烈的以自我为中心的抒情成分;而围绕着对"听琴"的倾力演绎,充分展开诸如视青山为琴、双瀑为弦、奏出天

---

① 《元诗选三集》,第282页。
② 同上书,第284页。

籁之曲、流响三千年至今等明显具有夸饰成分的奇特意象与博大境界,亦绝然是李白式的表现手法与风格。与此诗风格相近的尚有《武夷山》、《真诰岩》,一为五古,一为七古,皆追摹李白恣肆雄豪的磅礴气势与神异奇幻的浪漫色彩,但在感情内蕴的激越深挚、表现形式的丰富多变上则仍嫌逊色。

今存林泉生的近体诗,无论题画与纪游,格调亦大都雄豪超逸,兼有李白之壮语与杜甫之气骨,如《题高尚书夜山图》之"两翁秋兴江海动,一尺夜山吴越苍"①,《题大龙湫和李五峰韵》之"六龙卷海上霄汉,万马嘶风下雪城"②,颇可见胸中局量。其代表作则为《岳王庙二首》,显得情深宛至而自出机杼:

> 岳王坟上褒忠寺,地老天荒恨尚存。介胄何堪投狱吏,衣冠无复望中原。青山能掩苌弘血,落日空悲蜀帝魂。辽鹤不归人事别,吴宫青草又黄昏。
> 谁收将骨瘗(一作"葬")西湖,已卜他年必沼吴。孤冢有人来下马,六陵无树可栖乌。庙堂短计惭嫠妇,宇宙惟公是丈夫。往事重观如败局,一龛灯火属浮屠。③

二诗写岳飞之恨,亦写岳飞之伟,世事兴亡之慨苍凉沉郁,臧否人物之论掷地有声,在众多凭吊岳庙诗中确实独标一帜,陶宗仪《南村辍耕录》录其第二首,与叶绍翁、赵孟頫、高明、潘纯诸家所作并置为"最脍炙人口者",谓"读此数诗而不堕泪者几希"④,还是很有眼力的。

林泉生这种独特的诗歌风格,或为早年所逐步形成,如《杂言四首》的其三、其四,悲叹怀才不遇,很可能作于未售前。然从《题高尚书夜山图》一类诗来看,至少表明其在入馆阁后仍在相当大程度上沿袭了"豪宕

---

① 《元诗选三集》,第 285 页。按:据其诗,两翁指高克恭与赵孟頫,并为元能画者之最。
② 同上书,第 286 页。
③ 同上书,第 285 页。
④ 《南村辍耕录》卷三"岳武穆王墓"条,《四部丛刊》本。

遒逸"的风格基调,而与馆阁中追摹太白一派的风尚相呼应,因而会有更大的号召力。就其本人来说,他对元末福建地方文学应该是有直接影响的。其仕宦经历,除晚年入朝为翰林直学士外,多在福建一地,诗人卢琦即为泉生所取士①。在泉州路经历任上,他又曾参加温陵城西南清果寺之诗会,一时"寓公游士,俊异咸集,僧之名者亦预焉"②,可谓盛况空前,所赋乐府及诗结集成《桐华新稿》,编自钱雪界(按:钱氏为赵孟頫外甥)以次共九十八人,时张以宁亦与焉,该集即由张以宁选编而成。而泉生晚岁被疾归,"尚讲学不倦"③,除了所擅《春秋》之学,当亦有诗文之道的传授。

上述这些闽籍馆阁文臣,作为闽人引为骄傲的人文精英代表,作为中央文坛与地方文艺的联系纽带,不管是直接的还是间接的,对元末明初的福建文学无疑都会产生不容忽视的影响,他们自己本身也构成这一时期该地域文学积累与演进的重要一环。即便在他们身后,其影响也依然在一定时期内长盛不衰。而这种影响,原本不应因政治性的朝代更替而改变,在地方上更是如此。然而,由于某种根深蒂固的传统观念,只是因为他们的生活时代最终未能跨入明朝,人们在追溯明初福建文学之形成时,便已基本上将他们排除在外。相形之下,与他们身份、地位、时代皆相仿的张以宁要显得幸运得多,在他长达七十年的人生中,尽管经历洪武朝不过三年不到的时间,却因此被奉为明代"闽诗一代开先"④者。

---

① 据吴海《故翰林直学士奉议大夫知制诰同修国史林公行状》,谓"省卢琦、彭庭坚、曹道振,皆所取士"(《闻过斋集》卷五)。卢琦(1306—1362),字希韩,号立斋,一作圭斋,惠安人。至正二年(1342)进士,官至温州路平阳县知州。有《圭峰集》。徐燉《笔精》论曰:"元诗多纤弱,若圭斋者,实有唐调者也。"(《全闽诗话》卷五引)《四库全书总目》卷一六七《圭峰集》条曰:"即以诗论,其清词雅韵,亦不在陈旅、萨都剌下。"(第1448页)其集中有大量诗歌与萨都剌集中重复,表明在流传过程中二人的作品已混杂难辨。彭庭坚(1312—1354),字允诚,温州瑞安人。至正四年乡试中式,授沂州同知,历官至福建宣慰司同知。曹道振,字伯大,沙县人。登进士第,除福州路判官。
② 张以宁《桐华新稿序》,《翠屏集》卷三。
③ 吴海《故翰林直学士奉议大夫知制诰同修国史林公行状》,《闻过斋集》卷五。
④ 参见陈田《明诗纪事》甲签卷三"张以宁",上海古籍出版社1993年版,第104页。

二、张以宁

张以宁(1301—1370)[1],字志道,号翠屏山人,古田(属今福建)人。父一清,元福建、江西行省参知政事。以宁年十五,往宁德受业于韩信同[2],越五年始归。元泰定三年(1326)乡贡,四年(1327)以《春秋》登进士第,由黄岩判官进六合尹,坐事免官。顺帝时征为国子监助教,累迁至翰林侍讲学士、知制诰。博学强记,擅名于时,人呼"小张学士"。明洪武元年(1368)冬赴南京,奏对称旨,授翰林侍读学士,特被宠遇。洪武二年(1369)六月二十九日奉使安南,次年五月四日卒于归途。有《翠屏集》四卷,另著有《胡传辨疑》、《春王正月考》等。传详杨荣《故翰林侍读学士朝列大夫张公墓碑》(《杨文敏公集》卷一九)、《明史·文苑传》等。

张以宁自幼即表现出文学上的才能。据杨荣所撰《张公墓碑》记载,八岁时,人讼其伯父,逮于狱,以宁忿不能平,诣邑伸理,令异其言有条序,命赋《琴堂诗》,立就,且出语新奇,伯父得释,以宁用是知名。不过,其大量创作诗歌作品,当在成年之后。今集中所存诗,为门人石光霁所编,我们大致可据张氏经历,分为如下四个创作阶段:应试及初宦郡邑时期,留滞江淮时期,客燕为京官时期,仕明时期。

第一阶段在元泰定三年(1326)至至元二、三年(1336、1337)间,以宁先是"荐于杭,试于京师"[3];中进士后授黄岩州判官,有政绩,升真州六合县尹。这一阶段确切可考的诗作为数不多,虽已颇显气纯格定,然个性风格并不突出。今集中《丁卯会试院中次诸友韵》二首,即为泰定四年(1327)在大都参加会试时作,亦算是应酬文字,如其二"礼乐兴隆千载后,人材涵养百年中。主文正拟公输子,共喜无私别众工"句,有雍容鸣盛之风致,却还不如其一之颔、颈两联——"方知取贵凭文字,可信封侯只笑

---

[1] 以宁生卒年,见其《自挽》诗门人石光霁题注:"按:先生生于元辛丑,终于安南,洪武三年五月四日也。临终自作此诗,是日而逝。"(《翠屏集》卷二)

[2] 韩信同(1252—1332),字伯循,号中村,宁德人。从陈普游,究心理学。四方来请益者甚众,称曰古遗先生。著有《三礼图说》二卷。传见《宋元学案》卷六十四、《闽中理学渊源考》卷四十。

[3] 张以宁《黄子肃诗集序》,《翠屏集》卷三。

谈？直拟横空轻似鹗,莫为作茧老如蚕"①,因毫不掩饰的自信而显得意兴风发,洋溢着一种俊逸之气。以宁初入仕,任职黄岩州期间,尝于天历二年(1329)春游会稽,《鉴清轩》一诗即此际为幽居鉴湖之友人所作:

> 幽居鉴湖上,湖水直到门。爱彼湖水清,作此湖上轩。水清可以鉴,皎若玻璃盆。轻风蘋未来,万波生微痕。散乱眉与须,感兹默忘言。端坐鉴此心,澄之在其源。微风既不动,止水何由浑?湛然鲵桓渊,照见天地根。群物芸芸动,中有不动存。寄谢轩中人,细与静者论。②

诗为五言古体,写得优柔不迫,清雅醇古,合乎他自己所追求的"清虚趣胜"③之风致,然亦颇有些道学气。在张以宁仕途受挫、留滞江淮以前,人生经历比较简单、顺利,因而诗中所表现的情感内蕴,相对来说,也比较清浅纯净。从他自己日后对这一时期在大江南北优游生活的追忆来看,同样可以证实这一点。如在越记忆最深的,是"忆昔镜湖携窈窕,故人吐气皆如虹"④,是"坡陁石上曾波雪,遍海莲华白于月。新诗句句斗清妍,高诵长风动疏樾"⑤;而对六合的印象,亦是"江北淮南三月时,水烟漠漠柳丝丝。好花一夜霜都落,却是春风总未知"⑥。

值得注意的是,以宁在京师应试时,应该已经开始受到馆阁文风的熏染,除了座主马祖常、欧阳玄,认识的人当中至少还有新任中书参政的王士熙⑦。

---

① 《翠屏集》卷二。
② 《翠屏集》卷一。
③ 张以宁有《论诗》诗曰:"富贵辞夸奈俗何,清虚趣胜亦诗魔。白云瑶草红尘外,终胜黄莺绿柳多。"(《翠屏集》卷二)。
④ 《子懋王尹次予德君越人尝忆己巳春与胡允文赵彦直陶师川游鉴湖陟玉笥登山阴兰亭问修竹尚无恙否酒酣赋诗一慨千古江海十载故人天方因君兴怀借韵一笑》,《翠屏集》卷一。
⑤ 《予别黄岩十又六年谢焉德薄父老当不复记然区区常往来于怀也如晦上人来见语亹亹不能休别又依依不忍释予不知何也赋此以赠》,《翠屏集》卷一。
⑥ 《忆六合》,《翠屏集》卷二。
⑦ 张以宁为胡瑜作《胡太常岁月日记序》,尝叙与其父胡助交往曰:"以予悉泰定丁卯进士,时东原王公继学参大政,与文事,府君馆于其家,而予获与于交好也。"(《翠屏集》卷三)继学为王士熙字。

这一经历与其同年黄清老颇相类似①,而其时马祖常、王士熙与袁桷、虞集、揭傒斯、宋本等人唱和馆阁,风头正健②,对于四方学子应该具有某种示范树鹄的作用,从而对以宁辈的诗学取径产生一定的影响。此外,以宁早年受闽中先贤严羽、宁都诗人曾原一有关古、唐诗评的影响亦不容忽视。如下为其所追述的赴扬州前在诗歌创作方面的自我学习经历:

> 予蚤见宋沧浪严氏论诗取盛唐,苍山曾氏又一取诸古选,心甚喜之;及观其自为,不能无疑焉。故尝手钞唐以上诗,繇苏、李止陶、阮;钞七言大篇,主李、杜二氏;近体专主杜。窃庶几志乎古也,然而学焉终未得其近似也。③

严羽的诗学理论与主张,至少在闽中一直有所传承,这从苏天爵为黄清老所撰墓志铭的记载可以得到证实。如前已述,作为以宁的同乡兼好友,黄清老乃是严斗岩的门生,而斗岩自称受学于严沧浪,其诗学渊源有自。张以宁在《黄子肃诗集序》中,即标举严氏"一主于悟"的意义,并赞扬黄清老的诗作充分实践了师门的"妙悟"说。上述苍山曾氏,当为曾原一,字子实,赣州宁都人,宋末江湖派诗人,有《选诗衍义》、《苍山诗集》等,又尝编《唐绝句》④。传见《江西通志》卷九四《人物》、《广西通志》卷八六《迁客》。其于拟古,主张"要先得其笔意,运规制于胸中,然后下笔乃可",反对前人"既用其意,又用其字",以为那样的话,"是盗也,非拟也"⑤。由是观之,以宁应在出仕之前已受严羽及有关江湖派诗人的影响,针对江西诗派等诗学主张与作法,有志于拓展学古的途径,并在自此以往的反复训练中,于诸体诗皆各取法乎上而入焉,亦已有超拔严羽、曾原一辈手眼不

---

① 黄清老所存诗中,尚有《上继学王公》一首,见顾嗣立《元诗选二集》,第753页。
② 顾嗣立《元诗选二集》"王中丞士熙小传"曰:"继学为诗,长于乐府歌行,与袁伯长、马伯庸、虞伯生、揭曼硕、宋诚夫辈唱和馆阁,雕章丽句,脍炙人口。如杜、王、岑、贾之在唐,杨、刘、钱、李之在宋,论者以为有元盛世之音也。"(第537页)
③ 《送曾伯理归省序》,《翠屏集》卷三。
④ 参见刘埙《隐居通议》卷六《苍山序唐绝句》,《文渊阁四库全书本》。
⑤ 以上见刘履《风雅翼》卷一三《选诗续编三》韦应物《拟明月何皎皎》条引曾原一语,《文渊阁四库全书》本。

相一致之弊的识见;不过,就其创作实绩而言,当如其自述,仍属于摹习而尚未全然有所自得的阶段。

约于至元五年(1339)始,张以宁留滞江淮,以授馆为生,进入其创作上的第二个阶段,总计十年有馀①。这一阶段是张以宁诗歌创作的成熟期,其界划还是非常明显的。由于"宦途中阨"②,以宁得以沉潜心志,专力探究古文辞创作,积年有得,终有所悟。陈琏《翠屏张先生文集序》尝论曰:

> 后丁时多艰,留滞淮南者久之。复力学不倦,锐志古文辞,自先秦两汉、唐宋以来诸大家文章,靡弗周览详究;矧所友皆一时鸿儒硕士,论辨淬砺者有年。积之既久,渊渟涌溢,沛乎其莫能御。每操觚立言,引物连喻,贯穿经史百氏,而一本于理;其气深厚而雄浑,其辞严密而典雅,不务险怪艰深以求古,不为绮靡缛丽以徇时。其五七言古诗及近体诸诗,沉郁雄健者可追汉魏,清婉俊逸者足配盛唐,盖可谓善学古人者也。③

所述即这一时期因刻苦磨砺而成就其独特诗文风貌的经历,所谓穷则著于立言,这也是传统士人惯常为自己寻找的安身立命之处。而在另一方面,遭遇坎坷又令他在个人的内心体验与情感表现上发生比较明显的变化,我们从以宁在这一时期反复渲染的醉里乾坤之生活,可以清晰地看到

---

① 杨荣《故翰林侍读学士朝列大夫张公墓碑》记曰:"以丁内艰去官(按:指六合尹),服阕,将上京师,为兵所阻,教授淮南者十年。"(《杨文敏公集》卷一九,明正德刊本)张以宁《送重峰阮子敬南还》诗亦有"十年在扬州,五年在京城"句(《翠屏集》卷一)。又其《送王伯纯迁葬河东序》曰:"余游于扬,赢十年。"(《翠屏集》卷三)按:据以宁《书虚谷记后》:"其岁丙子,河中张君所中过予堂邑,班荆而饮,击尊而歌,若有获于予心者。"(《翠屏集》卷四)知至元二年(1336),以宁尚在六合任上,旋当以丁内艰去官。三年服阕,先至淮南,即赴京师。据其《送钱德元教谕盱眙序》:"至元己卯,予泝淮适汧,同年纳君文灿时长泗之盱眙,握手道间阔,因获览观都梁之胜……"(《翠屏集》卷三)知以宁至元五年(1339)已在江淮间。又据其集中诸庚辰南归所作,知至元六年(1340)春初,由直沽沿大运河而下,复至扬州,又经常州、平江、嘉兴、杭州、建德、衢州、信州而归闽。此后当再入江淮间,如其《沽头》诗所预告的:"平生性癖耽幽静,拟筑园茅淮水东。"(《翠屏集》卷二)以宁在淮南以授馆为生,其诗《送馆主韩宪使之淮西四十韵》(《翠屏集》卷二)亦可为证。
② 《翠屏集》卷二末石光霁跋。
③ 《翠屏集》卷首。

他此际的心态,所谓"天际形容今渐老,尊前怀抱向谁论"①,情绪是相当郁悒而复杂的。而从"诗穷而后工"的角度来检证其创作进入成熟期,应该也是合乎情理的。

  在其集中,这一阶段所存诗数量相当大,此又当与作为编者的石光霁于是际"获从之游"②,后又"遣其子诣维扬购先生遗稿"③有关。其中卷二标明为至元六年(1340)南归沿途所作的近体诗就有七十七首之多。据杨荣《故翰林侍读学士朝列大夫张公墓碑》记曰:"公所著文,有《翠屏稿》、《淮南稿》、《南归纪行》、《安南纪行集》……"知其南归纪行所作甚至尝专编一集。综观这一时期的作品,一个最为集中的主题,便是抒发因宦拙而生的种种悲慨。如下这首《糜家店》(题注:广陵),可以说相当典型地表现了这种错综复杂的愁绪:

    睡起秋怀入倚阑,蟪蛄啼雨豆花寒。途穷俗眼寻常白,宦拙臣心一寸丹。平子四愁诗最苦,休文多病带频宽。吾亲已老身仍系,写就家书阁泪看。④

诗人由秋景起兴,先为全诗铺垫了一层悲凄的底色。中间两联抒写自己生存的境遇与心志:因为仕途的不得意,而招致世俗的白眼,这当然是一个敏感而自负的中年才士所不堪承受的,要知道,这种感受并非诗人为写诗才有的无病呻吟,而确确实实是他这些年的实际遭遇,正如他在《送王伯纯迁葬河东序》中所述:

    余游于扬赢十年,骨体素不媚,性疏直,与人出语辄倾倒,不识时忌讳;仕又龃龉,无气势轩轾人。扬多俊彦,士多不鄙与予友,坐是三

---

① 《次王伯纯韵并序》,《翠屏集》卷二。王伯纯,为张以宁在扬州的至交,常相与读书议论,赋诗纵酒。据以宁《王伯纯读书别墅晨起有怀纵笔奉寄》小序曰:"伯纯,河东人。寓居扬州。……轻财好客,谊侔古人。且才甚高,长于诗。后领河东乡荐。"(《翠屏集》卷一)
② 《翠屏集》卷二末石光霁跋。
③ 陈南宾《翠屏张先生诗集序》,《翠屏集》卷首。
④ 《翠屏集》卷二。

者故,卒多不近以疏。①

更让他感到焦虑的,是怀美才而不见赏识,有报君之志而不得伸,只能在那里作诗人愁苦之吟。于是,尾联点出一种由此而更加强烈的沦落异乡之客愁——它其实是一种生命无着之感,而又与思亲之苦联系在了一起。在张以宁同期其他诗作中,像这样由途穷、飘零、思家所交织的愁怀是处可见,如"功名一画饼,身世独飞蓬"(《分水铺道中》)、"涉世心犹壮,思家梦欲迷"(《过桐庐》)、"重来人事异,独立客心哀"(《过兰溪》)等等,它们成为他在这一人生阶段挥之不去的一种情结,郁滞于胸,历久弥深。他也曾想过过从此归隐,故而诗中不止一次地出现垂纶的意象,如"持竿吾欲往,拙宦白何堪('白',疑为'自'字之误)"(《至直沽》)、"只合溪头垂钓去,故人多在紫宸班"(《烜次草萍间韵同作》)。然而,问题在于,在他这个年纪,尚未实现用世的抱负就弃世而去,实在是于心不甘,正所谓"涉世心犹壮",或者用他另一首诗的表述,是"羁旅已知浮世淡,登临未觉壮心降"(《秋登九江庙晚眺》)②,这种极其矛盾的心态,就好比他时时用醉饮来排遣心中的愁闷,结果仍是"醉怀磊魂倾欲尽,世虑皎洁醒终存"③,不仅无法从根本上获得解决,反而愈加挣扎而愁上加愁。

这时在以宁的心目中,堪称知音的古代诗人,也就是他在《黄子肃诗集序》中相高尚的陶、李、杜,那不仅因为他们是他心仪手摹的作诗圣手,而且是有着相同境遇、因而真正能够与之进行精神交流的前贤:"微官与志违,空负圣明时。对酒怀彭泽,题诗愧渼陂"(《途中次子烜韵》其二),"唐家学士今何在?劝尔仙人酒一杯"(《广陵岳庙登瀛桥同成居竹赋》)。尤其是李白,成为他寄寓对自我情感体认与表现最有感应的载体,如其《题采石娥眉亭》一诗:

娥娥霜鬓未摧颓,李白骑鲸更不回。异代登临悲赋客,百年沦落

---

① 《翠屏集》卷三。
② 以上均见《翠屏集》卷二。
③ 《答豫章邓文若进士见赠并谢苏昌龄征君》,《翠屏集》卷一。

忆雄才。淮云白白鸟飞尽,山日苍苍猿啸哀。欲起锦袍吹玉笛,为驱江浪入金杯。①

对于这位诗仙的忆念,虽仍洋溢着雄豪飘逸之气韵,却明显可以感受到作者发自内心深处的苍凉悲慨,那是因为他对李白的英雄失路有一种深切的同情之了解。当然,以宁应该在前一个时期已开始出入李诗,尤其是对其长篇着意摹习,而由其"晓读谪仙诗,夜梦谪仙人"(《题李太白观瀑图》)、"平生酷恨李太白,不到闽山独欠诗"(《登大佛岭雨中云在其下》)②等诗的表述来看,他这一辈子对李白的追摹简直到了痴迷的程度。如前所述,诗学李白,在元代中后期是一种常见的创作倾向。而对张以宁本人来说,他对李白的追摹,恰恰自这一时期始,进入"变为一家"的境界,有不少作品至少已浑融了李白的激越英特之意气与杜甫的沉郁顿挫之深情,而铸成自己特有的风格,用他自己的话来说,"盖必极诸家之变态,乃能成一家之自得"③。因此,从接受者的解读来说,无论是上引陈琏所论的"其五七言古诗及近体诸诗,沉郁雄健者可追汉魏,清婉俊逸者足配盛唐",还是陈南宾在洪武己巳(1389)为以宁诗集作序时所说的"其长篇浩汗雄豪似李,其五七言律浑厚老成似杜,其五言《选》优柔和缓似韦,兼众体而具之"④,抑或后来清汪端《明三十家诗选》所言"志道七古骨力遒健,才气排宕,发源杜陵,出入遗山、道园之间,可以独张一军"⑤,其实都并不矛盾,那不仅表明作者已具有相当丰富的表现力,而且表明他确实善于熔铸古人。

由此看来,以宁集中颇为知名的《次李宗烈韵》,当即为这一时期的作品,诗曰:

倒着乌纱醉几回,白鸥门外莫相猜。浮生万古有万古,浊酒一杯

---

① 以上均见《翠屏集》卷二。
② 《翠屏集》卷一。
③ 《马易之金台集序》,《翠屏集》卷三。
④ 《翠屏张先生诗集序》,《翠屏集》卷首。
⑤ 《明诗纪事》甲签卷三"张以宁"条引,第104页。

复一杯。棕叶响交风色异,豆花飞满雨声来。青灯独似儿时好,一卷遗书自阖开。

坐来落叶两三声,野菊开时雨满城。作客愁多仍岁晚,还家梦远易天明。古时豪杰有遗恨,秋日溪山无俗情。君可归欤吾未得,百年怀抱向谁倾?①

诗中所表现的应即上面已经描述的那种景况与心境,面对蹉跎人生,依然是举杯浇愁的无奈,触目悲秋的伤感,在他所感觉的世界中,能够捕捉到的似乎只是凄风苦雨,所能够做的,也就是青灯作伴、漫读古书,独自一个人消遣日滋夜长的客愁,咀嚼壮志未酬的寂寥。四库馆臣以为此诗其一之颔联属"间有涉于纤仄者"②,事实上那正是他化用李杜之神意、抒写茫然愁绪的情辞佳句。李宗烈,或即盱江诗人李宗冽③,以宁另有《次李宗烈见赠韵》一诗,倾诉的同样是沦落天涯的思家之情与因宦拙而无力报主的悲慨,而二人在诗艺方面的惺惺相惜与情感方面的相与交流,多少给他的羁旅生涯带来些许慰藉。

第三阶段,自至正九年己丑(1349)夏辞家入京师始,客燕二十载④。在这期间,以宁曾"两师国子"⑤,又入翰苑,仕途上算是有了起色,但其心境并不见有多大好转。虽然有不少雍容和平的应景酬赠之作,显得馆阁气十足,然而凡抒写一己之情怀者,却总有一份抑塞寥寞的感伤。试观其《答张约中见问》一诗:

衰迟久让祖生鞭,寂寞犹存郑老毡。金马隐来人岂识?木鸡老

---
① 《翠屏集》卷二。
② 《四库全书总目》卷一六九《翠屏集》条,第1466页。
③ 其诗及小传见《元诗选癸集》戊下、《元诗纪事》卷三十二。
④ 张以宁《送郑伯钧序》曰:"予以岁己丑至京师,旅食而鸟吟,盖荧荧垂十载矣。"(《翠屏集》卷三)又其洪武二年(1369)秋奉使安南途中有诗曰《予己丑夏辞家客燕二十年江南风景往往画中见之戊申冬来南京今年六月二十九日奉旨使安南长途秋热年衰神疲气郁不舒舟抵太和舟中睡起烟雨空濛秋意满江宛然画中所见埃塭为之一空漫成二绝以志之时己酉七月二十四日也》,见《翠屏集》卷二。
⑤ 《潞阳会文序》,《翠屏集》卷三。

去我方全。坐移棠树庭前日,梦到榴花洞里天。多谢故人劳远问,滥竽博士又三年。①

诗当作于国子监任上。老年迫至,壮心寂寥,而闲官冷署,更令诗人倍感惆怅。作者在略带自嘲地感喟自己似乎全德而隐、其实无所作为的同时,始终萦绕于怀的还是故乡之思。不过,相比较其留滞江淮时期,这种愁怀的激烈程度,随着时序的推移所带来的曾经沧海之感,已被冲淡了许多,毋宁说,现实的遭际使以宁在"凉心"的道路上走得更远。这甚至令他自己怀恋起当初在扬州的诞放来,如《次张祭酒虚游轩雨后即事韵并忆扬州旧游》其二所写的:

百年何处好开怀?忆在扬州几醉来。落日放船穿柳过,微风欹帽看花回。即今尽减尊前兴,忆旧宁堪笛里哀!一笑广文官饭窄,论文哪得酒盈杯!②

同样,其在翰苑,所思所感亦仍是"白发怀闽峤,丹心恋蓟门。官闲胜道院,宅远类荒村"③,意中言外,诉说的是一腔落寞的心情,只不过在抒写的语气语调上已显得甚为平和内敛。

在以宁这一时期的诗歌作品中,将自己描画成大隐金门的形象显然是一个比较常见的意象,如《送赵文中南归》:

忆饮黄山别酒时,颍滨汴上复京师。五千里外重来见,三十年中几语离?碧海钓鳌君特达,红尘骑马我衰迟。过家遗老如相问,大隐金门旧小儿。④

---

① 《翠屏集》卷二。
② 同上。
③ 《次韵》,《翠屏集》卷二。此诗前一首为《次李参政省中独坐韵》(题注:时在翰苑),亦有"许国丹心在,怀乡白发生。所惭无寸补,载笔直承明"句;而此首《次韵》题注作"同上"。
④ 《翠屏集》卷二。

诗中追述与友人自黄岩相别以来,三十年间之聚散离合,可真正感慨的,恐怕正如杜甫《上白帝城二首》所云"英雄馀事业,衰迈久风尘",还是自叹功业无成而年已衰迟;末句语颇豪直,实则不难看出其沉郁之思。又如《送王人杰都事开诏福建》,亦有"我素金门隐,君归锦里耕。……自怜何日去,曝背憩柴荆"①之句,写自己虽身在庙堂,心有所属的还是归隐家乡——这时的作者已真正将之视作生命回归的根系所在。更有意思的是,他在《赠李君南归序》中,以翠屏山樵叟自居,与这位自号"樵隐"的李则文氏"相语于燕市之中",命酒鼓琴,歌声互答,"悠然与世而俱忘也",似乎已无所用心,但毕竟还是掩饰不住诸如"顾志甚长而斧柯短,不适为世之用"的愤懑情志②。

第四阶段即仕明时期。洪武元年(1368)冬,明师平元都后,张以宁与危素等皆赴南京,效力新朝。作为前朝故臣,以宁还是很受恩宠的,其授翰林侍读学士,"每承顾问,多所裨益;赐诰褒谕,恩赉特厚焉"③。据《明史·文苑传》,太祖朱元璋尝登钟山,以宁与朱升、秦裕伯等扈从拥翠亭,给笔札赋诗。今其集中《应制钟山记》,则记洪武二年(1369)正月,太祖赐见前殿,命为钟山之说。是年六月,以宁即奉命出使安南,赐封其国王,太祖有御制诗一章遣之。以其不辱使命,处置世子袭爵一事得当,太祖复赐玺书,比诸陆贾、马援,再赐御制诗八章④,确如杨荣《张公墓碑》所撰铭辞所谓"恩眷弥深"。以宁这一阶段所存诗多为使安南之作,数量亦相当大,此当与其孙南雄保昌训导张隆复以《安南稿》续版行世有关。

从这一时期的诗来看,以古稀之年而出仕新朝,且被委以重任,远使异域,其心绪仍然是相当复杂的。一方面,他对自己这份迟来的建功立业机会似乎充满了期待,如《南京早发》:

大隐金门三十载,壮怀中夜每闻鸡。今朝一吐虹霓气,万里交州

---

① 《翠屏集》卷二。
② 《翠屏集》卷三。
③ 杨荣《故翰林侍读学士朝列大夫张公墓碑》,《杨文敏公集》卷一九。
④ 张瑄辑成化刊《张氏至宝集》录有朱元璋赐张以宁御制诗《以宁初度》、《得以宁实封》、《念以宁涉江海》、《念以宁入重山》、《慎言》、《戒财》、《保身》、《谕张制诰令世子守服》共十首。

入马蹄。(其自注云:苏老泉云:"丈夫不得为将,得为使折冲万里外足矣。")①

抑郁数十年之久的豪情壮志为之一伸,摩拳擦掌,跃跃欲试,很难得又让我们看到了早年那种吐气若虹的风发意气。它如"词臣垂老斯游壮,风送龙江万里舟"(《安南使者同时敏大夫登舟相访献诗述怀一首就坐走笔次韵答之以纪一时盛事云》)、"斯游少吐平生气,巨浪长风万里秋"(《发广州》)、"少游款段成何事?至竟男儿是伏波"(《封川县次韵典簿牛士良》)、"莫羡少游乡里好,封侯庙食丈夫雄"(《乌岩滩马伏波祠》)②,皆可谓豪气干云。并且,他多少也为自己设想过功成身退的完美结局:"明年倘许乞悬车,共斫长竿钓烟渚"(《题知印赵希贡沧江渔隐图》),"君乘长风破巨浪,功成即为吾乡荣。邕江东流日千里,明年不归如此水。锦衣行昼倘先予,为报音书万山里"(《别胡长之》)③,前景似乎相当明朗,诗亦皆富有雄浑刚健之气。然在另一方面,他所面临的现实,毕竟是以白发飘萧之年,行于炎荒蛮瘴之地,有生之年能否真的实现自己的抱负,自己正从事的事业能否真的体现人生的意义,追问的结果并不能乐观;尤其是当自己淹留远域,更感年命迫促,而老亲长子永绝人寰,妻儿亲旧各隔天涯,这种种的不幸,无疑又会加重其对人生的虚幻之感。因此,他在这一时期有不少诗又是悲愁满怀、情不能已。如《情事未伸视息宇内勌劳之旦哀痛倍深悲歌以继恸哭所谓情见乎辞云尔呈阎初阳天使牛士良典簿》云:

一身绝域已凄然,三处离居更可怜。中岁恨孤蓬矢志,暮龄忍诵蓼莪篇。愁深鸢堕蛮溪外,梦断鹃啼宰树边。悔不阿奴长在侧,尽情家祭过年年。(自注云:老亲未即土。二寡妇携孤儿在闽,十口在金陵,皆贫困。一子与妇在松江。与安南为四处。何以堪此境也!)④

---

① 《翠屏集》卷二。
② 以上均见《翠屏集》卷二。
③ 《翠屏集》卷一。
④ 《翠屏集》卷二。

令人读而为之动容。又如《舟中睹物忆亡儿(烜)》其一：

> 误我虚名已白头，可怜望汝绍箕裘。乌牛舐犊斜阳里，忽见潸然老泪流。

述己之境遇及心绪，极为沉痛，而其表现方式，已极自在，可谓矜持皆化，形迹俱融，如同他概括的杜诗之特征——"以真情真境、精义入神者"[1]，是一己之真情实感的直接呈露。与此同时，通过有关怀古的题材，以宁亦表现出前所未有的意志消沉：

> 郁孤台前双玉虹，一杯遥此酹英雄。风云有恨古人老，天地无情流水东。精卫飞沉沧海上，鹧鸪啼断晚山中。清江不管人间事，烟雨年年属钓翁。
> ——《予少年磊隗负气诵稼轩辛先生郁孤台旧赋菩萨蛮尝慨然流涕岁庚辰过铅山先生神道碑前有诗云云见南归纪行稿后会赣州黄教授请赋郁孤台诗复作近体八句亡其旧稿因念功名制于数定材杰例与时乖自昔不遇若先生者盖亦多矣然犹惜其未能知时审己恬于静退几以斜阳烟柳之词陷于种豆南山之祸今二十九年矣舟过是台细雨闭篷静坐忽忆旧诗因录于此见百念灰冷衰老甚矣云》

> 木绵庵畔瘴云愁，犹恋湖山一壑秋。从道黄粱俱一梦，几人解上五湖舟。
> ——《二十七日晚到万安县县令冯仲文来问劳翌日登岸观故宋贾相秋壑所居故址左城隍祠右社稷坛中为龙溪书院其后二乔木郁然云贾相生于此书院旧甚盛田多于邑学今归之官独旧屋前后二间中存先圣燕居像左四公木主徘徊久之当宋季年君臣将相皆

---

[1] 《黄子肃诗集序》，《翠屏集》卷三。

非气运方兴者敌襄樊无策可救江左人材眇然无可为者譬之弈者不胜其偶无局不败是时有识者为崔菊坡叶西麓无已则为文山李肯斋可也而痴顽已甚贪冒富贵国亡家丧为千载骂笑而刻舟求剑者乃区区议其琐琐之陈迹悲夫因赋二绝如罪其羁留信使之类皆欲加之罪之辞也》①

二诗皆有长长的诗题,从中或可更清楚地看到,亲身经历朝代更替之后,他对于历史兴衰、人生进退似乎有了一番大彻大悟,在这个世界上,一切皆有定数,人所能为的,恐怕只有知时审己、顺应自然而已。于是,这时的重提归隐,已经意味着进入陶渊明式的对价值关怀意向本身的怀疑,而寻求一种去情无累的大解脱。不管怎么说,其临终所作《自挽》一诗,自可看作是这一时期心绪的一份综述,当然也是他对自己一生所作的总结:

一世穷愁老翰林,南归旅榇越山岑。覆身粗有黔娄被,垂橐都无陆贾金。稚子啼饥忧未艾,慈亲藁葬痛尤深。经过相识如相问,莫忘徐君挂剑心。②

当一生努力而终于走到生命的尽头,检点自己所曾经拥有的,除了孑然一身,便是对亲人未尽的责任,以及由此而生的无穷哀愁,在这残酷的现实面前,益发显得功名的虚妄,命已如此,人复何求?唯一的愿望,就剩下归葬家乡,常有亲友的怀念。人生之悲怆,复有过于此乎?

所幸作为诗人,张以宁以生命谱写的篇章,还是流传于世并获得后人很高的赞誉,四库馆臣引徐泰《诗谈》对以宁诗之评价:"高雅俊逸,超绝畦畛,如翠屏千仞,可望而不可跻",认为"虽推挹稍过,然亦几乎近似"③,可谓得其精神。

而作为馆阁文臣,以宁的文章亦独擅一时。在元朝,他是继宿儒虞

---

① 《翠屏集》卷二。
② 同上。
③ 《四库全书总目》卷一六九《翠屏集》条,第 1466 页。

集、欧阳玄、揭傒斯、黄溍等人之后公认的名家(参见《明史》本传);入明之后,亦与危素各以经、史驰名。据宋濂《翠屏集序》,洪武二年(1639)春,以宁尝与宋濂会于京师,各出所为旧稿,相与剧论。赴安南,道次大江之西,又特造序一文寄宋濂。其于文,主张学韩愈,以其"牢笼并包,靡一不具,正取诸孟(轲),而奇取诸马(迁)为最多。譬海之巨潮无涯涘,气和景明,万里一平,纤澜弗惊,力倾乔岳,畜之沉沉,而自然其文,层波鳞鳞,涣散纷纭,乍合俄分,千姿万态,巧莫能绘;浩乎一与风值,则浪波起伏,如山如屋,鱼龙并作,怵人心目",故以宋濂为同调,谓"先生之进于韩,其有悟于是乎"①。这其实是他一贯的主张,在《〈经世明道集〉序》中,他亦曾指出:

> 后乎经者,文之正莫如孟轲氏;后乎孟者,文之盛莫如韩愈氏。善论者以文之圣称之。观其自述为文之本,具在《进学解》中,其传为李翱氏,而论文于《答进士王载言书》者详矣。非司马迁为史氏一家言,而理或倍于经之比也。后乎韩者,周、程、邵子以道鸣近代,则周似经,程、邵类孟。德之盛也,固言之至,又非韩氏因学文而见道之比也。……故尝窃谓:今之为文,宜仿韩氏之有本,以经传子史之文,发孔、孟、周、程之奥。选文者,当法真西山之《正宗》,裒为一书,根柢之于六经、孟氏,干之以韩氏,推而上之于先秦汉唐之作者,而后华叶之以近代诸贤之众作,别为续集,仍真之旧,庶几义理文章,会于两得,俾圣师一贯之旨复明,而道术不至于裂。②

虽明言当效韩愈为文以见道明理为本,然亦取其集西汉以前文章之所成的途径,如《进学解》所谓"上规姚姒,浑浑无涯;周《诰》、殷《盘》,佶屈聱牙;《春秋》谨严,《左氏》浮夸;《易》奇而法,《诗》正而葩;下逮《庄》《骚》,太史所录,子云、相如,同工异曲"③,从而铸就一种浑浩流转、奇崛

---

① 《潜溪集序》,《翠屏集》卷三。
② 《翠屏集》卷三。
③ 《韩愈文集汇校笺注》,中华书局2010年版,第147页。

恣肆的独特文风。《翠屏集》卷首录宋濂洪武三年(1370)秋七月一日所撰序,论以宁之创作曰:

> 今观先生之文,非汉非秦周之书不读,用力之久,超然有所悟入,丰腴而不流于丛冗,雄峭而不失于粗厉,清圆而不涉于浮巧,委蛇而不病于细碎,诚可谓一代之奇作矣。

所论为精心结撰之词,以宋濂之自负及其成就,当非出于虚谀,比照以宁自己上述对韩文风格特征的描绘,我们不难看出二者之间的渊源关系,那确实可以说是他师韩愈而通其辞之所得,石光霁亦言其"正气浑涵,而节制于柳,宏放以韩、苏"①。而这种风格趣尚及特征,虽然说起来亦出于当时馆阁文章之正脉,兼有虞集等"儒林四杰"的涵醇茹和与马祖常一脉之高古奇妙,但毕竟因此发展起一种才士之文,亦如同其诗之"如翠屏千仞",在当时的馆阁文林中,无疑是属于独标高帜的。

以张以宁在当时的文学成就与地位,他在闽地的影响自然是举足轻重的。在闽南,他原本与泉州文人圈有着密切的联系,该交游圈中如钱雪界、蒲仲昭、赵希直、孙彦方等,皆所谓善诗者,而先后得其题拂奖引②;他如莆田方德至(字遂初),漳州林弼,亦皆以经义文事而为知交③。在闽北,他与建阳蒋易亦为故交④,由此或与崇安蓝智兄弟知识,其卒后,蓝智有《闻张志道学士旅榇自安南回》抒写悼念之情,诗曰:

> 两朝翰苑擅挥毫,白发萧萧撰述劳。使出海南金印重,文成天上玉楼高。孤舟恨别三春草,落月归魂万里涛。欲托漓江将絮酒,幽兰丛桂赋离骚。⑤

---

① 《翠屏集》卷末石光霁跋。
② 参见以宁《题赵子昂书杜少陵魏将军歌赠钱雪界万户》,《翠屏集》卷一;《桐华新稿序》、《草堂诗集序》、《赵希直诗序》、《蒲仲昭诗序》等,《翠屏集》卷三。
③ 参见以宁《送方德至漳学训导序》,《翠屏集》卷三。又林弼《次张志道学士与龚景瑞诗韵》亦有"十载故人青眼旧"、"岁晚相从应有约"句,见《林登州集》卷五(清康熙四十五年刊本)。
④ 参见以宁《夜饮蒋师文斋馆》,《翠屏集》卷二。
⑤ 《蓝涧集》卷五。

三、林弼

林弼(1325—1381)，初名唐臣，字元凯，号梅雪，龙溪人。元至正八年(1348)登进士第，仕漳州路知事。明洪武二年(1369)八月，以儒士登春官，修《礼》《乐》书，授吏部考功主事。洪武三年(1370)四月，奉使安南。迁丰城令，坐事系诏狱。诏释之，寻徙谪濠。洪武九年(1376)起再使安南，还擢礼部主事。洪武十二年(1379)出为登州知府。以疾卒于官。弼专治《毛诗》，善书，又以文词著，"所为诗文皆雄伟迭宕，语或清峻，复出尘表"[②]。宋濂序其《使南稿》，称其"文辞尔雅，吾友王内翰(按：当指王祎)品评闽南人物，谓元凯为巨擘云"[③]；王祎《临漳杂诗》历数漳州人物，誉之曰："科名唐进士，道学宋先儒。……风流今孰继？林子亦其徒"[④]。所著有《梅雪斋集》《使安南稿》等。永乐间增城教谕郭惠刊《登州林先生续集》五卷，今存。又康熙四十五年(1706)，其裔孙林兴辑刻《林登州遗集》二十二卷、附录一卷(亦作《林登州集》)，是为全集。传详该集所附王廉撰《中顺大夫知登州府事梅雪林公墓志铭》、张燮撰《林登州传》。

林弼在元季即以道德文章名，其领江浙乡荐、成进士，张以宁曾专门表举说："吾漳昔北溪先生(陈淳)道德之里，而今林君唐臣实始荐于乡，正于郡学，文风翕然，非昔闽暨潮比。"[⑤]显然以之为漳州历史上不可多得的才俊。他的仕宦生涯大部分在入明之后，虽沉浮于郎署与外任间，并不曾官翰苑，仅参与洪武二、三年间(1369、1370)纂修《礼书》及续修

---

① 梁章矩《东南峤外诗话》卷一。
② 王廉《中顺大夫知登州府事梅雪林公墓志铭》，见《林登州集》附录，清康熙四十五年刻本。
③ 《使南稿序》，《宋学士文集》卷六，《四部丛刊》本。
④ 《王忠文公集》卷二，明嘉靖元年张齐刻本。
⑤ 《送方德至漳学训导序》，《翠屏集》卷三。

《元史》①,然作为闽南名儒,亦以文词著称于朝,如其裔孙林兴所谓"先登州公以经术鸣盛于洪武间,其诗歌、古文辞实为明初闽南文苑之冠,同时如宋文宪公、王忠文公,皆一代大儒,雅相推许"②,故其声名实已在馆阁间。由其集中观之,尤多社交酬赠之作,文风与馆阁之体亦无大异。其尚古学,主张一本于道德而躬行实践:

> 且古者三物之教,六德为首,六行次之,六艺又次之。先德行者,本也;后六艺者,末也。矧夫孝,实德行之本也欤,今苟不以尚行为本,而惟文艺是趋,则失其为学之要矣。③

故所为文,实承醇儒一脉,而非文士之文。张燮因此评价说:"旁参文苑,成其俊流,而大要归于质行。"④还是把握得相当准确的。

林弼于诗,亦基于这样的原则,以为道德治化之体现:

> 余尝谓:诗为文之一,而与文并立,虽体制不同,而同归乎古。文无古人之气骨,则不臻于雄浑奥雅之妙;诗无古人之音节,则徒为秾纤靡丽,而无温厚平易之懿矣。诗体与世变相乘,必光岳气完,然后可以复古。周汉之世,气之完也,气完则音完,然后可为治世之音。⑤

所论无非以诗歌关乎元气、关乎世运,要在如古人善养浩然之气而得性情之正,如此则自然臻于"雄浑奥雅之妙"、"温厚平易之懿",从而发挥鸣盛的功能。因此,在诗歌创作上,他主张性情为本而辞为末,遵行温柔敦厚

---

① 陈田于林弼小传尝考曰:"《实录》云:'元凯登元至正甲午进士第,有文词,著声闽、浙间。入国朝,与修《元史》,授考功主事。'而诸书又云:'以儒士登春官,修《礼》《乐》书。'余考《元史》前后两局及《礼书》,无元凯名。续修《元史》,以洪武三年二月开局,七月书成。纂修《礼书》,以洪武二年八月始事,三年九月书成。元凯奉使安南在三年四月,疑未及书成以使事去。正如操公琰之不得列名《元史》,鲁道原之不得列名《集礼》耳。"(《明诗纪事》甲签卷一四,第290页。)
② 《林登州集后跋》,见《林登州集》卷末。
③ 《祝季清归省序》,《登州林先生续集》卷一,永乐间郭惠刊本。
④ 《林登州传》,《林登州集》附录。
⑤ 《熊太古诗集序》,《林登州集》卷一三。

之诗教,而此性情之正又与道德之理相统一,要求一种自然平易的表现,以此为创作的根本法则,反对拘泥于作为末技之诗法。如其为王祎所作《华川王先生诗序》即强调说:

> 古人之诗本乎情,而以理胜,故惟温厚平易而自有馀味。后世之诗局于法,而以辞胜,故虽艰险奇诡,而意则浅矣。夫《三百篇》者,诗人情性之正,而形于温厚平易之言也;后世能言之士有极力追仿不能及者,则固非无法也,非无辞也,其法非后世之所谓法,其辞非后世之所谓辞也。盖情之所发者正,理之所存者顺,则形于言也,自有其法,自有其辞,有不待于强为者也。惟能有得于古人之法之辞,则后之作者皆可以与之方驾并驱而无愧矣。①

其说无疑充斥道学家的气息,然同馆阁倡"正学"而阐扬风雅精神一致,其力主"古人"本乎性情的诗歌主张,在对"后世"如江西诗派以来唯法是尚、为求生新而流于艰险奇诡进行反省,进而追尚汉魏盛唐淳雅古淡、浑厚蕴藉之气象风骨方面,还是有其积极作用的。也正因为如此,后人会将林弼与张以宁、蓝氏兄弟等并视作闽中宗唐诗派的先声。

从林弼的诗歌创作实践来看,应该说是比较忠实地履行了他自己的文学主张,这就使得他的诗歌处处呈露出一种温厚、简淡、庄雅、平易的风貌。前期在元季的作品已如此,如《至正戊戌春季道莆过方遂初县丞翌日至兴化邑访邑长实达道醉中偶作》一诗:

> 夜宿县丞家,朝过邑长衙。故人频劝酒,醉客急呼茶。云薄见春树,山深留晚花。董园犹在望,新雨足桑麻。②

诗作于至正十八年(1358),时或仍在漳州路知事任上,所描写的是一种奔忙酬应的生活场景,却呈现出闲适的情趣,其酣醉也是一种怡乐的表

---

① 《林登州集》卷一三。
② 《登州林先生续集》卷五。

现,虽不乏清远之韵致,然其对情感的处置,明显是以温雅平和为原则的。在这方面,林弼为少年同游黄闷中诗集所撰跋语,正可看作他自己所持趣尚的写照:

> 盖其陶情汉魏,驰骛乐府,出入乎陶、柳、陈、韦诸家,其语温厚而雅旷,若端人正士,不事边幅,而动容自暇裕,若殷罍周卣,不假琢刻,而形制自奇古。於乎! 风雅寥邈,犹于闽中之诗识其遗音。①

在元明易代之际,一方面身经战乱,饱受苦难,不免庆幸劫后馀生;一方面虽海宇一新,而出处未定,又自觉老病渐至,功业未就,此时心中的感慨应该是相当复杂而深重的。林弼的《次韵杨秉中县尹春日病中述怀》十首要表现的就是这样一种心境;然而,一旦形之于诗,这种种情绪却依然掩隐在温雅平和的情韵之中,并无郁愤放傲之色。试观其中二首:

> 自笑尘中逐,能存乱后身。春如人渐老,时与物俱新。每有乘槎意,长怀击壤民。床头书剑在,吾道未全贫。(其九)
> 我本耕耘者,春畴忆种秧。岸低新水上,泥润细苔香。呼酒柳边店,留诗竹外房。年来清乐少,枯坐学颜忘。(其十)②

在新春清丽景色与日常恬乐生活的烘托描写下,诗中展现的是一种安贫乐道之志,作者试图通过仿效颜回那种坐忘的自我修养而达到与道合一的精神境界,以此作为自己的精神慰藉,解决个体存在的价值形态与现实社会的冲突。

而当他仕明已遭受蹉跌,于洪武十年(1377)春起而再度奉旨使安南③,应该说更有一种历经沧桑之感,可是,表现于诗中的内心情感,还是那样的波澜不惊。如《桥市驿》:

---

① 《书黄闷中诗集后》,《登州林先生续集》卷四。
② 《林登州集》卷四。
③ 参见林弼《韩君子煜之官海门序》,《登州林先生续集》卷一。

八年两度使炎方,万里关河两鬓霜。远赐玺书随赵尉,重题诗句笑刘郎。伏波台上风烟古,如月江前草树荒。屈指西风明日到,官船归去又新凉。①

无论对长途跋涉之艰辛、返归家园之不易有怎样的休戚体验,无论对功业成败、时世变迁有怎样的感慨,从其圆熟工稳的诗中所能感受到的,只是一种平淡、节制的情思。至如《旅感三章(洪武丁巳春同吴太史伯宗再奉使安南得疾道中有作十月归次剑江疾稍愈稿呈刘伯序)》一诗,终于直接抒写对人生易老、时命不再的哀伤之感:

长风吹明月,流光入高楼。起坐弹鸣琴,清声满楼头。一曲操将归,四座增离忧。吾身匪金石,衰谢宜归休。为郎已白首,冯唐更何求?(其三)②

不过,在其"陶情汉魏"那种古淡清雅风致的妆点下,这样的抒情仍显得含婉柔厚、雍容有度。

与遵行温柔敦厚之诗教相关的另一显著特点,是林弼相当重视古人的比兴传统,常常将诗中个人情感之流露,视作是自我端直、高洁人格的一种体现,因而集中尤多题写梅、竹之篇。如其《听竹轩》诗曰:

廛居迩阛阓,入耳皆市嚣。偶坐竹轩中,便觉尘虑消。好风自南来,万竿戛青霄。秋声落庭宇,天籁锵琼瑶。洒洒雨初入,霏霏雪纷飘。蛟龙舞黄咸,凤鸟仪虞韶。悠哉太古音,对此心寥寥。③

诗写得清泠飘逸,静远中透出一种幽孤之性,此当即王廉所表彰的"语或清峻,复出尘表"。而之所以对竹情有独钟,无非是因为在它身上寄寓了

---

① 《登州林先生续集》卷五。
② 《林登州集》卷一。
③ 《登州林先生续集》卷五。

诸多君子之美德,如其《筠轩记》所说的:

> 竹可比德,故君子多爱之。自诗人托淇澳之竹以美卫武公之德,后世修德之士慕而效之,其亦景行前哲之盛心欤!即竹而论之,其心虚,类君子之谦,不自满者焉;其节直,类君子之守,不自失者焉;其色苍而不改,类君子之有常,不为流俗所移者焉。①

其说虽不新鲜,但在林弼却是真心信奉的一种理念,因而一再形之于诗,既是一种自我表白,也是尚古之风的具体体现。作者在上诗中所要表述的,是陶渊明那种"结庐在人境"、"心远地自偏"(《饮酒二十首》其五)的境界,所有外在环境的存在皆可随心的感受而转移,关键在游心于物之初,竹则成为洗涤心源的一种介质。

同样,林弼对于禀质冰雪之梅花亦格外青睐,因而自以为号并命名其集,其喻义自不必说,亦与竹相类:

> 夫比德于竹,而取譬于玉,则持节之贞介者于是而有得矣;比德于梅,而取譬于雪,则处心之洁白者于是而有得矣。②

要在阐明一己贞定高洁之心志,故其《题徐景南梅花图》诗曰:

> 南州春早入孤根,水外亭台竹外村。还识西湖征士面,无穷清气满乾坤。

《梅溪诗为蔡宗玄赋》曰:

> 溪上寒梅雪作花,溪前流水玉无瑕。意行东郭先生履,来访西湖处士家。暖入孤根春块北,清涵瘦影月横斜。何时携取芝山酒,共载

---

① 《登州林先生续集》卷二。
② 见林弼《玉雪斋序》,《登州林先生续集》卷一。

宾朋泛钓槎。①

二诗皆突出梅花的"清""孤"之性,而以林逋为知己,在对梅充满欣赏的审美观照中,展示一种道德意志的力量。自南宋江湖诗派以来,咏梅成为江南士人一种特别的习尚,元代诗坛更是长盛不衰,甚至有动辄百咏者。在这样的风习面前,林弼的写梅篇当然不能说有多少突破,但以一个儒者的立场,将道德人格表现书写得如此富有气韵,无论如何,还是有值得肯定的地方。从之后明代各个时期闽中诗人的创作,我们将会看到,这种托物喻志、富有理趣的表现,且不论其倾向之保守、先进,本身亦已构成一种传统。

第二节　崇安"二蓝"

元末明初的闽中地区,被认为是有明一代宗唐诗学观念与诗风播迁的一大策源地,一个重要的原因,是这里曾经诞生了以林鸿、高棅为首,所谓"闽中十子"的倡鸣唐诗之诗派,尤其自高棅《唐诗品汇》、《唐诗正声》出,史称"终明之世,馆阁宗之"②,"厥后李梦阳、何景明等,摹拟盛唐,名为崛起,其胚胎实兆于此"③。明代中晚以来,当人们有意识欲梳理并构建明诗演进轨迹之时,这样的推原之论已经建立,以复兴闽中风雅为己任的闽地诗人自不必说,如谢肇淛谓,"明诗所以知宗夫唐者,高廷礼之功也"④,竭力表彰乡先正对于明诗风尚型塑的贡献;而如钱谦益,旨在反省明诗成就当今格局的负面影响及其动因,亦将源头追溯至明初"闽中十子"一派:"自闽诗一派盛行永、天之际,六十馀载,柔音曼节,卑靡成风。……自时厥后,弘、正之衣冠老杜,嘉、隆之颦笑盛唐,传变滋多,受病则一。"⑤因此,对于明初闽派诗形成的进一步考察,在此后便很自然进入

---

① 以上二诗皆见《登州林先生续集》卷五。
② 《明史》卷二八六《文苑二》高棅传,第 7336 页。
③ 《四库全书总目》卷一八九《唐诗品汇》条,第 1713 页。又据《明会典》,自正统以后,教习庶吉士,诗用《唐诗正声》。参见《词林典故》卷三,《文渊阁四库全书》本。
④ 《小草斋诗话》卷二,见《明人诗话要籍汇编》,第 1184 页。
⑤ 《列朝诗集小传》乙集《高典籍棅》,上海古籍出版社 1983 年版,第 180—181 页。

人们关注的视野。

元末明初崇安诗人蓝仁、蓝智兄弟,正是在这样的背景下被重新发现的。这一时期在闽地有不少隐逸之士,据陈鸣鹤《东越文苑传》的搜逸拾遗,闽县如吴鉴、林清、吴海,崇安如彭炳,邵武如黄镇成,晋江如陈亦言(本古田人,家晋江)、刘嵩(字子中),莆田如方槐生(字时举)、郭完、伍衡,连城如沈得卫(字辅之)等,不胜枚举。平心而论,如"二蓝"这般"浮湛闾里,傲睨林泉"的山林诗人,在当时的影响的确相当有限,故其身后亦很容易被人遗忘①,朱彝尊将原因归结于"惜其不列承明著作",多少有些道理②。然而,当清人觉察其"规摹唐调"其实体现了某种时代风气,并因此与"闽中十子"这一地域性诗派联系起来加以考察时,它的意义却显现了出来。朱彝尊在将蓝氏昆季诗辑入《明诗综》的同时,遂阐发其地位、作用说:"其(按:指二蓝)体格专法唐人,间入中晚,盖十子之先。闽中诗派,实其昆友倡之。"③四库馆臣承其说,亦进一步申论:"闽中诗派,明一代皆祖十子,而不知仁兄弟为之开先,遂没其创始之功,非公论也。"④于是,蓝氏兄弟,甚至张以宁、林弼等明初闽籍诗人,便逐渐成为文学史叙述中上承该地域宋季严羽、元杨载⑤,下启"闽中十子"的重要环节⑥,共同构成了明初闽派诗传递宗唐诗学观念与诗风的一个积累深厚的传播源。

不过,我们知道,至近世社会,一种文学观念、文学思潮的形成与传

---

① 《四库全书总目》卷一六九《蓝涧集》条曰:"观焦竑《经籍志》所载惟有蓝静之集,而《蓝涧集》独未之及。是明之中叶已有散佚。近亦未见传本。"(第1471页)其引杭世骏《榕城诗话》谓"徐惟和辑《晋安风雅》时,二蓝阙焉,则此集之亡久矣"(同上),固不足为据,因徐𤊹所纂集,实为福州一府之诗;然至少开四库馆时,无人呈进,馆臣于《蓝山》、《蓝涧》二集,皆从《永乐大典》中抄出,却是事实。据《明诗纪事》甲签卷一六"蓝仁"引陆心源《仪顾堂题跋》案语,谓"两集明正统以后无重刊本,故流传甚少"(第323页),其说虽不确,因今存两集嘉靖刻本即据永乐初刻重刊,然因流传少以至二集辑录互有参错,亦是事实。
② 参见《全闽诗话》卷六引《明诗综》论"二蓝"语。又《静志居诗话》卷四引蓝仁《戏题绝句》:"朝野文章自不同,壤歌何敢敌黄钟。山林别有钧天奏,长在松风涧水中。"(人民文学出版社1990年版,第90页)其实也反映了其诗在生前已有的遭际。
③ 《静志居诗话》卷四"蓝仁",第90页。
④ 《四库全书总目》卷一六九《蓝涧集》条,第1471页。
⑤ 因杨载为浦城人,然实际上其父起潜已侨居杭州。
⑥ 如陈田谓:"《翠屏》一集咀含英华,当为闽诗一代开先,二蓝、十子,皆在下风。"(《明诗纪事》甲签卷三"张以宁",第104页)民国《福建通志》卷六十一《艺文志》"林登州集"条引《闽中录》谓:"闽中诗派摹唐音者,皆称十子,实则唐臣及二蓝导其先也。"(民国十九至二十七年刻本)

播,实际上已经不可能是仅仅局限于一个区域本身的封闭式内循环状态,一个地域固然有其自身的文学传统,但这个传统的形成在很大程度上本来就应该是开放条件下与他地域碰撞、交流的产物。就元明之际的情形而言,且不说前举如范梈、马祖常、萨都剌、贡师泰等大家皆尝宦闽,闽地名士如陈旅、林泉生、黄清老、张以宁等皆尝出入馆阁,从京师诸名公游,因而形成地方与中心文坛的互动与多渠道的传播方式。即如"二蓝"仕明之前,栖身丘壑之间,其所授受,说起来属"老师竖儒、递相传述"一类,却亦由外来影响所致,从下面的考察将会看到,辗转传递了其他地域及中心文坛的诸多时尚信息,并藉此改变所处地区先前的文学风气。而从高棅《唐诗品汇》卷首《历代名公叙论》及《引用诸书》,我们显然亦可以观察到该派诗人在传承学说、接受影响之途径上的多元性特征。故本小节拟以"二蓝"师法渊源为中心,通过对三代山林诗人递相传授诗法之由来、彼此间及与中心文坛之关系的钩沉考索,探察元明之际宗唐诗学观念与诗风在诸地域的传播实态,以便从更大的时空界域认识明诗宗尚及型范之演进脉络。

一、蓝仁、蓝智及其师承

蓝仁(1315—1391以后),字静之,崇安人。早年与弟智同往武夷山师事杜本,遂谢科举,一意为诗。后辟武夷书院山长,迁邵武尉,不赴。明初内附,例徙濠梁,数月放归,自此隐于闾里林泉之间。洪武七年(1374),一度尝摄本县官吏之职①,以老寿终②。著有《蓝山集》六卷。《明史·文苑传》附载陶宗仪传末。

蓝智(1321?—1373),字性之,一作明之,仁叔弟。元季尝习举子业,与兄俱有诗名。至正二十二年(1362),户部尚书西夏张昶已为其序诗。《明史·文苑传》载其洪武十年(1377)起家广西佥事,误。智以才贤

---

① 参见其《甲寅仲冬予摄官星渚本邑判簿李公以催租入山忽游武夷予命小舟追之不及……援笔书怀遂成唐律二首》,《蓝山集》卷五。星渚,当即崇安星村。
② 据蓝仁《丙寅正月三日作二首》其一,有"衰容万感集"、"强饭扶斑杖"句(《蓝山集》卷一),知洪武十九年(1386)尚在世;又《用韵自述》有"生年七十又周馀"句(《蓝山集》卷五),则可证其年寿在七十七岁以上。

荐,授广西佥宪,当在洪武三年(1370)秋①。在任三年,著廉声,客殁他乡②。著有《蓝涧集》六卷。

关于二蓝的师承,先看两条相关的材料:

> 崇安自元初以来,宿儒遗老颇从事于诗学,其体制音节犹不能脱晚宋之习,至清碧杜先生隐居平川,敦尚古学,登其门而一变者,邑人蓝静之先得之。……及见先生,授以四明任松乡诗法及德机、仲弘诸大家机轴,归而焚弃旧稿,厉志盛唐,以归于老杜。(《蓝山集》卷首张槩洪武八年八月序,明嘉靖间刻本)

> 武夷蓝性之,幼而聪慧,学博才丰。自其为举子时,其兄静之已驰诗誉。伯仲之间,埙篪迭奏。其后性之弃去举子业,从清碧先生游,得先有闻于句章任士林者,于是一洗旧习,以少陵为宗。(《蓝涧集》卷首蒋易洪武五年十一月序,明嘉靖间刻本)

二序分别提到蓝氏昆季早年从清碧杜先生学而诗风为之一变的一段经历。这里的清碧杜先生即杜本(1276—1350),字伯原,号清碧。其先京兆人,从宋高宗南渡,寓台州,后迁江西临江之清江。少苦志于学,博学多闻,善属文。及壮,颇留心于经世。江浙行省丞相忽剌尤得其所上救荒策,大奇之。及入为御史大夫,力荐于武宗,尝召至京师。已而去,归隐武

---

① 据嘉靖丙戌(1526)蓝鉏等重刊《蓝涧集》卷四《书怀十首寄示小儿泽》,末附云松樵者张槩壬子(洪武五年,1372)季冬望日跋,谓蓝智"庚戌(洪武三年,1370)秋,以才贤荐,授广西佥宪。筮仕之初,即膺重选,非素có抱负者,孰能当此任耶!性之持身廉正,处事平允,于今三载,始终无失,于吾道有光矣"。序作于蓝智生前。《四库全书总目》卷一六九集部《蓝涧集》条在引《明史·文苑传》述蓝智事迹后,虽亦证之张槩此一"书怀十诗跋",谓其有据,然于智究竟何年被荐、受命广西却未加辨证。又据该集卷首建阳真隐蒋易壬子孟冬月《蓝涧诗集序》,谓:"大明启运,海宇一新,明之乃于此时膺公车之召。筮仕之初,首膺清选,提按广西,跋涉千里……辛亥(洪武四年,1371)冬,性之子泽自桂林回,附稿见示。明年秋,其方外友上清程芳远来索稿,欲类次成集,刻而传之,且征为序,辞不可;逾月乃克序而归之。"亦可证《明史·文苑传》所记之误。其具体授职日期,参见蓝智《八月十三日早上御奉天门选注儒士是日膺广西之命》,《蓝涧集》卷三。

② 见《蓝涧集》卷首张槩序。又倪伯文洪武三十三年(1400)所作《蓝山诗集序》,谓智"富儒声而终于广西佥宪",盖卒于是任。其在任三年,见蓝仁《次彦炳追怀蓝涧韵》,有"五岭三年肃宪纲,平生自倚铁心肠"句(《蓝山集》卷五)。又蓝智《蓝涧集》卷二有《癸丑元夕柳州见梅忆泽》,知洪武六年(1373)初尚在广西,或卒于归途。故刘昺《挽蓝氏昆弟》诗有"桂林持节还,高风振林谷"句。

夷山中。至正三年(1343),右丞相脱脱以隐士荐,召为翰林待制、奉议大夫兼国史院编修,与修宋辽金三史,至杭州,称疾固辞。至正十年八月,卒于武夷山家中。所著有《四经表义》、《六书通编》、《十原》等。另尚有《伤寒金镜录》一卷传世。《元史》卷一九九有传。杜本是元末著名学者,天文地理、律历度数靡不通究,尤工于篆隶。其儒学渊源属草庐吴澄一系①,并传明初建安之学②。不过,二蓝从游,似专以学诗为务。据杜本自己所记,其隐居武夷在元延祐间③,乃闽人詹景仁买田筑室,延之入武夷,以训子弟④,地址就选在风景秀绝的平川,轩则以"怀友"命名。根据二蓝大致可考的生年,则兄弟二人从杜本学,当在元惠宗即位(1333)后至至正十年(1350)前这段时间内⑤。

二序所记,俱确凿可信,因为作者实为"二蓝"同门师友。张榘,字孟方,号云松樵者。其先广陵人。父伯岩为崇安五夫巡检,遂卜居屏山,因尽读刘子翚诸贤遗书,通五经。初入闽,首与蓝仁定交,俱事杜本。其授馆邑中,蓝智亦时往切磋问辩。洪武间以荐为崇安训导。传见《福建通志》卷三一、《闽中理学渊源考》卷八五。蒋易,字师文,号橘山真隐,建阳人。从杜本游,元末入阮德柔幕。据《蓝涧集》张榘序,杜本卒后,蒋易居鹤田,蓝智复往执弟子礼。年七十馀卒。其卒,蓝仁有《挽蒋鹤田》诗⑥。

---

① 参见《宋元学案》卷九二《草庐学案道园讲友》,《黄宗羲全集》第六册,浙江古籍出版社2005年版,第623页。

② 参见《闽中理学渊源考》卷八五"建宁明初诸先生学派",《文渊阁四库全书》本。

③ "延祐间,(詹)景仁出贰浙东宪幕,(张)伯起亦佐郡三山,余以微言忏执事之臣,书不报而去,遂得挟册山中,偿夙所愿,盖二君之力也。"(《怀友轩记》,《国朝文类》卷三一,《四部丛刊》本)

④ 事又见郑元佑《遂昌杂录》、姜渐《笠泽为虞胜伯创义塾序》(《赵氏铁网珊瑚》卷八,《文渊阁四库全书》本)所记。

⑤ 二蓝之生卒年,史无详载。据蓝仁《戊午自寿》诗"卦满周天蓍再揲"(《蓝山集》卷五),是年为洪武十一年(1378),年六十四,则可推知其生于元仁宗延祐二年(1315)。又蓝智《蓝涧集》卷四有《书怀十首寄示小儿泽》(嘉靖间刻本),当作于蓝智赴广西金宪任初,诗后有张榘壬子(1372)季冬跋。其二曰:"我生本贫贱,家无担石储。寂寞三十年,徒有数卷书。"智膺广西之命在洪武庚戌(1370)八月。此处所言"寂寞",当指未获功名。若以成人后三十年未获功名计,则或可推知其生年约在1321年前后。

⑥ 诗中有"门人蓝涧修文早,不及哀歌共挽车"句(见《蓝山集》卷四),则蓝智卒在,蒋易之前。所谓"修文早",似指蓝智为蒋易七十寿辰所作贺诗或寿序之类,《蓝涧集》卷三有《鹤田先生寿日客中有诗寄贺》:"绿发朱颜七十身,飘飘海鹤出风尘。苍厓松柏冰霜晚,深谷芝兰雨露春。北斗文章韩愈老,西京儒术仲舒醇。晨星正为斯文寿,蚤晚非熊载渭滨。"可作其生平之总结看。

著作据《千顷堂书目》所载有《鹤田集》二十卷,又编有《国朝风雅》三十卷。传见(弘治)《建宁府志》卷三一、《宋元学案补遗》卷九二。

至于"二蓝"自己,日后亦常常有诗追忆这段难忘的学习生涯,且以坚执师法引为自豪。如蓝智与张槩的《寄云松先生隐居五首》之四:"前贤已沦落,古学更谁知。临遍钟王帖,吟成魏晋诗。……"之五:"立雪平川日,同门最老成。……力尽追风雅,途穷念弟兄。遗编共朝夕,应见百年情。"①蓝仁《次韵张云松》:"怀友轩前百尺梧,每从清荫共趋隅。学诗到老终教拙,种药扶衰自笑愚。……"②又每过平川,辄抚泪凭吊先师,述后生仰止之情,如蓝仁之《经杜清碧先生墓》、蓝智之《经杜征君故居》,皆此类也。③

有关"二蓝"从杜本学诗的内容,序中提供的信息有二:一为杜本所授,为四明任士林诗法及范梈、杨载诸大家之机轴;一为"二蓝"之习得,乃力追盛唐而以杜甫为宗。然于任士林诗法与范、杨之诗法及与杜本之间的关系,杜本所授与"二蓝"所习得之联系,则语焉未详。蒋易至正十七年(1357)五月撰《清江碧嶂集序》有稍更详明之说明:

> 易事先生武夷山中,请学为诗,先生言:今代诗人雄浑有气,无若浦城杨仲弘。仲弘诗法,得于句章任叔植(按:叔植,士林字,当为"叔实"之音讹)士林,其后叔植之诗乃不及仲弘,可谓青出于蓝矣。仲弘尝谓"取材于汉魏,而音节以唐人为宗",此吾诗法也,小子识之。易始知先生诗法得于句章、浦城者为多,故其赋咏在任、杨之间,而高者逼仲弘,绝句则又过之;新巧雕镂之语,一不出诸其口,是以当

---

① 《蓝涧集》卷一。四库本收入《蓝山集》卷二。诗中所言"遗编",当指杜本编集的宋末遗民诗集《谷音》,原刊于杜氏平川怀友轩,历元末兵燹,明初板已不存,乃张槩以所藏本授杜本之孙德基,俾录而传之。详见张槩洪武戊午(1378)《谷音跋》。杜本孙名圻,德基其字,苦学砥行,以先哲为师。洪武间以荐授瓯宁训导,转温州教授。传见《闽中理学渊源考》卷八五。蓝仁尝为作《题杜德基望云轩卷》(详下),喜其能传诗书家学。
② 《蓝山集》卷五。
③ 杜本卒后一纪,即至正二十二年(1362),蓝智尝以蒋易所撰行状,请危素书杜师墓上之碑。见《元故征君杜公伯原父墓碑》,《危太朴文续集》卷二,《危学士全集》,芳树园刻本。

时不惟好之者,亦希矣。①

知杜本于当代诗人,最推许杨载,故尤奉其宗唐诗法及创作风格以为圭臬;之所以传授任士林诗法,是因为那是杨载学诗的门径之所在,亦即杨载诗法的主要影响来源。是以"二蓝"及同门友得杜本之所传,实以任士林—杨载一系为主,其中杨载之宗唐诗法,有着举足轻重的影响。

如所周知,元诗至大德、延祐以来,因虞、杨、范、揭一时并起而始彬彬大盛,其关键即在四家标举盛唐人体格,令诗风丕变而近于古,如杨维祯所赞誉的:"我朝词人能变宋季之陋者,称仲弘为首,而范、虞次之。"②杨载于四家中不仅创作成就最高,且尤以诗法名世,陶宗仪尝记虞集与载同在京日,"虞先生载酒请问作诗之法,杨先生酒既酣,尽为倾倒,虞先生遂超悟其理"③,其改赵孟頫诗,亦为虞集所叹服。故同道中人,谓"于斯际也,方有望于仲弘也"④,实非虚誉。杜本称引的杨载诗论,在当时就曾相当流行,元末明初如王祎在其为新淦练高所作诗序⑤、高棅《唐诗品汇》在其《历代名公叙论》等皆有引述,亦可为证。从这一主张的内涵来看,其时如虞集谓"诗之为学,盛于汉魏者,三曹、七子,至于诸谢备矣;唐人诸体之作,与代终始,而李杜为正宗"⑥,范梈谓"余尝观于风骚以降,汉魏下至六朝,弊矣。唐初陈子昂辈,乘一时元气之会,卓然起而振之。开元、大历之音,由是丕变。至晚宋又极矣"⑦,亦皆杨载同调而已。杜本以杨载诗法及创作为依归,良有以也。

然而,杨载宗唐之论,似未尝于李、杜有所轩轾,其诗歌创作,时论以

---

① 《清江碧嶂集》一卷,为杜本所撰,门人程嗣祖编集。《四库全书》仅有存目,今《四库全书存目丛书》据南京图书馆藏清钞汲古阁本刊出。程嗣祖,字芳远,与蓝仁二弟蓝勇(字宜之,号虚白)、蓝智为方外交。《蓝涧集》亦嗣祖所编集。蒋易序见《清江碧嶂集》卷首,《四库全书存目丛书》集部21,第636页。
② 《西湖竹枝词》杨载小传,明末诸暨陈于京漱云楼刻本。
③ 《南村辍耕录》卷四,《四部丛刊》本。宗仪在元末亦尝师事杜本,详见《明史》卷二八五《文苑一》陶宗仪传,第7325页。
④ 《翰林杨仲弘集》范梈致和元年(1328)六月一日序,《翰林杨仲弘集》卷首。
⑤ 《练伯上诗序》,《王忠文公集》卷五,明嘉靖元年张齐刻本。
⑥ 《傅与砺诗集》虞集至正辛巳(1341)六月朔序,《傅与砺诗集》卷首。
⑦ 《翰林杨仲弘集》范梈致和元年(1328)六月一日序,《翰林杨仲弘集》卷首。

"长风怒舣,一瞬千里"①、"傲睨横放,尽意所止"②为评,与杜诗风格亦不相类;至于其他诸家,所论也都并以李杜为正宗,兼及盛唐其他大家,如上引虞集序又论曰:

> 子美论太白,比之阴常侍、庾开府、鲍参军,极其风流之所至,赞咏之意远矣,浅浅者未足以知子美之所以为言也。……求诸子美之所自谓,盛称《文选》而远师苏李,咏歌之不足者,王右丞、孟浩然,而所与者,岑参、高适,实相羽翼。后之学杜者多矣,有能旁求其所以自致自得者乎?是以前宋之盛,亦有所不逮矣。③

所针对的恰恰是江西诗派独以宗法少陵相标榜造成的偏失。既如此,杜本传与"二蓝"杨载之诗法,何以又会特别地与"以归于老杜"联系在一起呢? 这就不能不提到《诗法源流》中题名杨载的《诗解》(又题《杨仲弘注杜少陵诗法》)及与之相关的著作。

二、杜本与《诗法源流》诸作

虞、杨、范、揭名下,皆有诗法、诗格一类的著作,然其真实性自晚明以来屡有疑议。今存《诗法源流》的最早刊本为日本五山版一卷,有延文己亥年(1359)春屋妙葩刊记,大阪杏雨书屋藏。是编共有如下部分组成,卷首为杨载至治壬戌(1322)四月既望序(然无他刊本《诗法源流序》那样的题名)。第一部分是《诗法源流》,未标著者,内容为怀悦编集的明刻本、朝鲜尹春年嘉靖壬子(1552)序刻本《诗法源流》中的《诗法正论》(尹本据怀悦本重刊,其下题"傅与砺述德机范先生意")。第二部分为"卢疏斋书"《论诗法家数》,此与旧题杨载《诗法家数》为不同之文(他本题作《诗文正法》或《文章宗旨》)。第三部分为《诗解》,其著者明确题为"杨仲弘载",内容由旧题杨载《诗法家数》序文与吴成、邹遂、王恭三氏注杜

---

① 黄溍《杨仲弘墓志铭》,《文献集》卷八,《文渊阁四库全书》本。
② 《西湖竹枝词》杨载小传。
③ 《傅与砺诗集》卷首。

甫七言律诗四十三首两部分共同构成。卷末为武夷山人跋。

对于其后如怀悦编集之明刻、朝鲜尹春年嘉靖三十一年(1552)序刻本等来说,该刊本一个重要的价值,正在于其卷末存有的这篇"武夷山人跋"。大山洁《〈诗法源流〉伪书说新考》一文,据五山版的特征,认为有武夷山人跋的此本之底本当即元刊本初版,并根据范梈序《杨仲弘诗集》所述杜本欲将就其平生所得杨载诗刻诸山中、杜本隐居武夷山及其所辑《谷音》刊于平川怀友轩等诸项事实,推断此"武夷山人"即为杜本,他应该就是《诗法源流》原本的刊行者①。综观杜本之经历及与杨载之关系,尤其是上述杜本以杨载诗法及创作为圭臬的特殊文学宗尚,这样的推断原本是可以成立的②。其实,阮元文选楼刊《天一阁书目》集部《元书杜陵诗律》一卷著录,除了叙是编杨载得于杜甫九世孙杜举,举得之杜甫门人吴成、邹遂、王恭等与《诗法源流》卷首杨载序一致的内容外,已经提到有"京兆杜本跋"。然而问题正在于,此编与五山版《诗法源流》一个很大的不同处,是前者在吴、邹、王三氏杜诗注后,附刻杨载集中律诗五首,杜本跋实是为此而作;并有孟惟诚等序并识后,著录谓杨载以得之杜举此书"以授邹县孟惟诚。孟因参校增注",或即据此而述。而五山版《诗法源流》则已无杨载诗及孟氏等序识。另外,《杜陵诗律》有五十一格,而五山版《诗法源流》仅有三十九格,且有六首有诗无格。其他姑置不论,至少从杜本跋文的主要对象之一——杨载律诗被删略这一现象来看,这意味着同样刊有杜本跋的《诗法源流》较《杜陵诗律》为后出,张健据上述诸种不同,认为这种标注杜诗的诗格著作原本是单行的,是很有道理的③。这也就是说,如果欲根据杜本的跋文推断其可能即为与杨载相关的标注少

---

① 原文刊载于《日本中国学会报》第五十一集,日本中国学会编集并发行,1999年,第107—124页。

② 这里再补充一个"武夷山人"即为杜本的相关例证。刘崧有《寄西山郑子纲自邵武校官归》一诗,当元末作。诗曰:"武阳校官归未久,瘴疠还闻古来有。红窗鹦鹉唤客名,青叶槟榔劝人酒。寻幽忆过东平来,丹山碧霞仙掌开。武夷山人住九曲,柴门不出生青苔。中轩松竹题诗遍,宁许时流漫相见!名姓先承紫凤书,褐冠不上金銮殿。时来空谷行采薇,石田草生秋林稀。往来物色不可得,使者空向江南归。"(《槎翁诗集》卷三)从诗中所叙武夷山人行迹来看,此为杜本无疑。

③ 参见张健《元代诗法校考》,北京大学出版社2001年版,第42页。

陵诗法著作的刊者,首先考虑的应该是此种单行的《杜陵诗律》。惜《天一阁书目》著录的此一钞本已经亡佚。

从五山版《诗法源流》所存杜本的跋文来看,原本附刻有杨载七言律诗五首的《杜陵诗律》这种单行本,应该是编刊者用以传授杨载诗法的一种教材,确实,杜本很可能即为刊者,因据以教门人学诗。跋文如下:

> 杨推官七言律,雄深壮丽,首尾浑成,所以高妙一世者,盖有不传之妙,非偶然也。此诗法,仲弘得之杜举,举得之吴成、邹遂、王恭所传者。不知三子以来得此诗法果何如哉。将天下所赋,学力所到,固自各有分限。大匠与人规矩,终不能使人巧耶。虽然规矩固不能使人巧,而学者卒不可舍规矩,苟得规矩,所谓巧则存(或作"在")乎其人尔。阅是编者,尚勉之哉。

首先,全篇显然出于训课之口吻,看得出刊行是编具有教授诗法之用途。其次,所叙标举杨载创作与诗法的内容,可与蒋易《清江碧嶂集序》引述的杜本之教训相互印证。再次,杜本所授杨载诗法何以又与"以归于老杜"联系在一起,由此可以得到比较完满的解答。尽管是编孟惟诚序识亦已不传,孟氏所谓"参校增注"的来龙去脉及与杜本之关系已不易辨清,然据席世臣《元诗选》癸集下所录孟诗《武夷山》一首,或许确与杜本有交而呈此编。更为重要的是,不管诸本《诗法源流》卷首杨载序真伪如何,至少在杜本的立场,是承认杨载通过杜举、上承三氏而得少陵诗法之真传的。

至于五山版《诗法源流》所据之元刊本是否为杜本所刊,当然不能排斥其将单行本《杜陵诗律》与其他诸家诗法著作重编合刊以为训导子弟之法的可能性,我们尚须注意到前引《蓝山集》张槃序在交代杜本所授诗法时,除了任士林诗法,还有"德机、仲弘诸大家机轴"这样的提法,这说明其所教授并非仅以杨载相关诗法论述为范,而五山版中《诗法源流》一篇(怀悦本、尹春年本《诗法正论》)虽未标著者,其所问答以范梈诗法之论为中心应是没有疑问的;且编中卢挚《论诗法家数》,又为亦尝师事杜本的陶宗仪收录于《辍耕录》卷九(题作《文章正宗》)。然而,要获得这样的结论,尚须有更进一步的证据,因为从此本虽保留杜本跋却删略杨载诗的情形来看,在元四家名下的诗法著作已经流行而杜本亦享有盛名的元末,刊者可以不必是杜本本人甚或与之相关的人。大山洁根据篇中元代部分提到范、虞、杨、揭"以上四先生当今诗人,故举其四诗为范例",推断其开篇"余因问古今诗法,先生曰……"之"余"与"先生"非尹春年本《诗法正论》所题"傅与砺述德机范先生意"的傅与范,而猜测著者当属杜本,这样的推论尚须慎重。一则以杜本在当时之声名,若确为著者,那么在高棅《唐诗品汇》卷首《历代名公叙论》及《引用诸书》引该书时似应标出,而不至于仅称书名。二则若以"先生"属之杜本,不仅其篇中独尊范梈之说与其平素推许杨载之论有间,最关键的,杜本与范梈为自幼同里长大的同龄游伴,不当有"吾尝亲承范先生之教"的说法。

不管怎么说,杜本跋本身的真实性不容置疑,故其所授杨载诗法,确与"以归于老杜"有很大关联。之所以这么做,本来也符合杨载的诗法主张。杨载所谓"音节以唐人为宗",实主要规摹盛唐诸家近体,以其法度寓诸律焉,其中尤以七言近体为尚。明初王行尝曰:

> 元人为诗,独尚七言近体,迹其所由,盖元裕之倡之于先,赵子昂和之于后,转相染习,遂成一代之风焉。初,裕之生北方,不闻大贤之训,信其所好,自以为然,常衰萃唐人此体为《鼓吹集》十卷,以教后学,其徒又为之注释,以广其传。……且裕之之作,其竭力者,仅欲瞻望苏长公之垣墉,岂为深于诗者?以当时无能过之,故为人所宗耳。及子昂褰于新遇,追嫌宗国旧风,力趋时好;杭人杨载以其业见之,实皆此体,大获奖与,载遂有声。人益以为能攻于此,足以致誉,靡然争赴之。至于虞伯生、揭曼硕诸人,以文自名,亦务于此矣……①

其论虽站在批评的立场,然于元初至元代中期宗唐诗学观念及新诗风产

---

① 《柔立斋集序》,《半轩集》卷五,《文渊阁四库全书》本。

生、演变的进程之描述却是准确而明晰的。胡应麟谓"七言律最难结构，五言古差易周旋。元人则不然，七言律韵称者多，五言古完善者寡，致力与不致力耳"①，指出的也正是元人学唐的紧要处。《唐诗鼓吹》以多选中晚唐诸家、未录李杜一首而遭后人诟病，如李东阳曰："若《鼓吹》则多以晚唐卑陋者为入格，吾无取焉耳。"②至元四家则至少在诗学主张上明确以李杜为正宗，而两者之间，相对而言，"（太白）为诗天才放逸，真若无所事法，而子美则周旋法度之中"③，至少对初学者来说，杜诗更易乎入，如杜本跋自谓，"苟得规矩，所谓巧则存（或作"在"）乎其人尔"。虞集亦曰：

> 杜诗之体众矣，而大概不过五言七言为句耳。虚实相因，轻重相和，譬之律吕，定五音焉，至于六十尽矣。又极之于二变焉，至于八十有四而尽矣，不能加七音以为均也。然则五言七言之句，固可以例尽也。④

故以少陵字句之法教童蒙学诗，最得其法。

另外，杜本以所谓杨载所得杜诗"诗律之重宝"以相传授，当尚有另一重要原因，那就是他本人亦欲以少陵传人自居。关于这一点，杜本当时如友人李昱《赠杜清碧》即有"当代如求董狐笔，名家正要杜陵人"⑤属望焉，作为门人的蓝仁，在《题杜德基望云轩卷》中亦有"百世诗书馀泽远，草堂元在浣花村"⑥相标榜，可谓得其心哉。

三、杜本与虞、杨、范、揭、赵诸名公

蓝智《题清江碧嶂集追怀清碧杜先生》诗曰："虞杨范揭名当代，犹敬

---

① 《诗薮》外编卷六，上海古籍出版社1979年版，第229页。
② 《麓堂诗话》，见《明人诗话要籍汇编》，第91页。
③ 见《翰林杨仲弘诗集》梅南翁原汇嘉靖丙申岁秋九月既望书序，《翰林杨仲弘诗集》卷首。
④ 《杜诗纂例序》，《国朝文类》卷三五。
⑤ 见《草阁诗集》卷五，《文渊阁四库全书》本。然此诗如《元音》卷一〇、《御选宋金元明四朝诗》卷四八、《元诗选二集》卷一六皆录为丁复诗。
⑥ 《蓝山集》卷五。

先生师法在。"①既然杜本所授标榜有最能体现当代文学宗尚的杨、范诸大家机轴,并且自己亦侧身其间,那么进一步考察杜本本人与他们及中心文坛的关系将是必要的,这不仅关涉到其所授诗法来源的真实可靠程度,而且藉此亦正可以观察到因元四家起而始盛的宗唐诗风具体的传播途径。

杜本早年以文学起家,首先是在其家乡江西。这个地区,是元明之际传播宗唐诗风的又一重镇。据危素《元故征君杜公伯原父墓碑》:

> 时临江皮氏尊贤礼士,若庐陵刘太博会孟、郡礼部中父、蜀郡虞公及之、豫章熊佥判与可及我吴文正公皆在焉,公与同里范供奉德机年最少,从诸公讲学不倦。

这里值得注意的,一是在这个交游圈中与虞集、范梈等一起师从吴澄,在共同的学术道路上开始了与日后成为馆阁之臣的这两位元诗大家的交谊;一是与刘辰翁的交往,应该至少会在诗学观念上对虞、范及杜氏自己产生一定的影响。刘辰翁是宋末元初的批评大家,其诗评几乎遍及唐宋名家,而尤以唐代作家为众。李东阳尝论曰:"刘会孟名能评诗,自杜子美下至王摩诘、李长吉诸家皆有评,语简意切,别是一机轴,诸人评诗者皆不及。"②特别是其解杜之作,成为后人争讼的一个焦点,但如胡应麟还是认为:"辰翁解杜,犹郭象注庄","而玄言玄理,往往角出","昔人苦杜诗难读,辰翁注尤不易省也"。③ 实际上这种评点方式,对元人论诗周旋于"性情"与"法度"之间,而以法而不拘为指归,是有启迪意义的。其创作宗尚即寓于批评主张之中,故其乡人程钜夫谓"自刘会孟尽发古今诗人之秘,江西诗为之一变"④,他自己对宋季若江湖、"四灵"、江西诗派的诗风,也曾明确批评说:"趋晚唐者乏气骨,附江西者少意思。"⑤辰翁所开创的以

---

① 《蓝涧集》卷六。四库本收入《蓝山集》卷一。
② 《麓堂诗话》,见《明人诗话要籍汇编》第89页。
③ 《诗薮》杂编卷五,第322页。
④ 《严德元诗序》,《雪楼程钜夫集》卷一五。
⑤ 《宋贞士罗沧州先生诗序》,《全元文》,江苏古籍出版社1998年版,第8册第572页。

鉴识"作者用心"为主的主观性诗歌诠释活动,也是经元人之传承,而对明代诗歌评点之学有很大的影响,其诗评则从明初高棅开始,辗转沿袭,历中晚而不衰。有学者统计,高棅《唐诗品汇》中引用刘辰翁的评点就将近有七百则之多①,此中传播途径,其实是很值得进一步深入探究的。当然,他作为宋遗民的节行,对杜本的出处襟抱(包括编辑《谷音》)应该也是有影响的。

杜氏真正加入到中心文坛,是在其壮年游历杭州期间。这一阶段,对其诗道成就来说,应该是具有实质性进展的最为重要的阶段。他也正是在这时与杨载订交的。危素《元故征君杜公伯原父墓碑》曰:

> 杜真人坚居虎林宗阳宫,若吴兴赵文敏公、四明袁文清公、浦城杨推官仲弘、钱唐仇儒学仁近、薛助教宗海,多会馆中。退则深居静室,尽阅其所藏书。

这里所说的杜真人,即杜道坚(1237—1318),字处逸,号南谷子,太平当涂人。元初入觐世祖,帝命住持杭州宗阳宫。大德七年(1303)授杭州路道录,仁宗皇庆元年(1312)赐号隆道冲真崇正真人。达官贵卿多执弟子礼。传见朱右《白云稿》卷三。据《浙江通志》卷二二六"寺观",宗阳宫即宋高宗之德寿宫,元初毁于兵燹,延祐间杜南谷真人重建,至正末毁②。这是一个汇聚东南英伟之才的风雅之所,杜本正是在这里得与其时文学之盛。按照危素《墓碑》所叙,此乃杜本"及壮"以后事,则其参与这里的文学活动当在大德后期至武宗至大初这数年内。所与交游,除薛汉诗名稍逊外,余皆东南人望所归。更为重要的是,如赵孟頫、袁桷、仇远,在诗歌上均主唐音,可谓四家导夫先路者。也正是在此时此地,杨

---

① 参见吴承学《中国古代文体形态研究》第十七章,中山大学出版社2000年9月版。
② 民国《浙江通志》第3869页,上海商务印书馆1934年版。此谓杜道坚延祐间重建宗阳宫当属记误。据朱右《杜南谷真人传》,杜氏"奉玺书提点道教,领宗阳宫,仍兼升元观"(《白云稿》卷三,《影印文渊阁四库全书》集部167,总1228册第42页)在元初世祖时。又任士林《松乡文集》卷一〇有《宗阳宫三清殿上梁文》、《宗阳宫讲堂上梁文》(《影印文渊阁四库全书》集部135,总1196册第589—591页),则其重建当在士林卒前。

载以其禀赋与气象,在诗坛上崭露头角,一首《宗阳宫望月分韵得声字》七言律,即在名家云集的吟席上拔得头筹①,其获赵孟頫的赏识,当亦在是际。宗阳宫文艺沙龙在当时的影响,可举杜本道友临川查居广的经历助说,查氏"尝东游至鄞海上,还憩虎林山,得杨推官仲弘诗七言今体,服其雄浩;又得范太史德机诗五七言古今体,服其清峻,皆手钞口诵,心领神解,期与之俱化。因橐其诗西之清江百丈山,求德机之庐而卒业焉"②。如此看来,杨载、范梈诗歌创作影响当代,显然并非在其居馆阁后,杭州宗阳宫恰恰是当时一个重要的传播源。而从查氏于杨、范诗涵咏体味之习得,亦自可想见杜本在同一交游圈内可能获得的巨大收获,他的诗学观念及其对杨、范机轴的推崇、效法,应该是在这一阶段已经定型了的。

　　在此之后,杜本"尝一再游京师,王公贵人多乐与之交"③,自然也会有与包括赵孟頫及杨、范、虞、揭在内的诸名公更多的交往。从现存资料来看,杜氏与元四家及赵孟頫皆有不少唱酬,关系不可不谓近密;不过,诸家中与杜本交谊最深者,当属恰恰也是诗学上最有成就的杨、范二人。范梈为同乡兼少年游伴,关系自不必说;至于杨载,则最堪称知己。范序《杨仲弘集》,记叙仲弘卒后,"有子尚幼,其残稿流落,未有能为辑次者,友人杜君伯原自武夷命仆曰:'将就其平生所得诗,刻诸山中。'此诚知仲弘者。而杜君猬谓罄仲弘海内之交,相好又莫余若也,俾为序之",自是他们彼此间交谊的一段佳话,而这与其如危素所说的是"笃于义",毋宁说更多地是倾注了杜氏欲将杨载"一代之杰作"(范序《杨仲弘集》语)传诸后世并发扬光大的心愿。从他《哭杨范二君》所谓"海内共师杨范体,眼中顿失孟荀俦。沉珠陨璧如何意,独向空山涕泗流"④的高度评价及痛惋之意,也完全可以印证这一点。又从《清江碧嶂集》中的《寄杨仲弘》与《杨

---

① 《西湖游览志》卷一七《南山分脉城内胜迹》记曰:"宗阳宫,本宋德寿宫后圃也,内有老君台、得月楼。杜道坚号南谷,当涂人,风度清雅,尝以中秋集儒彦登老君台玩月,分韵赋诗,杨仲弘为首唱。"(光绪廿二年钱塘丁氏嘉惠堂重刻本)
② 《元诗选二集》壬集《金溪羽人查居广》,第1365页。
③ 郑元佑《遂昌杂录》,《文渊阁四库全书》本。
④ 《清江碧嶂集》,《四库全书存目丛书》集部21,第655页。

仲弘集》中的《书怀寄杜原父二首》①,可以窥见杜本与杨载确实志趣最相投契,因为这两首诗不仅各自记叙了二人握手邀游、往来泛舟、剧谈终夜、相慰相亲的诸多细节,而且更为可贵的是,他们互相在诗中尽情倾吐少小以来的志向,现实遭际与理想冲突的困惑,老来仍坚执的任真的节操,以及对对方无可言喻的欣赏,交心之深,非一般交游可比。此后的诸多元诗选集,多将他们的这两篇诗作录入,以志二人惺惺相惜之情志,当亦视作佳话以传世。由此看来,杜本以杨、范诸家尤其杨载诗法传授弟子,非但不可能有趋附风雅之俗想,而且真有将挚友诗歌成就传承下去的个人感情方面的动机,我们在考察其所授相关诗法、诗格著述的真实性时,不应不将这样的因素考虑在内。

四、关于任士林

任士林(1253—1309),字叔实,奉化人。博学工文词,乡子弟多从之学。大德间教谕上虞。后乃讲道会稽,授徒钱唐。至大元年(1311),中书左丞郝天挺荐之行省,仅得湖州安定书院山长。明年卒,年五十七。有《句章文集》、《论语指要》、《中易》藏于家。事迹见赵孟頫撰《任叔实墓志铭》,《松雪斋文集》卷八。

赵孟頫于墓志中称,"盖叔实之于文,沉厚正大,一以理为主,不作廋语棘人喉舌,而含蓄顿挫,使人读之而有馀味"②。又据贝琼为其子粨(字子良)所作《元故两浙都转运盐使司照磨任公墓志铭》,谓士林殁,粨"庐墓三年,凡家之所蓄,一不经意,惟取先生所著《句章集》藏之。其在理问

---

① 杜本《寄杨仲弘》:"老来自爱黄叔度,少日真期鲁仲连。高卧独无田二顷,曳裾谁有客三千。沧波渺渺浮鸥鸟,白日翩翩换岁年。却忆江东杨少尹,剧谈终夜不成眠。"(《四库全书存目丛书》集部 21,第 652 页)杨载《书怀寄杜原父二首》(其一):"吾生何为者,稚年志颇高。神仙与功名,壮思跃秋涛。中宵岂不寐,悲甚几欲号。后来失所养,百数患难逃。竭力奉甘旨,出入身甚劳。旧书益遗忘,九牛存一毛。稍后与人事,忍情如忍刀。旦夕自惟念,未足非儿曹。常欲力道德,屡失迷所操。区区习蠹简,对案夜焚膏。倘然有所得,中心乐陶陶。忽如从古人,握手共游邀。携持亦何事,庶用娱蓬蒿。追思作咏歌,示之必贤豪。丈夫生世间,毋论贱与贫。凤发多意气,往往惟任真。松柏生高冈,挺然固出群。不为霜雪陨,不为风雨春。得时可行道,节义亦足伸。吾生托下土,所识凡几人。穷交独相慰,笑语亦复亲。"(《翰林杨仲弘诗集》卷一)

② 《松雪斋文集》卷八,《四部丛刊》本。

所时(按：指江浙理问所提控案牍任上,当在至正初期),命儒师锓梓行于世"①。王士禛尝记曰："元任士林《句章集》十卷,万历中鄞人孔能传钞馆阁藏本,至正四年浙江行中书省旧刻也,卷首有赵松雪撰志铭,王厚斋序。"②则此馆阁藏本当即原刻。然其集在明末清初已稀见,全祖望曾急切地向万经打听这位乡先贤诗文集的下落,结果是"乃不知何故,四明新旧传志并轶其名,惟堇山李司空《四明文献志》中,附载袁学士(按：桷)传尾,然其乡落、官爵、字号俱不可考。愚少时读谢皋父《晞发集》,有士林所作《皋父传》一篇,宋景濂极称之。是后甚为留心书钞类纂,求其片字不可得",因慨叹"天下好书未必尽传,即传矣,或未必尽知之者,其究亦同归尘草"③,知其时即其人亦已湮没不闻。《四库全书》所收《松乡文集》十卷,为两淮马裕家藏本,并无赵孟頫撰墓志铭、王厚斋序。

士林当宋末元初时,与谢翱、唐珏(字玉潜)友善。这两位是以节义著称的宋遗民代表人物,前者哭文天祥于子陵西台,并辑有《天地间集》,后者收南宋诸帝遗骸而瘗之,士林所撰《谢皋父传》、《赠玉潜》诗皆有表彰,故极为后人所称。杜本即称赞其《谢翱传》等"能使秉彝好德之心千载著明,固非曲相假借矣"④。此事虽与文学宗尚无直接的关系,然而杜本编纂《谷音》,显然受到任氏很大的影响。

元初的杭州,是由宋入元的诗人仍然聚集的地方,为东南文坛重心之所在。正是在这里,直接酝酿了由宋季江湖派向元诗的转变。其代表人物,前有戴表元,后有赵孟頫。戴表元作为任士林的同乡前辈⑤,是至元、大德间东南文坛崇唐抑宋的主要倡导者,他不仅批评南宋百五十馀年间"理学兴而文艺绝"⑥,而且在《洪潜甫诗序》中,通过对梅尧臣、黄庭坚、"永嘉四灵"为代表的整个宋诗发展过程的分析,明确将宋诗置于与唐诗

---

① 《清江贝先生集》卷八,《四部丛刊》本。
② 《居易录》卷二〇,康熙刻本。
③ 《奉万九沙先生问任士林〈松乡集〉书》,《鲒埼亭集外编》卷四四,《四部丛刊》本。
④ 见《四库全书总目》卷一六六《松乡文集》条,第1427页。
⑤ 王士禛则曰："士林字叔实,与戴表元帅初齐名。"(《居易录》卷二十)表元尝有《剡笺送任叔实》诗,见《剡源戴先生文集》卷二八,《四部丛刊》本。
⑥ 袁桷《戴先生墓志铭》,《清容居士集》卷二八。

对立的地位,于宋以来"唐且不暇为,尚安得古"表现出相当的焦虑①,故如顾嗣立曰:"宋季文章气萎薾而词欹骸,帅初慨然以振起斯文为己任。"②至于赵孟頫,更被视作是开启新一代诗风的领军人物,风流儒雅,冠绝一时,袁桷称:"松雪翁诗法高踵魏晋,为律诗则专守唐法。"③任士林正是在这样的氛围中进入他文学生涯的盛期,其活动中心,恰恰就在杜道坚之宗阳宫,时间当为大德中后期。据赵孟頫《任叔实墓志铭》记载,士林与赵孟頫结识,即在其自四明游杭之初,自是相与为友;"而宗阳杜宗师馆之于官,教授弟子,常数十人。虽授徒以为食,而文日大以肆,近远求文以刻碑碣者殆无日虚"④。士林于杜道坚执弟子礼,尝为作《南谷原旨发挥序》,既为道坚所器重,可以想见他在这里日日交接风雅名士的风光,上引贝琼《元故两浙都转运盐使司照磨任公墓志铭》谓其子耙"尝侍松乡先生游钱唐,一时达官贵人皆折行辈与之交",亦可为证。从时间上看,他在宗阳宫期间,恰好与前引危素所述杜本在宗阳宫从赵孟頫等诸名公游可相衔接,故其重要的文学交游,除了赵孟頫,至少还应包括袁桷、仇远及杨载等人,杜本本人亦极有可能在此与士林相识。据任士林《刘思鲁(按:当作师鲁,刘汶字)侍父之浏阳序》:"自余得杨仲弘,人方翕然从予;后得师鲁,而人益信予,将托二子以自勖也。"⑤则杨载为士林所拔之弟子当确然无疑,二人既然曾经同时都在宗阳宫,杜本所谓"仲弘诗法,得于句章任叔植(实)士林",当亦在此际。赵孟頫于士林尤相引重,至大元年(1308)春,士林自杭州赴松江,在杭士友作歌诗留别,孟頫有"任子老于学,飞腾无叹迟。扁舟今又去,吾道定谁知"之赠言⑥。次年七月,士林卒于杭州客舍,赵孟頫闻讯之第二日,即致书南谷真人杜道坚痛悼之,并奉

---

① 见《剡源戴先生文集》卷九。
② 《元诗选初集》甲集《戴教授表元》,第 226 页。
③ 《跋子昂赠李公茂诗》,《清容居士集》卷四九。
④ 《松雪斋文集》卷八。四库馆臣尝论任士林碑碣之文曰:"是集所录,碑志居多,大抵刻意摹韩愈,而其力不足以及愈,故句格往往拗涩,乃流为刘蜕、孙樵之体。又闲杂偶句,为例不纯。"《四库全书总目》卷一六六《松乡文集》条,第 1427 页。
⑤ 《松乡集》卷四,《文渊阁四库全书》本。
⑥ 《李息斋墨竹卷》题诗其二,《江村销夏录》卷二,《文渊阁四库全书》本。

银十两,冀为转达①。

　　士林所授之诗法,今未见有传,检其集中所存,亦惟《书蒋定叔诗卷后》所谓"金虎呼泉,科举事废,耳目明达之士,往往以诗自畅然。有诗法,有句法,有字法,森严玄邃,未易入也"②,略与此有涉。这也难怪,士林一生,无显达之仕宦,其后诗名又不及仲弘,被人遗忘亦是自然之事。幸有杜本因授杨载诗法而及其师,虽不闻其详,至少尚令后人知道曾有四明任士林诗法存在过。并且,亦尚可由杨载诗法之论推原其所宗尚。而从当时赵孟頫与士林之相得及杨载亦受业于赵的情形来看,士林之诗法主张当与孟頫颇为相契。其在杭期间的文学活动,应该是以推行宗唐诗风为己任,在这一点上,与其乡人戴表元、袁桷有着相似的功绩。四库馆臣曰:

　　　　然南宋季年,文章凋敝,道学一派,以冗沓为详明,江湖一派,以纤佻为雅隽,先民旧法,几于荡析无遗。士林承极坏之后,毅然欲追步于唐人,虽明而未融,要亦有振衰起废之功,所宜过而存之者也。③

多少还是赋予了他在元代文坛上应有的地位。有鉴于此,至大初郝天挺慕名而荐之行省,亦值得我们注意。郝氏即元好问《唐诗鼓吹》的注者,诗文创作受韩愈与李贺的影响较大,《四库全书总目》评曰:"其文雅健雄深,无宋末肤廓之习,其诗亦神思深秀,天骨挺拔,与其师元好问可以雁行……"④《唐诗鼓吹》赵孟頫序,即遵郝氏嘱所作,其谓"公以经济之才坐庙堂,以韦布之学研文字,出其博洽之馀,探隐发奥,人为之传,句为之释,或意在言外,或事出异书,公悉取而附见之,使诵其诗者知其人,识其事物者达其义,览其词者见其指归,然后唐人之精神性情始无所隐遁焉"⑤,与其说是称誉郝氏之风雅,毋宁说是为唐诗张本。或许郝天挺获

---

① 见《珊瑚网》卷九所录《赵集贤南谷二帖》之二,《文渊阁四库全书》本。
② 《松乡集》卷七。
③ 《四库全书总目》卷一六六"松乡文集"条,第1427页。
④ 同上"陵川集"条,第1422页。
⑤ 《左丞郝公注〈唐诗鼓吹〉序》,《松雪斋文集》卷六。

知有士林,即缘孟頫之中介。《唐诗鼓吹》所选以中晚唐人为多,不按世次排列,尤以柳宗元、刘禹锡、许浑为冠,后人如纳兰性德因此尝质疑说:"元遗山编《唐诗鼓吹》,以柳子厚《登柳州城楼》诗置之篇首,此诗果足以压卷乎?"①巧的是,史载当时于士林,"赵孟頫辈咸推为今之柳河东"②,则郝氏之赏识任氏,是否有文学趣味上的关系?这也是值得我们进一步探究的。

以上通过对明初闽中"二蓝"得授诗法溯源性的考察,清理出了任士林—杨载、杨载—杜本、杜本—蓝氏昆友一系诗法传承脉络,在展示元明之际宗唐诗学观念与诗风传播的一个侧面的同时,亦算是复原了一段几乎为人所遗忘、由边缘作家构成的文学史。从考察中可以看到,尽管任士林、杜本及"二蓝"三代诗人皆属老师竖儒、山林隐逸一类,然而他们的文学活动实际上是与当时的中心文坛密切相关的,他们确实承担了中心文坛文学时尚传播者的功能。一般认为,宗唐诗风在元代的形成与传播,是以馆阁为中心向地方辐射的,元末明初的徐达左在叙述元代文学之盛时已持此论:"当是时,以诗文鸣世者,若赵松雪、虞道园、范德机、杨仲弘诸君子,以英伟之才,凌跨一代,谐鸣于馆阁之上,而流风馀韵,播诸丘壑之间。"③清人顾嗣立那段常常为人所引用的总结性的话,"赵子昂以宋王孙入仕,风流儒雅,冠绝一时。邓善之、袁伯长辈从而和之,而诗学又为之一变。于是,虞、杨、范、揭,一时并起,至治、天历之盛,实开于大德、延祐之间"④,说的其实也是这个意思。就仁宗、文宗朝包括上述诸名公在内极为活跃的京师馆阁文人之实际影响及他们"力排旧习祖唐人"⑤的作为而言,这样的论断不是没有理由的,前节亦已就此一方面作了颇为详细的论证。不过,我们也已经看到,实际上在此之前,在杭州这一都会,特别是将

---

① 《渌水亭杂识》四,《通志堂集》卷一八,上海古籍出版社影印康熙三十年徐乾学刻本,1987年。
② 见《大清一统志》卷八五所载任士林小传,《四部丛刊》本。按,其说当出自士林钱塘友人吾丘衍,其《寄奉化任叔实》,有"君家昔住海东邑,柳侯一见如曾识。相逢大笑倾酒壶,诵君文章洗胸臆"之句,见《竹素山房诗集》卷二,《文渊阁四库全书》本。
③ 《句曲外史贞居先生诗集》卷首徐达左序。
④ 《元诗选初集》丙集《袁学士桷》,第593页。
⑤ 方孝孺《谈诗五首》其五,《逊志斋集》卷二四。

赵孟頫、袁桷、杨载、任士林、杜本等一大批诗人扭结在一起的宗阳宫文艺圈,已经成为宗唐诗风形成并传播的中心,作为对元明之际一种最为主要的诗学观念与文坛风习演变过程的考察,这一文学现象或事实是不应被忽略的。

五、"二蓝"之诗歌创作

从大的社会背景来说,蓝氏兄弟的身世遭际大抵相似,二人又尝同师从杜本学诗,彼此至少在元末有过一段"林壑之间,埙篪迭奏,宫商相宣"①的经历,因而诗歌风格颇为接近,且不说导致后来如四库馆臣从《永乐大典》中辑出《蓝山集》、《蓝涧集》时,二人诗作多有混淆;他们生前的同门师友评价其创作成就,亦往往将二人并置而论,如蒋易序蓝仁诗,即谓:

> 及既定交,则知昆仲切磨,埙篪迭奏,和平雅淡,词意融洽,语不雕镂,气无脂粉,出乎性情之正,而有太平之风。②

显然是就他们的共性特征着论的。故后人如林昌彝干脆下断言说:"蓝明之涧诗,与其兄静之同出一派。"③不过,从另外一个角度来看,即便是在同一环境下成长的兄弟同学,他们的禀赋个性亦有不同,表达情感的方式亦不会完全一样,更何况如"二蓝",毕竟还是有各异的生活道路,因而其诗歌表现风格自然会有不同的特点,关键在于我们如何去体认、辨析。

相比较而言,蓝仁的生活经历更多坎廪,在元末,"及乱作兵兴,静之累经险阻";明兴,"而静之有远行之役,随群逐队,出闽关,历吴楚,入淮泗,止于琅琊者,数月始得放还"④。诸如此类的遭遇,在他感情的世界里当然会留下十分深重的刻痕,或者说是一种铅灰的底色,因而"凡时事之

---

① 《蓝山集》卷首张絜序。
② 见《蓝山集》卷首蒋易序。
③ 《海天琴思录》卷八。
④ 《蓝山集》卷首张絜序。

乖离,景物之变迁,每惯惋感激,发于歌咏","山水之美恶,城郭之是非,丘墟榛莽,苍烟夕曛,虎啸猿啼,悲笳戍鼓,触目感怀,形于声嗟气叹者不少矣"(同上)。如《石村除夕》:

除夕如寒食,人烟禁不炊。袁安谁问死,方朔自啼饥。野火焦良玉,寒机弃乱丝。白头将暗眼,更望太平时。(其一)

春意何时动,年光此夕除。烽烟多警报,灯火少安居。愁极空呼酒,才衰久废书。野梅香细细,风过落花疏。(其二)①

诗中所述,当元季战乱之景象,虽新年将至,却无丝毫生机流行天下之象,相反则是满目萧条,民不聊生,诗人处身其间,亦唯有如杜甫,"乾坤含疮痍,忧虞何时毕"(《北征》),因而诗写得相当沉郁苍凉。又如《秋兴三首》:

满目烟尘战伐多,束书投老卧岩阿。盘飧晓日登薇蕨,衣服秋风制芰荷。闾巷总传空杼轴,边陲未报息兵戈。唐虞俭德苗民化,愿见风云气象和。(其一)②

此用少陵诗题所抒写的,也是动荡时局下的忧患意识,诗人在这样的乱世面前,强烈感受到一种时不可为的沉痛,故隐迹山林,以高洁之志自期,实则有更多个人身世的感叹。如果说,这时的愁怀中尚未泯灭对太平治世的一份期待,那么,在入明之后,当被迫远徙临濠,历经磨难与屈辱,蓝仁心中实际上已经彻底失望了。如下一首《滁州书怀》,即其"止于琅琊"期间所作:

自笑虚名欲避难,病容羁思厌儒冠。笼中药石藏何用,囊里诗书懒更看。莫怪楚囚终日泣,须知汉法有时宽。秋山满目悲摇落,只有

---

① 《蓝山集》卷一。
② 《蓝山集》卷五。

松筠傲岁寒。①

现实社会的真实处境,给作者带来的已非仅仅是人生价值方面的精神困惑,而几乎是一种存在的绝望,从颔联中反映出来的对于养生、修身虚妄之认识,可以看到蓝仁的凉薄心境,一切都已毫无意义。值得注意的是诗中所使用的"楚囚"意象,那是他对自己在此际遭遇的形象说明,恐怕只有这种悲惨遭遇及其带来的极度压抑是真实的,下句宽慰的话不过是一种违心的装点,连他自己也不会相信。尽管如此,尾联在满怀悲秋的哀伤慨叹下,仍强调对自己道德人格与情操的执着,那当然令整首诗更具有愤激傲介的精神内蕴,似乎表明自己将对现实之浊世采取不合作态度,然却因此而更具悲剧色彩。

在这种情形之下,蓝仁所感知的周遭世界始终是逼仄而叵测的,如"天地为罗网,枭鸾一死生"②、"怜余空白首,龌龊处人间"③、"日月穷愁哭,乾坤测海难"④、"从来祸福分淫善,天道如何转渺茫"⑤;他因而羡慕逃离樊笼的避世之举,"鸿飞正冥冥,不受樊笼驹"⑥、"日斜酒醒频搔首,唯有山翁得自由"⑦。其《绝句四首滁州作》更是反复出现飞鸟的意象,以表现这种对世网之危险的清醒认识与远祸避害的强烈要求:

> 山林面面罗网高,千里长空绝羽毛。独羡檐头飞燕子,不随椒藿入君庖。(其二)
>
> 笼槛先判鼎俎危,江湖休恨稻粱微。沙鸥最是知机早,才近渔舟又远飞。(其四)⑧

---

① 《蓝山集》卷五。
② 《寄周子冶》,《蓝山集》卷一。
③ 《寄牛自牧》,《蓝山集》卷一。
④ 《次韵秋夜二首》其二,《蓝山集》卷一。
⑤ 《寄文明病中》,《蓝山集》卷三。
⑥ 《次云松述怀韵二首》,《蓝山集》卷二。
⑦ 《述怀》,《蓝山集》卷四。
⑧ 《蓝山集》卷三。

他的这种恐惧与不安,可以说是相伴一生、至老弥深:

> 平生百感复千忧,老景如登海上舟。毒雾不知何处尽,飓风空说有时休。艰难徐市仍求药,错愕任公畏下钩。悔不把茆同野衲,万山深处自遮头。①

在这首诗中,诗人对自己处境的体认,是如同搭乘在汪洋中的一叶小舟之上,危机四伏而又孤弱无援,馀生随时有被毒雾、飓风吞噬的可能,因而时时有如履薄冰之感。他是那么的敏感,又是那么的悲观,觉得在如此险恶的世道面前,自己所应做的,恐亦只有叹衰守拙而已。其叹衰之作又可举《书怀》为例:

> 世事春冰渐渐消,不知今日有明朝。留连老景寻诗卷,料理衰颜种药苗。(其一)
> 风雨萧萧暮景催,尘埃汩汩壮心灰。尊中明月能长满,镜里青春不再来。(其二)②

如同自叹老病、潦倒的杜甫,诗中有无限悲凉之意溢于言外,只是对于这个时代的诗人来说,现实政治的高压,让他们有一种更为深重的幻灭感,因而表现出来的,是一种彻心彻骨的百念俱灰;除此之外,我们还能从他的诗中感受到相当浓烈的伤逝情怀,年岁老去,而生命依然无着,难道真的就这样在虚妄中了此一生吗?总该让自己的心灵有可以据守的一丝安慰吧。其《拙者自号》一诗,正表示了这样一种挣扎:诗人从自己的眼耳之拙、手足之拙一直写到心拙、学拙、道拙,真正所要表白的,是"我拙不有命,我拙自有诚。宁甘抱枯拙,不作背拙荣。传拙与子孙,用拙尽平生"③,以此表示自己的有所坚持,有所超越,故晚年自名拙者,实又有向

---

① 《述怀》,《蓝山集》卷五。
② 《蓝山集》卷三。
③ 见《拙者自号》,《蓝山集》卷二。

虚妄抗争的心志。

不过,在他所意识到的深重压迫面前,即便要表现自己的贞介高洁之怀抱,他也还是采取一种比较低调的方式,而非那种肆张狂诞之姿,如其《九月晦日见菊》一诗所表现的:

> 一夜秋香未必衰,两旬冷蕊苦开迟。非关独立超流俗,自是孤芳不入时。岁暮结交松柏友,天寒谢绝蝶蜂知。无心更待陶潜酒,有感惟吟郑谷诗。①

所强调的是孤芳自赏,清白自守,有陶潜之素心,有郑谷《菊》诗"由来不羡瓦松高"之气度。蓝仁集中颇有一些以咏菊之传统题材明志的诗篇,皆不外乎表现这样一种意旨。

对于蓝仁的诗歌创作,张槩有一总评,曰:

> 静之之诗,居平时则优柔而冲淡,处患难则愤激而忧思,交朋友则眷恋而情深,箴规而意笃;不怒骂,不谀谄,不蹈袭以掠美,不险怪以求奇,丽则而不苟,隽永而有馀,深得诗史之遗意,而时人岂能尽识之耶!②

作为多年知交,论者从当时的标准出发,当然有替诗人修饰的成分,但细细品味其措辞与用意,其实还是相当有分寸的。由上面对蓝仁诗歌创作的分析,我们也可以看到,其诗风特点恰恰在于忧思沉郁而表达内敛,饱经沧桑的一颗凉心虽着力追求冲淡的境界,然萧散中尚有气骨,落寞中尚有深情,这种种复杂的内蕴表现恰好令其诗有一种耐人寻味的情韵。从结论上来说,张槩重在对作者深沉的忧患意识一面的解读,表彰他得少陵诗史之遗意,不可谓不得其主旨,而四库馆臣评价蓝仁诗曰"规摹唐调,而

---

① 《蓝山集》卷三。
② 见《蓝山集》卷首张槩序。

时时流入中晚"①,或许赋予了他风格上可相印证的更大一些的空间,毕竟他所表现的对于那个时代的体认承载有更多的内涵。

蓝智的的个性一向很强,为人有英迈之气,年少时已显露出远大之志,所谓"少年自许万人雄,肯念林居野兴同"②,故潜心向学,刻苦磨砺,希望日后有一番作为。张槊记其"又以廛市纷冗,乃往西山庵,端坐读诵者终岁。犹以为未得名师友,遂下三山习举子业,业成而归"③,实皆非常人之举,可以看出其意志的坚定与执着。又由其《述怀一章赠李孟和文学》所述:

> 古道日沦丧,漓风何由淳。六籍已不完,谁能究三坟。仲尼去我久,科斗亦失真。区区专门徒,掇拾灰与尘。幸因未丧者,犹足见古人。束发求至道,老大无所闻。我行不自逮,我力亦已勤。愿守松柏坚,耻为桃李新……④

可以看出他为学傲睨古今的气概和立志求道用世的自我期许。不幸的是,他的青壮之年恰逢元之末世,干戈四起,百业凋敝,在这样的动荡年代下,当然是有志不得逞,如其自谓"迩来迫丧乱,已被尘网婴"⑤,因而只能栖迟山林,转而刻意于诗。

与其伯兄蓝仁一样,他在元末已有诗名,户部尚书西夏张昶在至正二十二年(1362)为其诗所作的序中评价说:

> 其古仿佛魏晋,其律似盛唐,长句则豪健,五言则温雅,拟杜似杜,效韦似韦,何其一手兼备众体。⑥

---

① 《四库全书总目》卷一六九《蓝山集》条。
② 《答陈道原见寄山居诗韵》,《蓝涧集》卷三。
③ 《蓝涧集》卷首张槊序。
④ 《蓝涧集》卷四。
⑤ 《述怀》,《蓝涧集》卷四。
⑥ 《蓝涧集》卷首张昶序。

表明他在诗歌创作上不仅有良好的训练,而且风格纯熟,诸体皆已有一定的成就。不过,同样是表现元末这一阶段的遭遇,他与蓝仁的诗风还是颇显不同。在他集中也有不少悲叹乱离之作,如《兵后窥小园》:

> 已无篱落护莓苔,时有邻人共往来。桑柘总因斤斧废,菊花空对草堂开。云横关塞馀兵气,水落城池尽劫灰。况是荒郊多白骨,天阴鬼哭转堪哀。①

同样表现家园破败、满目疮痍的战乱残迹,同样的沉痛、凄凉,却比蓝仁更敢于直写战争的残酷,令诗歌冲荡着一种愤激奇崛之气。而同样欲表现对太平治世的一份期待,在蓝智亦往往是"呜呼安得黄河水,清洗兵甲再见至元中统时"②,显得豪气逼人。如果说,蓝仁这类表现忧患意识的战乱诗,更多地抒写对无辜百姓悲惨人生的同情与身处艰难时世无奈的哀愁,如其著名的《悲流人》、《问流人》③等作所呈现的,那么,蓝智的忧患意识则更多地体现在一种担当精神,以及感叹这种担当无法实现的悲壮情怀上。我们先看其《山中作》一诗:

> 风雨鸡声乱,云山鹤梦清。自非诸葛卧,谁有鲁连名。碧海堪垂钓,黄河未洗兵。镜中看短发,种种负平生。④

诗人描写的,是自己以隐逸自处的山林生活,但却显不出有多少闲适、恬淡的情致,相反,我们却强烈感受到作者于乱世中无力实现大济苍生之志的焦虑,诉诸于形象,是一个检视自己越搔越短之花发的中年人在镜前扼腕叹息的样子,他在为自己的有为之年即将逝去、种种抱负仍不得伸展而痛心不已。又如其《时事》一诗:

---
① 《蓝涧集》卷三。
② 《闻浙西贼退有感》,《蓝涧集》卷六。
③ 分别见《蓝山集》卷六、卷五。
④ 《蓝涧集》卷一。

大府城隍废，疲民井邑空。舞干非舜日，斩木有秦风。烽火苍茫外，江山感慨中。悲歌看古剑，激烈想英雄。(其三)①

诗中当然有对战争的非正义性的谴责，也有对城市毁败、人民流离失所的悲悯，然而，真正令诗人慷慨激烈、感慨万千的，还是对济世英雄的呼唤，整首诗的感情基调便显得豪宕而激越。

因此，这一段将近十载的山林隐居生活，对蓝智来说，虽然不乏野鹤行云、松溪竹月之雅兴，却始终有一种英雄失路之感挥之不去：

寂寞扬雄宅，荒芜董子园。生涯谋转拙，儒术道空存。野竹钞书尽，清池洗墨浑。唯应门外水，花发似桃源。(《蓝涧杂诗五首》其四)

独夜愁无寐，四更风露寒。茆亭下残月，松子落空山。世乱英雄隐，途穷跋涉难。欲寻巢绮辈，长啸白云间。(《宿灵峰馆》)②

毫无疑问，作者在诗中表现了自己走上归隐之路的心志与隐逸的生存状态，但对于这种道路的选择，尚不是因为意识到人生价值的虚无而自愿终止价值关怀，如陶渊明那样，通过"迎清风以祛累"(《闲情赋》)获得灵魂的安慰，而是明显因为受到外在力量压迫的一种无奈之举，有着强烈的不甘与愤懑。他在这时的焦灼心态，甚至可以"济世须豪杰，斯人老涧阿"③这样一种极端矛盾而又显豁的对比来展示，那是他对老友张榘处境的一种描写，却又何尝不可以看作是他自己胸怀济世壮志与"行路难如此，生涯未敢论"④之冲突的写照。如下一首七言律诗，将蓝智的这样一种心态揭示得更为淋漓尽致：

---

① 《蓝涧集》卷一。
② 以上二诗皆见《蓝涧集》卷一。
③ 《寄云松先生隐居五首》其二，《蓝涧集》卷一。
④ 《建溪》，《蓝涧集》卷一。

牢落空悲壮士心,凄凉犹忆草堂吟。西山夜雨怀人远,南浦春波战血深。紫燕青云多适意,朱弦白雪少知音。干戈满地风尘暗,抱瓮唯堪老汉阴。①

在如此血腥的乱世面前,诗人因空负怀抱而倍感悲凄;时世愈是艰险,愈是令人有孤寂落寞之感,亦愈是渴求知己的理解与慰藉。末句用汉阴丈人抱瓮灌畦之典,看上去是为友人述隐志,然而诗中的真实意蕴,恰又可用他另外一首诗的"壮志消磨知己少,剑光长望斗牛津"②来表达,那是在英雄失路的倾诉中寻求一种相互激勉,在怀友的温情中,洋溢着的是一种郁勃之气。

明王朝建立之初,蓝智得以才贤荐,授官广西,久郁之志终得一展,自然会有某种时至之感,"共向天涯各回首,莫将勋业负平生"③,其感慨其实亦是相当复杂的。张槊、蒋易皆特别记叙他入京、赴职沿途游历有感于心、发而为诗的一段创作经历,以示其诗进入了一个新的时期,达到了一种新的境界。如张槊谓,"于是溯大江,泛湘湖,望九嶷,度桂岭,历诸管。凡山川之奇崛,城郭之壮丽,今昔之兴废,圣贤之遗迹,时事之变迁,可喜可叹,可惊可愕,悲忧慷慨,发为长篇大章、清词丽句,始大快其平生之愿,尽吐其胸中之蕴,而诗道之踊跃,不可以寻尺计矣"④,意即此际大量创作的诗方才足以展其英迈;蒋易则更将之比作"少陵入蜀、秦中之行"⑤,慷慨悲歌,有浩然之气。确实,就这一时期的创作而言,他的游历、怀古之诗最堪称代表作。如《夜泊武昌城下》:

苍山斜枕汉江流,自古东南重上游。巫峡秋声连戍角,洞庭月色在渔舟。白云黄鹤悠悠思,落木啼乌渺渺愁。独夜悲歌形胜地,灯前呼酒看吴钩。

---

① 《春日怀萧抱灌》,《蓝涧集》卷三。
② 《山中答友人》,《蓝涧集》卷三。
③ 《送陈孟瑶佥宪广东》,《蓝涧集》卷三。
④ 《蓝涧集》卷首张槊序。
⑤ 参见《蓝涧集》卷首蒋易序。

《柳州怀古》：

> 孤城流水落花新,今日登临忆古人。柳子祠荒馀瓦砾,刘蕡墓近老松筠。江山沦落俱陈迹,风雨凄凉又莫林。独有文章传不朽,夜虹长贯斗牛津。①

面对江山形胜、历史陈迹,诗人抒发的是千年兴亡之慨、英雄寥落之悲,这种感怀,与蓝仁差不多同时迁临濠的沿途之作有所不同,后者感时事之乖离,叹景物之变迁,皆以抒写社会与人生的苦难为底蕴,饱含一种凄寒之情韵;而前者写来,不仅有深沉的历史思考,有雄深宏阔之境界,而且时时有一种壮士不平之鸣,胸中激荡着风云之气。后一首诗通过对柳宗元、刘蕡等前贤出处遭际及身前身后功名的反省,在苍凉中仍坚执价值真实的一腔热肠,是很体现一种豪宕悲壮之思的。

这样的气概与气势,在他的五言近体中也同样能得到比较充分的表现,如《过诸葛古城(在河池县东五里)》：

> 诸葛旧屯兵,东郊尚古城。山馀驻马迹,江有卧龙名。怪石疑戈甲,高云想旆旌。秋风吹大树,萧瑟独含情。②

诗人的思绪在历史的疆场上纵横驰骋,遥想着诸葛亮当年指挥若定的赫赫功绩与勃勃英姿,因而诗的气象阔大、峥嵘;然而,当回思英雄的事业成败,以及在无情的历史面前,似乎一切终将归于沉寂,作者又不胜苍茫萧瑟之悲,正如杜甫亦曾感慨的,"卧龙跃马终黄土,人事音书漫寂寥"(《阁夜》)。其对人生功业自然是有了一种更为深沉而复杂的认识,但诗中呈现的基调仍是激越悲壮的。

如下一首是他在赴任广西途中表现自己复杂心情的述怀之作：

---

① 以上二诗皆见《蓝涧集》卷三。
② 《蓝涧集》卷一。

惨淡西门别,苍茫广海行。微风孤棹远,落日大江清。雁带还家梦,云留恋阙情。悲歌一回首,出处念浮生。①

我们看到,诗中有离家远行的孤凄悲情,有恋阙报主的赤诚丹心,有"良时忽已晚,出处俱无成"②的万千感慨,虽然不是借历史人物与事件发英雄之悲忧慷慨,却依然写得雄浑壮大,在一种苍茫的情景中抒写自己悲凉之沉思。这种感受与表现,是进入诗歌创作晚期的蓝智种种人生阅历所赋予的,"少小读书时,立身必名扬。中岁涉忧患,始知少年狂"③,它已不同于少年时代的英气勃发,当然也不同于处乱世而隐逸山林的英雄失路之感。当他在寂寞三十年之后,以微宦而极南荒之地,对于自己的出处祸福、功名追求其实已经有了一种相当洞达的体认,因而会生历史沧桑之慨,有老年杜甫的悲凉。也正因为如此,他在广西任上的三年间,会一再地梦到自己当年隐居的草堂:

最忆草堂云水闲,别来几度梦凭阑。秋风蟋蟀蘼芜晚,夜月芙蓉翡翠寒。白发渐多惭远客,黄金虽贵笑微官。何时自剪阶前竹,遍写仙经静处看。④

那与其说是为自己重新安排归隐之途,不如说是寻找失落的理想家园。即便是有翛然尘外之想,那也还是不同于蓝仁的叹衰守拙,他还在显示由自我安置个体存在的努力。下面这首同期之作或许表达得更为明晰:

天涯留滞孤舟日,云壑号呼万木风。江上雨声春作雪,斗间剑气夜成虹。乾坤浩荡看千古,岭海澄清倚数□。明日蓬莱望云飞,朝阳

---

① 《浮大江之广西途中作》其二,《蓝涧集》卷一。
② 《述怀》,《蓝涧集》卷四。
③ 《书怀十首寄示小儿泽》其十,《蓝涧集》卷四。
④ 《怀草堂二首》其二,《蓝涧集》卷三。

鸣凤在梧桐。①

尽管这当中的蓬莱恐怕也不过是抗衡人生无常的一种理想的象征,但蓝智在抒发胸中激荡的风云之气之馀,还是乐观地将之作为人生追求的一抹亮色,大大地呈现在了诗末,想象贤明圣世终将到来。我们从这首诗中,可以感受到作者的豪情不减。

"二蓝"是以学杜起家的,而时代遭际的磨砺又令他们终于都能够深得"杜骨",尽管说起来,由于个性与人生经历的差异,蓝仁更多地继承了杜甫表现社会与人生的苦难与忧患这一方面,蓝智则更多地发扬了杜甫担当济世的英雄情怀,或许二人合起来,方算是得杜甫之全璧。不过,不管怎么说,那也称不上是"太平之风"。他们的诗歌创作的意义与价值,恰恰在于通过对唐人审美理想的实践,很好地表现了这个特殊时代个人的悲剧性命运以及激荡其怀的感情、欲望。他们对宗唐诗风的接受与传播,自然移易了崇安一地诗学传承已久的晚宋之习,证实一种文学风潮突入边鄙山地的强大力量,但他们的这种接受与传播始终是个体化的,自身并不构成从元代馆阁文风到明代台阁体这种群体性审美风致的演变环节,这是我们今天在重新反思明清以来人们所构建的明代闽中诗派传递宗唐诗学观念与诗风之关系时所尤须注意的。

第三节 "闽中十子"诗派

闽东、闽南与闽北,从移民史上积淀了不同的亚文化区域,有各自的传统,当然彼此也早有交流。福州位于闽江下游流域,又是滨海区域,隋唐以来,福建的政治经济中心即渐从闽北转移至此,曾巩曰:"福州治侯官,于闽为土中,所谓闽中也。"②显然不仅意味着是地理学意义上的福建中心地带。特别是南宋时期,作为本地域水路网络枢纽,又是造船业重

---

① 《昭潭雨中作寄同志》,《蓝涧集》卷三。
② 《道山亭记》,《曾巩集》,中华书局1984年版,第315页。

镇,福州地区以其人口众多、经济繁盛,迅速发展成为东南一大都会,又一直是福建的文教重心之所在,进士出产数奇高,具有深厚的文化积累和实力。元明间福州作为福建首府的地位确立,明初泉州市舶司迁至福州,贡船改泊长乐港,复令城市呈现繁荣景象。"闽中十子"即诞生于这样的城市背景之中。

一、"闽中十子"的由来

在现存这个诗派一些主要成员的著作中,尚未发现他们自己在当时相互唱酬或社集活动中有"十子"之称名,甚至严格地说,最初也未必能算是一个有固定成员的统一诗派。现在所习见的"闽中十子",为林鸿、高棅、王恭、王偁、周玄、陈亮、王褒、唐泰、黄玄、郑定十人,据万历丙子(1576)建阳知县李增《刻闽中十才子诗集跋》称,系"后七子"之一的徐中行在万历初仕闽时,访得高生以陈之祖所藏上述十子诗,于是捐俸嘱闽县诗人袁表、马荧选辑梓行。

此前,同为福州人的温州知府邵铜,在成化三年(1467)序刻林鸿《鸣盛集》时曾有如下一段叙述:

> 膳部员外郎子羽林先生,吾闽善赋者之巨擘也。国朝诗派起于先生,当时若郑孟宣、黄玄之、周又玄、高廷礼、林伯璟、汉孟辈号称十才子,皆出于其门;嗣是流于王皆山及中美、孟扬、陈仲完、郑公启、张友谦、赵景哲诸公,绳绳继继,尤不乏人。是皆先生残膏剩馥,沾溉后来者益多矣。①

则其时已有"十才子"之说,然所举未全,林伯璟(字怀之,闽县人)、林汉孟(名敏,号瓢所道人,长乐人)为袁、马所不录,而王恭、王褒、王偁则与陈仲完以下被列入"嗣是"流亚。其说与袁、马所录颇有出入,虽时代更早,在万历间却并不流行。万历间闽中著名的选家如徐㶿、邓原岳辈,在

---

① 《鸣盛集》卷末,《文渊阁四库全书》本。

论及国初十子时，仍沿袭袁、马编集之所定；而钱谦益《列朝诗集》林鸿传中，亦将郑定、高棅、王恭、王褒、王偁仍从林鸿所出支系中划出，而将陈仲完、郑公启、张友谦、赵迪与林伯璟、林敏并列为林门弟子（然陈仲完已讹作陈仲宏、郑公启也被分身成郑关、郑迪二人①）。《明史·文苑传》即承其说。

与袁、马差不多属同一时代的何乔远，在其所撰《闽书》卷七三《英耆》"陈郊"条还另载有一说，谓郊"能诗，善天文，与林子羽、陈仲完、唐泰、高棅、唐震、王恭、郑孟宣、王偁、王褒称闽南十才子"。此十子为清一色的文史名臣，其中于上述二说所不见的，一即陈郊，字安仲，一字叔恭，闽县人，洪武丁丑（1391）状元，授翰林院修撰②；一为唐震，字士亨，闽县人，洪武二十一年（1388）榜眼，授修撰③，《闽书》同卷"唐震"条载其"有诗名，与林弼诸公并称"。其中除林鸿外，基本上都曾在洪武末与永乐间的京师相与唱酬往来。

在回溯历来有关"闽中十子"的记载时，我们的头脑中恐怕应该形成一种层累的概念，从而便于将流传中混成一团的称名及由来厘清、还原。如此则可明了，像何乔远《闽书》中所载"闽南十才子"之名实，当是永乐以来在京师形成闽籍文臣群体后才可能出现，与我们这里所要讨论的活跃于福州的地方性诗派并非一事。至于万历前期袁表、马荧辑《闽中十子诗》，毕竟亦是二百年之后的发掘、追踪，其中还有视搜辑所得资料而定的因素，如徐𤊹之孙徐钟震在跋赵迪《鸣秋集》时认为："赵景哲先生与林膳部倡和，称'十子'。万历中，马用昭

---

① 按：明初闽中未见有陈仲宏其人，所谓"十子"诸集中亦未见，仲宏当系仲完之讹。据《江田诗系》卷首小传，陈仲完字仲全，号简斋，长乐人。洪武十七年（1384）亚魁，补延平府学训导，修撰王褒以贤才荐，授翰林院编修，转左春坊右赞善，充皇孙侍讲官。在其所存《简斋集》中，有《赋得空江秋笛赠郑浮丘助教》、《题高廷礼梅墅》、《颍上感怀呈王安中在泮诸友》及所附王恭《寄答陈春坊先生》诸诗，可证其与该诗派之关系。又，郑公启，闽县人，布衣，当即《列朝诗集小传》甲集林鸿传中所言之"郑关"，何乔远《闽书》卷一二六《英旧志·韦布》所录，公启名作郑阙，则因"阙"、"关"形近而误。《列朝诗集小传》甲集于公启另作郑迪传之，未加说明。实与郑关当为同一人，与王偁友善，王偁《虚舟集》卷三有《醉歌行畲郑五迪》，而《千顷堂书目》卷一八著录郑关《石室遗音》六卷，王偁为序。

② 详《明诗纪事》甲签卷二九"陈郊"，第563页。

③ 见张弘道、张凝道同辑《皇明三元考》卷一，明刻本。

参军锐意风雅,选《十子诗》,见赵集不得,遂以王中美补入。"①我们理应皆予考察在内。

其实,关于这个诗派有更为可靠的材料。林志(1378—1427),曾经是王偁(1370—1415)的门人(一说为高棅门人),乡先正若周玄、林敏皆折辈行与交②,则其人尚属于那个时代、那个群体。据他在所撰《漫士高先生墓铭》中记载:

> 闽三山林膳部鸿独倡鸣唐诗,其徒黄玄、周玄继之以闻;先生与皆山王恭起长乐,颉颃齐名。至今闽中推诗人五人,而残膏剩馥,沾溉者多。③

可知那时确实尚无"十子"之说。就其成为一个诗派而言,虽由林鸿立意首倡唐诗,然最初实由侨寓闽县的林鸿及其弟子与高棅、王恭为首的长乐诗人分别崛起于两处。在闽县,除林鸿及以"二玄"著称的周玄、黄玄外,当尚有如林伯璟、林敏、郑公启等其他弟子及郑定、陈申④等友人;而在长乐,高棅之梅墅与陈亮之沧洲草堂是当地文人日以诗酒酬酢之处,相与倡和者除高棅、陈亮及王恭外,应该还有林良箴⑤、邓定⑥、陈仲进兄弟⑦等,当然,还有郑定。两个松散的群体间又交叉往来,互有联系,如郑定之于林鸿与高棅、王恭,周玄之于林鸿与高棅,从而在不断交流与多种组合的

---

① 《新辑红雨楼题记 徐氏家藏书目》,上海古籍出版社2014年版,第180页。
② 参详王钰《故奉训大夫右春坊右谕德兼翰林院侍读林公行状》,林志《蔀斋集》卷一二附,明范氏天一阁钞本。
③ 《蔀斋集》卷六。
④ 传见《闽书》卷七三《英耆》,又谓申与林鸿、郑定友善。
⑤ 良箴,字思器,传见《闽书》卷一二六《韦布》。又高棅《将之京师夏日苍林宴集作》小引曰:"余昔与浮邱子郑宣、皆山樵王恭数为沙堤之游,至则谒陈拙修隐君于沧洲,访林思器佳士于苍林,湖山烟水,无日不放怀诗酒间。"(《木天清气集》卷一,清金氏文瑞楼钞本)
⑥ 邓原岳《耕隐集序》谓:"余从祖子静先生当高庙时,以遗佚征,不起,削迹东郊,结庐于竹溪之上……一时名胜如王太史恭、陈征君,皆肮脏自喜,先生以老布衣参之,每一篇出,无不击节称善。"考邓定《耕隐集》(明天启七年邓庆寀刻本)中,有《题陈景明沧洲卷》、《送王安中典籍赴阙》及王恭赠诗,可相参证。
⑦ 陈仲进,陈仲完从兄,传见《江田诗系》卷首(上海图书馆藏稿本),《江田诗系》所存《常清集》中,有《题陈景明沧洲草堂》诗。

基础上走向汇合。

林鸿与高棅的初次会面,应当成为组成这个福州地区地方性诗派的标志,并进入他们文学活动的鼎盛期。这不仅因为林鸿、高棅是两处松散的诗人群体的盟主,更是因为他们二人在承担该诗派诗学理论建设上具有特殊的作用。那么,他们的首次聚会大致会是在哪一年呢?据高棅《首夏枉林七员外鸿郑二逸人林六秀才敏夜过适安别墅分得塘字》一诗,我们获知,是林鸿在一个初夏之夜与郑定、林敏等率先过访高棅的。高棅的这首诗记录下了当时这个令人难忘的盛会:

……集似山阴胜,欢同河朔狂。风流轶古今,词翰出辉光。旧识浮丘士,新知膳部郎。投簪应未晚,倾盖即相忘。①

诗中称"旧识浮丘士",知高棅结识当时一同在场的郑定在先;据高棅《挽郑国博孟宣》"忆昔初识君,余年三十二"②,可推知他俩初识在洪武十四年(1381),则林、高二人初会当在此后。而据《长乐县志》载高棅此别墅:"适安堂,在二都,龙门漫士高棅创,洪武壬戌,郑定、林鸿辈汇集斯堂。"③记洪武十五年(1382)有此集会,正相吻合。林鸿则在夜访高氏别墅的次日清晨,为这位仰慕已久的高逸人写下了"识子何不早,见子即倾倒"的动人诗篇④。

正是有了这样一个契机,林鸿与高棅二人随即会有更多过从,或者通过诗书往来,切磋诗艺,交流创作经验,得以激发出一种较为成熟的诗歌理论主张。据高棅《唐诗拾遗序》,谓《唐诗品汇》之编录,即始于洪武甲子(1384)。在《唐诗品汇·凡例》中,高棅又谓"是集专以唐为编也",是由于林鸿"尝与余论诗"而"以林之言可征",则二人此次相识的意义自然得以显现,林鸿自己未能留存下来的"论诗大指",也因此会具体地体现

---

① 《啸台集》卷一三,成化十九年黄镐南京刻本。
② 《木天清气集》卷四。
③ (崇祯)《长乐县志》卷九"名构",崇祯十四年刻本。
④ 《过高逸人别墅》,《鸣盛集》卷三。

在高棅的诗学著作之中。而闽县、长乐两地的诗人群体,也因为林、高两位领袖的正式交往,终于完全汇聚在一起,并且,由于此际终于有一个较为鲜明的诗歌理论主张相标举,将他们称为一个统一的地方性诗派也不为之过。

黄玄后来在洪武辛未(1391)自温陵归来①,与周玄、林敏、张友谦及先辈郑定重逢时,曾十分感慨地回忆起当初盛极一时的闽中诗社,谓"曩者闽中诗社,英伟盛集,冠佩相摩",是很可以看出这个诗人群体曾经有过的文学活动之规模的,尽管他并没有说明这样的诗社是否包括了闽县、长乐两地的诗人;不过,这样的盛时似乎并不持久,想到"数年来诸老晨星,遗音逸响,断不复续;予数人者分手又七祀,始获展一会于残春风雨之际"②,自然是极为伤感的,故林鸿在《怀黄玄》一诗中,特地描述他说:"最怜诗社散,凄绝独长吟。"③由此推想,在洪武十八年(1385)之后,即便是在闽县的诗人们也已难有稍具规模的社集,若说再出现至少有林鸿、高棅、郑定、林敏、周玄、黄玄诸人共同参与的如同兰亭雅集般的盛会,似更不可能。王恭《甲戌岁九日旅怀》为洪武二十七年作:"千里故人同落叶,十年归梦隔沧洲。"④亦可证十年前社集之盛不再。

因此,我们不妨将所谓"闽中十子",就看作是这个崛起于福州地区的诗人群体的代称。就其经历来看,虽说在元明之际,部分成员已有相当长的各自开展文学活动的时间,将之视作这个地方性诗派的酝酿期亦无不可;然而,亦唯有林鸿于洪武十四年(1381)自京辞官归闽后,尤其于次年与高棅正式结识,方可视作该诗派发展盛期的开始。并且,如前已述,这个发展盛期也仅持续数年而已,之后因为政治气候以及成员间各种具体的情况,诗社涣散,晨星寥落。至永乐初,随着不少成员应荐召赴京任职,该派的文学活动阵地转移至京师,闽中的诗派活动遂而消歇。

---

① 黄玄此前当已以岁贡入成均,授泉州训导。
② 黄玄《龙津联句序》,见周玄《宜秋集》"七言律"。
③ 《鸣盛集》卷二。
④ 《白云樵唱集》卷三。

二、作为地方性诗派的文学活动与心态

元明之际的福州,上承唐、五代发展起来的海运事业之基础,而南宋以来繁兴的城市经济并未遇到如在泉州所遭受的命运——因元末亦思法杭兵乱而被毁于一旦,相反,它在此际取代泉州成为全国重要的国际贸易港,海外的贡舶,多改泊于作为福建布政司之所在的长乐港,在私人海贸发达之前,可谓独占海贸之优势,故它在当时的繁华是可以想见的;再加上福州历代为整个福建地区政治文化的中心,文化积累相对比较深厚,在这里酝酿一种较为成熟的城市文化有一个较为有利的生态基础。就政治环境而言,在元末也还比较宽松,据守全闽的陈友定,虽目不知书,却颇能礼贤下士,文学知名士如王翰、郑定等,皆被招致幕下。故钱谦益尝慨叹说:"一时文士,遭逢世难,得以苟全者,亦群雄之力也。"①

他们中较为年长的一些成员应在元末已开始相互间的文学交往,如"少业为士,漫游江海间"②的王恭,在答友人林良箴(字思箴,前已见)的诗中,曾回忆早年过访陈亮相与纵乐的一段经历说:

> 小来攀游侠,脱身过伊阙。白马行看戚里花,锦袍醉舞娼楼月。娼楼酒幔官道春,孟尝平原能爱宾。报仇雪耻感恩遇,沥胆隳肝宁顾身。③

早年浪迹于繁华城市的生活和知识人在这个时代特有的边缘遭遇,使得他们持有一种舒放、豪纵的心态。据曾棨永乐五年(1407)季夏所撰《皆山樵者辞序》,谓恭"今年六十余矣",则其生当在元至正八年(1348)前④,入明

---

① 《列朝诗集小传》甲前集《陈平章有定》,第 46 页。又参见《明史·陈友定传》。
② 王偁《皆山樵者传》,《白云樵唱集》附录。
③ 《答林逸人兼柬刘大因忆沧洲野堂叟》,《草泽狂歌》卷二。
④ (崇祯)《长乐县志》卷七《文苑传》记恭"永乐丙戌,年六十三,以儒士荐至京,预修《大典》",若所记属实,则确切当生于至正四年(1344)。参详蔡瑜《高棅诗学研究》附录《高棅年谱》,台湾大学文史丛刊 1990 年版,第 234 页。

前已成年。陈亮生于元泰定间,入明前已入不惑之年①,以"好文士,乐义轻财"②,堪当孟尝、平原之名,其沧洲草堂显然是一社交中心。后他曾有诗赠王恭,兼寄林良箴,记叙当年对王氏清奇之才的欣赏:"忽睹高文绝潇洒,知君不是寻常者。勺水宁藏起蛰龙,盐车岂困长鸣马。倾盖相逢未有期,击筑邀歌当有时。"③可谓慧眼识珠于暗投之际。他所青睐的人还有郑定,所谓"佳士不易得,结交良独难。十年倾慕意,未获一展颜"④,同样的思贤若渴,而相见恨晚。郑定与王恭年龄相仿,善击剑,工古篆、隶书,亦奇崛士,有豪侠之风。因获陈友定赏识而被辟为记室,明初不得不逃亡交、广间。日后陈亮尚有《夏日闲居感怀寄浮丘皆山二知己》记其对二友的思念:"君子吾知音,迩来会面疏。书堂谅多暇,所望惠琼琚。"⑤可证他们交情至深,直以知音视之。

作为这个群体中最为年长的前辈诗人,陈亮自己文学上的启蒙得力于家族诸兄的提携:"少小婴忧患,抗志慕畴曩。乃蒙诸哲兄,引接更推奖。"⑥王恭《哭沧洲陈景明处士》于其早年以来的生活有更为详细的描述:

> 君家足文献,胜事令人羡。脱略远膏腴,追随狎贫贱。出入恋同声,去留无吝情。争闻柳下风,竞播栗里名。平生爱精猎,著作多盈箧。晨抄不辍手,夕诵未交睫。客来即命筋,谑浪如疏狂。醉后又分咏,敏捷皆成章。有时忽得句,夜半叩予户。开门见月明,相邀到天曙。心迹两悠悠,功名无所求。共吟萧寺雨,同醉镜湖秋。长怀武夷趣,欲往嗟迟暮。终羡子长游,空怜向平去。⑦

---

① 高棅《倚韵奉和陈沧州留别之作》有"白发沧州八十翁,相看犹胜旧时容"句,蔡瑜以该诗作于永乐三年(1405),推断陈亮生于泰定三年(1326)(同上书,第234页)。可参看。然亦仅约数而已。又,高氏该诗当作于永乐二年。
② 《竹窗杂录》,《闽中十子诗》"陈征君诗集"附录。
③ 《赠皆山隐者兼寄良箴》,《闽中十子诗》"陈征君诗集"卷二。
④ 《寄郑孟宣文学》,《闽中十子诗》"陈征君诗集"卷一。
⑤ 《闽中十子诗》"陈征君诗集"卷一。
⑥ 《诸兄东园宴集奉和景桓兄兼呈景献景德》,《闽中十子诗》"陈征君诗集"卷一。
⑦ 《白云樵唱集》卷一。

家故饶财,却不慕荣利,唯以精猎群籍、交接胜友为务,诗酒酬酢,山水流连,求其自适而已。在其所处的时代,无论世之治乱,着力于这一份坚持,其实殊为不易。陈亮《观陈抟传》一诗是其易代之际生活及志向的写照:

> 寰宇方板荡,有道在山林。矫首云台馆,悠悠白云深。五姓若传舍,戈鋋日相寻。虽怀蹙额忧,终作大睡淫。世运岂终穷,大明已照临。乘驴闻好语,一笑归华阴。区区谏大夫,富贵非我心。①

其于明初因而累征不出,我们则不妨将之视作这个群体共有的一种人生理想的表述。

与陈亮、林良箴及王恭等结交的还应有高棅。如王恭《林思器席上燕别高漫士得思字》曰:"忆昔俱少年,眷言不相弃。"②《题高廷礼为陈拙修绘沧洲隐》曰:"我昔放仙岛,梦游东海滨。行歌小山桂,遂偶沧洲人。结交龙门子,招邀浮丘生。都无簪冕系,而有山水情。"③还是这个交游圈,彼此惺惺相惜,倡为文酒之社,向慕林下风雅。不过,高棅出生于至正十年(1350),与陈亮并非同代人,于王恭亦为后辈,明初方始成年,故诸多文艺交往活动当自入明始。高棅自己于永乐二年(1404)将赴京师之际曾回忆曰:"余昔与浮丘子郑宣、皆山樵王恭为沙堤之游,至则谒陈隐君于沧洲,访林思器于苍林,湖山烟水,无日不放怀诗酒间。"其诗云:

> 昔与郑浮丘,来寻王子猷。三人同二屐,浪作大堤游。朝从沧洲吟,暮醉苍林酒。陈翁忘年交,林子金石友。别来十度春,郑老登青云。同游半白发,笑我复离群。离群余所惜,沙头寻旧迹。鱼鸟却相疑,故人不争席。纵酒如泻泉,涉湖多击鲜。长筵醉深夜,倾倒平生言。我醉君浩歌,我歌君起舞。中觞念王程,别意渺何许。出门分路

---

① 《闽中十子诗》"陈征君诗集"卷一。
② 《白云樵唱集》卷一。
③ 同上。

岐,骊歌空尔为。丈夫四方志,毋为嗟别离。①

即重点记述与王恭、郑定结伴游沙堤,在陈亮、林思箴居所社集纵乐之事,以为人生中一道深刻的印痕。如前已考,高棅与郑定相识,在洪武十四年(1381),则此诗中所记诸友昔日欢聚,当是年后事。然自此自可如其所谓"余与隐君相好非一日"②,与郑、王及林良箴等相交亦莫不如此,当年意气相倾,至老情谊弥笃。

林鸿年轻时的生涯同样放浪形骸、任侠不羁,更突出显示了他们这个群体成员早年某种共同的特点,包括江湖游历、倾心结纳、读书击剑、纵酒使气,诗风亦颇显豪宕:

予生草泽间,鼓腹歌唐虞。奈何际板荡,奋剑当前驱。千金酬壮士,白璧买良姝。放浪裘马门,嗜酒纵樗蒱。③

作为一种文学上的象征,诗人似更乐意将活跃于民间的游侠形象,改造成为他们自己所乐意承当的社会角色和人格寄托。从他对自己或友人任侠使气的辉煌过去充满快意甚至夸耀的种种回忆来看,明显表现出与世儒的生活方式相异甚或对抗的价值取向:

少年所性尚游侠,夜读古书朝涉猎。相逢然诺重千金,性命由来轻一叶。(《寄蔡殷》,《鸣盛集》卷三)

二十读书通大义,三十结交江海士。不学寰中一竖儒,宁为世上奇男子。(《赠曾钢》,同上)

忆昔读书融水阳,青山影里开茅堂。结交由来重意义,使酒或可轻王侯。谁言一旦风尘起,故里萧条半荆杞。立身自许致功名,报国谁能论生死。(《寄陈八参军》,同上)

---

① 《将之京师夏日苍林宴集作》(并序),《闽中十子诗》"高待诏诗集"卷一。
② 见《答陈沧州留别之作序》,《啸台集》卷三。
③ 《送尚抱灌往闽南采诗》,《鸣盛集》卷一。

他早先所结交的前辈,除了前章已介绍的吴海、陈亮,尚有像王偁父亲王翰以及郑定这样的慷慨之士。王翰当年被陈友定留居幕府,表授潮州路总管,兼督循、梅、惠三州。林鸿自己在元末曾赴潮州之地,其《谒昌黎先生祠兼呈王潮州》在颂扬韩愈于当地教化之功的同时,即表彰王翰曰:"夫子继芳躅,而能障波澜。丈夫遇知己,迟暮弹吾冠。"①敬佩之情溢于言表。至于郑定,林鸿更把他描绘成心迹奇、有远志、能以死报知己的侠客形象:

浮丘子,能远游,不学羽客栖丹丘,挑篷荷笠来沧洲。我昔冥栖向溟渤,携书共读东山月。旧游冠盖半凋零,见子翻令心内热。羡子有远志,放形天地间。扁舟濯足望云海,短策振衣登雪山。太行北上连雁门,燕台邺宫无复存。国士由来死知己,令人感激思平原。诸侯门深少知遇,回辕又复归南楚。醉里行吟七泽秋,灯前卧听三湘雨。吾知浮丘心迹奇,世人悠悠那得知。草书古篆更神妙,击剑弹棋无不为。严冬别我寒萧索,尊酒都门为君酌。车轮遥遥忽不见,唯见千山雪花落。(《赠浮丘生》,同上)

诗写得雄迈高远有奇气,更重要的,在于显示不寻常人之间一种独到的理解与赏识。鉴于郑氏早年的特殊经历,或林鸿与其在元末明初即有交,林氏集中亦独多与郑定怀赠唱酬之作,显示了他们之间长年的知己交情。

这种心态,甚至在明朝立国之初相当长一段时间内仍能存活。生于洪武三年(1370)的王偁,由于他童年特殊的经历,自有一种雄豪不凡之禀赋②。在《登薛仙峰书怀寄自牧知己》诗中,他直抒胸臆,自摹形象:

---

① 《鸣盛集》卷一。
② 其父王翰死节,偁年仅九岁。翰没时属友吴海教子,然未及弱冠,吴海去世。后入庠序,获吴海弟子陈从范指授。洪武庚午(1390),王偁中乡试。会试礼部不利,例入国子监。日求齐鲁士与谈,访其遗风及四方之贤者而私淑之。四库馆臣因而曰:"《自述》称:'服群圣,猎百家,穷幽明,每遇登高吊古,慨然发其悲壮愉乐,一寓于文若诗。'其命意亦颇不凡。故集中若《感遇》诸作,规橅拾遗;《咏史》数篇,步趋记室;《将进酒》、《行路难》等亦颇出入于太白。虽未必尽合古人,而意度波澜,时复具体,固不比于优孟衣冠也。"(《四库全书总目》《虚舟集》条,第1482页)

少年学剑术,颖脱神锋生。身间韬略书,吐论吞纵横。旁搜百家言,复得夷靺情。自顾万人豪,不惭一代英。①

说来亦无非是一种同气相感,因为这位年长的知己马自牧,恰好曾经与自己有相似的经历:"弱冠即崭然有声,习弓马搏刺之法,颇事豪侠。"②值得注意的是,他的自我期许明显具有一种豪杰人格的追求,刚健有为,自强不息。因此,在王偁《结客少年场》一诗中,他所表现的侠客非但"相逢斗鸡里,结客少年场。探丸杀公吏,白日醉咸阳",全然为一己之少年意气所驱使,纵横江湖,快意恩仇,百无禁忌;而且还有担当:

一朝许报国,投躯赴边疆。蹀躞匈奴庭,万人不敢当。……归来不受赏,出入金殿旁。轻脱季布死,却哂聂政狂。鄙哉汗阳石,不使侠传芳。(《虚舟集》卷一)

不过,即便为国出征、斩破外敌,亦只是为了证实自我旺盛的生命力和一诺千金、坚毅果敢的性格,而非出于某种道德义务。"归来不受赏",恰恰说明其无视社会所谓事功的价值观念;如此,"出入金殿旁"就纯粹是关乎名誉和尊严。无论如何,我们在这些颇多夸饰的自我塑造中,仍不难感受到所洋溢着的浪漫、纵放的气息。

然而,明太祖朱元璋统一全国后,采取了一系列极端专制的巩固皇权政策,包括经济上"崇本抑末",打击工商业及富民阶层,铲削富庶地区,元代发展起来的城市生态及其生活方式亦随之一并受到抑制;思想上严加整肃,程朱学说定于一尊,被利用来统治这个时代的意识形态,并且,在要求知识人为君所用的同时,又常常以文字狱等手段施压,迫使他们惕然就范,如这个群体中的成员林伯璟在福州府学训导任上,因为代按察使上《贺冬节表》中"仪则天下",有辱骂今上为"贼"之嫌,而被处斩,已经不是

---

① 《虚舟集》卷二,《文渊阁四库全书》补配《文津阁四库全书》本。
② 《安素先生墓志铭》,《鄯斋集》卷七。

个别的例子①,形势骤然严峻起来。

因此,当林鸿以人才荐②,其内心呈现的矛盾,显现已非士人一般的出处进退可概括。其《征书后呈冶城同志》诗曰:

> 青门初税驾,紫陌罢鸣珂。野兴看山尽,花时中酒过。同心难契阔,失路易蹉跎。又欲羁尘绶,幽期可奈何。③

所谓"又欲羁尘绶",绝非作者"为赋新诗强说愁",在一种不甘于收心敛迹的表述中,我们甚至可以感受到一丝忐忑与沉重。对之前一直生活在较为成熟的城市文化环境中的这群福州诗人来说,毕竟明初通过政治手段干预对士人立身处世的要求,与他们原来的生活理想显得格格不入。故如前举林鸿《寄蔡殷》一诗,当是在将乐训导任上所作,"少年所性尚游侠"的美好回忆,不过是当前重为儒业所缚之无趣生活的对照:

> 当时意气何足论,今日为儒人共鄙。以兹俯仰向时流,穷居古巷仍百忧。拘钤礼法坐桎梏,鞭挞童稚生仇雠。浮云世态我何有,宁甘落魄耽杯酒。

这多少让他感到压抑和苦闷。好在作为学官,与诸生暇时相与风雩吟咏,不失为排遣这种无趣生活的好方式,其集中如《春日同诸生野饮效陶体》等诸多诗篇,记录了该时期师生间的往来唱酬,而黄玄、周玄即为此际所

---

① 参见《弇州史料》后集卷三一《国朝丛记·进表笺儒学官以讹误诛》。
② 《国朝献征录》卷三五所录无名氏撰林鸿传曰:"高皇帝时,部使者以人才荐,授将乐儒学训导。居七年,擢拜膳部员外郎。高皇帝临轩试《龙池春晓》、《孤雁》二诗,一日名动京师,是时鸿年未四十也。"据《明史·选举志三》,洪武六年"遂罢科举,别令有司察举贤才,以德行为本,而文艺次之。其目,曰聪明正直,曰贤良方正,曰孝弟力田,曰儒士,曰孝廉,曰秀才,曰人才,曰耆民,皆礼送京师,不次擢用。……至十七年始复行科举,而荐举之法并行不废",则林鸿以人才荐,授将乐儒学训导,至早亦当在洪武六年(1373);在任七年,则其擢礼部精膳司员外郎至早亦当在洪武十二年(1379)或十三年(1380)间。文渊阁四库全书本《鸣盛集》卷首刘崧洪武十三年(1380)春所撰序已称"林员外子羽",其以人才荐或即在洪武六年。
③ 《鸣盛集》卷二。

得高弟。林鸿称黄玄是"青衿二十徒,达者惟黄闻"①,颇感自豪,后林氏自京师辞官归闽,黄玄干脆携妻子入闽县,侍奉其师;周玄亦然,于林鸿归闽际,常常登山涉水、陪侍左右,永乐中以文学征,授祠部员外郎,则也算是有所成就。徐𤊹特誉之云:"国初洪、永之季,吾闽能诗之士甚众,不独十才子善鸣于时,而周微之为林子羽高足,名最著者也。"②

这种压抑和苦闷的心境,在不同程度上为这群诗人所共有,只不过相当一部分人尚将之掩映于云意缥缈之间,而周玄《宜秋集》中有一《揭天谣》组诗,却显得不同寻常。这篇长篇乐府,通过表现黑夜至黎明的冲突过程,向人们展示了莫可名状的压抑以及内心深处的反抗。诗中着力运用曾为李贺所创的神怪世界变幻奇谲的联想群,构置了一个幽冷凄诡的天界:

巨灵吹空南斗死,鬼哭如云学流水。/泉宫暗虫寒草根,土灯然露挂黄昏。/西池鹊寒坠灵羽,水嘶粼粼冻王母。/风台神人铁作背,哭声酸骨啼秋裳。/波灵泣诉海若浪,腥风卷昼云漕漕。珠潭沉光瘗神姬,瘦蛟啾啾走沙雨。/铜龙玉狗阍重重,东方不高眼穿血。

多少年来不断为人们的向往所完善的一片庄严净土(即如李贺的《梦天》、《天上谣》,也毕竟还是竭力用浪漫的笔触维护天庭的尽善尽美),顷刻间变得如此阴暗、凝重、死寂,不仅令人从此失去慰藉,而且作者感受到它反而是无边的苦闷怖畏之源。尽管他想象自己意志的象征力量在其中左冲右突,或作"风台神人","绠丝结绳挂秋影,身骑白龙劝天醒",或"呼天走马指千里,刺龙血溅秋杯水。直欲三浇壮士衣,莫教空瘗苔花紫",终于,"天亦挝残,地亦摧却,提携踏青霞,九回吊孤月",但从整首诗的基调来看,作者却有意把漫漫无尽的秋夜视作人生难以超越的绝望,袁表因此评价为"托兴悠远"③,是颇得个中三昧的。何以周玄会创作出具有如此

---

① 《送黄玄之京》,《鸣盛集》卷一。
② 《新辑红雨楼题记　徐氏家藏书目》"宜秋集"条,第152页。
③ 《闽中十子诗》卷首,周玄小传。

偏致审美的诗作？即便如胡应麟指出的,李贺诗风"元人一代尸祝,流至国初,尚有效者"①,我们其实仍难以从他个人遭际中获取更为充分的信息,毕竟其生平徐㷿时已称不得详考②,然王偁曾有《挽周员外玄》一诗,略述其大节,其中有"落魄嵇中散,猖狂阮步兵"之句③,则其精神风致或可想见。

现实的困境与不甘受羁络的矛盾,使得这群早年曾以游侠形象作为理想人格的诗人部分转向了隐逸,这可以说是逃避,但无疑亦是一种对抗。少年曾经是那么不可一世的豪士王偁,却称"近来性癖耽禅悦,长向空门礼法王"④,其所谓"五陵游侠场,中林隐沦托"⑤,具有相当的代表性。王恭号皆山樵者,其所由来,据王偁《皆山樵者传》,亦是"中年乃弃去名迹,葛衣草履,樵隐于七岩之山"⑥,一隐就是二十年。王恭《樵父词》或即可看作是一种宣言:

生不适州县,采薪南山岑。穷年事登陟,辛苦力不任。濯足清涧水,息肩垂萝阴。落日晚独还,微风动讴吟。唯应鹿门隐,可以谐我心。⑦

作者以惯于野处的姿态,尽力铺陈徜徉山林间的自由、闲适,看似平和淡远,实则颇有狂傲之力度蕴于其间。亦正因如此,他时而会不经意喊出"此身得似巢林鸟,飞来飞去不属人"⑧。再看王恭《题高漫士》:

时与同心人,逍遥爱荆扉。都无浮世累,共我饭蕨薇。日夕笑分

---

① 《诗薮》内编卷三。
② 见徐㷿《新辑红雨楼题记　徐氏家藏书目》"宜秋集"条,第152—153页。
③ 《虚舟集》卷四。
④ 《登宿云台》,《虚舟集》卷五。
⑤ 《草堂成题以见志》,《虚舟集》卷一。
⑥ 《白云樵唱集》卷末附录。
⑦ 《草泽狂歌》卷一。
⑧ 《闻狂客游西岩余不能从赋此以寄》,《白云樵唱集》卷四。

去,微风拂罗衣。①

自然显示高棅与自己相同的生活状态,逍遥村野,怡然自适。不过,当我们读到陈亮寄赠高氏之作所说的"频伤白露摧兰蕙,独羡清风满薜萝"②,同样表现对高氏自适生活的羡慕,羡慕他专力从事自己所乐意的讲学编诗之业,却映衬了其时"求贤甚急"背后令人伤惧的恐怖政治背景。陈亮自己以陈抟的"终作大睡淫"见不仕之志,如前已述,故坚称是"食粟不为农,学书不为儒"的"野夫"③,而究其动机,无非如其所自述:"所思避网罟,岂惮栖幽遐。"④

林鸿在洪武前期一直有个一官半职,但却时常清醒地意识到这种生涯的身不由己。前已言及他在将乐训导任上的苦闷与压抑,在礼部员外郎任上,这种感觉同样驱之不去。在轮到僚直的一个雪晴之夜,林鸿把酒独酌,所耿耿于怀的却是"除却安禅与招隐,此身此外欲何为"⑤。这亦并非是附庸风雅之句,在同时期给家乡的挚友王偁的一首诗中,他同样倾吐了这样的困惑:"词赋终为纸上尘,功名不及杯中酒。"⑥因此,若干年之后,他终于不再忍受,遂自乞归,所谓"十载吟秋卧翠微,三年宦薄日边归"⑦史称林鸿"性脱落,不善仕,年未四十自免归"⑧,可以互证。归日,作《放归言志》曰:

> 君门乞得此身闲,野树烟江一棹还。收拾旧时诗酒伴,远寻僧舍入秋江。⑨

---

① 《白云樵唱集》卷一。
② 《奉寄高廷礼时求贤甚急高且讲学编诗不暇》,《闽中十子诗》卷九。
③ 《赠皆山樵者兼寄良箴》,《闽中十子诗》"陈征君诗集"卷二。
④ 《答林良箴客中见寄》,《闽中十子诗》"陈征君诗集"卷一。
⑤ 《雪夜张尚书筹招饮以事不赴》,《鸣盛集》卷三。
⑥ 《寄王六校文兼似吴二太守》,《鸣盛集》卷三。
⑦ 《将之镡城留别冶城诸彦五首》,《鸣盛集》卷四。
⑧ 《明史》卷二八六《文苑二》林鸿传,第 7335 页。
⑨ 《鸣盛集》卷四。

骤然间觉得一身轻松,仿佛在野树烟江之间重又找回了自我。时当为洪武十四年(1381)秋①。袁表在其所撰林鸿小传中对林鸿乞归分析了两条原因,一谓"高皇帝治尚操切,而鸿性脱落不善仕",一谓"又以为散秩无自表见"②,于当时严酷政治环境下林鸿的个性、志向及其矛盾体察甚细,切中肯綮,惟其所谓"不善仕",应该还有个人意志上着意"不为"的成分在。林鸿自己在乞归之后,每次谈到这个问题,屡曰:

乍辞簪组成漂泊,甘向林泉学隐沦。(《寄萧四上舍》,《鸣盛集》卷三)

前年乞骸骨,甘作隐逸伦。(《送黄玄之京》,同上卷一)

这一个"甘"字,明显具有比较强烈的个人意志。

这之后的隐沦生活,如上举林鸿《送黄玄之京》所概括的:

业穷道岂迁,操危气愈伸。持此欲有授,二玄乃其人。时登乌石山,眺远沧海滨。逸兴发猿啸,闲情投鸟群。既与簪绂疏,颇同缁锡邻。朝游必竟夕,夜吟常达晨。放旷宇宙间,外视埃壒身。饱斟日动爵,剑舞风披巾。醉来各鸱张,挥洒如有神。坐或藉青草,倦应眠白云。

与得意弟子继续教学相长,申张道义,砥砺节操,那正体现他辞官而归的动机或追求;而率性游历山水名胜,纵浪大化中,当然亦有探获大自然消息的意图。如此重新审视人的存在,则个体何其迫促、渺小。其《游烟霞观》亦曰:

---

① 《鸣盛集》卷末附《梦游仙记》一篇,记林鸿于洪武十四年十月游将乐之玉华洞,表明是年归闽。尽管四库馆臣疑此篇与张红桥唱和诗词皆属妄增(参详《四库全书总目》卷一六九集部"别集类二二"《鸣盛集》条),然核诸前述林鸿与郑定、林敏于洪武十五年初夏过高棅适安别墅集会,则或可证所记十四年秋已归闽事不妄。若洪武十二年得授礼部职,则亦有三年。

② 《闽中十子诗》卷首。

不作南官吏,来从物外游。闲倾松叶酒,醉度菊花秋。谷响疑天籁,霞绡结海楼。下方尘市近,俯槛笑蜉蝣。①

因此,"放旷宇宙间,外视埃壒身"的达观,令林鸿内心重新获得宁静与喜悦,如《来月池》亦谓"禅心通观想,野客助吟情。已喜朝簪掷,应来此濯缨"②。至于其间所与交游,无论僧道,亦无非求解人生度脱真谛,无论《游玉华洞》中的"幽兴殊未已,又还宿云扃。飞梦即蓬岛,冥心祈道经"③,还是《夏日登宿云台有述寄霜月上人》中的"真僧此冥栖,宴坐阅昏晓。喻心青莲净,说法天花绕。愿闻微妙音,意泯万缘了"④,皆显示林鸿于此际超越政治与社会伦理等面向、直探人生终极问题的思索。可以说,直至黄玄入国子监前,林鸿自以为过了一段颇为自得的日子。而更为重要的是,闽中诗派文学活动的盛期,即在此等境况中得以开展。

三、林鸿、高棅的规摹唐诗

林鸿、高棅皆力主以盛唐为宗,他们的诗论主张前章已有详述,这也成为他们这个地方性诗派的标志性风格。在此我们更为关注的,是闽中诗派的主要成员如何躬身实践这样的诗学宗尚。显然,在这方面,严羽诗论中指示的路径,确是他们的法宝。如高棅在其所撰《学古录》开篇即曰:

> 古何学?学乎诗。诗可学乎?曰:可。学而得之乎?曰:学其上者得其中,学其中者斯为下矣。⑤

直接引述严氏《诗辩》之句为据,因而直截了当的做法就是"分古今体,极力模拟"(同上)。比诸严羽诗论,概而言之,这种模拟的方法,即所谓"熟

---

① 《鸣盛集》卷二。
② 同上。
③ 《鸣盛集》卷一。
④ 同上。
⑤ 《啸台集》卷一。

参",从理论上说,一则落实"于古今体制若辨苍素"的辨体工夫,或如严氏《诗法》曰"辩家数如辩苍白";一即根柢于所谓"向上一路",在"从上做下"的工夫中求其得"悟"。其根柢即在于明诗歌之源流正变。

如前已述,林鸿在弱冠之前已专力学诗,结交耆老,谈诗论文,这是他早期接受包括严羽在内的前贤诗学主张的来源。并且,据吴兴倪桓洪武三年(1370)冬为林氏诗文所作序(此际林鸿不过年届而立),谓其自《楚辞》而下至盛唐诗作,皆沉浸醲郁,"一日援笔而赋,动数十什",练习不可谓不勤。这种宗唐复古的摹习,在林鸿《鸣盛集》中尚有不少遗存痕迹,如拟《古诗十九首》及诸多乐府之作,以及像《春日同诸生野饮效陶体》、《寄龙大潜效韦体》、《拟王维登裴秀才迪小台》、《拟李谪仙秋日登扬州西灵塔》、《拟李翰林宫中行乐》等,既有陶韦、王孟之冲淡清远,也有太白之豪放飘逸,另如《行路难》、《出塞曲》、《塞下曲》等,又有高岑之雄豪遒丽。倪桓所作序遂而大力称扬曰:

> 洋洋大篇,溶溶短章,皆新奇俊逸,驰骋若骐骥,浩荡若波涛,清绝若雪山冰崖,皎洁若琼琚玉佩。择其尤者置之韦柳王孟间,未易区别。临川王先生郁一见而异之曰:"此大历才子复见于今矣!"①

特别表彰其得韦柳王孟一派之神韵,还借王郁之口,将其诗作成就比诸大历十才子,那也无非是就讲求字句精工而意趣闲远而言。

然而,对于如此这般的模拟,历来的批评亦相当严厉。为人所熟知的如李东阳评林氏之摹唐,"开卷骤视,宛若旧本。然细味之,求其流出肺腑、卓尔有立者,指不能一再屈也"②;钱谦益斥其学唐仅知"摹仿形似,而不知由悟以入也"③。至如王夫之独具只眼,指摘更为具体,谓林鸿实际上"于盛唐得李颀,于中唐得刘长卿,于晚唐得李中,奉之为主盟,庸劣者

---

① 《鸣盛集》卷首。
② 《麓堂诗话》,见《明人诗话要籍汇编》第88页。
③ 《列朝诗集小传》甲集《林膳部鸿》,第143页。

翕然而推之……",乃至"诗之趣入于恶"①。

那么,我们今天该如何来把握分歧如此之大的历来评价?文学批评当然具有相当强烈的个人主观性,所谓仁者见仁、智者见智,然而对于批评者与被批评者,其实皆需有"了解之同情"。于学诗者而言,这种摹习首先须练就一种辨体工夫,此所谓"体",既是指古、《选》、律、绝等古今诗体,又是指显示时代、作家性格的风格特征,如严羽诗学著作中的《诗体》一篇已有明细展示,故林鸿年轻时学习诗歌创作,自然在遍历诸体的同时,遍历诸多流派风格,不主一家。因为按照他们所构建的复古诗学理论,每一种诗歌体式,皆有其作为成就之标高的时代与家数典范,这也正是高棅《唐诗品汇》按体分列而有盛唐正宗、大家乃至名家等之由来。依据"取法乎上"的原则,这些盛唐正宗、大家、乃至名家的诸体诗作便是学诗者的摹习对象,林鸿因此可以任意效拟看上去风格差异相当大的不同诗派,既可以是如"骊马画弰弓,生为北塞雄。探兵千里外,捉骑万人中"②这般雄豪强直者,如"长风如可借,九万欲扶摇"③这般翩然欲仙者,也可以是如"夜来沧海寒,梦绕波上月"④这般"得常建神理"⑤者。由此固然可如后学邵铜读林集所感受到的:"观先生之诗,知先生之所蓄富矣。"⑥不过,此中的关键,还在于体现全面掌握众多诗体、风格正典的能力。

当然,林鸿本人有其心仪并擅长的流派风格,那就是倪桓特别指出的"韦柳王孟"一脉,对于这种诗风的偏好,说来也是由其禀赋或审美个性以及习染、生活环境等因素所决定的。万历间邓原岳在总结本朝闽中诗歌流变时,曾专门指出:"洪、永之间,专谭兴趣,则林膳部、王典籍名其家。"与之相对照的,则是弘、正间郑善夫学杜而倡"气格为宗"⑦。此所谓

---

① 《明诗评选》卷五,上海古籍出版社 2011 年版,第 175 页。
② 《出塞曲》其五,《鸣盛集》卷二。
③ 《拟李谪仙秋日登扬州西灵塔》,《鸣盛集》卷二。
④ 《金鸡岩僧室》,《鸣盛集》卷一。
⑤ 沈德潜、周准编《明诗别裁集》,上海古籍出版社 2009 年版,第 36 页。
⑥ 邵铜《鸣盛集后序》,林鸿《鸣盛集》卷末。
⑦ 《闽诗正声序》,《闽诗正声》卷首。

"兴趣",从诗歌审美理论的角度阐释,自然又溯至严羽诗学,为其《诗辩》中所提出的"诗之法有五"之一。"兴"指心、物之间的感发、投射,"趣"指从作品感受到的"神韵"或"味外之旨",要求诗歌创作因感而发,兴会神到,如盛唐人之作,羚羊挂角,无迹可求。在严羽,这种诗歌境界只是词理意兴浑然一体的呈现状态,或许并无特别的风格指向;然在元末明初的闽中诗派代表作家,却因为当时共同的社会处境与思想基础,于诗歌创作颇有追求冲淡闲远的审美倾向,无论现实与否,在一种寻求隐逸生活的底色中,陶渊明的人生态度与诗歌韵致成为某种理想,而唐代继承陶诗传统的王孟、韦柳亦成为兴会神到的样板。邓原岳举林鸿、王恭为这种"专谭兴趣"代表,林氏自不必说,中年隐于山中二十年的王恭,亦常以陶潜自况,"所以陶潜翁,颓然卧柴桑"①,出仕之前所作《白云樵唱》、《草泽狂歌》二集中,多有清拔淡远之作。还有他们的前辈陈亮,诗作亦多山水田园之生活写照,后人评价往往也聚焦于"为诗冲淡悠然,有陶、孟之风"②、"冲澹有陶、韦风"③。

  客观地说,李东阳、钱谦益批评所定下的基调,让人觉得林鸿辈仅知诗歌外在形式上的字拟句模,是不够公允的。从林氏的诗学意图及主张而言,还是全盘承续严羽于音节、体制以至格力、气象、兴趣的诗法标准,用林鸿、高棅自己的认识,就是强调唐诗的"神秀声律",并以为楷式。因此,刘嵩为林鸿《鸣盛集》作序,称:"今观林员外子羽,诗始窥陈拾遗之阃奥,而骎骎乎开元之盛风,若殷(璠)[璠]所论神来、气来、情来者,莫不兼备。"④应该不能算是一种虚誉,至少是明了林鸿宗尚之来龙去脉的知音之言。后来如邵铜《鸣盛集后序》,亦从所谓"融情于景物之中,托思于风云之表,寓意、命辞兼得其妙"予以好评,表明他对林氏诗歌创作成就的解读,实亦立足于"兴趣"而以为内外兼具。

  不过,话又得说回来,若李东阳、钱谦益的指摘确非毫无道理,以他们

---

① 《白云樵唱集》卷一。
② 《国朝献征录》卷一一五《陈亮传》。
③ 《明诗综》卷一一引李时远语,《文渊阁四库全书》本。
④ 《鸣盛集》卷首。

的识见与创作成就,给予林鸿辈的评定,有其一定的权威性。要正确评估林诗的成就,关键在于能够在手眼之间做出区分,明了效果与意图之别,严羽所谓"取法乎上,仅得其中",宜乎于此。就其意图而言,固难说作者未注意"音节"与"兴趣"、"熟参"与"妙悟"等的辩证关系,然在创作效果上,有不少作品落入中唐及以下亦是事实。在这方面,若王夫之的品鉴,固然有其意气用事处,然亦有中肯的地方。他判定林鸿"于盛唐得李颀",当然是就林鸿所拟边塞诗一路的豪迈雄浑之风格而言,然而之所以会发生这么直接的链接,除有鉴于受林氏影响的高棅《唐诗品汇》才开始关注李诗这样一个事实外,乃是因为他自己心中"于唐诗深恶李颀"的缘故,又恶明代众多诗人为李颀"一灯所染"①,故正好拿来当作靶子,这无疑存在一定的偏见。而"中唐得刘长卿,晚唐得李中"亦然。林鸿的诗被公认更以五言见长,其对字句精工、兴象妙远之刻意追求,绝不下于中晚唐苦吟诗人。刘长卿固然称"五言长城",讲求兴象远韵,然如高仲武早已指出其不足:"大抵十首已上,语意稍同,于落句尤甚,思锐才窄也。"②在这方面,晚唐李中更是等而下之,才思偏枯,境界狭小,故王夫之拈来比诸林鸿,批评之意不言而喻。然此亦仅属一己之品鉴而已,倒是他指出林鸿辈的诗歌作法,所谓"生立一套,而以不关情之景语,当行搭应之故事,填入为腹,率然以起,凑泊以结",却真正是一针见血,那恰是因摹拟而起、于创作仅从技巧或法式出发的积弊,显示其方法上的根本性错误。

顾起纶《国雅品》中于林鸿诗的摘句,自然是视为佳者,表彰其善学唐而不在大历之下,如谓林氏《出塞曲》其四"苦雾沉旗影,飞霜湿鼓声",似常建《吊王将军墓》之"战馀落日黄,军败鼓声死",《题福山寺陈铉读书堂》"灯影秋云里,书声晚磬中",似綦毋潜名句"塔影挂青汉,钟声扣白云"③。姑且不论常建、綦毋潜所作此联各在何等境界(如张祜即以为綦毋氏所作与自己的"树影中流见,钟声两岸闻"相比,"此句

---

① 《明诗评选》,第175页。
② 《中兴间气集》,见傅璇琮主编《唐人选唐诗新编》,陕西人民教育出版社1996年版,第502页。
③ 《国雅品》,见《明人诗话要籍汇编》第五册,第2804页。

未为佳也"①),将林鸿句与之相比,明眼人应该可以看出,其工细过之,而修饰的成分更重,更像是冥思苦索的产物,虽让人确信诗可习而得之,却并非真情景语。蒋寅曾运用一种现代阐释,指出大历代表诗人刘长卿创作上的局限,即在于"客观事象、物态却丧失了它们的本体性存在,成为程式化的东西",以其诗中出现得相当频繁的意象为例,如芳草、白云、青山、夕阳、潮水等,"它们在诗中的功能,象征性、隐喻性远大于描述性和写实性。这些词往往有经典性的出处,所以在诗中出现时总附着原典的意指,而这意指对作品的意义要远大于物象本身。于是一个个物象几乎就成了某种情绪类型的代码。"②这恰好可以移用作对于林鸿等人诗歌创作更为精细的定位与评析,亦因而显示其困境所在。

有关无锡人浦源入闽求谒林鸿的故事,谓浦氏出其诗,林鸿"甚加赞赏,遂许入社,与之唱酬"③,是人们常常用来举述闽中诗派风格特征的一个例子,其"云边路绕巴山色,树里河流汉水声"一联,因得以脍炙人口,流传至今。事实上,诸如此类的锻造佳句,亦不过中唐人手眼,若予拆解,与前举五言之句,从语汇到结构,何其相似乃尔。《鸣盛集》中尚载若干林鸿与浦源唱和之作,如其《秋夜浦舍人见宿园亭分得天字》"疏灯细雨开秋宴,落叶惊风搅夜眠"一联,同样是这种格调,做得多了,难免让人有千篇一律之感,且圆熟之中多少显露出元气不完。王世贞认为:"浦长源、林子羽如小乘法中作论师,生天则可,成佛甚遥。"④显然亦非苛责。

高棅的摹习唐诗,要显得更加刻意。黄镐《啸台集序》谓高棅"隐龙门,偃蹇不屑仕进,致专于诗","欲与学者振淳古之风,复大音之正,以开元、天宝人物自期"⑤,是一种颇为形象的描述。为了实现自己的诗学理想与使命,高棅确实可能以一种"了解之同情"的方式自我代入,跻身开元、天宝盛世,与诸大家上下扬榷,潜心钻研,力求"熟参"后有所悟得。

---

① 《唐诗纪事校笺》卷五二"徐凝"条,宋计有功撰,王仲镛校笺,中华书局2007年版,第1760页。
② 蒋寅《刘长卿与唐诗范式的演变》,《文学评论》1994年第1期。
③ 参见都穆《都玄敬诗话》上,见《明人诗话要籍汇编》第一册,第123页。
④ 《艺苑卮言五》,见《明人诗话要籍汇编》,第2497页。
⑤ 《啸台集》卷首。

我们看他《啸台集》卷一所收33首诗,全为摹拟之作,因而谓之"学古录"。其中五言古诗20首:计拟陈拾遗子昂《感遇》八首,拟孟襄阳浩然《宿丛师山房待丁公不至》、拟李翰林白《春独酌》、拟王右丞维《观别者》、拟储御史光羲《田家杂兴》、拟王秘书昌龄《从军行》、拟高常侍适《同薛司直秋霁曲江俯见南山作》、拟岑补阙参《同诸公登慈恩寺浮图》、拟杜拾遗甫《梦李白》、拟李少府颀《登首阳山谒夷齐庙》、拟常少府建《梦太白西峰》、拟刘随州长卿《江中晚钓寄荆南一二相识》、拟韦苏州应物《西郊燕集》各一首;七言古诗5首,分别为:拟王右丞维《老将行》、拟李少府颀《古行路难》、拟高常侍适《邯郸少年行》、拟岑嘉州参《函谷关歌送刘评事使关西》、拟崔司勋颢《题长安道》;七言律诗8首,分别为:拟苏许公颋《侍宴安乐公主新宅应制》、拟张燕公说《奉和春日幸望春宫应制》、拟王右丞维《敕借歧王避暑九成宫应制》、拟岑补阙参《奉和早朝大明宫之作》、拟崔司勋颢《登黄鹤楼》、拟李翰林白《登凤凰台》、拟高常侍适《送王李二少府贬峡衡巫》、拟李少府颀《送魏万之京》。

其拟诗的依据,固然出自严羽"学其上,仅得其中;学其中,斯为下矣"[1]、"工夫须从上做下,不可从下做上"[2],如他自己开头所引述,然细辨之,与严氏"以汉、魏、晋、盛唐为师,不做开元、天宝以下人物"[3]的主张相比,仍有自己的取舍:

> 魏晋作者虽多,不能兼备诸体。其声律纯完,上追风雅,而所谓集大成者,唯唐有以振之。[4]

故辨体、辨家数只取唐诗即可。并且,其明确所谓唐诗之盛,为"陈拾遗公首倡之,逮开元间,群才并出,李杜文章,冠绝万世"(同上),有其确然的样板。若与高氏编选的《唐诗品汇》相比照,《啸台集》卷一所拟诸家,五

---

[1] 《沧浪诗话校笺》,第65页。
[2] 同上,第73页。
[3] 同上,第65页。
[4] 《学古录》,《啸台集》卷一。

言古诗均在"正宗"、"名家"之列,七言古诗均在"名家"之列,七言律诗均在"正始"、"正宗"之列,并且所拟之诗无一例外均在该选本中,可知此所谓"学古",绝非作者随性所为。高棅的《唐诗品汇》,完成于洪武二十六年(1393),积聚多年心血,集中体现了其宗唐复古的诗学主张及路径,而收入《啸台集》卷一之《学古录》诸作,恰可视作高氏在赴京师、入馆阁之前这一个阶段努力实践此种诗学主张之同期作业。后学陈音《啸台集后序》即作如是理解:

> 尝谓诗至于唐,作者愈盛而诸体备具。既为之品汇编次,复模仿其体,随兴趣所到,见诸篇什,曰《啸台集》。①

他甚而将整个《啸台集》中的诸多作品,与高棅编选《唐诗品汇》之衡鉴联系起来,表彰其身体力行。

在高氏遍拟盛唐诸家诸体的创作实践中,我们亦仍可发现他本人的某种倾向与选择。卷一所录学古诸作,就体裁而言,仅五古、七古、七律三体,这基本上反映了他的喜好及擅长。至于《啸台集》诸体分布,据蔡瑜统计:五言古诗 222 首,七言古诗 118 首,五言律诗 49 首,五言排律 10 首,七言律诗 197 首,七言排律 4 首,七言绝句 203 首②。这当然显示其所涉诗体更众,古律并重,然也可进一步获知,他与林鸿一样,古体更重五言;近体则独擅七言,甚至出现五绝成为缺门的现象。因此,如朱彝尊总体上于高氏摹唐之作评价并不高,但还是赞赏其"五古若'长空一飞雁,落日千里至','夜色不映水,微风忽吹裳','衔杯双树间,百里见海色','飞雨一峰来,微云度疏竹',不失唐人遗韵"③;陈田引乾隆时海盐朱琰《明人诗抄》正集之说,谓"漫士诗,俞汝言谓歌行尤胜,殊不然。其最佳者,五言短古,高处直逼韦、柳"④,皆属独具慧眼识其五古之胜者。

---

① 《啸台集》卷末。
② 《高棅诗学研究》,第 205—206 页。
③ 《静志居诗话》卷三"高棅",第 78 页。
④ 《明诗纪事》甲签卷一〇"高廷礼",第 228 页。

至于蒋一葵举称高棅拟唐佳作,则全为七律:

> 高廷礼集《唐诗品汇》,大有功于诗教。尝拟唐诗数首,为时所称:《拟苏许公侍宴安乐公主新宅应制》诗云:"飞构云边帝子家,宸游天上驻香车。玉杯春醉平阳馆,银汉秋行转望槎。万朵仙花迎日吐,千条弱柳向风斜。皇情爱物欢无极,能使群心恋翠华。"《拟岑补阙奉和早朝大明宫》之作云:"明光漏尽晓寒催,长乐疏钟度凤台。月隐禁城双阙迥,云迎仙仗九重开。旌旗半掩天河落,阊阖平分曙色来。朝罢佩声花外转,回看佳气满蓬莱。"《拟崔司勋登黄鹤楼》云:"武昌楼下白云飞,黄鹤何年去不归?千古登临悲故国,空馀陈迹吊斜晖。清川雨歇巴山出,大泽天寒楚树微。久客他乡摇落暮,秦关回首泪沾衣。"《拟高常侍送王李二少府贬衡巫》云:"晓钟寥亮雁声哀,侠馆鸣鸡曙色催。两地送君双别泪,西风驻马一衔杯。巴山落月啼猿断,楚水孤帆暮雨来。莫怨异乡成久隔,汉庭还忆贾生才。"①

这或许代表其时更多读者的看法。综观其《啸台》一集,无论五古之高古远韵,还是七律之高华明丽,相对而言,确可视作高棅诗歌创作成就的代表。如钱谦益于高氏诗评价亦不高,然比较其入馆阁后所作《木天清气集》,对《啸台集》还是颇有肯定,谓"其山居拟唐之作,音节可观,神理未足,时出俊语,铮铮自赏"②。

有意思的还有高棅对杜甫的态度问题。我们应该会注意到,他于七律所拟诸家中,偏偏遗落了后来被七子一派不断圣化的杜甫,反倒是在五言古诗一体上尚取杜诗作为一家拟之,显得颇为特别。这应该正体现他对杜甫在七律发展史上源流正变位置的一种评价。在《唐诗品汇》中,杜甫即以其在律法方面"独异诸家"③,而仅被列为七律"大家",如朱东润先生特地表出高棅之意:"漫士兹选推少陵为大家,而正宗二字,断断不肯

---

① 《尧山堂外纪》卷八一,明刻本。
② 《列朝诗集小传》乙集《高典籍棅》,第 181 页。
③ 高棅《唐诗品汇》"七律大家叙目",第 706 页。

相属。"①是很能得其心迹的。

不过,总的说来,高氏摹习唐诗的尽心尽力,似乎并未收获与之相应的功效,相反,主要应该还是缘于方法上的方向性错误,愈是刻意,愈显机械,因而愈多遭致诟病。在四库馆臣看来,在林鸿、高棅之间,其资质或尚有高下,故告诫说:"高棅尚不免庸音,鸿则时饶清韵,尤未可不分甲乙,一例摈排矣。"②前举批评林鸿不遗馀力的王夫之,实对此闽中诗派的实际宗尚及实践方法皆有看法,但在比较王偁、林鸿、王恭、高棅四位代表作家优劣时,于王偁尚能找出优点,认为其古诗尚有来历而又不失真性情③,馀皆予以痛诋,且以高氏为最下:

> 孟扬、子羽、安中、彦恢,皆闽诗鼻祖也,一瓣香俱从唐人拈起,便落凡近。而于唐人中,又拣钱、刘为宗主,卑弱平俗,益不可耐,相对正令人生气都尽。就中彦恢尤为薄劣,《唐诗品汇》一选,但逢庸贱者即投分推心,足以知其所藏矣。孟扬于诸子特为铮铮,而近体亦漫无足观,古诗三首犹为可读,虽自唐人来,尚是唐人之有渊源者,劣气遂捐。④

说来说去,症结还是在于落入中唐以下。

令人颇感意外的恐怕是来自闽中后学谢肇淛的批评,他所在的诗人群体往往被视作明初闽中诗派的继承者,却对高棅《唐诗品汇总序》中所示于唐诗"辨尽诸家,剖晰毫芒"的方法与路径并不认同,斥言"此英雄大言欺人尔",并针锋相对地指出:

> 鸿运升降,虽天不能齐;声气变趋,虽圣不能挽。醇醨巧拙,得世道之关;浓淡偏全,定人品之概,足矣。倘索瘢于垢,虽神手,岂无旁落之倪?若披沙求金,即末代,亦有掩古之笔。安能铢量寸较,以纸

---

① 《中国文学批评史大纲》,上海古籍出版社 1983 年版,第 190 页。
② 《四库全书总目》卷一六九《鸣盛集》条,第 1472 页。
③ 如陈田亦指出:"孟扬古诗规橅陈黄门、李翰林,在唐调中特为高格。"(《明诗纪事》甲签卷一〇"王偁",第 223 页。)
④ 《明诗评选》卷四"王偁",第 115 页。

上陈言,遽欲定三百年之人物哉?①

在谢肇淛看来,所谓唐诗之源流正变、四期九品,不过是高氏闭门造车的构设,据此观察世次递变之大势、诗人品第之概况,也就罢了,若进而声称可用作辨家数之神器,所谓辨析毫芒、锱铢而较,则显然是纸上谈兵、自欺欺人。事实真相是,大家亦有败笔之作,末世亦有胜古之作,好比我们今天所认识到的,历史具有偶然性、个别性,诸如此类的模式其实根本无法括尽诸多复杂的现象。不管其真实的用意如何,这种看法毕竟揭示出高棅刻意拟唐总体设计思路上的拘执及局限。

小　　结

近世诗学的基盘,是一种俗世化的实践诗学。众所周知,近世诗歌创作所接受的重要遗产,是齐梁以还至盛唐成就的包括诸古近体在内的诗歌类型体系与格式之学,尤其是作为格律诗的近体,对后世影响巨大。李维在其所撰《诗史》中,即归总历来几属公认的看法,判定"吾国诗学""蕃衍馥郁于汉魏六朝,至于有唐极矣"②;张伯伟则将唐代这种诗体诗型之全备大成称作"规范诗学"的建立和发展③。正是这种业已形成规范与体系而又具有很强实践性的诗体诗型,为近世社会更广大人群对诗的关切并以为日用之消费提供了资源,又显露出相当大可待开发、提升的空间。一方面,如李维以"诗势尽"为因果,勾勒宋以后诗史演进的特征④,让我们看到近世诗学精英文人一端执着于诗艺探索的必然反应,如何以"天才"的创造激发"规范诗学"的动能,在一种相当辩证的关系中,尝试在其

---

① 《小草斋诗话》卷二,见《明人诗话要籍汇编》第二册,第 1180 页。
② 李维戊辰九月"序",《诗史》卷首,北平石棱精舍 1928 年版,第 1 页。
③ 参详张伯伟《论唐代的规范诗学》,《中国社会科学》2006 年第 4 期。
④ 蒋寅就此作了相当精准的阐释:"在他看来,到晚唐,随着古典诗歌体裁的成熟,来自诗体内部的发展动力(自然之势)已然消失,诗人再不能利用诗体本身蕴藏的资源,而只能靠艺术表现上的创造性来推动诗史的进程,也就是说,宋以后诗歌艺术的成就和水准纯粹是凭作家个人的才能去冲刺的。这的确是个冷峻而深刻的见解。"(《现代学术背景下的中国诗史尝试——重读李维〈诗史〉札记》,《学术的年轮》,中国文联出版社 2000 年版,第 88 页)

制限内,开拓可能的表现空间。而在另一方面,或许我们更应该看到,恰恰是这种"规范诗学",更易于为一般文化程度的大众所接受,在诗学下行传播的俗世化进程中扮演了重要角色。

有鉴于此,宗唐复古之宗尚,几乎是近世诗学与生俱来的产物。晚宋如严羽在南方开启其帷幕,相隔未几,在金末元初之北方,一种以宗唐得古为旗帜的文学审美意识形态之建构亦方兴未艾,且日渐发展为一种主流思潮。其兴起的背景及具体过程相当复杂,亦非本专题主要探讨的对象,但至元代中后期,这种风习之流布,已达相当深广的程度,是一基本事实。一方面,以馆阁为代表的中央文坛,辐射南北诸地域,以其所掌握的文学权力,仍具有主导作用。不过,值得注意的是,这种文学审美意识形态的传播,并非依恃国家权力推行,也尚未被整合成国家思想的组成部分,尽管在元代,理学思想地位的提升及与科举制度的结合正在进行,一种盛世意识的表现要求也在向这一集合点上凝聚,但毕竟与明代前期大一统的官方意识形态尚有所不同。在另一方面,南宋以来,特别在东南区域,地域社会日益发展起来,文学担当主体阶层下移亦成事实,无论从民间对士大夫精英文化复制的角度,还是从诗歌消费市场自发提出规范、提升要求出发,宗唐复古皆是一种必然的需求,且通过印刷传媒、士人流动等途径,在相应的公共空间渗透开来。

在元末明初的福建地区,几个文化中心区域,如莆田、泉州,皆有其地方文学,而最具代表性的,即为福州的"十子"一派与崇安的"二蓝"。"闽中十子"诗派这一群体,前期在地方上所开展的文学活动,颇能体现诗学下行传播的俗世化进程,又不乏相对多元、自由的个性表现,即便在明初日益收紧的政治高压环境下,盛唐的艺术精神仍在一定程度上滋养其抗争的力度。不过,我们也应该看到,像这样一种新的文学意识并没有得到顺利发展。永乐初年,随着这个群体中的大部分诗人不得不应征、出仕,为朝廷所牢笼,一场个性骚动很快被扼灭在新的政治环境之中。其中王偁秉性难改,依然"为人眼空四海,壁立千仞"①,遂于永乐十三年

---

① 解缙《虚舟集序》,《虚舟集》卷首。

(1415)坐解缙党下狱死,归根结底仍是整饬士风的牺牲品。其他人自然不得不惕惕然,诗风也变得"清和平正"起来。如高棅,相比其《啸台集》拟唐之作,在馆阁所作之《木天清气集》,"应酬冗长,尘坌堆积,不中与宋元人作奴,何况三唐。"①同样的情况也发生在王恭身上,所作凡三集,唯出仕之前的《白云樵唱集》、《草泽狂歌》得以流传至今,而官翰林后作的《凤台清啸》反而"湮晦不传"②,则其品质也可想而知。于是,该派前期在地方上所获得的诗歌创作及理论上的成就可谓丧失殆尽。

---

① 《列朝诗集小传》乙集《高典籍棅》,第 181 页。
② 《四库全书总目》卷一六九《白云樵唱集》条,第 1473 页。

第三章　道艺之间：地域性格的瓦解与重建

本章试图探究，在洪、永以来最高统治者建立极端强势的君权专制政体及相应意识形态的进程中，曾经成熟发展的福建地域社会以及具有个性的文学表现如何被瓦解，其地域文化性格因高压政治与国家意识形态的一体化控制而消融，即便有地域文学的存在，那也常常是以其保守的理学传统内核，在迎合甚至强化国家意识形态上发挥积极的作用。作为该地域养育的士人，一方面通过科举选拔的途径，加入到国家政治体制与意识形态的建设中去，特别是那些进入文官体系高层的士人，通过参与台阁文学这样一种时代精神表述范型的建构，在消除地域社会与国家形态对立与差异的同时，重新将文学纳入道学体制之中；在另一方面，通过他们自身的示范及影响力，又会对该地域文学发挥某种导向作用。一个相当有意思的现象是，作为整个地域文学最初的自我认同意识，从某种意义上说，主要却是由"闽中十子"一派的成员，在永乐间处身馆阁期间，为向中央文坛或他地域文学证实本地文学传统及实力而构建的。而至成、弘以来，随着社会经济的复苏，尤其城市商品经济的发展，诸地域文化重新有了发展的机会。对于福建地区来说，这种地域文学的活动至嘉靖中才开始复苏，并且起初还以外来文学势力为奥援，增强其变革的推进力。

第一节　走向馆阁的闽派诗人

明代前期出现的台阁文学，是中国文学史上颇为独特的一种现象。虽然台阁文学及其所依托的政治制度在前代早已产生，宋元以来，人们亦已常常将"台阁之文"与"山林之文"对举,于其所应该具有的气象以"温润丰缛"、"温厚缜密"等相描述①,但从性质上说,明代这种被称为"台阁体"的文学仍有其特殊性。它是明朝新政权皇权专制极端发展的产物,尤其自永乐以来,与道德治国的方针相表里,通过逐步实施内阁制度的建设,赋予了台阁政治新的内容。处于文官集团最高层的这个政治精英群体,其身份当然已不同于一般的文学近侍,也不仅仅是一般的御前政治顾问,当内阁被授权掌握票拟权并参预机务后,他们实际上有不小的行政和审议实权。而在异常强大的皇权面前,他们又无法真正做到以"道统"凌驾"政统"之上,发挥积极的淑世精神,构建以士大夫为中心的社会秩序。在此基础上产生的台阁文学,除了种种实用的政治功能之外,在深层所反映的,往往是这样一个群体在如此强势的皇权专制政体下如何修身自处的问题,典型的"台阁体",正可以说是通过自觉建设与此政体相适应的意识形态来寻求自我生存、发展空间的一种精神表述。

因此,要考察这样一种台阁文学的形成,从整个明代前期高度集权的政治体制与相应意识形态构建的进程切入,是一个合适的视角;溯其端始,明初士人如何随新政权的建立,由山林转向庙堂,由地方社会被纳入中央集权的政治体制,由种种个体言说趋从官方意识形态,更是不可绕开的一个阶段。学界在探讨"台阁体"形成时,也都比较普遍地首先从明初政治格局的变化与各地域文化的消长着手,不过,论题大都集中在江西士人与台阁文学一侧。从明初东南五大地域文学流派的实际处境及江西士人在台阁政治中的势力来看,标举江西派在"台阁体"产生过程中的突出作用,完全是有理由的,但这种影响来源恐怕不会是单一的,在当时,至少如福建地区的士人,以其相似的境遇与作为,亦在上述这一进程中扮演了相当重要的角色。该地区作为传承朱子学的重镇,本来就有相当强大的

---

① 如宋吴处厚曰:"余尝究之,文章虽皆出于心术,而实有两等:有山林草野之文,有朝廷台阁之文。山林草野之文,则其气枯槁憔悴,乃道不得行、著书立言者之所尚也;朝廷台阁之文,则其气温润丰缛,乃得位于时、演纶视草者之所尚也。"(《青箱杂记》卷五,《历代史料笔记丛刊本》,中华书局1985年版)元吴海《书贡尚书〈闽南集〉后》曰:"故公之文丰腴清润,无山林枯槁之态,温厚缜密,有台阁优游之体。敷畅条达如春花之妍,委蛇演迤如长江之流海。"(《闻过斋集》卷八)

理学精神传统,在明初统治者"简儒臣充文学侍从之官"的政策下,自然会有一大批贤人才士集结至殿阁词林;而自南宋以来,该地区的科举之盛,已蔚为大观,明代前期则继续保持上升的势头,并在逐渐完善的庶吉士—翰林—内阁这一高级文官培养、选拔体制中显示其实力,从建文四年(1402)创建内阁制度时即被选入阁的杨荣,到成化初教授李东阳等庶吉士"古文词学"的柯潜[1],仅在翰林院任职的闽士就有四十馀人[2],他们与江西派及其他地域的政治精英一起,成为造就这种特殊的一体化意识形态及其文学表现形式的执行主体。

而就"台阁体"诗风的形成来说,明初以林鸿、高棅为代表的"闽中十子"诗派,或许有着比以刘崧为代表的江西诗派更为重要的影响。这不仅因为随着该群体相当一部分成员在永乐中走向馆阁,随着时代与环境对文学职能要求的改变,他们那种宗唐复古的理论主张及创作实践,自觉不自觉地抹却早年曾经有过的个性化表现,回归清和雅正,在元代馆阁文学与明代馆阁文学之间充当了接续风气的载体;更因为他们突出强调的盛唐格调,为新王朝提供了一种表现空前盛世气象的形式格范[3]。钱谦益曾不止一次地指出:"自闽诗一派盛行永、天之际,六十馀载,柔音曼节,卑靡成风。风雅道衰,谁执其咎?"[4]"国初诗家,遥和唐人,起于闽人林鸿、高棅。永、天以后,浸以成风。"[5]虽然是站在批判的立场,指责其一味"规模唐音"而令性情之本缺失,然从他对"风雅道衰"的极度焦虑,是很可以看出闽诗派这种诗风在明代前期所产生的巨大影响的,而所谓"永、天之际,六十馀载",恰恰是"台阁体"形成并独盛时期。有意思的是,作为闽中理学家的周瑛,却从诗辞与道学之关系来表彰"闽中十子"的诗学:"瑛谓闽中旧为道学渊薮,诗辞其绪馀也。然诗辞亦道学旁出,其抽思造意,

---

[1] 参见吴希贤《中顺大夫詹事府少詹事兼翰林院学士竹岩柯公行状》,《竹岩集》附录,清雍正十一年刊本。
[2] 据黄佐《翰林记》卷一七《正官题名》、《属官题名》、《史官题名》等统计,详见下节。
[3] 廖可斌《论台阁体》一文,已论及台阁体诗歌在某种程度上可以说是并挑江西、闽中两派,见《诗稗鳞爪》第 88 页,浙江大学出版社 1999 年版。
[4] 《列朝诗集小传》乙集《高典籍棅》,第 180 页。
[5] 《列朝诗集小传》乙集《张金都楷》,第 192—193 页。

探玄索微,出入造化,联络万汇,其高妙处与性命相流通,诗所寄非浅浅也。"①他的阐释固然明显戴着理学家的有色眼镜,却也多少能反映闽诗派的文学创作与主流意识形态所存在的某种联系。本节即拟以"闽中十子"诗派在永乐间转移至京师的文学活动为中心,检证该诗派在"台阁体"诗风形成过程中曾经有什么样的作为,产生过什么样的影响。

一、从"山林"到"馆阁":闽派诗人文学职志的转变

"闽中十子"诗派成员聚集于京师,其契机主要是成祖朱棣即位后,为塑造"右文"的个人形象(当然也是太平盛世景象),广召内外儒臣与四方韦布,展开纂修《永乐大典》等一系列文化工程。

永乐元年(1403)七月,朱棣谕侍读学士解缙等,"朕欲悉采各书所载事物类聚之,而统之以韵,庶几考索之便,如探囊取物","尔等其如朕意,凡书契以来,经史子集、百家之书,至于天文地志、阴阳医卜、僧道技艺之言,备辑为一书,毋厌浩繁"②。"于是广召四方儒者,许侍臣各举所知"③。永乐二年(1404)十一月,解缙等进此纂成之韵书,赐名《文献大成》。然朱棣以所进书尚多未备,遂命重修,"而敕太子少保姚广孝、刑部侍郎刘季篪及缙总之;命翰林学士王景、侍读学士王达、国子祭酒胡俨、司经局洗马杨溥、儒士陈济为总裁;翰林院侍讲邹缉、修撰王褒、梁潜、吴溥、李贯、杨觏、曾棨、编修宋绒、检讨王洪、蒋骥、潘畿、王偁、苏伯厚、张伯颖、典籍梁用行、庶吉士杨相、左春坊左中允尹昌隆、宗人府经历高得旸、吏部郎中叶砥、山东按察司佥事晏璧为副总裁。命礼部简中外官及四方宿学老儒有文学者充纂修,简国子监及在外郡县学能书生员缮写,开馆于文渊阁。"④是书于永乐三年(1405)年正月开局纂修⑤,鉴于其规模浩大,动用的人力是相当多的,据高棅所记,"与纂修者三千人"⑥,可谓天下之材,网罗殆尽。

---

① 《题王皆山白云樵唱后》,《翠渠摘稿》卷四,《文渊阁四库全书》本。
② 见《太宗实录》卷二一"永乐元年七月丙子"条,台湾"中研院"历史语言研究所影印本。
③ 《翰林记》卷一三《修书》。
④ 见《太宗实录》卷三六"永乐二年十一月丁巳"条。
⑤ 参见《翰林记》卷一三《修书》。
⑥ 参见高棅《送四彦归闽州诗》小序,《闽中十子诗》卷一〇。

由以上记载可知，名列"闽中十子"诗派的王褒、王偁，于永乐二年（1404）间皆已在京师任职翰苑①，并充《永乐大典》副总裁，同在翰林院并任副总裁的闽人尚有建安苏伯厚②。而据王褒传曰："褒性孝友刚直，好汲引士类，同郡陈仲完、高廷礼、王恭，皆因褒以进。"③知因王褒以所知举荐，高棅、王恭得先后以布衣征赴京师，入翰林并预修《永乐大典》，陈仲完亦征为翰林编修，擢左春坊左赞善，并奉命修《大典》④。高棅被征赴京师在永乐元年（1403），明年入翰林⑤，授待诏，九年始升典籍⑥；王恭于永乐四年（1406）始入京，亦为翰林待诏，《大典》成，授典籍⑦。《永乐大典》修成在永乐五年（1407）十一月，由姚广孝等领衔表进⑧；曾棨永乐五年立秋日为王恭撰《皆山樵者辞》曰："事毕，告老而归，过予言别，作《皆山樵者辞》以送之。"⑨似谓恭是年即归，然据高棅所记，永乐五年冬十二月，王恭尚在京师，与王褒、陈仲完等共为修成《大典》先期遣归之闽士赋诗送行⑩，则

---

① 王褒之任职时间稍早，当在永乐元年（1403），其传曰："永乐初年朝京师，考上最。已而以文学表修《高庙实录》，遂擢褒为翰林修撰。"（《闽中十子诗》卷首《闽中十子传》本传）按：解缙等上表进《太祖实录》在永乐元年六月，参详《太祖实录》卷二一"永乐元年六月辛酉"条。王偁（1370—1415）的任职时间当即在永乐二年（1404），由解缙永乐五年（1407）春撰《虚舟集序》"孟扬在翰林越三年，不欲示其长于人……"可推知。其应召赴京则在永乐元年，参见《虚舟集》附王偁《自述诔》。

② 伯厚，名垶，以字行，号履业，建安人。洪武初以明经荐至京，因亲老辞归。十八年授建宁府训导，迁晋府伴读。永乐初擢翰林侍书，与修《太祖实录》，复与修《永乐大典》，迁检讨，备讲东宫。九年卒。有《履业集》。胡广为撰《苏公墓志铭》，见《国朝献征录》卷二二。

③ 《纪善王中美先生褒》引《闽书》等史料，《闽中理学渊源考》卷四七。

④ 陈仲完（1359—1422），名完，以字行，长乐人。洪武十七年（1384）中乡试，补延平府学训导。永乐初，修撰王褒以贤才荐，授翰林院编修，次年擢左春坊左赞善，仍兼编修，奉命修《永乐大典》。书成，充皇孙侍讲官。所著有《迂稿》若干卷。见杨士奇撰《陈仲完传》（《东里续集》卷四三，明嘉靖刊本）。仲完名列《闽书》所记"十才子"（详下），今存《江田诗系》本《简斋集》一卷。据其集，与高棅、王恭、郑定等皆有唱酬。

⑤ 见高棅《倚韵奉寄和陈沧洲留别之作》小序，《木天清气集》卷六。

⑥ 参见林志《蔀斋集》卷六《漫士高先生墓铭》、《明史·文苑传》高棅本传。

⑦ 参见林慈永乐四年（1406）撰《皆山樵者传》（《白云樵唱集》附录）、《明史·文苑传》王恭本传。

⑧ 参详《太宗实录》卷七三"永乐五年十一月乙丑"条。

⑨ 《白云樵唱集》附录。

⑩ 高棅《送四彦归闽州诗》小序曰："永乐六年冬十二月，大典书成，择日表进，与纂修者三千人，咸蒙赏赉，而恩荣遣归者三之二。吾闽儒士郑铭、陈苪、泮生陈循、林彬，皆在遣中。戒行有日，凡乡友之在禁林者，闻而出饯，且惜其去。……乃相与酌酒言别，发为歌咏，以壮其行。典籍王公安中首歌五阕，修撰王公中美、春坊赞善陈公仲完相继倚和，予时茧足离群，愧不能追逐于临歧之际，因感激吐蔚，歌古调三叠，重赋《四君咏》凡七章，厕群公之末，以写予故园之思，以晁其进修之大。"按：此记"永乐六年冬十二月"，当为"永乐五年"之误，"大典书成，择日表进"之史实，参见上引《太宗实录》卷七三"永乐五年十一月乙丑"条。

其归闽或当在次年。据此,"闽中十子"诗派的主要成员自永乐初年陆续进京,藉预修《永乐大典》之机,会聚馆阁,原本洪武后期在福州已趋于消歇的群体性文学活动,至永乐四、五年间,重又趋盛,其活动当一直延续到永乐中期①。

此际先后在京师的该派诗人尚有:陈郊,字安仲,一字叔恭,闽县人,洪武丁丑(1391)状元,授翰林院修撰②。与陈仲完一样,他是另一种说法的"十才子"成员③。《永乐大典》纂成之年,他曾为应征与修该书而以老辞归的胡崿作《环翠楼记》赠别④。郑定(1343—1420),字孟宣,号浮丘生,闽县人。"闽中十子"之一。元末尝为陈友定记室。洪武中征授延平训导,历齐府纪善,迁国子助教。著诗数卷,曰《澹斋集》,已佚。传见《明史·文苑传》、《闽中十子诗》卷首。其任国子助教当在建文初⑤,至少永乐初仍在京师⑥。周玄,字微之,闽县人。"闽中十子"之一,林鸿弟子。永乐中,以文学征,授礼部员外郎。有《宜秋集》。传见《明史·文苑传》、《闽中十子诗》卷首。王偁尝作《早朝同员外玄赋时有祀事》⑦,可证他们同在京师赋咏;又作《挽周员外玄》⑧,知玄先于偁而卒,在永乐十三年

---

① 王偁卒永乐十三年,王褒卒永乐十四年,陈仲完卒永乐二十年,高棅卒永乐二十一年。
② 参详《明诗纪事》甲签卷二九"陈郊",第563页。
③ 何乔远《闽书》卷七三《英旧志·缙绅》"陈郊"条载:"(郊)与林子羽、陈仲完、唐泰、高棅、唐震、王恭、郑孟宣、王偁、王褒称闽南十才子。"
④ 据《粤西文载》卷六九《人物》载:"胡崿,临桂人。隐居尚志。永乐丁亥诏征至京师,入文渊阁与修《永乐大典》,隶翰林,日给大官酒膳。书成,将授馆职,以老辞,遂归。括苍徐用中、闽人陈安仲皆为作所居《环翠楼记》,述其归隐之乐。弘治间学士张元祯有跋。"(文渊阁四库全书本)
⑤ 王恭《奉饯郑浮丘赴召天京二首》其一曰:"三楚文衡忆重持,泮林宁厌一官卑。论经已被先皇诏,怀策今逢圣主知。……"(《白云樵唱集》卷三)又据王恭《国子先生郑孟宣以赐告归省丘墓暇日访余新宁沙堤余因载酒于沧洲野堂以谳之适文墨友外交禽然来集酒酣乐甚分韵赋诗余得酒字时庚辰孟秋七月》(《白云樵唱集》卷二),知建文二年(1400)秋郑定归省,已在国子助教任上。
⑥ 王恭《长歌赠别高漫士赴召天京》曰:"……知子过吴会,所遇多同声。为我道离别,相思但钟情。五年顿隔浮丘面,昨日灯前梦中见。……"(《白云樵唱集》卷二)高棅被征赴京师在永乐元年(1403),距郑定建文二年归省与王恭会面虚计已四年余,故诗云。又王恭《阜阳陈全果之将赴春卿远来索别遂作长句兼柬郑林三二先辈》曰:"……一别云泥怅望深,看君此去得联簪。倘逢梅雪凭相问,若得浮丘道远心。"(《白云樵唱集》卷二)陈全,字果之,福建长乐人,永乐三年(1405)乡试中式,次年举进士第二,授翰林侍讲(详下)。据此,则郑定永乐四年(1406)应尚在京师。
⑦ 《虚舟集》卷五。
⑧ 《虚舟集》卷四。

(1415)前。林敏,字汉孟,号瓢所道人,长乐人。林鸿弟子,亦邵铜成化三年(1467)序刻林鸿《鸣盛集》所列"十才子"之一。为诗清新隽永,以盛唐为宗。传见(雍正)《福建通志》卷五一①。又该志卷六八《艺文一》载其有《青萝集》二卷,已佚。据王恭《赠林汉孟赴召入京》诗,有"想到都门知己在,南宫西掖有逢迎"句②,知其应召入京较王恭为早,而其时在京已多闽中同志。其他如林良箴,字思器,长乐人。早年即与王恭、高棅、陈亮酬唱往来,工诗文草书,琴尤精,自号琴乐子。传见《闽书》卷一二六《英旧志·韦布》。王恭有《送粮长林思器赴召天京》③,知其应召入京亦较王恭为早。陈登(1362—1428),字思孝,长乐人。永乐二年(1404)以荐召入翰林,预修国史。历十年,擢中书舍人。传见杨士奇《陈思孝墓志铭》④。登为陈仲完从子⑤,今存有《江田诗系》本《石田集》一卷。其以荐召赴京及入翰林时,王恭有《赠别陈少尹思孝服阕之天官》⑥、《诗寄梁浮丞陈思孝工篆入翰林》⑦等诗相赠。又陈全(1359—1424),字果之,与陈登为兄弟,永乐四年(1406)进士第二,授翰林编修,亦与修《大典》。又召赴行在,与修《四书五经》、《性理大全》,擢侍讲,署翰林院事。有《蒙庵集》。传见《闽中理学渊源考》卷四二《侍讲陈果之先生全》。其在家乡时,王恭、高棅尝各为其阜阳别墅题诗作画;而在京日,高棅又有《题旧画山水为陈果之侍讲赋》⑧。此外,还应算上林慈,字志仁,长乐人。洪武间以明经荐任本县训导,历国子博士。史称其"力学稽古,娴于文词",有诗集。传见(雍正)《福建通志》卷五一《文苑》。林慈早年在家乡即与王恭等以文学游,所谓"每遇风恬日煦,即相与聚首,歌伐木诗,酌数行酒,挂幅巾林下,聆黄鸟好音,幽怀泊如也"⑨。洪武二十八年(1395),尝为高棅刚

---

① 雍正《福建通志》,清雍正七年修乾隆二年刻本。
② 《白云樵唱集》卷三。
③ 同上。
④ 《东里文集》卷一九。
⑤ 参见《闽中理学渊源考》卷四二《中书陈思孝先生登》。
⑥ 《白云樵唱集》卷一。
⑦ 《白云樵唱集》卷三。
⑧ 《闽中十子诗》卷一〇。
⑨ 林慈《皆山樵者传》,《白云樵唱集》附录。

完成不久的《唐诗品汇》作序;永乐四年(1406)冬,他在国子博士任上,又为同在京师任职的王恭作《皆山樵者传》。

我们看到,闽诗派这次集中转移到都门宫掖间,规模是相当可观的,则其影响亦可想见。相比之下,洪武初的江西诗派,虽亦有不少成员被征至京师与修礼乐或授职,然时间相对来说比较短,阵容亦没有这么齐整。这不能不"归功于"朱棣承袭祖制的政治文化政策,那真可谓有过之而无不及。它的高明之处在于,以纂修这样一种张大盛世气象的系列文化工程为手段,通过荐召、科举之途,令山林之下,无有遗贤,一方面瓦解元代后期以来已发展得相当成熟的地域社会,将其重新纳入中央集权的政治体制中,一方面推进道德治国的方针,建立服从于帝王思想体系的国家意识形态(故永乐十二年又有纂修《五经四书大全》、《性理大全》之举)。因而对于广大士人,既是一种精神利用,也是一种巧妙的身心控制方式。需要指出的是,这种网罗人材之举,是高压与利诱兼施的。我们从另一位"闽中十子"成员陈亮一首《奉寄高廷礼时求贤甚急高且讲学编诗不暇》所说的"频伤白露摧兰蕙,独羡清风满薜萝"①,从王恭于《大典》修成后很快乞归山中,都可以看到他们对自己的处境其实是清醒的,他们并非盲目乐趋仕进之徒。只是时世如此,他们只能在归于一统的政治、思想体制下讨生活,按照统治者的意愿与要求行事处世,这便是所谓的"知分"。在这种背景下,既然他们的身份已经改变,他们就不能再像从前闽中诗社活动那样,娱情于城市山林之间,抒写郁愤放傲之志,而是应承担起馆阁文人的职志。

在明代,作为掌内制、专内命的翰林制度,其职掌范围还是相当广泛的,各级职官从掌制诰、史册、文翰之事,考议制度,详正文书,备天子顾问,到讲读经史、纂修国史、掌管古今图籍等②,条分甚细。与王偁同在翰林任检讨的王璲在为其作《虚舟集序》时,因此说:"同官翰林,耳目所接,莫非朝廷之典章,一代之制作。政教所布,号令所施,或或乎且得屡预国

---

① 《闽中十子诗》卷九。
② 可参看《明史·职官志二》。

家大事。"①然而由该制度的历史渊源观之,其性质仍可说是"专以供奉文字为职",这些在翰林任职的闽派诗人,于他们平日互相酬唱的诗歌作品中,也往往如此体认他们自己的职分:王偁《立春早朝赐醑答郑编修之作》曰:"愧非枚乘侣,雨露沐恩偏。"②高棅《题可贞王纪善独秀山房》曰:"名比三珠树,词倾五吏才。况陪铜辇暇,赋咏有邹枚。"③王恭《寄翰林王孟敭兼促皆山樵记》曰:"近道相如能献赋,谁言贾谊少知音。"④王恭友人邓定《送王安中典籍赴阙》则稍更详具:"君今倏奋凌云翼,载笔词垣典书籍。金马门前待诏归,文渊阁上䌷书入。凤台争诵《白云》篇,应制三时在御前。文章世许班扬敌,奏对人推董贾贤。……"⑤似乎主要就定位在了文学近侍的角色上,这就使得他们仍以专力文事为要务。虽然这种专力于文事与他们早年曾经亲身经历的"生胜国乱离时,无仕进路,一意寄情于诗"⑥远不可同日而语,但在那个时代政治精英们比较普遍地越来越将文学创作视作"馀事",甚而面临"举业兴而诗道大废"⑦的困境之际,他们热衷于文学活动与创作还是有意义的;只是处身于这样一种思想与情感皆被高度统制的时代氛围中,他们所创作的大量诗歌作品,不管是应制还是同僚间的酬赠,已无甚个性可言,可以说亦难以摆脱这个时代文学的通病:"作者皆不得已,应人之求,岂特少天趣,而学力亦不逮矣。"⑧前举如高棅《木天清气集》被批"应酬冗长,尘坌堆积",王恭《凤台清啸》反而"湮晦不传",恰可印证。

二、闽派诗人在馆阁文坛的地位

在永乐初的殿阁词林,闽派诗人确有文学才能方面的声名,其著者如

---

① 《虚舟集》卷首。
② 《虚舟集》卷四。
③ 《闽中十子诗》卷一二。
④ 《白云樵唱集》卷四。
⑤ 《耕隐集》卷上,明天启七年邓庆案刊本。
⑥ 《翰林记》卷一九"文体三变"条。
⑦ 同上。
⑧ 同上。

王偁、王恭与王褒，与时任翰林检讨的钱塘人王洪一起，"当时词林称四王"①。据前所举，王洪与王偁、王褒又并任《永乐大典》副总裁。此人于诗极为自负，自以汉魏标格，谓"终不作六朝语"，而实则效习李白，王偁对他颇为推重②。不管其才名是否相符，与之同列者，闽人已居其三。

三人之中，王偁最称才俊，名气也最大，在当时又与解缙、王洪、王达、及王璲"号东南五才子"③。解缙在建文四年（1402）创建内阁制度时，以侍读学士，与黄淮、杨士奇、胡广、金幼孜、杨荣、胡俨并值文渊阁，预机务④，是早期内阁的领袖人物，主持纂修《文献大成》及《太祖实录》等一系列重大文化工程，原本甚为成祖爱重。他亦是极富文学才华之人，所谓"才气放逸，下笔不能自休，当时有才子之目"⑤，曾棨在为其所作行状中曾描绘说："或半酣兴至，落笔数千百言，倚马可待，未尝创稿，人以太白拟之。"⑥确实，他的诗即以学李著称，歌行尤有成就。或许是才子之间的惺惺相惜，解缙对王偁非常欣赏，以为当时为修史及纂《大典》，"内外儒臣及四方韦布士集阙下者数千人，求其博洽幽明，洞贯今古，学博而思深，为吾太史三山王君孟扬者，不一二见"，"余且第其人品，当在苏长公之列，文之奇伟浩瀚亦类；至于诗，则凌驾汉唐，使眉山见之，未必不击节叹赏，思避灶而炀"，故"每拟荐自代"⑦，评价是相当高的，且独以为知己。王偁后来于永乐十三年（1415），即坐解缙党下狱死，实皆有他们才性上的原因。王洪，字希范，大致情况已见前述。王达，字达善，无锡人。洪武中举

---

① 参见钱谦益《列朝诗集小传》乙集《王侍讲洪》，第170页。王偁集中有《阁下赠同官王洪》(《虚舟集》卷四）。
② 同上。
③ 钱谦益《列朝诗集小传》乙集《王读学达》记曰："达善有盛名，与解大绅、王孟扬、王汝玉辈，号东南五才子。"（第176页）所举尚缺一人。朱彝尊《曝书亭集》卷一六《王洪传》载："洪敏于才。在翰林时，帝方怀柔远人，属国以方物贡者不绝，麒麟、白泽、驺虞、芝草、醴泉，凡有歌颂，以命洪，辄立就。与解缙、王偁、王班、王达，号东南五才子。"所举虽全，然其中王班当以王璲为是。班，字汝嘉，璲之弟，亦召入翰林。洪熙中，入直文渊阁。然钱谦益谓"文誉亚于二兄（按：璲又有兄琎，字汝器），诗无足采"。参见《列朝诗集小传》乙集《王宾客璲》附《王主事琎、翰林班》（第166—167页）。
④ 参见《明史·解缙传》。
⑤ 《四库全书总目》卷一七〇《文毅集》条，第1482页。
⑥ 《内阁学士春雨解先生行状》，解缙《文毅集》附录，《文渊阁四库全书》本。
⑦ 以上均见解缙《虚舟集序》，《虚舟集》卷首。

明经,除国子助教。永乐中,擢翰林编修,迁侍读学士,与胡俨、杨溥等并任纂修《永乐大典》的总裁官。他在当时亦有盛名,惟钱谦益读其所传《耐轩》、《天游》二稿,觉"诗文皆平蕪,不称其名",因而颇为不解①。王璲,字汝玉,长洲人。洪武末,以荐摄郡学教授,擢翰林五经博士。永乐初,进检讨、左春坊右赞善,预修《大典》。王璲亦当时著名才士,其诗最为仁宗所喜②,"仁庙在东宫,特深眷注,尝与群臣应制,撰《神龟赋》,汝玉居第一,解缙次之。汝玉后进,声名大噪,出诸老臣上,又与解缙、王偁辈互相矜许,遂被轻薄名。"③永乐七年(1409),王璲每日于文华后殿为东宫道说作诗之法,还因此引发了杨士奇与太子之间那段有名的关于诗的对话④。四库馆臣引《静志居诗话》称:"其诗不费冥索,斤斤唐人之调。"又谓"今观其诗,音节色泽,皆力摹古格,颇近于高棅、林鸿一派,诚有拟议而不能变化之嫌。"⑤则其宗尚可见。王璲对王偁亦是赞赏有加,以为他是"信乎可以继前人之风,相与角立于百代之下者","予老而无能为矣,继《清庙》《生民》之什,以鸣国家之隆者,非孟扬谁望焉"⑥,以王璲之自负,能对王偁如此推许,可证王偁在当时馆阁确是一颗耀眼之星。

据今存王偁之《虚舟集》,他与人们普遍认为是"台阁体"作家的胡广、黄淮、曾棨等人皆曾有过集会唱酬⑦;三杨中以文学著称的杨士奇,与王偁亦有交,从他为王偁门人林志所作《墓表》对王、林二人性情之描述来看,对王偁还应有相当的熟悉与了解⑧。胡广、曾棨与解缙一样,诗皆学李白,这也是元代后期馆阁文学的一种风尚,胡广的歌行也还颇有风致;而如杨士奇,或可属诸学杜者之列;至于黄淮,于诗亦宗盛唐,其集中

---

① 参见《列朝诗集小传》乙集《王读学达》,第176页。
② 王世贞《艺苑卮言》卷五:"仁宗皇帝在东宫时,独好欧阳氏之文,以故杨文贞宠契非浅。又喜王赞善汝玉诗。圣学最为渊博。"见《明人诗话要籍汇编》,第2487页。
③ 参见《列朝诗集小传》乙集《王宾客璲》,第166页。
④ 参见《翰林记》卷一一《评论诗文》。
⑤ 《四库全书总目》卷一七〇《青城山人集》条,第1483页。
⑥ 王璲《虚舟集序》,《虚舟集》卷首。
⑦ 如《元夕黄庶子淮宅咏莲花灯和胡学士广韵》、《送曾侍讲棨从幸北京》等,皆见《虚舟集》卷五。
⑧ 参见《故奉训大夫右春坊右谕德兼翰林侍读林君墓表》,《东里文集》卷一六,明嘉靖刊本。又从杨士奇集中《题王孟扬检讨鹡鸰图》(《东里诗集》卷一,版本同上),其跋《黄庭经二帖》:"近得之王孟扬检讨……"(《东里续集》卷二一),皆可证其交往。

有《与节庵论唐人诗法因赋长律三十五韵》,虽结论与杨士奇等"台阁体"领袖的主张如出一辙,"要使从容归大雅,须教敦厚更温柔"①,然探讨唐人诗法实颇有心得。对他们来说,与王偁这样标持甚高而又专力于文事的才士有文学的交往,应该多少会在文学价值取向上受到一些实际的影响。王偁的影响还不仅表现在其创作上,他本人曾编有《皇朝诗选》一书②,这大概可以显示其拥有的文学权力,又可以藉此宣示自己的文学主张,可惜此书已佚,他的编选标准以及所蕴涵的种种批评观念,我们在今天已无法看到。不过,从稍后杨士奇对它的首肯,认为在明初,"我国家文运隆兴,诗道之昌,追古作者,选录不啻十数家,然惟刘仔肩、王偁所录为庶几焉",而王偁此选,又比刘仔肩《雅颂正音》"精且详"③,我们还是能窥见其大致规模以及笼罩在正统视阈下体现"盛世之音"的一面。

  王恭在当时是以寄迹山林的高士形象出现在都中人士面前的,他的特殊经历,所谓"少业为士,漫游江海间;中年乃弃去名迹,葛衣草履,樵隐于七岩之山"④,对于一般依循常规成长道路走来的士人来说,颇具浪漫色彩;而对于急于牢笼普天下文人士子的统治者来说,又是最好的"野无遗贤"的一个例证,如同在翰林的闽人林环所谓"益信天下之所以昌"⑤。因此,自其永乐四年(1406)被征至京师后,围绕着这个"皆山樵者"形象,一时如解缙、曾棨及同里在京为官的林慈、王偁、林仲贞等,各赋赞、说、传、记、辞之篇,成为一段佳话。他们表彰他的只是诗歌方面的成就,解缙说:"善为诗,有唐人风格,盖博学隐者云。"⑥曾棨亦说:"工于诗,有盛唐之音。"⑦故前引邓定《送王安中典籍赴阙》诗谓"凤台争诵《白云》篇,应制三时在御前",应该不是一种夸饰,林环就有"无何,果以诗名彻宸听,

---

① 《省愆集》卷一〇,《文渊阁四库全书》本。
② 见《千顷堂书目》"总集类"著录,上海古籍出版社 1990 年版。
③ 参见杨士奇正统元年(1436)所撰《沧海遗珠序》,沐昂《沧海遗珠》卷首,《文渊阁四库全书》本。
④ 王偁《皆山樵者传》,《白云樵唱集》附录。
⑤ 《白云樵唱集序》,《白云樵唱集》卷首。
⑥ 解缙《皆山樵者赞》,《白云樵唱集》附录。
⑦ 曾棨《皆山樵者辞序》,《白云樵唱集》附录。

得翰林典籍"①的说法,表明他的诗在内廷颇有流传。

相比较之下,王褒的才名要略逊一筹,钱谦益亦持这样的看法:"中美与孟扬、安中齐名,其诗殊乏才情,不堪鼎足,或其佳者不传耳。"②他的诗文集《养静斋集》十卷倒是留存至今,或许只是因为他不像王偁、王恭那么有个性,为人处世亦有意识地以清慎、中庸为原则,因而自然就显得低调一些。不过,这种风致大概更符合馆阁体的要求,故史载永乐中,"时海内无事,每遇祯祥或令节,辄命从臣赋诗,褒应制多称旨"③。而从李时勉《题林志善诗后》,记此卷诗文乃永乐初翰林诸公为前南康太守林仕敏所作,"当时作者十五六人,自修撰王褒先生而下三数人,为前辈旧德,馀皆吾同年友也,今多物故……其尤可感也"④,应可看到他在当时翰苑还是有地位的。

三王之外,闽派诗人在馆阁而以诗名者,当然还应有高棅。该诗派后劲林志在为其所作墓志铭中称"先生与皆山并以诗遇今上","平生赋咏,流传海内","在翰苑二十年,四方求诗画者,争致金帛修饩"⑤,似乎在当时有不小的影响。他集中的一些应制诗及与同官翰林的梁用行、王偁等人的酬和之作,也反映了他在馆阁的文学活动情况。不过,不知是因为他官运方面的问题,还是有什么别的原因,差不多同时期的那些著名"台阁体"作家的著述,却几乎没有提到他的,包括他那被《明史·文苑传》认为是"终明之世,馆阁宗之"的唐诗选本——《唐诗品汇》或《唐诗正声》。这里的情况比较复杂,我们将在下面专门再作一些讨论。倒是像陈仲完、陈登这样世家背景的馆阁之臣,在他们生前身后,颇受杨士奇、杨荣、金幼孜等内阁重臣的敬爱,杨士奇为仲完作过像赞(《东里续集》卷四五)及传(同上卷四三),为陈登作过像赞(同上)与墓志铭(《东里文集》卷一九);杨荣也为仲完作过画像赞(《杨文敏公集》卷一六)及墓志铭(同上卷二一),金幼孜则为陈登作过画像赞(《金文靖公集》卷一〇),并为登父陈仲

---

① 《白云樵唱集序》,《白云樵唱集》卷首。
② 《列朝诗集小传》乙集《王纪善褒》,第181页。
③ 《闽中理学渊源考》卷四四《纪善王中美先生褒》。
④ 《谥忠文古廉文集》卷八。
⑤ 《漫士高先生墓铭》,《蓈斋集》卷六。

进的诗集作跋,以"其辞气雍容而意趣深长者,必太平治世之音"①相表彰。在这些阁臣的眼中,无论陈仲完、陈登,都已经具有相当典型的台阁作风,"其学问之得,必本于经;其文章之达,不骛乎名。气宇蔼阳春之和,襟抱含冰雪之清"②,"其中之夷夷,其外之怡怡;其学无所不窥,其辩浩乎若驰。……盖优游翱翔石渠天禄,而探玄抉秘商鼎周彝"③,从他们身上,我们可以感受到,至永乐中后期,闽派诗人如何随着政治文化体制一体化的进程,已被彻底改造成顺应时代潮流的审美风致。又永乐初在国子助教任上的郑定,作为闽派前辈诗人,在当时馆阁其实也颇有影响,我们从下面所举馆阁诸公奉和其《退朝左掖闻莺》之作,多少可以得到证实。

  自永乐后期开始,"闽中十子"诗派的传人仍接续他们的前辈继续在馆阁发挥作用。他们的代表人物是:林志(1378—1427),字尚默,闽县人。永乐壬辰(1422)礼部会试第一,廷试第二,赐进士及第,授翰林编修、承事郎。甲午(1424)召赴行在,预编《性理》及《四书五经大全》,受赐赉,升文林郎。他是王偁的门人,"其学博究经史百氏及星历医卜之说,咸得其要领"④,"所著诗文,雄健简古"⑤,有《蔀斋集》传世。马铎(1566—1623),字彦声,长乐人。永乐壬辰(1422)进士第一,授翰林修撰。早年受《礼》于郑定,"遂旁通《易》、《诗》、《书》,于子史百家多所博涉。为文援笔辄就"⑥,惜授官不久即辞世。有《梅岩集》二卷,已佚。陈叔刚,名榢,以字行,闽县人。永乐辛丑(1431)进士。宣德初,拜监察御史,预修《实录》。迁翰林院修撰,擢侍读,充经筵讲官。以文行名。据载,叔刚"乃就谕德林尚默先生问古文法,先生作《原文》贻之,归则旁搜远讨,其功倍于肄举业时,其学与文遂并进"⑦。同陈仲完、陈登一样,这些人也已经完全浸淫于台阁审美风致,如林志,远比其师王偁要"谨静守约"⑧,"在

---

① 《书南雅集后》,《金文靖公集》卷一〇,明成化间刻弘治六年重修本。
② 《陈仲完像赞》,《东里续集》卷四五。
③ 《陈思孝像赞》,《东里续集》卷四五。
④ 杨士奇《故奉训大夫右春坊右谕德兼翰林侍读林君墓表》,《东里集》卷一六。
⑤ 杨荣《故奉训大夫右春坊右谕德兼翰林侍读林君墓志铭》,《杨文敏公集》卷二一。
⑥ 杨士奇《故翰林修撰马君墓志铭》,《东里文集》卷二〇。
⑦ 刘球《翰林侍读承直郎陈公行状》,《两溪文集》卷二二,《文渊阁四库全书》本。
⑧ 杨士奇《故奉训大夫右春坊右谕德兼翰林侍读林君墓表》,《东里集》卷一六。

朝十有五年,入则恭勤趋事,惕然警励……退则静坐一室,优游疏散,醉吟自适,淡然若与世事不相干者"①;马铎亦然,为人"质实无伪",其志淡雅,"闲暇读书鼓琴以自适,所居据山林之胜"②;而"叔刚温雅洁悫,出言行事皆有思;裁为文,亦复如是"③,皆表现出这个时代的政治精英普遍具有的看似醇雅和厚、实则恭敛谨慎之特质,亦因而皆为以"三杨"为首的阁臣相引重。

三、世运与格调:一种"鸣盛"范式的建立

馆阁文人的诗歌创作,最为常见的,不外乎应制与同僚间的酬赠,前者是一种职分,后者则属文人传统,唐宋以来,莫不皆然。随着新王朝的建立,一个极为迫切的问题是,文学如何能寻索到与这样一个气化隆洽、治教休明的空前盛世相称的表现形式,既然明初统治者与歌颂者都自以为"自三代以降,未有盛于今日者也"④,那么,它就必然要求文学也能有超越前代的新气象(故明代前期的文人常常以"凌驾汉唐"相号召),至少应该扫却元代馆阁被认为是萎弱丽靡的积习,这属于新时代馆阁文人构建官方意识形态中一项很重要的任务,而闽诗派恰恰在这一需求上有所作为。

就应制诗而言,当初林鸿于洪武中在京师任礼部精膳司员外郎,太祖朱元璋尝试《龙池春晓》、《孤雁》二诗,一日名动京师,已经显示了闽派诗人是如何为"鸣国家之盛"奠定基调的。若再往前追溯,甚至还可与洪武元年(1368)侍讲学士张以宁因"钟山赋诗"博得朱元璋欢心相联系⑤。林鸿这两首诗,就诗题来说不见于今存《鸣盛集》中,然由其集中如《甘露应制》、《春日游东苑应制》、《春日陪车驾幸蒋山应制》四首等,仍可看到其应制诗一类的基本风貌。胡应麟尝论曰:"子羽七言律,如'珠林积雪明山殿,玉涧飞流带苑墙','诸天日月环龙衮,九域山河拱象筵','衲经雁

---

① 杨荣《故奉训大夫右春坊右谕德兼翰林侍读林君墓志铭》,《杨文敏公集》卷二一。
② 杨士奇《故翰林修撰马君墓志铭》,《东里文集》卷二〇。
③ 《闽中理学渊源考》卷四三《侍读陈先生叔刚》。
④ 金幼孜《师子赋》,《金文靖公集》卷一。
⑤ 参见《明史·张以宁传》。

宕千峰雪,定入峨眉半夜钟','云边夜火悬沙驿,海上寒山出郡楼',皆气色高华,风骨遒爽。而诸选家例取其'堤柳欲眠莺唤起,宫花乍落鸟衔来'等句,乃其下者耳。"① 胡氏所举前两联,即出自《春日陪车驾幸蒋山应制》其一颈联与其二颔联,前一联《鸣盛集》中作"珠林霁雪明山殿,玉涧飞泉近苑墙";而"诸选家""例取"的一联,出自《春日游东苑应制》颈联。他的用意,无非是要论证林鸿诗如何体现其以盛唐之音为宗尚,故所摘诸句,皆取其盛大、遒丽之气象、格调,所谓"气色高华,风骨遒爽",能表现出与辉煌盛世的某种对应性;而"诸选家""例取"的一联之所以"乃其下者",应该是他认为犹未脱元代馆阁习气。当然,这样的评价,代表了"七子"格调派的价值标准,然正是从他们这一派的视角,或许更能够让人理解什么才是表现盛世气象的形式、风格。

　　永乐初在馆阁的闽派诗人,亦毫不例外地担当起"以供奉文字为职,凡被命有所述作"②这样的职责,只要朝廷有重大事件,皇帝有重大活动或逢节令、瑞应等喜庆,他们都会和其他阁臣一起,奉命进献应制诗赋。试举数例:永乐四年(1406)十二月,新城侯张辅代成国公朱能率讨安南军分道进兵,拔多邦城,直捣其东、西二都;次年五月,安南尽平③。当时馆阁众臣如杨士奇有《平安南诗》(《东里文集》卷二三),王璲有《平安南诗》(《青城山人集》卷一),梁潜有《平安南颂》(《泊庵集》卷一),夏原吉有《平安南赋》(《忠靖集》卷一),齐声颂扬当今天子服远之威德,而王褒亦以《平安南颂》(《闽中十子诗》卷二七)恭预其事。永乐五年(1407)二月,朱棣命建普度大斋于灵谷寺,为高帝高后荐福。时有诸多祥瑞出现,史载学士胡广等咸献《圣孝瑞应》歌诗④。在其列的如杨士奇也作有《圣孝瑞应诗》(《东里续集》卷五四),此外便是王褒作《圣孝瑞应诗》(《闽中十子诗》卷二七),王偁作《蒋山法会瑞应诗应制作》(《虚舟集》卷四),皆竭力为太平景象礼赞。永乐十年(1412)十月,朱棣狩于城南武冈,先夕

---

① 《诗薮》续编卷一,第343页。
② 《翰林记》卷一一《应制诗文》。
③ 其事之原委经过,参详《明史·安南传》。
④ 参见《明史·郑和传》。

有甘露降;次日狩阳山,甘露复降。于是,大臣皆以之为天地至和之应,又纷纷进献应制诗赋。如杨士奇作《甘露赋》(《东里文集》卷二四),杨荣作《甘露诗》(《杨文敏公集》卷一),而高棅也有《瑞应甘露诗并序》(《闽中十子诗》卷一一)。

在今天看来,这类应制诗实在没有多大的文学价值,歌功颂德的主旨,千篇一律的话语,毫无个人性情可言,即就所谓的格调而言,亦如晚明性灵诗人批评"七子"一派的模拟,是"假气格"。不过,在当时的情势下,诗取什么样的格调(特别是诸如此类进上之诗),却有着关系到能否表现胜国治世独有的精神内蕴与自位形象的重大现实意义;而馆阁众臣纷纷进献的群体性行为,既是一种竞技性的诗艺训练,又会在相互砥砺中彼此产生影响。闽诗派原来即以"卓卓乎其可尚者,又惟盛唐为然"[1]之诗学主张为标识,就在此际,连同其创作实践,成为影响"台阁体"诗风取向的一种主导倾向。譬如,《早朝》一类的诗,自唐代以来就是各级臣工表现公共政治领域意识与作为的一种职业化主题,在馆阁更是司空见惯,亦常为应制之作。王偁在翰林时,就曾撰有《元日早朝》,诗如下:

> 钟山瑞霭晓苍苍,紫禁犹传玉漏长。双阙旌旗低凤辇,千官环佩列鸳行。恩光已共阳和布,草木均霑雨露香。独愧此身无补报,年年万岁祝尧觞。[2]

此诗以苍茫掩映的"钟山瑞霭"为背景,然后再聚焦至紫禁城内雄伟的建筑与列班众臣森严的仪仗,气象阔大,气势非凡;而阳光雨露之溥扬君德的主旨与一片精诚的表忠方式,又鲜明而自然地与万物更新、世运长盛的意蕴联系在一起,确实有一种广大清明之气,音调亦堪称宛亮。高棅因作《奉和王检讨元日早朝》相角胜:

> 严城初启漏声残,闾阖平分曙色阑。一叶仙茣迎淑气,九重宫树

---

[1] 王偁《唐诗品汇序》述高棅所论,《唐诗品汇》卷首,第4页。
[2] 《虚舟集》卷五。

却春寒。天近蓬莱瞻日月,风回环佩缀鸳鸯。共膺舜历三阳泰,长奉尧尊万岁欢。①

同样的广大清明气象,同样的颂圣体式。若究其风格渊源所自,我们自然会联想到他们高相标举的盛唐之音的宗尚。下面这首高棅的《拟岑补阙参奉和早朝大明宫之作》可以用来作为一种证据:

   明光漏尽晓寒催,长乐疏钟度凤台。月隐禁城双阙迥,云迎仙仗九重开。旌旗半卷天河落,阊阖平分曙色来。朝罢佩声花外转,回看佳气满蓬莱。②

无论作法、风格,说高棅的这首诗与上一首诗如出一辙,大概是并不为过的,而它恰恰是摹拟岑参同题诗的产物。胡应麟因此对此首颈联所表现的气象极为赞赏,曰:"高廷礼《拟早朝大明宫》及《送王李二少府》诗,如'旌旗半卷天河落,阊阖平分曙色来','清川雨散巴山出,大泽天寒楚树微',殊有唐风。国初袭元,此调罕睹。"③明确指出这样的拟唐之作一变元人习气,开启了新朝盛世之诗风。他的这种评价,也是"后七子"领袖的共同看法,以持择苛严著称的李攀龙《古今诗删》,在其明七言律部分,就将此首选入④;王世贞亦以"旌旗半卷天河落,阊阖平分曙色来"这一联为佳,而特摘句标示⑤。恐怕高棅自己亦极珍爱这样的句子,不然他不会不避嫌疑而反复使用的。作为对照,我们可再举一首同期馆阁文人王绂(字孟端,无锡人)所作的《用韵元日早朝和邹先生(缉,仲熙)》为例,诗曰:

   珊珊珂佩共趋朝,彩仗森严拥戟旄。仙乐奏随方物表,天香飘及

---

① 《闽中十子诗》卷一三。
② 同上。
③ 《诗薮》续编卷一,第342—343页。
④ 见《古今诗删》卷二八,明万历间汪时元刊本。
⑤ 参见《艺苑卮言》卷五,见《明人诗话要籍汇编》,第2491页。

近臣袍。风微玉陛春光早,露湿金茎日影高。班退又闻催入醮,宫花簪帽醉葡萄。①

这首同题唱和诗在气象、格调上,与王偁、高棅之作就有着相当明显的差异,显然仍沿袭了元代后期馆阁诗那种丽靡清婉的风习,四库馆臣对其诗有一整体评价,谓之"结体稍弱"②,应该还是中肯之言。由此观胡应麟论高棅诗功绩所说的"国初袭元,此调罕睹",不为无据。在这里,如果我们将杨士奇的一首《早朝应制》也拿来比对的话,则闽诗派那种开启新朝盛世诗风的作用,或许可以得到更为清晰的呈现。其诗如下:

天香初引玉炉熏,日照龙墀彩仗分。阊阖九重通御气,蓬莱五色护祥云。班联文武齐鹓鹭,庆合华夷致凤麟(是日南夷贡麟)。圣主临轩万年寿,敬陈明德赞尧勋。③

我们看到,杨氏此作所表现的意蕴与种种特征,无疑更近王偁、高棅诗的盛唐气格,合乎那种颂圣鸣盛的范式。从他自己对"唐贞观、开元之际"诗的推崇,以为"读其诗者,有以见唐之治盛于此;而后之言诗道者,亦曰莫盛于此也"④,亦显示了其在诗歌价值取向上的认同。虽然他们在"治道"或"诗道"上各有侧重,这也正可看出闽诗派致力于文事所作的贡献,但在要求文学建立一种与新朝盛世相对应的表现形式之认识上却是一致的,这是闽诗派能够在馆阁产生影响并流行的基础。

馆阁之臣相互间的唱酬,是介乎所谓公领域与私领域之间的一种情志交流的行为,当新政权建立后,它同样存在着应该如何体现世运、如何构建合乎官方意识形态的审美风致问题。在永乐初,以闽派诗人为主体,有不少其他阁臣参与,曾经围绕着闽派前辈诗人郑定所作的《退朝左掖闻

---

① 《王舍人诗集》卷四,《文渊阁四库全书》本。
② 《四库全书总目》卷一七〇《王舍人诗集》条,第1483页。
③ 《东里诗集》卷二。
④ 《玉雪斋诗集序》,《东里文集》卷五。

莺》诗,展开了颇为盛大的唱和活动。这一事件,恰可用来说明当时的这些文学侍从之臣,如何通过这种特定的公务闲暇场景,来表现一种唯治平盛世才有的和乐之性情、宽裕之心境,进而以个人心性修养为发端,自觉加入意识形态一体化的建设。郑定的原诗已不存,馆阁众臣的唱和之作择要列举如下:

王恭《奉和国子先生郑孟宣退朝听莺之作》:

蓬莱佳气满瑶京,禁柳青青听曙莺。辇路乍闻千啭晓,春风遥度万家声。近随天仗和鸾驭,散入云门间玉笙。不独清平歌此调,高台还有凤凰鸣。①

王偁《退朝左掖闻莺追和郑纪善之作》:

帝城春早觉春和,朝罢莺声送佩珂。文羽不随天仗散,调音偏傍上林多。娇连苣石花前听,响杂云韶柳外过。却忆故园芳树底,停杯为尔罢狂歌。②

王褒《次郑校书左掖闻莺之作》:

白头著作丈人行,左掖闻莺有短章。委佩乍分花外仗,停骖归滞柳边墙。谪仙老去乡心切,贾至才高野趣长。自笑云泥踪迹异,无因倾耳接飞觞。③

王璲《左掖闻莺和郑孟宣助教》:

落絮飞花满禁城,万年枝上一莺鸣。全非幽谷间关调,总是东风

---

① 《白云樵唱集》卷三。
② 《虚舟集》卷五。
③ 《闽中十子诗》卷二八。

宛转声。啼处尚含求友思，断时犹带惜春情。朝回左掖门前听，却讶箫韶奏九成。①

杨士奇《和郑孟宣助教左掖闻莺》：

新莺飞集万年枝，宛宛流音欲曙时。乍协仙韶当紫殿，更谐琼佩近彤墀。九天春日初留听，千里云林独系思。惟有郑虔才调绝，朝回洒翰一题诗。②

以上这些诗，无一不是大笔抒写闲逸优雅之情致，用李昌祺《左掖闻莺次前人韵》"惟有词臣最闲暇，轻摇玉佩让和鸣"③两句来表述，最为贴切。其表现仍是一种清明的气象，春和景明，鸟鸣宛转，诗人以优柔不迫、从容淡定的心态，在花前柳下随意捕捉着娇莺清音，形诸声诗，则自然词气安闲，韵调停匀，毫无山林枯槁之态。这是一种所际盛时而又对个人政治境遇志满意适的私人化、情绪化表述，每个人都从这样一种规定情景出发，在渲染、推助看似出之个人兴致的风流蕴藉之情怀的同时，既彰醇和温雅的心性修养，又不失时机地颂扬时代气运之盛，说到底，还是一种"鸣国家之盛"的诗歌表现形式。与前述应制诗一类的创作情形相似，活跃于馆阁文坛的闽派诗人，在这一类诗上，亦以其某种示范效应，在构建所谓的"鸣盛"范式上起到了积极的作用。

四、高棅唐诗选本的刊行及其意义

《明史·文苑传》高棅传如下一段话常为人所引述："其所选《唐诗品汇》、《唐诗正声》，终明之世，馆阁宗之。"按照这样的说法，意味着闽诗派以盛唐之音为宗尚的诗学主张，通过高棅这两个唐诗选本，对馆阁文坛产生了相当持久的影响。四库馆臣亦承其说，并将实现"坛坫下移"的李梦

---

① 《沧海遗珠》卷二。
② 《东里诗集》卷二。
③ 《运甓漫稿》卷五，《文渊阁四库全书》本。

阳、何景明辈摹拟盛唐之胚胎,也追溯至高棅之选。如若此说成立,对于我们论述明初闽诗派对于"台阁体"诗风的影响,当然是极重要的论据。然而问题是,这实在是一种相当笼统且含混的说法,既没有指出其所依何据,更没有具体说明高氏之选于何时开始在馆阁流行,故已有学者根据对明代前期流行的唐诗选本实际情况的考察,对此说进行质疑,认为高棅选本的影响要到嘉靖以后才显明①。

在以三杨为首的阁臣的著述中,确实都没有任何提及高棅《唐诗品汇》或《唐诗正声》之处,诚如论者所指出的,当时最为通行而且最受重视的唐诗选本,是高棅所祖述的元杨士弘的《唐音》。高棅的《唐诗品汇》始编于洪武十七年(1384),完成于洪武二十六年(1393),之后又于洪武三十一年(1398)完成《唐诗拾遗》十卷,皆其在闽期间所编,可能确实没有及时刊印,即有闽中诗友王偁、林慈、马德华先后为序而褒扬之,影响也仅限于他们周围的这个文学小圈子。高棅的《唐诗正声》情况有所不同,前章已述,据黄镐成化十七年(1481)重刊时所撰序,知该编完成于高棅生命的最后阶段,而那意味着乃在馆阁期间所为。说起来,这是一个《唐诗品汇》的精华本,但既然山林与馆阁居处已不同,他对旧编重加筛选,所考虑的应该不止是部头大小的问题②,更重要的还有价值标准的调整或重新确定。桂天祥《批点唐诗正声》卷首《凡例》中有一段文字,有学者指出最早见于嘉靖三年(1524)胡缵宗序刻本③,曰:

> 因编《唐诗品汇》一集,……切虑博而寡要,杂而不纯,乃拔其尤,汇为此编,亦犹精金粹玉,华章异彩;斯并惊耳骇目,实世外自然之奇宝。题曰《正声》者,取其声律纯完而得性情之正者矣。

---

① 参见陈国球《唐诗选本与明代复古诗论》,《唐代文学研究》第五辑,广西师范大学出版社1994年版,第754页、第770—773页。以下有数则材料转引自该文,特此说明。拙文结论虽与该文稍有出入,然从考察角度到材料举证,由该文受益良多。

② 《唐诗品汇》全书凡九十卷,计选录作者620人,作品5 769首。其后又再取诸书,掇漏搜逸,复增作者61人,作品954首,附于《唐诗品汇》之后,成《唐诗补遗》十卷。该书亦有单行本行世,参详孙琴安《唐诗选本六百种提要》之《唐诗拾遗》条,陕西人民教育出版社1987年版,第91—93页。

③ 参见周兴陆《关于高棅诗学的两个问题》,《学术界》2007年第1期。

不管这段文字是否为高棅所撰,至少此集被解读出这样一种倾向,原来《品汇》所持标尺实际偏重于"声律纯完"一侧,所谓"别体制之始终,审音律之正变"①,现在则似乎强调与"得性情之正"并重;"正声"之谓,显然有官方意识形态影响的色彩。

该著在高棅身后二十年,即正统七年(1442),由同乡后学彭曜捐俸锓梓,彭氏时任明威将军金吾右卫指挥佥事。上引黄镐《唐诗正声序》亦已提到:"时同乡金吾指挥佥事彭伯晖,从学于先生之门,乃捐俸锓梓,以成先生之志,然斯板珍藏于家,得之者少。"其谓得其板者少当然是事实,他自己也是"历仕途几四十年,遍访之,尚不可得",直到成化十六年(1480)赴任南京户部尚书,方从彭曜之子手中得此藏板,并于次年刊行;然这只能说明几四十年间未尝有人持此板重刊,却并不意味着正统七年彭曜首刊本未曾行世。不仅如此,当年彭曜"谋欲锓梓,以广其传",又尝请时任南京国子祭酒的陈敬宗为作《唐诗正声序》,陈氏还是给予了"夫《三百篇》不可尚矣,今兹获睹是编之出,俾学诗者得以辨论邪正而取则焉,岂曰小补之哉"②这样的高度评价。敬宗(1377—1459)字光世,慈溪人。永乐二年进士,与曾棨等选为庶吉士,与修《永乐大典》,授刑部主事。永乐十二年(1414),召入修《五经四书大全》,继修《太祖实录》,改翰林侍讲。宣德初,转南京国子司业,九年秩满,升祭酒,与北监祭酒李时勉称"南陈北李"。景泰元年(1450)致仕③。他基本上可算是与高棅同时代的人,以其德望文章以及代表官学的身份,而能为《正声》题拂,其意义便非同一般。因此,尽管分别卒于正统五年(1440)、九年(1444)的杨荣、杨士奇等,已不能见到或可能未及见到该著,但该著梓行后应该至少在南北两都会有一定的影响。

其实,上引《明史·文苑传》的说法应该还是有依据的。四库本《词林典故》卷三载:

---

① 参见高棅《唐诗品汇总叙》,《唐诗品汇》卷首。
② 以上引文见陈敬宗《唐诗正声序》,《澹然先生集》卷三,清钞本。
③ 见黄佐撰《朝议大夫南京国子监祭酒赠礼部右侍郎谥文定陈公敬宗传》(《国朝献征录》卷七十四),《明史》卷一六三亦有传。

> 按《明会典》，凡庶吉士以学士二员教习。然洪武中宋濂、永乐中解缙，皆领庶吉士，未尝抗颜为师也，至正统戊辰乃为定制。先是，庶吉士俱于东阁进学；至是令于本院外公署教习。其教庶吉士，文用《文章正宗》，诗用《唐诗正声》。

《词林典故》一书，清乾隆九年（1744）重修，主其事者恰为主纂修《明史》的张廷玉。而这样的说法，明人中亦不鲜见，如四库本《春明梦馀录》卷三二"庶吉士"条载万历中管志道奏疏曰：

> 自正统以后，抡选多非出自圣意，而从阁臣议请举行。亦不得读中秘书，而以《唐诗正声》、《文章正宗》为日课，不知将来所以备顾问、赞机密者，果用此糟粕否乎？

据此，我们知道，正是自馆阁重又趋于重视词章之学的正统末以来[1]，高棅的《唐诗正声》与真德秀的《文章正宗》一起，被用来作为翰林学士教习庶吉士古文辞的课本，那意味着是指导台阁文学写作的范本。

至于高棅《唐诗品汇》的刊刻时间，崇祯本《唐诗品汇》张恂《重订唐诗品汇序》谓："是书始自成化间，陈公炜所刻。时公观察西江，意者校雠未得其人，故亥豕鲁鱼，流传相袭。"陈炜（1430—1484），字文耀，闽县人。天顺四年（1460）进士，选监察御史。成化六年（1470），迁江西按察副使；成化十年（1474）升按察使，后又晋右布政使。卒于浙江左布政使任上。所著有《耻庵集》十卷。传见彭韶撰《浙江等处承宣布政使司左布政使耻庵陈公炜墓志铭》（《国朝献征录》卷八四）。张恂仅谓陈炜刊刻《品汇》于"观察西江"时，未言具体年份，而上海图书馆藏有一种《唐诗品汇九十卷拾遗十卷诗人爵里详节一卷》，著录为成化十三年（1477）刻本，在时间上恰与其任江西按察使吻合。虽然四库馆臣说他"诗文非所注意"[2]，然

---

[1] 《翰林记》卷四《公署教习》记曰："正统以来，在公署读书者，大都从事词章，内阁所谓按月考试，则诗文各一篇，第其高下，俱揭帖开列名氏，发本院立案，以为去留之地。"
[2] 见《四库全书总目》卷一七五《耻庵集》条，第1559页。

实际上他是前面提到过的从林志学古文的陈叔刚之子①,可谓传承有自,刊布此选,应该有发扬闽诗派诗学之意图。根据现有的资料,除桑悦(1447—1503)曾为《唐诗品汇》作跋外②,莆田林俊(1452—1527)在其《严沧浪诗集序》中亦曾言及高棅《唐诗品汇》③,则此著在成化、弘治间应已流传,李东阳未提到高棅此选及《唐诗正声》,恐怕未必能说明它们在当时没有产生影响。又,黄佐为门人潘光统序《唐音类选》称:"宋元以来,选唐诗者独襄城杨士弘有《唐音》、新宁高棅有《品汇》大行于世,皆为词林所尚。"④其实亦可作为一个旁证。黄佐(1490—1566)为正德十六年(1521)进士,嘉靖中始以编修兼司谏,进侍读学士,掌南京翰林院⑤,虽时代更晚,然因屡处馆阁,富于著述,于词林掌故极为娴熟,尝撰有《翰林记》二十卷,故所说当有其据。

从以上的考察,我们得以了解,高棅的这两个唐诗选本,确曾先后于正统七年及成化十三年首刊,在词林或其时文人中开始产生实际的影响,并因此获具某种正统的地位。由其性质而论,这两个唐诗选本,不过是承载闽诗派以盛唐之音为宗尚的诗学主张的媒体,如四库馆臣所说的:"明初闽人林鸿始以规仿盛唐立论,而棅实左右之。是集,其职志也。"⑥其用意,无非是通过对有唐一代诗歌流变与格调的审辨,指出向上一路,树立可从音响体制入手的盛唐诸体诗歌典范,从而指导学诗门径,使得恢复古代诗歌审美理想具有可操作性。在此前提下,才基于杨士弘选本衍生出唐诗"四期"、"九品"的庞大体系,学诗者可据此"识得何者为初唐,何者为盛唐,何者为中唐,为晚唐,又何者为王、杨、卢、骆,又何者为沈、宋,又何者为陈拾遗,又何为李、杜,又何为孟、储、为二王,为高、岑,为常、刘、韦、柳,为韩、李、张、王、元、白、郊、岛之制,辩尽诸家,剖析毫芒"⑦,归根

---

① 参见《闽中理学渊源考》卷四三《侍读陈先生叔刚》。
② 桑悦《跋唐诗品汇》,为《明文海》卷二一二所收录。
③ 见其《见素集》卷六,明万历十三年刊本。
④ 见孙琴安《唐诗选本六百种提要》之《唐音类选》条,陕西人民教育出版社1987年版,第146页。
⑤ 见《明史》卷二八七《文苑三》。
⑥ 《四库全书总目》卷一八九《唐诗品汇》条,第1713页。
⑦ 高棅《唐诗品汇总叙》,《唐诗品汇》卷首,第9页。

结底,首先是为所谓"规仿盛唐"提供具体途径的一个范本。因此,尽管这样一种有形的范本,要到正统及成化、弘治间才开始流传并成为学诗者摹习的依据,却并不意味着在此之前闽诗派的诗学主张就无从产生影响,因为正如前面已经有所分析的,从林鸿到高棅、王偁、王恭等该派主要成员,他们恰恰是通过其"规仿盛唐"的创作实践,为明代前期的馆阁文坛建立一种"鸣盛"范式提供借鉴与示范的。李东阳即曾议论林鸿的创作说:"林子羽《鸣盛集》专学唐,袁凯《在野集》专学杜,盖皆极力模拟,不但字面句法,并其题目亦效之,开卷骤视,宛若旧本。"[1]钱谦益赞同这样的看法:"膳部之学唐诗,摹其色象,按其音节,庶几似之矣。其所以不及唐人者,正以其摹仿形似,而不知由悟以入也。"[2]至于高棅,也几乎把盛唐有成就的诗人的作品摹拟殆遍,尤其是高古远韵的五古与高华典丽的七律,故钱谦益评价其《啸台集》的山居拟唐之作,有褒有贬,所谓"音节可观,神理未足"[3]。王恭亦然,在其所存《白云樵唱集》、《草泽狂歌》中,集中于五七言律体,不仅如李白、王维、高适、祖咏、卢纶、韩翃、韦应物、刘长卿、王建、张籍、姚合等知名诗家的诗皆一一拟作,甚至还有摹拟如窦遗直这样不知名小家的作品。他们这种创作方式,当然有不小的流弊,却正是其特点所在,根源还是在其诗学主张上,更多地取严羽所谓"熟参"的一面,更多地偏重有迹可循的音节、体制乃至气格的层面,这就使得"格调"成为他们实际关注的中心范畴——尽管他们尚未将之标举为一个特别的命题,后人也正是在这个意义上,将林、高为代表的闽诗派看作是格调派之祖。故如钱谦益将张楷遍和《唐音》及李、杜诗之风习的源头,追溯至闽诗派[4],当然也不是无稽之谈,它恰从一个侧面证实了闽诗派在明代前期所具有的影响力。

---

[1] 《麓堂诗话》,见陈广宏、侯荣川编校《明人诗话要籍汇编》,第88页。
[2] 《列朝诗集小传》乙集《高典籍棅》,第180页。
[3] 同上,第181页。
[4] 《列朝诗集小传》乙集《张金都楷》,第192—193页。

第二节　闽籍台阁作家、理学家与国家意识形态

上节已从"闽中十子"诗派成员集聚馆阁一侧,展示在元末明初发展得相当成熟的福建地域社会及其文学如何丧失其基础与个性,自觉不自觉地被纳入官方文学体制,永、天之际六十馀年盛行的"台阁体"文学,成为这个时代士人最具代表性的精神表述。现在,我们再从更高级的闽籍官员一侧,考察他们在参与建构国家意识形态中的作用以及文学上的倾向。

先就明代"台阁体"文学的界定略作阐述。应该说,学界这些年来的研究,基本上已达成某种共识,认为它是一个特定的历史概念,是随着明代内阁制度的建立、完善,由以"三杨"为代表的台阁重臣所创立并倡导的一种诗文表现风格。从时间范围上来说,以永乐一朝为发端,盛行于仁宗、宣宗及英宗前期,至成、弘间,李东阳起而振之,成一转捩。从人员范围上来说,并非仅限于内阁大臣,至少还应包括翰林院、詹事府的官员,而翰林院被认为是这样一支作家队伍的基础构架[1]。

根据这样一种界定,兹据黄佐《翰林记》卷一七、一八,将明初至正德初任职翰林院的闽籍士人摘列如下,我们可比较直观地看到"台阁体"作家基本队伍中福建作者的构成:

正官题名

学士:杨荣(勉仁,福建建安人,庚辰进士第一,永乐十四年四月任,终少师),林文(恒简,福建莆田人,宣德庚戌进士第三,天顺中任),柯潜(孟时,福建莆田人,辛未进士第一,成化三年以少詹事兼)。

侍讲学士:张以宁(志道,福建古田人。洪武初由元学士任)。

---

[1] 可参看简锦松《明代文学批评研究》第二章《台阁体》"前言",第19—21页,台湾学生书局1989年版;廖可斌《论台阁体》,《诗薮鳞爪》第66—72页;黄卓越《明永乐至嘉靖初诗文观研究》第一章第一节"职分、体式与权归台阁",北京师范大学出版社2001年版,第4—6页。

属官题名

侍读：林环（崇璧，福建莆田人，永乐丙戌进士第一）。

侍讲：陈叔刚（福建闽县人，辛丑进士，主事改任），陈全（福建长乐人，永乐丙戌进士第二），陈用（时显，福建莆田人，永乐辛卯庶吉士），谢琏（重器，福建龙溪人，宣德丁未进士第二，终礼部侍郎），陈音（师召，福建莆田人，天顺甲申庶吉士），邓燧（廷耀，福建闽人，成化戊戌庶吉士）。

典籍：王偁（孟阳，福建永福人，国子生。永乐中任，迁检讨），高廷礼（名捷［按："捷"当为"棅"之误］，以字行，福建长乐人，儒士。永乐中任），王恭（福建闽人，儒士。永乐中任），黄约仲（名守，以字行，福建莆田人）。

侍书：苏伯厚。

待诏：沈士荣（福建人。洪武中由儒士任），高廷礼。

史官题名

修撰：丁显（彦晖，福建建阳人。洪武乙丑进士第一），陈郊（福建福州人。洪武丁丑进士第一），王褒（福建闽人，荐举，永乐中任），林环，马铎（彦声，福建长乐人，永乐壬辰进士第一），连景贤（福建人），李骐（彦良，福建长乐人，永乐戊戌进士第一），林震（敦声，福建长乐人，宣德庚戌进士第一），杨寿夫（福建建安人，荐举），柯潜（后升尚宝司卿，仍兼任。馀见前）。

编修：唐震（士亨，福建侯官人。洪武戊辰进士第二），吴言信（福建邵武人。洪武辛未进士第三），杨子荣（更名荣，见前），陈完（仲完，福建长乐人，永乐初任，终左赞善），陈全（见前），林志（尚默，福建闽人，永乐壬辰进士第二，终左谕德），陈景著（福建闽人，永乐乙未进士第三，终教授），龚錡（良器，福建人，宣德庚戌进士第二），谢琏（见前），林文（见前，终学士），赵恢（汝洪，福建连江人，宣德癸丑进士第二），萨琦（廷珪，福建闽人，宣德庚戌庶吉士，终礼部侍郎兼少詹事），赖世隆（德受，福建清流人，宣德庚戌庶吉士），陈音，黄孔昭，邓燧。

检讨：王偁（见前），苏伯厚，陈用，黄寿生（行人，福建莆田人，辛未庶吉士），郑纪，吴希贤。

南京掌院题名

陈全(永乐十八年以侍讲与编修张伯颖留署始),马铎(永乐中以修撰掌院事),陈用(宣德中以侍讲署院,正统七年卒),吴希贤(成化二十三年任南京侍读学士)。

翰林院官入阁题名

杨荣(修撰,洪武三十五年九月任)。

大学士题名

谨身殿:杨荣(永乐二十二年九月丁酉以太子少傅兼任),陈山(子高,福建沙县人。教官,宣德二年以户部尚书任)。

文渊阁:杨荣(永乐十八年闰正月丙子任,兼本院学士)。

詹事府题名

少詹事:萨琦(正统末以礼部侍郎兼),柯潜(兼学士)。

春坊题名

左春坊左庶子:陈山(永乐中举人,由教官迁吏科给事中,洪熙元年任)。

右春坊右庶子:杨荣。

右春坊右谕德:杨荣,林志(兼侍读,宣德中任)。

右春坊右中允:柯潜(兼修撰,景泰三年任)。

左春坊左赞善:陈仲完(见前,仍兼编修)。

右春坊右司直郎:林聪(季聪,福建宁德人,进士。成化处由都给事升)。

司经局题名

洗马:柯潜(景泰中任,兼修撰)。

庶吉士题名

永乐甲申科:倪维哲(福建晋江人,刑部主事,终郎中),江铁(福建建安人,御史,终参政)。

永乐辛卯科:陈用,黄寿生。

宣德庚戌科:萨琦,赖世隆。

天顺庚辰科:杨英(希正,福建建安人),郑纪。

天顺甲申科：陈音，吴希贤。

成化丙戌科：林瀚，黄仲昭，王俊（世英，福建人）。

成化戊戌科：邓煓。

弘治癸丑科：许天锡（启衷，福建人）。

弘治丙辰科：陈琳（玉畴，福建莆田人）。

弘治乙丑科：林文迪。

正德辛未科：林文俊。

正德辛巳科：李默。

从以上所列名单来看，台阁体盛行时期在翰苑任职的闽籍士人超过四十人，其中除"闽中十子"诗派成员如王偁、高棅、王恭、王褒及苏伯厚、黄约仲①等为永乐初应荐诏与修《永乐大典》外，基本上皆属由科举取高第而留翰林者。并且，从他们的籍贯来看，以福州府与兴化府人数最众，大致仍反映了宋代以来形成的各府进士名额以福州、建宁、兴化三府居前三位的格局，唯明代前期闽北经济发展停滞而趋于凋敝，建宁府地位已大有下降。由此一隅，亦可窥见福建人文的深厚积累，使得他们在通过科第选拔进入中央政权高级文官阶层具有较强的竞争力。这一现象，其实颇可与江西士人比肩，《翰林记》在引述丘濬所谓"国朝文运盛于江西"时尝载：

> 永乐甲申选庶吉士，读书中秘以应二十八宿，其中十二人出江西，而官翰林者七人；宣德甲寅，合丁未、庚戌、癸丑三科选之，亦如甲申之数，出江西者七人，留翰林者四人……盖当时有"翰林多吉安"之谣。首甲三人，或纯出江西者凡数科，间亦有连出福建者。士论或

---

① 《闽中理学渊源考》卷四九《检讨黄先生约仲》："黄约仲，名守，以字行，少负才名。永乐初开馆征天下名儒，应诏至京，成祖试《上林晓莺》诗、《天马歌》，擢第一，官翰林典籍，预修《永乐大典》、《四书五经》及《性理大全》诸书。书成，进检讨，学士曾棨、胡俨更相引重，珥笔西清，扈从北伐，俱有著述。在翰苑二十年，疏乞终养。约仲精楷法，其诗语意清婉，得唐人门径（莆田志）。"同卷《莆阳明初诸先生学派》有吴源、郑济、陈贤、陈道潜、黄约仲、吴希贤、陈用等，卷五〇《简讨黄行中先生寿生学派》有陈中、寿生次子黄仲昭等。另，据清蒋垣《八闽理学源流》，福州如陈全、林志、陈景著、洪顺，延平府将乐王暹，兴化如陈道潜、黄寿生、陈用、黄约仲，漳州南靖李贞等，皆尝预修《四书五经大全》或《性理大全》，建宁杨荣为总裁。

> 以为杨士奇、(杨)荣互相植党,岂其然耶?①

二杨是否互相植党,可另置论,南宋以来福建士人在科举上表现出来的强劲竞争力应是有目共睹之事实,与江西士人一样,他们在这一时期所特别显现的中甲科、取高第之优势,自然令他们比较顺利地走上庶吉士—翰林的升迁坦途②。而鉴于翰林院在文学方面所特别担当的职能,他们便责无旁贷地加入到国家意识形态的建设之中。这种由科举—仕宦之政治途径,被纳入中央集权的政治与文学体制,是这一时期各地域社会士人普遍的特点,它亦因此决定了这一时期的文学表现完全丧失元末明初各地域个性纷呈的风格,而归于专制政体及相应意识形态的高度统制。

不过,令人颇感不可思议的是,福建士人在这一时期虽然具备科第选拔方面的竞争优势,而最终结果却往往又居官不显,这一点与江西士人颇为不同。王世贞曾特别注意到这样的现象,却是作为奇异之事来叙述的:

> 福建自开科至宣德间,最多高第,以后寥寥矣,然少显贵者。状元则乙丑丁显、丁丑陈㷆、丙戌林环、壬辰马铎、戊戌李骐、庚戌林震、辛未柯潜、丙戌龚用卿、癸丑陈谨,凡九人,仅柯至少詹事,龚至祭酒,四品而已。陈至右中允,馀俱修撰,皆夭。而㷆仅为司宾署丞,以不令终。会元则壬辰林志、乙未洪英、辛丑陈中、庚戌傅夏器、己未蔡茂春五人,惟洪至右都御史。及第者,戊辰唐震,辛未张显宗,丙戌陈全,辛卯黄旸,壬辰林志,乙未李贞、陈景著,丁未谢琏,庚戌林文,癸丑赵恢,壬辰李仁杰,戊辰戴大宾,凡十二人,仅谢琏至侍郎,林文太常少卿,仁杰祭酒,张显宗曾为侍郎,终交阯布政而已。无论阁部,一

---

① 《翰林记》卷一九《文运》。
② 这种优势其实自洪武开科以来即已显现:洪武十七年恢复科举后,十八年乙丑科进士第一丁显,福建建阳人,授翰林修撰,进士之入翰林,自此始也;进士之为庶吉士,亦自此始也(参见《明史·选举志二》)。此后,又有洪武二十一年戊辰科进士第二唐震,福建侯官人,授翰林编修;洪武二十四年辛未科进士第二张显宗,福建宁化人,进士第三吴言信,福建邵武人,俱授翰林编修;洪武三十年丁丑科进士第一陈㷆,福建福州人,授翰林修撰。

品俱不可得。今己未及第林宗伯士章始破天荒矣。①

虽然所述并不全备,且所遗巨子如杨荣,建文二年庚辰科会试第三、殿试二甲第二,其位极人臣自不待言,但就其大势来说,亦不算失实。其中原委,当与明代朝廷政治中的南北之争有关。据《明史》所载:"自洪武丁丑,考官刘三吾、白信蹈所取宋琮等五十二人,皆南士。三月,廷试,擢陈䢿为第一。帝怒所取之偏,命侍读张信等十二人覆阅,䢿亦与焉。帝犹怒不已,悉诛信蹈及信、䢿等,戍三吾于边,亲自阅卷,取任伯安等六十一人。六月复廷试,以韩克忠为第一。皆北士。"②这便是所谓的"南北榜",开了帝王以个人好恶表现皇权制衡策略的风气之先,而陈䢿也就成了这一地缘政治权力纷争的牺牲品。当然,江西士人亦属南人,但相比地处更为偏鄙、开化更为晚近的闽粤之地士人来说,处境自然要好得多,没有那样一种异己感,况且还有欧阳修这样的标志性文化传统。故如《明史·李廷机传》记曰:"闽人入阁,自杨荣、陈山③后,以语言难晓,垂二百年无人,廷机始与叶向高并命。"④总算是为闽人居官显贵者偏少找到了一个理由,而所谓的"语言难晓",客观地理解,可看作是一种文化隔阂,主观地理解,便有一种文化歧视在其中了。这种微妙处境,归根结底,还是福建地区文化历史与地位的一种反映。

以下我们言归正传,择取列于"正官题名"的杨荣及林文、柯潜为闽籍台阁重臣代表,以为一种类型的剖析样本。

一、杨荣

杨荣(1371—1440),初名子荣,字勉仁,建安人。建文二年(1400)进士,授翰林编修。成祖初建内阁,为更名荣,与解缙等入阁参与机务。其

---

① 《弇山堂别集》卷一八《奇事述》三,上海古籍出版社 2017 年版,第 423 页。
② 《明史》卷七〇《选举志二》,第 1697 页。
③ 陈山,字伯高,福建沙县人。洪武二十六年举人,永乐九年由教谕爬吏科给事中,充东宫讲官。仁宗即位,升左春坊左庶子,仕至户部尚书、谨身殿大学士。传见《国朝献征录》卷一二、《明史》列传卷二五。
④ 《明史》卷二一七,第 5741 页。

后进右谕德、右庶子,侍诸皇孙读书文华殿。历任翰林学士。仁宗即位,进太常寺卿、太子少傅,兼谨身殿大学士、工部尚书。正统三年(1438)进光禄大夫、柱国少师兼尚书、大学士。卒谥文敏。传见《杨文敏公集》附录《少师工部尚书兼谨身殿大学士赠特进光禄大夫左柱国太师谥文敏杨公行实》、《故少师工部尚书兼谨身殿大学士赠特进光禄大夫左柱国太师谥文敏杨公墓志铭》、《少师工部尚书兼谨身殿大学士赠特进光禄大夫左柱国太师谥文敏建安杨公神道碑铭》、《少师杨公传》等。

  杨荣当然是典型的台阁作家,他与杨士奇、杨溥并称,逮事永乐、洪熙、宣德、正统四朝,自洪熙中开始形成"三杨秉政"的体制,所谓"是时阁臣协力翊辅,天下称三杨。政本在内阁"①,既是参与机务、秉国之钧的重臣,又是同主台阁文柄的领袖人物。虽然在当时已有"西杨(士奇)文学,东杨(荣)政事"②的说法,以其主要业绩更多地在事功一面,而以文学之首属诸士奇,然实际上杨荣所具有的非凡的政治经验,对于像"台阁体"文学这样一种独特文风的形成,有着十分重要的指引与奠基作用。

  早在永乐朝,相比较其他文臣,他就更能得成祖的信任,尽管就其性格来说,是"论事激发,不能容人过"③、"为人疏阔果毅,遇事常为奋前不疑,论事不肯苟同"④,但他却能将之转化为一种有利于自己生存、发展的品格特点,正如他自己在日后所总结的:"常语人曰,事君有体,进谏有方,以悻直取祸,吾不为也。"⑤左东岭因而以为,以其为例当更具代表性⑥。这确实很能体现他在政治才识上的过人之处,故如王世贞即曾注意到当时"文敏才实通敏而善承人主意"⑦的说法。杨士奇、杨溥的仕途上多少还有过下狱之类的阴影,惟独杨荣,历四朝而始终获隆恩之遇,正如宣宗

---

① 谭希思《明大政纂要》卷二一,清光绪二十一年刻本。
② 参见项笃寿《今献备遗》卷六《杨荣》,《文渊阁四库全书》本。又《英宗实录》卷一四三:"三人者各有所长,士奇有学行,荣有才识,溥有雅操,天下引领望焉。"第2829页。
③ 《明史》卷一四八《杨荣传》,第4141页。
④ 《英宗实录》卷六九,第1332页。
⑤ 《明史》卷一四八《杨荣传》,第4141页。
⑥ 参见左东岭《论台阁体与仁、宣士风之关系》,《明代心学与诗学》,学苑出版社2002年版,第19页。
⑦ 《弇山堂别集》卷二二《史乘考误》三,第517页。

皇帝所嘉奖曰:"卿尝祇事我皇祖太宗文皇帝、皇考仁宗昭皇帝二十餘年,竭诚效忠,始终一致;及今侍朕左右,益加敬慎,知无不言,言无不当……"①其"事君"之"体"之"方"因此就很值得追究。四库馆臣亦曾特别注意到这一点,并将之与其精神表述联系起来进行考察,谓:

> 荣当明全盛之日,历事四朝,恩礼始终无间。儒生遭遇,可谓至荣。故发为文章,具有富贵福泽之气,应制诸作,泂泂雅音。其他诗文亦皆雍容平易,肖其为人。虽无深湛幽渺之思、纵横驰骤之才,足以震耀一世,而逶迤有度,醇实无疵,台阁之文所由与山林枯槁者异也。②

所论大抵在其际遇、其为人、其诗文气象之间形成勾连,无非是世次、气格、人品、文品诸范畴相互作用的传统套路,然这样的解释与评价毕竟还算是据实而言的。

其实,从杨荣自己的集中,我们颇可以看到有关这方面政治经验的叙述,特别是一些自传性文本,集中反映了在皇权专制政体中高级文官如何修身自处的问题。如其《七十岁自赞》,可以说就是一生"事君"之"体"之"方"的总结:

> 荷先世积德之厚,叨列圣眷遇之隆。久侍禁近,冀效愚忠。当齿力之既衰,尚责任之愈崇。自愧乎进无所补,退不我从。徒存心之兢兢,而怀忧之忡忡。惟古人尧舜其君民者,素景仰其高风。思勉焉而不懈,期一致于初衷者也。③

所表白的无非是自己如何以对圣明之君保持内心的忠诚为行为指导,即便已位极人臣,宠遇隆盛,却未敢有丝毫懈怠,更不敢有任何的傲足之色,

---

① 杨荣《御赐图书记》,《杨文敏公集》卷九。
② 《四库全书总目》卷一七〇《杨文敏集》条,第1484页。
③ 《杨文敏公集》卷一六。

而始终是恪尽职守,忠于臣道,存兢兢之心,怀忡忡之忧,用上述宣宗嘉奖他的"竭诚效忠,始终一致"八个字来概括这段自赞的意旨,应该是十分贴切的。关键在于,这样一种修身自处之道,恰恰是以宋代理学家所鼓吹的"诚意"与"笃行"工夫为其内涵的,讲发自内心,居敬立本,讲习行践履,勉而不懈,以心性之学服务于现实政治,实际上完全是一种实用政治的处世哲学。徐朔方先生认为,"如果说宋濂和刘基传承的浙东理学还有哲学家思辨的一面,那么,杨荣的《应天府重建儒学记》①很能说明'三杨'所接受的儒学,完全是世俗的,即所谓治国平天下的那一套。"②说得很有道理。

正因为如此,如杨荣这样的台阁作家将这种政治上的忠诚要求予以泛化,不仅为官,是"揆其外固乏涓埃之补,求其中敢忘葵藿之诚。盖将鞠躬尽力,愿效忠贞以报称于圣明者也"③;平日闲居,亦是"澹然以居,恬然自适。当玉署之燕闲,正金銮之退直。光风霁月,慕前哲之襟怀;翠竹碧梧,仰昔贤之标格。惟意态之雍容,乃斯图之仿佛。至于策励驽钝,勤劳夙夜,以感圣主之恩遇,乐盛世之治平者,抑岂丹青之所能窥测哉"④。一切的一切,不可一时忘其居敬示诚,而其实质,即在于无论何时何地,皆应以君主的意志为转移。而要做到这一点,惟有从培植本根做起。在这方面,杨荣的《清慎堂箴》常为研究者所举述,以其总结的"清"、"慎"二字正乃这么多年来人生经验之本要:

> 清如之何? 清匪为人。以洁吾心,以持吾身。慎如之何? 慎匪为彼。以审于几,以饬于己。心或不洁,私欲纷挐。正理日沦,惟利之趋。几或不审,终戾于善。火始一烬,燎原斯见。惟利是趋,悭人之归。善苟戾焉,害必随之。曰清曰慎,勿肆以污。日笃不忘,绰有余裕。矧兹服政,以莅厥官。事上驭下,云为百端。清则无扰,慎则

---

① 《杨文敏公集》卷九。
② 徐朔方、孙秋克《明代文学史》第六章第一节"'三杨'官僚集团与馆阁风气的形成",浙江大学出版社 2006 年版,第 192 页。
③ 《朝服像自赞》,《杨文敏公集》卷一六。
④ 《行乐图自赞》,《杨文敏公集》卷一六。

无过。匪清匪慎,云何其可?清或不慎,亦曰徒清。既清且慎,式安其荣。从事于斯,终必如始。益之以勤,斯为善矣。终始或间,弃于前功。一念以爽,斯玷厥躬。譬行百里,九十方半。惟能勉旃,金石斯贯。

"清"指心性纯洁,乃持身之本,"慎"指行为主敬,乃修身之要,二者相辅相成,不仅可以保证无过,而且还能令人从容无扰而有馀裕。而这一点恰可看作"台阁体"文学的精髓所在。值得注意的还有杨氏于"慎"所作的"以审于几"的阐释,左东岭敏锐地发现其在审时度势、把握胜机的要求中所包含的功利的成分[①],足以说明全篇何以始终围绕自我应如何服政莅官、事上驭下而展开。总之,这在当时是很具有代表性的一种表述,"清"或可理解作自觉"去欲"的心性修养工夫,"慎"则可理解作时时保持不失的自我防检机制,如此自然可获"性情之正",而又始终合乎君命之所要求。

在这种情形下,所谓"台阁体"文学,除了必须本其正道,用作国家政治的一种表述外,求诸私领域的个人表现,也要求"君子之于诗,贵适性情之正而已",具体而言,是"爱亲忠君之念,咎己自悼之怀,蔼然溢于言表,真和而平,温而厚,怨而不伤,而得性情之正者也"[②]。故其应制诗自然全不顾格套与否,必须是颂圣模式,如作于永乐十年(1412)之《甘露诗》:

……灵氛煜煜气冲融,呈祥现瑞何所钟。衮衣垂拱蓬莱宫,梯航玉帛俱来同。小臣叨禄愧才庸,但愿万岁歌时雍。[③]

与其他人同题之作相似,结尾述其缘起,形同口号,正大而肤廓,无甚美感可言。至如为同僚送行的赠别诗,属个人间的应酬之作,又有友情的表述

---

① 参见左东岭《论台阁体与仁、宣士风之关系》一文,他进而阐发杨荣的这种心态说:"它是自觉的自我检饬,并有积极的用世之心与周旋官场的自信,只是在其心理底层依稀可见功利的算计与不易觉察的淡淡隐忧。"(《明代心学与诗学》,第20—21页)可谓体察入微。
② 《省愆集序》,《杨文敏公集》卷一一。
③ 《杨文敏公集》卷一。

要求,相对而言,要显得更有诗意些。洪熙元年(1425)春,国子祭酒胡俨以太子宾客致仕归乡,馆阁诸友为之饯行,各有诗,杨荣所作曰:

……祖帐出都门,执手难为情。西山郁嵯峨,南浦春涛惊。桑梓日在眼,东风拂行旌。嗟我今独留,念别心怦怦。矫首万里天,鸿飞正冥冥。①

诗从成祖时征贤良,因而与胡俨初相识叙起,同事之谊,原原本本,一一铺陈。至叙写别情,执手留恋,并不就事论事,荡开一笔写景,算是对其归途的挂念,虽亦是套路,却显得融情于景,而令一切尽在不言中。尤其末二句,骤然拉远镜头,还略有远意。这些相当常见的语汇构成的情景描写,在某种意义上起到了稀释感伤的作用,而明显概念化的春景又至少为全诗奠定了和煦、温润的基调。

再来看杨荣的题画诗。这类题材关乎作者的艺术修养,基本上亦属私领域的情感表现,除却那些他奉命酬和宣宗的题画之作。如《题胡廉使墨菊》一律:

谁洒溪边洗墨痕,东篱点染此花繁。岁寒不改冰霜操,晚节偏承雨露恩。冷蕊开时诗满卷,秋香泛处酒盈尊。殷勤持赠乌台客,三径悬知旧业存。②

在历来吟咏花木的传统中,菊花当然具有某种人格象征,因此,诗作很容易即循此著论,在点题所画墨菊后,直接进入对题咏对象及求题咏者的精神表彰。不过,按照寻常思路,菊花毕竟具有野逸、冷傲的品质特征,而与雍容醇厚之气象有间。然杨荣却笔锋一转,将秋菊在严霜中的凛然气节,与晚节承受雨露之恩构成互文。不仅如此,颈联还用"诗满卷"、"酒盈尊"来烘托气氛,细疏的花蕊因而显得不那么冷寂,极其清淡的花香亦有

---

① 《送胡祭酒致政还乡》,《杨文敏公集》卷二。
② 《杨文敏公集》卷六。

了某种温醇,整首诗的精神气象便与所谓山林枯槁之格调焕然有别。

综上所述,"台阁体"文学首先当然是指那些作为国家典制、述作的应用性写作,不过,今天看来,那并不在文学范围之内。我们择取的杨荣个人情感的抒写之作,同样贯彻了台阁重臣自觉求其"性情之正"的精神表述与正大平和之气象,如他自己一再表述的:

> 意之所适,言之不足而咏歌之,皆发乎性情之正,足以使后之人识盛世之气象者,顾不在是欤![1]
>
> 天地间一元气之流行,惟人得其正而至理具焉。善养是气,足以配乎道义,而后发为文章。[2]

这种以"气"贯穿天地人文之同构结构的理论,已经过宋以来理学家进一步的系统阐论,既可观照世运之盛衰,又呈现个体的心性修养,最终则落实于文学风格问题。而在杨荣身上,我们看到,所谓正大平和、雍容醇厚之台阁气象,其背后实以体道之用与示忠之言相支撑,说到底,其实也是可以通过技巧练成的。

二、林文 柯潜

林文(1390—1476),字恒简,号淡轩,莆田人。宣德五年(1430)进士,授翰林编修。正统初,预修《宣宗实录》,转修撰。景泰中,迁左谕德,兼侍讲,预修《历代君鉴》及《寰宇通志》,进左庶子。英宗复辟,改尚宝卿,兼侍讲。未几,擢学士。成化初,擢太常少卿,兼侍读学士。再乞致仕归。卒谥襄敏。有《淡轩稿》。传见《殿阁词林记》卷六、《国朝献征录》卷二〇等。

林文居官,以"老成忠厚"著称,盖其为人沉静敬慎,具典型道学家习气,一时缙绅推为醇儒。如《闽中理学渊源考》据《闽书》、《莆阳文献》等撰成林氏小传,记曰:

---

[1] 《重游东郭草亭诗序》,《杨文敏公集》卷一一。
[2] 《颐庵文集序》,《杨文敏公集》卷一四。

黎文僖(淳)语彭惠安(韶)曰:"翰苑中古意时流,时时相半,若林先生醇乎醇者也。"李文达(贤)亦称其德性坚确而不移,气质沉静而不躁,处心平易,操行洁修,腼然若不胜衣,而志不慑、气不馁,其为时推重如此。①

廖道南则于《词林殿阁记》林氏本传后议论道:

予观《莆阳文献志》称,文年逾七十,神观精爽,安静守礼,所著《淡轩集》自成一家,乃知浑朴和厚之气,尚存全璞也。②

林文与林环同出九牧林苇之后,如其为邑人撰《林氏家谱后序》所言:"自古族之显晦不系乎贵贱贫富,系乎子孙之贤与否。"③颇可用来解释其平和沉静、淳古守礼性格之养成背景,除禀赋外,一种使命感亦会令其备加自觉地修炼心性,期臻于圣贤之道。当然,长年在馆阁历练,无论掌帝制、秉史笔、侍经筵,还是处置人际政事,更令其内外兼修,几近纯完之境界,故史称其诗文亦"体格温淳"④。

先看其《乐善轩》一诗:

人禀天地性,万善与之俱。仁义均固有,无间贤与愚。夫何利欲诱,或为气禀拘。所习日相远,善恶遂异趋。君子贵明善,思诚以复初。去恶甚去疾,好善好色如。始终一忠信,安敢替斯须。伟哉闵氏子,嗜乐与世殊。……⑤

说来这是释名之作,轩以乐善而名,则其原委来历,风旨蕴意,次第阐述,娓娓道来。诗全由说理、议论构成,整个就是一押韵的高头讲章,何诗之

---

① 《闽中理学渊源考》卷五一《襄敏林淡轩先生文》。
② 《太常少卿兼侍读学士林文》,《词林殿阁记》卷六。
③ 《淡轩稿》卷七,《四库全书存目丛书》集部第33册。
④ 郑岳《莆阳文献列传》"林文陈音传第五十七",明万历刻本。
⑤ 《淡轩稿》卷一。

似？不过,这却是这一时期重理学修养的文人学者集中颇为常见的一种类型,倘若与宋以来理学家的性理诗相联系,无论是借诗讲学,有类语录,抑或因感以生议论,多用理语入诗,亦自有渊源可寻。

次举《春景》一律：

> 乾坤回淑气,胜景满春山。雨涧鸣环佩,云峰露髻鬟。渔翁移艇出,村女汲溪远。古刹无寻处,钟声杳霭间。①

与上首不同,这是写景之作。大地回春,万物复苏,山中美景茵蕴温润,村里人家亦显得忙碌生动,更有尾联回荡悠远的梵钟声,将人从凡俗烦恼中骤然拔出。按说这样的诗,不管是声律格调、寓意风格,皆无可挑剔,字句音节如入唐人之境,明媚而富有生机的底色则显现其心境的清正宽裕。陈田《明诗纪事》选录林文四首,皆为题写摹画山水胜景的题画诗,给予的评价是"淡轩诗格清远,有翛然出尘之致"②,表明这种风格在他集中颇具有代表性。不过,我们也看到,就其语汇、意象而言,中规中矩,自然描写也好,人物表现也好,其实皆有程式化、符号化的倾向;至于自我的情感表现,则可谓冲淡至稀薄,几无个性可言。

柯潜(1423—1473),字孟时,号竹岩,莆田人。景泰二年(1451)举进士第一,授翰林修撰。升右春坊右中允,兼修撰,预修《历代君鉴》及《寰宇通志》。既成,升司经局洗马。英宗复辟,授尚宝少卿,兼修撰。宪宗即位,以旧宫僚擢翰林院学士,奉旨教习庶吉士李东阳等一十八人,纂修《英宗实录》。成化二年(1466),再奉旨教习庶吉士林瀚等二十四人,命掌翰林院印。成化三年(1467),《实录》成,进少詹事,兼翰林院学士。明年,命日侍经筵讲读。以内外艰归,既葬,诏起复为国子祭酒,具疏力辞,得不拜。病卒。有《竹岩文稿》。传见《词林殿阁记》卷六、《国朝献征录》卷一八、《明史》卷一五二等。

柯潜在中央文坛的影响比林文深著,是因为在宪宗朝两次奉旨教习

---

① 《淡轩稿》卷二。
② 《明诗纪事》乙签卷一六"林文",第825页。

庶吉士,作为前辈老成,执掌储养翰林以备馆阁之用的工作,"教以古文词学"①,包括天顺八年科李东阳、倪岳、谢铎、陈音、张泰、吴希贤、刘大夏及成化二年科林瀚、黄仲昭、庄㫤、章懋等诸多杰出人才,皆预执业。尤其是天顺八年一科庶吉士,其馆选与教习,对所谓茶陵派的形成颇有影响。并且,柯氏本人之"乡会程序之文"尤为当时所重,"每大篇出,重于鼎吕,故京师有'柯家文章'之称。"②

据嘉靖间邑后学康大和为柯潜诗文集所撰"序",谓"其为诗,冲淡清婉,不落畦径,庶几登陶、谢、王、孟之堂;其为文,平妥整洁,不事浮葩艳藻,佶屈聱牙之习,而风神气格迥出。"③则其诗文风格清晰可辨,无论诗之"冲淡清婉"、文之"平妥整洁",当皆其人品器局之显现。然而,事实上他的禀性与林文颇有不同,《莆阳文献列传》记叙柯氏"接人外若乐易而内实狷介"④,多少透露出一些消息。毋宁说,这种冲淡平整的境界亦是修炼所得。心性简淡当然是律己及人的涵养追求,如柯潜在《城西燕集诗序》所自述:"余性憨,寡谐俗,且居于城西最荒寂之处,人非志虑淡泊而简远者,鲜有及门……"⑤而于出处进退,又不得不讲究知"分"。其《盆鱼记》借盆中之鱼说事,感叹曰:"呜呼!人之不能循常守分,而妄意于外,求其不至为此鱼者鲜矣。"⑥如《竹岩轻会诗序》则在天顺六年(1462)冬一次社集时直白表述:

> 尝观古之人有当欢而悲者矣,其见于诗,率皆戚戚之怀,是盖浅丈夫内有不足而然也。今吾人皆读圣贤书,趋向相合,其出仕也,随职务而尽心焉,辙南北则交致书问,以废隳为戒;偶而相会也,则各陈己之自尽无愧者,为劝世所谓声利者,无丝发觊幸意,而以分之所得

---

① 吴希贤《中顺大夫詹事府少詹事兼翰林院学士竹岩柯公行状》,《竹岩集》附录。
② 董士宏《竹岩集序》,《竹岩集》卷首。
③ 康大和《竹岩柯先生文集序》,《竹岩集》卷首。
④ 郑岳《莆阳文献列传》"柯潜吴希贤传第五十八"。
⑤ 《竹岩集》卷六。
⑥ 《竹岩集》卷一二。

为安,又焉有不足者哉!内无不足而乐生焉,则形诸声诗自有不能已矣。①

虽是公事之暇的私人聚会,柯氏仍以尽心于职司、尽力于士人使命相勉,而归之以安分;特别是提倡一种"内无不足而乐生焉"的大丈夫胸襟,亦即杨荣所谓"绰有馀裕"的从容,发之于诗,则自然具有温厚、乐感之特征。

因此,柯潜对于诗歌的职能有十分清醒的认识,其《士林诗选后序》曰:

> 窃惟天地气运有盛衰,而诗之工拙系之。我朝奄有六合,气运之盛,自秦汉以来所未有者,列圣继作,以仁厚之泽涵育群物,而鸿生隽老出于其间,作为诗歌,以彰太平之治,其言醇正,其音和平,前世委靡乖陋之风,于是乎丕变矣。②

由诗歌关乎世运的老话题引出本朝诗人的使命,强调醇正和平之诗歌在国家意识形态建设中的重要作用。他自己当然身体力行,如馆阁中所作之《早朝雪中作柬会川廷贵二内翰》:

> 谁将豪句破天悭,银色平铺仗外山。阁道夐连瑶岛上,羽林尽列蕊宫间。光添宝殿金莲炬,寒映龙墀玉笋班。朝罢千官珂佩散,官壶遍赐近臣还。③

以唐以来朝臣的一种职业化主题练手并寄示同事,其语汇、结构皆堪称习见,排列组合,稍事变化,仍具典型的台阁气象。诗题中会川,即新喻人吴汇,景泰二年(1451)会试第一,任翰林编修;廷贵,即武进人王㒜,景泰二

---

① 《竹岩集》卷六。
② 同上。
③ 《竹岩集》卷四。

年中进士第三人,授翰林编修。又如《送钱学士使安南》二首,性质与上一首诗相近,并非一般的赠别诗,乃属公领域的酬赠之作。诗曰:

> 诏选文才第一人,远持旌节赐藩臣。暂教阙下辞鹓鹭,要使天南识凤麟。驿骑寒冲残月曙,宫袍光动万花春。锦囊应有如椽笔,一路题诗泣鬼神。
>
> 东风二月出神京,碧树青山万里程。瘴雨尽随恩雨散,文星遥傍使星明。字多古意磨崖刻,诗有仙才倚马成。不遣归囊添薏苡,从来心事玉壶清。①

诗中所送钱学士,即钱溥,字原溥,华亭人。正统四年(1439)进士,天顺六年(1462)以侍读学士奉使安南。其时馆阁中如徐溥(景泰五年廷试一甲第二名,授翰林院编修)、黎淳(天顺元年会试第一,授翰林院修撰)等皆各有《送钱学士使安南》诗。在这首诗中,作者既要表现今上英明,诏选得人,赞誉钱溥文采风流,映照一时,又要张扬天朝恩威浩大,远迩来服,故选用气格高华的七律之体,着力铺陈;其间又略缀以春景,以体现平和、清明、温厚的基调。有意思的是,作者在诗的最后,还不忘顺便表扬一下使臣的私德,清、慎之意,溢于言表。有鉴于此,我们不得不感慨,这类公务应酬诗虽亦颇有格套可循,然而作者所要考虑到的诸多诗外工夫却并不那么简单。

应该说,真正体现康大和所说"冲淡清婉"一路风格的,大多在柯潜抒写个人情怀的诗歌作品上。如《城西宴集分韵得菊字》一首:

> 委巷寡尘鞅,端居念幽独。幸此儒林英,回车访茅屋。真意各忘形,为我留信宿。鸡黍亦相欢,何须厌梁肉。晚秋天宇澄,露下气已肃。携手步空庭,悠然见佳菊。岂谓淡无姿,幽贞谐所欲。展席面芳丛,开樽荐醽醁。醉来发长吟,聊以写心曲。渊明千载人,相期继

---

① 《竹岩集》卷四。

退躅。①

诗为宴集之作,作于仕京师之城西寓所,如前举《城西燕集诗序》所示,柯氏"居于城西最荒寂之处",乃以幽独自处,求其志虑淡泊简远。所谓"儒林英",指秀水训导林公度、氾水教谕黄廷经以及进士林从宽,皆同乡故旧客京者,因是秋有人送名菊数本,天气又佳,遂命僮仆设宴,邀诸位共赏,并分韵赋诗②。既是同气求其淡泊简远者一同饮酒赏菊,陶潜之闲适遂成为规定情境,其诗亦不渊明不已,无论字句、意象,皆手追心摹,谓登陶氏之堂,亦不算虚誉。值得注意的倒是,作者谓继踵渊明,并不从不同流合污之隐德、不为五斗米折腰之傲志着眼,而是全由任真自得、淡泊自处展开,酒酣耳热,醉发长吟,属意于菊,乃追求"和性情于酒,寓道义于诗"之"真君子之乐"(同上),反映"内无不足而乐生焉"的余裕心境,因而并无"戚戚之怀"的执拗偏枯。

又如《重游梁溪》二首:

酷爱梁溪景,三旬两度过。芳樽从烂熳,长日此消磨。石气生青雨,泉声透碧萝。吟诗有高兴,直欲倒阴何。

避暑芳林下,流觞碧水边。菹抄香藻嫩,脍切锦鳞鲜。雨气凉巾袖,莺声替管弦。酒阑天欲暮,醉倚白云眠。③

该诗乃柯潜返莆省亲期间,邀集宗姻朋旧十馀人同游梁溪的社集之作。梁溪,在其叔父柯文魁别墅边,位于壶山之南。柯潜爱此地景致清绝,遂与乡亲游赏其间,并且"效昔人曲水流觞之趣,饮微醺,各挥毫为诗,凡若干什,题曰梁溪胜会"④。柯氏这首着意表现的也是乡居生活之快然自足,有亲朋相与畅叙幽情,乐乎山水而得其天趣,何其惬意! 尤其"石气生

---

① 《竹岩集》卷一。
② 参详《城西燕集诗序》,《竹岩集》卷六。
③ 《竹岩集》卷一。
④ 门生陈音题《梁溪胜会诗序》,《竹岩集》卷一八。

青雨,泉声透碧萝"一联,置于唐人近体诗中,似亦不逊色。在门生陈音,自然还要于"其与人处,和厚怡愉,未尝以贤贵自远"着墨①,凸显他的平易近人、与人同乐;而在柯潜自己,虽私人休暇之会,恬然自适,亦必彰显"诗可以群"之道义,如其在《春闱唱和诗序》中另所申述的:

> 然诗者,心之声也。必其心无愧怍,则形于诗皆敦厚和平、悠扬广大之音,而传之于后,足以见君子群居,有从容道谊之乐为可慕也。否则为委靡、为哀怨,甚而流于肆以哇,皆适为讥笑之资,虽传无益,而况未必传耶。②

联系前举他所说的"守分"之言,我们不得不承认,即便如"醉倚白云眠"这般自放,其实也还是有一份警谨在其中。

四库馆臣在评价柯潜诗文创作成就时,曾对其所处时代位置有所考量,谓"盖其时何、李未出,文格未变,故循循轨度,犹不失明初先正之风焉"③。确实,作为李东阳辈的教习之师,其所处时代整个台阁风气尚未发生多大变易,更不用说文柄下移,柯潜的作用基本上在守持、传承成祖及仁、宣以来"台阁体"的"先正之风"。之后的时代,自李东阳伊始,至李、何号令文坛,风气丕变,有学者用"审美主义倾向之流布"来描述,直至复古大帜风靡天下④。在这样一个变局中,倒是为李东阳所奇的莆田人林俊(1452—1527),作为郎署作家群的一员,有其一定的地位与作用。一方面他敢于批评先正的台阁文风:"至东里杨公又学欧,而近嗣是,学步徒蹋,致远则泥,而徐疾周折,殊乖故武。"⑤并欲以奇崛博奥救尊欧流易之弊;另一方面,在李东阳影响下,于严羽诗论有所引重⑥,强调对诗文之

---

① 门生陈音题《梁溪胜会诗序》,《竹岩集》卷一八。
② 《竹岩集》卷六。
③ 《四库全书总目》卷一七〇。
④ 参详黄卓越《明永乐至嘉靖初诗文观研究》第三章"明弘治审美主义倾向之流布",第118—164页。
⑤ 《东白集序》,《见素文集》卷四,明万历十三年刻本。
⑥ 可参看林俊正德十一年为胡琏刻《沧浪严先生吟卷》所撰序。

辨的重视及才情之尚,且"诗宗唐杜"①,重新接续宗唐复古的脉络。

三、闽学源流

上述闽籍台阁作家,不过是闽产士人的冰山一角,但已经显示了这个地区理学传统与科举实力在明代前期政治生活中的影响力。鉴于该地区长期化外的历史,宋代以来程朱理学的传播在这里经营起来的"道南理窟",成为他们格外珍视与自豪的一种文化传统,再加上明初以来最高统治者推行的道德治国的方针,正是以程朱理学为内核构建起官方意识形态乃至政治体制的,因此,使得该地区士人益发重视这种以道学为中心的文化传统及其传承脉络,它不仅是与科举制度培养、选拔政治精英直接相关的教育基础,而且是这一时期普遍认同的社会思想资源。

所谓的闽学传统,究其根本,即为朱子学的传统。有关闽学之渊源,真德秀所述伊洛之学南传的系谱,颇为简明:

> 二程之学,龟山(杨时)得之而南传之豫章罗氏(从彦),罗氏传之延平李氏(侗),李氏传朱氏(熹),此一派也。上蔡(谢良佐)传之武夷胡氏(安国),胡氏传其子五峰(宏),五峰传之南轩张氏(栻),此又一派也。……惟朱、张之传,最得其宗。②

其中将乐杨时被认为是传道入闽的始祖,三传而有朱熹,集理学之大成,终于铸成闽学之辉煌。尽管北宋前期,已有闽士与孙复、胡瑗、张载等同倡道学或传其学入闽③,然显然程朱一系,最为正脉,故此一系谱遂被奉为不易之说。又与杨时同为程门弟子而传其学于闽者,尚有福清王苹、崇安游酢兄弟等,日后反倒声名愈益不显。武夷胡氏为经学世家,一门有"胡氏五贤"之名,其学虽经胡宏传之湖湘,故张栻一派称湖南学派,然在

---

① 杨一清撰《墓志铭》,《见素集·附录下》。
② 《张子之学》,《西山读书记》卷三一,《文渊阁四库全书》本。
③ 参详蒋垣《八闽理学源流》卷二所列周希孟、陈襄、陈烈、郑穆"福州四先生"及怀安刘彝、古田邵清诸人传(清刊本)。

闽中的影响亦不可小觑。

朱熹少居崇安五夫里,即先从胡安国从子胡宪、刘勉之、刘子翚受学,三师中事胡宪"为最久"①。二十四至三十三岁十年间,始数至南平向李侗问学,经反复辩难,终弃释氏之说而"精思实体","而学之所造者益深矣"②。故清人蒋垣曰:

> 濂、洛、关、闽,皆以周、程、张、朱四大儒所居而称。然朱子徽州人,属吴,乃独以闽称,何也?盖朱子长于闽之尤溪,受业于李延平及崇安胡籍溪、刘屏山、刘白水数先生,学以成其德,故特称闽,盖不忘道统所自。③

不仅如此,朱熹一生除在江西、浙江、湖南等地为宦游学数年外,大部分时间都在福建活动,肆力于著述讲学,晚年蛰居建阳,在逆境中犹传道授业不倦。其弟子广布天下,有案可稽者即有三百七十八人,其中闽籍占至一百六十四人④。可以说,闽地既是成就朱子学的摇篮,也是传播朱子学的中心。

宋元之际朱子学的传承与流布,大致可以蒋垣《八闽理学源流》卷一一段概述为线索,作为闽中后学,他将之视作闽学之光大:

> 朱门受业为多,最知名者黄幹、李燔、张洽、陈淳、李方子、黄颢、蔡沈、辅广。而黄幹门人最多,潘柄、杨复、陈宏、何基、饶鲁皆其高弟。基传之王柏,柏传之金履祥,履祥传之许谦;饶鲁传之吴中行,中行传之朱公迁。……至崇宁间,魏了翁筑室白鹤山下,以所闻辅广、李燔之学,授教生徒,由是蜀人尽知义理之学,则闽学传之于西蜀矣。

---

① 《籍溪先生胡公行状》,《晦庵先生朱文公文集》卷九七。
② 真德秀《西山读书记》卷三一《朱子传授》引黄幹语。朱熹早年受刘子翚影响,留心于禅,"至此,延平始教从日用间做工夫,又教以只看圣贤之书,则其学亦一变矣"(童能灵《朱子为学次第考》卷一,西京清麓丛书本)。其与李侗往来论学之精要,可参看朱熹编《延平问答》。
③ 《八闽理学源流》卷一。
④ 参见陈荣捷《朱子门人》,台北学生书局1982年版,第11页。

理宗时,元杨惟中建周子祠,以二程、张、杨、游、朱六君子配;又姚枢隐于苏门,以道学自任,刊小学、四书及蔡氏《书传》、胡氏《春秋传》,而闽学至于河朔矣。此八闽道学源流之大概也。

如果说,宋季朱子学的传授以闽中为独盛,如黄榦、陈淳、蔡氏父子等皆为一时领袖(《宋元学案》中尝各立专案),又有魏了翁将辅广、李燔之学传至蜀中,那么,至元初,随着他们的弟子及再传弟子将师学传播至江之南北,随着杨惟中、姚枢得赵复授程朱之学,并大量刊刻朱熹著作及其他经传注疏,朱子学亦得行于北方,我们看到,朱子学很快已播及全国。与此同时,统治者的态度亦极可注意,从朱熹卒后,朝廷即以其《大学》《语》《孟》《中庸》训说立于学宫,至元仁宗皇庆中定科举新制,以朱熹《四书章句集注》及程、朱学者为主的五经传注作为所重经学考试的范围及立论依据①,朱子学的传播收到了自下而上的效应,原本一种地域性的学说学派,很快上升为引导、规范整个国家意识形态的官学,其宗旨、体制,影响直至明清之世。

相比较朱子学在全国各地的传播之盛,元代闽中自身朱子学的学术发展其实显得颇为寂寥,递传其学而可举述者,所谓"熊(禾)、陈(普)、林(以辨)、丘(葵)传薪于闽海;外此若郭公陞、欧阳公佹、傅公定保、卢公琦、黄公清老、丘公富国、郑公献翁、郑公枃、黄公镇成、练公耒、李公学逊、吴公海,亦皆晦迹瓯闽,或优游教席,或避世杜门,确守师说,是奋是程"②,虽人数似亦不少,然缺乏上举如衍派于金华之北山四先生(何基、王柏、金履祥、许谦)那样能够张大师说而富有影响力的大家,多笃守师承,默默无闻,穷研经注,无敢改易。这样的情况,可以说一直持续到明代中期以前。

---

① 仁宗下诏规定的考试程式:无论蒙古、色目人第一场经问五条,还是汉人、南人第一场明经经疑二问,俱由《大学》《语》《孟》《中庸》内设问或出题,用朱熹《四书章句集注》;汉人、南人经义一道,各治一经,《诗》以朱熹为主,《尚书》以蔡沈为主,《周易》以程颐、朱熹为主(以上三经兼用古注疏),《春秋》许用《三传》及胡安国《传》,《礼记》用古注疏。见《元史》卷八一《选举一》"科目",第2019页。
② 李清馥《闽中理学渊源考》卷三六《温陵傅季谟先生定保学派》。

明前中期，“学者多属朱门派绪，其传习说经，犹存宋元间诸儒家法”①，据后学清理，如福州有吴海学派、林慈学派、陈仲进家世学派、罗泰学派、郑宣学派、林玭学派、陈叔刚家世学派、林瀚家世学派、林清源家世学派等，兴化有黄寿生学派、林廷芳学派、林文家世学派、林圭学派、顾孟乔学派、方澥学派、朱煜学派、周瑛学派等，泉州有郑辭学派、李绍学派、赵珤学派等，漳州有唐泰学派、陈真晟学派等，不一而足，其他如延平、建宁、汀州、邵武、福宁等地也皆有传承②，然整个福建，在蔡清之前，其著者亦不过陈真晟、周瑛而已。

不过，正如上已揭示，元以来闽中朱子学的这种状况，恰好反映了它在学术上的特点，那就是他们自视为朱子学正脉的传承者，确守师说，躬行道德，且往往以阐明正学、排斥异端为己任。自黄幹为朱熹确立周孔、思孟而下，“周、程、张子继其绝，至先生而始著”③的道统后，闽中学者即无不以其“四书”及诸经传注与孔子“六经”并奉为正学经典，认为自己有责任将这样一种道统并学说之真粹完好地传承下去。故一方面立志要如朱熹继孔子之绝一样，继朱子之绝，如熊禾，将朱子学定位在全体大用之学，时时忧虑于“文公没且百年，门人传习寖益失真，余以为文公之学不行，文公之道不传也”④，自信“宋道学大明，伊洛、考亭之集盛矣。一时借誉饰虚之人，稍经炉鞴，灰烬烟灭，惟同门同志之士，不以穷达，皆能信其道、守其学不变”⑤；如陈真晟，一以程子之居敬、朱子之穷理为本要，虽为一介布衣，又无直接师承，却诣阙上《程朱正学纂要》，提出用程朱身心正学之教，方能令圣贤之道由晦复明，其学在同时学者张元祯看来，“自程朱以来，惟先生得其真，吴（澄）、许（谦）二子不足多也”，黄宗羲亦以张氏此言为“定论”⑥。而在另一方面，他们始终站在反对异说、捍卫师门的最前

① 同上卷四三《副使林廷珍先生玭学派》。
② 可参看《闽中理学渊源考》卷四一至九二。
③ 《朱先生行状》，《勉斋先生黄文肃公文集》卷三四，元延祐二年重修本。
④ 《送胡庭芳序》，《勿轩集》卷一，《文渊阁四库全书》本。
⑤ 《跋交信录序》，《勿轩集》卷一。
⑥ 黄宗羲《明儒学案》卷四六《诸儒学案上》“布衣陈剩夫先生真晟”，中华书局 2008 年版，第 1090 页。

沿。自陈淳指斥陆九渊"尊德性"之学"乃阴窃释氏之旨而阳托诸圣人之传"①，如陈普亦坚执致知而须力行，强调为学须"察切己之实"，反对陆九渊的"先立其大"而"骛于虚远"，并认为"陆学多犯朱学明辨是非处"②。而当白沙之学兴，与相为友的周瑛又以居敬穷理为鹄，竭力反对陈献章的主静说，责问道："今夫静坐不相与讲学穷理，果足以立天下之大本乎？果足以行天下之达道乎？"③以为非圣人体用一贯之学。这种学风，在阳明学响动全国之际依然存在，下面将会论及。故如闽中后学，可以极自豪地说："时则姚江之学大行于东南，而闽士莫之遵，其挂阳明弟子之录者，闽无一焉。此以知吾闽学者守师说，践规矩，而非虚声浮焰之所能夺。"④核检黄宗羲《明儒学案》，其卷三〇《粤闽王门学案》亦不过列一莆田马明衡，以"闽中自子莘（明衡字）以外无著者焉"⑤一笔带过，可见闽学门户之坚。

　　闽学之所以具如此特征，说来亦不足为怪。前面已提到，在中国这块古老的大陆上，福建位处东南沿海边缘，长期属化外之区，虽说自东晋以来，伴随着历次移民运动，已有中原文化的突入，但直到南宋，这里才骤然发展成为整个大陆经济、文化重心之腹地，"惟昔瓯粤险远之地，为今东西全盛之邦"⑥，作为程学"道南"之一脉，朱子学的生成，恰好显示随中原文化的全面移植，福建文化实现了由外缘向内核的转变。这种文化上的翻身，是此后历代闽人皆引以自重的，更何况由元至明，朱子学已被官方提升至无以复加的地步，还成为与政治体制相匹配的法定教育内容，故如叶向高所谓"盖海内皆蒙宋之化，而闽独得宋之宗"⑦，实代表了所有闽士的心声。在此基础上建立起来的责任感和使命感，会使得他们倍加捍卫所传习"正宗"思想学术的纯洁与整完，而该地区本来相对封闭的自然条

---

① 《与姚安道》，《北溪大全集》卷三一，《文渊阁四库全书》本。
② 《答上饶游翁山书》，《石堂先生遗集》卷一二，万历三年刻本。
③ 《题嘉鱼李氏义学》，《翠渠摘稿》卷四。
④ 李光地《重修蔡虚斋先生祠引》，《榕村集》卷一三，《文渊阁四库全书》本。
⑤ 《明儒学案》，第655页。
⑥ 张守《谢除知福州到任表》，《毗陵集》卷三。
⑦ 《福清县重建儒学记》，《苍霞草》卷一〇，明万历刻本。

件,又助成它比其他地区的传承更少发生变易。

四、陈真晟　周瑛

闽南学术的开展主要在朱熹知漳州期间,不少人慕名而来,如陈淳、郑可学、赵唐卿等皆在这一时期入门。泉州亦有相应的开展:"时朱子之学大行于泉,如杨至、陈易辈,称清源别派。"①朱熹离开漳州后,漳州以李唐咨、泉州以杨至、莆田以郑可学为中心,形成闽学三个分支群体。闽学在漳州传播之深入,可以绍熙元年"四经"和"四子"的刻印为标志。元时,漳州路理学学者有林广发、王吉才、黄元渊、周祐、杨稷等②。明代闽学称盛,漳州一府在陈真晟出现之前,著名学者即有林弼、刘宗道、李贞、唐泰诸人③。陈真晟虽为布衣,却是闽学史上一个重要人物。

陈真晟(1410—1473),字晦德,改字剩夫,其先福建泉州人。后迁于龙岩,晚定居漳之玉洲。年十七八,以儒为业。尝入长泰山中,从进士唐泰治举子业,业成荐于有司。至福州,闻有司防察过严,无待士礼,乃辞归,自是不复以科举为事,务为圣贤践履之学。其学由《中庸》而《大学》,读朱熹《大学或问》,始知敬者乃《大学》之基本。天顺二年(1458),用伊川故事,诣阙上《程朱正学纂要》。既而家居,读提学宪臣颁行敕谕教条,采敕谕中要语,参以程氏《学制》、吕氏《乡约》、朱氏《贡举私议》,作《正教正考会通》,定考德为六等、考文为三等;又纂长书告当道君子。平日不为文字之学,有杂稿藏于家者,故邑庠生林祺特为编次,名《布衣陈先生存稿》。传详周瑛撰《漳州人物志》、介轩陈琪撰《布衣陈先生行实》、门人郑普撰《布衣陈先生传》等。

《明史·儒林传》概括黄宗羲《明儒学案》所述陈真晟之学曰:

> 真晟学无师承,独得于遗经之中,自以僻处海滨,出而访求当世

---

① 王梓材、冯云濠《宋元学案补遗》卷六九《沧州诸儒学案补遗上》,中华书局2012年版,第3824页。
② 见《闽中理学渊源考》卷三六。
③ 见《八闽理学源流》"明理学人物"。

学者,虽未与与弼相证,要其学颇似近之。①

颇得其要领。确实,与吴氏近似,陈氏于学亦是自学自得,身体力行;而说其学与崇仁之学近,其实黄宗羲另有"于白沙差远"的参照。

陈真晟之学的主旨,在于主一主敬,黄宗羲引刘宗周之解说曰:

> 一者,诚也;主一,敬也。主一即慎独之说,诚由敬入也。剩夫恐人不识"慎独"义,故以"主一"二字代之。②

其学说的来源,即在于朱熹的《大学或问》博采主敬诸说。故陈真晟与门人周瑛书曰:

> 欲求朱子之心,岂有外于《大学或问》所详居敬穷理之工夫乎?而朱子于序后亦曰:诚能居敬以立其本,穷理以进其知,使本立而知益明,知精而本益固,则先生之心可得,而疑信之传可坐判矣。③

及求其所以为敬,看到程颐以"主一"释敬,以"无适"释主一,陈氏才开始于"敬"字见得亲切,并实下工夫,认为"推寻此心之动静,而务主于一。静而主于一,则静有所养,而客念不复作矣;动而主于一,则动有所持,而外诱不能夺矣。"故"常语人曰:《大学·诚意》章为铁门关,难过'主一'二字,乃其玉钥匙也。盖意有善恶,若发于善,而一以守之,则所谓恶者退而听命矣。"④很显然,此即所谓静时涵养、动时省察的"慎独"工夫。

在他看来,"敬者,圣学始终之要。穷理诚意者,正学之两重关也,要必先能主敬,然后过此二关;必能过此二关,然后为圣人之学"⑤。如果说,穷理与诚意是互为条件、互为因果的两关,那么,"敬"便成为贯穿此

---

① 《明史》卷二八二,第 7242 页。
② 《明儒学案》卷四六《诸儒学案上》"布衣陈剩夫先生真晟",第 1087 页。
③ 《与翠渠周瑛书》,《布衣陈先生存稿》卷四,明万历刻本。
④ 月湖扬廉著《皇明理学名臣言行录》,《布衣陈先生存稿》卷八附录。
⑤ 《布衣陈先生存稿》卷二《正教正考会通》"自乡人而可至于圣人之道"。

两关之本,合乎朱熹所说的"敬字工夫,乃圣门第一义"①。故他又阐释说:

> 故先儒曰:入道莫如敬,未有能致知而不在敬者。又曰:涵养须用敬,进学则在致知。所谓敬者,岂非涵养此心,使动而穷夫理,则有刚锐精明纯一之气,静而合夫理,又有广大之量者乎?凡此皆有真实工夫,做到至处,所谓圣学也。②

此所谓"涵养此心",动则穷理,静则存心,表明其承朱熹之学说,将认识论与道德论联系在一起,居敬成为穷理的前提条件,惟约束身心,除去气质之性中的不善之意,守其善者,才能格物穷理。

因此,相比较白沙之学的"以虚为基本,以静为门户"③,陈真晟的主一主敬,与崇仁之学讲"慎独"其心,所谓"静时涵养,动时省察,不可须臾忽也"④,讲"居敬"、"穷理"——"必兢兢于日用常行之间,何者为天理而当存,何者为人欲而当去,涵泳乎圣贤之言,体察乎圣贤之行"⑤,当然要更为接近。陈献章虽然尝从吴与弼学,然其后"坐小庐山十餘年"悟得的主静说,自述其源于周敦颐,实更强调内心冥悟,与吴与弼所讲"静观"有间,也不同于吴氏以读书为变化气质之方,认为"学劳攘则无由见道,故观书博识,不如静坐"⑥,故刘宗周以"似禅非禅"讥之⑦。这也意味着,陈真晟之学,其实是站在严守程朱学说的近乎原教旨主义的立场。

在其门人眼中,"自布衣为学,而儒术始正"⑧。而陈氏之学,在当时还是产生一定的影响。据周瑛记载,正当陈真晟亟欲寻吴与弼切磋学问,行至江西,遇翰林编修张元祯,"扣其学所得,大加称许曰:祯敢僣谓斯道

---

① 《朱子语类》卷一二。
② 《答耻斋周轸举人书》,《布衣陈先生存稿》卷五。
③ 《明儒学案》卷五《白沙学案》,第80页。
④ 《明儒学案》卷一《崇仁学案》,第20页。
⑤ 吴与弼《励志斋记》,《康斋文集》卷一○,《文渊阁四库全书》本。
⑥ 《明儒学案》卷五《白沙学案》,第85页。
⑦ 《明儒学案》卷首《师说》"陈白沙献章",第5页。
⑧ 周瑛撰《漳州人物志》,《布衣陈先生存稿》卷八附录。

自程朱以来,惟先生得其真,吴、许二子亦未是(吴谓草庐,许谓鲁斋)"①。陈瓘《布衣陈先生行实》则记曰:"有以天下第一品流人物目之(陈白沙),有以灵芝醴泉目之(周畏斋),有以间出真儒目之(程御史)。"②至于清人日后构建闽学系谱,则陈氏更有显著的地位。如蔡衍锽为编刊吴海《闻过斋集》作序曰:

> 闽学之倡也始于龟山,其盛也集于朱子,其末也振于西山。又二百馀年,而剩夫陈氏、翠渠周氏、虚斋蔡氏。向非有先生之辟邪崇正,杰然挺出于绝续之间,何以继以往而启将来哉!③

直接将明代陈真晟、周瑛、蔡清视为宋儒的继承者,吴海在其中不过是承先启后的地位。同样,理学家雷鋐亦谓:"吾闽自有宋诸大儒后,代有传人,明中叶如陈剩夫、蔡虚斋,确守朱子,以津梁后学。"④表彰陈、蔡对朱子正学的坚持与守护。

周瑛(1430—1518)字梁石,号蒙中子,赘道人,学者称翠渠先生。莆田人。成化五年(1469)进士,知广德州。迁南京礼部郎中,出为抚州知府,调知镇远。秩满,省亲归。弘治初,起四川参政,进右布政使。正德中卒。所著有《翠渠摘稿》七卷、《律吕管钥》一卷、《书纂》五卷、《字书启钥》、《祠山杂辨》一卷、《周易参同契本义》等。传见《明史》卷二八二。

周瑛在未第时,受学于陈真晟。不过,其早年秉求道之志,亦与陈献章、贺钦为友。白沙高弟张诩作陈献章行状,遂称周瑛为白沙门人,而周瑛后人则力辩其非⑤。这就关系到周氏之学是否也接受白沙思想的影响。黄宗羲《明儒学案》明确认为:"先生以居敬穷理为鹄,白沙之学有所不契。"⑥并举其"寓书李大厓以辩之"为据。此篇收入周瑛集中,题曰

---

① 周瑛撰《漳州人物志》,《布衣陈先生存稿》卷八附录。
② 《布衣陈先生存稿》卷八附录。
③ 《吴朝宗闻过斋集序》,《操斋集》卷七,清康熙刻本。
④ 《童先生能灵墓志铭》,钱仪吉纂《碑传集》卷一二九,中华书局1993年版,第3846页。
⑤ 参详《四库全书总目》卷《翠渠摘稿》条,第1493页。
⑥ 《明儒学案》卷四六《诸儒学案上》"方伯周翠渠先生瑛",第1093页。

《题嘉鱼李氏义学》，借李氏从游白沙事，确实检讨了其所出白沙学说的要害得失：

> 其说以为静极则心虚，心虚则理见，故视六经若土苴，视形骸若仇敌，视圣人所立礼义之防若缠束捆缚，欲彻去之。①

并系统提出自己的主张：

> 盖始学之要，以收放心为先务。收放心，居敬是已。盖居敬则心存，聪明睿知由此日生，然后可以穷理。穷理者，非静守此心而理自见也，盖亦推之以极其至焉耳。孟子曰：万物皆备于我矣。此言人心无外也，不即物以穷理，其能静此心之体乎？故自性情之微以及形骸之粗，自食息之末以及纲常之大，自六经之奥以及天地万物之广，皆不可不求其理。求其理，谓求其自然与其当然；又自自然当然求其所以然。积累既多，自然融会通贯，而于所谓一本者，或自得之矣。②

很显然，他继承的是陈真晟的思想，主敬而非主静，为学讲功程次第，居敬方能穷理，穷理方能静此心之体，所谓"积累既多，自然融会通贯"，求诸万殊，道之一本自然可得。其《自撰蒙中子圹志》所说的"予初有大志，敬尽读天下书，以观斯道大全而求夫子素所谓一者"③，既是他的志向，也是他学问的方法路径，确与陈献章持论有异，而显示了闽学传承之正脉。

与其师陈真晟"平日不为文字之学"不同，周瑛少习文艺，即颇欲钻研其门路④；出仕后，行旅交游，抒情状景，诗文皆常有应用，且关心民生，亦多唱酬社集活动。其集中诗文诸体皆备，就诗歌而言，从乐府、琴操、骚辞、五七言古近诸体乃至词，一应俱全。不过，他对于诗之所以为诗，还是

---

① 《翠渠摘稿》卷四。
② 同上。
③ 《翠渠摘稿》卷七。
④ 参详周瑛《文诀类编序》，《翠渠摘稿》卷一。

有自己很高的要求：

> 于戏！诗未易论也。盖诗所以歌咏乎性情者也。性情理，则诗无不理矣。昔成周盛时，上而公卿大夫，下而士庶女妇，皆沐浴文、武清化，而一时肺腑洗涤殆净。故其见于诗者，或温厚和平，或端庄严肃，蔼乎治世之音也。三代以还，不足以语此矣。①

我们当然可将之视作理学家的立场，以"郁郁乎文哉"的成周为标准，讲政和人通，讲治世之音安以乐。因此，欲言诗，先要得性情之正。就周氏本人而言，这并不能算是肤廓无当之大言，而有其对诗歌表现功能及风格比较精微的理解，正如其借友人之口，述如何求获诗之"夷平和厚"：

> 曰：自理性情始，要使胸中如碧潭浸秋月，无一毫烟火气，而后诗可言也。②

此所谓"理性情"，其具体的工夫，用他在它文中所说的话，即"积学养气"：

> 唐音之所以和平，非徒作多，盖由学博材钜，拈得来便应手耳。和平未易学，才学和平，便易低弱，稍加振迅，又觉突兀，其要在积学养气及善用字以调和之耳。③

故又归结为涵养心性，而以读书为变化气质之方。

正是履践这样一种要求，周瑛评价前人之诗，即便是乐府诗，亦以"和平渊永"、"雍容和美"为准则。如其《读杨铁崖古乐府》曰：

---

① 《梦草集序》，《翠渠摘稿》卷一。
② 同上。
③ 《读陈节判缨诗集》，《翠渠摘稿》卷四。

> 乐府始于汉,惟《(二)[三]侯章》其词壮浪,馀皆意气和平渊永,想当时被之管弦,必雍容和美,令人心醉。铁崖生当叔世,才俊气逸,外感内愤,渐入于戾,此词可谓工矣,然施之乐府,不几于北鄙之声乎!铁崖囿气化中不自知也。当时顾亮、张宪、李费辈皆在门下,使稍知风雅馀韵,必不更求崛奇以胜之矣。①

对生长于元末衰乱之世的杨维桢及其门人,虽有俊逸之才气,却以求奇崛而入于戾,不合雅音,委婉提出批评。

对于闽中诗学传统,周瑛亦有自己的反省。借为友人重新编刊闽中前贤王恭《白云樵唱集》题跋之机会,对闽诗做了从道学立场出发的定性,然后举"十才子"以为可学:

> 瑛谓闽中旧为道学渊薮,诗辞其绪馀也。然诗辞亦道学旁出,其抽思造意,探玄索微,出入造化,联络万汇。其高妙处与性命相流通,诗所寄非浅浅也。闻十才子诗,皆祖林膳部子羽,而王皆山、高漫士其最高者。夫宝玉在山,草木生辉;珠琲在海,波光横发。先正词章,流落乡邦,则残膏剩馥,沾溉后人。②

其始终以诗为心性涵养之具,凝虑神思,体物穷理,故自有其高妙深刻处。在此表彰闽中先贤,虽不免有本地化的实用倾向,然从他进一步为友人申发编集之意义,所谓"他日博访诸作而类集之,芟繁摘要,取纯去驳,俾成一家书,以训吾党小子,则闽中诗学又不可谓无师承也"(同上),我们可以看到,其实仍有"性情之正"的要求。

周瑛的诗歌创作,乡人郑岳《莆阳文献》誉为"格调高古"③,后世选家颇重其琴操,实五七言古体亦颇有自己的特点。如《读昌黎集》:

---

① 《翠渠摘稿》卷四。
② 《题王皆山白云樵唱后》,《翠渠摘稿》卷四。
③ 《翠渠摘稿》卷八《本传》。

文章百世师,每说韩昌黎。盥手读遗编,开阖无端倪。乍观觉雄伟,春市斗晴鸡。细观转清丽,青霄吐虹霓。嗟予寒劣资,文思苦荒迷。樊怪匪正途,柳奇入旁蹊。崇台百尺高,借韩以为梯。①

这可以说是一首读书诗,同时又是一首述志诗,将读韩愈文集的心得描摹甚细。关键在于悟得昌黎诗文风格似雄伟而实清丽,亦算是非寻常识见,因而排斥樊怪柳奇,唯以韩氏为正途,实际上是欲从意气和平渊永的角度重新阐释韩愈的创作成就。周瑛自己也确以韩文为典范,郑岳称其"为文章浑深雅健有根柢"可证。

如果说,上诗已多议论的成分,那么,如下一首《殷氏寸草心堂》更有说理之嫌,形同讲调:

春晖陶宇内,万物皆化生。顾兹寸草微,感时亦敷荣。春晖母恩深,寸草儿心短。母恩苦未报,岁月忽成晚。朝焉采其荣,暮焉掇其芳。百拜谢春晖,天地恩难忘。②

此乃为人释堂名所作,不厌其烦地解说母恩何深、儿心何微,却写得相当平易素朴、深入浅出。朱彝尊曾引莆田林承霖(字雨可)之说,谓"先生奇语奇情,出之简易,尝自题稿云:'老去归平淡,时人或未知',当为定评"③;四库馆臣亦摘录周瑛此二句诗,并引申说"其自命不在以繁音缛节务谐俗耳矣"④,当皆就此类作品而言。

七古之作如《仆夫谣》:

邵武仆夫性质野,短衫秃袖身半赭。丈二长舆在肩膊,山路长驱疾如马。每遇高坡即大呼,一呼一上谁复顾。眼中惟见是夷行,脚底

---

① 《翠渠摘稿》卷六。
② 同上。
③ 《明诗综》卷二八引。
④ 《四库全书总目》卷一七一《翠渠摘稿》条,第1492页。

何曾有险步。光泽西去八十里,清溪乱啮故山趾。平明受直往西行,薄暮怀直见妻子。每日只受四十钱,受直不多心欢然。更有高堂受直者,锦衣缓带白日眠。①

这算是叙写时事之作,形式上颇类白居易等新乐府,表现社会底层民众的生活,也可以算是一种补察时政。就其辞而言,则质朴浅俗、直切顺畅。然而,却并非是写民生疾苦的感愤之作,更无尖锐的讽刺,相反,通过刻画仆夫的朴野憨直,欢然满足于生活现状,间接歌颂了太平盛世,而呈现夷平和厚之基调。

第三节　郑善夫与闽诗中兴

郑善夫(1485—1523),字继之,号少谷山人,闽县人。弘治十八年(1505)进士,授户部主事。以嬖倖用事,弃官去,筑室金鳌峰下。正德十三年(1518),起礼部主事,进员外郎。次年,以谏武宗南巡,受杖,复乞归。嘉靖初,起南京刑部郎中,改吏部。便道游武夷,病殁。著有《经世要谈》、《子通》、《少谷山人集》等。传见《郑少谷先生全集》附录林釴《明南京吏部验封司郎中郑少谷先生墓碑》、黄绾《少谷子传》、邓原岳《郑继之先生传》等。

一、加盟京师复古运动与学杜

郑善夫是在才俊云集的北京开始接受新思想的,他日后对福建文学的影响,很大程度上决定于此时所树立的文学观。如传所述,弘治十八年(1505),他在京举进士,与徐祯卿等同榜,旋授户部主事。在京应试、任职期间,积极参与了以李梦阳、何景明为首的文学集团的活动。据何乔远《名山藏》记载,时善夫与李梦阳、何景明及徐祯卿、边贡、朱应登、顾璘、陈沂、康海、王九思等并称"十才子"②,并在其中扮演了相当重要的角色。

---

① 《翠渠摘稿》卷六。
② 《名山藏》卷八六"臣林记",明崇祯刻本。

我们知道,这一时期正是李、何文学复古阵营形成并掀起第一次活动高潮的阶段。李梦阳与边贡、顾璘等相互唱酬,在其弘治十一年(1498)服阕返京后,时在户部主事任上。弘治十五年(1502),康海、何景明、王廷相、何塘、王尚絅等中进士,王九思在翰林检讨任上,遂又相与论文,时在京参加会试的徐祯卿亦参与了文社。是年李梦阳利用公务之暇,与朱应登结识于河西关,朱氏遂得以交结边贡、徐祯卿等诸子。就这样,因"古学渐兴,士彬彬乎盛矣"之"运会"①,以前七子为核心的文学集团得以集聚创建。而至弘治十八年(1505),徐祯卿同榜进士中如郑善夫、陆深、徐缙、孟洋、崔铣、殷云霄等的适时加盟,文学复古运动变得声势更加浩大②。

据皇甫汸所记:

> 时李员外、何舍人,又抵掌而谈秦汉,奋力以挽风骚。乙丑策士顾文康榜也,公(徐缙)与会稽董公玘、分宜严公嵩、邺郡崔公铣、云间陆公深、南海湛公若水,并在翰林,出入禁闼;郎署之间则有给事殷云霄、仓曹郑善夫、迪功徐祯卿,咸逞雕篆之伎,缔笔札之交,非秦汉之书屏目不视,非魏晋之音绝口不谈。③

可见弘治十八年这一榜进士中加入复古运动的人员及其力振古风、相与商榷的具体情形。是时,何景明任中书舍人,郑善夫与之切磋古文辞,相得欢甚,"已亳州薛蕙、黄州王廷陈、吴郡顾璘、三衢方豪、东平殷云霄,皆一时知名士,后先至,咸折节而交先生,文酒过从靡间也"④。郑善夫对于何景明相当推崇,以其天资高又勤奋,称扬"何子生知姿,弱齿咏凤皇。垂帷破坟籍,一目能十行。雅调走鲍谢,雄才抗班扬"⑤。关键是可以时时

---

① 李梦阳《朝正倡和诗跋》,《空同先生集》卷五八,台湾伟文图书出版社有限公司 1976 年影印明嘉靖刻本。
② 以上更详经过,可参看郑利华《前后七子研究》第二章"前七子文学集团的组成及其活动",上海古籍出版社 2015 年版,第 56—63 页。
③ 《徐文敏公集序》,《皇甫司勋集》卷三六,明万历二年刻本。
④ 邓原岳《郑继之先生传》,《郑少谷先生全集》卷二一"附录",明崇祯九年郑奎光刻本。
⑤ 《赠何仲默》,《郑少谷先生全集》卷一下。

学诗请益,在日后作于嘉靖八年(1513)的《与可墨竹卷跋》,他回忆说:

> 仲默教余为诗曰:"学诗如学仙。神仙逆天地之气以成,诗亦如之。逆则词古,则格高,则意长。"余读仲默诗,始觉余之丑耳。……余学仲默,不可谓不识其所以然也,而顾不能犹仲默者,天分量之耳。不知后世论余于仲默,亦犹与可于东坡否也!①

何氏所教授,可谓金玉良言,郑善夫毫不掩饰自己的敬佩之意,而于所作自叹不如,故将自己与仲默的诗歌成就,比作文与可与苏轼的关系。黄绾《少谷子传》提到其最初矢志古文辞的心路历程:

> 初业举子,欲从今世成功名,乃自悱曰:"举业足尽此生乎?"遂刻意为诗文,将追先秦庄、屈,唐杜诸人之作。②

则可知他学问志向之初变,与在此际受到的影响密不可分。何景明对于郑善夫的个性、才气亦相当欣赏,并视为同道,在日后为其所作的《少谷子行》中,不吝夸赞之词:

> 少谷子,在武夷之山。二十抱策叩燕关,朝排阊阖暮湖海,九霄万里身翻攀。……揭来京华始一识,意气形神两相得。肺腑真成水石痼,词章亦带烟霞色。③

在政治上,此文学集团中人以清操相激励,积极干预现实,大都投身于反对刘瑾宦官集团的斗争之中,表现出比较深刻的道德危机意识和敏锐的对时政的批判精神。正德二年(1507),李梦阳因助户部尚书韩文弹劾刘瑾等,被夺官并列入"奸党";次年,何景明谢病告归,被免除中书舍人之

---

① 《郑少谷先生全集》卷一六。
② 《郑少谷先生全集》卷二一"附录"。
③ 《大复集》卷一三,明嘉靖刻本。

职。时局恰如崔铣所述:"正德初,即遭刘瑾之虐,威劫贿成,士气索索。"①而在诸子的集子中,我们可以看到,多有忧世伤时之作,且呈露相当激烈的感情。

郑善夫本人,亦因愤于如此恶劣之政治环境,于正德八年(1513)弃官归闽,自谓"大丈夫当龙凤于世,退见无馘枉我志"②。正德十三年起补礼部后,次年又因兵部郎中黄巩等谏武宗南巡被杖,上疏切谏,结果亦被杖,并罚跪午门,复辞官归。当时友人纷纷赠诗送行,予以声援,如顾璘《送郑继之归鳌峰》云:"四月燕山雨雪寒,省郎多病复辞官。路经海上三神岛,兴在仙人九转丹。……"③在游仙逸兴的背后,其实竭力表彰郑氏的傲骨。薛蕙有《远游曲十首赠郑继之》"壮其行"④,其二"阙下屡移称病书,知尔不复少踌躇",赞扬郑善夫嫉恶如仇,果敢于行;其十"天地经今几劫灰,区区人世只堪哀",感叹时事之不可为。就郑氏自己而言,应该说,这种政治上的磨砺,于其个性自觉并重新思考人生出路,起到了十分积极的作用。

在文学上,该集团诸子反对以理学为主导的官方意识形态将诗文归入末技小道的态度,反对永乐后相当长一段时期在文坛占统治地位的台阁文风以"究竟名理,涵养道德"为宗旨的虚假"鸣盛",以复古为旗帜,标举盛唐以前的古典审美理想,强调诗文必须具有"真情",目的在于欲从道学家手中夺得文学自身的发展权利。从理论上看,以李梦阳为代表的对宋儒言"理"的反拨,追求"天地自然之音"的"真诗",认为"宋人言理,不烂然欤?童稚能读焉。渠尚知性行有不必合邪"⑤,从某种意义上否定了孟子的性善说,不承认宋儒之"理"作为人性的唯一标准⑥,蕴涵了对于自然人性的肯定,因而在这一点上成为晚明文学新思潮的先声;而即便是

---

① 《洹词》卷三,《文渊阁四库全书》本。
② 见林釴《明南京吏部验封司郎中郑少谷先生墓碑》,《郑少谷先生全集》卷二一"附录"。
③ 《息园存稿诗》卷一二,《文渊阁四库全书》本。
④ 《薛考功集》卷八,明万历刻本。
⑤ 李梦阳《论学》,《空同集》卷六六,《文渊阁四库全书》本。
⑥ 参见章培恒《李梦阳与晚明文学新思潮》,原载[日]《古田教授退官記念中國文學語學論集》,东方书店 1985 年发行;转载于《安徽师范大学学报》1986 年第 3 期。

从形式上向古典溯取文学规范的主张,应该说也还是从文学自身之本质特征出发的一种探索。处在这样的氛围中,郑善夫的文学观念受到前七子一派很深的濡染。

在另一方面,鉴于当时的政治形势以及这个群体竭力张扬士大夫师道精神的抱负,号称"诗史"的杜甫遂而成为复古诸子诗歌创作的样板,正如孙昌裔撰《郑少谷先生集序》所指出:

> 嗟夫!先生、空同所以与少陵合者,别自有在,而非以诗也。少陵避乱窜归,初授拾遗,即以抗疏婴肃宗怒,迁徙间关,至于负薪拾橡,而爱君忧国之念,未尝少衰。空同初弹寿宁后,触逆瑾下诏狱者再矣;先生以谏武庙南巡,与梓溪诸公同受杖阙下,此咸以雕龙之才,抗鸣凤之节。①

相似的处境与责任感,使得他们看到杜诗的价值。包括李梦阳、郑善夫及何景明,在当时皆以学杜著称,所谓"至李、何二子一出,变而学杜,壮乎伟矣"②。他们尊奉杜甫,以其继承雅颂传统,"陈事切实,布辞沉着"③,故从句法到气格,具体而微,皆拟议以为取向,无论是拟杜之《秋兴八首》,还是创作"即事名篇"的乐府歌行,一以杜诗气骨风调为准绳。

就郑善夫的文学思想而言,即突出地体现于在诗歌创作中对杜甫的崇尚。其《读李质庵稿》诗曰:

> 雅音失其传,作者随风移。于楚有屈宋,汉则河梁词。曹刘气轩轩,逸文振衰悲。两晋一精工,六朝遂陵迟。角然尚色泽,古风不成吹。卢王号词伯,只用绮丽为。千年取正印,乃有陈拾遗。或不尽反朴,朝代兼天资。所以王李辈,向道识所期。大哉杜少陵,苦心良在斯。远游四十载,而况经险巇。放之黄钟鸣,敛之珠玉辉。幽之鬼神

---

① 《郑少谷先生全集》卷首。
② 杨慎《升庵外集·诗品》,见《明人诗话要籍汇编》,第592页。
③ 何景明《明月篇序》,《何大复先生集》卷一四,明嘉靖刻本。

泣,明之雷雨垂。变幻时百出,与古乃同归。律诗自唐起,所尚句字奇。末流亦叫嚣,古意漫莫知。历兹六十纪,识路良独稀。凤鸟空中鸣,众禽反见嗤。夜寒理危弦,恻恻赏心违。①

几可称为一篇韵语诗歌史论。诗从雅颂失传述起,历楚辞而汉魏晋,风会转移,盛衰替代,至陈子昂,能承续正脉,而杜甫黄钟大吕,苦心经营,集古雅之大成,乃成为一代正宗。杜甫的成就与功绩,通过一种历史脉络的梳理,得以焕发辉光。

在为曾在户部任职的清流叶元玉诗文集所撰序中,郑善夫由自己阅读其作品"五言近体,于杜为似"的体验阐发开去,云:

> 杜诗浑涵渊澄,千汇万状,兼古今而有之。他人不足,彼乃有馀。又善陈时事,精深至千言不少衰,世之学者,劬情毕生,往往只得其一肢半体。杜亦难哉!山谷最近而较少思;后山散文过山谷远,而气力弗逮;简斋蠲而少春融。宋诗人学杜,无过三子者乃尔,其他可论耶?②

总结杜诗本要有二,一当然是兼有古今,有容乃大,突出其器局过人,涵养有馀;其二即在于杜诗特有的关注现实的忧世精神,所谓"文章合为时而著,歌诗合为事而作",且须"善陈时事"。而事实上,实在很难有能兼此二种品质的诗人,举宋人学杜三大家为例,亦是各有其短,更何况邻以下乎。

郑善夫在此际的创作,亦确实能做到身体力行,其忧愤国事之作,若《玄明宫行》、《百忧行》、《伤哉行》、《大田篇二首》、《大田篇》、《闻道》、《塞上》、《羽猎谣》、《游侠篇》、《正德十四年四首》等,皆直刺武宗及时政,并显示其演练诸体之娴熟。试举其《古剑行赠仇将军北征》为例:

---
① 《郑少谷先生全集》卷一下。
② 《叶古厓集序》,《郑少谷先生全集》卷九。

将军手提三尺冰,乃是鬼国之铁,大齿之珍,沧溟水枯淬不成。莫邪断发跃冶死,而后龟文漫理流天晶。霜锋闪烁鹔鹴凝,万金吴钩拖赭缨。北斗七宿土花发,青天宝匣回机衡。斩蛟断犀俱细事,此物自是苍龙精。江翻河仄罔象急,提出白曜摇东溟。飞芒杀白帝,喉下不可婴。丰城古狱谁识女,斗牛之墟元气升。沙塞秋高尘压城,黄龙白狼不肯庭。山甫无人武安死,战马西向徘徊鸣。安西都护君好行,此物应世世当平。丈夫叱咤鞭风霆,国难不赴非俊英。剑乎剑乎,吾与汝,同死生!①

仇将军,即咸宁伯仇钺,正德八年(1513)年五月,大同告警,朝廷命仇氏为总兵官,统京军御敌。钺上疏陈五事,包括请遣还在京城操练的边军至边地,停止京军出征,以省公私之扰等,时不能用。郑善夫此诗即为仇氏北征赠行之作。诗贴题以古剑为中心意象,就其来历,种种铺叙,极尽神幻之能事,最终及于持剑之人,因外敌不庭,朝中无人,表彰仇将军捐躯赴国难的丈夫之志,誓与其助其平天下的神剑共存亡,而结合仇氏当时勉为其难的尴尬处境,则颇显悲壮。作者运用七言歌行之体,着力发挥其纵横开阖、放情长言的表现功能,将诗写得雄豪奇崛、酣畅淋漓,可谓"善陈时事"。

至如《即事》一首,更是历来选家皆会采入的名作:

赤县山河在,黄龙沙塞长。只忧边部落,不着舜衣裳。骠骑年年没,单于世世强。仆姑寒射月,礟簜夜含霜。宝毂犹深入,金鞘或转伤。前车未为远,神武有英皇。②

诗为五言排律,又是一格。正德十二年(1517)十月,崇尚武功的武宗御驾亲征,在应州迎战来袭的鞑靼伯颜,乘舆几陷。而作为前车之鉴,其时距英宗北征兵败的土木堡之变不到七十年。于明诗论评一向严苛的王夫

---

① 《郑少谷先生全集》卷三。
② 《郑少谷先生全集》卷六。

之,给予郑善夫此诗相当高的评价,曰:"直刺,如此固不妨。继之天才密润,以之学杜,正得杜之佳者。"①将之视作学杜佳例,从而充分肯定郑氏之才质,而于何景明、傅汝舟、谢榛诸人,则视作学杜堕入魔道的"魔民眷属"(同前)。说起来,这也正是郑善夫自己于杜诗本要领悟之所得。故认为郑诗"得杜骨"的王世贞,评价其诗"如天宝父老谈丧乱,事皆实际,时时感慨"②,或可帮助我们理解他所谓"杜骨"的内涵。陈田综论郑善夫诗歌创作成就,亦以摹杜为特色,不仅分体而论,且尚能指摘其不足,当更为全面而客观,藉以作为结论:

少谷清才,集中仿魏、晋以来无所不有,但摹杜为多耳。大约气格雄浑,五律、歌行最胜;音节浏亮,七言律绝为优。但模拟极肖,融化为艰;短制偏工,大篇未化。其品次在何、李、边、徐之亚,馀子不及也。③

二、鳌峰树帜

正德八年(1513),郑善夫自户部主事任上乞病归养。十四年,以谏武宗南巡被杖,复乞归。在先后归乡的这若干年,他隐居福州鳌峰,筑少谷草堂,作《少谷子传》以见志,成为"鳌峰十才子"这一地方文学群体的领袖。很自然,以李梦阳、何景明为首的前七子一派文学复古运动的影响亦随之传入福建地区,而为当地文学打开新的局面。

先检讨所谓"鳌峰十才子"。郑善夫于正德十二年(1517)秋曾自述隐居鳌峰的这段经历曰:

郑子隐居鳌峰之北,有高子激者九人与游,时登山钓水,嘲风谑月,余必九人偕,而九人亦莫予之逆也。邦人见而指之曰:十才子来

---

① 《明诗评选》卷五,第 187 页。
② 《艺苑卮言》卷五,见《明人诗话要籍汇编》,第 2499 页。
③ 《明诗纪事》丁签卷四"郑善夫"条,第 1182 页。

矣。复曰四生,盖诋之之辞也。①

尽管他们一群人的高蹈之举并不受当地人待见,其自己却很享受。不过,与他并称"十才子"的其余九人究竟是哪些人,除高瀔外,郑善夫并没有更具体的说明②。好在闽中后学王应山的《风雅丛谈》有记载,谓郑善夫"又与郡人林釴、高瀔、傅汝舟、郑公寅、施世亨、李铨、李江、先伯父户部文晦、先樵云山人文旭倡和追随,闽人复称才子"③。因自己先人躬与其盛,故一时追随其左右者,历历可数。至于"四生",在郑善夫上述自述中已有交代,即他与高瀔、林釴、傅汝舟四人。

这十子中,除"四生"外,名声皆不彰,其字号行实可考者:王昺,字文晦,侯官人,嘉靖壬午(1522)乡试中式,授海门教谕,官至户部主事,有《晴川集》;王杲,字文旭,号樵云山人,布衣,有《怡漫集》;施世亨,字仙临,号罗山,闽县人,布衣;郑公寅,字静甫,闽县人,嘉靖间岁贡生,官教谕,有《郑广文集》;李铨,字公衡;李江,字沛夫。显然,多为布衣或获低级功名者。据郑善夫自述,谓傅汝舟"岁之乙亥与予交"④,则总体而言,所谓"鳌峰十才子"的唱酬活动当始于正德十年(1515)。从他们集中,亦尚可看到彼此酬酢、一同社集的记录,如《郑少谷先生全集》中《同林九高二傅二施二避暑越王城楼》,当即郑善夫与林釴、高瀔、傅汝舟、施世亨诸子的唱酬;《中秋同高宗吕傅木虚城东步月有怀京华旧游》,乃与高、傅二子社集所作;《元夕登鳌峰绝顶》,系与傅氏引酌啸歌而尝招高瀔、王昺、李江同集者。《石门集》中《与木虚三峰访少谷不遇》,则为高瀔、傅汝舟、李铨等寻访郑善夫不值的联句;《仲冬望日携酒与木虚世亨公衡夜泛玉楼》,为高瀔与傅汝舟、施世亨、李铨等宴饮集会。郑善夫自己有不少怀念诸子之作,如《郑少谷先生全集》卷一七《与城中诸友》一诗,念及沧湾、平

---

① 《时庵高先生墓表》,《郑少谷先生全集》卷一二。
② 朱彝尊亦未得其详,其《静志居诗话》卷一一"高瀔"曰:"少谷居鳌峰北,从之游者九人,乡党目为'十才子'。少谷诗所云'一时贤士俱倾盖,满地萍踪笑举杯'是也。九人者,高二十二宗吕居首,傅二木虚次之,馀有林九、王七、施二,其名不得而详矣。"(第310页)
③ 《郑少谷先生全集》卷二一"附录"。
④ 《前丘生行己外篇序》,《郑少谷先生全集》卷九。

第三章 道艺之间:地域性格的瓦解与重建

匡、百竹、世亨、公衡、沛夫、木虚、文辉、文旭等,多为十子中人①。

对于郑善夫在闽中主导开展文学活动及其追随者的情形,作为后学的徐𤊹尚有另外一种说法:

> 正、嘉之际,作者云集,郑吏部善夫实执牛耳,虎视中原,而高、傅二山人左提右挈,闽中雅道遂日中兴。时有林侍御釴、郭户部波、林通政炫、张尚书经、龚祭酒用卿、刘给舍世扬为辅,斯盖不世之才,粲然可观者也。②

除了居于"左提右挈"地位的高瀔、傅汝舟两位友弟是山人身份(论关系,郑善夫确与高、傅二子最为近密,以至临终时将诗文妻子相托付③),我们将在下面专门介绍其成就,其馀皆可谓有高级功名的士大夫。林釴,字克相,闽县人,正德十六年进士,历官监察御史,有《半匡集》。郭波,字澄卿,闽县人。正德丁丑进士,官户部主事,有《岩存稿》。林炫,字贞孚,闽县人,正德九年进士,官至通政司参议,有《榕江集》。张经,字廷彝,候官人,正德十二年进士,累官南京兵部尚书兼右都御史。有《半斋稿》。龚用卿,字鸣治,福建怀安人,嘉靖五年进士第一,官至南京国子祭酒,有《云冈集》。刘世扬,字实甫,闽县人,正德十二年进士,累官吏科都给事中。有《平嵩集》。又,谢肇淛《小草斋诗话》曰:"继之同时倡和诸子,有傅山人汝舟、高山人瀔、林侍御釴、许黄门天锡,……且同时有林太守春泽,喜为诗,亦效法继之。"亦可参见。许天锡,字启衷,闽县人,弘治六年进士,官吏科给事中,有《黄门集》。林春泽,字德敷,候官人,正德九年进士,官至程番知府,有《人瑞翁集》。这些人皆为郑善夫时代福州当地的世族名宦,诗文亦各有成就,有他们共襄盛举,当然显示郑善夫的号召力,何啻在家乡与不同阶层皆有酬酢往来的交道之广。

---

① 有关"鳌峰十才子"及其唱酬活动的考察,可参详张龙《〈静志居诗话〉补正二则》,《德州学院学报》2013 年第 1 期;张蔓莉《郑善夫研究》第一章"郑善夫生平、交游及著述考",福建师范大学 2010 年硕士学位论文(导师:陈庆元教授),未刊稿,第 23—31 页。
② 《新辑红雨楼题记 徐氏家藏书目》"闽中诗选"条,第 168—169 页。
③ 见《列朝诗集小传》丁集下《傅秀才汝舟》,第 664 页。

据《少谷子传》,郑善夫将自己描画成"性极拙且懒"、"不识荣利"、"不切时务"、"不得于今之人"的形象,归乡隐居之后,所谓"近复得丘壑痼疾","闭关息焉",益发强调这种不合时宜而又决计不肯改变故态的幽贞个性,唯纵游山水,修道养生,"守其玄而葆其真"①。在诗歌创作中,《游建州陶园和渊明拟古八首》可谓是他如是自我塑造的精心之作,兹举二例:

少小秉末尚,担簦远行游。如闻赤县外,更复有八州。车辙苦未厌,光景倏若流。归来守纯气,蘧然见丹丘。乃知不出门,偃仰六合周。王风久寂寞,吾行将奚求?(其二)

东南有一士,名节贞自完。葆光归田园,散发懒不冠。白鱼入羞馔,取色慈母颜。幽居藏市廛,白日以闭关。客从远方至,情话忧绝端。酒酣命僮仆,取琴为之弹。希声入窈眇,忽下双紫鸾。睠言履昭旷,相期逾岁寒。(其五)②

二诗已可基本概括郑善夫秉性趣尚、生活现状、人生目标及其思想变化等诸多自传应有的内容,因为是和陶之拟古诗,晋宋风流的旷达与任真,尚映衬着某种汉魏底色,而其表现田园生活的自适与修道的抱朴守真,散缓中有奇趣。事实上,如其七所谓"蹭蹬勿重陈,所伤命与时",在这闲适、淡泊境界的背后,有郑氏于恶劣政治环境中对生命意义的重新思考。

"侵星不栉发,入直承明庐"③——在郑善夫尚在京居官时,他就已经借庭中鹤之口道出了丧失自我的抑郁:

误入燕雀网,遂被樊笼拘。委质太液池,昂藏狎鸥凫。崇朝受饼饵,向夕听传呼。以兹抱怏悢,宁复竞盈馀。冉冉积年岁,戢戢向盆

---

① 《郑少谷先生全集》卷一一。
② 《郑少谷先生全集》卷二。
③ 《夏日阙庭见鹤》,《郑少谷先生全集》卷一下。

盂。岂无四海心,所惜六翮疏。①

为此,他立志"终当返真性,去去翔天衢。一举历五岳,再举遍九区"(同上),一旦确认时不可为,便如薛蕙所言,称病辞官,"不复少踌躇"。但是,是否不再"窃食公家"(《少谷子传》),便是解脱束缚?显然未必,毕竟人的自由意志是个人欲望与生存环境之间一种更为本质的诉求,并且,正所谓自由意志愈是强烈,或会愈加深重地感到冥冥之中无处不在的压抑。因此,即使是"解脱束缚,着道履短衣"②四处登山游览,他的心头仍时常会笼罩着恐惧和焦虑:

……云栈纷当心,不敢轻落足。扪枯骤战兢,披荆逾匍匐。尪羸无奈何,况复迷浚谷。虽无夔莘警,讵测蜒蚖伏?少焉青霞深,转思白日速。山海信伟观,何以慰彳亍。我行孰驱迫,自致穷途哭。③

栈道险峻,山路复杂,时日倏忽,宇宙浩渺,这一切皆令作者感到人生迫促艰危而有失路之叹。其《游张公洞二首》亦追溯古人曰:"阮籍怀广途,卢敖历四极。尚惭壤虫隘,或哭周道厄。"④

当然,其实郑善夫一直在通过求仙问道寻求人生的解脱,这在他的时代还颇为流行,他的朋友中,如孙一元、方豪、殷云霄及高瀫、傅汝舟等,不同程度上皆浸淫于道教而各有其修行。郑善夫自己纵游山水,其中一大原因,即在于寻访仙道圣地,修性养命,独与天地精神相往来。如其《游石竺岩》云:

少抱烟霞姿,雅志向林壑。出门混世尘,中逵反堕落。闻道岂不早,优游岁将迫。言就巫咸问,敬访何氏宅。石竺敞灵界,紫云冒岩

---

① 《夏日阙庭见鹤》,《郑少谷先生全集》卷一下。
② 《郑少谷先生全集》卷一一《少谷子传》。
③ 《登云居山二首》其一,《郑少谷先生全集》卷一下。
④ 《郑少谷先生全集》卷二。

箔。匪梦复匪幻,乃见鹤上客。长跪诉悃诚,曰予动迷错。授我灵光剑,斩断妖魔色。揭来无穷门,灏灏见天德。接手浮丘老,感恩讵云薄。乘云凌高丘,永与世寰隔。①

石竺岩即石竺山,在福清永寿里,其山巅相传为"汉何氏九仙所游之地,祷梦辄应"②,是一富有历史的仙乡之所在。郑善夫寻游至此,将求仙的经历,写得如此真实可感,仿佛在与尘世的隔绝中,得以脱胎换骨。然后,事实上,这种崇道之游,也并未给他带来真正精神上的安顿。在游句容茅山这一道教上清经派本山的途中,弥漫的大雪颇令其感到迷惘:

同云布坤维,六花漫不止。升危滞迟踪,寓目杀高志。真源不可往,罔蜮兼泥滓。居凡殊所厌,还丹亦难恃。太虚本宅无,彭殇同已矣。安得庄生达,相与析玄理。③

在三茅峰登高望远,罡风劲烈,大雪压山,他很快由一种视觉上的迷茫进入精神上的疑惑,身临罔两浊世,仙源如何可至?人究竟是否可能达本归真?对于九转还丹的炼丹术,亦觉实难恃以长生久视,所能做的,恐怕只有向主张齐物我、齐生死的庄子寻求答案了。

应该说,直至其生命的最后阶段,郑善夫仍未解决这样的终极困惑。故其《复叹》其一云:

我生四十无闻时已暮,三年角巾守烟雾。空村落日门不开,独抱鹓雏哭穷路。麒麟趾折龙马杳,世俗那得知其故。呜呼兴衰用舍总

---

① 《郑少谷先生全集》卷二。
② 参详王应山《闽都记》卷二七"郡东南福清胜迹"。
③ 《大雪行三茆山中》,《郑少谷先生全集》卷一下。此诗亦被收入明嘉靖间玉晨观本《茅山志》,题作《大雪行三茅山中有作》,字句略有出入,附录如下,可以参校:"解束悟服食,营念讨山水。比闻三茅秀,赏欢一来此。同云幂坤维,六花漫不止。升危滞迟踪,寓目杀高志。真源不可寻,魍蜮兼泥滓。茅君杳云际,飙车隔天地。居凡殊所厌,还丹亦难恃。太虚本宅无,彭殇同已矣。安得庄生达,相与析玄理。"(元刘大彬编、明江永年增补《茅山志》"茅山志金韭编后卷",王岗点校,上海古籍出版社2016年版,第556页)

在天,中夜击剑心茫然。①

回顾自己的生涯,其誓志圣贤的抱负未遂,反困厄至穷途末路,不惑之年,索居山林,中夜独醒,郁勃之气无从而出,拔剑起舞,四顾茫然,实在是相当沉痛的喟叹。终其一生,这种情绪是如此强烈,尽管有人会质疑其真实性,就如同乡里官至尚书的后学对其集中"感时之作激昂慷慨、寄托颇深"有所异议一样,认为"时非天宝,地远拾遗,为无病呻吟"②,或者如"邦人"视为狂生侧目诋之,殊不知此种叹息呻吟也好,奇崛张狂也好,正是在险恶、动荡的社会环境中找不到安身立命之处的幻灭感所带来的苦痛表现。他们的诗作,包括高瀔、傅汝舟等在内,相当一部分正是上下求索此种精神安顿而又遍寻不着生命意义所在的真实记录。

正因为郑善夫将诗歌视作士人直面现实的责任及精神表现,视作个人探求人生终极问题心路历程的记录,强调一种真实甚而充满激情的生命体验,以此标准衡量此前的闽中文坛,则令他感到极大的失望与不满。在上举《叶古厓集序》中,他对闽诗有过一段评述:

> 吾闽诗病在萎腇多陈言。陈言犯声,萎腇犯气,其去杜也,犹臣地里至京师,声息最远,故学之比中国为最难焉。若非豪杰之士,鲜不为风气所袭者,况遂至杜哉! 国初如林鸿、王偁、王恭、高廷礼辈,遏然离群出党,去杜且顾远与!③

所谓"萎腇",与强直劲健相对,当然是缺乏气格的表现,关键还在于缺乏干预现实的精神与上下求索人生意义的执着;所谓"陈言",自然是就模拟而言,字拟句摹,陈陈相因,更为本质的问题,恐怕还在于没有直面当下,没有深刻及于自我的内心,因而毫无个性可言。在他看来,即如林鸿

---

① 《郑少谷先生全集》卷三。
② 详见四库本《郑少谷先生全集》卷首提要及《郑少谷先生全集》附录林燫撰《福州府志·文苑传》。
③ 《郑少谷先生全集》卷九。

等前辈,已可算是有个性的诗人,但在杜甫这位敢于反映现实、于真情有沉郁顿挫、沉着痛快之表现力的大诗人面前,实还相去甚远。

当然,郑善夫对杜甫诗歌成就的得失也还是有他自己的反省,在反复学习、琢磨其技法及精神内蕴的同时,力求"知其所长而又知其敝者也"。在他批点的杜诗中,曾有如下一段话发人深省:

> 长篇沉着顿挫,指事陈情,有根节骨格,此杜老独擅之能,唐人皆出其下。然正不以此为贵,但可以为难而已。宋人学之,往往以文为诗,雅道大坏,由杜老启之也。①

在这里,其敏锐的目光已觉察到杜诗的另一面,所谓"指事陈情"可能给诗歌的抒情本质带来的负面影响,并且这一点已经由诗歌史所证实,宋人正是学此一路,而开以文为诗、以议论为诗之面向。他显然感觉到这种诗风任其发展下去,必然导致真情丧失,而令"雅道大坏"。应该说,作为深爱杜诗及其人的忧世诗人,能如此清醒地看待文学典范,还是相当难能可贵的。

据"四生"中的林釴所记叙:

> 郑子坐余于少谷草堂,与论今古之圣贤旷绝,于世之伤岐德与文。圣丘贤轲,德文称矣。后轲之愈,愈视轲,则愈固弗若矣。圣贤同不同如此,其旷绝也已。世之遘弊,尽人以词。夫斧藻其词,德之藻矣。词藻寔僻荡,德藻寔饰华。僻荡饰华,时之然也,奈之何,其弗伤也。故曰:天下有道,则行有枝叶;天下无道,则词有枝叶。夫行有枝叶者,根本盛而条达也;词有枝叶者,芜词曼说,佻巧者之浅。是故豪杰之兴者,世责之赖也。②

显示郑善夫在隐居鳌峰期间,思想又生变化,即由原先单纯"追先秦庄屈、

---

① 《明诗纪事》丁签卷四引焦竑《笔乘》,第1181页。
② 《题少谷文集后》,《郑少谷先生全集》卷二一"附录"。

唐杜诸人之作"的古文辞宗尚转向圣贤之学,特别是由此思考德与文二而一的融会。其间过程,如黄绾《少谷子传》中交待的,又经历诸多环节:

> 自悱曰:文词足尽此生乎?遂慕东汉以来至于南宋高人逸士、孤风远韵之可激者而追踪之。又自悱曰:风节足尽此生乎?遂慕西汉以来至于盛宋将相名公、鸿勋盛烈之可垂休者而从事之。又自悱曰:功业足尽此生乎?遂慕尧舜以来至于孔孟、修己经世之可参立者而尚友之。曰:道在是矣,吾将没身于是乎?①

由追求"经国之大业、不朽之盛事"的文章,转而重视凸显独立人格的士人之风骨节操;由追求治国平天下的赫赫功业,转而慕尚古圣贤之道。总之,又从一个侧面显示了他对于精神安顿或人生意义的不懈追求与探索。

这种思想探索,说起来也是自有其由来,尤其受到当时方兴未艾的心学思潮的影响。于郑善夫而言,接受心学最重要的媒介是黄孔昭之孙黄绾,二人正德六年(1511)在吴结识,相与为友。前一年,黄氏已师事阳明,又与湛若水矢志于学②。故郑氏随后得见王、湛二子,与闻其学。正德十二年(1517),郑善夫尝自闽赴越,登阳明之庐不值,与黄绾在其新成之石龙书院偕处旬月,昼谈夕息,得闻所未闻者③。他自己感觉这一段论学经历,实有大了悟处,因而当时在与闽中诸友的通信中描述说:"复与黄宗贤(绾)、应元忠(良)参究圣学,又是一大痛快。回思二十年所下工夫,皆是一场罔两。自今以往,视世间一切,真如蜜虿与空花也。"④显然,这种愈来愈由外而内的追求,沉浸于性命之本要的参究,使得他自认为愈来愈切近道之真谛。后学如邓原岳《郑继之先生传》云:

> 尝一晤王文成于毗陵,慨然有味乎性命之学,则从湛氏得其绪而

---

① 黄绾《少谷子传》,《郑少谷先生全集》卷二一"附录"。
② 参详《明儒学案》卷一三"浙中王门学案三"。
③ 《石龙书院记》,《郑少谷先生全集》卷一〇。
④ 《答城中诸友》,《郑少谷先生全集》卷一七。

力行之,功取专诣,非独立门户而已。先生每言经生局迹,啴缓其衣,多文辞而鲜实效,何益于殿最乎?居恒取国家掌故,讲其废置所繇及利害甚晢。每郡邑有大政,先生辄为决策,务中机宜。①

偏于从经世实务的方向阐释郑善夫受阳明学影响后的变化;孙昌裔《郑少谷先生集序》曰:

> 先生于文尤苍洁,取法严而持论正。得之阳明、甘泉两公丽泽为多。夫世宁有真文章、真风节而不根极理道、橐钥性灵者哉?天假先生以年,殆将分拥两公皋比,不徒与少陵、空同称鼎峙。②

则又从文辞精洁纯正的角度,解读郑氏根柢阳明学理道、性灵所带来的审求根实之变,而欲将其塑造成道学、文章并胜的大家。事实上,郑善夫的这种思想变化,具有十分复杂的内涵。一方面,圣人之学,尤其是所谓圣人传心之学,当然因赋予郑氏观照世界万象的新的基点而令其益发自信,他的转而追求修己经世之道,追求"行有枝叶",皆可能令其更加刊落浮华、性灵澄明;而在另一方面,至少于其文学创作而言,个性的光辉难免有所减损。简锦松注意到"《郑少谷先生全集》之诗文,正德十三年以后,虽有所作,然时杂论学之语矣!视正德六、七年与孙一元、方豪、殷云霄等酬畅于山水之际,其狂亦少衰矣",以为"王学之鼓励人尽去前学,以归正于圣人之学,其效显著若此"③,应该是敏感到其本人对"文"的本质作与"德"合一之理解后发生的微妙变异。

无论如何,郑善夫借助前七子一派的复古宗尚树帜鳌峰、振臂一呼,给沉寂的福建文坛注入了新的生机。他的"叹彼时运乖"④之忧患意识表现也好,"忧疑卒未解"⑤之寻求精神安顿之作也好,皆可谓生命激情的宣

---

① 《郑少谷先生全集》卷二一"附录"。
② 《郑少谷先生全集》卷首。
③ 《明代文学批评研究》第五章"正嘉理学与复古派文学批评之转变",第320页。
④ 《拟古》,《郑少谷先生全集》卷一下。
⑤ 《游建州陶园和渊明拟古八首》其七,《郑少谷先生全集》卷二。

泄,可以说为改变该地域文学"萎腇多陈言"的积习、汇入晚明新文学潮流开了风气之先。清人郭柏苍即如此总结其功绩,谓"没性真而学古,指宗派为名家,君子弗尚焉。闽自洪、永以降,作者声律相似,至郑少谷始变"①。王世懋在《艺圃撷馀》中,大概也是从这个角度出发,认为闽中文学要至郑善夫才"气骨棱棱,差堪旗鼓中原"②。在他周围的这个诗人群体中,受他影响最大的高瀫、傅汝舟两位友弟,一个是"疏狂每被时人恼"③,一个是所谓"孤啸人"④,以一种更加狂诞的行为来反抗外在环境的压抑,执着于寻找生命的真实形态,在郑善夫开辟的以诗歌表现真性情的道路上又迈进了一步,多少已体现出代表晚明文人主导气质的异端精神,故如徐𤊿又以"正、嘉之际,洗道学之习气"⑤来概括闽中诗坛此际风尚之变。

三、高瀫　傅汝舟

高瀫(1494—1542),字宗吕,号石门子、霞居子,侯官人。布衣。少孤贫,善属词,不乐进士业。在嘉靖辛丑(1541)所作《自传》中,高氏称自己"慨然慕巢、许之高,居于石门山中,养晦自乐,尚友千古,一切势利淡如也,时莫喻其志趣,名亦不系于农工商贾之版"⑥。全然以山人之姿隐逸自处。郑善夫曾作《寄宗吕》曰:"高适不早达,才多数亦奇。名应造化忌,狂与世人疑。妻子已同志,箪瓢长自怡。箕山好风月,将汝结茅茨。"⑦于其志趣、经历述之亦详,可资对照。善书画,晚年益壮山水之游,逍遥方外,以"髯仙"闻名。著有《石门集》⑧。传见《石门集》所录汪宗伊《墓志铭》、何乔远《闽书》卷一二六《英旧志·韦布》等。

---

① 《石门集序》,高瀫《石门集》卷首,清道光二十一年刻本。
② 见《明人诗话要籍汇编》,第3078页。
③ 高瀫《远归醉歌赠小傅子》,《石门集》卷二。
④ 高瀫《登虎丘有怀丁戊山人》,《石门集》卷三。
⑤ 《泡庵诗选序》,《红雨楼题跋》卷下,清嘉庆三年刻本。
⑥ 《石门集》卷首。
⑦ 《郑少谷先生全集》卷四。
⑧ 据《石门集》卷首莆田林向哲《序》,高瀫的诗集生前并未刊行,在其卒嘉靖二十一年之百三十年后,才由从孙高兆梓行。《千顷堂书目》卷二二著录作《霞居子集》。

高瀔在闽中的日常生活,他在《自传》中特意举作自我写照的两联诗可相概括,曰:"惯随白鸟行偏健,贪看青山坐不辞。世短每怜长伏枕,家贫犹自苦吟诗。"①至于与郑善夫等相过从的经历,如其在嘉靖初为郑氏还京赴任赠行的诗中有相当详细的描述:

> 及子养疴归,南湖阻风烟。中复一二见,每被尘网牵。买山来水部,始得话昔年。一日两相慰,婉娈情不迁。开谈竟晨夕,频得观大篇。灿灿华星偕,皎皎秋月娟。纵横驰世感,百宝串珠璇。饥日肆咀嚼,游鱼饵芳荃。意气共浣濯,论议混源泉。累牍刮心目,析理入颐元。展询各无隐,转爱我痴颠。日至必潦倒,蔬食陋华筵。煨枿向深夜,屡参道德禅。斗酒愧提挈,岩石齐攀援。洗心秋气朗,共此明月圆。脱巾少谷峰,清调鸣珠弦。吸露泻怀热,轻举从仙仙。远游豁奇思,约十衡山颠。飞锡不可极,俗驾坐迍邅。兹事实非偶,此意徒拳拳。新诗谬称许,畴敢当前贤。璚花或采遗,永结同心缘。②

从谈论理道、赏析诗文、箪食瓢饮、参禅斗酒至服食游仙、娱情山水,如数家珍,娓娓道来,活动内容相当丰富,友朋间可谓朝夕相处,其乐融融。这是他们所乐意选择的生活方式,自然显得云淡风轻、舒卷自如。

不过,事实上高瀔性狷介孤傲,自谓"性狷迹孤,乐善畏义,与世多龃龉,不能容人,不能俯仰于人"③。故其随鸟行、贪看山,无非是听命于"行止去来,一任其意"的独立意志;"所以穷我生,不愿官长怜"④,亦自有一种傲岸的力度在其间,而不愿与正统的价值观相妥协。偶尔去一次京师,那滚滚红尘之都让他感受到的,何啻是不适,简直是视若仇雠,当时即大醉长安街署中,浩歌抒怀:

---

① 此收入《石门集》卷四,诗题作《罗山月下遣兴》,字句略有出入。
② 《别郑继之六丈赴阙》,《石门集》卷一。
③ 《自传》,《石门集》卷首。
④ 《送王致斋宗伯还朝得禅字》,《石门集》卷一。

>少小负奇山海游,素志未足穷遐陬。偶来京华不解事,红尘万丈深吾愁。车马纷纷蔽白日,咫尺不辨公与侯。英雄岂得仰面立,不见冰山之水水复流。眼前万事奚足问,富贵真视如浮沤。不如归去酌我酒,赤脚高歌沧海头。①

显然,作为政治经济中心的都邑与遐陬、山林的反差与对立,在他心头造成极大的压迫,但他毫无苟同之色、屈服之态,反而以李杜雄健之风概,激扬挥斥,傲视一切。归闽之后,高氏于此仍耿耿于怀,将同样的感受,以几乎相同的强度,向傅汝舟之弟——人称"小傅子"的傅汝楫又传递了一次:

>高郎少小负奇好,爱尔兄弟相偕早。万事都归混沌初,廿年结契烟霞老。笑予偶向京华游,疏狂每被时人恼。纷纷肥马逐飞尘,白日不见长安道。碧山何如归去来,与君烂醉眠芳草。君不见成都卖卜谁识之,眼前俗类奚足疑。②

作为"长撑白眼向青天"的同志,他与傅氏兄弟有许多可相倾诉的话,甚而相约纵横醉乡,放浪形骸于自然山水间,重要的在于在一起更加坚定初服之志,不挠于俗世。当然,他们的行为举止难以为"时人"所理解,甚而会遭受诋毁,他们与正统的、世俗的价值观念的对抗,亦会令其产生孤独之感,但如高瀔依然我行我素,高歌前行:"孤篷万里谁能识,独倚高歌沧海情。"③"相逢莫漫嗟萍梗,惆怅高歌万里行。"④

从以上的例子,其实我们已可看到,高氏于诗,即以为抒发自我性情之具。故描绘与畏友郑善夫之间的交往与情谊,絮絮叨叨,可以不惮琐细、复沓;而在京中为时事所激,则是直抒胸臆,不假修饰,悲愤奇怪之辞,

---

① 《长安街署中醉歌》,《石门集》卷一。
② 《远归醉歌赠小傅子》,《石门集》卷二。
③ 《十月望日潞河阻冻》,《石门集》卷四。
④ 《北游至檇李会摄掌教携酒青云楼漫赋留别》,《石门集》卷四。

冲口而出，与友再叙，亦不忌句意重复。何乔远《闽书》本传记叙说："每谓文至牵涉比偶，犹之留鬓眉以傅脂粉，无足学也。"①应该是真实的高瀫于文学所持的态度与口吻。因此，我们在诗中读到的诸如"不如归去酌我酒，赤脚高歌沧海头"的酒仙形象（他在另一首醉中赠小傅子的诗中，又有"琅玕芝草君为友，李白刘伶我并仙"②之句），也确实他在现实生活中真实的一个侧面，正如上引传记又记叙曰："日酣饮，醉辄狂叫放歌，陶陶任适，醉甚即散发赤脚，飘然举舞。"

作为山林中人，徜徉纵放之馀，尽发自然之趣，自是应有的题中之义。兹举其《金山寺》二首：

>　　偶作幽燕客，来寻第一泉。孤峰流不去，万水尽回旋。日倒金轮转，天开宝境圆。平生负幽讨，对此欲飘然。
>
>　　白鹤何年去，金山此日看。浪高楼影乱，天阔野情宽。淮树青微渺，焦丘影郁盘。凭栏发孤啸，井底有龙蟠。③

还是在那次偶赴京师的北上途中，高瀫顺道寻访了名胜金山寺。因为是即目状景之作，又是五律清远秀逸之体，其诗有了不一样的风调，炼字结意颇具唐人韵致。不过，即便如此，诗人眼底诸如"孤峰流不去"、"万水尽回旋"、"浪高楼影乱"、"焦丘影郁盘"等意象，亦已非全然恬淡清明之景，颇为异样的感觉中带有他个人清峻跌宕之奇气，更何况在这钟灵毓秀之地，又是充满传奇的千年古刹，对于好为仙道之术的霞居子来说，很自然会有升仙之想。

再看一首七绝《面泉》：

>　　向泉须穷万丈源，泉清亦可静耳根。泉流下山已尘迹，眼中何处

---

① 《闽书》卷一二六《英旧志·韦布》"高瀫"条。
② 《醉中戏赠卧芝小傅子》，《石门集》卷六。
③ 《石门集》卷三。

是真源。①

一般惯行山中之人，触目皆山光水影，总会在怡情养性的同时，冀能悟得自然之理，此诗也不例外。然而，毋宁说，这更像是一首证道诗，其意并不在诗本身，却也是高氏的特色。

在游仙与自然的主题上表现得比较有新意的，是如下一组诗：

> 阳乌跃碧海，杲杲扶桑巅。晞发者谁子，丹颜延岁年。(《日升歌》)
>
> 万古有明月，高歌悬玉京。白兔忽遗药，令人得长生。(《月恒歌》)
>
> 南山据厚土，势拔青云开。我本霞居仙，持用作酒杯。(《南山歌》)
>
> 大椿万六千，寓言乃何凭？岂若松与柏，尼父诚见称。(《松柏歌》)②

高瀔在这里所选择歌咏的，皆可谓物之大者，日月星辰，金石松柏，似乎是千百万年来恒久不变的自然世界，却与道教的长生久视——所谓与天地精神相往来，有着十分密切的关系。正因为有神幻瑰丽的游仙色彩，诗中颇有奇特的意象，如正跃出海平面的初升之日，其万丈光芒，被想象成正沐浴晞发者，丹颜而健旺；如高耸入云的南山，积厚土而成，其势雄伟，自不待言，然在我霞居子仙面前，却不过是随手拈来受用的小小酒杯而已，明显具有一种驱使自然的狂傲气势。

高瀔的诗集在其生前及身后相当长的时期内皆未刊行，仅靠钞本流传，这一点与"四生"中的郑善夫、傅汝舟等皆有所不同，其影响力亦多少会受到影响。尽管如此，在他身后还是有知音存在，晚清闽中后学郭柏苍

---

① 《石门集》卷六。
② 《石门集》卷一。

即是颇具代表性的一位。在为重刊《石门集》所作的序中,郭氏将郑善夫标举为闽中始变洪、永以来摹拟之习的诗坛领袖,而认为"时从少谷游者,首推石门子","次则傅汝舟",二人"诗各具奇气","石门特逸宕甚,盖发其孝义之气、啸傲之癖为诗歌,宜其爽若烟霞珠玉,令读者慕想"。不仅如此,他还特地指出,"石门之诗,异于少谷,洪、永之风革于石门,犹石门所独知也",故称石门为"闽诗之药石"①,应该说,对于高瀔的独特诗风与作用还是有比较充分的估价。

傅汝舟,字木虚,号丁戊山人,侯官人。善草书,工诗,与高瀔齐名。据记载,其年十四,即诵黄帝姚姒之书。二十岁谢诸生,通天官、堪舆、涅槃、老聃诸学。中岁好神仙方外之术,遍游吴会、荆湘、齐鲁、河洛之间。著有《前丘生行己外篇》、《啽呓弃存》、《粤吟稿》、《丁戊山人集》、《拘虚集》等。传见《名山藏》卷九六"高道记"、《列朝诗集》丙集卷一三等。

值得注意的是,万历、天启间,另有一江宁傅汝舟,字远度,国子生,著有《七福庵》、《唾心集》、《步天集》、《英雄失路集》、《拔剑集》、《篓篌集》、《藏楼集》等。沈云迪在所著《明代福建作家研究》中,最早指出自陈田《明诗纪事》以来,学界将两个傅汝舟相混淆的情况②。之后,王承丹、尚永亮发表《辨两个傅汝舟之混淆与误用》一文,更于明中叶以来至清代的相关文献有所检讨,辨析至明末清初钱谦益、朱彝尊等所著,其记载尚未发生混淆。然至《四库全书总目》一书,侯官傅汝舟的名、字等开始出现错讹;清后期郭柏苍编选《傅木虚集》,不仅混淆了两个傅汝舟的姓名及字号,误算了侯官傅汝舟的年寿,更将江宁傅汝舟之作品置于侯官傅汝舟名下③。

《前丘生行己外篇》六卷为傅汝舟早期诗集,所录诗始于正德十年(1515),岁为卷,郑善夫为撰序曰:

---

① 以上均见郭柏苍《〈石门集〉序》,《石门集》卷首。
② 参详《明代福建作家研究》(上海师范大学 2008 年硕士学位论文,导师:李时人教授),未刊稿,第 88—89 页。
③ 《东南大学学报》(哲学社会科学版)2013 年第 3 期。

前丘生诗渊致潇散,多发之性情,其道江湖林壑、神仙隐逸,直臻其要妙,盖本风尘表人也。平生志不专词章,然其为诗,实上下魏晋,抗声于武德、天宝之间,大历而还不论也。余诚爱之慕之,其不能使余忘情者,是篇耶! 前丘生日所切磋者,悉见之《外篇》,自余外皆豪杰士也。豪杰之士,无文王犹兴,讵分以辞章自坎乎?《诗》三百,曰思无邪,吾夫子之言也。前丘生进于是矣。其发之性情,故曰行己;其见之文字,故曰外篇云。①

从时间上来看,该集恰好是傅氏在郑善夫为领袖的"鳌峰十才子"活动期间,与诸"豪杰士"相与切磋之所作,集名颇体现他们对于诗歌的态度,发之性情,形诸文字,以自我为主体而有内外之谓。故郑氏表彰傅汝舟,首先亦从"风尘表人"立论——那是说他迥出尘外,并说明其志本不在专事词章,发而为诗,则入魏晋、盛唐高格,实乃其性情"渊致潇散"之自然呈露。

与高濲一样,傅汝舟以山人之姿隐逸自处,且同样热衷于神仙方外学,故如其《山人》一诗,显然亦可当作标识性的自我写照:

> 山人不爱名,幽独闲柴扃。几上乾坤梦,玄中龙虎经。把杯聊度日,阅世若流星。此意无人解,呼来白鹤听。②

素朴闲适的独居生活,同时也是清修,确令人有不同凡俗之感。与高濲不同的是,他的诗风往往显得更为淡远超逸,几无人间烟火气。写景诗可举《月下》一首绝句为例:

> 月明坐空山,不觉石苔冷。猿啸摇藤萝,乱我松桂影。③

---

① 《郑少谷先生全集》卷九。
② 《傅山人集》,明俞宪编《盛明百家诗》本,《四库全书存目丛书》集部第 305 册,第 696 页。
③ 《列朝诗集》丙集卷一三。

短短四句堪比王维的"空山"之境,静寂、清泠、澄澈、灵动,发人幽思。游仙诗如《感遇》,为五古:

> 峨峨丹丘穴,千仞临骇谷。攒石象丽宇,飞泉冒灵木。日月旋其阿,霞雾草间伏。倏忽冷风飘,珍禽翔踯躅。仙人浮空下,紫童双玄鹄。长笑秋兰馨,四体美丰玉。顾我粲然笑,长跪授秘箓。其语可得闻,其人谁能逐?愿为飙车轮,展转竟心曲。①

铺陈深山丛林间,天降祥瑞,仙子翩然而下。因为所写题材的关系,颇有恢谲佚宕之气,总体上却是清灵和裕,富有韵致,仙子也是那么明晰可感,和蔼可亲。即如抒写友情之作,亦多清趣,其《喜少谷归》曰:

> 一笑春初尽,南归意已劳。王风时不竞,人事日相高。地湿菰蒲气,风生䴔鹤毛。柴门近湖水,知上钓鱼舠。②

郑善夫以谏武宗南巡被杖乞归,在正德十四年(1519)四月,畏友归来,毕竟是令人欢喜之事。尽管他也写到了导致乞归的世衰时艰,然在生意盎然的山林夏景面前,一切似皆掩映于清和明丽的色调中。以上三首皆为钱谦益《列朝诗集》所选录。

稍后闽中如谢肇淛、徐𤊹这一辈诗人,都还比较欣赏傅诗的韵致。谢氏认为,与郑善夫同时唱和诸子,如傅汝舟、高瀫、林釴、许天锡等,"皆格卑语俚,不能自振",不可与郑氏同日而语;不过,相比较之下,"独傅差有尘外之语",并举其"松花风送时入口,竹杖云生常满衣"、"永夜松风扫星月,经旬衾枕傍天河"、"天风驱云不出洞,家鹤拜客时登堂"等语,以为"亦自蹀躞可喜"③。徐氏在与郑善夫比较高下的看法上与谢氏多少还有些针锋相对,他认为:

---

① 《列朝诗集》丙集卷一三。
② 同上。
③ 《小草斋诗话》卷三,见《明人诗话要籍汇编》,第1209页。

丁戊山人傅汝舟与郑吏部善夫交莫逆,郑诗苍古学杜,傅诗虽师法乎郑,而天然之趣尤胜。如"虽贫一榻能高卧,纵老名山恣远寻","焚香谩与僧来往,得句惟应弟倡酬","郊原乱后飞磷火,村落年来变劫灰","异书自得作者意,长剑不借时人看","呼来鹨鹅添新侣,抛去鸲鹆省旧粮","新点玉书仙赐读,旧趋琼闼帝容归"等句,绝无一毫尘垢之气。①

对于傅氏的天然之趣赞不绝口,将之归结为"绝无一毫尘垢之气"。当然,出于他们特别的喜好,无论徐氏、谢氏,其摘句举证皆为七言近体。

王夫之的明诗批评往往自出机杼,眼光颇与人异,他对傅诗的评价恰好与谢氏、徐氏相反,认为"木虚沉滞入俗"。不过,他还是选录了傅氏《七日夜牛女会》一首五律,评论说:"此饶含蓄,故佳。"诗曰:

雕鹊架银桥,灵孙步玉霄。月疑加镜彩,云似助衣娇。燕乐方牛渚,鸾歌已凤箫。但知天地久,讵叹别离遥。

虽说他的着眼点在该诗第六句,赞此句最妙,是因为"'已凤箫'三字,还他虚用,正是生活处"②;然而我们却仍可从该诗感受到傅氏的兴趣渊致。

此外,相比较而言,朱彝尊似亦更喜欢傅汝舟的五言近体之句,曾特地摘其"楚树悬猿直,衡云带雁斜","宿云长抱殿,游鹤不归松","野客逢迎少,山僧出入尊","白为溟海浪,青尽岛夷山","地湿菰蒲气,风生鹳鹤毛"诸联,以为"皆锤炼而出,不肯犹人"③,肯定傅氏刻意造平淡的锻炼工夫。至于他所说的"前丘生诗,刻意学少谷子,故多崛奇语",当别自有在,那主要是指歌行,譬如《我生行》:

我生不死命在仙,从师远岳方来旋。皇天未许斩蛟鳄,腰蟠龙剑

---

① 《榕阴新检》卷一六"诗话"自引《竹窗杂录》,明万历三十四年刻本。
② 以上见《明诗评选》卷五,第188页。
③ 《静志居诗话》卷一一"傅汝舟",第310—311页。

徒蹁跹。尘心洗尽五湖月,意气散作六合烟。揭来人间四十年,布袍高格恼市廛。羞称岁星谪下土,谁道许令长后贤。漳滨老子旧令尹,几岁相识梅溪边。歌钟秀水动岂料,大笑箕踞当琼筵。酒酣吴松夸星命,指卿指相大丑妍。劝我不合甘云泉,玉禾且辍钟山田。吴松吴松听我言,君不见明时治历四海传,日至岁差过千载,司天观星多失躔。正德戊寅三月建小大,己巳庚午朔晦迁,毫厘参错缪恐千。君不见五星官次本赘牵,尧舜之世实不然。何况迩来星变不似前,撒沙百万赴海死,妖彗三扫谁咎怨?我命当自造,古人徒可怜,洛闳一行圣皆死,邪律子平巧莫全。富贵岂真我辈设,鱼鳖要救生人悬。功成便放壶中鹤,会自扶摇上九天。①

整首诗所述,实为一种丹道修炼说,然神仙方外、星历命理,皆非常人之学术,加上他早年即通上古坟典,有鼎彝古雅之色,难免让人眼花缭乱、莫名所以,倒是"我命当自造"的姿态,显得奇崛傲诞,颇有个性。

傅汝舟在生前声名已著。他曾游粤,并结集成《粤吟稿》一卷。在岭南,纵游山水名胜之馀,与泰泉先生黄佐及其弟子黎民表、欧大任、梁有誉等皆有社集酬唱,交情颇深,被视为得道异人,如黎氏《瑶石山人稿》、欧氏《思玄堂集》、梁氏《兰汀存稿》等亦并有相关作品留存。在粤期间还曾偕黎民表与刘子伯、童汉臣一同游五仙观②,刘、童二人在嘉靖间与高应冕、祝时泰、王寅、方九叙、沈仕等结社于杭州西湖,作为诗人与道友,甚有时名③。尤其是这位童汉臣,正是王慎中在其《丁戊山人诗集序》中所说"好言傅丁戊之为人,又刻其诗传之"的"南衡童君",与傅汝舟并不相识的王氏,恰由于这位曾任泉州父母官的前辈之请托,为《丁戊山人诗集》付梓撰序,表彰曰:

---

① 《列朝诗集》丙集卷一三。
② 参见黎民表《同傅木虚刘安元童仲良游五仙观》,《瑶石山人稿》卷一七。
③ 参详徐𤊹《榕阴新检》卷一六《诗话》"玉岑诗社"条,《四库全书总目》卷一九二《西湖八社诗帖》条,第1751页。

斯人也,倘有意乎列、庄所称之人之所葆乎? 其亦慕近世高士较外物之清浊而为弃取也。……由君之诗观之,知有所处矣。夫举一世之荣利无足好,而区区吟咏之工不能忘,君诚欲求斯名于翰墨之场哉? 亦其才志所敛不可终藏而见之于此也。①

未识其人而慕其名者,尚有选家俞宪,自谓"余昔官江臬间,闻宗藩中能文辞者,亟称傅山人、傅山人云,然未识其人也。后入齐鲁,稍稍见其诗,每亟称于人"。嘉靖四十二年(1563)获其诗选,"爰梓家塾",以"黎氏选本已精,故不甚去取"②,是为《盛明百家诗·傅山人集》。隆庆二年(1568),又获傅氏《弃存稿》二卷,复编为《盛明百家诗存后编·续傅山人集》。

以郑善夫为领袖,高、傅二子为先锋的这个诗人群体,以其表现真性情的文学观念和慷慨奇崛的诗歌创作,确实打破了洪、永以来声律相似而道学气愈益严重的沉闷氛围,在福建文坛开启一种新的士风和文学趣尚。这种风气变易,恰是一种时代潮流,以致如理学家林希元感叹:"弘治、正德以前,文气类皆深厚雄浑,如太羹玄酒之为味,黄钟大吕之为音。自嘉靖以后,气则渐漓,求能如前或寡矣。"③尽管这个"道南理窟"中的道德卫士并不甘心其阵地之丧失,事实上意识形态领域的拉锯战亦异常激烈,然而,时代毕竟不同了。王慎中曾对邑友洪朝选充满自信地说:"吾尝谓自我倡明此道以来,海内英俊之士必有兴者。"④结果却是"然文字既出,不免为时人见之,则莫不以为迂腐朽烂,群讥而簇笑,韩昌黎所谓直何用于今世者也"⑤,这令他不得不慨叹"今之士难与言学"⑥。

---

① 《丁戊山人诗集序》,《遵岩先生文集》卷一六,明嘉靖四十五年刊本。
② 以上均见《盛明百家诗·傅山人集》卷首。
③ 《批点四书程文序》,《同安林次崖先生文集》卷七,清乾隆十八年陈胪声诒燕堂刻本。
④ 《寄道原弟书》九,《遵岩先生文集》卷四一。
⑤ 《与林观颐》,《遵岩先生文集》卷三九。
⑥ 《与王武阳》,《遵岩先生文集》卷四〇。

第四节　王慎中与闽学传统

　　王慎中(1509—1559)是活跃于明嘉靖间所谓"唐宋派"的代表作家，与唐顺之齐名。他们步入中央文坛，始于嘉靖五年(1526)与八年(1529)先后中进士时，嘉靖十年(1531)后，与各自同在郎署任职的同年赵时春、李开先、陈束、熊过、任瀚、吕高等结成一个与"前七子"性质相类的文学群体，时称"八才子"①。在此期间，他们基本上承续了李、何所开创的复古宗尚，以风雅气节自任，肆力于古文辞，如慎中是"操觚学古，非先秦两汉不道"②，顺之则"素爱崆峒诗文，篇篇成诵，且一一仿效之"③，显示了李梦阳辈在其身后时代的巨大影响力。

　　然而，这个群体"相守不过数年"④，随着这些才高气盛之士在政治上纷纷遭遇罢谪的挫折，集聚京师的这类文学活动遂告终结⑤。也就在此际，慎中率先发生文学观念上的转变，并进而影响到顺之，由此引发了对李、何学说的清算，而令一代文学风气为之移易。钱谦益谓"嘉靖初，王道思(慎中)、唐应德(顺之)倡论，尽洗一时剽拟之习。伯华(李开先)与罗达夫(洪先)、赵景仁(时春)诸人，左提右挈，李、何文集，几于遏而不行"⑥，或于这个阵营分化的事实尚未细察，所表彰的却正是王、唐在移易"前七子"一派为主导的时习中的作用。

　　有关王慎中思想变化的具体情况，据其自述，是"二十八岁以来，始尽

---

　　① 李开先为吕高作《吕江峰集序》曰："古有建安七子、大历十才子，今嘉靖十年后，更有八才子之称。"(《李中麓闲居集》文之五，明嘉靖刻本)"八才子"中，唯赵时春与王慎中同为嘉靖五年进士，馀皆为嘉靖八年进士。又何乔远《名山藏》卷八六《文苑记》"王慎中传"载："年十七八以嘉靖乙酉、丙戌连举科第，选户部主事。……与毗陵唐顺之、陈束辈号'八才子'。改官礼曹，更与大司马李遂、给谏曾钧、提学江以达、学士华察、屠竣(应埈)切磋琢磨，益成其学。"可参看。李遂以下，除曾钧为嘉靖十一年进士外，皆嘉靖五年进士。
　　② 《东越文苑》卷六"王慎中传"。
　　③ 李开先《荆川唐都御史传》，《李中麓闲居集》文之十。
　　④ 李开先《吕江峰集序》《李中麓闲居集》文之五。
　　⑤ 王慎中于嘉靖十三年八月谪常州通判，此后修外任或家居；唐顺之次年二月致仕归养；陈束亦于次年由编修出金湖广。李开先《游海甸诗序》(《李中麓闲居集》诗之六)，记十四年三月十五日，与唐顺之、熊过、陈束、吕高、吴檄、张元孝、李遂等，饯别慎中于海甸，不管日期确否，可谓在京最后一次大聚会。
　　⑥ 《列朝诗集小传》丁集上《李少卿开先》，第 377 页。

取古圣贤经传及有宋诸大儒之书,闭门扫几,伏而读之,论文绎义,积以岁月,忽然有得","乃尽弃前之所学"①。慎中二十八岁,为嘉靖十五年(1536),前一年已改官南户部主事,是年又由南礼部员外郎升山东提学金事。李开先与何乔远之慎中传亦皆记载说,他是在任职南都时发生这种转变的,如李传谓慎中在南都"益得肆力问学,与龙溪王畿讲解王阳明遗说,参以己见,于圣贤奥旨微言,多所契合。曩惟好古,汉以下著作无取焉;至是始发宋儒之书读之,觉其味长,而曾、王、欧氏文尤可喜……但有应酬之作,悉出入曾、王之间";唐顺之见其此际所作,开始也"以为头巾气","未久,唐亦变而随之矣"②。尽管据开先《荆川唐都御史传》,谓顺之初遇慎中③,"告以自有正法妙意,何必雄豪亢硬也",故其嘉靖十二年(1533)以后之作已"别是一机轴",则慎中在"八才子"共同活动期间已有所觉悟而表露出对李梦阳诗文风格的不满,顺之亦早已有"将变之机";但由所谓"雄豪亢硬"观之,似乎更多地是针对李氏诗风而言,而王、唐此际于诗乃"祖初唐"④,当与陈束所代表的"矫李、何之偏而尚初唐"⑤的方向一致⑥,即仍立足于李、何强调文学自身价值的立场,只是对他们在学古方法上过于拘束、在具体取径上过于狭隘或审美风致上过于偏至的弊端有比较自觉的反省与纠救要求,因而加入到嘉靖初已经出现、将学古途径及宗尚拓展至"初唐之体"的新趋中⑦,以之作为寻求解决李梦阳辈复古主张局限及理论与创作不相一致等问题的一种出路。也就是说,这样一种要求,与慎中稍后通过读古圣贤经传与宋儒之书转而宗宋尚不可同日而语,他在二十七八岁以来的转变,可据其《寄道原弟书》所述,概括为

---

① 《上元老顾未斋》,《遵岩先生文集》卷三六。其与弟惟中书亦尝曰:"要当使治经之功多于词华之事,乃为不俗。予旧亦识此,至二十七八而始知反。"(《寄道原弟书》二,同上卷四一)
② 《遵岩王参政传》,《李中麓闲居集》文之十。
③ 顺之至嘉靖十一年始得与慎中在京结交,参见陈建华《中国江浙地区十四至十七世纪社会意识与文学》第四编第二章注释⑮所征考,学林出版社1992年版,第264页。
④ 李开先《何大复传》,《李中麓闲居集》文之十。
⑤ 李开先《后冈陈提学传》,《李中麓闲居集》文之十。
⑥ 章培恒、骆玉明主编《中国文学史新著》下卷第一章第二节对此已有揭示,可参看(复旦大学出版社、上海文艺出版总社2007年版,第104页)。
⑦ 陈束《苏门集序》曰:"及乎弘治,文教大起,学士辈出,力振古风,尽削凡调,一变而为杜,时则有李、何为之倡。嘉靖改元,后生英秀,稍稍厌弃,更为初唐之体,家相凌竞,斌斌盛矣。"(《陈后冈文集》"楚集",四明丛书本)

由"以作文赋诗为第一义"向"治经之功"的转变,或如他在谪判常州后拜见理学家魏校时已认识到的由"溺志于技艺之末"向"始知正学之有所在"①的转变,那意味着由文学转向道学,并藉本末之说,由道学的立场申张对文学的统领权。唯其如此,慎中在陈束出金湖广后,对其《湖广录》有关问策指斥宋儒明确提出批评,劝其"稍自挹损,尽心于宋人之学"②,终于表现出与昔日同志的异趋,而排击宋儒,原是李梦阳力主抒写真情的前提③,因此亦显示慎中确在此际开始与李氏在根本立论上决裂。

作为曾经对李梦阳等前代文学领袖由衷向慕并依附光影的青年才俊,何以会在短短数年间忽然改变自己的价值取向,这其中的原因自然是人们亟欲究明的。研究者据李开先所作慎中传等,将他的转变归结为受这个时代广为传播的阳明学影响,亦应是切近事实的。因为也就在王、唐辈步入中央文坛期间,阳明弟子利用每次科试及仕宦的机会,在都中大张旗鼓地开展讲学活动,将方兴未艾的阳明学推展至此。如:嘉靖五年(1526),王畿、钱德洪皆尝赴京应试,其间如欧阳德、魏良弼、王臣等争迎畿,与相辨证,由是畿名盛一时。嘉靖八年(1529),罗洪先、程文德、王玑等在京中进士,与薛侃、欧阳德等大倡良知之学,晨夕聚会,究明师旨。嘉靖十一年(1532),大学士方献夫与翰林编修欧阳德、程文德、杨名、兵部侍郎黄宗明及在科的戚贤、魏良弼、沈谧等俱主京师同志会。是年,王畿、钱德洪亦皆赴京应试并与会,时参与讲会者众至六七十人,乃分处四会。而众人以王畿得师门晚年宗说,尤相引重。虽然当时官方的态度还是严加钳制,尤其嘉靖七年(1528)十一月阳明卒后,于次年二月,由吏部尚书桂萼会廷臣议其功罪,建议免夺封爵以彰国家之大信,申禁邪说以正天下人心,世宗是之④;但其学说的性质及日益扩大的讲学规模与态势,使之成为一种空前的思想运动,因而不可能不吸引当时文人士夫的注意力,所

---

① 《上魏庄渠公》,《遵岩先生文集》卷三六。
② 《与陈约之》,《遵岩先生文集》卷三六。
③ 有关这一问题的论述,可参看章培恒师《李梦阳与晚明文学新思潮》,原载《古田教授退官記念中國文學語學論集》,[日]東方書店1985年版;转载于《安徽师大学报》1986年第3期。
④ 以上所举史实,参详吴震《明代知识界讲学活动系年(1522—1602)》正篇中所系相关条目及引证,学林出版社2003年版,第23—24、43—47、53—55页。

谓时代风会转移,对于像王、唐这样正活跃于京师的青年知识精英来说,不可能不产生影响。据李贽《金都御史唐公传》,谓顺之在嘉靖十一年(1532)已与寓京的王畿相见,于是"尽叩阳明之说,始得圣贤中庸之道矣"①,更不用说身边相与争锋的同年友中有不少即是阳明弟子②。而慎中在京师的这些年中,虽无资料证实已与王畿等阳明高弟切磋问学,但至少在嘉靖十四五年迁官南都时,亦得与畿"讲解王阳明遗说",当时王畿在南兵部职方主事任上,正与南国子司业欧阳德等人授业讲学,乐此不疲③,而慎中于此际"尽发宋儒之书读之",是很可以说明其由文学复趋道学之兴趣转移的。故以与王畿论学作为他思想发生转变的界划,确更具标志性的意义。

不过,一个接踵而来的问题是,王、唐在此际所受到的王畿等阳明弟子论学的影响,是否即意味着已全然接受阳明良知之学尤其是龙溪所传授的这一系良知观与致良知工夫论之新学说? 或者说,他们在文学上转而宗宋立场之形成,倡论反拨李梦阳辈文学观念的思想武器,是否即是援恃阳明良知之学尤其是龙溪传授的这一系新学说? 有的研究即作如是观,甚而很自然因此将他们视为公安派先驱。这实在是一个值得深入探考的问题,不仅关系到对王、唐思想来源及发展阶段的历史还原,更关系到对所谓"唐宋派"的性质认定及其文学史地位的评价。也已有学者对学界有关研究中不注意该派文论与阳明心学及其文学观念的区别提出批评,认为"当时唐、王二人虽接触了阳明心学并有一定的心得,而离其全面掌握并有切于自我身心应尚有一定距离,所以当时作为其意识主导的还是程朱理学","人们在研究唐宋派的思想渊源时,往往更留意王学的影

---

① 《续藏书》卷二二,中华书局1959年版,第440页。
② 嘉靖八年会试毕,大学士杨一清等以罗洪先、程文德、杨名及唐顺之、陈束、任瀚六卷呈上进览,世宗一一品题;擢罗、程、杨三人为一甲,而置唐、陈、任于二甲。参见王世贞《弇山堂别集》卷八二《科试考二》、《明史》卷二八七《文苑三》"陈束传"。
③ 参见王畿《祭贡玄略文》,《龙溪王先生全集》卷一九(万历四十三年刊本);又据欧阳德《南江子赠言》,王慎中时与欧阳氏亦已有交接(《欧阳南野先生文集》卷七,嘉靖三十七年刊本)。

响,却忽视了宋儒在其初始阶段的文学思想中所占据的主要地位"①,我觉得这样的判断是信实而富有识力的。我们知道,一种学说的传播与接受,绝不是一种单向的运动,而对于接受者来说,他于如何接受、接受什么、接受至何种程度的选择,在很大程度上取决于自身一种先在的"成见",这种"成见",用我们传统的说法,就包括所谓的"根器"与"始习"。这当中"始习"可能比"根器"更为重要,因为"始习"固然不能替代"根器",却能够决定"根器"在何种方向及程度上被发现与塑造。在探讨王、唐接受最新流行的阳明心学问题上,我们恰恰忽略了一个十分重要的方面,那就是他们的"根器"与"始习",尤其他们先已获得的学养储备及文化传统,这既导致了其思想主张与心学家的差异,也导致了他们二人在接受阳明心学之程度、阶段上的不同。

一、晋江《易》学与王慎中的学术系谱

自成、弘以来,以晋江《易》学的异军突起为表征,闽中朱子学忽然显得颇有声势。作为"五经"之首,有关《周易》的研究,是程朱理学的重要组成部分,可以说集中体现了由伊洛之学南传而为闽学的沿革承变。当初程颐著《易传》,未及成书而散佚。政和初,谢良佐得其稿于京师,以示杨时,错乱重复,几不可读;于是,杨时费时年馀,专力校订,始成完璧②。后朱熹撰《周易本义》,便吸收了伊川《易传》的思想。不过,相对而言,程颐以《易》为载道之书,过于重义理而轻象数,而朱熹据吕祖谦经传相分的《古周易》本作《周易本义》,着重依据《周易》的经传体例来探究《易》的原始之义,兼采周、邵,通过象数去阐发义理,所谓"自朱子比而合之,理数始备"③。闽中弟子如蔡元定、蔡沈即得其所传,重视象数学方向的研究。历元至明,闽中有关《周易》的研究虽向有传承,如泉南这般骤然涌现数十家《易》学著作,却属罕见,并且,就此诞生了推进闽中经学发展的

---

① 左东岭《王学与中晚明士人心态》第三章第五节"一、阳明心学与唐顺之的学术思想",人民文学出版社 2000 年版,第 443 页。
② 参见杨时《校正伊川易传后序》,《龟山集》卷二五。
③ 胡炳文《周易本义通释》卷首《提要》,《文渊阁四库全书》本。

理学大家——蔡清,在闽学史上无疑是值得大书一笔的事件。

蔡清(1453—1508)字介夫,号虚斋,晋江人。成化十三年(1477)乡试第一,二十年(1484)成进士,即乞假归讲学。授礼部祠祭主事,调为吏部稽勋主事,历礼部员外郎、南吏部文选郎中。正德元年(1506),迁江西提学副使。以忤宁藩,引疾去。起南国子祭酒,命下卒。赠礼部右侍郎。著有《虚斋集》五卷、《周易蒙引》十二卷、《四书蒙引》十五卷、《通鉴随笔》一卷、《密箴》一卷、《性理要解》二卷、《太极图说》一卷、《看河图洛书说》一卷等。传见《明史》卷二八二。

晋江自永乐间陈道曾以易学名,复有张廷芳首著《易经十翼图蕴义》,说来也算是开此地风气之先。其后如正统间李绍,精邃《易》学,其门徒如傅凯,亦深于《易》,其侄汝嘉,承其家学,更有高弟李雍,以师道自立,传其学与林同;其他如正统间张宽,所至与诸生讲《易》,娓娓皆性体心宗。"彼时虚斋(蔡清)倡明易学,尚未显著,而诸先生递相讲明,如此可知泉之经术,渊源有渐矣","迨后蔡文庄(清)先生独倡宗风,而紫峰(陈琛)、净峰(张岳)、次崖(林希元)、紫溪(苏濬)诸公相踵起,绍源浚流,渐摩数世,遂成闽学一代人文之治。"①蔡清被闽人视作自朱熹之后,重振闽中人文之盛的关键人物,其在全国地位,可与北学曹端、薛瑄,南学吴与弼相提并论,同为明代前中期倡明理学的功臣②。他在弱冠为诸生时,尝从侯官林玭学《易》,尽得其肯綮,则其始学仍属闽中朱子学源流。后益肆力于程朱性理之书,"其于传注也,句读而字议,务得朱子当日所以发明之精意。盖有勉斋(黄幹)、北溪(陈淳)诸君子得之于口授而讹误者,而先生是评是订"③,可见为学穷研于章句注疏,笃守朱说而能订正前人所传习,以不谬原旨而后阐精发微为原则,其自述竭平生精力所著之《易经蒙引》、《四书蒙引》曰:

---

① 以上见《闽中理学渊源考》卷五七《泉南明初诸先生学派》、《县令李先生绍学派》。
② 《闽中理学渊源考》卷五九《东林蔡氏家世学派》:"泉南自紫阳而后,人文之盛,实倡起于文庄。"同上《文庄蔡虚斋先生清学派》:"按明代盛时,理学大明,前辈言北方之学,起自渑池曹氏、河津薛氏,南方之学,发自康斋吴氏,而闽中则虚斋先生实倡之。"
③ 李光地《重修蔡虚斋先生祠引》,《榕村集》卷一三。

> 吾为《蒙引》,合为文公者取之,异者斥之,使人观朱注,玲珑透彻,以归圣贤本旨而已。①

持择之严,工夫之深,在闽地学者中自属翘楚,故二书后皆被刊于学宫而播行天下。王慎中亦因此阐发其意义说:

> 自虚斋蔡先生出,乃始融释群疑,张主新意,推明理性于字析句议之间,以与前儒相统承。②
>
> 肆我蔡虚斋先生……尽心于朱子之学者,我朝一人而已。盖朱氏之尽心于孔子,无所不该,而于《易》为大,故虚斋之尽心于朱子,亦无所不究,而于《易》为深。③

所评地位之高,远超轶前代朱子学者。

蔡清的学问在当时就很有影响,门徒众多,万斯同《儒林宗派》卷一四所列"蔡氏学派",录陈琛等门人十五人,再传弟子三人;而《闽中理学渊源考》卷五九至六四所录其及门及私淑弟子即达三十余人。其弟子中学行最著者,自非陈琛莫属,此外,在这里尚须举出易时中。据慎中《陈紫峰先生传》,琛最初"自以其意为前儒文公朱氏之学,未尝闻虚斋之说也",是蔡清先得其文而异其根器、学问,"于是讲为师弟子"。他的学问特点,是"先得大旨,宏阔流转,初若不由阶序,而其功夫细密,意味悠长,远非一经专门之士所能企及"④,故属极有悟性之人。其讲学论道,皆渊源蔡清而上溯朱熹,所著《四书浅说》、《易经通典》,是绍续蔡氏《蒙引》之作,不仅"虚斋得紫峰而学益尊"⑤,且如慎中以为:"学者治经,求通于朱氏,微先生之书,如瞽者失相,从禽无虞,伥伥然不知所如。"⑥则于闽学之

---

① 林希元《虚斋先生行略》,《蔡文庄公集》卷七附录,乾隆七年刻本。
② 《陈紫峰先生传》,《遵岩先生文集》卷三〇。
③ 《刻蔡虚斋〈太极图解〉序》,《遵岩先生文集》卷一四。
④ 张岳《江西提学佥事紫峰陈先生墓志铭》,《小山类稿》卷一六,万历刊本。
⑤ 《闽中理学渊源考》卷六〇《督学陈紫峰先生琛学派》引张元忭语。
⑥ 《陈紫峰先生传》,《遵岩先生文集》卷三〇。

继绝,功莫大焉。易时中,字嘉会,号愧虚。其人在当时声名不显,年四十始举嘉靖元年(1522)乡试。据慎中所撰《儒林郎顺天府推官易愧虚先生行状》,时中初从蔡清学,厕于末席,以酬应有条理,为蔡清所赞许,爱其德性,呼为小友。其为人笃实,慎中所谓"语不华蔓,无悦人之容,而有浸渐醉人之益;无惊世之论,而有笃近扶世之忧,一见知其有道君子也";为学亦专守一家,不务该泛,慎中所谓"其不务博,要以修质反约为功",其讲学未尝自出其书,以《蒙引》一部为足矣,号愧虚,即志不及师之意①。由上述学行观之,亦不过一中规守成之经师,在他身上,倒是相当典型地体现了闽中学术特点,故后人评价说:"愧虚先生之学,确守文庄榘矱,诚奉一先生之言者。"②王慎中则谓"盖虚斋蔡氏之《易》尽在是矣"③。

当时深受蔡清影响而有时名的晋江学者尚有张岳、林希元,他们与陈琛为究心性理之学的学友,又同举正德十二年(1517)进士,时称"泉州三狂"。张岳于蔡清为私淑弟子,林希元则"未及蔡文庄之门,所学皆文庄之学也"④。他们虽一生于事功更著,却皆深于经学,所谓有体有用之儒。其时阳明学方行,他们皆独守师说,指摘良知之旨,张岳更"尝渡江与阳明论学三日,不合,退而辑《圣学正传》、《载道集》诸编以见志"⑤;而在阳明看来,如张岳之学,"只为旧说缠绕,非全放下,终难凑泊"⑥。当初蔡清于白沙之学盛行之际,即曾以对陆九渊心学"近于佛老"的批判,捍卫朱子学之正统⑦;至此,如张岳则对照朱子之教,力辩阳明学说之非:

> 今之学者差处,正是认物为理,以人心为道心,以气质为天性,生心发事,纵横作用,而以"良知"二字饰之。此所以人欲横流,其祸不减于洪水猛兽者此也。⑧

---

① 《儒林郎顺天府推官易愧虚先生行状》,《遵岩先生文集》卷三一。
② 《闽中理学渊源考》卷六一《推官易愧虚先生时中学派》。
③ 《送尊师易愧虚之任夏津序》,《遵岩先生文集》卷一四。
④ 《闽中理学渊源考》卷六三《金事林次崖先生学派》。
⑤ 同上卷六四《襄惠张净峰先生岳》。
⑥ 《明儒学案》卷五二《诸儒学案中》"襄惠张净峰先生岳",第1227页。
⑦ 参详《读蜀阜存稿私记》,《蔡文正公集》卷四,清乾隆七年刻本。
⑧ 《答黄泰泉太史》,《小山类稿》卷六。

林希元亦著朱陆异同之论,且与攻阳明学的罗钦顺往复论学,以为同志,其所著《易经存疑》《四书存疑》,被视作是继蔡清、陈琛之后,又一有功于朱子正学发明、传续的集成之作,希元门人洪朝选序曰:

> 由是(国朝)以来,诸儒之治《易》者,得专肆其力于朱,丝分缕析,其业愈精,而尤莫甚于吾郡之晋江,倡之者以虚斋,继之以紫峰、笋江(史于光),而集其成于《存疑》。存疑者,存诸子之疑,以羽翼程朱之《传》《义》者也。

杨时乔以为是书"继蔡氏《蒙引》而作,微有异同"①。王慎中亦尝为序,一如前举论蔡清、陈琛之作,将其作用提升至"可以明既晦而接不传,前乎有言者至于此而不可加,后乎有作者考乎此而不能易"②这样的高度。与上述"泉州三狂"并以经学为名而赞襄晋江《易》学之盛的,尚有史于光,他也是正德十二年(1517)进士,又与易时中为姻亲,所著有《易经解》、《四书解》、《正蒙解》等行于世③。

王慎中正是此际晋江《易》学的产物,他是蔡清的再传弟子,受业于易时中,又与上述张岳、林希元、史于光诸贤在师友之间。此外,他又尝事同邑徐荣治《春秋》④。据其自述:"某愚暗,年及成童,禀命先子,负箧趋风,谓夏楚之不任,岂坚木之能攻。遽器奖之逾溢,越同辈而见蒙。"⑤则幼即入时中之门而颇获器重。慎中对业师易时中始终满怀敬意,尽管说起来其师功名未达,日后方因弟子而显,故尝以古之师弟子明学成名作论,以为"如吾师易愧虚先生者,岂有让于古之为师者乎",深为其沉晦棲迟而无能为力扼腕自罪,其中也有过"徒知守其章句,不背师门"之类的自我表白⑥。按照上引时中讲学而未尝自出其书,以《蒙引》一部为足,又

---

① 以上见朱彝尊《经义考》卷五三所引,《文渊阁四库全书》本。
② 《〈易经存疑〉序》,《遵岩先生文集》卷一五。
③ 参详《闽中理学渊源考》卷六四《给谏史中裕先生于光学派》。
④ 见《闽中理学渊源考》卷六五《长史徐浯溪先生荣》。
⑤ 《祭易愧虚先生文》,《遵岩先生文集》卷三四。
⑥ 见《送尊师易愧虚之任夏津序》,《遵岩先生文集》卷一四。

慎中表彰其学"盖虚斋蔡氏之《易》尽在是矣",则慎中自信已得蔡清之真传应亦予以承认。其于陈琛,虽未执业,却自以为能得其学之天趣神机,所谓"独不及事先生而请其说……然而知先生之心而能言之者,某则不敢让也。"①言下之意,非派中同样有悟性者不能得其会心;至于史于江,师事之,张岳、林希元,亦师亦友,且其交谊可说是在往复论学中与辩俱增,如其自述曰:

> 某生最晚,犹及侍言于给事公(史于江),林公、张公,皆辱俯与为友,忘其年辈之后也。谬学乖驳,与二公有所往反,二公不以为是,予犹谬自信,且不揣而思有以易二公也。②

虽明言有不敢苟同处,却总是以知己自居而求教学相长。故慎中日后无论为陈琛撰传,为张岳序文集及《易经存疑》等,皆竭力表其渊源、析其精微;代易时中所作《刻蔡虚斋〈太极图解〉序》,于师门宗旨阐发更为详明。而其坐废家居十馀年,"不忍独善,时以其所得于心,合乎圣人而不同于世儒者,详为后生讲说"③,亦无非以发扬闽学为务。

易时中四十岁举乡试后,于嘉靖八年(1529)授东流县教谕,十四年(1535)升夏津知县,四年后除顺天府推官④。其令夏津时,正是王慎中任职南都、迁山东学宪、江西参议及河南参政期间。从现存资料来看,这是慎中离乡出仕后与其师往来最密切的一个时期,不仅有上举《送尊师易愧虚之任夏津序》及《夏津县修学记》等作,且又代时中作《夏津县志序》。然而,这也正是慎中由文学转向道学、并与阳明弟子频频活动的一个时期。举要来说,嘉靖十四五年间,如前已述,与王畿、欧阳德等在南京论学;嘉靖十五年(1536)赴山东后,又与王玑等时时讨论,以政为学⑤;嘉靖十七年(1538),在江西参议任上,往来白鹿、鹅湖间,与欧阳德、聂豹、邹

---

① 《陈紫峰先生传》,《遵岩先生文集》卷三〇。
② 同上。
③ 《寄蔡松庄》,《遵岩先生文集》卷四〇。
④ 见慎中《儒林郎顺天府推官易愧虚先生行状》,《遵岩先生文集》卷三一。
⑤ 王畿《中宪大夫都察院右佥事御史在庵王公墓表》,《龙溪王先生全集》卷二〇。

守益、陈明水、罗洪先等订证发明①,按聂豹的说法是"日相淬砺乎良知之学"②;嘉靖十八年(1539),赴河南任,先归家,途经南京,与罗洪先、王畿语至半夜③。有鉴于此,人们很自然会对其学问究竟是否确守师承产生疑议,所谓"世有疵议者,谓公亦杂于良知之旨"④。对于这样的问题,闽中后学一般从维护的角度出发,或从其所与非王门或反王学的交游著论,仍承认其所传为师学之脉:

> 考公去虚斋先生未远,如净峰、次崖诸先正,公皆与往复辩论;其撰《紫峰行状》,叙述蔡氏渊源,亦无轶师门宗旨。至同时如吕泾野(柟)、魏庄渠(校)诸贤,公俱与造膝相从,致书愿见,皆欲证其平昔所闻,以为端的。……夫泾野、庄渠,皆彼时论学所与为正宗者也,公之心折如此,岂如龙溪诸贤专言超躐径悟者、大决藩篱而不返者哉?附先生于易氏之门者,见乡邦典型未远,绪言派别,尚有可稽云。⑤

或在其晚年自悔上做文章,示终归师承:

> 维时良知之说方行,先生宦游南服,与龙溪、双江相讲切,亦契会其宗旨。迨退归,年甫逾壮耳。后祭愧虚先生文,曰:"知向道而不力,颠垂白而悾侗,慨灭质以溺心,误师傅之正宗"。盖愧虚于嘉靖戊午年卒,先生时年亦及艾矣,故曰颠垂白也。其曰灭质溺心、误师傅者,或于王学悔遁而溯厥师承所自乎!⑥

---

① 王惟中《河南布政司参政王先生慎中行状》,《国朝献征录》卷九二。
② 《送王慎中归泉州序》,《双江聂先生文集》卷四,嘉靖四十三年刊本。
③ 罗洪先《冬游记》,《石莲洞罗先生文集》卷一二,万历四十五年刊本。
④ 《闽中理学渊源考》卷六一《推官易愧虚先生时中学派》。
⑤ 同上。
⑥ 同上。

总之是欲表明其"大节确乎不移"①。上述考察也都可谓不离事实,如与反对阳明学最力的张岳、林希元往复论学,为陈琛撰传表彰蔡氏渊源等,前已有述;至于慎中亦尝求教的吕柟、魏校,一属关学一系的薛瑄之续传弟子,一为娄谅之私淑弟子,而又得胡居仁之学,皆为朱子学者,虽聂豹归寂之旨被认为发端于魏校,那也确与龙溪之说大相径庭;这方面交游有遗漏的,至少尚有陈儒,慎中应在任职南京时已与之有所交往②,时陈儒任两浙提学,在南京与钱德洪、欧阳德等讲阳明学,后作《求正录》驳阳明《传习录》③,则亦为崇朱反王之学人。然而,因为闽人所在的立场,这样的辩解总不能全然令人信服。清儒如陆世仪,即以王畿《三山丽泽录》为证,认为王、唐确为龙溪淄染至深:"《三山丽泽录》,王遵岩之所为,请正于王龙溪也。当时荆川、遵岩亦好个人物,却被龙溪弄坏。"④该书乃嘉靖三十六年(1557)王畿赴三山,与慎中会于石云馆,相与唱酬问答之记录,二人相处旬有九日,讨论了不少本原性的问题。如果说慎中晚年真的仍为龙溪所教坏,那么,其次年于易时中卒时所作祭文的自悔,又能有多少是发自真心的呢? 其实,仅据外在的事实争辩于事无补,关键恐怕还在于须进入其思想学说本身,在清理其内在理路与发展过程的同时,把握其主导倾向,然后自可求证慎中辈于阳明学风行之际,究竟在多大程度上接受其良知之说的新体系(是否已弃师承而由朱入王),又在文学理论与主张上得到多少贯彻。

二、王慎中文学思想主导倾向的再检讨

涉及王慎中接受王畿所传阳明学说的一条重要材料,是他对唐顺之所谈治学的心得,常为研究者所举述:"然则由是以知《大学》之所谓致知者,信在内而不在外,系于性而不系于物,而龙溪君之言为益可信矣。"⑤是

---

① 《闽中理学渊源考》卷六一《推官易愧虚先生时中学派》。
② 见王慎中《与陈芹山》,《遵岩先生文集》卷三六。
③ 参详陈儒《求正录序》,《芹山集》卷八,嘉靖刊本。
④ 《思辨录辑要》卷三三"经子类",《文渊阁四库全书》本。
⑤ 《与唐荆川》,《遵岩先生文集》卷三六。

书作于嘉靖十六年(1537),慎中在山东提学佥事任上①。诚然,因为所谓"内"与"外"的问题,关涉到朱学与王学在认识心与物、心与理之关系取径上的根本差异,这可以看作慎中受到阳明心学影响的一个证据。其实这也是他此前在南都与王畿等切磋问学、在此际与王玑等讲论的结果,所谓"夫以余之诵习章句,忽闻诸君之论"②,这种与自己原先在闽中所习很不一样的学问方式与论断,对他来说自然是新鲜而有吸引力的。那么,这是否意味着他自此便全然接受心学思想体系并将之贯彻到自己的文学理论之中呢?我以为不然。且不说他在南都与王畿讲解阳明遗说时尚"参以己见",他自此"尽取古圣贤经传及有宋诸大儒之书"而非阳明《传习录》之类的著作研读,应该很能说明问题,那意味着他欲通过温习自己一向持据的功课,来回应当下盛行的新思潮,重新思考所遭遇的新论题。慎中为人与其师易时中绝不相类,志向甚为远大,当阳明学响动大江南北,已成为一个所谓"跨地域的话语体系"时,他越来越感受到闽学的危机,尽管晋江《易》学号称东南最盛,但他自己很清楚,元明以来的闽中朱子学,其实仍不过是局限于一个地域传承的学派,与此时具有全国影响的阳明学相比,不过仅能支撑门户而已,后来他在与来闽督学的朱衡通信时,就表达了一直以来的这种焦虑:

> 自邹鲁以后,天下言道德学问所出,而以其地之盛为名者,曰濂、洛、关、闽,盖千百年之间,能以地系于学问以名者,仅四而已,而吾闽与焉,岂不盛哉!近日此道寖微,士者以学为讳,乃有一二大贤间世挺出,倡明斯道,在江浙、交广、吴会之间,皆彬彬然盛,而闽中未有兴者。仆辈忝先一日之达,少有所闻,而诚心实行,不足以发之,其愧负

---

① 书谓"侧见尊公拜南曹郎之报",顺之父唐珤擢南户部郎中在嘉靖十六年(参唐鼎元《明唐荆川先生年谱》该年所系,1939年排印本);是秋顺之在南都(参其《程副使挽诗》注,《荆川先生文集》卷一,《四部丛刊》本),当为省父,故书又谓"恨予不得在金陵,而拘絷于此也","在庵君去,谅能为一谈之",王玑是年由山东按察佥事迁江西布政司右参议,当经过南都,慎中在山东有《送王在庵之江西》诗(《遵岩先生文集》卷二)。
② 《与唐荆川》,《遵岩先生文集》卷三六。

不假言……①

他应该是有在新的挑战面前重振闽学之抱负的,当然,比起其师友张岳、林希元等人的狭隘来,他的心态要开放得多,显得更为识时,这也就是为什么他在谪常州、迁南都以来,利用诸多外任的机会,所到之处,与包括阳明各派弟子及其他朱子学者频频交接探讨,显然意在会通各门派学问之长以发展、壮大闽学,他的目标应该是明确的。

从其所存作品来看,王慎中此后的文学理论及主张,始终贯穿的一个立论核心,恰恰是提倡文以明道,其中道自然是根本,如朱熹之教,为此,对"古文"的职能要求是唯须阐扬儒家之道:"所为古文者,非取其文词不类于时,其道乃古之道也。"②意思与真德秀"其体本乎古、其旨近乎经者"③无二,谓文在理义而不在词章,然话说得更为斩截。由其以最为自负的一篇《明伦堂记》,向唐顺之等标榜说:"此文乃明道之文,非徒词章而已。其义则有宋大儒所未及发,其文则曾南丰《筠州》、《宜黄》二学记文也。"④我们很可以领略何为"古之道",何为其心目中古文的准则与典范。这样的定义,当然便与李、何古文辞派划清了界限。而对政治应用类文体的"时文",其要求更是如此:

> 文艺之名,何从生哉?成之则置之下而无可处之位,游之则殿乎末而无可先之等,执之有其器,陈之有其数,孰不出于道哉,而为道之器也;孰不有其义哉,而为义之数也——是所谓艺者也。文之为艺何居?蔽于其实而溺于其名,于是学者以其治于文者为艺,而世之相目于艺也以文。夫所为教士以文,而还以论而取之者,何哉?为其通乎道者之能得其意,明其义者之能识其情。……《易》之筮占,《诗》之歌咏,《礼》《乐》之袭裼升降,搏拊击戛,孰非学者之所治,然而精之

---

① 《与朱镇山》,《遵岩先生文集》卷三七。
② 《与林观颐》,《遵岩先生文集》卷三九。
③ 《文章正宗》卷首《纲目》,《文渊阁四库全书》本。
④ 《与李中溪》一,《遵岩先生文集》卷三七。

者以为史,善之者以为工,而习之者顾不越乎童子之所舞、宗祝之所辨,惟通乎道而明乎义者,乃称其为士。今使为士者人占一经,责之以求通其意,复试之以文,观其所以言其意者之何如,所以教之以其为士者也。实之不察,学者顾以其为士者之业,同于工史之所攻,童子、宗祝之所执,彼其潜深于象形之表,而参伍乎节度之间,正衡乎胸臆之中,而润色于毫芒之末,自以为巧之适而技之得也,呜呼,其为之如此,吾将被之以艺之名,而彼不得辞;彼之被是名者,犹且忘其所当辞,以为是固然,而方且患于不得,不亦怪耶!①

长篇大论,说来绕去就是要为通道明义之文正名,为作通道明义之文的士正名,前者不能视同艺,后者不能视同史工之属,在看似突显文、士之价值的同时,也就宣告了道对文的绝对统领权,取消了文自身独立的功能与价值。因为反之的话,不能通道明义之文,无论"古文"、"时文",自然就沦为技艺之末,自然就毫无价值可言。这也正是他在先前对魏校表白说"自得见君子以来,廓若发蒙,始知正学之有所在,而此生之几于虚过,奉以周旋,时有警省,不敢丧己于流俗之中,溺志于技艺之末,惟以圣贤之言,维持此心"②,中年之后又时时告诫弟惟中"要当使治经之功多于词华之事,乃为不俗"③的道理。上引与林观颐、李元阳二书,皆慎中嘉靖二十年(1541)罢官家居后所作;而此《萃英录序》,乃为泉州知府程秀民(习斋)所辑兴化、泉州二府诸生之文而作。秀民西安人,嘉靖十一年(1532)进士,其任泉州知府的时间虽未得确考,然从慎中所与通书及交往的情况来看,当亦在慎中家居后④。尽管如前所举,他在各地为官时多有与阳明弟子切磋之事,亦已以龙溪"信在内而不在外,系于性而不系于物"之言为可信,但他在家居后所一再阐述的文学观念,却仍是宋儒一再

---

① 《萃英录序》,此篇嘉靖、隆庆本均未收,引自《文渊阁四库全书》本《遵岩集》卷九,其底本为慎中子同康及婿庄国桢隆庆五年重锓本。
② 《上魏庄渠公》,《遵岩先生文集》卷三六。
③ 《寄道原弟书》二,《遵岩先生文集》卷四一。
④ 慎中有《送程侯习斋归养序》(《遵岩先生文集》卷一九)等,皆闽中所作,又尝于程氏治泉时,与同游闽之笋江(《游笋江记》,《遵岩先生文集》卷二四);其《与程习斋》则有"某废弃之迹,只宜屏藏"之说(《遵岩先生文集》卷四〇)。

标示的相当传统的命题，反倒不如被《明儒学案》列入"南中王门"的唐顺之，多少还能于不惑将至，在文学上提出诸如"文字工拙在心源"之类将本末之说转化为内外之论的新说法，此中原委值得我们深思。

与上述文学观相对应，是他所建立的相当特别的文学史观。在这方面，慎中之《曾南丰文粹序》无疑最具代表性：

> 极盛之世，学术明于人人，风俗一出乎道德，而文行于其间。自铭器赋物、聘好赠处、答问辩说之所撰述，与夫陈谟矢训、作命敷诰，施于君臣政事之际；自闺咏巷谣、托兴虫鸟、极命草木之诗，与夫作为雅颂，奏之郊庙朝廷，荐告盛美、讽喻监戒，以为右神明、动民物之用，其小大虽殊，其本于学术而足以发挥乎道德，其意未尝异也。士生其时，盖未有不能为言，其才或不能有以言，而于人之能言，固未尝不能知其意。文之行于其时，为通志成务，贤不肖愚知共有之能，而不为专长一人、独名一家之具。噫，何其盛也！周衰学废，能言之士始出于才，由其言以考于道德，则有所不至，故或驳焉而不醇，或曲焉而不该，其背而违之者又多有焉。以彼生于衰世，各以其所见为学，蔽于其所尚，溺于其所习，不能正反而旁通，然发而为文，皆以道其中之所欲言，非掠取于外，藻饰而离其本者。故其蔽溺之情亦不能掩于词，而不醇不该之病所由以见。而荡然无所可尚、未有所习者，徒以其魁博诞纵之力，攘窃于外，其文亦且怪奇瑰美，足以夸骇世之耳目，道德之意不能入焉，而果于叛去，以其非出于中之所欲言，则亦无可见之情，而何足以议于醇驳该曲之际。由三代以降，士之能为文，莫盛于西汉，徒取之于外而足以悦世之耳目者，枚乘、公孙弘、严助、朱买臣、谷永、司马相如之属，而相如为之尤；能道其中之所欲言，而不能免于蔽者，贾谊、董仲舒、司马迁、刘向、杨雄之属，而雄其最也。于是之时，岂独学失其统而不能一哉⋯⋯由西汉而下，莫盛于有宋庆历、嘉祐之间，而杰然自名其家者，南丰曾氏也。观其书，知其于为文，良有意乎折衷诸子之同异，会通于圣人之旨，以反溺去蔽，而思出于道德，信乎能道其中之所欲言，而不醇不该之蔽亦已少矣，视古之能言，庶

几无愧,非徒贤于后世之士而已;推其所行之远,宜与《诗》《书》之作者,并天地无穷而与之俱久。①

所论亦由文章关乎世运的传统命题入手,将对文学的职能要求建立在"本于学术而足以发挥乎道德"的准则之上,据此,三代的文学最盛,而足以奉为典范。春秋战国时期的文学,虽因其时世衰而道德已至驳曲、学术有所蔽溺,然因尚能"道其中之所欲言","非掠取于外,藻饰而离其本者",故仍有可取者;至于其时那种无本于学术、不入焉道德,而徒掠取于其外的怪奇瑰美之文辞——那应当指庄、骚之类,则在不屑议论之列,那也就意味被逐出其文学史视野。顺便说一句,这里的"道其中之所欲言"、"可见之情",恰恰是指关乎学术、道德之本的见解,而非感于物而动于中之情感,这是我们须分辨清楚的。西汉向来被视为文学盛世,可在慎中看来,事实并非如此,犹有可取的,也就是贾谊、董仲舒、司马迁、刘向、扬雄之属的学者之文,其中又有差异,慎中自己偏爱的是刘向,而于贾谊、董仲舒,亦有才、德之别②;对于操觚谈艺之士普遍心仪的西汉赋家,他亦以"徒取之于外而足以悦世之耳目"为由,一概否弃。接下来西汉而下长长的一段文学史成为空白,直接就跨入宋庆历、嘉祐之间,其杰出代表便是曾巩,理由则不外乎于学术上能"折衷诸子之同异,会通于圣人之旨"而"思出于道德",且唯其如此,曾氏就显得至少比汉儒更高明,"而不醇不该之蔽亦已少矣"。就这样,汉唐之间郁乎盛哉的各体文学统统被逐出其所建构的文学史,就蔚为大国的诗而言,按他另一篇为人作序的说法:"由汉而下,为诗者多矣……虽其诗之工,然亦以傲虐慢侮、怨悲消刺,负世之累,有其材者,固不免有其病欤。"③总之是与道德相悖。因此,他自己虽然也曾经历诗宗初唐、盛唐的阶段,却声称"终以不习而自止"④。于是,他心目中

---

① 《遵岩先生文集》卷一五。
② 其所撰《张净峰文集序》曰:"君子之学,考正于王道而后纯,不纯于王道,未有能特立于世者也。贾谊、董仲舒皆知推明王道,而纯驳判矣。当时言者,一以为伊、管,一以为游、夏,可谓微窥其纯驳之所在,然右才左德之弊亦已见。"(《遵岩先生文集》卷一五)
③ 《陈少华诗集序》,《遵岩先生文集》卷一六。
④ 同上。

的这一部文学史,也就成了一种特异的道学文学史,与李、何辈的文学史观相比较,同样是主张复古,相去却不啻千里。这可以说是他至为重要的纲领性文论,故如刘滦于嘉靖四十五年(1566)序刻其集,唯独举出此篇演绎说:"观所撰《南丰文粹序》,则其所取法而自期负者,端在子固矣。"又谓"此非其自况也耶"①。而慎中所依据的,实是闽中朱子学者世代相承的道统观念,也可以说是与其学术史观同构,我们看慎中在《薛文清公全集序》中的论述便可明了:

> 学术不出于孔氏之宗,失其统而为学者,其端有二,曰俗与禅。方七十子既丧,大义已乖,之后侵寻且千年之间,士之为学者,病于俗耳。最后乃有释氏之学,萧梁以来,溯祖为宗,其说寖盛,学为士而溺于禅,遂多有之……故儒者尤患之,不顾执器滞言之讥,而辩争于毫发几希之际,感切殷勤,至于词费气殚,如有宋朱晦庵氏之学是已。朱氏之学,直推溯于河南程氏而接其传,然于程门高弟吕、游、杨、谢诸贤,犹冒然显斥其淫于老佛,不少假也。同时所友善,莫如吕、陆二氏兄弟,其于子静、子约之学,尤诋诽之不遗馀力,谓其窃近似之言,文异端之说,蒿然竭其悼闵距遏之心,宁守其陋,而不能以相易,盖患其惑世诬民,而学术之流愈放矣。②

据其所述,孔子而后,学术便"失其统",战国至魏晋的学术之所以不振,是因为其病于流俗,所谓"俗",应当是指异端、权谋、术数之言横流天下③;而南北朝以来的学术之所以不振,则因释氏之学的入侵。直至宋儒朱熹出,接程氏之传,指斥佛老不遗馀力,方接上孔子的统绪。其大旨因此可概括为:孔子继周公之绝,而朱子继孔子之绝,孔、朱之间漫长的学

---

① 《遵岩先生文集序》,《遵岩先生文集》卷首。
② 《遵岩先生文集》卷一五。
③ 元儒吴海《阜林乡学记》即曰:"自孟子没而圣人之道不明,异端、权谋、术数之言横流于天下,洋溢充斥千数百年不能止,逮宋周、程、朱夫子出,而继往圣、开来学。"(《闻过斋集》卷三)又其《书祸》曰:"诸子百氏,外家杂言,异端邪说……其偏蔽邪曲,足以湮没正理。……杨墨佛老诸书,六经之贼也;管商申韩诸书,治道之贼也;遗事外传,史氏之贼也;芜词蔓说,文章之贼也。"(同上卷四)可示闽学学术史观之一端。

术史皆不足观。显然,这样的学术史观,就构成了其文学史的价值基准,而慎中之所以于文独以曾巩为尚,说到底又还是与朱熹的标准趋同,故茅坤说:

> 曾南丰之文,大较本经术,祖刘向,其湛深之思、严密之法,足以与古作者相雄长,而其光焰或不外烁也。故于当时,稍为苏氏兄弟所掩,独朱晦庵亟称之,历数百年,而近年王道思始知读而酷好之,如渴者之饮金茎露也。①

上述《曾南丰文粹序》,系慎中应无锡安如石之请而作,而安刻《南丰曾先生文粹》十卷在嘉靖二十八年(1549),则慎中序为此间作,显然也是其家居后事。《薛文清公全集序》,据慎中所述,为侍御赵玉泉先以薛瑄之文并《读书录》刻为全集,侍御浒南胡君继按闽中,以为慎中宜序之,故作。检(雍正)《福建通志》卷二一"职官",嘉靖中任巡按监察御史的有赵孔昭、胡志夔,当即其人。二人皆为嘉靖二十三年(1544)进士。据传,胡氏乃由富平知县入为监察御史②,而其嘉靖三十五年(1556)尚在富平任上③,则按闽中当更在其后,是证该序为慎中晚年所作④。

如此看来,尽管在较早时,慎中已经受到王畿等阳明弟子的影响(甚至接受了良知学说的某些观念),并且诸如此类的切磋问学可谓终其身而不断,然由其集中体现于中晚年的文学核心观念及与之相对应的文学史观观之,作为其主导倾向的,仍是程朱理学而非阳明良知之学的理念。王畿等阳明弟子早年在京师传播良知之学,确实成为王慎中、唐顺之思想转变的契机,但这种转变,首先促成的应是由文学向道学的本末之变,而非儒学内部新旧思想体系的转换,至少就王慎中而言,一生始终奉宋儒为立

---

① 《唐宋八大家文钞》卷首《论例》,《文渊阁四库全书》本。
② 雍正《山西通志》卷一三一《人物》,《文渊阁四库全书》本。
③ 雍正《陕西通志》卷一六《关梁一》"富平县"条,《文渊阁四库全书》本。
④ 嘉靖三十六年,王畿至三山与慎中酬答,慎中以此段"学术不出于孔氏之宗"的论说向龙溪求证,唯其提出:"若夫老氏之学,则固吾儒之宗派,或失于矫,则有之,不可以异端论也。"(《三山丽泽录》,《龙溪王先生全集》卷一)似与上举吴海之论稍异。

意著论之圭臬,这不能不令我们感到须对闽学的强大传统有充分的估计①。由此还想到所谓"唐宋派"的称名问题②,因为它关系到对该派性质的论定,章培恒师在所撰《中国文学史新著》中提出宜改称"崇道派",就本文从王慎中一侧对其相关文学思想的考察,我觉得这样的称名是名实相符的。

三、王慎中的诗歌创作

如前已述,王慎中在嘉靖十二年(1533)以后诗文创作已"别是一机轴",就诗歌而言,与陈束所代表的"矫李、何之偏而尚初唐"的方向一致,李开先即明确指出,其时"王、唐诗祖初唐而文兼宋体"③。二十八岁后,"乃尽弃前之所学",全然转向道学。钱谦益正是据此大致变化经历,对王慎中的诗歌成就作出如下评价:"诗体初宗艳丽,工力深厚,归田以后,搀杂讲学,信笔自放,颇为词林口实,亦略与应德相似云。"④站在诗人的立场,肯定他早期之作,而借所谓"词林口实",对其归田之后充满"头巾气"的作品予以批评。

不过,具体的情形或更为复杂。一般而言,王慎中被认为是文章大家,诗歌成就不如古文,他自己也已定下如是基调,谓"吾诗自觉于古人合处不如文,文则有全篇合,或有过之者,诗则不能如此"(然其实又颇为不甘,觉得"然今人窥我门户则犹未耳"⑤),故其诗论及诗歌创作皆容易为人所忽视。有鉴于此,我们首先应考察他对于作诗的见解,看看他的诗歌主张是否确然因文学向道学的本末之变而产生明显的变化,与古文创作

---

① 晚明理学家李光缙(苏濬传人)在为家乡晋江这一时期的人文之盛大唱赞歌时,亦已揭示了王慎中文学与闽学间的关系:"吾郡先正,羽翼邹鲁,本《诗》《书》《易传》,阐明道学,为一代儒宗者,必首推蔡文庄先生,而紫峰陈先生佐之;其建鼓修词,特起艺坛,与毗陵相颉颃,擅一时东南之美,则王道思先生为政。文庄之学,尸祝考亭;道思之文,左祖欧、苏,两者并俯首足于宋人之庭户,四方学者宗之。"(《祭紫溪苏先生文》,《刻李衷一先生清源洞文集》卷五,万历四十一年刊本)唯言"左祖欧、苏",不若欧、曾为确。
② 有关"唐宋派"这一称名来历的探讨,可参看宋克夫、余莹《唐宋派考论》,载罗宗强、陈洪主编《明代文学研究国际学术研讨会论文集》,南开大学出版社 2006 年版,第 208—217 页。
③ 《何大复传》,《李中麓闲居集》文之十。
④ 《列朝诗集小传》丁集上《王参政慎中》,第 374 页。
⑤ 《寄道原弟书》七,《遵岩先生文集》卷四一。

的主张究竟有怎样的关联与差异。好在有作为指授其弟王惟中学诗机宜的长篇书信在,我们不妨就此再着意品读一番:

> 来书所问诗作,岂容易谈?第一要有学问,次亦要才力不弱。每见世所称才子所作,不但去古人远,虽何、李二公,尚隔多少层数。然今人易足,又眼不明,或已有轻视两公之心,而自谓所作者乃初唐也,不知初唐本未是诗之佳者,故唐人极推陈子昂,以其能变初为盛,而李杜继出,此道遂振。同时高、岑、王、孟,乃其大家,今只取此六家诗读之,便知其妙,而见今人之所为者,皆陋浅无足观矣。故为诗于今之时者,使真做出初唐诗,已为择术不高,况又不如初唐。今且勿说到骨髓处,只说个大概:初唐之诗,千篇一律,数家之集,皆若一人,而一人之作,亦若一首,其声调虽俊美,体格虽涵厚,而变化终不足。盛唐之诗,则人人有眼目,篇篇有风骨,即此以观,亦略见不同大致矣。

书当四十馀岁家居时所作。所述一是针对世所称才子诗,强调学问及才力之于作诗的重要性,为此尚重新反省以初唐反拨何、李二公者,认为其远不及两公,却反生轻忽之心;二是从诗歌发展史的角度,直指诗主初唐者取径不高,当以盛唐为典范——具体而言是李杜、高岑、王孟六家。以下便举己作为例:

> 吾向赠宋仲石诗,如起句"洛阳桥外路,万里指长安";今赠唐娄江如"帝心嘉劳来,户口不虚增",结句如"相送情无已,宁因感遗肝。莫倚鸾凤志,今当作鸷鹰",皆不容易得,然知之者少矣。旧岁与方洲游山诗,句句俱是风骨,不涉陈套,不守言筌,然方洲亦未甚解其妙也,信是知之者难。如"取路非高足,入山力复馀。畏景在城市,聊兹息茂阴",此等起语;如"堪嗟二亩半,促促邑中居。明归应复望,惘怅使颜衰",此等结句,总是唐人中翻来,然何尝涉他成套也。意之论是如此,然遣字造语,亦须知其不同。如我所举此数语,都是《史》

《汉》文气，一字一字都健。若一时诸作，惟荆川时时能出此妙意，然句语遣得亦有未到雅健古老处。今只看高岑、王孟、杜甫之诗便能知之，李太白犹不免轻浮而失伦次也，但天才胜人，超绝千古，不得而肆讥弹耳。

其自得以为妙有风骨者，即所谓"雅健古老"，须有来历，诗之字句亦讲《史》、《汉》文气，而又不落言筌格套，总之是从唐人中翻来，顺便还在盛唐六家中分出了太白另类。且不论王慎中摘句举称的诗是否真如他自己认为的那样，其标准毫无疑问即来自学问第一、才力第二。在此书最后，他再次强调读书的重要，即以培养学力识见为要务：

> 日读古人，又参看时人所作，久之自透露见识出来，则虽做不得古人之诗，亦论得古人之诗矣。但论得就是学力，更胜于作得也。论得者或不做得，不妨为名家，做得而见不得，终是偶合，且亦无不明而能作之事也，故凡事须先从识上起。①

这些当然都是经验之谈，由此亦可看出在王氏心目中所谓"学"之于作诗、论诗一种统摄性的作用。此外，也从一个侧面表明，他本人于诗至少有不弱的鉴赏力。

嘉靖三十一年(1552)，王慎中为无锡友人华察撰《岩居稿序》，对其诗风给予很高的评价：

> 而君所为诗，顾洒然自立于尘壒情累之表，意象之超越，音奏之凄清，不受垢氛，而独契溟涬，若木居草茹，服食导练，沦隐声迹者之所为言，非世人语也。②

虽出同年之谊，实亦意在表彰古澹清远一派的清音，钱谦益《列朝诗集小

---

① 以上均见《寄道原弟书十五》，《遵岩先生文集》卷四一。
② 《遵岩先生文集》卷一六。

传》"华读学察"条即曾特地引述此语以证华氏诗歌成就。大约三年之后,王氏在致书华察言及《岩居集》付梓时又曰:

> 闻《岩居集》已入梓,想续咏皆在焉,甚欲一见之而未得也。孟、韦风格,本自难追,而时人学之者尤鲜,独吾丈之作为有其风,固岩居深诣笃造之功,亦冲情遐思有默契者,而非颠颠模效之所及也。①

若与上举与弟书论作诗取径包括王孟在内的盛唐相参照,我们会发现,其实中年以后的王慎中,或许因为自己的处境有所变化,无论于学诗典范及对何、李二公的评价,还是对于诗道与性情的体认,比起当初自悔以作文赋诗为第一义等,都要显得宽容许多。

也正因为如此,我们看朱彝尊在《静志居诗话》中试图为王氏诗歌创作成就翻案,谓"评明人诗者,不及王道思,然道思五古文理精密,足以嗣响颜、谢,而论者辄言'文胜于诗',非知音识曲者也",或许也好理解。其所举证,乃《十二夜月与张子同玩感述》一诗:

> 高旻荡浮翳,仲冬淑气清。良夜何未央,憩坐临前楹。舒景扬云端,皓魄委广庭。灏英鲜瑶席,华彩鉴雕楹。稍稍风露重,微微河汉明。眷兹泰宇宽,展席谐芳朋。抚景遗俗迫,即事寡氛婴。岂惟祛烦积,亦以湛心灵。戒盈君子德,和光达士情。葆曜贞有孚,养晦善自名。②

诗中结尾部分虽有议论语、理语出现,但那也可以说是承自谢灵运山水游览诗一种叙事、写景、说理的结构模式,整首诗还是颇具声色而格调清秀不俗。观朱彝尊《明诗综》所选王慎中诗,亦独以《游西山》、《山行》、《十二夜月与张子同玩感述》、《普光寺睡起》、《登金山口绝巅》、《游大明湖晚

---

① 《寄华鸿山》,《遵岩先生文集》卷四〇。
② 《静志居诗话》卷一二"王慎中",第 330 页。《遵岩先生文集》卷一中,此诗题作《十二夜月清甚与张子同玩感述》。

至北极庙登览》、《游白鹿洞》等五古名篇为多。兹再举《游白鹿洞》一首:

> 素婴丘壑情,况禀英贤想。寤寐悬宿心,游盘得兹赏。重阴始晦蒙,杲杲旋开朗。揽胜据巉岩,探奇历榛莽。境闲百虑空,意惬二仪广。野色净巾衣,秋容成物象。菊含露下英,泉作山中响。柔叶稍朝零,刚条非夏长。景光易流徙,今古同俛仰。踌躇怅回轸,何时还独往。①

诗当官江西时作。白鹿洞不仅是庐山五老峰下一幽秀胜景,更是宋元名儒数代书院之所在,作者寻幽而来,颇作洗涤心胸之想,而有高古清空的风韵,闲情逸致中,尚刻意追求所谓理趣渊微,不过诗的色调还是明快的。

四库馆臣在综合钱谦益意见的基础上,对朱彝尊的评论作了回应,曰:

> 壮年废弃,益肆力于文,演迤详赡,卓然成家,与顺之齐名,天下称之曰王唐。李攀龙、王世贞力排之,卒不能掩也。其诗则初为藻艳之格,归田以后又杂入讲学之语,颓然自放,亦与顺之相似。朱彝尊《明诗综》乃谓:"其五言文理精密,嗣响颜谢,而论者辄言文胜于诗,未为知音。"今考集中五言,如《游西山》、《普光寺睡起》、《登金山》、《游大明湖》诸篇,固皆邃穆简远;七言如"每夜猿声如舍里,四时山色在城中","万井遥分初日下,群山微见远烟中","琴声初歇月挂树,莲唱微闻风满川",亦颇有风调。然综其全集之诗,与文相较,则浅深高下,自不能掩,文胜之论,殆不尽诬。彝尊之论,不揣本而齐其末矣。②

所论主要针对朱氏欲翻"文胜"之案,认为就总体成就而言,诗不如文是铁案;然对朱氏论王诗的举证还是作了一定的肯定,称五言诸篇"邃穆简

---
① 《遵岩先生文集》卷二。
② 《四库全书总目》卷一七二《遵岩集》条,第1504—1505页。

远",并摘七言近体若干佳句作为补充。一直到陈田《明诗纪事》,其实仍然是围绕此公案,只不过他更倾向于朱氏的评说,而将王慎中的五律置于古澹清远一派中:

> 田按:道思五律,与同时皇甫子安(涍)、华子潜(察)辈相较,略无愧色。陈卧子《明诗选》不录道思一篇,毋亦为弇州、历下之论所慑欤!①

再回过头来说,钱谦益于王诗总体上的评价仍是值得重视的意见。检慎中集内,我们发现确有不少作品明显带有初唐清婉艳丽诗风的印记,并且相对而言,时间段上亦比较集中在"嘉靖八才子"共同活动及稍后其本人在南京等地居官期间。例如《鸣雁篇》,其序曰:"寄陈约之太史兼呈唐应德、陈允和二兄。约之赋予南寰为《上林雁》之诗,予感其意,适见斯鸟,遂成短章,因以为报云耳。"诗云:

> 寒空历历夜星稀,旅雁酸嘶何处归?霜清露白闻声急,河广江上恨力微。本谓候时依暖去,何言中路失群飞。群飞超忽关山迥,只抱离心独耿耿。每向天边泣字文,却从月下疑弓影。孤鸣如和陇头唫,单栖不殊泽畔醒。迁客飘摇靡定居,麀麂雨雪赋其虚。此时遥听人何似,避地翻伤鸟不如。回首瑶池霄汉傍,颉颃玉羽泛清凉。南北欲知悲喜地,但看风失与云翔。②

嘉靖十三年(1534)八月,在吏部任职的王慎中因覆张衍庆请封疏,坐谪常州判官。时京中如陈束、唐顺之、李开先、吕高、熊过等密友在海甸为之饯别,陈束并作《赋得上林雁赠吏部王郎中谪毗陵》赠行。陈束所赋之诗本身是典型的初唐体,并且,我们从李开先的记叙已知陈氏即为以初唐反拨李、何学古途径的代表人物:"大抵李、何振萎靡之弊而尊杜甫,后冈则

---

① 《明诗纪事》戊签卷九"王慎中",第1522页。
② 《遵岩先生文集》卷三。

又矫李、何之偏而尚初唐。"①而陈束"晚而稍厌缛靡,心折于苏门(高叔嗣)"②,其实亦大抵是王慎中日后诗歌审美理想更变的路径。慎中此诗作为酬答陈氏之作,显然亦因循其主题、风调,放情长言,纵横开阖,其唇吻流利、情景俱到亦相似。需要说明的是,这种诗风的作品,并非仅仅是一时应景所作,在其集中如《送陆毅斋守抚州》、《赠丘集斋侍御督南畿学》、《秋夜篇》、《古从军行送陈中丞出塞》、《南京正月十五夜歌》、《春晴出游永宁寺同顾东桥陈石亭罗印冈三公作》、《灵雪篇上湛甘泉费钟石二公时久无雪礼部祈雪雪降》、《送谢应午侍御还朝》等诸多七古之作,皆呈现出音调婉转、语言华美的初唐情韵,显示有较为自觉的审美追求。可再举《南京正月十五夜歌》一诗为证:

  贞寅当夏建,献岁属秦正。物候知阳长,风光见太平。太平歌舞早春天,正是月华三五圆。初晴宿雨山川丽,乍拂和风草木鲜。元夕灯火耀焜煌,山川草木借辉光。抽英错采皆新制,竞巧矜妍各擅场。万户千门缀列星,三条七市烂纵横。熻熠九微金作椀,瞵晌五色锦为棚。却见明河流下地,真教皎月让华灯。燃春火树纷无数,临水楼台映几层。连骖方轸动如雷,已挨暮出曙翻回。尽着绮罗邀月住,竟将丝管唤花开。并携秾李轻车去,暗度芳兰接袂来。蹴踏泥途成绣垮,喧阗石路涨红埃。宛转西桥复南陌,冶意艳情欢不足。少年场上斗豪奢,公子群中争结束。博戏千回土比钱,妖淫百态人如玉。彩云飞过迥看妆,香雾微传遥辨曲。别有高门与深院,帟障横施帘半卷。晋室风流王谢家,汉廷骄贵金张馆。靓姝鸣瑟洞房清,上客缀珠茵坐满。遍持绛蜡代薪樵,覆引长江添酒琖。旧京繁盛一翻新,年年行乐帝城春。合声愿借更筹缓,游宴只愁清夜晨。沉沉清夜乐耽耽,桂轮西堕日东含。北斗城中洛阳道,游人思杀是江南。③

---

① 李开先《后冈陈提学传》,《李中麓闲居集》文之十。
② 《列朝诗集小传》丁集上《陈副使束》,第373页。
③ 《遵岩先生文集》卷三。

王慎中嘉靖十四年(1535)由常州判官升南户部主事,次年五月由南礼部员外郎升山东提学佥事,故诗当嘉靖十五年正月作,说来正是他文学思想发生重大转变之际,然其效应毕竟不可能那么立竿见影,更何况诗文原本有别。此诗可谓都邑春节豪奢纵乐的风俗画长卷,极尽声色铺张之能事,工细生动,又一气呵成,诗人功力确实非同一般。

直至王慎中家居之后,虽日以学为重,却仍忍不住技痒,七言四句乐府"辄成百首",口上说"作此无益,徒费日力","既以自儆,请并示吾弟道原,使务为有益,勿效吾所为也"①,心里则多少有自得之色。其中如《侠客行》、《结客少年场》、《陇头水》、《蓟门行》、《凉州词》、《少年行》、《古意》、《塞下曲》、《从军行》等,皆写得颇有气概,声称是拟中唐诸家,实与当初"更为初唐之体",自有脉络可寻。

然而,无论如何,钱谦益所说"归田以后,搀杂讲学,信笔自放"的现象亦真实存在,慎中之《论学示友人杂诗》十首即可谓代表作,兹举四首:

充塞乾坤惟此理,更无古往更无今。一腔子是阴阳会,七尺身为天地心。本是完成宁用补,元来无失不须寻。此语骤闻如未信,但将此语细沉吟。(其一)

中立亭亭四不偏,何人识是静时专。此形而上方名道,未画之先自有天。寻逐必然终入俗,虚堂宁免误沦禅。莫向其间求可执,前人诃破谓无权。(其二)

至道之精岂着言,聊将言语订迷顽。心思起处先离位,声色大时更没关。昭氏鼓琴成毁际,轮人斫木苦甘间。此语诸君如善听,清源山即是尼山。(其六)

好径人多道本夷,自为烦苦自支离。省存判截静和动,先后分开行与知。敬义夹持宁免二,诚明两进已成岐。当时呼得曾参唯,一贯之馀费甚词。(其八)②

---

① 《遵岩先生文集》卷七末附。
② 《遵岩先生文集》卷九。

这便是所谓"击壤体",借诗讲学,类同语录,术语夹杂语助,侹仃成篇,还故作诙谐,用当初邵雍自己的话来说,是"殊无纪律"①,一面浅语开示性理之学,一面又表现出一种解构的姿态。慎中此作可谓有过之而无不及,虽具某种实验性,但显然走向了极端,于诗而言,却是恶趣,那也确实可以视作他自身发生文学向道学的本末之变后显现的副作用。

小　　结

本章所述,时间跨度较大,从永、天以来最高统治者推行道德治国的方针,以程朱理学为中心构建起官方意识形态乃至政治体制,一直到成、弘之后,随着城市经济的恢复发展,地域社会亦重新复苏、崛起,士人在其间的作用可谓各显神通而变化巨大。在明初以来皇权专制政体的高压下,士人流动至京师,比较自觉地承担起国家意识形态的建设任务,特别是那些进入高级文官阶层者,自身亦成为游心于道德之域的楷模。若言此际的地域性格,毋宁说即是国家意识形态同一个模型陶铸出来的精神风貌。加之福建地区因朱子学的生成,成为闽人格外自豪的一种文化传统,当地士人颇有意于与官方意识形态的相辅相成。如陈真晟以一介布衣,不惧迂阔,自下而上,不断向有司建言,发自内心地维护敕谕道德治国之政策,尽管一再事寝,仍不屈不挠,身体力行,令我们感受到地方基层与中央高层实有异曲同工之志。

成、弘以降,整个社会正在发生重大的变动。一方面,随着市民力量的崛起,文学担当阶层下移的势头很猛,尤其在地方社会,我们看到,如郑善夫领导下的"鳌峰十才子",山人、布衣占相当大的比例。另一方面,是随之而来的思想文化领域的深刻异变,对于现实的忧患意识,强调文学表现真情以及对于自我生命体验的要求,正在突破原来国家意识形态的思想统制,以李梦阳为代表的诗文复古运动恰是其表征。郑善夫正是挟如此强劲之势力,给沉寂的福建文坛注入新的生机,带来"洗道学之习气"

---

① 《和赵充道秘丞见赠》,《伊川击壤集》卷六,《四部丛刊》景明成化本。

的文化更新,而在他本人及高瀔、傅汝舟身上,皆显示了某种异端人格的出现。当然,我们仍不能低估闽学作为"道南理窟"所具有的强大辐射力,作为晋江易学传统产物的王慎中,以对李、何所倡复古运动的反拨,开启了崇道一派,可以视作传承闽学正脉的结果。然而,相对于时代潮流而言,这也不过是一段插曲而已。

有一件很有意思的事,值得在这里先特别提出。丁戊山人傅汝舟于"鳌峰十才子"活动期间,尝拟构一堂所招高瀔等一同隐居,有《拟筑宛在堂奉招石门隐君》诗,其中即有"孤山宛在水中央"①,说明所拟堂名的来历,高瀔则有《傅子拟筑湖心宛在堂以诗见招漫答》回应。此堂究竟建成与否,已不可知。然至清乾隆十三年(1748),后学黄任倡修宛在堂,作为闽中同人社集之地,并在堂中设立诗龛,初祀林鸿、王偁、郑善夫、高瀔、傅汝舟、徐𤊹、徐熥、曹学佺、谢肇淛、叶向高十位先贤,其诗曰:"拟筑伊人宛在堂,蒹葭秋水但苍苍。傅高合配曹徐谢,待我来分上下床(傅汝舟与高瀔约偕隐西湖,有《拟筑宛在堂》诗)。"②于所谓闽诗传统而言,这实在是极具象征性的事件。据陈衍《小西湖重建宛在堂记》,知其后又有重修和增祀,但无论如何,此三时代十人意味着明以来闽中诗坛的基本谱系。陈氏亦有诗曰:"西江诗派东林社,北郭南园竞风雅。明人论诗喜断代,高傅瓣香傍兰若。一龛宛在水中央,林月湖风足潇洒。"③所谓风雅相传,这一脉络一直延续至同光体的闽中诗人。

---

① 曹学佺《石仓历代诗选》卷四九七"明诗次集"一三一。
② 黄任《毗陵潘中丞重浚西湖余暇日出游感今追昔成诗二十首殊愧鄙俚聊当掉歌渔唱云尔》,《秋江集》卷五,清乾隆刻本。
③ 陈衍《拟寒碧楼小集谋修西湖宛在堂》,《石遗室诗集》卷六,清刻本。

第四章　自我确认：闽中诗统的构建

　　福州为八闽都会，有明一代，才士辈出，文学可谓一枝独秀。而其进入全盛期，亦不过隆、万以来之事，邓原岳所谓：

　　　　至隆、万以来，人操风雅，家掇菁华，道古本之建安，揆操旁及三谢，取裁准之开元，寄情沿乎大历，典刑具存，风流大备，一代声诗，于斯为盛矣。①

作为一个显著的标志，正在于从事文学人员的普遍与社集活动的频繁达到前所未有的程度，如徐𤊹又指出的：

　　　　迨于今日，家怀黑䉪，户操红铅，朝讽夕吟，先风后雅，非藻绘菁华不谭，非惊人绝代不语，抱玉者连肩，握珠者踵武，开坛结社，驰骋艺林，言志宣情，可谓超轶前朝，纵横当代者矣。②

这种情形，当然并非福州一地所仅有，从整个明代社会发展的背景来看，它与成、弘以来因区域性城市经济的日益增长，导致地域社会的重建以及文学担当者阶层的下移有着密切的联系，与之相应，是文化人谋求安身立命的价值观念发生某种变化。在这样一种较为根本的原因的制动下，各地域的文人才士，或早或迟，都开始自觉地以建设区域性人文为己任，而

---
①《闽中正声序》，《西楼全集》卷一二。
②《晋安风雅序》，《幔亭集》卷一六。

令本地域文学获得空前发展。

　　福州所在的福建地区,相比较文化积累深厚的吴越等地,文学上尚属晚进,相对于政治、文化中心的南北两都来说,亦因其外缘的地位而往往仅成为中心文坛文学风气的受容者,这对有志于领导整个福建文学振兴的福州文人来说,无疑是一艰难的挑战。嘉靖中后期以来,后七子一派崛起京师,其势力很快如日中天、风靡天下;尤其隆庆四年(1570)李攀龙去世后,王世贞独擅文坛二十年,文学重心又全然移至以吴地为中心的东南地区,"一时士大夫及山人、词客、衲子、羽流,莫不奔走门下"①,于是更有"后五子"、"广五子"、"续五子"、"末五子"之目,几乎网罗了当时所有有名望的作家,复古思潮由此席卷整个万历前中期的文坛。一方面,这种时代风潮自然会对福州文人产生实际的影响,并规定其文学的取向;而在另一方面,因此而引发的"影响的焦虑"又促使该地区文人以此为参照系,通过加强本地域文学活动及声势,积极参与都中文坛及他地域文学活动甚而有意谋取领导权这样一种实践性的作为,通过构拟本地域的文学系谱,并与整个明代诗歌发展重大关节联系起来以阐发其作用与意义这样一种重塑历史的方式,勉力打造福建文学的形象,拓展福建文学的影响,提升福建文学的地位。万历后期至启、祯间,随着楚风盛行,文坛格局为之一变,闽中文人领袖则坚守已经建立的文学传统与之相抗衡,继续张大福建文学,终使"晋安一派,与历下、竟陵鼎足而立"②,福建文学一跃而为全国文学的重镇。

　　本章即拟以万历间福州文人群体这种对本地域文学的自觉建构为中心,按时间线索将之大致划分为前后接续的三个阶段加以考察,主要集中于两个方面的指标,即一部分社会成员文学创作活动中的自我确认与以诗歌选本、地方艺文志为中心的历史编纂学,试图在对此一过程作较为具体的解析中,展现地域文学在晚明普遍发展的共性下福建地区文学的特殊境遇与个性特征,并在各地域文学互动的视野下,重新审视晚明诗歌格局与走向。

---

① 《明史·王世贞传》,第7381页。
② 魏宪《百名家诗选》卷二五"范承谟兄弟"小引,清康熙魏氏枕江堂刻本。

第一节　万历前期的闽中诗坛

根据万历中后期福州文人自己的追溯,揭开隆、万以来文学全盛序幕的,是以袁表为首的文人群体及其文学活动。邓原岳《徐惟和集序》曰:"余闽自林鸿、王恭辈有名于洪、永间,海内所称'闽中十子'者也。历百馀年,而郑吏部善夫继之;又四十年,袁舍人表继之……"①徐𤊹《晋安风雅序》曰:"世宗中岁,先达君子,沿习遗风,期道孔振。袁舍人表、马参军荧,区别体裁,精研格律,金相玉振,质有其文。"②徐𤊹《复彭次嘉》曰:"福州自隆、万间,作者如林,先辈则有林文恪公燫、袁舍人表、赵司理世显、郭布衣建初(造卿)、马参军荧,皆有刻,集最富。"③所述虽各有侧重,然隆、万之际,作为闽中诗坛自洪、永与弘、正以来的第三个标志性时代的开端,显然是清晰的。

一、玉鸾社与《闽中十子诗》之选

万历初的闽中诗坛,诚如徐𤊹所言,"作者如林",并且,在他们身上,充分体现了对于诗歌社交功能的娴习,因而呈现出群体性和以诗为日常生活消费的特征。以袁表《通客集》中所记述为例,既有向同里前辈如林春泽、林世璧、王应时等致敬之作,更多邑友间相互酬赠唱和的社交活动,如与林凤仪、林垠、林烃、林世吉、袁成能、周昶、郑云鳌、陈椿、陈宏己、陈益祥、陈省、陈严之、赵世显、马荧、郭造卿、王湛等人。郭绍虞先生将明代文人集团发达的原因首先归诸"是基于明代文人的生活态度"④,确实,当社会构成发生变化,身份精英、权力精英不再必然,那么,运用文艺作为日用之需及社交手段,同时也正是自我表现、自我证明的方式,令士人安身

---

① 《西楼全集》卷一二。
② 《嶰亭集》卷一六。
③ 《徐兴公尺牍》,明徐𤊹撰,抄本。
④ 郭绍虞《明代的文人集团》,见陈广宏、郑利华编选《抉精要以会通》(复旦中文学科建设丛书·明代卷),商务印书馆2018年5月版,第5页。

立命之处有所转移,如赵世显这样"弱冠已刻厉古文辞,以能诗名"①,并且"乃公雅好古嗜道,喜吟咏,不屑踬举之业"②,在当时颇为寻常;与此同时,便是文学成为一种朝向公共领域的社会行动,一时间各种社集风起云涌,当时声名颇著的玉鸾社不过是这种群体性艺文活动中具代表性的一个诗社。

根据豫章蔡文范为赵世显撰《玉鸾社诗集序》的描述:

> 今袁景从、赵仁甫、王汝存、吴子修、林天迪相与结社嵩山、乌石之间,力追古始,泱泱乎几龙朔、开元之风,格调俱谐矣。③

知此社骨干成员即为袁表、赵世显、林世吉、王湛、吴万全诸子④。其他至少当还有陈益祥、张炜、马荧及流寓此地的莆田佘翔等人参与其事⑤。当

---

① 陈经邦《芝园文稿序》,赵世显《芝园稿》卷首,明万历刻本。
② 袁表《读〈楚游漫稿〉小引》,《芝园稿》卷首。
③ 蔡文范《玉鸾社诗集序》,《芝园稿》卷首。
④ 袁表,字景从,嘉靖三十七年乡贡,历官中书舍人、黎平太守。卒年五十七。有《逋客集》。赵世显,字仁甫,闽县人(按:据清《侯官县乡土志》卷三"耆旧录内编二"所录,则为侯官人)。万历十一年进士,官池州府推官。有《山居》、《阙下》、《入蜀》诸集。林世吉,字天迪,闽县人。燫之子。万历中官生,官户部郎中。有《丛桂堂》诸集二十卷。王湛,字汝存,闽县人。万历中岁贡。有《王生诗》。吴万全,字子修,侯官人。万历元年顺天乡贡第五人,历官知县。有《玉鸾》诸集。以上均见徐𤊹辑《晋安风雅》卷首《诗人爵里详节》(明刻本)。
⑤ 陈仲溱为陈益祥所撰《履吉先生行状》曰:"廉访使天目徐公中行好谈诗,兄善汉魏盛唐诸体,徐引为布衣交,而陈履吉之名震起,日与袁太守表、赵司理世显、林民部世吉、王文学湛为玉鸾社。"(《陈履吉采芝堂文集》卷首,明万历四十一年刊本)陈益祥,字履吉,侯官人。万历中监生。有《采芝堂文集》等。袁表《逋客集》卷一《同林天迪陈履吉游三氏山庄二首》可证。又(乾隆)《福州府志》卷六〇《人物》十二"文苑"袁表传载表"与张刑部炜、马参军荧相赓和。"(清乾隆十九年刻本)《晋安风雅》卷首《诗人爵里详节》:"张炜,字德南,闽县人。元秩之孙。嘉靖三十四年乡贡,历官南京刑部郎中。有《江干》诸集。"《千顷堂目》卷二四"嘉靖乙卯科"录张炜《江干集》五卷,又《操缦集》五卷,又《翼雅集》五卷。赵世显《芝园稿》卷二《张德南比部招宴西楼》、卷一四《同王太史周武昌王茂才吴孝廉林太学社集张比部山馆因忆袁舍人》等亦可证。马荧,字用昭,户部尚书马森子。与袁表颇相过从。《闽中理学渊源考》卷四五"马森":"子荧,歘。荧,字用昭,以父荫为南京都督府都事,雅善文辞;歘,贡士,能诗。"佘翔,字宗汉,莆田人。嘉靖三十七年举人,官全椒知县。传见费元禄《全椒令宗汉余先生传》(《甲秀园集》卷三〇文部,明万历刻本)等。由其《薛荔园诗集》卷二《病后伯华仁甫汝存见访二首》,卷四《秋夜集王汝存宅同赵仁甫作》、《集天迪丛桂堂呈仁甫汝存子修》、《同仁甫汝存天迪登乌石山》等,可证其在诗社中颇为活跃。赵世显《芝园稿》卷五《同汝存过天迪草堂留别有怀余大时余寄至诗编》、《同伯华汝存携酒集佘宗汉明府旅舍》等亦可证。

然,还有蔡文范本人①,据(乾隆)《福州府志》卷三〇"职官二",时当在福建都转运盐司运判任上,其自述"余不佞辱诸君子不鄙,引为同好"(《玉鸾社诗集序》)。值得注意的是,作为既是他者又是当事人的蔡氏,已经将该社所从事活动置于闽中洪、永间十子及郑少谷以来的历史脉络中加以定位:

> 洪永间十子,翩翩何其盛也,由射于百步之外,主皮而已,非必省括于度也。至少谷先生学博思深,而发以凌厉顿挫之气,浸淫少陵,惜取格太峻,而调未谐也。(同上)

于明初"闽中十子",他以养由基为譬喻,谓其射箭目的仅在于射中标靶,而于为力之度,尚未必知其所以然,言下之意,十子尚不十分讲究格;郑善夫学杜有成,然"取格太峻",调不能与之谐。由此而大力标榜玉鸾社诸子后出转精,"格调俱谐",卓有成就。这成为当时或稍后人们一再标举的佳话,赵世显日后更有重兴玉鸾社之举②。

诗社的活动时间当主要集中在万历八年(1580)以前。这是因为作为领袖人物的袁表于万历八年出仕离开家乡,长年在外,之后已无甚机会与邑中诸友从容再集③。万历十一年(1583)另一位重要成员赵世显赴春闱前,社集活动仍有存续,前举赵氏《芝园稿》卷一四《同王太史周武昌王茂才吴孝廉林太学社集张比部山馆因忆袁舍人》等可证。先举两首社集诗以为样例:

---

① 蔡文范,字伯华,新昌人。隆庆戊辰(1568)进士,授刑部主事。历官广东布政司参议。著有《缙云斋稿》、《甘露堂集》等,传见(雍正)《江西通志》卷七一、《明诗别裁集》卷九。袁表《通客集》卷二有《蔡伯华席上同送陆华父还勾吴分得都字时伯华左迁为闽运倅华父勾吴布衣也以诗谒》,赵世显《芝园稿》卷一四有《秋日同蔡伯华王汝存吴子修集林天迪丛桂堂得交字》等。
② 赵世显《芝园稿》卷一二有《重结玉鸾旧社》诗。
③ 袁表友人姜士昌在万历辛卯(1591)为袁氏《通客集》所撰序中曰:"庚辰,景从以文章调守秘书,不佞亦待公车,与之谈诗甚适。居五载,而仕为同舍郎。"知其万历八年(1580)授中书舍人,即居官在京,万历十三年转户部郎。其出任黎平知府在万历十七年,后以病免。而据徐𤊹《鳌峰集》卷一三《挽袁景从先生》,知其卒于万历二十一年(1593)。

> 三春景气和,结赏此山阿。一迳含苍霭,孤亭出绿萝。草深迷蝶梦,林暖缓莺歌。奇字吾将问,相逢奈醉何。(袁表《春日诸子集天迪草堂得歌字》)①
>
> 爱尔草堂堪坐啸,无劳载酒出芳郊。世途自昔多皮相,艺苑从今有石交。赋就云霞生笔底,醉来烟月满松梢。千秋盛事还吾党,拓落何须解客嘲。(赵世显《秋日同蔡伯华王汝存吴子修集林天迪丛桂堂得交字》)②

二诗凑巧皆为在林世吉所居丛桂堂集会分韵所赋,同样是表现诸社友吟风弄月、文酒风流,袁诗从容和缓,形神超旷,赵诗慷慨豪放,自有疏狂异趣,亦算是各从其体,各尽其才。

就诗社性质而言,实乃一群获得中低级功名的世家子弟,意气相倾,同调相得,相与切磋文字、扬榷风雅,所谓"千秋盛事还吾党",最为点睛之句。因此,这个群体的形成除乡谊之外,更重要的构成因素在于同气相求。如袁表《寄林天迪》曰:

> 凤昔慕奇服,怀哉无良媒。我友东南美,同心不见猜。③

又其《赠王汝存》曰:

> 王生倜傥士,玩世怀其宝。读书满五千,入阙见怀抱。抗情高云端,兴文富奇藻。未妨薄俗憎,方见才名好。伊予秉微尚,与子结交早。子比谷中兰,予譬泽畔草。芳馨同托根,群卉堪枯槁。咄哉浊世交,反掌何足道。君其亮情素,久要以相保。(同上)

赵世显《仙霞道中同袁景从赋》曰:

---

① 《遁客集》卷三。
② 《芝园稿》卷一四。
③ 《遁客集》卷一。

> 青山高入云,流水在其下。悠悠山水间,谁是知音者。①

而佘翔《赠袁景从》曰:

> 袁生禀异姿,偃蹇尚藜藿。白凤梦常悬,青云名自薄。悠悠海上鸥,矫矫空中鹤。为报草玄人,吾今亦寂寞。②

其《赠王汝存》曰:

> 意气看君跌宕多,相逢且莫叹蹉跎。山阴兴剧还看竹,池上书成几换鹅。作赋才名工白雪,开尊风雨醉青萝。蹇予亦是疏狂者,把臂何妨共啸歌。③

显然,他们相互间最为珍视的,实皆倜傥其质,高洁其志,鄙薄俗世,不慕荣利,而以究心艺文为安身立命之处。这种相似的价值观的追求,是他们聚合的基础。

诸如此类的群体社集,仅就邓原岳《闽诗正声》、徐𤊹《晋安风雅》这样的总集即可看到,其实自正、嘉以来,在福州已蔚成风气,稍早于袁表而有时名者,如林世璧、郭文涓、邵傅、林凤仪、王廷钦等,并以诗文擅场④。那么,何以玉鸾社诸子会被特别赋予某种划时代的意义?一个很重要的原因,在于他们已开始通过对明初林鸿、高棅为代表的所谓"晋安诗派"的追奉,标举其诗歌创作的宗尚,开启了对于有明一代本地域文学想象共同体的构建。当初郑善夫于正德八年(1513)罢官归闽,对本地的文学风气还颇有异议:"吾闽诗病在萎腇多陈言。陈言犯声,萎腇犯气,其去杜也,犹臣地里至京师,声息最远,故学之比中国为最难焉。若非豪杰之士,

---

① 《芝园稿》卷二四。
② 佘翔《薜荔园诗集》卷二。
③ 《薜荔园诗集》卷四。
④ 参详何乔远《闽书》卷一二六"林世璧传"。

鲜不为风气所袭者,况遂至杜哉。国初如林鸿、王偁、王恭、高廷礼辈,遏然离群出党,去杜且顾远与。……"①针砭所及,自连"闽中十子"亦不放过。而现在玉鸾社这一文学群体在创作实践上则旗帜鲜明地追随林鸿、高棅一派,前举徐𤊨所谓袁表、马荧的"区别体裁,精研格律"亦好,蔡文范《玉鸾社诗集序》所谓"力追古始,汹汹乎几龙朔、开元之风,格调俱谐矣"亦好,所表彰的都是努力实践"别体制之始终,审音律之正变"②而追摹盛唐格调的成就。我们看袁表作《同天迪汝存碧云亭醉为长句》,于林世吉、王湛两位挚友即有如下推许:

> 林氏之子歌绝奇,三叹朱弦醉相命。柏梁不作少陵死,此道堪谁与游刃。子羽王敫彼一时,汝与王生为后进。③

在抒发"大雅久不作"之感慨的同时,认二子为诗艺上可相与砥砺的同道,并将他们视作承林鸿、王偁一脉而兴废继绝的后劲,某种意义上又何尝不是一种自许。而如林世吉学诗,正是从《唐三体诗》一类的选集开始的,徐𤊨尝记其事曰:"《唐三体诗》一册,先君云:丙寅年在京师得之林天迪先生,中硃笔评驳者,天迪也。迨万历癸未、甲申间,先兄初学时又加批点。"④显示这是他们共同的秘笈,其宗尚自然是所谓唐人家法,包括盛、中、晚,实际着眼点在于完熟的近体七绝、七律、五律三体的规程作法。

在这种情况下,袁表、马荧选辑《闽中十子诗》,正可视作他们寻本溯源的一项重要的活动。是书梓行于万历四年(1576),尽管他们的同里后辈对其去取不无异议⑤,但毕竟因此而正式确认十子一派为本地域文学建帜者的地位并以为自己的精神渊源,如袁表《闽中十子传》所谓"然余观其风调尔雅,则亦足以表于世,而列于作者之林矣。"(《闽中十子诗》

---

① 《叶古厓集序》,《郑少谷先生全集》卷一〇。
② 高棅《唐诗品汇总叙》,《唐诗品汇》卷首。
③ 《逋客集》卷一。
④ 《红雨楼序跋》卷一"《笺注唐贤绝句三体诗法》"条,沈文倬校点,福建人民出版社1993年版。
⑤ 如徐𤊨议论袁表、马荧刻《十子诗》,于林鸿《鸣盛集》删去十之三,不无过严;于周玄仅收六十首,而以林鸿一绝误入。参详《红雨楼题跋》卷下"《鸣盛集》"、"周祠部《宜秋集》"条。

卷首）

不过,需要指出的是,他们标举十子的举动,在很大程度上尚非真正出于自觉,而是来自外力的推动。这样的外力不是别人,恰恰就是风靡天下的后七子一派。此际的玉鸾社诸子,基本上可以说是在后七子一派的羽翼或影响下成长起来的。蔡文范《玉鸾社诗集序》将之视为时势使然：

> 逮永陵之末,历下、吴郡诸君子始句窜字卜,高者絜之,大者齐之,近者精之,远者密之,于是八音克谐,五采相宣,而学士大夫翕然以为嚆矢。乃明卿守谯川五岁,子相为视学使者,子与历藩臬,皆居闽久,于诸子雅厚善,斐然相证,诸子之声调,直超乘而前也,又岂非其时使然！而三君子相翼之力可少邪？

确实,检《福建通志》,吴国伦嘉靖中尝任建宁同知、邵武知府,宗臣亦在嘉靖中任福建布政司左参议,转督学副使;至于徐中行,先在嘉靖中任汀州知府,隆庆六年(1572)由云南左参议升福建按察副使,整理福宁道(参见《神宗实录》卷七"隆庆六年十一月癸未朔"条),万历二年(1574)转本省右参政(同上卷二六"万历二年六月庚申"条),万历三年升福建按察使(同上卷四三"万历三年十月庚辰"条),至万历五年始升江西右布政使(同上卷五八"万历五年正月癸卯"条)而离去。除此之外,名列"后五子"的汪道昆亦曾在嘉靖末先后任福建按察使、巡抚都御史;余曰德,嘉靖中任福建督学副使。直至万历中后期,仍有王世懋、屠隆先后宦于闽。这些人皆雅负时望,藉复古之声势,对当地文人学子从事文学之业的取向自会有不小的影响。而这些闽中学子至京师等地游学求仕,亦会有意识地与这样的文学名流交接。如袁表万历十三年(1585)转户部郎后,在一次过山东刘效祖日涉园时,便尝与名列"末五子"的胡应麟相过从①。林世吉在当时确有诗名(赵世显所谓"林硕时名满帝京"②),亦尝与王世贞交

---

① 见胡应麟《熊茂初蔡伯华袁景从招集刘仲修园亭》,《少室山房集》卷六〇,《文渊阁四库全书》本。
② 赵世显《帘外偶见林天妣姚汝观志喜时予有事南闱》,《芝园稿》卷四。

接,王世贞并有诗相赠①。还有佘翔,曾投诗王世贞,并自携七绝句游世贞弇园,王氏依韵和之,有"更教何处夸三绝,为有佘郎七字诗"句,并将佘氏列入"四十子诗",以高节许之②。如马荧,与王世贞、王世懋兄弟俱有交往,世懋于其翰墨文采颇为赏识③。至于陈益祥,徐中行引为布衣交④。又赵世显,嘉靖四十三年(1564)乡试为吴国伦所举士⑤,万历十六年(1588)在池州司理任上,因秋闱之事,至南都与王世贞游⑥,世贞于其诗,有"诸诗歌才情多疏畅而俊丽,格调视梅、欧胜之"⑦的评价。世显又尝为父乞墓文于王世贞,世贞赠诗曰:"未论诗句清堪比,情性都来似赵郎(君诗清绝而貌都雅,故云)"⑧。尽管有如此这般的褒奖,但在他的眼里,世显亦不过是吴国伦的追摹者,故于其诗,有"何其似明卿也"⑨之叹。这在当时恐怕是一种共识,如李日华为赵世显撰《楚游稿序》亦曰:"今川楼(按:吴国伦)与李济南、王太仓二三同盟狎主骚坛,君以高弟子同声赓倡,执櫜鞬鞭弭左右中原,吴翁岂不津津喜仁甫千里比肩出宇下也。"⑩这是很能说明此际闽中文人的实际地位的。世显自己亦曾记述徐中行与自己谈论"人之才各有极"以为教诲⑪。

《闽中十子诗》虽为袁表、马荧选辑,然从动议到付梓,实皆出于徐中行之力。徐中行万历元年(1573)以福建按察副使抵任,袁表、马荧、郭造

---

① 参见王世贞《林天迪参军奉使吴越过该弇中有赠三首》,《弇州山人续稿》卷一三。
② 参详陈田《明诗纪事》己签卷一二"佘翔",第2074页。
③ 参详王世贞《赵千里画大禹治水图》,《弇州山人续稿》卷一六八;王世懋《答马用昭》,《王奉常集》卷四五,明万历刻本。
④ 陈仲溱《履吉先生行状》,《陈履吉采芝堂文集》卷首。
⑤ 参见王世贞《赵处士东衢墓志铭》,《弇州山人四部稿续稿》卷九一。
⑥ 参见王世贞《锁园同声序》,《芝园稿》卷首。又赵世显《芝园稿》卷一四有《集王元美燕喜堂》,卷一七有《酬王元美司马》。
⑦ 王世贞《锁园同声录序》,《芝园稿》卷首。
⑧ 《赵仁甫孝廉来乞其父墓文留山园少时赋此志别》,《弇州山人续稿》卷二二。王世贞为赵父作《赵处士东衢墓志铭》,见《弇州山人续稿》卷九一。
⑨ 吴国伦《香雪斋诗草序》,《芝园稿》卷首。
⑩ 《芝园稿》卷首。
⑪ 《赵仁甫诗谈》卷上记载:"徐子与曾与予言:人之才各有极。如写照,杜子美则短长妍丑,靡不逼真。王右丞、孟襄阳画毛嫱、西子,咸擅绝技;一遇丑恶,绝阁笔不为,可谓善用其才者。大抵人于所短者不可强为,要亦不必强也。"见陈广宏、侯荣川编校《稀见明人诗话十六种》,上海古籍出版社2014年版,第506页。

卿三生即以诗来谒①。据建阳知县李增万历四年(1576)孟夏撰《刻闽中十才子诗集跋》曰：

> 翁(徐中行)官于闽，累转藩臬，暇乃博访先哲遗文，高生以陈，持乃祖督学西江木轩公家藏十子诗以进，翁阅，善之，谓雅有唐调，不可无传，属袁子景从、马子用昭选辑，捐俸属增锓梓，与同志者观焉。

知徐氏于公务之暇，搜剔闽中幽隐，得当地高生所进明初十子诗，以其"雅有唐调"，同于自己派中宗尚，于是嘱袁表、马荧选辑，并捐俸属建阳知县李增锓梓，徐中行自己亦于万历四年孟夏朔日为此《闽中十子诗》作序予以表彰。高以陈，未详，其祖木轩公，当即高旭②。由此可见，正是徐中行慧眼识得闽中先贤文献并竭力倡举，才使得"闽中十子"诗在万历初重又流行，而这对福州文人群体重新构建本地域文学的系谱尤具重要意义。

至于此际玉鸾社诸子的创作，亦首先是对后七子一派诗学主张的实践。袁表的诗，史称"宗开元、大历，作者精严有法"③，正是诗主格调、法式的证明，赵世显尝特地记述说："友人袁景从有'长怀犬马恋，数与田园疏'之句，予爱而时诵之。"④这既是就其诗意而言，亦是言其律法。而世显自己的诗亦然，丁应太《刻仁父赵先生〈山居〉〈阙下〉二稿序》曾特别指出其集中"多五七言近体"，以为"夫近体为律"，"律，乐法也"，其所讲究，无非是声调、格律之法度。今存世显《芝园稿》共二十八卷，其中除赋一卷外，五言律诗占九卷，七言律诗占十卷，五言绝句占二卷，七言绝句占三卷，亦可为证。谢肇淛《小草斋诗话》曰："秀润细密，步趋不失，则袁、赵

---

① 参见徐中行《闽中十子诗序》，《天目先生集》卷一三，明刻本。
② 林文俊《方斋存稿》卷五《寿谦庵高公序》："公为提学木轩之孙，孝子惟一公之子。"(《文渊阁四库全书》本)《福建通志》卷四三《人物》："高旭，字时旭，侯官人。宣德癸丑进士，历吏、兵二科给事中。每上疏，辄自焚其草。正统间提学江西，崇正黜浮，五年而教成。改江西按察佥事，莅官平恕，决狱明慎。景泰初，徽歙盗发，力疾驰饶州，授所司以御备之。方疾，转剧卒。子均，字惟一，善，居丧庐墓，有驯鹤巢鹊之异，弘治中诏旌之。"
③ 《福建通志》卷五一《文苑》。
④ 《赵仁甫诗谈》卷上，《稀见明人诗话十六种》，第505页。

名其家。"① 要知道这恰恰也是明初以林鸿、高棅为代表的十子一派的创作特点与主张,故如周亮工谓"闽中才隽辈出,彬彬风雅,亦云盛矣。第晋安一派,流传未已,守林仪部、高典籍之论,若金科玉条,凛不敢犯,动为七律,如出一手"②。

　　正是在这样一种取向与动机下,他们于乡先贤,越过郑善夫而直接择取"闽中十子"以为"晋安诗派"之祖,这并不仅仅是溯源时代早晚的问题,更在于两者的诗学主张与创作有微妙的差异。郑善夫虽属前七子阵营,从大方向上来说,亦为主格调的复古一派,然其力主学杜,更有要求诗歌担负起干预现实之职能的意义,故谓:"所以王李悲,向道失所期。大哉杜少陵,苦心良在斯。"相应地在艺术风格上,则重"意"、重"气格",不斤斤于字句音节,甚至认为:"律诗自唐起,所尚句字奇。末流亦叫噪,古意漫莫知。"③但如蔡文范《玉鸾社集序》认为,"往李、何崛起中原,意挽弱为强,论者谓凭陵之意多而隽永之味少,则少谷之于诗,固其时然也",嫌前七子气格粗豪,影响及于郑善夫,故而"惜其取格太峻,而调未遒也"。④ 问题还不止于此,邓原岳《康元龙诗集序》曰:

　　　　自郑吏部布席于杜陵,吾乡人视为嚆矢,一时翕然从之。第天质不同,波流遂远,初沿开元,终入长庆,辞达为宗,愈堕恶道,传播四方,见者呕秽,则何以杜吴子之口也。⑤

在这位闽中后辈看来,郑善夫的这种学杜宗尚,还开启了本地域文学流入唐之中晚乃至宋诗的不良风气,这在其《严氏诗话序》说得更明白:"宋人布席于杜陵,议论为宗,差之毫厘,谬以千里。"(同上)而袁表为首的这个诗人群体,其功绩恰恰在于,通过追奉明初十子的风调,重新回到盛唐之"音律纯完",如邓氏所说的:"反正之功,始于袁舍人,而风雅之变,尽于

---

① 《小草斋诗话》卷三,《明人诗话要籍汇编》,第 1209 页。
② 《四库全书总目》卷一六九《鸣盛集》条引《书影》语,第 1473 页。
③ 以上均见《读李质庵稿》,《郑少谷先生全集》卷一。
④ 《芝园稿》卷首。
⑤ 《西楼全集》卷一二。

今日。"①徐𤊹《袁景从诗卷》亦指出:"吾乡近世词翰,前则郑吏部,后则袁太守,两公诗调微异,运腕亦不同,要皆铮铮可宝者。"②有鉴于此,他们才愈加肯定袁表等人为发端所奠定的返归"正始之音"的基础。当然,如赵世显亦曾平心静气地反省道:

  明人诗多耻用宋事,第作唐语,欲其类唐也。偶读郑继之《赴棠陵索饭》云"酝谋苏轼妇",觉新而妥,乃知事不必唐宋,在人善用之耳。如谓明不用宋,则唐人用晋事非欤? 调唐而事宋,何害?③

然那也正可看出他们于郑善夫的基本定位,而"调唐"仍是他们追求的目标与原则。

二、袁表　赵世显

  袁表(1537—1593),字景从,闽县人。少以诗名。嘉靖三十七年(1558)乡试中式,万历八年(1580)授中书舍人,转户部郎,终黎平知府。著有《逋客集》四卷。子敬烈,字无竞,亦有诗名。传见《闽书》卷七四等。
  袁表在闽中活动的时间并不算长,著述亦不算丰赡,其诗集万历十九年(1591)成集付梓,凡四卷三百馀首,然钱谦益谓其"为闽人所推"④却是实情。赵世显虽为同社友,对袁表却一直爱重有加,如《寄怀袁景从舍人》"思君如饥渴,涕下沾衣裳。愿言树徽猷,惠我以末光"(卷二),《闲居喜袁景从吴子修见访》"坐爱同心侣,论文一起予"(卷五),皆可见其钦敬之心。袁氏卒,徐𤊹有《挽袁景从先生》二首:"人间吟魄山中冷,天上文星地下明。""词华自足传千古,不独生前太守名。""闭却泉台即万春,应怜大雅丧斯人。""北山孤冢累累起,若个能文堪与邻。"⑤于其文学成就显然有很高的评价。时代稍晚的侯官韩锡,亦十分景仰这位闽中先辈,手抄

---

① 《康元龙诗集序》,《西楼全集》卷一二。
② 《幔亭集》卷一九。
③ 《赵仁甫诗谈》卷上,《稀见明人诗话十六种》,第505页。
④ 《列朝诗集小传》丁集上《袁知府表》,第410页。
⑤ 徐𤊹《鳌峰集》卷一三。

《逋客集》四卷,并恭题《读袁舍人诗有作》于其上曰:

> 先辈言诗者,吾钦袁舍人。体裁归两汉,师法本先秦。意尽诗尤苦,吟馀调转新。遂同郑吏部,分席唱南闽。①

表彰袁氏力追古雅而推陈出新,赋予他与郑善夫同等的闽中巨子地位。

袁表功名之途其实颇为坎坷,杭世骏《榕城诗话》尝记曰:"郭造卿云:马用昭五上北闱,袁景从七上南宫,不第。马拜左府都事,袁拜内阁舍人。"②好不容易仕为户部郎中,却又因为不擅官场之道被排挤出京,出守乱离纷起的边邑黎平。好在他还有其他的志向在,赵世显《寄怀袁景从》所谓"怪得袁安爱高卧,年来白雪满雄篇"③,不至抑郁而终。当然,在黎平知府任上,他"修学训士,诘戎戢苗,边境得以乂安"④,为保鳌黔郡作出了贡献;还主纂当地志乘,《千顷堂书目》载其有"《黎平府志》九卷"⑤。

如前已述,袁表在未仕时即与闽中同调结社唱酬,寄情于诗,他们相与精研格律,有相同的人生志向与艺术趣尚,并且皆怀有发扬光大乡先贤诗歌传统的使命感。袁表本人即被认为"宗开元、大历作者,精严有法"⑥,在其集中,如《园居用陈子昂韵呈汝熙》、《送孙簿赴湘阳戏学刘随州体》等,尚遗存其摹习唐名家的痕迹;而在京中为官,亦有若干应制之作,可证其训练有素;当初在闽中时,凡有社集,依韵赋诗,亦常常有意识选择不同的体制风格来演练、竞技,如《中秋后同顾季狂集赵仁甫宅得离心二韵》、《夏夜汝存同过天迪嵩山草堂各赋赠诗得宫字十八韵》、《用昭邀集灵鹫寺同建初汝大得林字》、《陈汝大邀集法云寺得来游飞声四字》等。

袁表的诗,最为脍炙人口的恐怕要数《梅花落》,不仅地方文献如郭

---

① 下署"崇祯甲戌正月二十又一日写"。见邹百耐纂《云间韩氏藏书题识汇录》"《逋客集》四卷明韩晋之手抄本"条,上海古籍出版社 2013 年版,第 174 页。
② 杭世骏《榕城诗话》卷中,清《知不足斋丛书》本。
③ 《芝园稿》卷二六。
④ (乾隆)《开泰县志》。
⑤ 黄虞稷《千顷堂书目》卷八。
⑥ (乾隆)《福州府志》卷六〇"袁表传"。

柏苍《全闽明诗传》、(同治)《福建通志》袁表本传等举录该诗,连标准严苛的钱谦益,在《列朝诗集》中亦选了此首。诗曰:

> 妆楼夕掩扉,独坐望春归。忽见梅花落,犹疑陇云飞。因风点瑶瑟,乱月影罗帏。欲折南枝寄,边庭驿使稀。①

这是五言短篇乐府,拟唐人思妇之怀远,显得情以物兴,情景相生。在钱谦益眼中,似乎袁表的乐府还堪入目,故选其三首,其中二首为乐府,除《梅花落》外,尚有《湘妃怨》:

> 烟波杳何之?汀洲郁寒翠。一江春水生,是妾相思泪。②

同样的美人闺愁,望眼欲穿,泪如春水,已看不出有多少神性,却言简意远,悲情无限,所谓得骚人之兴。另一首则是《题渔梁客舍》:

> 渔梁渡头新雨歇,大竿岭外飞云没。迟回不见故乡人,却见云间故乡月。

亦是绝句小诗,属行旅,写得清新素朴,颇有兴致。

不过,这并非他诗风的全部,与明初的林鸿、高棅一样,袁表熟稔各种体制与格调,集中所存,风格多样。譬如五言亦有魏晋古风者,《园夕》一诗即颇典型:

> 数月不窥园,窥园亦无适。青阳几何时,凉飙吹广陌。登楼瞰四窗,但见山云白。明月竹间来,烛烛挂东壁。盛时讵可留,序至岁屡易。呼儿帙素书,微吟不知夕。翔禽绕树端,流萤烂檐隙。秋气一何

---

① 《遁客集》卷三,又见《列朝诗集》丁集卷三。
② 《列朝诗集》丁集卷三。

悲,百卉同萧索。物理故有迁,贞心谅无疑。睠此颐情神,保已望三益。①

虽然是闲适的园居生活,白云明月,展卷行吟,散淡幽缓中,却有一种于时序变迁的无奈挥之不去。也有慷慨豪纵的歌行,如《醉歌行杨用庄宅上集同汝熙赋》:

咄咄复咄咄,青云坐超忽。我今十度长安来,两鬓萧疏足三刖。杨生何人犹记余,促筒登堂走肴核。海上秋风四十日,梧桐一叶飘林樾。风吹欲尽不尽云,天送将圆未圆月。杨生有才不干谒,蓬矢桑弧待时发。丈夫有志横四方,陆尽恒沙水溟渤。……②

以"咄咄"而成篇,前代诗人亦有制作,然袁表此篇显得超拔不凡,豪气干云,其中"风吹欲尽不尽云,天送将圆未圆月"一联,化用杜甫《阆山歌》"松浮欲尽不尽云,江动将崩未崩石"之句,更显粗放,然仍不失自然。

还有像《送屠长卿效今体》这样摹七子一派之"今体"者:

由来节侠向谁论,别去春明黯断魂。泪尽孤臣还北阙,赋成诸子散中原。风前鼓枻黄河壮,海上寻山白岳尊。媵有扁舟归范蠡,不令芳草怨王孙。③

作为北地、沧溟所擅之体,原本主要以高华秀朗、精纯工致为表现气质的七律,朝着雄浑高迈、气象阔大的方向发展,更讲求声调清亮、辞采俊爽,故此篇中亦满是"北阙"、"中原"、"孤臣"、"王孙"、"黄河"、"白岳"等豪壮语,尝试以高格响调向屠隆致意,亦是一体。再如《游仙》一诗,则是另一种豪放:

---

① 《逋客集》卷一。
② 同上。
③ 《逋客集》卷三。

晓骑白鹿访名山,暮驾青牛飞度关。便欲遨游向天上,何能龌龊住人间。(其一)①

游仙诗亦是闽中诗坛的一个传统,然此首不讲丹道,就是一个超越尘世甚至是愤世嫉俗的得道者形象,显得旷达不羁。

赵世显(1542—1610),字仁甫,侯官人。嘉靖四十三年(1564)举人,万历八年(1580)官嘉善府学训导,以丁外艰去。万历十一年(1583)进士,除池州推官,左迁。起梁山知县,转通判,以母老不赴。传见《福州府志》卷六〇。淹贯子史,富于著述,《千顷堂书目》分别著录其《玉史》一卷、《群物奇制》一卷、《凤谈》一卷、《一得斋琐言》一卷、《芝圃丛谈》六卷、《松亭晤语》六卷、《客窗随笔》六卷、《听子》二卷、《芝园诗集》二十八卷、《芝园文集》二十六卷、《赵仁甫诗话》二卷等。

据陈经邦《芝园稿序》,赵世显"方弱冠,已刻厉古文辞,以能诗名"。其应嘉靖四十三年乡试,为吴国伦所举士,故诗文创作受到吴国伦的影响。吴氏自己在《〈香雪斋诗草〉序》中还有意渲染:"往元美见仁甫诗,大嗟异之,曰:'何其似明卿也。'"②从赵世显的人生经历来说,其实仕途亦不顺利,屡上公车不第,及成进士,拜司理,又"以才名见忌,坎壈荣路,迴翔冗秩"③。不过,其安身立命别自有在,所谓"直以文章为勋业"④,故益工为诗。在他身上,比较典型地体现出重艺文著述的特点,用力精勤,而每刻一集,必邀名家为撰序,如李自华为其《楚游稿》撰序,袁表为撰《读〈楚游漫稿〉小引》,吴国伦为撰《香雪斋诗草序》,王世贞为撰《锁院同声录序》,潘大复为撰《同声录序》,王萱为撰《燕吴稿序》,王叔承为撰《入蜀稿小序》,蔡文范为撰《玉鸾社诗集序》,莫是龙为撰《闽中稿序》,丁应太为撰《刻仁甫赵先生山居阙下二稿序》,张应登、唐伯元分别为撰《匡庐稿小引》等,藉以广其流传,冀传诸后世而不朽,亦显示其游历、交道之广。

---

① 《逋客集》卷三。
② 《芝园稿》卷首。
③ 陈经邦《芝园稿序》,《芝园稿》卷首。
④ 同上。

陈经邦因此高相标置,将他置于闽中诗坛领导第三个时代的地位:

> 明兴时,晋安郡有"十子";弘、正间,郑吏部出焉,几与少陵并驾。乃今家和璞而人隋珠,诸子登坛,仁甫执耳,左提右挈,以鞭中原,讵出当世下哉!①

赵世显在家乡的活动时间较袁表长,除万历初与袁表诸子结玉鸾社等扬榷风雅外,万历二十七年(1599)五月自蜀解官归,辟芝园侍母②,"辞棼扫轨,殚力艺林",又与曹学佺、徐㷆、陈价夫兄弟、陈正夫、陈宏己、陈鸣鹤、马歘、袁敬烈等同调诗人一同活跃于闽中诗坛,"靡游不赋,有倡必和,长篇短什,日满缥囊"③。万历三十三年(1605)合诸诗集为《芝园稿》二十八卷付梓,诗至二千馀首。故他在闽中的活动,可以分为前后两个时期。

史志仅谓赵世显"诗宗盛唐"④,然因为其尚有《诗谈》二卷留存,我们可以更为详悉地了解他的诗学主张。大抵说来,赵氏论诗本严羽之论,于沧浪所言"学诗以识为主。入门须正,立志须高,以汉魏盛唐为师,不作开元、天宝以下人物",认为"审乎此,其于诗道庶几乎"⑤。故而坚信:"试取《三百篇》、《离骚》、《古诗十九首》及汉、魏、盛唐诸什熟读而详味之,酝酿胸中,徐而命笔,纵匪生来仙骨,亦不终囿凡躯。"⑥当然,与明初林鸿、高棅一样,其所学习,仍分体制而论,"五言古的以汉魏为宗,六朝以还,吾无取焉"⑦,"大抵唐之七言古则李、杜、高、岑、摩诘,五律则子美、摩诘、太白、浩然,七律则摩诘、子美、李颀、岑参,五排则子美、摩诘、太白,五绝则太白、摩诘、浩然,七绝则太白、少伯",所谓"卓然如逆旅之有定主,

---

① 陈经邦《芝园稿序》,《芝园稿》卷首。
② 赵世显《芝园稿类序引》曰:"芝园者,予乞归养以来所辟也。"(《芝园稿》卷首)
③ 以上皆见陈经邦《芝园稿序》。
④ (乾隆)《福州府志》赵世显本传。
⑤ 《赵仁甫诗谈》卷上,《稀见明人诗话十六种》,第502页。
⑥ 《赵仁甫诗谈》卷下,《稀见明人诗话十六种》,第510页。
⑦ 《赵仁甫诗谈》卷上,《稀见明人诗话十六种》,第501页。

乃间以及诸家可也"①。为此,他针对王世懋"今之作者,但须真才实学,本性求情,且莫理论格调",提出不同意见:"诗家纵有才情,必格调先定,庶不诡于古法,不然鲜不沦入野狐外道者。"②主张"诗贵自运,格调音响能暗合古人,方是高手"③。诸如此类的见解,颇体现闽中诗学传统。

在赵世显心目中,诗之为诗,有其独特的审美要求与创作原则,即"浑雄蕴藉,乃可言诗"④,这也正是他诗主唐调的原因所在。从诗之境界上说,"诗贵冲淡浑厚,要归于自然",而这"自然"又决计不是真的天然淳朴,"所谓自然者,要自苦思中来,琢之使至无痕迹耳"⑤,为此,他甚至不主张人学陶渊明,"恐学之不成,流于淡而无味耳"⑥。从诗之功能上说,即便是讽时刺世之作,亦须注意温厚之旨,"美刺必欲浑融,勿涉议论"⑦,"诗讽时事,亦贵隐约和平,不失忠厚之意,所谓言之者无罪,闻之者足以戒也。若怒邻骂座,谤讪诋毁,是失诗之旨矣,其及也固宜"⑧。很显然,其对立面,正是所谓"宋人声调"。由此他主张从培植根本入手,那便是"养气":

> 作诗以养气为主,气不馁则豪于诗矣。彼气本卑弱而故狂躁怒张以为豪,则豪之贼也。⑨
>
> 欲养气者,先须轻势利,守静笃,超然物外,俯视人寰,有包括宇宙之胸襟,然后有伏虎降龙之手段。⑩

强调一种至大至刚的浩然之气的内在充盈,兼蓄道家致虚守静、见素抱朴、超然物外、俯仰天地之精神。可以想见,他正是以此为信条,说服自己

---

① 《赵仁甫诗谈》卷下,《稀见明人诗话十六种》,第510页。
② 《赵仁甫诗谈》卷上,《稀见明人诗话十六种》,第504页。
③ 同上,第502页。
④ 同上,第503页。
⑤ 同上。
⑥ 《赵仁甫诗谈》卷下,《稀见明人诗话十六种》,第512页。
⑦ 《赵仁甫诗谈》卷上,《稀见明人诗话十六种》,第499页。
⑧ 《赵仁甫诗谈》卷下,《稀见明人诗话十六种》,第515页。
⑨ 《赵仁甫诗谈》卷上,《稀见明人诗话十六种》,第500页。
⑩ 同上,第501页。

摆脱人生种种困扰,同时也持作诗艺上的准绳。与之相关,他还曾批评时人学杜之误,指出:

> 今人学杜,不法其至处,第模拟"束带发狂"及"无食无儿"与"家家养乌鬼"等语,以为杜尚粗豪。不知此语在杜集中为瑕瑜不相掩,苟不择而程之,未免先得伯夷之隘矣。①

以为杜甫回护的方式,告示人们何为诗之正途。综合以上这些论述,我们终于可以理解,陈经邦《芝园诗稿序》称赵诗"温厚冲闲,可与可讽,绝无牢骚不平之感,以少戾风人之旨",应是知友之言,而其所作亦确异于少谷"凌厉顿挫之气"。

赵世显早期在闽中的诗歌创作,可举其社集诗为例:

> 君不见越王全盛时,秉圭开国称雄奇。都城百雉连云起,宫殿峨峨俯江水。甲第参差十万家,提封连亘三千里。形胜豪华那可言,须臾城阙变丘园。白云秋色寒荒陇,细草轻烟覆断垣。茫茫天地何终极,古往今来空叹息。休论沧海与桑田,且把金樽对山色。与君共醉越山头,越鸟翩翩越水流。极目中原天万里,狂歌飞遏海云秋。②

> 残春繁草木,高阁尽图书。抱策思金马,横经愧石渠。白云青嶂远,红日绮窗虚。坐爱同心侣,论文一起予。③

前一首体为七古,以怀古之逸兴壮思,抒发自我俯察历史沧桑的感慨与豪情。诗中当然颇有化用李、杜、高、岑语汇句式的痕迹,亦不乏"都城"、"宫殿"、"白云"、"中原"、"万里"等豪壮语,倘若将之与袁表名作《东城楼歌》相对照:"君不见百川尽东走,茫茫万里苍龙吼。鳌足崩奔镇海门,化为石鼓扼其口。海水东流不复回,越王豪华安在哉?欧冶池头青草满,

---

① 《赵仁甫诗谈》卷上,《稀见明人诗话十六种》,第504页。
② 《同蔡比部王茂才林太学秋集赋得越王山》,《芝园稿》卷三。
③ 《闲居喜袁景从吴子修见访》,《芝园稿》卷五。

无诸城上白云堆。白云青草无终极,古往今来空叹息。奇峰出云云半阴,赤日行天忽西匿。此时朱夏倏惊寒,风送微凉睥睨间。天际烟生白鹤岭,松梢月出金鸡山。举杯属君君莫辞,翻云覆雨难相知。嗟哉百年能几时,寻常黑发变成丝。夔龙旦奭俱支离,但吸海水添金卮。"(《逋客集》卷)更可看出他们这个群体当时摹习研讨中的某些共同特征。后一首为五律,描写同道挚友相与读书论文的情景与欢悦心境,清幽秀逸中尚掩抑不住一种满满的自信和对前程的期待。

陈田《明诗纪事》仅选赵世显《送林太学》一首,当亦作于该时期:

> 离筵开野岸,芳草满汀洲。把袂此中别,挥鞭何处游。莺娇吴苑树,花暗越江楼。莫谓春方好,相思易及秋。①

诗为饯别社友林世吉之作,亦是五律,融情于景,感情淳笃。原来晨夕相处的挚友有一暂时的离别,自然有伤感要诉说,然仍处于二三知己小圈子间相与砥砺切磋、相互激赏、自恃才高、年盛气锐的阶段。

再看《浔阳七夕》一诗:

> 茫茫霄壤间,卒卒牵行役。一入浔阳城,三见牛女夕。梧桐月影疏,杨柳江烟碧。束带绾银黄,何如漱白石。②

这是一首五古,颇体现他自己诗论中"以汉魏为宗"的追求,尤以《古诗十九首》为范。诗当出自《香雪斋诗草》,据吴国伦所撰《香雪斋诗草序》:"予友赵仁甫氏以理池州得谤,谪居浔阳,且二年课士馀闲,率用吟咏自遣。"③知此诗当作于世显谪居浔阳时,那意味着已开始尝到"以才名见忌,坎壈荣路"的滋味。不过,此诗显然在践行他自己勉力追求的和平忠厚之旨,尽量不让牢骚不平之气直接形诸文字。

---

① 《明诗纪事》庚签卷一四上。又《芝园稿》卷五。
② 《芝园稿》卷二。
③ 《芝园稿》卷首。

《夜坐与位甫论文》与上诗时期相近，当出自《锁院同声录》。诗曰：

> 大雅那能继，醇风亦已漓。才高逢俗忌，道合起人疑。幼妇中郎笔，澄江谢朓诗。于今赏鉴者，谁更似当时？①

王世贞《锁院同声录序》曰："万历戊子秋八月，宁国尹同守立（位）甫、池州赵司理仁甫同有事于棘闱，属所治经数足，其职在帘之外。二公素性深于诗，居闲无事，相与酬倡五七言诗歌，凡百六十篇。"②则诗当万历十六年（1588）八月作。位甫，即尹廷俊，蒙自（今属云南）人，位甫其字。隆庆五年（1571）进士，万历间知永宁州。传见《粤西诗文载》卷六六。赵世显于此际唱酬之作颇为看重，《芝园稿》中尚录有三四十首之多。此诗看似一首论诗文诗，也确实表现了作者兴废继绝、守持风雅传统的抱负，然而更是藉以抒发逢时不祥、人心不古的愤懑。

赵氏后期归隐闽中的作品在《芝园稿》中留存更多。先看七律《畏路》一诗：

> 畏路驰驱改壮颜，归来赢得一身闲。百年满我杯中绿，双鬓从他镜里斑。露滴修篁浑似雨，烟笼灌木总疑山。斜阳策杖花前去，乘醉呼童放白鹇。③

诗写世道艰难，困顿不堪，而一旦放归山林，虽容颜已改，却感到前所未有的解脱。颈联转而作景语，波澜老成，衬托出难以言状的复杂心境。

《同平夫集大合山馆兼约过予芝园得长字》也是七律，可窥赵世显后期社集所作之一斑：

> 山城秋色远茫茫，把酒论心向夕阳。丛菊蕊迎寒露绽，断鸿声带

---

① 《芝园稿》卷七。
② 《芝园稿》卷首。
③ 《芝园稿》卷二二。

岭云长。逃名岂合辞诗社,避世应须老醉乡。明发期君同命驾,芝园深处足徜徉。①

陈平夫,即陈邦注,平夫其字,闽县人。有《钓矶集》。诗中表现的,当然是晚年生活之常态,仍是诗酒流连,却多了一份逃名避世的无奈,作者的芝园遂亦成为招揽同道中人的乐园。

组诗《秋园杂兴》更可以说是表现这种日常生活的长卷,共二十九首,兹选录五首如下:

守拙人争笑,长闲意自便。看云耽晓坐,见月缓宵眠。酒绿光涵竹,琴清暗滴泉。园林无限趣,况值菊花天。(其一)
藜杖无拘束,朝簪有是非。试看西苑马,何似北山薇。花月开时宴,松云掩夜扉。悠然三径里,鱼鸟总忘机。(其四)
园林千个竹,天地一虚亭。性僻亲鹦鹉,形单妒鹡鸰。云怜三径白,山忆九嶷青。役役浮名者,逌然笑季鹰。(其八)
栽花空满县,种黍未逢年。薄命既如此,谋生亦枉然。罢琴临水酌,投笔藉苔眠。景物从吾好,荣枯自有天。(其十二)
只缘衰病早,却憾挂冠迟。纵有三秋兴,难酬五岳期。沧洲醉吟传,白首考盘诗。料得闲中趣,惟应静者知。(其二十九)②

说起来,这种"田园杂兴"体组诗,从储光羲《田家杂兴》到范成大《四时田园杂兴》,自有一个承变的传统,而以《秋园杂兴》为题的组诗,在明代中期以来也颇有其作,如在魏纶、杨巍、龙膺等集中均可看到。甚而在万历盛期的闽中诗坛,效范氏《四时田园杂兴》六十首之作成为一种时髦,如邓原岳、徐𤊹皆有这样的大型组诗。赵世显以《秋园杂兴》叙写自己的园居生活,当然得其所哉,且既体现诗友间的共同嗜好,同时也是一种竞技。从其闲适自乐的自叙来看,晚年的心态显然平和了许多,也更有我便做我

---

① 《芝园稿》卷二二。
② 《芝园稿》卷一五。

的淡定,毕竟在这个人生阶段,其自我总结的"轻势利,守静笃,超然物外,俯视人寰"的养气说有了自得的经验,五律诗体的运用亦显得炉火纯青。

第二节 万历中期闽中社集活动与地方总集编纂

活跃于万历中期的文人群体,以邓原岳、徐㷆为领袖,时常往来唱酬集会的,据邓氏《西楼全集》、徐氏《幔亭集》等,主要尚有陈价夫、荐夫兄弟,陈正夫,陈椿,陈宏己,陈鸣鹤,陈邦注,陈仲溱,陈益祥,陈用吉,陈翰臣,陈勋,林应宪、应起兄弟,林光宇,林宠,袁元徽,袁敬烈,赵世显,王昆仲,王毓德,王元直,谢肇淛,徐熥,郑琰,马㰍,曹学佺,康彦登,安国贤等人。这也就是说,随着新一代文士的日渐成长,整个晚明福州最为盛大的诗人队伍在此际已经形成。这支队伍,在很大程度上可以说是由家族宗党及相互间的联姻所构成,颇显闽中之特点,且不说其中多有兄弟父子,而如闽县陈氏、林氏,为里中甲族,声名卓著,文士辈出,堪称晚明福建地区最有成就的诗人邓原岳、徐熥兄弟、谢肇淛、曹学佺等,即与他们或为世交,或缔姻好,而徐熥兄弟、谢肇淛、曹学佺三家亦为姻戚,故彼此间联系相当紧密,社集活动亦相当频繁。

一、新一代群体的形成

万历中期闽中文学活动的开展,大抵可以万历十三年(1585)为发端。这一年,王世懋督学闽中,慧眼识谢肇淛、徐熥文①,拔谢氏第一,而徐熥试居高等:

> 是岁,试省闱,主司已拟入格,将魁,闽士会有阻之者,竟不果录。惟和乃益厌习公车业,刻意攻古文词,与陈秀才汝大、汝翔、陈山人惟秦、振狂、邓学宪汝高、谢司理在杭及不佞价夫、弟荐夫辈数人,结社

---

① 参详谢肇淛《游燕记》,《小草斋文集》卷七,明天启刻本。

赋诗,刺来简往,殆无虚日。①

同时友人的忆述,已经形成了这样一种因果链,仿佛一次举业上的失意,便开启了徐氏移情古文辞并纵情于结社唱酬的不朽事业。

事实上,至少万历十七年(1589)夏秋间徐𤏳构绿玉斋,是一值得关注的重要事件。徐𤏳特为撰《绿玉斋叙》,而是年中秋前夕,即有谢肇淛、陈椿、陈荐夫等来斋中集会赋诗。当然,这一批诗友在此间有各自的居所用于社集,如陈椿的山斋、陈宏己的吸江亭、邓原岳的竹林山庄、袁敬烈的南郊水亭、陈荐夫的招隐楼、陈价夫的水明楼、赵世显的侣云堂等,并有各处风景名胜相约偕游,如藤山、方广岩、锦溪、西湖、鼓山、乌石山等,但不可否认,绿玉斋居于相当显要的地位。万历二十年,邓原岳转饷辽东,便道过家,即来徐氏斋中看望②;万历二十二年,邓氏与曹学佺等又集徐𤏳斋头③;万历二十三年秋,徐𤏳、陈翰臣(字子卿)、陈荐夫下第归,邓原岳将奉使入浙督饷,徐𤏳将游南京,以上诸人及陈椿、陈宏己、袁敬烈等又集于绿玉斋,皆有诗,盛况空前④。

至于结社,最有名的当为芝山社。徐𤏳《萍合社草序》:"芝山故自有社,先辈邓汝高、赵仁甫、徐惟和诸公倡酬,若而人咸有定数。"⑤芝山为越王山之支脉,在侯官县城东北⑥。《全闽明诗传》卷四〇称徐𤏳"初与赵世显、邓原岳、谢肇淛、王宇、陈价夫、陈荐夫结社芝山",当即指此而言(唯

---

① 陈价夫《徐惟和行状》,《招隐楼稿》,钞本。
② 邓原岳有《雨中过绿玉斋看惟和兄弟》,《西楼全集》卷五;徐𤏳有《邓汝高进士转饷辽东便道过家见访喜赠》,《幔亭集》卷七;徐𤏳有《邓汝高转饷辽东便道过家见访答赠》,《鳌峰集》卷一三。
③ 邓原岳有《同张叔弢广文曹能始孝廉过惟和斋头》,《西楼全集》卷五。
④ 徐𤏳有《秋日陈汝大邓汝高陈振狂陈子卿陈幼孺袁无竞兴公弟集绿玉斋时余与子卿幼孺下第归自长安汝高将使浙中兴公将游白下》,《幔亭集》卷八;邓原岳有《秋日陈汝大振狂幼孺子卿袁无竞集惟和兴公绿玉斋时子卿归自长安幼孺归自吴兴兴公将游秣陵余将以使事之淛》,《西楼全集》卷六;陈荐夫有《秋日同汝大振狂子卿汝高惟和惟起无竞集绿玉斋时惟和子卿归自燕予归自吴兴汝高将以使事入浙惟起将游吴越》,《水明楼集》卷五;徐𤏳有《秋日陈汝大邓汝高陈振狂陈子卿陈幼孺袁无竞惟和兄弟绿玉斋时子卿幼孺和下第归自燕都汝高将奉使入浙余亦吴越之游》,《鳌峰集》卷一三。以上系年均据陈庆元《徐𤏳年谱》,广陵书社2014年版。
⑤ 《红雨楼序跋》,沈文倬校点,福建人民出版社1993年版。
⑥ 参见《福建通志》卷三《山川》。

王宇是否于此际已加入芝山社,情况不明。另,赵世显时已出仕,惟便中归家之际方得与社友集会)。陈荐夫《从子仕卿传》谓"余壮而仕卿(名公选)老矣。徐惟和兄弟方与余结芝山社,而仕卿以诗谒之,遂往来文酒间"①,亦可为证。荐夫生嘉靖三十九年(1560),其结芝山社时称壮年,则应在万历十七年(1589)至万历二十七年(1599)之间。据徐㷆《二孺赠诗卷》"丁亥岁,余始得交平夫,时伯孺(价夫)方客珠崖,幼孺(荐夫)卧病义溪,仅以诗往来,不及识面者。"②亦可知他们真正相与唱酬及社集活动之开展,当在万历十五年(1587)之后;市原亨吉《徐㷆年谱稿略》"万历二十八年"谱,系是年徐㷆赴金陵,供职于书林;作有《怀友诗》。其诗序曰:

> 余少喜吟咏,先后结社谈诗,约十数子,文酒过从匪间也。十年之间,穷达殊途,存亡异路,春雨斋居,孑然无侣,生离系念,死别撄怀。各赋一诗,以志交谊。

因而以为这十年是指万历十八年(1590)至万历二十七年(1599),他们组织诗社,相互酬唱,当集中在这期间,因为万历二十七年,徐㷆、陈椿已相继去世,这也正是徐㷆创作此诗怀旧的直接原因③。所怀咏者,为陈汝大(椿)文学、陈汝翔(鸣鹤)秀才、邓汝高(原岳)学宪、陈振狂(宏己)山人、陈惟秦(仲溱)山人、惟和兄(㷆)孝廉、郑翰卿(琰)山人、谢在杭(肇淛)司理、曹能始(学佺)廷尉、如瀚上人、王元直(以字行)太学、王少文(元)秀才十二人,其中绝大多数为此间各种社集的骨干成员④。

---

① 《水明楼集》卷一三,明万历刻本。
② 《幔亭集》卷一九。
③ 市原亨吉《徐㷆年谱稿略》,郑宏译,刊载于《福建图书馆学刊》1991年第4期。
④ 谢肇淛《小草斋诗话》卷三所举述则为:"陈茂才椿、赵别驾世显、林孝廉春元、邓观察原岳、陈山人仲溱、徐孝廉㷆、㷆弟㷆、陈茂才价夫、孝廉荐夫、曹参知学佺、袁茂才敬烈、林茂才光宇、陈茂才鸣鹤、王山人毓德、马茂才欻、陈山人宏己、郑山人琰,皆先后为友,皆有集行世。"《徐兴公尺牍》中《复彭次嘉》曰:"若不肖所交游称同社者,则有邓参知原岳、叶相国迎梦、陈民部勋、谢方伯肇淛、陈文学益祥、陈茂才价夫、孝廉荐夫、陈京兆一元、孙学宪昌裔、曹廉访学佺、马州倅歘并家孝廉㷆,亦皆有刻集,多者二三十册,少者亦七八册,实海岳之精英、人中之麟凤也。"

如芝山社这般的结社,在当时这个文人群体中颇为习见。例如邓原岳万历二十年(1592)还家,尝致书同年进士邑人李文奎(字廷烨),曰"自北归,一切酬应苦恼,计未得一日高枕卧耳",在夸奖其时作为东莞县令的李氏劳于公事、政声甚著的同时,谓"不佞弟无似,与惟和兄弟及诸酒狂结一社于乌石山下,篇什不少,今且付梓,秋末可得成书"①,颇有显摆之色。此结于乌石山之社,当即指邓氏与徐𤊹兄弟等在郑氏乌石别墅的社集,邓原岳、徐𤊹皆有诗留存:

  炎歊不可耐,载酒问花源。少憩青莲宇,如行金谷园。山光随香霭,雨气异朝昏。藉草聊同醉,相看无一言。(邓原岳《夏日集乌石别墅》)②
  众山环曲径,乱竹掩衡门。塔影云中寺,人烟郭外村。新蝉喧白昼,归鸟报黄昏。此地清幽甚,依稀似习园。(徐𤊹《集郑氏乌石别墅》其一)③

不仅如此,他们还专门有一重要活动,即至郑善夫墓地向这位先贤致敬,当时参加社集的邓原岳、徐𤊹兄弟及陈荐夫、陈椿、陈仲溱、袁敬烈等皆有《过郑吏部墓》诗④。邓诗曰:

  吾怜郑吏部,慷慨说时艰。一日看长夜,千秋识此山。诗名杜老后,书法晋人间。寂莫西州路,悲风损客颜。(《过郑吏部继之墓》其二)⑤

徐𤊹诗曰:

---

① 邓原岳《答李廷烨东莞》,《西楼全集》卷一八。
② 《西楼全集》卷三。
③ 《幔亭集》卷五。
④ 可参看王应山《闽都记》卷二三"湖西北侯官胜迹"、《少谷集》卷二五附录等所录。
⑤ 《西楼全集》卷三。

荒坟不计年,过客泪潜然。朽骨藏于此,吟魂何处边。野狐啼暮雨,石马卧秋烟。安得斯人起,重令大雅传。(《过郑少谷吏部墓》其一)①

各自表达了对这位绝代诗人的悲悼与称赞,其集体纪念行为本身,颇具象征意义。

又如万历二十四年(1596)春,时任福建都转运盐使司运同的屠本畯在乌石山凌霄台招闽中诸诗友社集,一时如陈荐夫、王毓德(字粹夫)、曹学佺、徐𤊹兄弟及吴兴钱行道(字叔达)等皆分韵赋诗②。徐𤊹《春日雨中屠田叔转运使招饮凌霄台同钱叔达山人陈幼孺孝廉王粹夫文学惟和家兄分得觞字》诗曰:

爱山还爱客,飞盖复飞觞。交以烟霞密,谈将礼数忘。雁摽云际塔,莺送雨中簧。四座高阳侣,争看倒载狂。③

屠本畯自己尚有《凌霄台别诸社友》,曰:

可怪兰石集,纷飞雨映空。盍簪难藉草,张幕乱依丛。云积遥吞海,台高易受风。兹游兴不惬,归醉暝烟中。④

这也是较早的一次外来客在本地主导的社集。

不仅如此,上述诸如此类的活动,还随其中骨干成员游学、仕宦之流动,有意识地向京师、南都、吴越等地拓展。与万历初期玉鸾社诸子相比,不但因其本地域文学意识的增强而益发自觉地经营与他地域文人的交

---

① 《幔亭集》卷五。
② 如陈荐夫有《春日雨中屠田叔使君招饮凌霄台同钱叔通(达)徐惟和惟起王粹夫分得齐字》,《水明楼集》卷三;徐𤊹有《雨中屠田叔使君招集乌石山同钱叔达陈幼孺王粹夫曹能始兴公弟分得深字》,《幔亭集》卷六;徐𤊹有《春日雨中屠田叔转运使招饮凌霄台同钱叔达山人陈幼孺孝廉王粹夫文学惟和家兄分得觞字》,《鳌峰集》卷一〇。
③ 《鳌峰集》卷一五。
④ 见《闽都记》卷一一"郡城西南隅"。以上参见陈庆元《徐𤊹年谱》万历二十四年谱。

游,所交更加广泛、深入,并且在这种文学交往的过程中已表现出相当的自信,闽中文士的地位亦明显有所提升。如邓原岳在《康元龙诗集序》中自述说:

> 即余二三兄弟,极力模古,非大历而上不谭,乘方张之势,用不尽之锐,所至分曹授简,海内争下之矣。①

而陈鸣鹤描述徐𤊹则曰:

> 万历十六年以乡荐上春官,三试皆不遇,即不遇,而春官所征士及京师缙绅先生,皆走𤊹读其所为诗歌,皆叹息自以为能不及也。②

至少显示了该地域代表诗人正努力以自己所标持的文学宗尚与创作特色,在与中央文坛及他地域文人的角胜中求获所期待的声名地位,并已收到一定的效果,而不再是始终仰赖他人提携的羽翼附从;同时亦表明,这种本地域文学的塑造,恰是在与他地域文学互动的更为广阔的背景下展开的。仍以徐𤊹为例,在吴中,他自万历十七年下第归,万历十九年赴考途经,得与张献翼、顾大典、王穉登等游;后父徐㮶去世,又分别作书三氏,为父乞铭、传、表等③。张献翼、顾大典并为徐𤊹《幔亭集》撰序,张氏称𤊹"彬彬然名家"④,顾氏亦欣赏徐诗"意生于所托者、兴超于象矣"⑤,皆不吝赞美之词。万历二十年在南京,徐𤊹与卢纯学、张正蒙、胡宗仁、陆文组、郭天中、曹至伊、柳应芳、葛一龙、吴稼䥇、梅守箕、梅蕃祚、梅鼎祚、闵龄、雪浪洪恩等相唱酬,为陆文组、曹至伊二人的《秣陵倡和稿》撰序,后又为闵龄撰《蓬累游序》。在闽中,徐𤊹还曾为钱行道撰《闽游草序》,为

---

① 《西楼全集》卷一二。
② 《东越文苑》卷六。
③ 分别见徐𤊹《与王百谷》、《与张幼于》、《寄顾学宪先生》,《幔亭集》卷二〇。
④ 张献翼《幔亭集叙》,《幔亭集》卷首。
⑤ 顾大典《幔亭集叙》,《幔亭集》卷首。

屠本畯撰《屠田叔诗集序》①。

在创作上,这个文人群体一是更加明确地实践其复古宗尚,以重振风雅、复还正始为己任。如邓原岳,《西楼全集》卷首录谢肇淛《邓汝高传》曰:"初为诗,学郑吏部,已又学七子,既而一意摹古,要以唐人为宗。"大致勾勒出其学诗的三个阶段,虽总体上皆由复古之路径,然从其间的微妙差异仍可看出其取向的变化。邓氏早期对郑善夫的关注,当然有其自己的趣尚所在,然亦可纳入这个文人群体建立闽中诗歌系谱的角度加以考察。郑善夫卒于嘉靖二年(1524),年仅三十九岁②,闽守汪文盛为营葬,并于嘉靖四年在闽中梓其集行世。此后,虽有郑氏外孙林如楚(林应亮子),于万历初督学东粤,刻其集于潮阳,然其传亦不广,曹学佺《郑少谷先生全集序》甚至都未提及此本。直至邓原岳万历二十年(1592)中进士,选户部主事,督察浙江,才将自己精心所选郑诗刻于湖州③,因而对于少谷诗,可谓有抉发之首功。今存《郑诗》□卷,为万历二十四年谢肇淛刻本,知时在湖州推官任上的谢肇淛,参与了这一彰扬乡先贤文学的活动。此后原岳之子道协,以其父未遑及少谷之文,谋在南都重刻其集,徐𤊹遂将兄燉所得《少谷杂著》一种及己所得《经世要谈》一卷、遗诗一卷、遗文数十篇、尺牍数十幅,尽授道协汇为全集④;至于少谷之诗,曹学佺选明诗时,又另有去取,"较诸湖州所刻,存者仅四分之一"⑤,可见对于郑善夫这样的近代大家,这时期的文人群体皆极为重视。不过,正如前面已经指出的,若衡之这个时代人们已有的反省及所倡音调体制上的标准,少谷之习杜尚有诸多弊病,并被认为开启宋调之不良风气,这是他们这个群体在不同程度上都已开始觉察到的,除了邓氏自己有这样的认识外,如谢肇淛亦谓:"郑继之一洗铅华,力追大雅,然掊击百家,独宗少陵,呻吟枯寂之

---

① 以上参见陈庆元《徐𤊹年谱》万历二十年谱、万历二十四年谱。
② 参见黄绾《少谷子传》,《郑少谷先生全集》卷首。
③ 曹学佺《郑少谷先生全集序》曰:"初,郑继之先生有集刻于家,其传不广。邓汝高为浙江监兑,惟取其诗稍衰选之,刻于湖州。"(《郑少谷先生全集》卷首)
④ 参见徐𤊹《郑少谷先生全集序》,《郑少谷先生全集》卷首。徐𤊹所辑,有《少谷山房杂著不分卷附录一卷》单行,为徐𤊹抄本,有徐𤊹跋。《经世要谈》亦有单行一卷,四库全书所收为编修程晋芳家藏本。
⑤ 曹学佺《郑少谷先生全集序》,《郑少谷先生全集》卷首。

语多,而风人比兴之义绝。"①并直言与郑氏同时唱和诸子如傅汝舟、高濲、林釴、许天锡等,"皆格卑语俚,不能自振"②。因此他们一方面奉郑氏为闽诗"中兴之主",一方面内心却认为其诗之所启,实与所谓"正声"有间,而将"反正之功"属诸袁表,"风雅之变"属诸自己③,这与李维桢《邓汝高诗序》对前、后七子有不同评价,所谓"弘、正之际,变者务为钜丽雄深,而其流失之粗厉;嘉、隆之代,变者始一归于正"④,颇有一致之处。这也正是邓原岳由学郑诗而转为学后七子的背景,其时正是后七子一派大行其道之际,谢肇淛《小草斋诗话》谓"邓汝高喜为雄声,其源盖出历下"⑤,应为知友之言。不过,此际闽中文人日益膨胀的本地域文学意识,又很快让他们警醒,当自立门户,而非趋附景从他人,更何况闽中自有"崛起草昧"、"复还正始"的十子一派"悬标树帜"⑥,故承其旨而"道古本之建安,淡操旁及三谢,取裁准之开元,寄情沿乎大历"⑦,虽与后七子一派的取径未必有多大差异,却毕竟已摆脱对七子之依傍而直接追述古人,所标举的主张亦为本地域文学传统已有的话语。谢肇淛因此表彰邓氏及这个文人群体的时代功绩曰:

> 吾党诸子,相与切劂,始获穷昆仑之原,探宛委之秘,自汉魏以迄中晚,考千年之变态而折衷之,本于才情,而归之气格,毋失坠也,于是诗道大明,而邓观察汝高为之冠云。⑧

徐𤊹亦然,张献翼《幔亭集叙》誉其"诗歌本之古选,兴寄备乎开元","由乐府而逮五七言古,由近体而达五七言绝,调非偏长,体必兼善,力追古则,尽涤时趋",并谓"闽中一时诸子昆弟,咸追述大雅,取裁风人,作者响

---

① 参见朱彝尊《明诗综》所引。
② 《小草斋诗话》卷三,《明人诗话要籍汇编》,第1209页。
③ 参见邓原岳《康元龙诗集序》,《西楼全集》卷一二。
④ 《西楼全集》卷首。
⑤ 《小草斋诗话》卷三,《明人诗话要籍汇编》,第1210页。
⑥ 参见徐𤊹《晋安风雅序》,《幔亭集》卷一六。
⑦ 邓原岳《闽诗正声序》,《西楼全集》卷一二。
⑧ 谢肇淛《邓汝高传》,《西楼全集》附录。

臻,同好景附,真足驰骋海内,而惟和则独步当时矣。"①邓原岳则竭力突显其力挽颓波、重建正声的使命与作用:

> 举世嘈嘈,谁知正声?东海徐生,超超玄著。蚤岁登坛,千言立吐。雅言丈夫,不朽为期。尚论古人,如亲见之。翩翩吾党,匪朝伊夕,立挽颓波,牛耳递执,乃驰赤帜。②

谢吉卿序《幔亭集》,亦谓熥"淹蹇十馀年,所储日富,遇日穷,益肆其力于诗章,欲挽颓波,复还正始"③。总之,在他们的自我体认中,已经建立起自明初迄今闽诗凡三变的格局,而以为唯有他们这个时代、这个群体,才终于实现重振正声、复还正始之愿景。

其二是以一种相当强烈的集团意识,通过仿袭前后七子所谓"五子"、"后五子"、"六子"、"七子"之目,相互品题、标榜,向世人推举闽士,张扬闽诗。徐熥曾作有《五君咏》,所咏为陈椿、陈鸣鹤、陈邦注、陈价夫、陈荐夫五子,皆怀才不遇而肆力于诗,徐熥给予了很高的评价,如谓陈价夫兄"意气倾时流,词华振当世。顾盼生雄姿,中原敢凌厉",并以"二陆"相比拟④;谓陈鸣鹤"吾党推白眉,词坛标赤帜"⑤。陈益祥《晋安七子诗序》,则以上述五子加上徐熥、徐𤊹兄弟为"晋安七子":"七子者,或高蹈龙盘,或淹踬簧序,或举孝廉而贫转甚,要皆寥落困顿矣。今读其诗,汝大之深沉,汝翔之典逸,二孺之藻饰,平夫之平淡,二徐之清婉……"⑥在指出他们共同社会境遇之同时,分别提点他们各异的诗歌风貌。其目的,正如谢肇淛在点评袁、赵及徐氏兄弟诗歌创作成就后所说的:"其他诸子,各成一家,瑕瑜不掩。然皆禘汉宗唐,间出中、晚,彬彬皆正始之音也。南

---

① 《幔亭集》卷首。
② 《祭徐孝廉惟和文》,《西楼全集》卷一六。
③ 《幔亭集》卷首。
④ 《赠陈价夫荐夫》,《幔亭集》卷二。
⑤ 《贻陈汝翔》,《幔亭集》卷二。
⑥ 《采芝堂集》卷一四。

方精华,尽于是矣。"①在于向人们展示此间闽中诗人的整体实力与重振正声的作为。又陈荐夫有《六子诗》,乃陈椿、陈鸣鹤、陈邦注、陈价夫、徐𤊹、徐熥,即上述七子去掉他本人。如《徐惟和》:"大徐吾同调,蚤岁禀英特。居常好遨游,一一穷阡陌。探讨了不闻,乃反富经籍。既解匡生诗,亦善梁丘易。"《陈平夫》:"大兄性豪爽,不滓泥与淖。平生群从中,束发颇同调。"②谢肇淛《小草斋诗集》亦曾作过《五子篇》和《后五子篇》,分别以陈椿、邓原岳、赵世显、陈荐夫、徐𤊹为五子,陈鸣鹤、陈宏己、陈价夫、徐熥、曹学佺为后五子,可以说是这个群体中公认的最有成就的代表作家。另邓原岳、曹学佺、谢肇淛、安国贤、陈荐夫、徐𤊹、徐熥亦有七子之名③;而据《明诗综》,"万历间称七才子,(康)彦登其一也",则闽中似还有一种七子之组合。

二、《闽中正声》与《晋安风雅》

在万历这个时代,士人已相当注意乡邦文献的搜集、整理及刊传。之前如袁表,除在黔郡任上主纂《黎平府志》九卷,于家乡志乘,《千顷堂书目》尚载其有"《福州府志》二十四卷"④。新一代群体中,如徐熥年二十七,已为屠本畯撰《闽中海错疏》三卷"补疏",二十八岁编《蔡忠惠年谱》一卷、《闽画记》十卷、《荔枝通谱》八卷(蔡襄一卷,徐氏七卷),三十一岁参编《建阳志》,四十四岁与王毓德参撰《福州府志》七十六卷,五十一岁参撰《福安县志》,六十五岁撰《雪峰寺志》八卷,六十八岁撰《武夷志》十九卷,七十二岁参撰《延平郡志》。其他作年无考者,尚有《法海寺志》三卷、《榕城三山志》十二卷等⑤。谢肇淛不仅于宦旅之地,留意地方志的编纂,于本地志乘的修撰更是不遗余力,如先后有《鼓山志》八卷(徐𤊹参撰)、《支提山志》四卷、《太姥山志》二卷、《方广岩志》二卷、《长溪琐语》

---

① 《小草斋诗话》卷三,《明人诗话要籍汇编》,第 1209 页。
② 《水明楼集》卷一。
③ 参见郭柏苍《柳湄诗传》,《全闽明诗传》卷三三。
④ 《千顷堂书目》卷七。
⑤ 参详陈庆元《徐𤊹著述编年考证》,《晚明闽海文献梳理》,人民出版社 2016 年版。

二卷及《永福县志》五卷、《晋安艺文志》三卷等①。此外,据《千顷堂书目》载,陈鸣鹤撰有"《闽中考》一卷,《晋安逸志》三卷"②。至于这个群体于乡先贤诗文别集的搜遗工作,除了前述对郑善夫文集辑刊的关注,尚有如邓原岳辑录先从祖邓定《耕隐集》二卷,徐㶿抄定周玄《宜秋集》、郭廛《镜湖清唱》等。所有这些,皆可作为具有本地域自我意识的一种见证。

邓原岳《闽中正声》与徐㶿《晋安风雅》,是这一时期涌现的明初以来福州地区的诗歌选集,之前仅嘉靖间陈元珂有《三山诗选》八卷开风气之先③,然被认为"蒐罗未弘,率潜辉于矿璞"④(或为其参与纂修《新宁县志》的副产品)。唯至这个群体的两位领袖人物,才可以说是有意识运用手中掌握的文学批评权力,更为明晰地体现对当朝本地域文学系谱构建的意图及其对于中心文坛文学风尚推引消长的意义。

《闽中正声》共七卷,按世次录福州洪武间林鸿、唐泰至万历前期袁表、邵傅共五十一家,二百六十八首诗,存者不录。据前所考述,袁表卒于万历二十一年(1593),为集中所收诗人卒年可考知最晚者;又徐㶿《晋安风雅》为"稍拓《正声》"之作,有万历丁酉(1597)暮春自序,则邓氏此选最终定稿、刊出当在万历二十一年后、二十五年前之数年间。邓氏自撰《闽诗正声序》,首先阐明编选此集的目的,是针对正、嘉以来人们对闽中诗人及所倡诗学主张的偏见:

> 自新宁高廷礼选《唐诗正声》行于世,学士诵之勿绝,杨用修以为出于闽人弗善也。盖至于今,选者日益众,其取旨日益螫,于是识者始服廷礼之鉴,而信其持论。

所要强调的是,实践证明高棅《唐诗正声》为持论周正、品鉴精严且影响

---

① 参详陈庆元《谢肇淛著述考》,《广西师范大学学报(哲学社会科学版)》2005年第1期。
② 《千顷堂书目》卷七。
③ 见《千顷堂书目》卷三一著录。
④ 参见陈荐夫《晋安风雅叙》,《晋安风雅》卷首。

深远之作,从而为隆重推出富有传统的本地域诗歌张本,故声明:"编为是集,大抵本高氏之旨,以备一方之风而已。"其次,则明确构建了有明一代闽诗三变的格局与系谱:

> 余闽中之诗,……洪、永之间,专谭兴趣,则林膳部、王典籍名其家;弘、正之时,气格为宗,则郑吏部擅其誉;至隆、万以来,人操风雅,家掇菁华,道古本之建安,谈操旁及三谢,取裁准之开元,寄情沿乎大历,典刑具存,风流大邕,一代声诗,于斯为盛矣。

不过,其张扬闽诗并非毫无原则,相反,恰恰是"本高氏之旨"而以初盛唐"正声"为选诗准则,如此体现闽诗独得复古之正,如陈荐夫所标榜的:"今邓司农汝高有《闽诗正声》,皆拾掇菁华,振扬风雅,翼先正之遗音,寄大业于不朽。"①故去取甚严,如正德间诗人,仅录郑善夫、林春泽、龚用卿、张经诸家,而摈斥高瀫等,其见解与前引谢肇淛之论如出一辙,钱谦益的解读堪称精准:"汝高尝选《闽诗正声》,以高廷礼《唐诗正声》为宗,大率取明诗之声调圆稳、格律整齐者,几以嗣响唐音,而汰除近世叫嚣跳踉之习。"②

徐𤊹《晋安风雅》,据陈荐夫万历二十六年《叙》称"属草屡易,更端缮写,寒暑七徂",知与邓氏之编选差不多同时(约始于万历十九年),其编选宗旨与标准亦完全相同,唯其序中是在梳理更为久远的闽中文化发达史的基础上,更突显明代闽诗的意义:

> 闽中僻在海滨,周秦始入职方。风雅之道,唐代始闻,然诗人不少概见。赵宋尊崇儒术,理学风隆,吾乡多谭性命,稍溺比兴之旨。元季毋论已。明兴二百馀年,八体四声,物色昭代,郁郁彬彬,猗矣盛矣。

---

① 《晋安风雅叙》,《晋安风雅》卷首。
② 《列朝诗集小传》丁集下《邓副使原岳》,第649页。

他将风雅之兴,溯至唐代,这固然是历史事实,然亦未尝没有显示正源之表述。可惜其时"诗人不少概见",与其他文化积累深厚的地区及本地域宋元以来人才辈出相比,却毕竟仍显凤毛麟角,陈荐夫因谓"犹借才于旁郡也"①。宋代以还,理学骤盛,闽人颇引以自豪,自以为"道南理窟";不过自七子一派有意反拨宋儒,这个时代的文人,价值观念已有所变化,如云间莫是龙为赵世显作《闽中稿序》,即谓"夫经术之学制于时,诗之道制于性……而世俗多抑性以从时,诎词赋,尊经术"②,表彰赵氏不从世俗而以风雅之事为千秋之业。如此看来,宋时"尊崇儒术"、"稍溺比兴之旨",自然失色。元诗夙称靡弱,闽中亦不例外,故可"毋论"。这样,明代闽中文学之盛,其在历史上的价值与地位无疑就显现了出来,这也可以看作是这个文人群体自觉构建本地域文学的一个方面。

鉴于邓著"生存弗录",所收"未尽"③,《晋安风雅》进一步将收录范围拓展至二百六十四家,诗千首以上,凡十二卷,其中"闽得什六,侯官、长乐各得什一,怀、福共得什一,古田、永福、连江仅得什一,若罗源、闽清,则风气未开,或有诗也"④。在整个福州府内,固以治所闽县独占鳌头,网罗亦可谓广泛,而如嘉靖中高瀔、傅汝舟、林釴、许天锡等亦皆入选,唯其诗数量极少,其选诗标准依然是:

> 是编远规《品汇》,稍拓《正声》,惟不离三唐格调者收之,若有华楚奇险、诡于唐响者,悉所不取。⑤

或如陈荐夫《叙》所陈述的:"凡吾郡作者,身无显晦,人无存殁,但取其情采适中,声调尔雅,词足千古,体成一家者。"⑥去取不可谓之不严。

试将各卷诸体所录四首以上诗人列表如下:

---

① 以上均见陈荐夫《晋安风雅叙》,《晋安风雅》卷首。
② 《芝园稿》卷首。
③ 《晋安风雅叙》,《晋安风雅》卷首。
④ 《晋安风雅·凡例》。
⑤ 同上。
⑥ 《晋安风雅叙》,《晋安风雅》卷首。

五言古诗 卷一、二	七言古诗 卷三、四	五言律诗 卷五、六	五言排律 卷七	七言律诗 卷八、九	五言绝句 卷一〇	七言绝句 卷一一、一二
林 鸿 10	林 鸿 5	林 鸿 18	林 鸿 5	林 鸿 13	王 恭 6	林 鸿 4
王 偁 9	王 偁 5	张以宁 4		王 偁 7	郑 珞 5	张以宁 6
高 棅 4	高 棅 4	王 偁 11		王 褒 4	林 炫 7	王 偁 5
王 恭 7	王 恭 13	王 恭 12		王 恭 8	林世璧 4	高 棅 5
陈 亮 4	郑善夫 5	周 玄 5		高 棅 4	谢 杰 6	王 恭 13
郑善夫 5	郑允璋 4	陈 辉 4		林 志 4	邓原岳 5	陈 煃 4
何 御 5	邓 迁 4	郑善夫 10		郑 珞 4	陈荐夫 7	郑善夫 9
刘鹄翔 4	陈价夫 7	张 经 4		郑善夫 8	谢肇淛 5	张 经 6
陈鸣鹤 5	陈荐夫 10	薛 钦 8		林凤仪 7	徐 𤊹 4	龚用卿 4
陈价夫 5	郑 琰 5	林庭机 5		林春元 5		林世璧 4
陈荐夫 5	谢肇淛 5	王应锺 7		谢 杰 4		徐 㭿 4
谢肇淛 5	徐 𤊹 5	林懋举 4		林世吉 5		林春元 4
徐 𤊹 4		林 嫌 4		陈鸣鹤 5		谢 杰 5
		林凤仪 4		邓原岳 10		陈 椿 4
		林世璧 6		陈仲溱 7		赵世显 6
		袁 表 10		陈宏己 4		陈鸣鹤 4
		陈 椿 4		陈价夫 5		邓原岳 6
		赵世显 4		陈荐夫 8		陈仲溱 4
		林世吉 4		马 歘 4		陈邦注 8
		邓原岳 10		王毓德 5		陈价夫 7
		陈仲溱 5		郑 琰 10		陈荐夫 7
		陈宏己 4		康彦登 6		王毓德 6
		陈价夫 9		谢肇淛 10		郑 琰 9
		陈荐夫 6		徐 𤊹 9		谢肇淛 5
		王毓德 5		袁敬烈 7		袁敬烈 6

续 表

五言古诗 卷一、二	七言古诗 卷三、四	五言律诗 卷五、六	五言排律 卷七	七言律诗 卷八、九	五言绝句 卷一〇	七言绝句 卷一一、一二
		马 歘 4		曹学佺 6		安国贤 6
		董养斌 6		安国贤 7		释明秀 4
		谢肇淛 9				张红桥 4
		徐 燉 7				
		曹学佺 5				
		安国贤 4				

由此观之，尽管诸家于诸体创作成就各不相同，编选者之收诗亦很难保证不掺杂艺术标准之外的因素，然综合考察上述诸体录诗数名列前茅者，以所录在二体以上计，主要集中在洪、永间张以宁、林鸿、王恭、王偁、高棅诸家，正、嘉之际郑善夫、张经、林凤仪、林世璧诸家，以及隆、万以来林春元、谢杰、陈椿、赵世显、林世吉、邓原岳、陈仲溱、陈宏己、陈鸣鹤、陈价夫、陈荐夫、王毓德、马歘、郑琰、谢肇淛、徐燉、袁敬烈、曹学佺、安国贤诸家；另外，袁表五律入选十首，陈邦注七绝入选八首，亦值得关注。这当中如张以宁向来被奉为明代"闽诗一代开先"①者。张经以事功著（《明史》有传），而又擅诗，与林炫、龚用卿、林春泽等有共襄闽诗中兴之功。四库馆臣曰："诗多五七言近体，颇摹唐调，盖正当太仓、历下初变风气之时也。"②林凤仪，字九成，诗与林世璧齐名，袁表等亦有酬和，开隆、万以来之风气，颇为万历中期以来这个文人群体所推尊，谢肇淛于《小草斋诗话》记曰："嘉、隆以来，则有郭郡丞文涓、林明府凤仪、袁太守表，皆余先辈。"③林世璧，字天瑞，林炫子，龚用卿婿，少有俊才，于诗颇自负，以为独郭文涓可与谈诗④，有《彤云集》六卷，谢肇淛《小草斋诗话》以"语多奇隽"论之。林春元即林章，林古度父，为桀骜不羁之才士，有名当时。谢

---

① 参见陈田《明诗纪事》甲签卷三"张以宁"，第104页。
② 《四库全书总目》卷一七六"《半洲稿》四卷"条，第1577页。
③ 《小草斋诗话》卷三，《明人诗话要籍汇编》，第1209页。
④ 传见《福州府志》卷六〇《文苑》。

杰,字汉甫,擅古文辞,官至户部尚书,《明史》有传,有《天灵山人集》二卷,《棣萼北窗吟稿》十三卷,又有《杜律笺言》二卷,徐𤊹《徐氏笔精》尝录其佳句。至于上计隆、万以来的其他诗人,则显然就是这个文人群体的基本阵营。

若再以四体以上皆录为计,亦无非集中在明初洪、永间林鸿、王恭、王偁、高棅四家,正、嘉之际郑善夫,以及隆、万以来邓原岳、陈价夫、陈荐夫、谢肇淛、徐𤊹五家。这基本反映了徐𤊹眼中明二百馀年闽诗的最高成就,自然也反映了以这些诗人为核心构成的闽诗三变格局与系谱之塑造。故尽管他在《晋安风雅》自序中按世次梳理、描述明代福州诗歌发展史要显得更为复杂:

> 高庙之时,林膳部崛起草昧,一洗元习,陶钧六义,复还正始,悬标树帜,骚雅所宗。门有二玄,实惟入室,属词比事,具体而微;高待诏棅、王典籍恭、王检讨偁辈,唐观察泰,追逐述古,则私淑闾奥,各成一家,十子之名,播于宇内。同时贤才辈出,罗布衣泰、林修撰志,切磋弥笃,艺苑聿兴。又有郑迪、赵迪、林敏、郑定,贲于邱园,锐志词赋,取裁尔雅,斐然成章矣。成、弘以降,林文安(瀚)父子、陈方伯(炜)群从,秩位惟崇,对扬廊庙,而风人之致,溢于言外。林司空、许黄门,赞扬词旨,海内腾声,赓歌太平,于期惟邕。正、嘉之际,作者云集,郑吏部善夫实执牛耳,虎视中原,而高、傅二山人左提右挈,闽中雅道,遂曰中兴。时有郭户部波、林太守春泽、林通政炫、张尚书经、龚祭酒用卿、刘给舍世扬为辅,期盖世之不才,粲然可观者也。世宗中岁,先达君子,沿习遗风,期道孔振。袁舍人表、马参军荧,区别体裁,精研格律,金相玉振,质有其文。迄于今日,家怀黑椠,户操红铅,朝讽夕吟,先风后雅,非藻绘菁华不谭,非惊人绝代不语,抱玉者连肩,握珠者踵武,开坛结社,驰骋艺林,言志宣情,可谓超轶前朝,纵横当代者矣。

那也正显示出二百多年来,该地域文学确实人才辈出、高潮迭起,彬彬盛矣。从其各时期选录诗人数,洪武二十五人,永乐三十三人,洪熙、宣德、正统各三人,景泰二人,天顺五人,成化十三人,弘治十人,正德二十一人,嘉靖八十六人,隆庆七人,万历三十六人,亦大致与所述各阶段之盛衰消长相吻合。而之所以如此的原因,说到底还是在于"经术"对于"风雅"的抑制,如徐𤊹在《黄斗塘先生诗集序》中所分析的:

> 国初承胜国之遗,帖括之习未兴,缙绅学士皆工骚雅,虽间入秾纤,不甚雅驯,然叩之成韵,歌之成声,风人之旨未失也。吾闽如林子羽、高廷礼、王安中、王孟敭诸君,崛起一时,先后振响,高者得格开元,卑者取裁大历,要之不离三[唐][矣]。近洪、宣以还,专尚经术,不谈风雅,间有作者,皆尚理而不尚辞,入宋人窠臼,而唐响几绝矣。迨郑吏部继之,与北地、信阳诸君,旗鼓中原,一洗陋习,而雅道复振。①

然若论兼备众体之"风雅"典范,除了他自己,还不得不数上述明初林鸿等四家、中期郑善夫以及当代邓原岳等五家,这便是他们认为足以傲视任何其他地域的闽诗代表。

这个文人群体如此标举他们的系谱,除了真实表明他们奉行的诗学宗尚,其实还有更为良苦的用意。尽管经过他们这一代的努力,闽中文学已在吴、越、楚等地文学之外初步奠立起一定的地位,并亦获得这些地域文人某种程度的承认,然而他们彼此间论定的调子是颇有出入的。我们先看李维祯《邓汝高诗序》中的有关表述:

> 盖高庙起淮甸、都金陵,于时诗道之兴自南服始,高、杨、张、徐诸君子,皆吴越产也,闽则有十子应之……文庙起燕甸,一再传,遂定都焉,诗道之兴,在北为盛,何、李、边、薛诸君子,皆关河齐鲁产也,闽则有郑善夫应之。世庙起郢甸,享国最久,制礼作乐,功冠本朝,诗道之

---

① 《幔亭集》卷一六。

盛,复自北而南,于时七子辈强半南人,而闽未有应者,乃今则汝高其人哉。国初诗纤秾绮缛,犹有元之结习,变者务为和平典畅,而其流失之猥鄙;弘、正之际,变者务为钜丽雄深,而其流失之粗厉;嘉、隆之代,变者始一归于正,名家大家,奄有前人之美,而盛衰之机,实相倚伏。今吴越关河齐鲁间,改弦学步,寖以陵替,独闽后进蔚起,……汝高晚出,而收其全胜,……其于闽,固宜雄据一隅、先驱一代矣。①

因为是给闽中诗友作序,这位后七子一派的后期代表人物还是很花心思阐扬作者的成就与地位的。不过,在他那很特别的随政治中心而转移的明诗发展历史叙述中,闽中文学始终仅处于响应的地位,十子之于吴中四子,郑善夫之于前七子,邓氏之于后七子,莫不如此,邓氏的作用只是在时人已厌倦了后七子一派模拟之弊而"改弦"之际,仍守持复古之主张并"收其全胜",而他的地位亦仅限于在闽中"雄据一隅、先驱一代",这便是李氏赋予他的意义。

像这样的看法,其实在后七子一派中是比较普遍的,万历十三年(1585)曾赴闽督学的王世懋,就曾说过"闽人家能佔毕,而不甚工诗。国初林鸿、高廷礼、唐泰辈,皆称能诗,号闽南十才子,然出杨、徐下远甚,无论季迪。其后气骨峻峻,差堪旗鼓中原者,仅一郑善夫耳。其诗虽多摹杜,犹是边、徐、薛、王之亚"②之类的话,虽然自辩意在为善夫祖护,但其对闽诗总体评价不高,却是事实,这与杨慎以为"出于闽人弗善也",同样的直言不讳,故如李维桢上序在引述王世懋此段话之后,还是稍稍作了些调整,以为虽敬美有闽中诗人于"(后)七子时先后相及者无称焉"之言下意,然后来还是有邓原岳起而响应并有所成就,"令敬美而在,读汝高诗,为闽人盱衡击节,宜何似也"。楚人周弘禴在为邓氏所撰《碧鸡集序》中,亦表述了"近代李王三先生俱以气胜,汝高其接武也"③这样的意思。问题是,当闽中这个文人群体已经有相当强烈的本地域文学自觉意识时,他

---

① 邓原岳《西楼全集》卷首。
② 《艺圃撷馀》,何文焕辑《历代诗话》,中华书局 2004 年 9 月版,第 783 页。
③ 《西楼全集》卷首。

们对于这样的定位是不满足的。作为这个群体成员的叶向高,在为邓原岳序诗时,便富有针对性地论述说:

> 诗尊风雅,尚矣。近代宗唐而禘三百篇,专言兴象。弘、正之世,北地、信阳故自卓尔,其后离合不同;然离者师心,而合者拟迹,是非之辨,纷若纠缠,大较方改弦于宋,已失步于唐矣。乃信耳之夫,谓闽无诗,廑廑左袒继之,列于齐盟,不知闽当草昧,十子并兴,子羽、孟敭,蔚称作者,已先继之鸣矣;一代之运,亦准元会,方其初兴,追琢未功,其击壤之世乎!十子首辟颛蒙,李、何引而愈昌,则风雅之盛也。要以工拙互存,而情景各臻,斯为美耳。……近代之斐然,以视弘、正而前,其六朝以后之望风雅也。由斯以谭,海内何以诎闽!①

这段话显然是针对王世懋之流的言论的。他强调指出,闽诗并非仅有一"列于齐盟"的郑善夫,在国初即有"十子并兴";而它的意义,还不仅仅在于"已先继之鸣矣",更在于"十子首辟颛蒙,李、何引而愈昌";如果说,李、何之复古,于明诗确有如王世贞赞誉的"天地再辟,日月为朗"②之功绩,那么,其开辟鸿蒙之功应首先归之十子,李、何的诗学主张及创作成就是在十子导引的基础上发展起来的,这应该是闽人张扬十子一派真正内在的动机。不仅如此,如邓原岳还将七子一派的宗唐诗学系谱溯至严羽,其《严氏诗话序》曰:

> 宋人布侯于杜陵,议论为宗,差之毫厘,谬以千里。……于正声何有?盖国统垂绝而诗统亦亡矣。独瓯闽之间,有严仪卿者,别具心肾,嘐嘐反古,禘汉唐而祖初盛,庆历而下,禁勿谭,从最上乘具正法眼,其斯为先觉也乎哉!仪卿之言曰:诗有别才,非关书也;诗有别趣,非关理也。论诗者未尝不沐浴其言。夫昌谷之为谈也,奥而奇;

---

① 《邓汝高诗序》,《苍霞草》卷三。又见于《西楼全集》卷首,作《搔首集序》,文字略有异同,"十子首辟颛蒙,李、何引而愈昌"一句,"李、何"原作"继之",所改当有深意。
② 《艺苑卮言》卷五。

元美之为厄也,辩而核;元瑞之为薮也,博而丽。自三子之书出,而严氏若左次矣,要以功在反正,延如线之脉,以俟后人,如一苇西来,玄风大畅,亦安能竟废之。①

提醒人们在纵论徐祯卿、王世贞、胡应麟三家诗学并以为取资时,不要忘记此学乃严羽所开启,那也意味着闽人对近代诗歌格局及取向的开创有不可磨灭的贡献。

三、邓原岳　徐𤏙

邓原岳(1555—1604),字汝高,闽县人。万历二十年(1592)进士,授户部主事。擢云南按察司佥事、领提学道。万历二十九年(1601)迁湖广右参议。万历三十二年(1604),擢湖广按察司副使,命未下,卒。著有《西楼全集》十八卷,《闽中正声》七卷等。传见谢肇淛《邓汝高传》(崇祯本《西楼全集》卷首)等。

邓氏于诗,撰作颇富,据其子邓庆寀搜辑汇刻《西楼全集》所撰题识:

> 先观察公之诗:其成进士也,有《搔首集》;谒选人,有《北征篇》;郎户部,有《帝京篇》;使浙漕,有《于役稿》;使还而北,自北而督学日南,而参知荆楚,于是复有《帝京后篇》、《碧鸡》、《鄂渚》、《浮淮》诸集。至于杂著诸文,则什三家藏,什七散逸。②

知一生随其经历,吟咏不辍。且按照谢肇淛的看法,"既乃思日攻苦,神日王,所为诗日益进。今前后所述俱在,大率《北征》胜《搔首》,《于役》胜《帝京》,至《碧鸡》、《鄂渚》、《浮淮》,渐入神境矣"③。诸集皆有海内名家题拂,如叶向高为撰《搔首集序》,屠隆为撰《帝京篇序》,邹迪光、王穉登分别为撰《北征篇序》,邹观光为撰《帝京后篇序》,周弘禴为

---

① 《西楼全集》卷一二。
② 《西楼全集》卷首。
③ 《邓汝高传》,《西楼全集》卷首。

撰《碧鸡集序》,窦子偁为撰《鄂渚集序》等,当然可见其结纳四海的交道之广,然更为重要的在于,如此则流行为易。邓原岳同榜状元翁正春(字兆震,侯官人)为撰《邓汝高先生西楼全集序》,曾历数诸名家品骘之辞曰:

> 叶进卿谓其气深语沉,屠纬真称其天成物助,邹彦吉评其畜富才雄,王百穀赞其辞逸思丽,李本宁则以逢嘉、隆之盛际,收山川之灵异。或以为文采不屑于骆宾王,或以为逸气接武于李献吉,或以《鄂渚》之编,可两《黄鹤》之作。①

我们恰可据以管窥邓氏在当时通都大国间的声誉。

邓原岳《搔首集》的作品,在汇刻《西楼全集》中已颇难确认,作为最早时期的结集,所收当万历二十年成进士及之前所作,估计所存亦不多,其特点大要在于叶向高所说的"乃其趣独在北地、继之之间,宁离而合也者,毋宁合而离也者",虽被评为"气深语沉,有潇然之致"②,恐难脱模拟之迹。

《北征篇》是邓氏由闽入燕、赴吏部应选一路所作,前后计三月馀,据其自述,"大约多怀土惜别之什,故题之曰'越吟'"③,王穉登《北征篇序》则叙由己改题作"北征"。邹迪光《北征篇序》叙记稍详,谓"中如《车遥遥》、《白头吟》,鲍照、何承天也;《铜雀妓》、《明妃怨》,王勃、卢照邻也;《滕阳叹》、《黄金台》、《吴门看花行》,杜甫《哀江头》、李白《扶风豪士》、王维《桃源行》也;《古战场》、《寄朗公》(按:当作《寄公朗》),李远《丛台》、刘长卿《送灵澈》也",表彰其"独神于黄初、建安、开元、大历、元和"④,所举篇目,虽不及什一,幸皆存于《西楼全集》中,其他未举及的同期作品,亦尚有不少留存。先看邹迪光所举二例:

---

① 《西楼全集》卷首。
② 《搔首集序》,《西楼全集》卷首。
③ 邓原岳《与王百穀》,《西楼全集》卷一八。
④ 《西楼全集》卷首。

丈夫逐边勋，远行不顾身。公家有程役，出戍河阳津。河水声瀺瀺，朔风吹黄尘。去者日已远，离思难重陈。不如道旁花，犹得随车轮。旅雁哀失群，鸡鸣悲萧晨。生死当决绝，蛾眉恨谁伸。(《车遥遥》)①

君不见滕阳城外多暴骨，蔓草填沙白举犖。悲风惨淡吹白杨，过客不行愁断肠。道旁父老饥欲死，破帽萧疏面不洗。自言此身已半残，且复为客述艰难。前年冰雹秋无麦，去年水潦势尤炎。公私积贮百不存，流移转徙馀空村。卖妻鬻子那足惜，草根木皮从尔食。草木既尽髓亦枯，横尸沟渎无时无。但言沟渎意亦足，犹有饥民攫其肉。神理荼酷不可知，灾祥反复从何来。语罢悲酸转萧瑟，我亦彷徨重凄恻。回头四野空茫茫，立马西风日将夕。(《滕阳叹》)②

邹迪光所鉴，大抵可据。前一首乐府代言思妇，反映征夫戍卒的苦难生活，哀怨凄怆，浑朴幽奇，确有鲍照拟汉魏古风之遗意。而后一首，乃所赋忧时感事之作，写途经山东滕州目击的灾荒，以与道旁父老问答的形式，铺叙此地连年遭受天灾人祸、民不聊生的惨状，是摹习杜甫用新题乐府写时事的尝试，具有针砭现实的精神。这一阶段的诗歌创作，应与《搔首集》相似，即尚在"北地、继之之间"，故与李梦阳、郑善夫一样，多拟作乐府歌行，而尤以老杜为范，讽时刺世，具沉郁顿挫之气格。

《哀宁夏》一诗，当亦出自《北征篇》。万历二十年(1592)二月，宁夏致仕副总兵哱拜反，与叛军首领刘东旸杀巡抚党馨等，一路南下占领河西四十七堡，一路北攻平虏营，一路渡河图取灵州，朝野震惊。官军征剿自三月而六月，多线迎击，犹未平复。邓氏该诗即直书此事，诗曰：

国初环边十三镇，宁夏在昔称繁华。何物么么能启衅，遂令平地生龙蛇。中丞骈首罪固当，阖门涂炭如枯虾。当时祸起只顷刻，岂料套虏坐纷拏。可怜城中十万户，深闺少女颜如花。白刃驱出嫁胡子，

---
① 《西楼全集》卷一。
② 《西楼全集》卷二。

飘尘断梗随风沙。哼刘琐琐叛卒耳,勾连出没祸岂赊。花马池头金鼓震,天阴日黑闻悲笳。庙堂督战何太苦,士也不力奈何邪。天子深居赫斯怒,军前赐剑飞镆铘。此辈皮毛本相类,肯以一矢相遗加?曾闻北军苦剥削,无衣无食仍无家。平时怨气已满腹,一朝变起何足嗟。土崩之势既如此,旁皇首鼠成义牙。辇上君子多石画,勿忧拱把忧萌芽。①

与郑善夫多写忧愤国事之作相类,这首长篇叙事诗表现的是重大现实题材,诗中夹叙夹议,不仅痛斥敌酋之可恶、战乱给百姓带来的祸害,也刺及官军征战无力,以及剥削士卒之丑闻。值得注意的是,是年同中进士的谢肇淛在京师也有《哀宁夏》一诗②,邓氏自己后亦有《宁夏闻捷》、《宁夏凯歌四首》等持续关注此事③。

同期作品中尚有《燕市七歌效杜同谷体》值得注意:

丈夫生来辘轲身已老,十年三走长安道。欲归不归无奈何,黄尘满面色枯槁。六月炎风飞火云,五侯冠盖日纷纷。此时跨马逐官长,令人心折越江濆。呜乎一歌兮歌始发,兀坐书空愁咄咄。

东山墓木日已大,一水回环曲如带。平生魂魄思此山,老树菁葱闻天籁。悠悠一别今几时,黄沙碧藓埋丰碑。山头杜宇啼红血,游子天涯知不知。呜乎二歌兮歌声急,天阴雨黑愁云湿。

有兄有兄生计微,薄田不收常苦饥。辛勤憔悴已半百,更兼人事多是非。去年别我芊江上,九月霜前菊初放。今年消息不相闻,使我凄凉坐惆怅。呜乎三歌兮歌独苦,荆树花开飞夜雨。

妇生六子四子殇,两雏啾唧何人强。壮夫不作儿女态,但觉中年情易伤。大儿仅能弄纸笔,小儿只解觅梨栗。我今汗漫天一方,向平婚嫁何时毕。呜乎四歌兮肠九回,中夜瑟瑟悲风来。

---

① 《西楼全集》卷二。
② 《小草斋诗集》卷八。
③ 分别见《西楼全集》卷三、卷一〇。

少年白眼不相下,肝胆棱棱向谁写。论交却爱高阳徒,风流便结高阳社。迩来握手二十年,一旦分飞北海边。昨日封书寄远道,天长地阔心茫然。呜乎五歌兮怀故人,思繁调短不得伸。

我有古宅在竹林,苍梧翠柏高十寻。偶然独往便经月,焚香趺坐清素心。主人出山忽已久,流水潺潺怨杨柳。长安埃尘几尺高,笑杀人间牛马走。呜乎六歌兮歌欲断,虫声唧唧夜将旦。

我今行年三十馀,头颅渐老骨节疏。书生意气太无赖,手持寸管高称誉。邯郸才人厮养妇,蛾眉入官还见妒。长门虚却千黄金,浪说相如解词赋。呜乎七歌兮歌且休,不如归卧南山头。①

这一组诗,正是邓氏自述的"怀土惜别之什",自家乡祖墓、兄长、妇孺、同道诗友至自己竹林居处,一一叙来,依恋之情,溢于言表。原岳谒选至京在六月,末首言"我今行年三十馀",亦与是年三十八岁相符。因为是摹仿杜甫《乾元中寓居同谷县作歌七首》,故竭力将自己的状态亦描述成老杜一般的穷愁绝境,悲辛凄苦不已。由此组诗,仍可以窥见邓氏此际的诗歌宗尚。

《帝京篇》乃邓原岳万历二十二年(1594)再至京师、任职户部所作的结集。其《帝京篇自叙》曰:

同年张函一先生与二三曹偶结社于城西佛寺,时时策蹇过从,余间往会之,日晏为期,丙夜乃散。盖犹以冗故,杯酒流连,篇什间作,传示商榷,徐付奚奴。久之,奚囊中渐满,余马首且南矣。既抵吴兴受代,兀坐衙斋,无事追忆往昔,不觉技痒,出故纸而录之,仅得百馀篇。②

因知其来龙去脉。试举二例:

---

① 《西楼全集》卷二。
② 《西楼全集》卷一二。

> 西山霁色郁相望,乘兴还来谒上方。踪迹最宜莲社侣,襟期何似竹林狂。祇园雨过菩提长,客坐风吹檐卜香。海内诗名诸子在,汉庭吾已愧田郎。(《雨后同张函一进士汪仲修孝廉吕叔与盛太古太学彭兴祖山人集城西寺》)

> 满城飞絮正纷纷,尊酒那堪醉夕曛。立马都亭愁去国,听莺三月忆离群。江南刍粟吴中郡,于越艎船水上军。回首蓟门霄汉隔,更从何处赋停云。(《留别长安诸子时余有浙中之役》)①

二诗一为同集所赋,一为酬赠之作,展示了邓原岳与同年及都中人士的社交生活,虽初涉仕宦,簿书期会之暇,不废啸歌,此确为其本人一再表述的意愿。其体皆邓氏所擅之七律,局度从容、属对工稳之外,尤其注重所谓响调,陈田即云:"汝高诗音节俊爽,长于七律。"②不过,此类诗毕竟属应酬之作,更多呈现一个诗人的捷才或技巧而已。

《于役稿》是邓氏万历二十三年(1595)督饷之浙的作品集,《西楼全集》中所存不少。其中当然仍有《浰西谣》一类善陈时事之作,但如《击鹿行》亦应为其精心结撰。诗曰:

> 李官官舍冷如水,买得苍鹿龙之子。司农使者日经过,把酒呼卢聊复尔。主人醉后忽自放,袖出短刀不盈咫。失去霜毛何处寻,逐来捷足应难恃。奋衣大叫太凭陵,左右见者俱披靡。平生弱肘甘碌碌,从傍作势为君掎。须臾角朽血亦崩,琼瑶摧谢珊瑚死。使君歃血须尽殷,陈生瞠目惊相视。中厨屡荐骨董羹,脔炙脂膏无不美。老饕大嚼势转雄,风卷白波差可拟。但言饱食且扪腹,不比寻常仅染指。历下风流今已无,并驱中原竟谁是?覆蕉梦觉且勿论,眼前意气吾与尔。③

---

① 均见《西楼全集》卷五。
② 《明诗纪事》庚签卷一七,第 2543 页。
③ 《西楼全集》卷二。

据其诗序所述,此诗乃向李攀龙致敬之作。邓原岳公事途经湖州,恰好谢肇淛在吴兴司理任上,陈荐夫下第后亦过此,谢氏于是击杀牡鹿犒劳,三人"相与歃血甚欢"。想到李攀龙有《击鹿行》名篇,"羡其豪致,遂各赋一章,用嗣前哲"。李攀龙《击鹿行》的背景,是与王世贞、宗臣等在徐中行居处杀鹿豪饮,并各有其作。因此,这个事件本身富有意味。从原岳所作来看,无论是有意用险韵角胜,还是奇矫凌厉之气势,并不逊色于沧溟所作。

属于《于役稿》的尚应有在杭州诸作,特别是《三贤诗》、《西湖杂咏十首》这样的组诗,引人瞩目。《三贤诗》分别题咏白居易、苏轼、林逋三贤,试举其中"林处士"一例:

> 处士抱微尚,风节何孤骞。高卧兹山中,啸傲终天年。山色暮复朝,墓草自芊眠。湖水清且绿,萧萧凝寒烟。不见山中人,独鹤何翩跹。揽古更怀贤,三叹梅花篇。①

显得高古而有清远之致。《西湖杂咏十首》亦举其中二例:

> 月隐空山云乱飞,夜凉零露湿人衣。梅花开落春如旧,不见湖边放鹤归。("孤山梅月")
>
> 湖上微风生晚凉,舞裙娇引藕花香。木兰转入花深处,镜里谁知不是妆。("彩鹢红妆")②

又显得清新婉丽、生动自然,可见其善于立体而风格多样。

《碧鸡集》为邓原岳万历二十七年(1599)奉命督学云南所作,以昆明西有碧鸡山,故名,山上有神祠,为历代文人所吟咏,是当地的象征。周弘禴《碧鸡集序》,是一篇讨论诗法较为专业的序,其以"唐之名家能诸体擅长者,实不可多得",来衬托邓氏此集"诸体备矣,而诸体亦各极其致",并

---

① 《西楼全集》卷一。
② 《西楼全集》卷一〇。

将其成就特点概括为"就格出意,缘意运调,叶调偕格,而气以贯之"①,评价是相当高的。因为云南地处僻远,一般宦旅行迹难至,故邓氏于此间题咏,《西楼全集》颇以珍罕存之,其中当然不乏《点苍石歌》、《登鸡足山绝顶》、《赋得昆明池》之类吟咏名胜风物之作,亦算是得江山之助,惟《垂柳篇和杨用修太史》一篇,显得颇为特别:

滇南二月春风暖,处处浓阴青不断。长条拂水雨新晴,短叶笼烟日始旦。万缕千丝绕岸齐,飞花飞絮画桥西。云来晻蔼章台路,月落凄迷灞浐堤。章台灞浐风光好,燕语莺啼惜春老。无奈闺人怨别离,更令戍客伤怀抱。成都才子玉堂仙,万里投荒年复年。马上逢春多感慨,酒边对景倍留连。韶华倏忽不相待,回首风流六十载。惟有春光似昔时,楚雄山下烟如黛。②

杨慎谪戍云南,在楚雄赋《垂杨篇》,寄予诸多感慨,而邓氏感其遭际,复以杨氏所擅六朝初唐歌行之体和之,景物清丽、韵调宛转之中,声情凄亮,自有悲凉之气。由此一例,亦可见原岳颇有意在格调、才情之间调谐。

《鄂渚集》是邓氏万历二十九年(1601)由滇入楚,迁湖广右参议所作。是集之诗,《西楼全集》亦颇有存者。该集序者窦子偁最念念不忘的,则是其登眺楚中名楼之作——《黄鹤楼二首》,以为"崔(颢)之后鲜有闻,得汝高而两之矣"③。诗曰:

高楼突兀倚层巅,汉沔豪华在目前。山引凤皇云漠漠,洲迷鹦鹉草芊芊。帆樯出没烟波外,铃铎依稀霄汉边。果有真人吹铁笛,不妨骖驾学神仙。

形势分明控楚都,天中鹤驭远相呼。江山胜概还今古,词赋风流更有无。郢树曲连云梦泽,汉川遥接洞庭湖。凭阑一望生惆怅,零落

---

① 《西楼全集》卷首。
② 《西楼全集》卷二。
③ 《鄂渚集序》,《西楼全集》卷首。

当年笑霸图。①

当然,邓原岳撰作此诗时,心目中自有崔诗在上头,故前一首尚有逢迎崔作之句意;下一首则完全脱开去写,纵横跌宕,沉雄壮丽,器局不凡,确实显示出以气格胜。李维桢《邓汝高诗序》曾评价其诗歌创作曰:"规模宏远而意绪精深,兴会标举而裁制绵密,词藻丰蔚而色相清空,音节谐婉而骨力勃挺,体势方严而风神闲适。"②虽难免有溢美之词,多少还是揭示出他的特点。

《浮淮集》是邓氏生命最后阶段的结集,乃奉命督饷、由鄂渚之淮所作。其存《西楼全集》中,有《答黄参知督饷之淮》等。然此等诗应酬而已,并无多大特色,不如《甲辰元日》述怀有情思:

朔气凭陵五夜寒,十年魂梦隔长安。上都大索妖书急,下国频催逋赋难。雪拥朱门围甲帐,春归彩胜簇辛盘。不知故宅东山外,开遍梅花几树残。

这是万历三十二年(1604)元日所作,作者年寿将满,却尚身在宦邸,始终魂牵梦萦的,除了朝廷所在之京师,便是祖墓故宅所在之东山。一方面,他仍关心时政与公务,另一方面,年节之气氛,令其愈加思乡情重,整首诗因而有多种复杂而微妙的情感交织,随心写来,却仍呈健笔雄声。

以上是对邓诗的一个简略的巡礼,应该说,其特点还是相当鲜明的,谢肇淛《重锓碧鸡集序》以"一以气格为主,才情辅之"相概括③,是切中肯綮之论。

徐熥(1561—1599),字惟和,别字调侯,闽县人。少有才名,肆力古文辞。万历十六年(1588)乡试中式。其后三上公车不利,病卒古田。为人风流好客,结交海内,学识淹贯,富于藏书,壮年益致力于诗歌,著有《幔亭

---

① 《西楼全集》卷七。
② 《西楼全集》卷首。
③ 谢肇淛《小草斋文集》卷五。

集》二十卷、《晋安风雅》十二卷等。传见陈价夫《徐惟和行状》、陈鸣鹤《徐𤊹传》等。

徐𤊹可谓以诗为性命者,陈鸣鹤《徐𤊹传》记其"弱冠补学官弟子,而豪于歌诗,雅不睹经生业,及试,皆异等"①,邓原岳亦记曰:"又三年,余与惟和偕计报罢,始以博士业相切劘,然余二人不尚持其家言,时时称诗,恨相知晚也。"②今检其诗集,与同时诸家相比,实为诗体诗类最众最备者,可见其于诸体精研殆遍,张献翼因而从"备诸体、称大家"的角度,表彰其所作"由乐府而逮五七言古,由近体而至五七言绝,调匪偏长,体必兼善,力追古则,尽涤时趋,可谓头头是道、重重发光矣"③。屠隆撰序论其成就,亦分体制而述:

  故其为诗,踵汉魏则古质浑庞,俨商彝之皓叟;步齐梁则神光灭没,掩湘洛之灵媛;为律诗则采唐人之初盛,和雅而鲜怒张;为绝句则极中晚之才情,秾华而去纤艳。④

既显示其复古宗尚,亦可见其演练之成就。作为多年同调挚友的谢肇淛,论评最不假雕饰,谓"吾郡中,似当以徐惟和为冠,其才情声调,足伯仲高季迪。所微憾者,古体稍不及耳"⑤。其以高启相比拟,固然以其天才高逸,实亦因为同样师古自运、兼善众体,所谓"拟汉魏似汉魏,拟六朝似六朝,拟唐似唐,拟宋似宋。凡古人之所长,无不兼之"⑥,藉以肯定徐氏的造诣,当然,亦实事求是地指出其古体与高启尚有距离。

徐氏《幔亭集》为好友陈荐夫编选,清流王若(字相如)捐资授梓,其中古乐府、五古、七古各一卷。与邓原岳早年相似,其所作乐府,几乎摹遍鼓吹曲辞、相和歌辞、清商曲辞、杂曲歌辞诸题,风格各异,精彩纷呈。试

---

① 《东越文苑传》卷六。
② 《徐幔亭先生集序》,《幔亭集》卷首。
③ 《幔亭集叙》,《幔亭集》卷首。
④ 《徐幔亭先生集序》,《幔亭集》卷首。
⑤ 《小草斋诗话》,《明人诗话要籍汇编》,第 1210 页。
⑥ 《四库全书总目》,第 1471—1472 页。

举数例：

> 战城南,死城北,枯骨累累弃路侧。为我谓乌:游魂不归,臭腐将焉用,饲汝安足悲。阴云漠漠,寒雨潇潇。黄昏古城下,新鬼声号咷。阳九厄,战城南,空裹革。七尺微躯我不惜,老死蓬蒿竟何益。愿为忠臣,忠臣诚可为,茫茫穹庐,掩骼为谁。(《战城南》)

> 兰舟容与过横塘,步摇惊起双鸳鸯,罗裙带湿生浓香。生浓香,红汗滴;坐中流,奏龙笛。(《采莲曲》)

> 皎月入房帷,凉风吹衣襟。游子远行役,少妇鸣清碪。良夜既以永,怀人益以深。孤鸿唳天际,促织吟堂阴。余亦别家久,涕泣不能禁。(《捣衣篇》)①

无论《战城南》通过与乌对话表现战场之惨酷、阵亡战士之悲壮,《采莲曲》表现采莲少女之美艳动人,抑或《捣衣篇》之怀远情思,其实皆有其规定情境与风格,虽经历代名家不断拟作,花样翻新,作者仍能自出声情,殊为不易。《捣衣篇》更是翻转代言,而又不减古乐府本色,确实可以印证屠隆所说的"踵汉魏"、"步齐梁"之所得。

徐氏集中五言古诗,如《拟古》、《感遇》、《咏怀》乃至《长安书怀孟郊体》等,亦皆有其摹习之作。早期所撰如《赠陈价夫荐夫》：

> 明珠无连胎,奇卉寡并蒂。物类有如此,无乃造化忌。夫何六溪中,产君兄与弟。意气倾时流,词华振当世。顾盼生雄姿,中原敢凌厉。探讨无勒勤,玄心已超诣。二陆久不兴,芳名尔当继。②

据徐𤊹《二孺赠诗卷》,他与陈价夫、荐夫兄弟诗歌往来始于万历十五年(1587),时价夫客珠崖,荐夫卧病义溪③。此诗虽属酬赠之作,然因为二

---

① 均见《幔亭集》卷一。
② 《幔亭集》卷二。
③ 《幔亭集》卷一九。

陈堪称其一生中最为重要的同调之一,所作必用心以对,我们从其字里行间,可以感受到刻意步趋汉魏古诗的姿态。至于后期所作,可举《下第述怀》为例:

> 匠石屡不顾,定匪明堂材。渊客屡不采,定匪明月胎。十年三弃置,中情空自哀。伤哉吾道非,岂乏干时媒。叹彼行役苦,畏兹年鬓催。进退两踯躅,坐立空徘徊。升斗岂吾志,结念居南陔。①

诗当作于万历二十六年(1598)春。诗中谓"十年三弃置",徐𤊹万历十六年中举后,分别于万历十七年、二十三年、二十六年三上春官,万历二十年已赴京应考,以奔父丧不果。此作写得相当沉痛,起首即以一种反说表现激烈情绪,这么多年来苦心经营的举业虽已成鸡肋,但个人价值究竟如何被认可,仍感困惑不已。从诗歌表现力来说,仍注重体之高古,然已多少显示"就格出意,缘意运调"的自如。

其七言古诗,早期可举《帝京篇》,那真是长篇雄文,乃万历十七年(1589)在京师应试时所作,并约同赴春闱的谢肇淛同赋②。诗曰:

> 文皇定鼎都燕蓟,三辅黄图夸壮丽。九重宫阙何嵯峨,百二山河咸拱卫。五凤高楼逼太清,六龙御宇泰阶平。曈昽晓日升金阙,缥缈红云拥玉京。玉京金阙倚天开,隐隐銮舆复道来。云迷翠幰依龙衮,露滴金茎泛羽杯。平明长乐钟声响,九天日月开仙仗。豸史台中晓听乌,虎贲阶下朝鞭象。月照彤墀环佩齐,风生青琐旌旗扬。高台突兀比章华,上苑纡回同博望。我家京洛何煌煌,山河锦绣轶隋唐。断发文身俱稽颡,雕题黑齿尽梯航。……③

---

① 《幔亭集》卷二。
② 徐𤊹《易水道中答谢在杭》:"翩翩击筑共游燕,慷慨行歌易水边。……此去长安应咫尺,与君同赋帝京篇。"(《幔亭集》卷七)
③ 《幔亭集》卷三。

初至京邑大都,为其气象壮丽而震撼,有所感赋,是自然之事,然更为重要的是,在这人文荟萃之地,需要表现出众的才华彰显自我,以为交友之资。诗写得如同大赋,声色俱开,极尽铺陈,又显然摹习初唐歌行而欲与之角胜。可以想见,陈鸣鹤记述"春官所征士及京师缙绅先生皆走熥,读其所为诗歌,皆叹服"①,当有此篇。徐熥后期的七古之作中,《途中感遇效同谷七歌》颇具特色。与邓原岳同题拟作相类似,七歌依次从喟叹自我遭际、感念父母、感念兄弟姊妹、感念妻儿、感念友朋、感慨时事等写来,那当然是依从杜甫《同谷七歌》模式而略有变易,却因自己真实的人生坎壈,呈现出较邓作更为悲切的基调,而与老杜产生共鸣:

> 吾生本是疏狂客,几回落魄长安陌。弃置应惭骨相屯,壮年自失于时策。日驱羸马口微吟,仰天大笑乾坤窄。呜呼一歌兮歌慨慷,燕山六月飞严霜。
>
> 归舟归舟黄河曲,挥汗如浆苦炎燠。水浅舟胶不得行,逢人耻作穷途哭。高堂慈母念子深,倚闾此际枯愁目。呜呼二歌兮歌惨切,仗剑指天天为裂。
>
> 有弟有弟俱牛衣,家徒四壁常苦饥。燕闽相去道路远,别来一载音书稀。知汝日夜望我归,梦魂常绕天涯飞。呜呼三歌兮歌已短,一领征衣泪痕满。
>
> 有姊已老有妹贫,平生惟此骨肉亲。知余流落兼苦辛,家庭怅望应伤神。廿年踪迹半道路,平生壮志成灰尘。呜呼四歌兮歌转涩,猿狖声哀山鬼泣。
>
> 老妻半世空糟糠,少妇席未暖君床。男年十五女七岁,去年别我俱恓惶。丈夫成名既不早,胡然久居天一方。呜呼五歌兮歌愈急,朱颜灯下流黄湿。
>
> 有朋有朋多穷交,平生风谊如同胞。扬云拓落众所弃,数子不敢轻相嘲。此日飘零勿复道,与君矢志甘衡茅。呜呼六歌兮歌且缓,伐

---

① 《徐熥传》,《东越文苑传》卷六。

木声残肠欲断。

扰攘烽烟何太急,四海纷纷飞羽檄。但见纵横戎马多,何处哀鸣鸿雁集。书生徒抱杞人忧,中宵起舞空悲泣。呜呼七歌兮歌已终,黄昏旷野凄寒风。①

诗作于万历二十六年(1598)自京下第归家途中,先与邓原岳别于都门②。如前已述,十年三上春官,依然落魄归里,其所受打击是致命的,尽管他仍能不屈己志,"仰天大笑乾坤窄","逢人耻作穷途哭",然而,在那个时代,人生穷达,全归集于功名成败,辞亲离乡,结局如此,焉能不让人悲泪纵横、愁肠欲断。

清代才女汪端是高启的拥趸,不过她对徐𤊹兄弟的评断大抵仍算公允:

> 幔亭、鳌峰昆季诗并以青丘为矩矱,其古诗固不能逮,近体风度清新,神骨隽异,颇造其域,而一气浑成,亦复相去尚远,不免有桓宣武似刘司空之恨。此盖才力所限,非二子之过也。然当雾霾充塞时,独能不师伪体,远溯正宗,可谓卓识绝人,超然尘外者矣。③

仍以古体而言,即就徐𤊹自己诗集来比照,所作总体上要弱于近体,谢肇淛所论不虚。

前节我们在论述玉鸾社诸子的学诗经历时,曾提到徐熥记忆其兄万历十一、十二年间,以林世吉朱笔所批《三体唐诗》研习一过,并又加批点。这当然是近世士人学诗的常用选本,可据以揣摩七绝、七律、五律三种体制近体诗的作法,然亦确体现此际闽中诗人的一种倾向,即在崇唐的宗尚下,于此三体声律更为娴习。徐𤊹集中,五律二卷、七律三卷、七绝二

---

① 《幔亭集》卷三。
② 徐熥《出都门答别邓汝高员外》有"十年三上长安道,阙下献书俱不报。拂袖还山别故人,风尘满目伤怀抱"之句,《幔亭集》卷三。
③ 《明三十家诗选》二集卷七上。

卷,其他诸体皆为一卷,亦可为证。

历来评徐𤊹诗作成就,往往推举其七言近体。如《明诗纪事》罗列前人诸评:

《静志居诗话》:"惟和力以唐人为圭臬,七绝原本王江宁,声谐调畅,情至之语,诵之荡气回肠。"

《明诗别裁集》:"惟和近体宗法唐人,在诗道冗杂时遇之,如沙砾中得简珠也。七言尤能作情至语,在李庶子、郑都官之间。"

《明三十家诗选》:"惟和七律安雅合节,无七子浮响。"

为此,陈田颇有不解,按语曰:

惟和才思婉丽,五言近体取法唐人。工于发端,婉转关生,有一气不断之妙。惟和《自题小像》诗云:"五字吟成心独苦,不知身后得无传。"可谓甘苦自得之言。《诗综》未录五律一篇,岂未见《幔亭》全集耶?①

他的质疑不无道理。徐𤊹自己于五律之作绝不率易,视为可传,知友邓原岳《哭徐惟和十二首》其八因而亦有"十年书剑走天涯,五字翩翩五色霞"之句②。故陈田在《明诗纪事》中一气选了徐氏《春日闲居》、《暮春送周乔卿》、《赠性言上人》、《碧山庵逢亮上人》等十一首五律,多为其三十岁以后之作,而七律不过选了六首。并且,比较其弟徐𤊻所作曰:"兴公七言,可肩随惟和;五言近体微少变化,应推乃兄独步。"③

徐氏早期所作五律,可举《西湖立春》为例:

春色薄城阴,东风到武林。暖回邹子律,病作越人吟。儿女他乡

---

① 以上均见《明诗纪事》庚签卷三"徐𤊹",第 2276 页。
② 《西楼全集》卷一〇。
③ 《明诗纪事》庚签卷三"徐𤊻"。

泪,莺花故国心。西湖有狂客,相对酒杯深。①

诗当作于万历十六年(1588)北上赴京途中,经杭州恰逢立春。整首诗亭匀而稍平,起落自然。又,徐氏《题陈幼孺招隐楼》二首当作于万历二十四年(1596),时陈鸣鹤、陈仲溱、袁敬烈及徐𤊹兄弟同集陈荐夫招隐楼②。陈田《明诗纪事》选其第一首:

丛桂许谁攀,经年不闭关。池平吞月浅,林静受云闲。草色春愁外,禽声午梦间。开窗岚翠满,疑对八公山。③

因为是社集期间具有竞技性的作品,这首诗已显示陈田所体认的"工于发端",而颔联以下,登楼所见景色,远近收放,亦可谓"有一气不断之妙"。再如《潞河别曹能始》四首,为徐𤊹万历二十六年(1598)自京下第归家途中,与正有潞河之役的曹学佺晤别所作④。陈田亦仅选其第一首:

悲歌燕市筑,归兴潞河船。作客有何意,还山仍种田。穷猿投散木,饥鹘倦遥天。以我空囊故,怜君损俸钱。⑤

诗写自己的落魄状况俱贴切,却对得自然清雅,不作凄苦语,结语与发端遥相应和,一片合成。

七律自是徐𤊹所擅之体。如前已述,沈德潜即特别欣赏徐氏七言近体,《明诗别裁集》选徐𤊹诗十五首,七律与七绝各占至七首。其早期所作如《下第呈孙子乐省元》:

---

① 《幔亭集》卷五。
② 陈荐夫有《女翔惟秦惟和惟起无竞枉集招隐楼赋答》二首,《水明楼集》卷三;徐𤊹有《宿幼孺招隐楼》二首,《鳌峰集》卷一〇。
③ 《明诗纪事》第2278页,又见《幔亭集》卷六。
④ 以上诸诗系年,参详陈庆元《徐𤊹年谱》"万历十六年"、"万历二十四年"、"万历二十六年"。
⑤ 《明诗纪事》第2278页,又见《幔亭集》卷六。

> 黑貂裘敝出长安,客路春光半已残。燕市柳从归处折,故园花在梦中看。处囊壮士犹潜颖,落魄王孙未筑坛。飘泊风尘还自笑,十年依旧一儒冠。①

诗当万历十七年(1589)首上春官不利所作,虽然失落,尚不至绝望,尚能有一份自嘲,下笔并不涩重。集中《金陵故宫》一诗,如《明诗综》、《明诗别裁集》、《明诗纪事》俱选入,可谓名篇。诗曰:

> 先朝遗殿闭尘埃,零落空劳过客哀。五夜铜壶干罢滴,六宫金锁涩难开。翠华去后全无影,罗绮焚馀尚有灰。弓剑尽埋烟雨冷,椒房一半上苍苔。②

诗当万历二十二年(1594)北上赴试途经南京作,是一首吊古之作。金陵故宫的历史是一段被封存的记忆,因为所谓靖难之役。然自嘉靖以来,朝野要求解除禁讳的呼声日高,此为徐𤊹所咏之背景,故沈德潜即评解曰:"阅五、六知当时初无逊国之事,盖帝与后同在灰烬中矣。"③全诗色调幽暗,斑驳遗殿埋藏腥风血雨,令人感慨不已,结语极为沧桑。又,《闽王审知墓下作》亦为吊古诗,是钱谦益《列朝诗集》所选徐𤊹诗中唯一的一首七律:

> 玉辇何年去不回,霸图千古总成灰。秋深兔穴依寒垄,岁久鱼灯暗夜台。故国关河瓯越在,遗民苹藻鼎湖哀。莲花峰下黄昏月,犹见三郎白马来。④

诗当作于万历二十五年(1597)秋,在莲花峰凭吊王审知墓。其时社友如

---

① 《幔亭集》卷七。
② 《幔亭集》卷八。
③ 《明诗别裁集》卷九,上海古籍出版社 1979 年版,第 242 页。
④ 《幔亭集》卷九。

陈椿、袁敬烈、弟徐𤊹等皆有作,徐𤊹谓"今题其墓者甚多,余伯兄惟和一首为最"①。对于这位受封闽王的"八闽人祖",题咏者的感情颇为复杂,而百代兴废,荒冢寂寞,总令人伤感,中间两联自有韵度。徐氏晚期所作,可再举《自题小像》二首,其一曰:

> 平生非侠亦非儒,半世游闲七尺躯。却为疏狂因偃蹇,未忘柔曼转清癯。违时傲骨贫犹长,对客诗肠老渐枯。五字吟成心独苦,不知身后得传无。②

这可以说是徐𤊹对自己身世遭际、人生志趣的一个总结,故常为研究者所引用。诗当作于万历二十六年(1598)三上春官不第后③,作者功名之途一再受挫,痛定思痛,而有面对自我的一份反省与鉴定。因为是自己的偃蹇经历铸成,写来真情贯注,且此际于诗体技巧运用炉火纯青,已无虚实起落之拘,起结平畅,颔、颈两联则奇警有骨。

七绝亦为徐氏所擅之体,甚或声誉更著。从沈德潜学的赵文哲尝论绝句典范曰:

> 五、七绝以盛唐为主,蹊径颇狭,无歧出之患。然七绝当兼中晚之刘禹锡、李益、杜牧、李商隐诸家,并宋之苏东坡、陆放翁、姜白石夔,及明之高青丘季迪、袁海叟凯、李空同、何大复、徐昌谷、李于鳞、徐惟和𤊹诸家,若王渔洋之婉约轻妍,其风致全学北宋人,故是神品。④

显然,在这份名单中,徐𤊹之七绝已跻身明代一流名家之列,而与唐宋可数的大家相提并论。徐氏《幔亭集》中属于早期的七绝作品可举《邮亭残花》为例:

---

① 《榕阴新检》卷一六引《竹窗杂录》。
② 《幔亭集》卷九。
③ 以上诸诗系年,参详陈庆元《徐𤊹年谱》万历十七年、二十二年、二十五年、二十六年谱。
④ 赵文哲《诗话》,《媕雅堂别集》卷五,清乾隆五十九年刻本。

征途微雨动春寒,片片飞花马上残。试问亭前来往客,几人花在故园看。①

晚期作品可举《寄弟》:

春风送客翻愁客,客路逢春不当春。寄语莺声休便老,天涯犹有未归人。②

沈德潜《明诗别裁集》选录包括此二诗在内的七首七绝,并于《邮亭残花》下品评曰:"绝句七章,词不必丽,意不必深,而婉转关生,觉一种至情馀于意言之外。"③所谓看似寻常,富有情韵,是为小诗正宗。徐𤊹万历二十七年(1599)晚夏作于古田客中的《香闺七吊诗》则为其生命最后阶段之绝笔,专为苏小小、薛涛、霍小玉、崔莺莺、非烟、李易安、朱淑真七名闺秀招魂,"用附冥感之谊"。试举二例:

云笺仿佛见罗裙,缥缈歌声去不闻。千树桃花零落尽,不知何处吊孤坟。(薛涛)

谁将薄幸负娉婷,怨魄啼魂唤不醒。我有多情双眼泪,一回开卷一回零。(霍小玉)

其《附记》并嘱陈荐夫相和,曰:"己亥夏杪,客居玉田。旅次寡欢,情钟艳骨。孤灯冥想,今夕何年。同病相怜,惟我幼孺。录而寄之,庶其和余。"④徐氏亦可谓情种,怜香惜玉,同情女性的遭遇,为古今闺秀的命运歌哭,故诗写得极凄恻。或许已预感到自己的生命之灯行将枯尽,其所凭吊,益发让人浮想联翩,悲情难抑。

---

① 《幔亭集》卷一三。
② 《幔亭集》卷一四。
③ 《明诗别裁集》卷九,第243页。
④ 以上均见《幔亭集》卷一四。

第三节　曹学佺、徐𤊹、谢肇淛的时代

一、万历后期以降的社集

大约万历三十年(1602)以来,闽中文人群体的社集活动开始趋于高潮,且呈现出全面开放的特征,这与这个群体的核心人物如邓原岳、徐𤊹及谢肇淛、徐熥、曹学佺等人自上阶段以来努力经营、张大声势,在其他地域与中心文坛勉力争取闽中文学的地位有很大关系。特别是曹学佺脱颖而出,以更大的活动能量与号召力,与创作上独标高帜的徐𤊹、谢肇淛一起,成为当之无愧的新一代领袖。一方面,全国各地域文人参与闽中文事的活动明显增强,一时如江浙楚粤等地名士入闽会盟者络绎不绝,举办过几次规模盛大的集会,甚而成为轰动全国的文学事件。而在另一方面,这些闽中文学领袖继续将文学阵地拓展至两都及其他地区,所不同的是,他们以自己的实力与魅力,所到之处,在不同程度上已获得一定的领导权或话语权。此外,随着整个福建其他区域人文风雅的普遍兴盛——如漳州这样原属"孤屿遥屯"之地,亦有张燮、郑怀魁、陈翼飞、蒋孟震、高克正、林茂桂、王志远等"漳南七子"及谢应桢、黄以升等"后四子"先后社集不断,其中尤以祀霞社最著[①];在莆田,则有许櫵、吴文潜等结为北山诗社[②]——他们与福州这个文人群体的联系日益紧密,不仅彼此应和、声气相援,还常常一同参加各种社集活动,如郑怀魁、张燮、陈翼飞、吴文潜等就曾分别参与过福州诗人群体的种种聚会,而如曹学佺亦曾于万历三十一年(1603)应郑怀魁之招,加入他们祀霞社的活动[③]。于是,福州一地的文学全然突破地域性的封闭特征,在一种流动、开放的氛围中,领导整个

---

① 参见光绪《漳州府志》卷二九《人物》(清光绪三年刻本);黄以升《谢兆甫集序》,《蟫窠集》"序一"。

② 《全闽明诗传》卷三五引《兰陔诗话》曰:"严长(许櫵)与同里吴元翰、张隆父、林希万、黄汉表、卢元礼、高彦升、陈肩之、林彦式诸君结北山诗社。"

③ 见曹学佺《郑辂思招入霞中社》,《石仓诗稿》卷一三《天柱篇》,清乾隆十九年曹岱华刻本。

福建地区成为声振全国的文学重镇。

曹学佺在这一时期的主导作用确实相当显著。与这个文人群体中的其他中坚人物相比,他年辈虽晚,却属早达,乡试获隽,年仅十八,万历二十三年(1595)中进士,时年二十二,即授户部主事,前途似乎无可限量。不料因与上司不合,于万历二十七年中察典,左迁南京添注大理左寺正①,这倒反而为他的文学事业拓展了空间。就在万历三十一年(1603),他由南大理任归闽,参与并组织了一系列重大的社集活动,遂与赵世显、林世吉等在领袖递代中,将闽中文学推向极盛。

这一年中比较重大的社集,首先是芝社②。曹学佺《石仓诗稿》卷一二有《芝社集》,题"癸卯"所作,记录了这一年中闽中大大小小的各种社集活动,所至以乌石山最频,或在半岭园闻莺,或集薛老峰分赋,或七夕会于凌霄台;其他如九仙山之平远台、西湖之澄澜阁、福州东门外之桑溪以及一些社友的第宅园亭等,不一而足。同社中有徐熥、郑登明、林光宇、王昆仲、王毓德、黄应恩、王继皋、高敬和、康彦扬、赵世显、陈仲溱、陈价夫、董叔允、王若等轮流直社,参与者更众。其中还包括中元节之际的瑶华社与中秋节之际的凌霄台大社,唯芝社应为闽中诗人自己所结之社,活动亦持续最久,一直延续到次年年初。

其中上巳桑溪禊饮,应该算得上是芝社规模较大的一次集会。桑溪,在福州东门外十二里,相传为闽越王流觞处③,社友们聚集于此,仿先贤流觞禊饮,分韵限体赋诗,极尽风雅之能事。《芝社集》中有《双溪流觞分得四言平字体》纪其事,诗题小注曰"王玉生、王粹夫直社"。而据徐熥《鳌峰集》卷三《癸卯三月三日同赵仁甫王玉生陈伯儒马季生王粹夫陈惟秦袁无竞王永启林子真曹能始郑思闇黄伯宠商孟和高景倩王元直桑溪禊

---

① 参见曹学佺《陈大理诗序》,《石仓文稿》卷一,万历刻本。
② 有关万历晚期以来以福州为中心的闽中社集情况,已有闵丰《万历晚期闽中诗人结社研究》作了有益的调查、考述,为浙江大学2004年硕士学位论文(指导教授:周明初),未刊,可参看。
③ 参见《福建通志》卷六二《古迹》。

饮分得四言》,知与会共十六人。此集并有石刻书会觞者姓名①,谢肇淛为撰《桑溪禊饮序》(《小草斋文集》卷五)。

其次是瑶华社。曹学佺《芝社集》有《瑶华社诗分得钗字》,时在中元节之际;而据赵世显《芝园稿》卷一三《瑶华社集得厄字》诗题注云:"是日全闽词客四十馀人皆来会,而四明屠纬真、新安吴非熊、邵陵唐尧胤亦与斯盟。"知规模更大,且有屠隆、吴兆及尝从袁宏道游的唐尧胤等四方名士加入,故赵世显《芝园稿》卷四另一首《林天迪瑶华社大集分得七言古》有"风流未数莲花社,闽吴楚越萃英豪"之句。又阮自华《雾灵山人诗集》卷四有《林天迪农部瑶华社集分得何字》,徐𤊹《鳌峰集》卷四有《瑶华社集》,谢兆申《谢耳伯先生全集》卷三有《林天迪瑶华社集诗》,陈益祥《采芝堂集》卷二有《仲秋燕集瑶华社》,郑怀魁则作《瑶华社大集序》,知以上五人亦皆预焉。

再次即是邻霄台大社。时在中秋节之际,曹学佺《芝社集》有《邻霄台大社》诗,题注"阮坚之招"。阮坚之,即阮自华,阮大铖从祖,时任福州府推官。据谢兆申《岩岩五章序》:"《岩岩》者,阮司理集(邻霄台)作也。时入社可百人,而东海屠隆、莆田佘翔、清漳郑怀魁、闽赵世显、林世吉、曹学佺为之长。"②可谓盛况空前。这次社集在全国都有很大影响,钱谦益《列朝诗集小传》屠隆小传即尝记载曰:"阮坚之司理晋安,以癸卯中秋大会词人于乌石山之邻霄台,名士宴集者七十馀人,而长卿为祭酒,梨园数部,观者如堵。"③又于阮自华小传中记此次盛会"丝竹殷地,列炬熏天,宴集之盛,传播海内"④。不管与会者是百人还是七十馀人,其规模绝不亚于其后万历四十七年(1619)钟惺、潘之恒、吴鼎芳、谭元春、茅元仪等人在南京发起的秦淮大社。这样的文坛盛事亦令闽中人士感到前所未有的自信,如佘翔《邻霄台大会》诗所谓"于越斯彦,匪吴则良;维楚有材,我闽

---

① 《全闽明诗传》卷二七记曰:"万历癸卯,(赵)世显集郡人于福州东之桑溪修禊,隶书题曰:'郡人赵世显、王昆仲、陈仲溱、陈价夫、马歘、王毓德、徐𤊹、袁敬烈、王宇、曹学佺、王继皋、郑登明、高景、林光宇、康彦扬、黄应恩会觞于此。'"
② 《谢耳伯先生全集》卷一,明崇祯刻本。
③ 《列朝诗集小传》丁集上《屠仪部隆》,第445页。
④ 《列朝诗集小传》丁集下《阮邵武自华》,第646页。

亦张"①。另如徐𤊹《鳌峰集》卷四《秋日阮司理大会邻霄堂》、陈价夫《水明楼集》卷一《秋日阮坚之司理大会邻霄台》、陈益祥《采芝堂集》卷二《秋日会邻霄台呈阮司李》等，亦皆为同时与会之作；屠隆则为撰《邻霄台大集序》②。

曹学佺于万历三十二年（1604）携吴兆、林古度由闽中复还南都后，很快转任南户部郎中。万历三十四年、三十五年，又在此中心文坛领导了声势浩大的金陵社集③。钱谦益《列朝诗集小传》即尝记此社集曰：

> 闽人曹学佺能始回翔棘寺，游宴冶城，宾朋过从，名胜延眺。缙绅则臧晋叔（懋循）、陈德远（邦瞻）为眉目，布衣则吴非熊（兆）、吴允兆（梦旸）、柳陈父（应芳）、盛太古（鸣世）为领袖。台城怀古，爰为凭吊之篇；新亭送客，亦有伤离之作。笔墨横飞，篇帙腾涌。此金陵之极盛也。④

其时闽中诗人如徐𤊹、谢肇淛、陈仲溱、林古度兄弟及莆田吴文潜、姚旅等皆在金陵。至此，如曹学佺可以说是继弘、正间郑善夫之后打入中心文坛的又一位福建文人，所不同的是这一次他显然奠立起了主盟的地位，所谓"坐令吴楚士，同声驱景附"⑤，"石仓衣钵自韦陶，吴越从风赤帜高"⑥，不仅以个人魅力率同吴越名士，将风流弘长的南都主流文学推向明中期以来的高潮，而且提升了整个福建文学在江南中心文坛的地位，"迩来吴越稍推闽士"⑦的局面之确立，在很大程度上不能不说是他的功绩。这一文学盛事的影响之大，即使到了明末清初，学佺与诸名士所赋"清绮婉缛"

---

① 《薜荔园诗集》卷一。
② 见苏文韩辑《皇明五先生文隽》所收《屠纬真集》，明天启四年苏氏刻本。
③ 参见徐朔方《臧懋循年谱》"万历三十四年丙午"条所系及相关考证，《晚明曲家年谱》第二卷，浙江古籍出版社1993年版，第469页。
④ 《列朝诗集小传》丁集上附《金陵社集诸诗人》，第463页。
⑤ 谢肇淛《后五子》，《小草斋文集》卷九。
⑥ 《漫兴二十首》其十七，《小草斋文集》卷二九。
⑦ 李光缙《与门人蒋于鼎书》，《刻李衷一先生清源洞文集》卷六。

之诗,是"至今金陵人犹能诵之"①。

这之后,闽中社集不断,如万历三十六年(1608),徐𤊹、谢肇淛与陈价夫、马歘、高景(字景倩)、周千秋(字乔卿)、吴雨(字元化)、郑邦祥(字孟麟)、释本宗等主持倡结红云社,自夏至以及中秋,每会,餐荔分赋。徐𤊹撰《红云社约》叙曰:

> 吾闽荔子甲于岭南、巴蜀,今岁雨旸时若,荔子花头甚繁,树梢结果,累累欲红。自夏至以及中秋,随早晚有佳品。今约诸君作餐荔支会,善啖者许入,不喜食者请毋相溷。先定胜地名品以告同志。……会只七八人,太多则语喧;荔约二千颗,太少则不饱。会设清酒、白饭、苦茗及肴核数器而已,不得沉湎滥觞,混淆肠胃。每会必觅清凉之地分题赋诗,尽一日之游,愿同志者守之。②

而谢肇淛则撰有《红云续约》③。唯其时曹学佺除官四川右参政,赴蜀未预。

万历三十九年(1611)八月,谢肇淛新筑泊台成,有泊台社。其撰《泊台社集记》曰:

> 命曰"泊台",水浒也。既成而八月望,于是社中诸子咸集。月华山霭,委碧波间。且筋且咏,甚适矣……是日也,会者十有五人,人拈二韵为诗,三十首即席成。④

另,谢肇淛《小草斋诗集》卷五有诗《中秋泊台同社诸子燕集得中字》、《中秋泊台同社燕集分得咸韵》;徐𤊹《鳌峰集》卷五有诗《中秋夜谢肇淛新筑泊台成招诸同社玩月》等,可见分赋盛况。

---

① 《林茂之诗选》卷首王士禛《林茂之先生挂剑集序》,清康熙刻本。
② 见明邓庆寀辑《闽中荔支通谱》卷一一,明崇祯刻本。
③ 同上。
④ 《小草斋文集》卷一〇。

万历四十一年(1613),曹学佺以四川按察使考绩,因得罪蜀王而为其所谤,解官归闽,筑石仓园。万历四十三年,学佺携弟学修与吴中俞安期、胡梅及闽中李时成等十馀人在其中结石君社。曹学佺《石仓诗稿》卷二三《浮山堂集》有《九日首举石君社分得六麻韵(客为俞羡长陈诚将胡白叔俞青父郑汝交赵十五李季美李明六陈可权包一甫舍弟能证)》、《再举石君社过叶园看菊》、《羡长白叔一甫同修石君社赋得灯下菊影》;俞安期《翏翏集》卷一〇有《题曹能始山园石君亭因结石君社》、《九日登高首集曹能始石君社因与同社诸君子论诗》、卷二一有《十月廿三日再举石君社代董小双贺乔玉翰生辰分韵得二萧》、卷二八有《九月十二日再举石君社观叶园菊花分得枝字》、《余与白叔邀同社诸君子集石君社赋得灯下菊影分开字》;李时成《白湖集》卷四有《九日曹能始观察招集石君社得云字》等。参加此社的尚有嘉兴徐仲芳,徐𤊹为其撰《徐仲芳闽役草序》曰:"迩者曹能始观察结石君社于洪江,招四方词人如吴门俞羡长、胡白叔诸君相倡和,而仲芳在焉。"① 又其《鳌峰集》卷一九《送徐仲芳归嘉兴》,题注曰:"与曹能始结石仓社。"石仓社,当为"石君社"。

万历四十四年(1616),俞安期等又与闽中诗人谢肇淛等共结春社。谢肇淛撰《春社篇序》曰:

  丙辰之春,姑苏俞羡长诸君子侨寓三山,偕我二三同志,命驾探奇,拈酒赋诗。盖自元日以及季春之晦,无日不社,而无社不诗也。②

曹学佺自万历四十一年归闽至天启二年(1622)起复广西右参议,家居十年间,其石仓园一直为闽中及整个东南文士往来活动之中心,所谓"水木佳胜,宾友翕集,声伎杂进,享诗酒谈宴之乐,近世所罕有也"③,惜万历四十二年至万历四十六年数年间,其今存作品相对缺乏,故如市原亨

---

① 《红雨楼集·鳌峰文集》,《上海图书馆未刊古籍稿本》,复旦大学出版社2009年版,第42册,第37页。
② 《小草斋文集》卷五。
③ 《列朝诗集小传》丁集下《曹南宫学佺》,第607页。

吉《徐𤊹年谱稿略》以徐氏《鳌峰集》中作品，如卷一九《暮春望日曹能始观察招陪蒋国平都运宴集后园赏蜀中紫牡丹歌者侑觞分西字》、卷一一《雨中同范穆其陈振狂陈泰始曹能始集郑吉甫书带草亭分韵》等补其不足①。而据曹学佺《石仓诗稿》卷二六《夜光堂集》，万历四十七年（1619）至四十八年（1620），他先后与洪汝含、高景、陈鸿、薛君和、王宇、商家梅、林宠、吴汝鸣、陈宏己、陈一元、康季鹰、徐𤊹、安国贤、郑汝交、郑邦祥等频频社集，活动地点仍经常往来于乌石山、平远台、西湖及包括石仓园在内的社友宅第之间。其中平远台数次集会尤盛，时吴兴茅维、蒲圻米良昆先后至闽与会，故如学佺《夜光堂集》中有《徐兴公郑汝交郑孟麟直社平远台避暑分得五微韵》、《安荩卿七夕直社平远台》（题注："时米彦伯在座。彦伯，楚蒲圻人。"），茅维《十赉堂丙集》诗部卷四有《与高景倩陈泰始曹能始洪汝含陈惟秦郑汝交陈叔度陈振狂释定生并伎卓姬社集平远台得四支》，徐𤊹《鳌峰集》卷一二有《茅孝若至闽诸同社邀集平远台赋别予方楚游未及预会追和八韵》、《仲秋五日安荩卿主社再集平远台分得八庚》等纪其事。

　　这种现象，至启、祯间仍不见衰止。据曹氏《石仓诗稿》卷二七《淼轩诗稿》，天启元年（1621），曹学佺除与自滇中归闽的谢肇淛有集会分赋外②，又与商家梅、休宁吴拭、康仙客、包一甫等四人赴释超宗之招，入六度堂社，有《超宗上人建六度堂于支提说法台预招同志入社顷予与去尘孟和仙客一甫共上人正满其数忻然有合因作五言古风送之还山予得社字》纪之。

　　天启六年（1626）秋，拟迁陕西副使的曹学佺，因于所著《野史纪略》直书"梃击案"本末，被削籍为民；崇祯初，虽起复广西，不赴。故复家居近二十年，益得肆力于山林诗酒之事，招引四方宾客，与徐𤊹等所参与、组织的社事计有：崇祯二年（1629）神光寺之社③，崇祯四年（1631）之菊社，

---

① 参见市原氏该年谱"万历四十三年乙卯"、"万历四十四年丙辰"谱。
② 如曹学佺有《九日石仓登高喜谢在杭自滇中迁粤西宪长至各赋五言古风得屑字》、《重阳后十日郑孟麟招集谢在杭祝芳亭兼送顾世卿陈季琳奉使还朝》等作。
③ 按：据曹学佺《石仓全集》之《赐环篇》卷之下，有《七夕陈泰始招集神光寺观乐共赋五言古体》、《中秋后一日开社神光寺赋得今日良宴会分微韵》，诗作于崇祯二年，知为是年事。

崇祯五年至六年之洪江社（吴中文震亨尝预焉），崇祯六年（1633）之阆风楼社，崇祯十年（1637）之三山耆社（共王伯山、陈仲溱、陈宏己、董崇相、马歘、杨稚实、崔世召、曹学佺、徐𤊹九人，年皆七十以上），同年冬之梅社，以及崇祯十五年（1642）开社于三石亭等等（是年陈宏己、徐𤊹卒）①。

　　万历后期以来闽中文学之极盛，除了这个文人群体始终抱持一种自觉的集团意识，通过更加频密、壮大的社事张大闽诗外，与之前的时期相比，还在于充分利用这个时代更为开放的风气与更为发达的交流、传播机制，在与他地域文学互动中实现这种彰显闽诗的效应。从上述各种社事已经可以看出，就福州本地的社集而言，明显有相当多四方人士的加入，而令其突破地域的封闭性，且这些四方人士也已不再仅限于仕宦于此的各级官员，而有相当一部分是慕名而来专事交游、游历的文学之士。陈衍曾专门作过一篇《嘉客记》，相当自豪地声称："闽中幅员虽隘，乃四方之客亦乐游之。"②所记历数万历后期以来四方来郡中之士，计有：吴郡陈祼、吴郡彭城、清漳黄廷宝、蒲圻米良昆、新安吴拭、吴郡顾听、清漳陈翼飞、白下曾鲸、吴郡陈善、湖州茅元仪、嘉兴陈懋仁、西海艾儒略、宁波杨德周、毗陵过文年、吉安曾文饶、永嘉包厥初、新安吴道荣、金华龚玄、吴郡何温、惠州庄器、莆田陈瞻、南京朝天宫道士崔逸、嘉兴周文郁、台州女史胡莲、泉州蔡鼎、吉安曾弘、邵武李嗣玄、白下顾梦游、维杨李蘅等，以及前诸君来者沈从先（野）、钱叔达（行道）、柳陈父（应芳）、吴非熊（兆）、屠长卿（隆）、何无咎（白）、俞羡长（安期）等等，有数十人之众。在这份并不完全的名单中，不乏声闻遐迩的名士，甚至还有来自西洋的传教士。而这在很大程度上，又与这个文人群体在两都与他地域的努力经营是分不开的。

　　从全国的情形来看，自万历后期以来而至启、祯间，文学风尚、文学格局发生了比较大的变化，先后崛起的公安、竟陵所代表的楚派，正日渐侵蚀、取代后七子一派曾经不可一世的势力，成为文坛新的时尚，甚至令深受王世贞影响的吴中地区风习亦为之一变。闽中诗人自邓原岳以下，亦

---

　　① 以上可参看闵丰《万历晚期闽中诗人结社研究》第 13—14、19—20 页，市原亨吉《徐𤊹年谱稿略》"崇祯十年丁丑"、"崇祯十五年辛巳"谱。
　　② 《大江草堂二集》卷一三，明崇祯刻本。

因与公安、竟陵发生直接、间接的关系,在迎拒之间,或多或少地可以从他们身上感受到这股时代风潮的影响。当初如邓原岳,虽与袁宏道、江盈科为同年进士而有交往①,但在文学创作与见解上尚未见有真正的交流或交锋;谢肇淛亦为袁、江同年进士,与公安派关系极深,尝于万历二十七年(1599)参加该派中坚组织的葡萄社活动,又与竟陵钟惺交好;曹学佺于万历三十七年(1609)以来,即与钟惺建立起某种联系,又约于万历三十八年访袁宏道于公安,虽不遇,却与袁中道建立交谊并曾同集赋诗②。至于林古度、商家梅、蔡复一,则以其完全追随竟陵,被公认为是"变闽而之楚,变王、李而之钟、谭"③者,闽中文人不同程度受竟陵派影响的,尚有如谢兆申、董应举、王宇、陈衎等人。

尽管如此,至少作为闽中文人群体领袖的曹学佺、谢肇淛、徐𤊹等,却能始终坚守闽派传统,坚守以"格调"为中心的复古主张。曹学佺早在任职南京时,就以"予郡趋风雅,骚坛有弟兄。文章近古则,轩冕薄时荣"④与同社徐𤊹等共勉,叶向高《曹大理集序》谓"大理诗刻意三百篇,取材汉魏,下乃及王右丞、韦苏州",实为其毕生追求之守则,故不管其后来实际创作是否有钟惺批评的"浅率之病"⑤,如朱彝尊还是认为,自明初至竟陵,诗凡八变,"闽粤风气,始终不易","若曹能始、谢在杭、徐惟和辈,犹然十才子调也",而"能始与公安、竟陵往还唱和,而能嚼然不滓,尤人所难"⑥。徐𤊹也正是在这个意义上,赞扬曹氏"维桑坛坫在,雅道赖君兴。"⑦谢肇淛同样坚执于此,其《漫兴》诗云:"徐陈里闬久相亲,钟李湖湘非吾邻。丸泥久已封函谷,怕见江东一片尘。"⑧所强调的正是对闽派而非楚派的认同,据以抗衡时趋,故朱彝尊亦据此谓:"是时景陵派已盛

---

① 其《西楼全集》卷七有《答江廷尉进之》、卷一八有《答同年袁六休》。六休为袁宏道号,三人皆万历二十年进士。
② 《石仓诗稿》卷二一《雪桂轩草》有《三月三日同喻叔虞袁小修夏道甫集章台寺修禊》。
③ 《列朝诗集小传》丁集下《谢布政肇淛》,第649页。
④ 《寄同社徐兴公诸子》,《石仓诗稿》卷一《金陵初稿》。
⑤ 钟惺《与谭友夏》,《隐秀轩集》文往集。
⑥ 《静志居诗话》卷二一《曹学佺》。
⑦ 《喜曹能始到家》,《鳌峰集》卷一〇。
⑧ 《小草斋文集》卷二九。

行,而在杭能距之。"① 而钱谦益早就断言:"在杭,近日闽派之眉目也。"②
徐𤊹给友人信中的一段议论,可看作是对闽中文人群体面临新的文坛变局所取立场、姿态的一种总结,他说:

> 至于今日楚派聿兴,竞新斗巧,体不必汉魏六朝,句不必高、岑、王、孟,一篇之中,则"之""乎""也""者"字眼已居其半,牛鬼蛇神,令人见之缩项咋舌,诗道如此,世风可知。今吴人从风而靡,皆效新体,反嗤历下、琅琊为陈腐,总之学识不高,便为之蛊惑,独敝郡人稍稍立定脚根,毕竟以唐人为法。近亦有后进习新体者,众摒斥之,所以去诗道不远矣。③

如果说,万历前中期闽中文人主要是围绕着后七子一派而产生"影响的焦虑",那么,现在自然是主要因公安、竟陵盛行而生此"焦虑",他们所采取的策略,便是"以唐人为法"而相抗衡,坚守复古传统,即有闽中"后进"倒戈而效新体,他们也是群起而相抵制,以保持"诗道"之不失。而在此"吴人从风而靡"、"独敝郡人稍稍立定脚根"的叙述中,我们尚可觉察到他们于当前这样的诗歌格局中,以唯有富于传统的闽中诗派能守持明诗正宗(亦即前后七子所发扬光大的复古审美理想)自任,那也意味着完成了闽中文学由十子开明诗风气之先,到嘉、隆以来渐与江浙、湖广鼎立并盛,再到此间天下正宗独在闽中这最后一个环节的塑造。

徐𤊹《秋室编序》有一总结,划出了属于他们自己的时代:

> 吾郡之诗,自国初至今盖四变矣。国初重风调,不失王、孟矩矱,林子羽十子是也。成、弘之际重气骨,步趋少陵蹊径,郑继之诸君是也。万历间重法律,取裁六朝、汉魏、三唐而会宗之,称一时之盛,陈氏二孺与邓汝高、予伯氏惟和是也。至于今日,尽改二百年来之声

---

① 《静志居诗话》卷一六《谢肇淛》引,第478页。
② 《列朝诗集小传》丁集下《谢布政肇淛》,第648页。
③ 《复彭次嘉》,《徐兴公尺牍》。

格,别开炉冶,虽刊去陈言,而千古法不无离异。呜呼!学诗与时递变,亦风尚使然矣。①

在强调"学诗与时递变"的同时,显得何其自信。

二、《东越文苑》与《石仓十二代诗选》

在创作实践之外,这个文人群体继续通过乡邦文学的搜辑整理、诗歌总集的编纂,贯彻上述构建本地域文学的宗旨,最具代表性的,当属陈鸣鹤的《东越文苑》、曹学佺的《石仓十二代诗选》。其他如谢肇淛的《小草斋诗话》,虽是诗歌批评著作,其实也体现了他们这样的用意,马歘在撰于天启四年(1624)之《小草斋诗话序》中,即表彰其成就、申发其旨趣曰:"大都独抒心得,发所未发,而归宗于盛唐,以扶翼正始之音。""万历之季,渐入恶道,语以唐音,则欠伸鱼睨;语以袁、钟新调,则拊髀雀跃。在杭是编,功固不浅。"②显然被用来作为针砭时俗、标持正始之音的一个文本。此外,据记载,徐𤊹在崇祯六年(1633)还曾编纂《闽南唐雅》十二卷③。

《东越文苑》共六卷,陈鸣鹤纂成后,由赵世显编订并付梓,卷首有王穉登万历丁未(1607)五月序、赵世显同年二月序,则刊行当在是年。该编著录全闽唐神龙年间至明代隆、万间共五百四十一人,其中唐五代五十人,宋元三百八十五人,明代一百零六人,后死者不与。所谓"东越",以汉武帝时封馀善为东越王,故名。

作为一种专门汇辑艺文之士的献征录,与之前《闽中正声》、《晋安风雅》相比,其收录范围不仅在时间上由有明一代扩大到唐五代、宋元,而且在地域上也由福州一地拓展至整个福建地区,这不能不让人联想到,这个时期闽中日益开放的特征,赋予了人们更为阔大的视野,因而要作更为全面的检讨。其编纂动机或宗旨,据赵世显《东越文苑序》所述:

---

① 陈鸿《秋室编》卷首,清初刻本。
② 《小草斋诗话》卷首。
③ 参详陈庆元《徐𤊹著述编年考证》,《晚明闽海文献梳理》,第35页。

> 东越自隆、万以来,才俊豪英,项背相望,若贾、马、班、杨之撰述,汉、魏、晋、唐之诗章,钟、王、褚、欧之书法,靡不兼总精诣,令人耳而目之,咸如标绮错绣,玄黄互施,眸眩而心醉,盖文之盛极矣。迩来稍可异者,公车之业右淫艳而薄雅驯,笃古之英尚浮夸而尠实际,间井之俗贵耳目而贱身心,骛诡奇而轻朴茂,倡一和百,争相夸诩,猥谓文在兹乎,庸讵知其流于靡而畔于道,则斯文之蟊贼已矣!力挽而返之淳,庸匪吾侪之上务乎!噫嘻!犹幸有先哲之典刑在也。①

虽说万历三十五年之际,竟陵派尚未在两都崛起,然隆、万以来,诗家厌薄七子拟古之弊而求变的风气正在形成,更何况公安树帜,势头正盛,故是著之编纂,除了搜辑散逸隐匿以存人外,仍被认为具有通过追索"先哲之典刑"而正视听、返正始之效用。

至于吴中名士王穉登所撰《东越文苑序》,却是从另外一个角度来阐述此编的意义的。他说:

> 唐世尚风雅,风雅及五季而靡;宋世尚理学,理学及胜国而靡;元人虽欲以风雅易理学,然纤弱婉媚,亡当于作者矣,丰神不能什一唐与五季矣。爰及明兴,犹憎其眼,林鸿辈十子出,而后正始之音复振;郑继之狎主夏盟,中原诸人莫敢相期东越。无论五代、宋、元,即唐之数子并驱争光,未知牛耳竟入谁手;其在今日,久而愈盛,若椒聊瓜瓞,然祖十子而祢郑君,安可忘所自耶!②

这样一种史的线索的梳理,与前举徐𤊹之论颇为相近,无非是欲在突显今日闽中文学继十子、郑善夫而再盛的同时,再将之与"唐世尚风雅"串接起来,以示正脉之所在;而这当中,又有自李、何以来日益发生变化的价值观念相支撑,那就是诗古文辞与经术孰者为重的问题,如他在是序中批判的:"国朝重制举、蔑雕龙,竞一时之荣,忽千秋之业。"(同上)这样,随着

---

① 《东越文苑》卷首。
② 同上。

文学权力的下移,此中士人由原来以"道南理窟"自豪转而以风雅之事自任的合理性与价值就显现了出来,闽中文学之盛,特别是由广大低级功名获得者及布衣之士共襄盛举之于这个时代的意义亦因此得以昭示。从陈鸣鹤在徐𤊹传下一段"传论":

> 明之初兴,士以古文辞称者,皆得起家自效,以故学者多遵其业。熙宁(按:宁,疑为"宣"之误)之后,独以制艺而[幻],排比软语,则古道废矣。及郑善夫起而倡之,傅、高二子以布衣为公卿上客,名传于后世,于是士乃喟然叹,复修千秋之事。余择其尤雅驯者论之。①

我们可以看到,王穉登所论,可谓得其旨哉,故王氏于上序结尾又以一言以蔽之:"且欲东越人义高,不独文苑盛,尤能重布衣也。"

曹学佺编纂《石仓十二代诗选》,共《古诗选》、《唐诗选》、《宋诗选》、《元诗选》、《明诗选》五大部分组成,《古诗选》包括汉、魏、晋、宋、齐、梁、陈、隋八代,合以下四种四个朝代为"十二代"。其中《古诗选》13卷,《唐诗选》110卷(其中《拾遗》10卷),《宋诗选》107卷,《元诗选》50卷,各种书目著录皆同,唯《明诗选》卷帙浩繁,随编随刻,各种目录著录有较大差异(总卷数在900卷以上),今国内各大图书馆所藏亦非全帙②。作为规模如此宏大的通代诗歌总集,虽然已非局限于福建一地,却仍然可以看作这个时代的闽中文人在日益开放的风气下,以一种更为阔大的视野与胸怀,通过这样一种批评形式,在已经发生变局的启、祯文坛,在钟惺、谭元春编选的《古唐诗归》已风行天下的形势下,宣示自己的文学主张,夺取引领风尚的话语权,发挥其守持复古的堡垒作用,进一步显示闽中文学的实力与地位,故其预期的效应自然要比前中期的那些闽中诗歌选本大得多。

据曹学佺《石仓十二代诗选·宋诗选》自序:

---

① 《东越文苑》卷六。
② 关于此集的详细情况,可参看朱伟东《〈石仓十二代诗选〉研究》,复旦大学2000年硕士学位论文(指导教授:陈广宏、郑利华),未刊。

> 夫诗自汉魏而下,以至晋宋、六朝、三唐,予在金陵时阅选再四,缮写成帙。旋佚去,予亦不之问,有暇乃更选。

知在任职南京期间,已萌生开展这一重大工程的念头并已着手准备。据前所述,曹学佺由户部主事左迁南大理寺正在万历二十七年(1599),则诸如此类的阅选工作当自是年以后启动,可以说经过了一个相当漫长的酝酿、准备阶段。又根据此集诸选曹氏所撰自序的时间,《古诗选》在崇祯四年(1631)清明日,《唐诗选》在崇祯四年立夏日,《宋诗选》在崇祯三年(1630)八月初一,《元诗选》在崇祯三年十月初一,《明兴诗选》在崇祯三年十月十五,知诸选乃集中于这两年间陆续刊刻,则其编辑选定,当亦在天启六年(1626)削籍家居后数年间;而其选诗之底本,亦往往有赖于这个群体的友人之收藏,如其宋元诗选,即合徐𤊹、谢肇淛、林懋礼三家所藏之书而选编①;并且如徐𤊹还提供了自己相关的选诗②,此可证实这项重大工程获得这个文人群体的共同关注与帮助。

《明兴诗选》,即所谓《明诗选初集》,所收大致为成化以前的诗人;而自崇祯四年以后数年间,当继续按计划选编成次集以下明诗诸选及续集,如其于自序中所说:

> 然此其初集也。引之而成、弘,为次集;引之而嘉、隆,为三集;引之而万历,为四集。③

然而,结果在事实上所收录的作家作品,在数量上远比他预计的要庞大。

---

① 参见曹学佺《宋诗选》自序。又,曹学佺《宛羽楼记》曰:"予妄欲著作而藏蓄不广,且亦多亡,每每借本于兴公,兴公之意,略无倦息。"(《西峰六四文》,《石仓四稿》,崇祯刻本)缘是之故,后人为复原《徐氏红雨楼书目》残本,其集部"宋诗"、"元诸家姓氏"、"明初诸家姓氏"、"明集诸家姓氏"、"明诗选姓氏"诸项内容,竟以徐氏部分藏书目与《石仓宋诗选》、《石仓元诗选》、《石仓明诗选》中所选诗人名目与他书相关内容拼合而成,参详许红霞《〈徐氏红雨楼书目〉集部悬疑内容考述》,《文史》2017年第2期。

② 如《明诗次集》卷七八《梅庵集》附"连江林景清诗",曹学佺所撰跋语即谓:"兴公既衷选之,予再加删润,合为一帙,庶见阐幽之意云。"

③ 《石仓十二代诗选·明兴诗选》卷首。

四集所收,虽已有隆、万间作者,然至五集所录,以后七子一派为主,嘉、隆以来作者仍未网罗殆尽,六集所收诗人,亦才至万历中期。由于明诗实为其搜辑编选之用力所在,与所选前代诗相比,更首先要求以人存诗,且时代越近,越注意探颐索隐、剔粹搜奇,故卷帙也就越来越多,不仅有七集、八集(所录作家基本上已至万历中后期),有续集至续六集,据《啸亭杂录》所录礼邸藏本,尚有他本所不载之九集、十集。此外,还有按地域编纂的《南直集》、《浙江集》、《福建集》、《社集》、《楚集》、《四川集》、《江西集》、《陕西集》、《河南集》等,情况相当复杂,其具体刊刻时间,或在崇祯十年已接近完工①。有关研究者据版刻及编纂体例等异同情况推测,在曹学佺原定编纂计划中,可能并无编选续集与地方集的设想,唯其在相对集中地编刊完六集之后,仍有大量未选之诗,故以续集的形式将这些诗人的作品缀于相应正集之后;又各地声名较著的诗人已被网罗入选后,因篇幅所限,仍有不太著名的诗人诗作未被选入,故再以地方为单位予以辑录②。这样的推测,我认为是合乎情理的。至于这些选集的刊刻,当如郑振铎先生所言,是"随得随刻"③。恰恰是这些地方集,不仅明人诗作散佚者赖以保存,而且亦有助于我们按照当事人选录的实际情况来认识各地域文学相互影响、消长的格局。至于其中《社集》、《福建集》及有的目录著录的《闽秀集》,所录范围并不局限于福州一地,称"同社"者亦不例外;较之其他地区的选集,《福建集》卷帙最富,有九十六卷,另《社集》亦有二十八卷,而人文传统丰厚的《南直集》三十五卷,《浙江集》五十卷,其他地区则均仅在五卷以下,这虽有取资便利的原因,但也可据以说明作者心目中闽诗的地位。

曹学佺的选诗标准,自然以"风雅"为准则,与陈鸣鹤的标榜一样,"选其雅驯者"④,既强调"予犹知乎乐与诗之正,又知乎代与体之变"

---

① 徐𤊹《寄李公起》提供了相关线索,该书乃与鄞县李埈,当作于崇祯十年,署"七月初三日"。书曰:"曹能始刻诗,已分各省各府,今冬可完,当购楮总印全集,计百馀册,则二百七十年文献,犁然具在也。"(《红雨楼集·鳌峰文集》第四册)
② 见朱伟东《〈石仓十二代诗选〉研究》第 22 页注 3。
③ 《西谛书话·劫中得书记》"《石仓十二代诗选》"条,上海古籍出版社 2006 年版,第 55 页。
④ 《石仓十二代诗选·明诗次集》卷七八《梅庵集》附"连江林景清诗"跋语。

(《古诗选序》),又强调"皆与法合"(《唐诗选序》),这与高棅《唐诗品汇》的核心批评观念,所谓"诚使吟咏性情之士,观诗以求其人,因人以知其时,因时以辩其文章之高下、词气之盛衰,本乎始以达其终,审其变而归于正"①,确可以说是一脉相承的,而高棅审其代与体之正变的标准,亦无非是在音律、体制及其法度。故曹学佺在《唐诗选序》中,批评了自唐、宋、元及本朝如《诗删》、《诗所》、《唐诗类苑》、《诗归》等诸多诗歌选本,却独首肯高棅之选曰:

是故高廷礼之目唐诗而曰初,曰盛,曰中、晚也,实本于唐代之递降,而诗亦随之者也;故其所选诗,而前后无以易之者也。②

由此即可窥见其宣示的文学主张,正出于他们所构建的闽中诗派的传统。有鉴于此,如四库馆臣虽亦觉得其所选"卷帙浩博,不免伤于糅杂",但仍认定"故所去取,亦大都不乖风雅之旨,固犹胜贪多务得、细大不捐者"③。

三、曹学佺、徐㶿、谢肇淛的诗歌创作

曹学佺(1574—1646)字能始,一字尊生,号石仓,又号雁泽居士、西峰居士。福建侯官人。万历二十三年(1595)进士,授户部主事。万历二十六年(1598),调任南京添注大理寺左寺正,后又转南京户部郎中。万历三十七年(1609),任四川右参政,三十九年(1611)升按察使。万历四十一年(1613)削官回乡。天启二年(1622),起为广西右参议。天启六年(1626)秋,迁陕西副使,未行,以直书梃击案本末削籍。隆武朝授太常卿,后又进礼部右侍郎兼少宗伯,侍讲学士,并命纂修《崇祯实录》。寻迁礼部尚书加太子太保。清兵入城,投缳死节。乾隆十一年(1746),赐谥忠节。著有《五经困学》、《易经通论》、《诗经剖疑》、《春秋义略》、《礼记明训》、《蜀中广记》、《广西名胜志》、《石仓诗稿》、《石仓文稿》、《石仓十

---

① 《唐诗品汇总叙》,《唐诗品汇》卷首。
② 《石仓十二代诗选·唐诗选》卷首。
③ 《四库全书总目》卷一八九《石仓历代诗选》条,第1719页。

二代诗选》等。传见曹孟善《明殉节荣禄大夫太子太保礼部尚书雁泽先府君行述》。

　　曹学佺著述宏富,诗文更逐年结集,超过百卷,极为壮观。其诗文集的面貌,陈庆元教授据日本内阁文库所藏相对完整之本,已有详细考证①。我们据曹氏历年撰集情况,将其诗歌创作大致分为如下四个时期:第一个时期万历二十七年(1599)左迁南大理寺正前,算是其早年创作,结集有《挂剑篇》、《海色篇》、《潞河集》、《游房山诗》等。第二个时期万历二十七年在南大理寺正任上至万历三十六年(1608)十月蜀藩命下,主要显示其在南都文坛崭露头角并成为盟主的经历,先后有《金陵初集》、《藤山看梅诗》、《玉华篇》、《苕上篇》、《钱塘看春诗》、《游太湖诗》、《续游藤山诗》、《芝社集》、《天柱篇》、《春别篇》、《豫章稿》、《江上篇》、《武林稿》、《石仓诗稿》之《金陵集》等。第三个时期自万历三十六年入蜀至天启六年(1626)削籍,包括任职四川、广西及其间削官家居的经历,有《蜀草》、《雪桂轩草》、《巴草》、《两河行稿》、《浮山堂集》、《福庐游稿》、《听泉阁近稿》、《石仓诗稿》之《夜光堂近稿》、《焱轩诗稿》、《林亭诗稿》以及《桂林集》等。第四个时期为天启七年(1627)归家至顺治三年(1646)卒,是其生命最后一个阶段,隐居闽中为主,有《石仓三稿》之《更生篇》、《赐环篇》、《西峰集》,《石仓四稿》之《西峰六一草》、《西峰六二草》,《石仓五稿》之《西峰六三草》,《石仓四稿》之《西峰六四草》,《石仓五稿》之《西峰六五草》、《西峰用六篇诗》,《石仓六稿》之《西峰六七集诗》、《西峰六八集诗》、《西峰六九集诗》、《西峰古稀集诗》等。

　　曹氏在晚明堪称大家。其为闽中文学领袖已不必说,如《明史·文苑传》曰:"万历中,闽中文风颇盛,自学佺倡之。"②晚清闽人谢章铤《论诗绝句三十首》云:"当年鼎足曹徐谢,巨擘还应让石仓。"③不仅如此,曹学佺在当时文坛的地位显然又是超越地方性的。如果说,如汤显祖将曹氏

―――――――
　　①　参详陈庆元《日本内阁文库藏曹学佺〈石仓全集〉编年考证》,《晚明闽海文献梳理》,第117—180页。另,孙文秀在其博士学位论文《曹学佺文学活动与文艺思想研究》中亦有相关考述(北京大学2011年)。
　　②　《明史》卷二八八,第7401页。
　　③　《赌棋山庄集》卷五,清光绪刻本。

与袁宏道并称"二美",夸赞他们"新来好句得曹袁"①,或黄汝亨作《两君咏》专誉汤显祖、曹学佺二君子②,仅可证其个人才性、风姿在一流之列,那么,如钱谦益对曹氏的敬佩——他乞学佺为母作传,并序《初学集》,应该可以说明曹氏的实力与地位。钱氏于所谓"闽派",抨击不遗馀力,却唯独对曹学佺(或还有徐𤊟)青睐有加,《列朝诗集》选录曹诗超过八十首,这不能不说是奇异的现象。诚然,身处流派纷争的晚明诗坛,钱氏有其策略上的考虑,故竭力消解曹氏的闽派色彩,然从另一方面来说,他将曹学佺从地方性诗派中拔擢出来,本身显示了他的眼光与器局。清王士祯承钱氏所折服,进而推论,"明万历中年以后迄启、祯间无诗,唯侯官曹能始宗伯诗,得六朝、初唐之格"③,则更是给予很高的评价。不管怎么说,曹学佺获得如此这般的推举,最终或仍需从闽中诗人影响力的扩展得到解释。

  我们先来看曹氏第一个时期的创作。相对于其一生所作,这个时期确实仅可以说刚刚起步。按说曹学佺中进士前至少应该与徐𤊟兄弟等邑友已有交往④,然未见有作品留存。现存作品的编集是从万历二十四年(1596)六月往金溪哭师周圣兆墓途中所作《挂剑篇》开始的。试举该集二首:

> 满天烟雾昼冥蒙,狐兔荒阡过几丛。漠漠白杨遮面雨,萧萧黄叶点衣风。孤村断火三家闭,一水冲桥半渡穷。门巷凄凉衰柳在,不堪系马夕阳中。(《金溪道中》)

> 长安闻讣客魂惊,一夜关山挽不成。夙昔但挥离别泪,如何能尽死生情。风前残烛吹南浦,雪里孤身恸北平。国士厚恩酬未得,夷门

---

① 汤显祖《云声歌寄宜兴张文石并怀能始中郎》,《玉茗堂全集》诗集卷一七,明天启刻本。
② 黄汝亨《两君咏》诗,分别为"汤仪部若士显祖"、"曹民部能始学佺",《寓林集》诗集卷一,明天启四年刻本。
③ 《带经堂诗话》卷二五"轶闻类",人民文学出版社2006年版,第715页。
④ 徐𤊟万历二十八年所作《怀友诗》,述其与包括曹学佺在内的诸位诗友先后结社谈诗、文酒过从,皆有十年的交情。又曹学佺《陈孺人墓志铭》述徐𤊟兄弟在万历二十一年其母周年祭日,尝邀学佺等过其绿玉斋享用祭馀。参详孙文秀《曹学佺文学活动与文艺思想研究》附录《曹学佺年谱》。

肝胆向谁倾。(《挽周先生明府四首》其二)①

此二诗钱谦益《列朝诗集》皆选录,其于后首挽诗并四首全录。曹学佺自万历二十二年(1594)冬拜别病中周师赴京应试,如愿高中,恩师却身故,故如钱氏所谓"能始登第后,走千里哭周君之墓于金溪"②,不惮路途遥远,一路疾行。前首写途中所感,惨恻凄凉,其景荒寒;后一首倾诉衷肠,顺笔成致,一气呵成。由此观其七律之体,并不从空同、历下入。

《潞河集》乃曹氏万历二十六年(1598)在户部任上作,时有潞河之役。诗可举《赠邓汝高》:

契托薜萝外,攀跻霄汉间。清涟挹潞水,紫气傍孤山。神理自长久,古今能往还。何须习仙吏,采药驻童颜。③

邓原岳当仍在户部主事任上。这期间,曹氏在潞河公署还送别了下第返归的徐燉。虽然好友各自为生计奔波,但似乎总有相聚的机会。此诗叙写"吾党"之石交,却有一股清逸之气扑面而来,这一特点在其早期之作即已呈现,颇为难得。

第二个时期,是曹氏在南京任官的十年,虽说任南大理寺正属左迁,且一官久不调,至万历三十三年(1605)始转南户部郎中,然却成就了其在南京这样的仙都乐土与诸多名士命觞染翰、词藻流传的蔚然盛事。这个时期的曹学佺,所到之处,无不在交游唱酬中。如万历二十七、二十八年,在南京举金陵社,并将金陵诗友社集结集为《金陵社集诗》八卷,于若瀛《词林雅集序》详细记录了十次集会活动概况,并三十二名社友的名单④。万历三十年(1602),在武林征集秋社,曰"西湖大社"。万历三十一年,在家乡与赵世显、徐燉等结芝山社,又中秋与屠隆、佘翔、郑怀魁、赵世

---

① 《石仓诗稿》卷三。
② 《列朝诗集》丁集卷一四。
③ 《石仓诗稿》卷一七。
④ 参详孙文秀《曹学佺文学活动与文艺思想》,第47—49页。

显、林世吉等并为长,在邻霄台举"神光大社"。万历三十二年四月在豫章,与当地诗友唱酬,九月回到南京后又有各种社集①。此十年间结集之诸集,则合刻为《曹大理集》十六卷,叶向高为撰序,其中称学佺"诗格益高而其辞益出于独创"②,大抵符合其本阶段的特点。

先举《金陵初稿》的《集鸡笼山望玄武湖》一诗:

再入佳丽地,睹兹春已暮。良友郁我怀,匪招亦云聚。兴言鸡笼山,不远在我寓。登陟乐及兹,人代惜沦故。参差绮构灭,高下琳宫布。明湖旷且闲,悠然与目遇。光凝鉴桓夷,流蓄响靡赴。既侧钟山阴,乃衔大堤路。东风荡群绿,微波不成素。③

据于若瀛《词林雅集序》,知此诗题即金陵社于万历二十七年(1659)首集之题,应该有很强的竞技性,不过,曹学佺写来却颇为疏缓,亦未强效汉魏人口吻,而呈现一种内力。此诗钱谦益《列朝诗集》即予以选录。属《金陵初稿》的再举一首《寄同社徐兴公诸子》:

予郡趋风雅,骚坛有弟兄。文章追古则,轩晚薄时荣。念岂山川隔,忧惟日月征。何时遂初志,聚首复班荆。④

该诗让我们看到,尽管曹氏怀着孟子"国与天下之善士,斯友一国之善士"之抱负⑤,在外竭力拓展交道,然他心中始终有予郡兄弟的情结,兄弟相与尚论古之人,在某种意义上成为其生活的动力。就这一点来说,无论是谁,恐怕都很难消解其闽派色彩。

《藤山看梅诗》举《花下初度》一首:

---

① 参详陈庆元《曹学佺年表》,《晚明闽海文献梳理》,第 436—437 页。
② 《曹大理集序》,《石仓诗稿》卷首。
③ 《石仓诗稿》卷一。
④ 同上。
⑤ 参详曹学佺《郑汝交文集序》,《石仓文稿·淼轩》文部,明崇祯刻本。

> 主人悬弧辰,幽壑梅花吐。携酒与客饮,欣然道平素。忆自少小时,举头不及树。只贪繁华乐,那解寂莫趣。比长远出门,南北无恒寓。岁宴天凝寒,不与花相遇。虚生惭碌碌,二十七回度。幸得归山中,幽期两无误。兴即花下酌,醉即花下卧。清福不易居,造物亦多妒。明年此日来,未知信何处。①

这是曹学佺二十七岁生日之际,以花与自我为主题,抒发诸多变易中的人生感悟,立意颇佳,而语言亦平善浅净。

《玉华篇》举《八月朔日王元直招集南楼送陈汝翱之东粤王玉生之清漳沈从先还姑苏徐兴公之建溪陈惟秦之聊城蒋之才之广陵余返白下》:

> 西风萧瑟动离颜,一树衰杨不剩攀。秋老几人犹白社,月明无主是青山。征途南北高楼外,客泪纵横杯酒间。此别纷纷难聚首,天涯那许梦魂闲。②

此为名篇,尤其颔联是名联,如钱谦益《列朝诗集》、沈德潜《明诗别裁集》等皆予选录。诗当万历二十九年(1601)八月自闽中返南京前作,诸同调集王元直南楼,然后就此别过,各奔东西,因而产生聚散无常、再会无期的感伤。与《玉华篇》相衔接的《苕上篇》,就收录了曹氏此际所作《别诗十三首》,与陈荐夫、陈宏己、赵世显、袁敬烈等老友一一作别。

我们再看《天柱篇》,可举《柯屿访陈惟秦宅》:

> 马上迎寒色,梅花历几村。所之俱白雪,不识是黄昏。涧水仍前路,人家尽后园。向闻栖隐处,始为到柴门。③

万历三十一年(1603)冬,曹学佺偕徐燉、林古度游闽南,途经福清访陈仲

---

① 《石仓诗稿》卷六。
② 《石仓诗稿》卷八。
③ 《石仓诗稿》卷一三。

溱。诗为五律,却嵌入不少虚字,亦算是学前贤以古文法为律,而能不拘形迹,清新自然中性情毕现。

《江上篇》可举《夜登石钟山》:

> 湖口行人旷,山门入树幽。钟鸣片石夜,月满九江秋。洞里悬渔网,岩前过客舟。醉歌仍未已,清露湿沧洲。①

诗为曹氏万历三十二年(1604)秋由九江至金陵所作,摹写夜色中径直登山之见闻,两联景语清幽润洽,唯沉酣象外之境者,方能得之。

又,《石仓诗稿》之《金陵集》中有《宿石头庵》:

> 经秋成惨思,入夜始玄言。霜白先微月,钟清乍啸猿。洞流应闭叶,山雨未开门。明日疏林外,能禁览眺繁。②

乃重返南京后所作,亦摹写夜景,可与上诗相对照。钱谦益谓学佺"为诗以清丽为宗"③,此诗颇为典型。

再举《武林稿》二诗:

> 白下思千里,吴门到一寻。预知片榻上,缓我故园心。良夜不复寝,清霜时在襟。除将杯酒外,直许是长吟。(《宿范东生池上二首》其一)
>
> 几度过吴苑,情亲问所居。相依昔日久,但觉此时疏。踪迹飘蓬外,诗篇脱草馀。自知苦不足,于子意何如。(《过沈从先》)④

诗当万历三十四年(1606)客武林途中作,吴门范汭、沈野,皆曹学佺所交

---

① 《石仓诗稿》卷一六。
② 《石仓诗稿》卷二。
③ 《列朝诗集》丁集卷一四。
④ 《石仓诗稿》卷一八。

知友。此二首又以古调写律句,其清逸之气,依然时时溢出纸面。王夫之《明诗评选》亦选了前一首,并评曰:"闽人诗多清弱。似此清亦不弱,高棅、王偁、郑善夫之所畏也。"①在闽诗传统中述其胜于前贤之成就。以上五首诗皆为钱谦益《列朝诗集》所选录。

第三个时期,是曹学佺仕途起落较大的一个时期,先任四川右参政入蜀,三年后获谤而削官回家;天启三年(1623)起广西右参议,奔赴桂林;又三年后迁陕西副使未行,以私撰《野史纪略》削籍归乡。尽管如此,其于诗却吟咏不辍,产量居高不下,乃至钱谦益批评说,"而入蜀以后,判年为一集者,才力渐放,应酬日烦,率易冗长,都无持择,并其少年面目取次失之"②。此批评不可谓不重,显示对大家持更为严苛的标准,却也未必不是事实。如钟惺即有同感,在与谭元春的信中,亦从他的个人感受,指出曹氏近日诗文之病:"曹能始,清深之才也。惜其居心稍杂,根不甚刚净,是以近日诗文有浅率之病,亦是名成后不交胜己之友、不闻逆耳之言所致。"③当然,这也都是就大势而言,本阶段的佳作其实仍难历数。

《蜀草》可举《双流》一诗:

> 万里桥方度,双流径过存。薄寒成翠色,疏雨点黄昏。竹柏密他树,水云平过村。群乌栖欲尽,才到县西门。④

诗为曹氏万历三十七年(1609)入蜀后所作,其所描写,当即当初左思《蜀都赋》"带二江之双流"之所在,秋冬之际的萧条景色,宛如一幅疏淡的山水画,神意自立,其颔联尤妙。此诗亦为钱谦益《列朝诗集》所选录。

《雪桂轩草》可举《九日浔阳宴别》:

---

① 《明诗评选》卷五,第224页。
② 《列朝诗集》丁集卷一四。
③ 钟惺《与谭友夏》,《隐秀轩集·文往集》,明天启二年沈春泽序刻本。
④ 《石仓诗稿》卷二〇。

桂树花残复作阴,轻霜几点落衣襟。自然要到登高会,何事能忘赋别心。墙内梧桐成古色,沙边鸿雁亦清音。秣陵有景不东下,归向闽山烟雾深。①

诗为万历三十九年(1611)九月在浔阳作,时拟择雪桂轩居之而未果,将归之际,与此地友人宴别。中间两联以虚字连缀,虽成讲调,亦颇别致。

再看《巴草》之《沙溪别东生》:

几夜舟中语,沙溪便有程。忍将离别泪,一洒合州城。小雨入江暮,微阳穿树明。曰归何不得,岁晚事孤征。②

诗当万历四十年(1612)岁暮在沙溪作别范汭所作。此诗如钱谦益《列朝诗集》、王夫之《明诗评选》等皆选录,王夫之并有酷评,曰:"此不可喝作晚唐。看他入手大,运局高,贾长江终身未逮。石仓不从晚唐入,石公不从白、苏入,若士不从三谢入,是以掐得古人生魂,北地、信阳、历下、琅琊、竟陵、山阴皆旁门汉。"③在赞赏曹学佺、袁宏道、汤显祖善于自运的同时,还顺手戳了七子、竟陵等一枪。

《浮山堂集》可举《九日首举石君社分得六麻韵客为俞羡长、陈诚将、胡白叔、俞青父、郑汝交、赵十五、李季美、李明六、陈可权、包一甫、舍弟能证》:

陶令爱重九,桓公嘲孟嘉。遗风犹足想,此会讵云赊。入社可无酒,开篱先有花。水纹惊楫碎,山影压栏斜。率意省携具,登高仍傍家。松根藏石壁,亭杪出江沙。细步姬人作,新衣客子加。当筵奉词赋,一任答韶华。④

---

① 《石仓诗稿》卷二一。
② 《石仓诗稿》卷一九。
③ 王夫之《明诗评选》卷五,第225页。
④ 《石仓诗稿》卷二三。

此即有名的石君社,万历四十三年(1615)在闽中曹学佺石仓园首集,时曹氏遭谗削官归,干脆在家中享诗酒谈宴之乐。诗为排律,竞技之具,逞才而已,然诗律工细,仍见功力。

又如《听泉阁近稿》之《听泉阁歌》:

> 湖中光景虽联络,对面不见听泉阁。石仓山觜尽于此,几树扶疏露岩脚。泉声绕阁日潺湲,栈道欹斜阁道湾。阁上仅留僧半榻,窗前纯列水西山。江流不可尽,层层上栏楯。湖光一片澄,泉脉几回引。引泉归上池,池满又他之。疾徐无定响,分合有常期。予所爱兮山中树,树里泉鸣若风雨。予所爱兮洞旁石,石上莓苔染金碧。碧水丹山日在门,高卧闻泉非世喧。莫言尘事堪塞耳,自有泉吟清客魂。①

万历四十五年(1617)四月,曹学佺石仓园中听泉阁筑成②,因而有歌。所作歌行体,换韵自如,又穿插用顶针勾连前后句,造成复沓递进的效果,在其集中似不多见。

至于《桂林集》,先举《桂林风谣十首》,钱谦益《列朝诗集》选录其中二首如下:

> 夜坐多蚊母,秋成半芋魁。寄桑传酿法,文石中碑材。戍饷资桥税,山田仰粪灰。广南商贩到,盐厂雪盈堆。(其八)
>
> 徭粮难猝办,村老未全驯。风俗传鸡卜,春秋祀马人。法依山例峻,歌迭浪花新。懒妇田间过,忙将织作陈。(其九)③

曹学佺于天启三年(1623)七月抵达桂林,任职期间,于所见所闻自然颇感新鲜。而这种呈现地方风俗人情的风谣组诗,是此际闽中诗人皆乐意尝试的一种诗歌样式。再举《再送宣仲二首》,钱谦益《列朝诗集》选录

---

① 《石仓诗稿》卷二五。
② 参详陈庆元《曹学佺年表》,第442页。
③ 《石仓诗稿》卷二九。

其一：

> 此时君定发,安得复蹉跎。雁信南来少,鸥群北去多。芳洲虽可涉,寒月竟谁过。馀兴乘冬取,江行踏浅莎。①

宣仲,即喻应夔,宣仲其字,新建人,工诗,学佺集中多有与之酬赠之作。此诗仍写得清远俊逸,王夫之《明诗评选》亦选录此首,并坚持他之前对曹诗的看法,评曰:"起落来回,通身是神力所举,故曰闽诗唯公不弱。"②

第四个时期,曹学佺自天启七年(1627)削籍归家,继续在家乡经营自己志在传诸后世的文化事业。一方面全身心投入著书立说的工作,如编修《儒藏》,先后梓行《五经困学》、《石仓十二代诗选》、《历代文选》等巨著;另一方面则勉力将石仓园打造成东南人文汇聚的佳胜之地,与闽中诗友先后举菊社、洪江社、阆风楼社、三山耆社、梅社等,既是自娱,亦是通过各种社集交通声气,并吸引天下文士共襄盛举。钱谦益曾描述说:"今天下文士入闽,无不谒曹能始。谒能始,则无不登其诗于《十二代诗选》,人挟一编,以相夸视,如千佛名经。"③正是这个时期曹氏家居生活之写照。当然,就诗而言,这个时期总体上恐亦难免"才力渐放"之弊。

先看《石仓三稿》诗卷之《更生篇》,可举《石牌庵即事四首黄勉斋墓所也》,陈田《明诗纪事》选录其第三首:

> 一雨悬秋意,孤灯接夜谈。道粮资茗笋,僧爨杂烟岚。法叱山神护,禅容石丈参。开堂人已老,休念学瞿昙。④

诗当天启七年(1627)秋在家乡作,南宋理学家黄榦墓在福州瑞峰之麓,石牌庵则为一佛寺,如曹学佺此诗第一首所述:"先贤遗碣在,释子傍修

---

① 《列朝诗集》丁集卷一四,《石仓诗稿》卷二九。
② 王夫之《明诗评选》卷五,第225页。
③ 《题顾与治偶存稿》,《牧斋初学集》卷八六。
④ 《明诗纪事》辛签卷一,第2825页。

斋。"作者游宿于此,与僧人夜谈,诗亦颇杂佛法禅事。

《石仓三稿》诗卷之《赐环篇》中《题元翰芦溪精舍》一诗,同样显示了曹氏晚年生活参禅礼佛的这一个侧面:

> 家在南山南,山光映一潭。梦多临水阔,足岂向城谙。夜月悬高壁,秋云补旧庵。主人耽佛理,枯坐闭岩龛。①

诗当崇祯元年(1628)作,元翰即莆田吴文潜,有诗名,出家为僧。较之上举一诗,此诗写得更加清幽空灵,显示作者与主人俱心量广大,陈田《明诗纪事》亦选录此首。

最后,再举《西峰集》之《移居西峰社有述时予乞休得请》:

> 昔慕林野旷,卜筑依岩耕。衰龄惧风露,携孥入严城。渔钓屏不事,诗书阅馀生。虽在穷巷内,尚得西峰名。露台峙物表,平地为再成。登览周四极,翠微列前楹。花卉既杂艺,梅柳冬春荣。游鱼逝梁内,数尾继继轻。友朋日相过,室迩易合并。末学免孤陋,闲居荷圣明。岂待投荒苦,始鉴止足情。愧非谢安石,雅望谁为倾。②

据其集,诗当崇祯三年(1630)作,是年曹氏移居西峰社。作者在诗中详述自己移居缘起及新居环境,毋宁说,是其最近这段闲居生活状况及感受的一个总结,叙议颇有深隐,不损韵致。

徐㷆(1570—1642)初字惟起,更字兴公。自号鳌峰居士、绿玉斋主人、天竺山人、读易园主人、筠雪道人等。博学工文,善草隶书。童试后,即弃举子业。壮而好游,足迹遍江南。又性喜蓄书,富于著述,有《鳌峰集》二十八卷、《笔精》八卷、《榕阴新检》八卷、《红雨楼题跋》等数十种。

徐㷆一生嗜诗,又是捷才。同时莆田姚旅记述曰:"徐兴公信手皆诗,一日可得二三十首,故曹能始和其《春日闲居》诗云:'诗无宿债轻酬客,

---

① 《石仓诗稿》卷三一。
② 《石仓诗稿》卷三二。

笔不停耕可当农。'"①且与其兄徐𤊹一样,南居益谓其"诗自乐府歌行迨古近体,无所不备"②。作为晚明文坛盟主的钱谦益,崇祯间与徐氏曾有交往,"约以暇日互搜所藏书,讨求放失,复尤遂初、叶与中两家书目之旧",于其诗歌成就亦颇有肯定,称其"万历间与曹能始狎主闽中词盟,后进皆称兴公诗派"③,并在《列朝诗集》选录其作近五十首。相比之下,《列朝诗集》所选徐𤊹诗总共不过八首。

陈庆元教授曾撰文将徐𤊹生平分作三期:万历二十七年(1599)之前为一个时期,是年其兄徐𤊹卒;万历二十八年(1600)至天启六年(1626)为一个时期,天启六年其《鳌峰集》二十八卷刻成;天启七年(1627)至崇祯十五年(1642)去世是一个时期,时曹学佺被遣归家,不再出仕,徐𤊹与曹学佺主闽中文坛④。所论主要是从徐氏文学活动经历着眼,有其依据,我们正好可借鉴用来考察徐氏诗歌创作的阶段及其演进情况。

徐𤊹第一个时期的诗歌创作,为其三十岁前所作,大抵又可以万历二十二年(1594)秋为界,分成两个阶段。前一个阶段多为弱冠前后所作,曾结集成《红雨楼稿》,万历二十二年七月,其兄徐𤊹趁北上赴试之机会,为之在南京梓行。这当然是徐𤊹的有识之举,为经营自家兄弟的文名,而在通都大国推广其作。不仅如此,他尚将之作为寄赠友人的礼物⑤,以广其传。于徐𤊹自己而言,则曾表示"悔其少作",谓此集"皆弱冠时所作,十分乳臭"⑥;不过,从《鳌峰集》来看,所存少作尚有不少。这个阶段徐𤊹年纪尚轻,并且从某种意义上说,其所与交接酬对,往往作为徐𤊹之弟而存在。所存最早的作品多为近体,五律如《出塞曲庚寅》四首,试举其一:

---

① 《露书》卷三,明天启刻本。
② 南居益《鳌峰集序》,《鳌峰集》卷首。《鳌峰集》中,五古、七古、五律、七绝皆为三卷,七律九卷,馀皆一卷。
③ 以上均见《列朝诗集》丁集卷一五。
④ 参详陈庆元《徐𤊹生平分期研究》,《闽江学院学报》2010年第6期。
⑤ 徐𤊹《寄徐茂吴司理》曰:"仲弟《红雨楼集》一部、《闽画记》一部、《荔枝谱》一部、《田园雅兴》一帙,季弟《制义》一部,统呈巨观。"(《幔亭集》卷二○)
⑥ 徐𤊹《答王元祯》,《红雨楼集·鳌峰文集》第六册,稿本。

>横戈初出塞,虏犯白登城。晓战风驱鼓,宵征月射营。胡尘凋马影,边角杂鸿声。为报将军道,麟台已勒名。①

又如《送刘季德归南海辛卯》:

>相逢苦不早,相送复沾衣。愁见孤帆影,遥从五岭归。青看海气近,白望瘴烟微。家在罗浮下,秋风独掩扉。②

七律如《庚寅元日岭南曾人倩集小斋分韵》:

>东风披拂到林丘,辨得椒觞客暂留。已信韶华如转毂,谁知人世只虚舟。青山我欲庞公隐,长路君为陆贾游。莫向尊前思故国,梅花香处即罗浮。③

又如《辛卯元日同谢在杭饮九仙观访赵道士》:

>不随乡俗拜新年,独上高台谒九仙。已挟毛公争举白,还寻羽客细谈玄。阶莫乍绿圆如璧,园柳初黄软似绵。胜日何妨拚潦倒,人生能几艳阳天。④

诗分别为万历十八、十九年所作,虽或难免青涩,却已规模初具,尤其七律,自有其气象。

万历二十年(1592),徐𤊹以父徐㭿卒,之吴乞铭,因而得与吴中王穉登、张献翼、顾大典诸名宿游(后张献翼、顾大典尚为其《鳌峰集》撰序)。从其时题献诸作来看,并无孱弱之色,如《题张幼于曲水草堂》:

---

① 《鳌峰集》卷一〇。
② 同上。
③ 《鳌峰集》卷一三。
④ 同上。

时名早谢恋丘樊,三径从无马足喧。竹影密同张廌宅,桃花深比武陵源。山云杳霭晴窥榻,池水涟漪曲抱门。倾盖逢君欣下榻,主人高谊似陈蕃。①

园中佳趣,写尽曲致。又,万历二十一年(1593),尝与邓原岳、陈仲溱、陈荐夫、袁敬烈及其兄等凭吊郑善夫墓并同赋,其《过郑吏部墓》二首曰:

昔贤宁复起,大雅久无闻。黄土空销骨,青山不葬文。精灵沉夜月,吟咏冷秋云。词客应相识,诗成墓所焚。

风流山吏部,白骨冈泉扃。异代思相见,千年不肯醒。松楸护灵气,川岳暗文星。墓隧无人治,遗篇又杀青。②

与同时诸友所作相比,无论意象、情致,亦皆毫不逊色。

后一阶段更趋独立、成熟,一方面潜心著述,如《闽中海错疏》、《蔡忠惠年谱》、《闽画记》、《荔枝通谱》等皆此数年间所撰补;一方面行游结纳,益多集会唱酬,或出游吴越,或走古田、剑州,所到之处,胜景名士,涵养其志。所作可举《送康元龙之灵武》二首:

贺兰山下战尘收,君去征途正值秋。落日故关秦上郡,断烟残垒汉灵州。胡儿射猎经河北,壮士吹笳怨陇头。城窟莫教频饮马,水声呜咽动乡愁。

黄河官路黑山程,羌笛横吹汉月明。漠北烽烟三里寨,陇西鼙鼓十年兵。燕鸿度塞寒无影,胡马行沙暗有声。后夜思君劳远梦,朔风吹过白登城。③

诗当作于万历二十二年(1594)秋,沉雄壮丽,不滞不迫,有盛唐气韵,《列

---

① 《鳌峰集》卷一三。
② 《鳌峰集》卷一〇。
③ 《鳌峰集》卷一三。

朝诗集》《明诗别裁集》全录此二首,《明诗综》选其第二首,《明诗纪事》选录第一首,已俨然名篇。又如《自题画像》:

> 生在洪都长在闽,海鸥情性鹤精神。江湖到处堪容足,丘壑随缘即置身。混俗任纵牛马唤,投闲惟与蠹鱼亲。虚名未立红颜改,落魄人间三十春。①

此诗当万历二十六年(1598)作,抒发的正是绝意功名、纵身丘壑的情志,不羁而又不甘。就在此前一年,徐𤊹尚步邓原岳之后尘,有和范成大《田园杂兴》六十首之作,分《春日杂兴》十二首、《晚春田园杂兴》十二首、《夏日田园杂兴》十二首、《秋日田园杂兴》十二首、《冬日田园杂兴》十二首,单独编成一帙,堪称巨制。试举其中《晚春田园杂兴》四首以窥一斑:

> 细草如烟绿满溪,晓来持帚出窗西。山家遍地无狼籍,只有飞花与燕泥。
> 节序欣逢三月三,无边春色在溪南。满园野菜花如雪,游女攘来两鬓簪。
> 盘石阴中坐晚霞,较量晴雨说桑麻。闲来因子兴衰事,眼见田园历几家。
> 春晚茅檐结昼阴,万条寒玉翠烟深。篱边雨过初生笋,不放闲人步入林。②

诗写得清新传神,自然有风趣,当然,其旨绝非仅在于谈农观风,当亦是述志。

徐𤊹第二个时期时间跨度较长,经历丰富,作品众多。一方面,为生计,为交游,继续四处奔波,游迹所至,包括闽北闽南、粤东、江西、吴越、金陵等,多数度出入,与当地名士诗酒酬酢,集会竞雄。另一方面,在家乡与

---

① 《鳌峰集》卷一四。
② 《鳌峰集》卷二五。

赵世显等结芝山社,参与阮自华等召集的邻霄台大会,与谢肇淛等举红云社、泊台社,与曹学佺集石仓园等,在闽中诗坛发挥越来越显著的作用。并且,收藏日富,著述不辍,先后编刊《榕阴新检》、《蔡端明别记》、《隐居放言》等作,还参与纂修多种方志。我们在这里所介绍的,实百不什一,只能聊以管窥而已。

万历二十八年(1600),徐𤊹离家赴金陵,供职于书林①,遂写下一组《怀友诗》,包括《陈汝大文学》、《陈汝翔秀才》、《邓汝高学宪》、《陈振狂山人》、《陈惟秦山人》、《惟和兄孝廉》、《郑翰卿山人》、《谢在杭司理》、《曹能始廷尉》、《如瀚上人》、《王元直文学》、《王少文秀才》共十二篇。其缘起尽在诗序中,曰:"余少喜吟咏,先后结社谈诗,约十数子,文酒过从匪间也。十年之间,穷达殊途,存亡异路,春雨斋居,孑然无侣,生离系念,死别撄怀。各赋一诗,以志交谊。"试举《惟和兄孝廉》一首:

> 半途俄死别,骨肉痛连枝。多少家中事,难令地下知。竹房孤试茗,花径罢敲诗。不及黄泉路,相随未有期。②

徐熥之逝世,不仅于徐𤊹,且于闽中同调,皆为痛彻心扉之失,很长一段时间,大家都在为之料理身后文事,徐𤊹尤为尽心。此诗以与亡者对话的形式,写己之孤单,叙事似平常,却极其深情。这似乎也是一个划时代的标志,无论如何,从此他都将独立应世。

行游诗可举《明州感怀八首》其一:

> 驾言远行迈,仲秋辞故都。秣马遵长道,去去天一隅。曜灵无停轨,岁序行将徂。本作燕赵客,半载犹中途。结念气哽咽,拚袂长嗟吁。家山四千里,白云郁以纡。矫首望不极,俛仰空踟蹰。③

---

① 据市原亨吉《徐𤊹年谱稿略》,《福建图书馆学刊》1991年第4期。
② 《鳌峰集》卷一〇。
③ 《鳌峰集》卷四。

诗当万历二十九年(1601)岁暮在明州作,徐𤊹原拟北上赴京师,结果止于浙中。此首辞气全拟汉魏古诗,情意则真切可感,由此我们可以感受到古人壮游的另一面。

再看徐氏社集之作——《秋日阮司理大会邻霄台》,试举其第二首:

> 翱翔意已惬,对酒兴悲歌。人生叹易迈,为欢能几何? 俯视浮云驰,仰看星宿罗。高林众鸟托,远汉孤鸿过。平峦挂晴烟,巨海流洪波。三山郁相望,楼观争嵯峨。昔日霸气尽,空陵委崇阿。临高极遐瞩,忧思宁足多。①

诗为万历三十一年(1603)中秋在福州乌石山作,时参与大会的远近诗人号称近百人。徐𤊹此诗通过对王羲之《兰亭序》中所叙情理的演绎,将人在自然界面前的渺小及其历史兴废的苍茫之感抒发得淋漓尽致,当有以立意取胜的想法。

万历三十三年(1605)秋,徐𤊹再次离家,客游吴越。次年春,寓居南京鹫峰寺②。时吴中诗人葛一龙不期而至,令徐氏喜出望外,其《葛震父见访鹫峰寺》曰:

> 姓名十载两相闻,萧寺无期忽遇君。旧事关情添惨淡,新知行乐倍殷勤。游踪经岁秦淮月,归梦中宵震泽云。惜取白门杨柳色,同看飞絮雪纷纷。

两位钦慕已久的诗友终于相见,心情却颇为复杂,因为各自经历白云苍狗,皆有万千感慨,颈联便很好地承载了这种复杂情绪的表现,其结句则取双关,既是情语,亦是景语,而有些许远意。

万历三十九年(1611)中秋,以屯田持节归里的谢肇淛新筑泊台成,

---

① 《鳌峰集》卷四。
② 参详陈庆元《徐𤊹年表》,《晚明闽海文献梳理》,第352页。

遂举泊台社①,招集一众诗友分韵赋诗,徐熥与焉,其《中秋夜谢在杭新筑泊台成招诸同社玩月》曰:

> 主人爱敬客,置酒河之濆。层台已经始,崇基高入云。明月正三五,流影何纷纭。乌鹊飞绕树,悲鸣恋其群。仰睇河汉表,象纬杂成文。良宴托风雅,挼藻扬清芬。羽觞屡交错,翰简恒平分。彦会知不再,此乐无前闻。音轨忻既合,何以酬殷勤。②

诗用古体,仍由汉魏古风敷衍成文,却多少显得有些皮相,或许也是应酬日烦,而遂让人有"才力渐放"的感觉。

我们再来看徐熥《老态》一诗:

> 老态相寻懒病馀,自怜无用类庄樗。发于秋后常嫌短,齿到年多渐觉疏。欲作细书凭眼镜,要行长路藉肩舆。不须征梦吾衰甚,差有维心尚未除。③

据其集,诗当作于万历四十三年(1615)冬。叹衰,这是一个非常重要的信号,显示一个人的心境发生巨大变化。而对此际的徐熥来说,还真不是无病呻吟。次年二月间,他即病卧山斋,以庸医误投药,死而复苏者四④。近年来,老友纷纷凋零,他自己又先后经历了丧妻、丧母、丧子之痛,可说是人生走入低谷,怎能不惕然惊心?此诗中间两联不厌其烦地叙写身体各种衰老的象征性细节,或亦有一种焦虑的代偿在其中。

之前我们一直都未及举述徐熥的七古之作,该体当然也是他所擅长的,特别为人传诵的有《玉主行》,写燕姬刘凤台与福清商贾林尚炅生死相佑的传奇故事,叶向高撰传,一时闽中诗人皆其作,唯徐作最称巨制。

---

① 参详陈庆元《谢肇淛年表》,《晚明闽海文献梳理》,第 298 页。
② 《鳌峰集》卷五。
③ 《鳌峰集》卷二〇。
④ 参详陈庆元《徐熥年表》,《晚明闽海文献梳理》,第 358 页。

限于篇幅,这里不再具体引述,而另举其《大水谣》一首:

> 万历丙辰五月四,建南诸溪水俱至。奔涛直抵无诸城,四野茫茫滚如沸。稻田蔬圃都湮沉,流注人家数尺深。撑舟驾艇入城市,雨声不绝天垂阴。海潮一日两应候,水势崩腾更来骤。釜里生鱼灶产蛙,寡妇哀哀向谁叩。忆昔己酉五月时,洪塘西峡皆浮尸。今年水患不殊昔,幸少死俘填江湄。吁嗟乎,八年两度见洪水,杞忧何以谋桑梓?低田一半俱绝收,何日蠲租下黄纸。①

诗作于万历四十四年(1616)五月闽中发大水之时,属感发时事、反映民生疾苦之作,这是这个群体的诗人普遍皆有的情怀与创作类别。八年间两度水灾,庄稼颗粒无收,作者更担忧的是幸存者如何存活下去,故结句呼吁免农租税。整首诗写得实而不滞。

兹再举另一类风格的作品——《福宁资寿寺访超上人》:

> 城中诸寺废,此似鲁灵光。净域居人境,高幡拂女墙。帘钩沧海月,钟扣石楼霜。旧识缁流在,相逢清话长。②

诗当徐氏万历四十五年(1617)秋冬经罗源、宁德游福安所作③,参禅礼佛也是他晚年生活的重要组成部分,更何况有旧识可访。颈联写清幽之境,令全诗呈现一种远韵。

又,万历四十七年(1619),徐𤊹应新任云南左参政之谢肇淛的邀请,准备往依谋生,因而有《之滇别家》之作:

> 漂泊频为客,兹游今始长。一枝携冶剑,万里入蛮荒。马足宵驰月,鸡声晓咽霜。孤孙将稚子,临别屡牵裳。

---

① 《鳌峰集》卷八。
② 《鳌峰集》卷一一。
③ 参详陈庆元《徐𤊹年谱》"万历四十五年",第442页。

诗写得整秀简净,情真意切。当然,后因黔中疾疫盛行,此行未果,中道至楚而返①。

第三个时期,是徐𤊹居家为主、与曹学佺等老友往来社集游乐的一个时期,如徐氏绿玉斋,曹氏石仓园、西峰草堂,皆有社集,其中以崇祯十年(1637)所举三山耆社最为有名。曹学佺还捐资帮助徐𤊹建成一藏书楼,取名宛羽,而徐氏因而又至建阳、武夷等地觅书不辍。在这期间,徐𤊹可谓名日益盛,友人邵捷春捐赀刻成《徐氏笔精》,即有"兴公一布衣,名噪天下"之说法②,黄居中撰序亦谓"兴公篦伯氏惟和,狎主三山社"③;及至曹学佺为徐𤊹子存永、孙钟震刻《二徐诗选》,陈衎撰《二徐诗选序》,亦称"惟和、惟起兄弟递相雄长,主盟东南一带"④。不过,遗憾的是,就诗歌作品而言,这个时期的材料明显不足,南居益在建州所刊徐𤊹《鳌峰集》,收诗仅止于泰昌元年(1620),而今存稿本《红雨楼集·鳌峰文集》虽有十册,却以尺牍为主,故我们在这里亦仅能就其所存,略举一二。

先看徐氏《曹能始捐赀助余构书楼颜曰宛羽取宛委羽陵藏书之义落成日感而答谢》二首,试举其一:

> 片石孤峰削不如,仙台一半入楼居。南窗稳卧邯郸枕,东壁深藏宛羽书。旧种荔奴争掩映,新分竹祖待扶疏。巢由岂必寻山隐,人境从来可结庐。⑤

诗当崇祯七年(1634)十月作,宛羽楼于此间落成⑥,一时诗友皆赋诗相贺。新的藏书楼的建成,体现了曹学佺与徐𤊹非同寻常的交谊与共同的嗜好,感恩之馀,徐𤊹此时的心情大好,有此美景层楼聚书,堪比仙居,人生之乐,夫复何求,中间两联即稳密写出结庐人境的自适与自足,实在让

---

① 参详陈庆元《徐𤊹年表》,第360页。
② 邵捷春《徐氏笔精序》,《笔精》卷首。
③ 黄居中《徐氏笔精序》,《笔精》卷首。
④ 《大江草堂二集》卷一二。
⑤ 钞本《鳌峰集》。
⑥ 参详陈庆元《徐𤊹年谱》"崇祯七年",第473页。

人艳羡不已。

再举《卜隐武夷陈昌基以诗见促次答》一诗：

> 带索行歌学启期，峰峦六六尽相知。浮生但恐无常速，卜隐应惭有愿迟。商岭鸿冥师绮里，华山驴背稳希夷。青蚨买得岩居乐，数亩春田植杖耔。①

此诗当作于徐氏崇祯八年(1635)客建阳、游武夷之际②，虽是次韵酬答之作，却是晚年心境的真实写照。诗中连用春秋隐士荣启期、汉初隐士绮里季、唐末五代隐士陈抟等数典，抒写自己买山而隐、逍遥自乐之志，以期颐养天年，高情胜韵，挥洒自如，已入从心所欲之境。

谢肇淛(1567—1624)，字在杭，号武林、小草斋主人，晚号山水劳人。幼即好观史书，善属文。万历十六年(1588)乡试中式。万历二十年(1592)进士，授湖州推官，移东昌。万历三十七年(1609)迁南刑部主事，调兵部郎中，转工部屯田员外郎。出为云南参政，擢广西按察使。天启元年(1621)任广西右布政使，卒于官。著有《五杂俎》、《麈史》、《文海披沙》、《小草斋集》、《小草斋续集》、《小草斋诗话》等。传见曹学佺《明通奉大夫广西左方伯武林谢公墓志铭》、徐𤊹《中奉大夫广西左布政使武林谢公行状》(《小草斋文集》附录)等。

谢氏一生，早慧早达，富于著述。其先后结集或刊行的诗集：中进士前有单刻《游燕集》、《小草斋稿》、《游燕二集》各一卷，分别为万历十六年北上赴试、万历十六年至十九年家居、万历十九年再次北上赴试所作。《小草斋集》有自叙，万历十九年北上途经苏州时，得张献翼为撰《小草斋稿叙》并代其付梓；《游燕集》有友人陈宏己为撰《游燕集序》，《二集》有自序并王穉登所撰《游燕二集序》，此《游燕》二集在谢氏湖州推官任上得以刊行。《下菰集》六卷，为其万历二十年末至二十六年春在湖州推官任上所作，屠隆为撰序；《銮江集》，为其万历二十六年至二十七年避地真州

---

① 钞本《鳌峰集》。
② 参详陈庆元《徐𤊹年谱》"崇祯八年"，第474页。

所作,陆弼为撰序;《居东集》六卷,为其万历二十七年至三十三年在东昌推官任上所作,刘敕、邢侗为撰序;《近游草》一卷,为其万历三十九年归乡定省所作,有《近游草自序》,又喻政为撰序。合刻本《小草斋集》三十卷,据上述诸集及驻张秋督理河工时作《东方三大赋》等编选而成,所收大抵以万历四十四年夏为限,邑友徐𤊹、郑邦祥、陈鸣鹤、王宇、马歘、陈宏已等校订,李维桢为撰序;《小草斋续集》三卷,弟肇湘、肇淛校订,厘为"滇中稿"、"过里稿"、"粤西稿",分别为云南参政任上、万历四十四年五月归乡省亲至万历四十六年赴滇前及广西按察使、右布政使任上所作①。

钱谦益尝引长洲林云凤评论曰:"在杭诗以年进,《下菰集》,司理吴兴作也;坐论需次真州,有《銮江集》;移东昌,有《居东集》。格调渐工,然其诗亦止于此。"林氏并引谢氏赠诗,谓"晚年所作,声调宛然,不复进矣"②。林氏究竟在何种语境下说这一番话,钱氏所引是否有断章取义,今已不得而知,所评虽属严苛,然亦未必不是实情,既肯定谢氏上述诸集诗与年进、格调渐工,又批评其晚年所作止步不前、如斯而已,钱氏的用意很明显,他对于谢氏之"服膺王李"颇不以为然,包括对整个"闽派"相沿"以声律圆稳为宗"③亦深为不满,故借他人之口道出。

属复古派阵营的友人李本宁当然不这么看,他在为谢诗撰序时还是竭尽赞美之辞:

> 乐府则丰约文质适得其中,《房中》、《铙歌》之流也;俯而为六朝,《白苎》、《子夜》之流也。五言古赡而不俳,华而不靡,或朴茂浑成,或清虚旷逸,鲍、谢、陶、韦之流也。七言古音节鲜明,气势沉郁,抑扬阖辟,变幻超忽,高、岑、王、李之流也。五七言律与长律,比耦精严,骨力劲挺,刻画不过巧,瑰丽不近夸,盛唐诸子之流也。绝句意在笔先,韵在言外,春容警策,短长合度,太白、少伯之流也。……故其

---

① 有关谢肇淛诗文集及相关著述的考证,可参详陈庆元《晚明诗家谢肇淛——兼论〈小草斋集〉的藏传》(《福州大学学报》2003 年第 3 期)、《谢肇淛著述考》(《广西师范大学学报》2005 年第 1 期)、廖虹虹《谢肇淛诗文集版本考》(《郑州师范教育》2012 年第 3 期)。
② 《列朝诗集小传》丁集下《谢布政肇淛》,第 648 页。
③ 同上。

> 诗率循古法,而中有特造孤诣,体无所不备,变无所不尽,……今诗道向衰,予将以在杭为砥柱。①

所论并不算虚应其事,分体述其造诣及所宗尚,亦皆若合符节,要知道,这正是持复古主张的作者的特点,精研诸体,取法乎上。不过,时代似乎不同了,公安、竟陵于此际相继而起,对文坛造成很大冲击,故末句"今诗道向衰,予将以在杭为砥柱焉"亦绝非虚誉,而有其用意。作为谢氏父母官的喻政撰序,则其而将李、谢二人即视作当今如他所崇拜的王世贞这般文章大家,所谓"其在于今,则李本宁张楚,谢在杭鸣闽"②。

此外,王穉登所撰序中的评价,像是全然从自我的撰作标准出发:"读君之诗,寄兴微而缀词雅,取调古而命意新。"③讲兴趣,讲雅致,讲调古意新,故如钱谦益就说谢氏"已而醉心于王伯穀,风调谐合,不染叫嚣之习,盖得之伯穀者为多"④。更有意思的是屠隆所撰序中的评论,一方面,他当然表彰谢氏"所称诗峭蒨秀伟,卓然名家","要以闽中白眉,则首推在杭";另一方面,却又展开论说曰:

> 不佞近论诗,如琅琊、历下,有才力而寡性情,务声调而乏自得。由两公为政,士争趋之成风,风人之旨殆尽。必也取三谢之清苍,救六朝之浮靡;采王孟之简澹,济李杜之沉雄。令天真与奇藻并烂,名言与劲气相宣,斯其极则妙境哉!在杭辩此审矣。⑤

这番话像是在夸赞谢氏深明此道,又像是提请谢氏注意,而这显然与他自身的立场有关。郑利华曾将屠氏所代表的复古派后期诗学观念阐释为"既体现了对诗以抒情为本和以蕴藉传达为尚的基本特性及审美性质的执守,坚持重古典文本法度体认的学古基本策略","又注重主体心内的

---

① 《谢工部诗集序》,《小草斋集》卷首。
② 《小草斋集序》,《小草斋集》卷首。
③ 《游燕二集序》,《小草斋集》卷首。
④ 《列朝诗集小传》丁集下《谢布政肇淛》,第649页。
⑤ 《谢在杭诗序》,《小草斋集》卷首。

自我体悟,消释为诸子所强调的'体''法'关系的紧密性,突出'心''法'之间的关联性"①,是到位的分析,那么,屠氏对于谢诗的看法其实颇为微妙。

兹据谢氏诸集之情况,将其诗歌创作分为四期:第一个时期为万历二十年(1592)中进士前,属早年之作,有《游燕集》、《小草斋稿》、《游燕二集》诸集;第二个时期为万历二十年授官湖州推官,至万历三十四年(1606)丁父忧,皆在外仕宦所作,有《下菰集》、《銮江集》、《居东集》诸集;第三个时期为万历三十四年家居至万历四十四年(1616)夏自安平归家,以在家乡的文学活动为主,有《近游草》及合刻《小草斋集》;第四个时期为万历四十四)年离家北上,至天启五年(1624)卒于粤西,又以在外仕宦为主,有《小草斋续集》,包括"滇中稿"、"过里稿"、"粤西稿"。

第一个时期的作品,除《小草斋集》卷三〇所附谢氏十三岁时作《题苏中郎牧羊图》,大概以万历十六年所作为最早。试举近体五、七律各一首为例:

> 片帆扬子渡,海色接云阴。天地分南北,烟波咽古今。豚风吹日暗,鲸浪拍山沉。为酌江心水,泠然洗病襟。(《渡江戊子冬》)②

> 绿树凝云腊色深,丹枫如雨下层岑。钱唐波浪浮天地,吴越山河成古今。落日孤舟鱼雁断,残年双鬓雪霜侵。周南自笑长留滞,数点寒梅损客心。(《度钱唐戊子岁》)③

诗当属《游燕集》,是冬谢氏偕徐㶿赴试北上,一路所见所感,尽付与诗。所作已工稳有度,然从常出现"天地"、"古今"之类的语汇来看,摹拟之迹尚显。后一首尾联翻用杜诗《寄韩谏议注》之典,亦让人有"为赋新诗"之感。从这一时期集中如《古意》、《拟高常侍送王李二少府贬衡巫》等作来看,确尚处于摹习为主的阶段。

---

① 郑利华《屠隆与明代复古派后期诗学观念》,《文学评论》2017 年第 1 期。
② 《小草斋集》卷一二。
③ 《小草斋集》卷一八。

属《小草斋稿》的作品可举《庚寅人日同王汝存陈振狂登钓龙台送曾人倩归岭南》：

> 乱山落日照登台，一曲骊歌万壑哀。霸业远随龙气尽，春云细逐马蹄来。薄游已倦休弹铗，客路难分数举杯。归去罗浮明月夜，相思为寄一枝梅。①

我们之前在论述徐熥早年创作时，已举徐氏《庚寅元日岭南曾人倩集小斋分韵》，显示这是他们这期间共同的社集活动。同样，从上举徐氏《辛卯元日同谢在杭饮九仙观访赵道士》来看，谢氏《辛卯元日同汝翔惟和登九仙山过赵道人》亦然：

> 青阳初动越王州，蜡屐从君散九愁。野客山中携绿蚁，道人洞里卧青牛。高台残日烽烟静，海国春风草木柔。自笑萍踪无住着，相逢到处是丹丘。②

因而颇有竞技色彩。相比较而言，谢氏二诗显得更重气格。

在这方面，我们又可举《长安秋兴六首》相证，试举其二：

> 木叶萧萧云物秋，荒城寒雨独登楼。风尘海上音书断，落日关中鼓角愁。万里归心青雀舫，频年孤客黑貂裘。干戈人事浑无赖，梦在城南芦荻洲。（其一）
>
> 燕山回合势崚嶒，极目浮云几废兴。碣石宫空春草合，黄金台古夜云崩。歌声不散千门殿，王气长盘十帝陵。立马西风伤往事，萧萧杨柳玉河冰。（其六）

诗当万历辛卯（1591）在京师作，属《游燕二集》，句意多自杜来，而有阔大

---

① 《小草斋集》卷一八。
② 同上。

沉雄之气象。

第二个时期,是谢氏初入仕途、宦游在外的时期,也是他"诗与年进"比较显著的时期,风格多样,有不少名篇佳作。我们先看《登道场海天阁二首》:

蹑屐出云间,云烟暗百蛮。楼头沧海日,门外洞庭山。老鹤窥人下,游僧采药还。洪崖如可拍,吾欲问仙班。

飞阁接天都,珠宫控太湖。山光围百雉,野色入三吴。木落禽声尽,云崩塔势孤。东南多王气,回首起栖乌。①

诗当万历二十一年(1593)在湖州作,道场山位于湖州城南。钱谦益《列朝诗集》录其第二首,并记《榕阴新检》所述曰:"徐兴公云:'云崩塔势孤'之句为时人传诵。郑翰卿寄诗云:翠荇青蒲碧浪湖,裁诗对酒忆人无?谢郎近日从横甚,尚有云崩塔势孤。"②显然,谢氏于属对字眼锤炼相当精心,且能不露痕迹。又如《送兴公还家》亦是一名篇:

枫落空江生冻烟,西风羸马不胜鞭。冰消浙水知家近,春到闽山在客先。斜日雁边看故国,孤帆雪里过残年。怜予久负寒鸥约,魂梦从君碧海天。③

钱谦益《列朝诗集》、朱彝尊《明诗综》、沈德潜《明诗别裁》及陈田《明诗纪事》等皆录该诗。诗当作于万历二十三年(1595)冬徐㷿游湖州作别际,知交还家,益增作者故国之思,语多感慨,才情俱美。

由于身份角色的关系,自这一时期开始,谢肇淛有不少感发时事、抒写民生疾苦之作。如《与客问答三首甲午岁》,试举其前二首:

---

① 《小草斋集》卷一三。
② 《列朝诗集》丁集卷一六。
③ 《小草斋集》卷一九。

门有万里客,来自东南方。芒屩衣短后,意色何仓皇。主人揖客坐,设食开中堂。客食不举筯,欲言涕沾裳。发箧授尺书,读书一何长。上言亲戚丧,下言离乱伤。

长跽挽客裾,故乡今何如?客但再三叹,故乡不可居。连年旱复蝗,民无旦暮储。官府禁遏籴,富室急追租。五月初三日,饿莩噪通衢。白丸斫富商,赤丸掠村墟。骸骨乱如麻,处处狐与乌。脱身得西走,但幸保头颅。①

诗为五古,乃效李梦阳同题之作,问答设计及句法皆不脱前贤之旧,而能剪裁。又如《大水谣二首丙申岁吴兴作》之二:

去岁五月水暴发,临溪饥民拾菱蕨。今年八月雨不解,百川灌城如沧海。支祁掣山蜃出地,杞人但恐天崩坠。君不见西北采矿复开河,东南杼柚今无多。②

诗为七古,亦述天灾频仍,民不聊生,矛头并指向矿税之祸,写来浅而不俚,气势俱在。再如《丙申书事》:

羽檄飞千里,天灾及两宫。君王闻罪己,社稷付谈空。海汛乘春急,山田望岁空。孤舟有嫠妇,洒泪五湖东。③

由万历二十四年(1596)乾清、坤宁两宫大火,神宗下罪己诏之事件出发,抒写一个地方基层官员于当前国事民生的忧虑。诗为朱彝尊《明诗综》所选,当在其敢于刺世。以上诸诗当皆属《下菰集》。

属于《銮江集》的可举《发真州别诸子》为例:

---

① 《小草斋集》卷四。
② 《小草斋集》卷八。
③ 《小草斋集》卷一三,又见《明诗综》卷四。

折板无安蹄,风林少宁翼。颓波既东徂,熹光复西匿。行子逐转蓬,朝旰不遑息。拟垂邙江纶,仍脂蓟门轼。仰送鸿雁翔,俯攀杨柳色。别绪如丝棼,欲言涕沾臆。早岁负好修,中道遭反侧。行止信盈虚,风波安终极。白璧委精光,何当重拂拭。挥手从此辞,他乡复异域。赠君以孟劳,持此长相忆。①

诗当谢氏万历二十七年(1599)初离开真州赴京所作,体为五古,朱彝尊《明诗综》选录此首。叙写离情别绪中,有诸多更令自己感到难以承受之悲愁,如遭谗之妄,宦游之累,情真意切,于人生有更为复杂的体验。又,《六忆诗寄桃叶侍儿有引》则展示谢氏另一种深情与风格,试举其二:

花外莺啼晓梦残,云娇雨困不胜寒。鲛绡帐里香肌飳,紫雾轻笼白牡丹。("忆眠")

脉脉瑶阶度晚凉,罗裙委地绣巾长。轻尘不印双钩样,惟有莲花万朵香。("忆行")②

据诗引,此诗作于万历二十六年(1598)秋杪客新安时,秋气肃杀,万物凋零,自己正处于人生低谷,又独处羁旅,益发思念远在千里的佳人,因效沈约同题之作,并以答诗自广,撩人的忆念中自有寄慨。

属于《居东集》的如《登岱十首》,试举其一:

独立苍茫黯自愁,天边落木正逢秋。片云长自依孤阙,一气谁能辨九州?马向吴门摇疋练,蜃从沧海起层楼。山河指点东南尽,咫尺应同万里游。③

诗作于谢氏万历二十七年(1599)移理东郡时,时值仲秋,其泰山之旅尚

---

① 《小草斋集》卷四。
② 《小草斋集》卷二六。
③ 《小草斋集》卷二〇。

作有《登岱记》。依然以沉郁顿挫之健笔,书写登顶所见阔大气象与苍茫之感,且一气撰成十首,同时查志隆纂修《岱史》,即因而将谢肇淛《登岱记》与《登岱十首》悉数收录。又如《庚子初度卢县道中》:

  年年初度日,强半客途中。笑语人频异,风烟岁不同。杯浮何处绿,花忆别时红。世乱官仍拙,归心托塞鸿。①

作于万历二十八年(1600)七月,谢氏三十四岁生日。此诗让我们看到仍在壮年的作者,因世乱官拙,已流露出一种暮气,而萌生归隐之想的一面。再举一首直刺时事之作《开河行癸卯书事》:

  曹州城南紫贝阙,奔流南下势超忽。司空舟中飞虎符,三十万人一夜发。君不见东方四十五长吏,旧年新年河上睡。风沙满眼雪没腰,土榻茅茨饭粗粝。怒色紫须按尺籍,除却妇女与残疾。薄田百亩出一丁,挽粟三钟致半石。千村万落皆荆杞,官家追呼尚未已。白骨高于两岸堤,血流多似黄河水。汝曹死尽何足言,休教水浸令公里。②

诗为万历三十一年(1603)所作,谢肇淛以目击所及,即事名篇,铺叙渲染开河大军的惨状,指斥时弊,合乎前贤所谓"其辞质而径"、"其言直而切"的要求,其所追求,值得关注。

  第三个时期是谢肇淛出仕后在家乡时间较长的一个时期,分别为万历三十四年(1606)十月至三十七年(1609)四月在家守庐墓三年;万历三十九年(1611)以屯田持节归里,至万历四十年(1612)秋方始北上;万历四十四年(1616)夏自安平归家,是年冬北上。在这期间,他先后在家乡缔结红云社、招集泊台社、集桑溪禊饮,与社友诗酒酬酢,又与徐𤊹等纵览闽地山水名胜,显示了其在闽中诗坛的地位和作用。试举《中秋泊台同社

---

① 《小草斋集》卷一四。
② 《小草斋集》卷九。

诸子燕集得中字》为例：

> 曰余寡俦侣，一丘息微躬。结庐河之湄，心境将无同。高台不渝寻，乃俯清波中。况复秋色半，素魄挟金风。凭虚肆遐瞩，目极寒烟空。欣此良朋聚，浩然凌苍穹。银汉西南流，耿耿夜向终。景光各自爱，此乐亦何穷。①

诗即万历三十九年(1611)中秋在新筑泊台社集分韵所作，一时如徐熥等亦有《中秋夜谢在杭新筑泊台成招诸同社玩月》诸作，皆抒发良辰美景、高朋宴聚之乐，虽不乏魏晋之气度，然情致颇泛。又如《辛亥除日与兴公诸子闲步》：

> 落英潜催凤历更，衡门无梦到承明。莫将衰鬓留年住，且得闲身伴客行。江北江南双别泪，人来人去一孤城。归时醉舞斓斑袖，卧听家家爆竹声。②

乃万历三十九年(1611)除日作，一岁将尽，更触发衰年之感，又迎来送往、团圆喜庆之际，感念自己仍浮沉宦海，身不由己，情绪、笔触皆不闲朗。以上所举诗当皆属《近游草》。

第四个时期是谢氏一生的最后一个阶段，却仍不得不风栉雨沐、奔波在外。属于"滇中稿"的可举《望点苍山》：

> 点苍十九峰，一一芙容青。绵亘百馀里，疑张云母屏。鸟道当太白，铁壁排高冥。白云绕其腹，玉带横万钉。一峰一溪流，奔卸如建瓴。散入市廛间，家家鸣琮琤。远近注畛隰，木黍藉生成。阴崖四五月，积雪辉广庭。阳光照不及，力与造化争。北麓产文石，玉质声珑玲。浓淡合图画，苍素何分明。追琢岂天巧，酝酿诚地灵。冯河不可

---

① 《小草斋集》卷五。
② 《小草斋集》卷二三。

极,乖龙犹潜腥。林峦非一状,兰若梦连甍。相对不数武,空翠盈窗棂。奇境趣自合,绝域心所轻。悠然独长啸,忘此支离形。①

诗当万历四十七年(1619)在云南作,描绘沿途所见山势、奇景特产,娓娓道来,夹叙夹议,转结自有古法。谢氏晚年颇喜用五古之体,写景抒情,含吐自如。此诗朱彝尊《明诗综》选录。

属"过里稿"的可举《辛酉九日曹能始招偕同社石仓登高分得四质》:

> 宦辙如蓬转,终岁不得逸。滇绂乍可投,粤驭行当叱。幸因沐休暇,一造故人滕。良辰叶登高,名园欣迓室。兰桨溯回漪,荔亭逗修日。崇岫倚天开,飞泉当座出。趺共老僧闲,行任游人密。何必声与伎,黄花有佳质。清晖怂留连,晷移欢未毕。自怜风尘踪,思君烟霞疾。②

诗作于天启元年(1621)九月闽中石仓园,虽是社集分韵之作,却不直接切入主题,而是先叙近来经历,衬托闲暇雅集于己之可贵,有韵有意,控驭有度,以其冲融婉至而得古。

属"粤西稿"的可举《壬戌立春》:

> 绝徼初来即见春,萧条景物迥愁人。连旬寒雨青山暝,几处蛮烟白屋贫。骨肉音尘游子梦,关河云树异乡身。阳和不到文身地,空对沧江白发新。③

诗作于天启二年(1622)立春,谢氏才由闽中入桂林,环视此边僻之地,景物萧条,人烟稀少,联想到自己暮年于役,如此境况,不由得悲从中来。所作声情凄亮,诗律工细,风采依旧。

---

① 《小草斋续集》卷一。
② 《小草斋续集》卷三。
③ 同上。

小　结

　　关于作为一种地域性流派的明闽中诗派或晋安诗派,自从钱谦益指出:"余观闽中诗,国初林子羽、高廷礼以声律圆稳为宗,厥后风气沿袭,遂成闽派。大抵诗必今体,今体必七言,磨砻娑荡,如出一手。"①清代批评家基本上声口如一,如周亮工《因树屋书影》曰:"闽中才隽辈出,彬彬风雅,亦云盛矣。第晋安一派,流传未已,守林仪部、高典籍之论,若金科玉条,凛不敢犯,动为七律,如出一手。"②朱彝尊《静志居诗话》曰:"闽自十才子后,惟少谷小变,而高、傅之外,寥寥寡和。若曹能始、谢在杭、徐惟和辈,犹然十才子调也。"③郑方坤《全闽诗话》曰:"闽人户能为诗,彬彬风雅,顾习于晋安一派,磨砻沙荡,以声律圆稳为宗,守林膳部、高典籍之论,若金科玉条,凛不敢犯,几于'团扇家家画放翁'矣。"④虽是一种相当清醒的反省,却确然见证了一个守持传统、特色鲜明的地域文学的存在。而根据上述对于万历间福州文人群体相关文学活动的考察,我们得以证实,这样一种地域文学的形成,其实是此间这个文人群体自觉构建的结果。所谓地域文学,可以理解为历史地形成的人文地理区域中的文化成员,因其地缘关系而构拟的文学想象共同体。这个地缘的文学想象共同体之所以出现,除了因城市经济发展而令地域社会重建的共同背景,还有作为文化、文学后起发展地区的士人一种强烈的现实关怀,故他们奉十子为晋安诗派之祖,实在是应对都中文坛及吴越地区由后七子一派所造成的"影响的焦虑"的一种策略,也是在后来据以抗衡公安、竟陵之楚风的一种武器,意在通过重塑十子开李、何之先的文学史序列,树立福建文学的地位,由此建立的本地域文学系谱,也是为了在突显自己所在区域文学发展势头与实力的同时,标举隆、万之后明诗正宗在闽的意义。

---

① 《列朝诗集小传》丁集下《谢布政肇淛》,第 648 页。
② 《因树屋书影》卷一,清康熙六年刻本。
③ 《静志居诗话》卷二一"曹学佺"条,第 636 页。
④ 《全闽诗话》卷九"黄任"条。

这一时期福州文人群体对本地域文学的自觉构建,还引发我们思考这样一个问题,那就是随着这个时代社会形态发生的某些变动,这种地域文学的塑造所具有的通过文化权力导引社会价值观念转换的意义。史学界一般将明中期以来开始形成的缙绅阶层,视作是地域社会重建的标志。这个缙绅阶层,包括乡居的休退职官员,具有终身资格的举人、生员等中低级功名获得者,因世族荫荐而享有与上述身份者同样的优免税役特权者等等,他们成为地方社会的支配阶级。而从上述闽中文人群体的身份来看,作为地域文学的担当主体,他们恰恰属于这样的缙绅阶层。有研究者已经通过对这个阶层如何左右乡党舆论、成为乡评公愤意识的代言人等精神性层面的分析,将研究的注意力由政治、经济的统治者,转到地方社会的文化、道德统治者这一面①,这意味着他们所获得的文化权力受到关注。不过,根据上述闽中文人群体在构建本地域文学时,有意将"一时之荣"的经术与"千秋之业"的诗古文辞对立,引以自豪的乡邦文化不再是所谓的"道南理窟",而是扬榷风雅之事实,我们应可看到这种文化权力之中还蕴涵有一层转向,即作为精神层面内核的价值观念,已渐由传统的道德学问向表现私领域生活情态与趣味的文艺事业转移,他们通过文学社集与诗文、戏曲等创作或鉴赏活动,乃至鉴藏、出版等种种环节,宣导一种新的审美趣尚与生活方式,相对独立地发展自己的文化品格,这种变化及其意义是我们尤须注意的。

---

① 参见坛上宽《明清乡绅论》对于宫崎市定、酒井忠夫、森正夫于缙绅阶层从精神层面着论的评述,载刘文俊主编《日本学者研究中国史论著选译》第二卷,中华书局 1993 年版,第 471—476 页。

参考文献

一、古代文献

《周易正义》，魏王弼注，唐孔颖达疏，北京大学出版社2000年版。
《京氏易传》，汉京房撰，《四部丛刊》本。
《周易本义通释》，元胡炳文撰，《文渊阁四库全书》本。
《说文解字》，汉许慎撰，中华书局1963年影印本。
《史记》，汉司马迁撰，中华书局1982年版。
《汉书》，汉班固撰，中华书局1962年版。
《陈书》，唐姚思廉撰，中华书局1972年版。
《隋书》，唐魏征、令狐德棻等撰，中华书局1973年版。
《新唐书》，宋欧阳修等撰，中华书局1975年版。
《宋史》，元脱脱等撰，中华书局1985年版。
《元史》，明宋濂等撰，中华书局1976年版。
《明史》，清张廷玉等撰，中华书局1974年版。
《明实录》，台湾中研院历史语言研究所校印本。
《名山藏》，明何乔远撰，明崇祯刻本。
《秘阁元龟政要》，明佚名编，《四库全书存目丛书》史部第13册，齐鲁书社1997年版。
《明大政纂要》，明谭希思撰，清光绪二十一年刻本。
《续藏书》，明李贽撰，中华书局1959年版。
《国朝献征录》，明焦竑纂，广陵书社2013年影印明万历四十四年徐象橒曼山馆刻本。

《今献备遗》，明项笃寿撰，《文渊阁四库全书》本。

《宋元学案》，清黄宗羲原撰，清全祖望补修，陈金生、梁运华点校，中华书局 1986 年版。

《宋元学案补遗》，清王梓材、冯云濠编撰，沈芝盈、梁运华点校，中华书局 2012 年版。

《明儒学案》，清黄宗羲著，沈芝盈点校，中华书局 2008 年版。

《八闽理学源流》，清蒋垣撰，清刊本。

《闽中理学渊源考》，清李清馥撰，《文渊阁四库全书》本。

《莆阳文献列传》，明郑岳撰，明万历刻本。

《东越文苑》，明陈鸣鹤撰，清同治十二年刻本。

《榕阴新检》，明徐𤊹撰，明万历三十四年刻本。

《列朝诗集小传》，清钱谦益撰，上海古籍出版社 1983 年版。

《碑传集》，清钱仪吉纂，靳斯校点，中华书局 1993 年版。

《舆地纪胜》，宋王象之撰，清影宋钞本。

《西湖游览志》，明田汝成撰，清光绪廿二年钱塘丁氏嘉惠堂重刻本。

《八闽通志》，明黄仲昭编纂，福建人民出版社 1990 年版。

《闽书》，明何乔远撰，明崇祯刻本。

(弘治)《大明兴化府志》，明陈效修，周瑛、黄仲昭纂，明弘治十六年刻本。

(崇祯)《海澄县志》，明梁兆阳纂，明崇祯五年刻本。

(崇祯)《长乐县志》，明夏允彝纂，明崇祯十四年刻本。

(康熙)《瓯宁县志》，清邓其文纂，清康熙三十二年刻本。

(雍正)《江西通志》，清谢旻等纂，《文渊阁四库全书》本。

(雍正)《山西通志》，《文渊阁四库全书》本。

(雍正)《陕西通志》，《文渊阁四库全书》本。

(雍正)《福建通志》，清郝玉麟纂，清雍正七年修乾隆二年刻本。

(乾隆)《福州府志》，清乾隆十九年刻本。

(乾隆)《开泰县志》，清乾隆十七年刻本。

(乾隆)《龙溪县志》，清吴宜燮纂，清乾隆二十七年刻本。

(乾隆)《泉州府志》，清怀荫布纂，清光绪八年补刻本。

(道光)《重纂福建通志》,清孙尔准等修,陈寿祺纂,程祖洛等续修,魏敬中续纂,清道光九年修,十五年续修,同治十年正谊书院刻本。
(光绪)《漳州府志》,清光绪三年刻本。
(民国)《福建通志》,清沈瑜庆、陈衍等纂,民国十九至二十七年刻本。
《茅山志》,元刘大彬编、明江永年增补,王岗点校,上海古籍出版社2016年版。
《闽部疏》,明王世懋撰,明万历《纪录汇编》本。
《翰林记》,明黄佐撰,《文渊阁四库全书》本。
《皇明三元考》,明张弘道、张凝道同辑,明刻本。
《书林余氏重修宗谱》,清余振豪等重修,传抄清光绪二十二年新安堂刊本。
《林氏两湘支谱》,清林熙炳修,民国十八年绍闽堂刻本。
《直斋书录解题》,宋陈振孙撰,徐小蛮、顾美华点校,上海古籍出版社1987年版。
《澹生堂藏书目》,明祁承㸁撰,清宋氏漫堂钞本。
《新辑红雨楼题记 徐氏家藏书目》,明徐𤊹等撰,马泰来整理,上海古籍出版社2014年版。
《红雨楼题跋》,明徐𤊹撰,清嘉庆三年刻本。
《红雨楼序跋》,明徐𤊹撰,沈文倬校点,福建人民出版社1993年版。
《千顷堂书目》,清黄虞稷撰,上海古籍出版社1990年版。
《善本书室藏书志》,清丁丙撰,清光绪刻本。
《四库全书总目》,清永瑢等撰,中华书局1965年版。
《四库全书总目提要补正》,王欣夫辑,中华书局1964年版。
《云间韩氏藏书题识汇录》,邹百耐纂,上海古籍出版社2013年版。
《史通通释》,清浦起龙撰,上海古籍出版社1978年版。
《文史通义校注》,清章学诚撰,叶瑛校注,中华书局1985年版。
《朱子语类》,宋朱熹撰,黎靖德辑,明成化九年陈炜刻本。
《西山读书记》,宋真德秀撰,《文渊阁四库全书》本。
《思辨录辑要》,清陆世仪撰,《文渊阁四库全书》本。

《近思录集解》，宋叶采撰，元刻明修本。
《朱子为学次第考》，清童能灵撰，清同治至民国间刻西京清麓丛书本。
《武备志》，明茅元仪撰，明天启刻本。
《珊瑚网》，明汪砢玉撰，《文渊阁四库全书》本。
《江村销夏录》，清高士奇撰，《文渊阁四库全书》本。
《闽中荔支通谱》，明邓庆寀辑，明崇祯刻本。
《习学记言》，宋叶适撰，《文渊阁四库全书》本。
《容斋随笔》，宋洪迈撰，孔凡礼点校，中华书局2005年版。
《隐居通议》，元刘埙撰，《文渊阁四库全书》本。
《蟫精隽》，明徐伯龄撰，《文渊阁四库全书》本。
《四友斋丛说》，明何良俊撰，《续修四库全书》本，上海古籍出版社2002年版。
《徐氏笔精》，明徐𤊹撰，明崇祯刻本。
《尧山堂外纪》，明蒋一葵撰，明刻本。
《因树屋书影》，清周亮工撰，清康熙六年刻本。
《居易录》，清王士禛撰，清康熙刻本。
《青箱杂记》，宋吴处厚撰，李裕民点校，中华书局1985年版。
《遂昌杂录》，元郑元佑撰，《文渊阁四库全书》本。
《南村辍耕录》，元陶宗仪撰，《四部丛刊》本。
《水东日记》，明叶盛撰，清康熙刻本。
《蓬窗日录》，明陈全撰，《续修四库全书》本，上海古籍出版社2002年版。
《新编纂图增类群书类要事林广记》，宋陈元靓编，中华书局影印元至顺间建安椿庄书院刻本，1963年版。
《事文类聚》，宋祝穆撰，《文渊阁四库全书》本。
《韩愈文集汇校笺注》，唐韩愈撰，刘真伦、岳珍校注，中华书局2010年版。
《伊川击壤集》，宋邵雍撰，《四部丛刊》影明成化本。
《曾巩集》，宋曾巩撰，陈杏珍、晁继周点校，中华书局1984年版。
《龟山集》，宋杨时撰，《文渊阁四库全书》本。
《陵阳先生诗》，宋韩驹撰，清宣统刊本。

《毗陵集》，宋张守撰，《文渊阁四库全书》补配《文津阁四库全书》本。
《诚斋集》，宋杨万里撰，《四部丛刊》本。
《晦庵先生朱文公文集》，宋朱熹撰，宋咸淳元年建安书院刻宋元明递修本。
《水心集》，宋叶适撰，《四部丛刊》本。
《叶适集》，宋叶适撰，中华书局1961年版。
《勉斋先生黄文肃公文集》，宋黄榦撰，元延祐二年重修本。
《北溪大全集》，宋陈淳撰，《文渊阁四库全书》本。
《石屏诗集》，宋戴复古撰，《四部丛刊》本。
《敝帚稿略》，宋包恢撰，民国《宋人集》本。
《宋宝章阁直学士忠惠铁庵方公文集》，宋方大琮撰，明正德八年方良节刻本。
《后村先生大全集》，宋刘克庄撰，《四部丛刊初编》本。
《沧浪严先生吟卷》，宋严羽撰，元前至元庚寅刻本。
《沧浪集》，宋严羽撰，《文渊阁四库全书本》。
《石堂先生遗集》，宋陈普撰，明万历三年刻本。
《勿轩集》，宋熊禾撰，《文渊阁四库全书》本。
《遗山先生文集》，金元好问撰，《四部丛刊》本。
《稼村类稿》，元王义山撰，《文渊阁四库全书》本。
《桐江集》，元方回撰，《宛委别藏》本，江苏古籍出版社1988年版。
《剡源戴先生文集》，元戴表元撰，《四部丛刊》本。
《雪楼程钜夫集》，元程钜夫撰，清宣统二年至民国十四年阳湖陶氏涉园影刻明洪武二十八年舆庚堂刻本。
《吴文正集》，元吴澄撰，《文渊阁四库全书》本。
《松乡集》，元任士林撰，《文渊阁四库全书》本。
《松雪斋文集》，元赵孟頫撰，《四部丛刊》本。
《清容居士集》，元袁桷撰，《四部丛刊》本。
《翰林杨仲弘诗集》，元杨载撰，《四部丛刊》本。
《道园遗稿》，元虞集撰，元至正十四年金伯祥刻本。

《道园类稿》，元虞集撰，《元人文集珍本丛刊》本。
《道园学古录》，元虞集撰，《四部丛刊》本。
《竹素山房诗集》，元吾邱衍撰，《文渊阁四库全书》本。
《清江碧嶂集》，元杜本撰，《四库全书存目丛书》本，齐鲁书社1997年版。
《句曲外史贞居先生诗集》，元张雨撰，《四部丛刊》本。
《圭斋文集》，元欧阳玄撰，《四部丛刊》本。
《安雅堂集》，元陈旅撰，《文渊阁四库全书》本。
《文献集》，元黄溍撰，《文渊阁四库全书》本。
《石初集》，元周霆震撰，《文渊阁四库全书》补配《文津阁四库全书》本。
《滋溪文稿》，元苏天爵撰，陈高华、孟繁清点校，中华书局1997年版。
《东维子文集》，元杨维桢撰，《四部丛刊》本。
《夷白斋稿》，元陈基撰，《四部丛刊》本。
《翠屏集》，元张以宁撰，明成化刻本。
《傅与砺诗集》，元傅若金撰，《嘉业堂丛书》本。
《王征士诗》，元王沂撰，《宛委别藏》本，江苏古籍出版社1988年版。
《经济文集》，元李士瞻撰，《文渊阁四库全书》本。
《麟原文集》，元王礼撰，《文渊阁四库全书》本。
《九灵山房集》，元戴良撰，《四部丛刊》本。
《闻过斋集》，元吴海撰，《嘉业堂丛书》本。
《草阁诗集》，元李昱撰，《文渊阁四库全书》本。
《危学士全集》，明危素撰，芳树园刻本。
《宋学士文集》，明宋濂撰，《四部丛刊》本。
《王忠文公集》，明王祎撰，明嘉靖元年张齐刻本。
《西隐文稿》，明宋讷撰，《明人文集丛刊》本，台北文海出版社1970年版。
《半轩集》，明王行撰，《文渊阁四库全书》本。
《苏平仲文集》，明苏伯衡撰，《四部丛刊》本。
《耕隐集》，明邓定撰，明天启七年邓庆寀刻本。
《清江贝先生集》，明贝琼撰，《四部丛刊》本。
《蓝山集》，明蓝仁撰，明嘉靖间刻本。

《蓝涧集》,明蓝智撰,明嘉靖间刻本。
《槎翁诗集》,明刘崧撰,《文渊阁四库全书》本。
《鸣盛集》,明林鸿撰,《文渊阁四库全书》本。
《宜秋集》,明周玄撰,清钞本。
《林登州集》,明林弼撰,清康熙四十五年刊本。
《登州林先生续集》,明林弼撰,明永乐间郭惠刊本。
《逊志斋集》,明方孝孺撰,《四部丛刊》本。
《白云樵唱集》,明王恭撰,《文渊阁四库全书》本。
《草泽狂歌》,明王恭撰,《文渊阁四库全书》本。
《木天清气集》,明高棅撰,清金氏文瑞楼钞本。
《啸台集》,明高棅撰,明成化十九年黄镐南京刻本。
《东里文集》,明杨士奇撰,明嘉靖刊本。
《东里诗集》,明杨士奇撰,明嘉靖刊本。
《东里文集续编》,明杨士奇撰,明嘉靖刊本。
《东里续集》,明杨士奇撰,明嘉靖刊本。
《泊庵集》,明梁潜撰,《文渊阁四库全书》补配《文津阁四库全书》本。
《省愆集》,明黄淮撰,《文渊阁四库全书》本。
《金文靖公集》,明金幼孜撰,明成化间刻弘治六年重修本。
《文毅集》,明解缙撰,《文渊阁四库全书》本。
《虚舟集》,明王偁撰,《文渊阁四库全书》补配《文津阁四库全书》本。
《春雨轩集》,明刘炳撰,《文渊阁四库全书》录《鄱阳五家集》本。
《谥忠文古廉文集》,明李时勉撰,明成化十年李颙刻本。
《淡然先生文集》,明陈敬宗撰,《四库全书存目丛书》本,齐鲁书社
    1997年版。
《蔀斋集》,明林志撰,明范氏天一阁钞本。
《杨文敏公集》,明杨荣撰,明正德十年建安杨氏刻本。
《运甓漫稿》,明李昌祺撰,《文渊阁四库全书》本。
《双崖文集》,明周忱撰,清光绪四年山前崇恩堂刻本。
《康斋文集》,明吴与弼撰,《文渊阁四库全书》本。

《两溪文集》，明刘球撰，《文渊阁四库全书》本。
《布衣陈先生存稿》，明陈真晟撰，明万历刻本。
《竹岩集》，明柯潜撰，清雍正十一年柯潮刻本。
《芳洲文集续编》，明陈循撰，《续修四库全书》本。
《杨文懿公文集》，明杨守陈撰，《四明丛书》本。
《方斋存稿》，明林文俊撰，《文渊阁四库全书》本。
《翠渠摘稿》，明周瑛撰，《文渊阁四库全书》本。
《篁墩程先生文集》，明程敏政撰，明正德二年何歆刻本。
《淡轩稿》，明林文撰，《四库全书存目丛书》，齐鲁书社1997年版。
《见素集》，明林俊撰，明万历十三年刊本。
《蔡文庄公集》，明蔡清撰，清乾隆七年刻本。
《郑山斋先生文集》，明郑岳撰，明万历十九年莆田郑氏家刻本。
《矫亭存稿》，明方鹏撰，《四库全书存目丛书》本，齐鲁书社1997年版。
《空同先生集》，明李梦阳撰，台湾伟文图书出版社有限公司1976年影印明嘉靖刻本。
《空同集》，明李梦阳撰，《文渊阁四库全书》本。
《沙溪集》，明孙绪撰，《文渊阁四库全书》本。
《息园存稿诗》，明顾璘撰，《文渊阁四库全书》本。
《俨山文集》，明陆深撰，明嘉靖二十五年至三十年陆楫刻本。
《洹词》，明崔铣撰，《文渊阁四库全书》本。
《泾野先生文集》，明吕柟撰，《四库全书存目丛书》本，齐鲁书社1997年版。
《同安林次崖先生文集》，明林希元撰，清乾隆十八年陈胪声诒燕堂刻本。
《大复集》，明何景明撰，明嘉靖刻本。
《郑少谷先生全集》，明郑善夫撰，明崇祯九年郑奎光刻本。
《双江聂先生文集》，明聂豹撰，明嘉靖四十三年刊本。
《嵩渚文集》，明李濂撰，明嘉靖刻本。
《薛考功集》，明薛蕙撰，明万历刻本。
《石门集》，明高灢撰，清道光二十一年刻本。

《小山类稿》,明张岳撰,明万历刊本。
《欧阳南野先生文集》,明欧阳德撰,明嘉靖三十七年刊本。
《皇甫司勋集》,明皇甫汸撰,明万历二年刻本。
《龙溪王先生全集》,明王畿撰,明万历四十三年刊本。
《陈后冈文集》,明陈束撰,四明丛书本。
《李中麓闲居集》,明李开先撰,明嘉靖刻本。
《世经堂集》,明徐阶撰,明万历间徐氏刻本。
《石莲洞罗先生文集》,明罗洪先撰,明万历四十五年刊本。
《芹山集》,明陈儒撰,明嘉靖刊本。
《荆川先生文集》,明唐顺之撰,《四部丛刊》本。
《遵岩先生文集》,明王慎中撰,明嘉靖四十五年刊本。
《瑶石山人稿》,明黎民表撰,《文渊阁四库全书》本。
《天目先生集》,明徐中行撰,明刻本。
《弇州山人四部稿》,明王世贞撰,明万历五年世经堂刻本。
《弇州山人续稿》,明王世贞撰,《明人文集丛刊》本,台北文海出版社1970年版。
《弇山堂别集》,明王世贞撰,许建平、郑利华主编《王世贞全集》本,上海古籍出版社2017年版。
《王奉常集》,明王世懋撰,明万历刻本。
《逋客集》,明袁表撰,明万历刻本。
《芝园稿》,明赵世显撰,明万历刻本。
《刻李衷一先生清源洞文集》,明李光缙撰,明万历四十一年刊本。
《玉茗堂全集》,明汤显祖撰,明天启刻本。
《招隐楼稿》,明陈价夫撰,钞本。
《寓林集》,明黄汝亨撰,明天启四年刻本。
《薜荔园诗集》,明佘翔撰,《文渊阁四库全书》本。
《西楼全集》,明邓原岳撰,明崇祯元年邓庆寀刻本。
《苍霞草》,明叶向高撰,明万历刻本。
《水明楼集》,明陈荐夫撰,明万历刻本。

《幔亭集》，明徐熥撰，明万历二十九年刻本。
《鼇峰集》，明徐熥撰，明天启五年南居益刻本。
《鳌峰集》，明徐熥撰，钞本。
《红雨楼集·鳌峰文集》，明徐熥撰，《上海图书馆未刊古籍稿本》，复旦大学出版社 2009 年版。
《徐兴公尺牍》（抄本），明徐熥撰，抄本。
《小草斋文集》，明谢肇淛撰，明天启刻本。
《小草斋集》，明谢肇淛撰，明万历刻本。
《少室山房集》，明胡应麟撰，《文渊阁四库全书》本。
《谢耳伯先生全集》，明谢兆申撰，明崇祯刻本。
《隐秀轩集》，明钟惺撰，明天启二年沈春泽序刻本。
《甲秀园集》，明费元禄撰，明万历刻本。
《林茂之诗选》，明林古度撰，清王士祯选，清康熙刻本。
《文忠集》，明范景文撰，《文渊阁四库全书》本。
《大江草堂二集》，明陈衎撰，明崇祯刻本。
《蟫窠集》，明黄以升撰，明末刻本。
《陈履吉采芝堂文集》，明陈益祥撰，明万历四十一年刊本。
《秋室编》，明陈鸿撰，清初刻本。
《石仓诗稿》，明曹学佺撰，清乾隆十九年曹岱华刻本。
《石仓文稿》，明曹学佺撰，明万历刻本。
《石仓四稿》，明曹学佺撰，明崇祯刻本。
《牧斋初学集》，清钱谦益撰，《四部丛刊》本。
《牧斋有学集》，清钱谦益撰，《四部丛刊》本。
《操斋集》，清蔡衍鎤撰，清康熙刻本。
《黄宗羲全集》，清黄宗羲著，吴光编，浙江古籍出版社 2005 年版。
《曝书亭集》，清朱彝尊撰，《文渊阁四库全书》本。
《榕村集》，清李光地撰，《文渊阁四库全书》本。
《通志堂集》，清纳兰性德撰，上海古籍出版社影印清康熙三十年徐乾学刻本，1987 年版。

《秋江集》,清黄任撰,清乾隆刻本。
《鲒埼亭集外编》,清全祖望撰,《四部丛刊》本。
《赌棋山庄集》,清谢章铤撰,清光绪刻本。
《石遗室诗集》,清陈衍撰,清刻本。
《江湖小集》,宋陈起编,《文渊阁四库全书》本。
《国朝文类》,元苏天爵编,《四部丛刊》本。
《唐音》,元杨士弘编,元至正四年刻本配补明刻本。
《风雅翼》,元刘履编,《文渊阁四库全书》本。
《西湖竹枝词》,元杨维祯选辑,明末诸暨陈于京漱云楼刻本。
《批点唐音》,明顾璘批点,明嘉靖二十年洛阳温彦刻本。
《唐诗品汇》,明高棅编,上海古籍出版社1982年影印版。
《唐诗正声》,明高棅编,明正统七年刻本。
《唐诗正声》,明高棅编,明嘉靖二十四年何成重刻本。
《沧海遗珠》,明沐昂撰,《文渊阁四库全书》本。
《皇明文衡》,明程敏政编,《四部丛刊》本。
《唐宋八大家文钞》,明茅坤编,《文渊阁四库全书》本。
《古今诗删》,明李攀龙编,明万历间汪时元刊本。
《盛明百家诗》,明俞宪编,《四库全书存目丛书》本。
《全唐风雅》,明黄克缵、卫一凤编,明万历四十六年刻本。
《闽中十子诗》,明袁表、马荧辑,明万历刻本。
《闽中正声》,明邓原岳选,1964年据明刊本传抄。
《晋安风雅》,明徐𤊹辑,明刻本。
《皇明五先生文隽》,明苏文韩辑,明天启四年苏氏刻本。
《石仓十二代诗选》,明曹学佺编,明崇祯刻本。
《明经世文编》,明陈子龙编,明崇祯平露堂刻本。
《明文海》,清黄宗羲编,清涵芬楼钞本。
《明诗评选》,清王夫之著,周柳燕校点,上海古籍出版社2011年版。
《列朝诗集》,清钱谦益辑,清顺治九年毛氏汲古阁刊本。
《明诗综》,清朱彝尊编,《文渊阁四库全书》本。

《百名家诗选》,清魏宪辑,清康熙魏氏枕江堂刻本。
《元诗选初集》,清顾嗣立编,中华书局 1987 年版。
《元诗选二集》,清顾嗣立编,中华书局 1987 年版。
《元诗选三集》,清顾嗣立编,中华书局 1987 年版。
《元诗选癸集》,清顾嗣立、席世臣编,吴申扬点校,中华书局 2001 年版。
《元诗选》,清顾奎光编,清乾隆十六年刻本。
《明诗别裁集》,清沈德潜、周准编,上海古籍出版社 2009 年版。
《明三十家诗选》二集,清汪端辑,清同治癸酉蕴兰吟馆刻本。
《全闽明诗传》,清郭柏苍辑,清光绪十六年福州郭氏沁泉山馆刊本。
《闽诗录》,清郑杰辑,陈衍补订,清宣统三年刻本。
《江田诗系》,清陈声骏辑,上海图书馆藏稿本。
《全唐文》,上海古籍出版社 1990 年影印版。
《全元文》,李修生编,江苏古籍出版社 1998 年版。
《文心雕龙注》,刘勰撰,范文澜注,人民文学出版社 1958 年版。
《唐诗纪事校笺》,宋计有功撰,王仲镛校笺,中华书局 2007 年版。
《苕溪渔隐丛话》,宋胡仔撰,清乾隆刻本。
《诗人玉屑》,宋魏庆之编,上海古籍出版社 1959 年版。
《新刊名贤丛话诗林广记》,宋蔡正孙编,明刻本。
《后村诗话》,宋刘克庄撰,中华书局 1983 年版。
《沧浪诗话校释》,严羽撰,郭绍虞校注,人民文学出版社 1961 年版。
《沧浪诗话校笺》,严羽撰,张健校笺,上海古籍出版社 2012 年版。
《麓堂诗话》,明李东阳撰,清《知不足斋丛书》本。
《麓堂诗话》,明李东阳撰,《明人诗话要籍汇编》本。
《都玄敬诗话》,明都穆撰,《明人诗话要籍汇编》本。
《国雅品》,明顾起纶撰,《明人诗话要籍汇编》本。
《艺苑卮言》,明王世贞撰,《明人诗话要籍汇编》本。
《艺圃撷馀》,明王世懋撰,何文焕辑《历代诗话》本。
《诗薮》,明胡应麟撰,上海古籍出版社 1979 年版。
《赵仁甫诗谈》,明赵世显撰,《稀见明人诗话十六种》本。

《诗源辩体》,明许学夷撰,人民文学出版社1987年版。

《小草斋诗话》,明谢肇淛撰,《明人诗话要籍汇编》本。

《明诗纪事》,清陈田辑撰,上海古籍出版社1993年版。

《清诗话》,清王夫之等撰,上海古籍出版社2015年版。

《静志居诗话》,清朱彝尊撰,姚祖恩编,黄君坦校点,人民文学出版社1990年版。

《带经堂诗话》,清王士禛撰,戴鸿森校点,人民文学出版社2006年版。

《全闽诗话》,清郑方坤撰,清乾隆诗话轩刻本。

《榕城诗话》,清杭世骏撰,《知不足斋丛书》本。

《东南峤外诗话》,清梁章钜撰,清刊本。

《历代诗话》,清何文焕辑,中华书局1981年版。

《历代诗话续编》,丁福保辑,中华书局1983年版。

《清诗话续编》,郭绍虞辑,富寿荪校点,上海古籍出版社2016年版。

《全唐五代诗格汇考》,张伯伟编著,江苏古籍出版社2002年版。

《元代诗法校考》,张健编著,北京大学出版社2001年版。

《稀见明人诗话十六种》,陈广宏、侯荣川编校,上海古籍出版社2014年版。

《稀见明人文话二十种》,陈广宏、龚宗杰编校,上海古籍出版社2016年版。

《明人诗话要籍汇编》,陈广宏、侯荣川编校,复旦大学出版社2017年版。

二、今人论著

左东岭《明代心学与诗学》,学苑出版社2002年版。

左东岭《王学与中晚明士人心态》,人民文学出版社2000年版。

叶晔《明代中央文官制度与文学》,浙江大学出版社2011年版。

[英]艾略特《艾略特文学论文集》,李赋宁译,百花洲文艺出版社1994年版。

[德]汉斯-格奥尔格·伽达默尔《诠释学:真理与方法》,洪汉鼎译,商务印书馆2007版。

朱东润《中国文学批评史大纲》，上海古籍出版社1983年版。
朱维幹《福建史稿》，福建教育出版社1985年版。
［日］吉川幸次郎《宋元明诗概说》，李庆等译，中州古籍出版社1999
　　年版。
刘晓南《宋代闽音考》，岳麓书社1999年版。
［美］宇文所安著，王柏华、陶庆梅译，《中国文论：英译与评论》，上海社
　　会科学院出版社2003年版。
孙琴安《唐诗选本六百种提要》，陕西人民教育出版社1987年版。
吴承学《中国古代文体形态研究》，中山大学出版社2000年版。
吴震《明代知识界讲学活动系年（1522—1602）》，学林出版社2003年版。
李浩《唐代三大地域文学士族研究》，中华书局2002年版。
李维《诗史》，北平石棱精舍1928年版。
李锐清《〈沧浪诗话〉的诗歌理论研究》，香港中文大学出版社1992年版。
［英］罗吉·福勒主编《现代批评术语词典》，袁德成译，四川人民出版社
　　1987年版。
杨镰《元诗史》，人民文学出版社2003年版。
杨光辉《萨都剌生平及著作实证研究》，高等教育出版社2005年版。
陈正祥《中国文化地理》，生活·读书·新知三联书店1986年版。
陈荣捷《朱子门人》，台北学生书局1982年版。
陈建华《中国江浙地区十四至十七世纪社会意识与文学》，学林出版社
　　1992年版。
陈国球《明代复古派唐诗论研究》，北京大学出版社2007年版。
陈庆元《福建文学发展史》，福建教育出版社1996年版。
陈庆元《徐熥年谱》，广陵书社2014年版。
陈庆元《晚明闽海文献梳理》，人民出版社2016年版。
郑振铎《西谛书话》，上海古籍出版社2006年版。
郑利华《前后七子研究》，上海古籍出版社2015年版。
郑礼炬《明代福建文学结聚与文化研究》，人民文学出版社2015年版。
［日］铃木虎雄《中国诗论史》，许总译，广西人民出版社1989年版。

徐朔方《晚明曲家年谱》，浙江古籍出版社1993年版。
徐朔方、孙秋克《明代文学史》，浙江大学出版社2006年版。
[美]爱德华·希尔斯《论传统》，傅铿、吕乐译，上海人民出版社2009年版。
郭绍虞《宋诗话辑佚》，中华书局1980年版。
郭绍虞《宋诗话考》，复旦大学出版社2015年版。
钱锺书《谈艺录》，中华书局1986年版。
龚鹏程《中国文学史》，台北里仁书局2009年版。
黄卓越《明永乐至嘉靖初诗文观研究》，北京师范大学出版社2001年版。
章培恒、骆玉明主编《中国文学史新著》，复旦大学出版社、上海文艺出版总社2007年版。
蒋寅《学术的年轮》，中国文联出版社2000年版。
葛兆光《宅兹中国——重建有关"中国"的历史论述》，中华书局2015年版。
葛剑雄、曹树基、吴松弟《简明中国移民史》，福建人民出版社1993年12月版。
简锦松《明代文学批评研究》，台湾学生书局1989年版。
《福建地方文献及闽人著述综录》，福建师范大学图书馆古籍组编，1986年12月印行。
廖可斌著《诗稗鳞爪》，浙江大学出版社1999年版。
蔡瑜《高棅诗学研究》，台湾大学文史丛刊1990年版。
于文亚《邓原岳研究》，福建师范大学2014年硕士学位论文。
王运熙《全面地认识和评价〈沧浪诗话〉》，《古典文学论丛》第二辑，《社会科学战线》编辑部，1981年版。
王次澄《宋遗民诗歌与江湖诗风》，王水照等编《首届宋代文学国际研讨会论文集》，复旦大学出版社2001年版。
王承丹、尚永亮《辨两个傅汝舟之混淆与误用》，《东南大学学报》2013年第3期。
王瑞来《从近世走向近代——宋元变革论述要》，《史学集刊》2015年第

4期。

［日］大山洁《〈诗法源流〉伪书说新考》，原载《日本中国学会报》1999年第51集，中文版刊于《文史》2000年第2辑。

［日］内山精也《古今體詩における近世の萌芽——南宋江湖派研究事始》，《江湖派研究》第一辑，江湖派研究会，2009年2月。

［日］内山精也《宋诗能否表现近世》，朱刚译，周裕锴编《第六届宋代文学国际研讨会论文集》，巴蜀书社2011年版。

［美］包弼德《对〈评包弼德《历史上的理学》——兼论北美学界近五十年的宋明理学研究〉的回应》，《新史学》21卷2期，2010年6月。

左东岭《影响中国近古文学观念的三大要素——兼论地域文学研究的理念与方法》，《文艺研究》2015年第6期。

［日］市原亨吉《徐熥年谱稿略》，郑宏译，刊载于《福建图书馆学刊》1991年第4期。

孙文秀《曹学佺文学活动与文艺思想研究》，北京大学2011年博士学位论文。

朱伟东《〈石仓十二代诗选〉研究》，复旦大学2000年硕士学位论文。

刘淑艳《林鸿与高棅研究》，复旦大学2010年硕士学位论文。

宋克夫、余莹《唐宋派考论》，载罗宗强、陈洪主编《明代文学研究国际学术研讨会论文集》，南开大学出版社2006年版。

闵丰《万历晚期闽中诗人结社研究》，浙江大学2004年硕士学位论文。

沈云迪《明代福建作家研究》，上海师范大学2008年硕士学位论文。

［日］近藤春雄《支那の詩論》，《斯文》第24卷，8号。

［日］船津富彦《沧浪詩話源流考》，《東洋文学研究》第8卷。

［日］坛上宽《明清乡绅论》，刘文俊主编《日本学者研究中国史论著选译》第二卷，中华书局1993年版。

张龙《〈静志居诗话〉补正二则》，《德州学院学报》2013年第1期。

张健《晚宋理学、诗学关系的紧张与融合》，周宪、徐兴无主编《中国文学与文化的传统及变革》，南京大学出版社2008年版。

张健《魏庆之及〈诗人玉屑〉考》，《人文中国学报》第十期，2004年5月。

张健《〈沧浪诗话〉非严羽所编——〈沧浪诗话〉成书问题考辨》,《北京大学学报》1999年第4期。

张健《关于严羽著作几个问题的再考辨》,《北京大学学报》2001年第4期。

张伯伟《论唐代的规范诗学》,《中国社会科学》,2006年第4期。

张蔓莉《郑善夫研究》,福建师范大学2010年硕士学位论文。

陈伯海《严羽身世考略》,《上海师院学报》1984年第3期。

陈广宏《明"闽中十子"诗派论略》,蒋寅、张伯伟主编《中国诗学》第四辑,南京大学出版社1995年版。

陈广宏《假晶现象:明代福建地区文化特征漫说》,《中国典籍与文化》1997年第1期。

陈广宏《元明之际宗唐诗风传播的一个侧面》,《中华文史论丛》总82辑,2007年。

陈广宏《明初闽诗派与台阁文学》,《文学遗产》2007年第5期。

陈广宏《从〈诗法要标〉看晚明诗法著作的生产与传播》,《文学遗产》2016年第4期。

陈国球《唐诗选本与明代复古诗论》,《唐代文学研究》第五辑,广西师范大学出版社1994年版。

陈庆元《徐𤊹生平分期研究》,《闽江学院学报》2010年第6期。

陈庆元《晚明诗家谢肇淛——兼论〈小草斋集〉的藏传》,《福州大学学报》2003年第3期。

陈庆元《谢肇淛著述考》,《广西师范大学学报(哲学社会科学版)》2005年第1期。

林虹《王慎中研究》,福建师范大学2009年博士学位论文。

郑利华《屠隆与明代复古派后期诗学观念》,《文学评论》2017年第1期。

[日]浅见洋二《论"拾得"的诗歌现象以及"诗本"、"诗材"、"诗料"问题》,《距离与想象——中国诗学的唐宋转型》,上海古籍出版社,2005年版。

周兴陆、朴英顺、黄霖《还〈沧浪诗话〉以本来面目——〈沧浪诗话校释〉据

"玉屑本"校订献疑》,《文学遗产》2001年第3期。

周兴陆《关于高棅诗学的两个问题》,《学术界》2007年第1期。

周裕锴《论〈沧浪诗话〉的隐喻系统和诗学旨趣新论》,《文学遗产》2010年第2期。

周晓琳《古代文学地域性研究的回顾与前瞻》,《文学遗产》2006年第1期。

[美]郝若贝《750—1550年期间中国的人口、政治和社会变迁》,《中国史研究动态》1986年第9期。

郭绍虞《明代的文人集团》,陈广宏、郑利华编选《抉精要以会通》,商务印书馆2018年版。

钱锺书《中国文学小史序论》,《国风》第3卷第8期,1933年10月。

袁明青《〈诗人玉屑〉研究》,南京大学2011年研究生学位论文。

章培恒《李梦阳与晚明文学新思潮》,原载[日]《古田教授退官记念中國文學語學論集》,东方书店1985年发行;转载于《安徽师范大学学报》1986年第3期。

萧淳铧《探讨〈诗人玉屑〉与诗格的关系》,《台大文史哲学报》第五十一期。

葛剑雄《福建早期移民史实辨正》,《复旦学报》1995年第3期。

谢重光《"开漳圣王"陈元光论略》,《海峡两岸文化交流史料》第一辑,华艺出版社1990年版。

谢重光《〈龙湖集〉的真伪与陈元光的家世和生平》,《福建论坛》1989年第5期。

蒋寅《刘长卿与唐诗范式的演变》,《文学评论》1994年第1期。

曾大兴《"地域文学"的内涵及其研究方法》,《东北师大学报》2016年第5期。

谭其骧《晋永嘉丧乱后之民族迁徙》,《燕京学报》第15期。

廖虹虹《谢肇淛诗文集版本考》,《郑州师范教育》2012年第3期。

后 记

本书的主体部分原是多年躺在电脑中的旧稿，一直想下决心将之整理出来，却总有种种事由搁置。这次终于有了机会，感谢复旦大学中国古代文学研究中心主任陈尚君老师的宽容与鼓励，同意我"重操旧业"，加入中心的这套丛书。

二十多年后重新关注明代福建文学研究，发现自己的视点已有所转移。如果说撰写博士学位论文《明代福建地区城市生活与文学》时，主要关注中国近世文学一个普遍性的问题，即市民文艺在各地域生成、演变的状况，即便在福建地区这样一个相对封闭、保守的地方，亦同样汇入中晚明日渐高涨的俗世化、个性化文艺潮流，当然仍有其特点及自身演进轨迹；那么，现在感兴趣的，更侧重于该地域文学的特殊性，即该地域究竟具有怎样的文学传统，这样的传统如何形成。所谓"闽诗传统"，是考察这一地域文学"个性"存在的重要指标。

书中的部分章节，自20世纪90年代初以来，曾先后在《福建论坛》、《橄榄》（日本早稻田大学宋代诗文研究会会志）、《中国诗学》（蒋寅、张伯伟主编）、《中国典籍与文化》、《中华文史论丛》、《文学遗产》、《深圳大学学报》、《闽江学院学报》、《北京大学中国古文献研究中心集刊》、《中国文学研究》（复旦大学中国古代文学研究中心编）及《韩中言语文化研究》（韩国现代中国研究会会志）等专业期刊发表，此次均有不同程度的补充、修订，有的作了重写。尽管如此，在审读全书校样的时候，仍然觉得汗湿后背，结果只能自我安慰说，就当是对曾经做过的工作的一个纪念吧。

本书之出版，上海古籍出版社的领导给予鼎力支持和帮助，责编闵捷女史倾其心力、高效工作，博士生张曦文为整理参考书目等付出许多辛劳，谨在此表示衷心感谢。内子郭时羽作为第一读者，提出很多专业意见，没有她的督促，我想这本书恐怕是难以面世的。

陈广宏

2018年2月21日于沪上肯堂

图书在版编目(CIP)数据

闽诗传统的生成：明代福建地域文学的一种历史省察/陈广宏著. —上海：上海古籍出版社，2018.6
（复旦大学古代文学研究书系）
ISBN 978-7-5325-8928-9

Ⅰ.①闽… Ⅱ.①陈… Ⅲ.①古典诗歌-诗歌研究-中国-明代 Ⅳ.①I207.22

中国版本图书馆 CIP 数据核字(2018)第 144164 号

复旦大学古代文学研究书系
闽诗传统的生成
——明代福建地域文学的一种历史省察
陈广宏 著
上海古籍出版社出版发行
（上海瑞金二路 272 号 邮政编码 200020）
(1) 网址：www.guji.com.cn
(2) E-mail: guji1@guji.com.cn
(3) 易文网网址：www.ewen.co
苏州市越洋印刷有限公司印刷
开本 635×965 印张 28 插页 5 字数 403,000
2018 年 6 月第 1 版 2018 年 6 月第 1 次印刷
印数：1—1,300
ISBN 978-7-5325-8928-9
I·3302 定价：118.00 元
如有质量问题,请与承印公司联系